춘호

초판 인쇄   2013년 8월 10일
초판 발행   2013년 8월 15일

지은이   이진수
펴낸이   진수진
펴낸곳   도훈
디자인   심지섭
마케팅   윤기석

주소   경기도 고양시 일산동구 중산동 1682번지
출판등록   2013년 5월 30일 제2013-000078호
전화   031-944-3145
팩스   031-946-4832
홈페이지   www.haeminbooks.com

ISBN   979-11-85254-19-7 (04810)
            979-11-85254-17-3 (세트)

정가   16,000원

※낙장 및 파본은 교환해 드립니다.
※본 도서는 무단 복제 및 전재를 법으로 금합니다.
※저자와의 협의하에 모든 저작권은 도훈출판사에 있습니다.

혼

이

이진수 장편소설

도훈

춘하

우리 사회에서 부모로부터 버림받은 고아들은 자기들만의 독특한 세계를 가진다. 누군가가 손을 내밀어 주지 않는 이상 그들은 그들만의 세계를 만들어 나갈 수밖에 없다. 주인공 춘호는 고아원에서 자라 기업계와 정치계로까지 손을 뻗치면서 오로지 성공만을 위해 몸을 던진다. 그래야만 자신을 믿고 따르는 후배들이 이 세상에서 떳떳하게 살아갈 수 있었으므로.

우리가 알지 못하는 그들의 세계를 엿본다는 것은 그들을 포용하는 것이다. 그들이 우리 사회에서 살아남기 위해서 어떠한 눈물을 흘리고 있는가를 알아야 그들의 친구가 될 수 있다. 그들은 우리의 적이 아니라, 우리와 같이 살아가는 친구들인 것이다.

춘호는 후배들을 위해 자신이 할 수 있는 것들은 다 하는 인간이다. 목숨까지도 버릴 줄 아는 남자이지만 사랑을 위해 자신을 버릴 줄 아는 인간이다. 배운 것이 없어도 의리 하나와 뚝심 하나로 이 세상을 제패한다고 하면 믿을 수 있겠는가. 오늘날 우리에게는 그러한 뚝심이 필요하다.

이 소설을 통해서 우리는 더 많은 세계를 경험하기를 바란다. 아름다운 동행이 되리라 믿어 의심치 않는다.

2013년 5월에
저자 이진수

| 차례

춘호

불같은 야망

"배호 형, 다 왔어?"

"그래. 저 모퉁이만 돌면 된다."

운전을 하고 있는 배호는 손으로 산을 가리켰다. 김포공항으로 가는 남부순환도로에서 산길로 접어들어서 계속 올라가는 중이었다.

초록원은 산 속에 아담하게 자리잡고 있었다. 입구의 아치형 문이 하얀색으로 빛나고 있었다. 마당으로 들어가 차를 세우자 놀고 있던 애들이 우르르 다가왔다.

"아저씨. 어떻게 오셨는데요?"

"야, 차 멋지다! 이거 새 차예요?"

아이들은 하얀색의 지프차를 처음 본 것처럼 달려들어 만지작거렸다.

"그래, 아저씨도 옛날에 여기서 자랐어. 니들 대선배다."

"정말요?"

"그럼 아저씨는 아빠를 찾았어요?"

아이들은 엉뚱한 질문을 해왔다.

"아냐, 못 찾았어. 난 아직도 고아야. 니들은 학교 안 가냐?"

"우린 아직 학교 안 가요. 여기서 공부해요."

"아, 그래? 그럼 유치원생이구나?"

"네. 형아들은 학교 가고 없어요."

"그래, 이 아저씨가 잘못 알았구나."

배호가 일일이 대답을 하면서 꼬마들을 둘러보았다. 어린 날의 자신을 보는 것 같기도 하고, 왠지 모르게 생소한 느낌이 들곤 했다. 시간이 너무 길었던 탓일까. 마치 자신은 이 고아원에서 자라지 않은 게 아닌가 하는 생각이 들 정도였다.

"그런데 어떻게 이런 차를 샀어요? 돈이 어디서 생겨요?"

애들은 그저 단순하기만 했다. 세상엔 돈으로 모든 걸 해결하는 것으로 알고 있었다.

"하하, 아저씨는 열심히 돈을 벌었으니까 샀지. 니들도 나중에 열심히 돈 벌면 이보다 더 좋은 차를 살 수 있어. 이 아저씨는 원장님 보러 가야 하니까 오늘 이만 하자. 안녕."

배호는 꼬마들에게 손을 흔들어보이고는 춘호와 같이 사무실로 들어갔다. 그곳 역시 교무실이 따로 있었고, 교무실 안에 원장이 앉아 있었다.

"원장님. 배홉니다. 저, 아시겠습니까?"

배호는 원장을 보자마자 곧바로 원장 앞으로 다가갔다.

"여, 배호군이 왔네. 알지. 알다 마다지. 많이 컸네."

원장이 의자에서 일어나면서 반갑게 배호를 맞았다. 의자에 앉아 있던 선생들이 배호와 춘호를 쳐다보았다.

"네. 원장님도 많이 늙으셨네요. 그동안 잘 계셨고요?"

"그럼 그럼! 나도 늙었지. 여기 앉게."

원장은 같이 온 춘호에게도 소파에 앉으라고 권했다.

"같이 온 친굽니다. 이 친구는 은혜고아원에서 자랐고요. 나하고 같이 사업을 하고 있는 친굽니다."

"아, 그런가? 은혜고아원이라면 잘 알지. 거기 원장하고 친하니까. 우리야 뭐 전국 고아원 원장들을 다 아니까. 앉게."

원장은 다시 춘호에게 앉으라고 권했다.

"원장님. 이거……."

배호는 갖고 온 선물세트를 내밀었다.

"뭔가? 이런 걸 갖고 오고 그래, 사업은 잘 되는가?"

"네. 우리 가게엔 전부 고아원 출신들이 일을 합니다. 전부 열한 명이나 됩니다."

"아, 많네! 그럼 사장이겠네?"

"아, 아닙니다. 사장은 바로 이 친굽니다."

배호는 춘호를 가리켰다.

"그래? 아주 일찍 성공을 했구면. 나도 자네를 보니 벌써 이렇게 시간이 흘렀나 싶으네. 자네들은 벌써 이렇게 커서 찾아오는데 난 점점 늙어가고 있으니 말일세."

"원장님도. 원장님이야 계속 이곳에서 애들을 데리고 계시니까 늙으시는 거고, 우리야 점점 자라날 나이가 아닙니까."

"하하, 그 말이 맞네."

"큰 애들은 아직 학교에서 안 돌아왔는가 보지요?"

"그러네. 오후 서너 시가 돼야 올 걸세."

"원장님."

"응."

"저희 가게가 수원에 있는 콜라텍입니다. 홀 크기가 한 삼백 평정도 되는 가겝니다. 장사가 무지 잘 되고 있습니다."

"그런가? 그럼 큰 가게군 그래."

"네. 그래서 앞으로 내가 나온 이 고아원에 출신들을 직원으로 쓰고 싶습니다. 제가 선배로써 보살피면서 검정고시 공부까지 시키고 싶습니다. 그래서 한 번 찾아왔습니다."

배호는 찾아온 이유에 대해서 설명했다.

"그래, 그런 일이라면 좋지. 자네도 이 고아원을 도망쳐서 그런 가게를 하고 있다니 나도 반갑네."

"원장님. 이 친구는 지금 부사장입니다. 직원들을 잘 관리하고 있지요."

춘호가 말을 덧붙였다. 원장은 건장한 춘호를 쳐다보면서 얼굴에 미소를 지었다.

"그래요. 배호 이놈도 여길 도망쳤지요. 대개 중학교 다닐 나이만 되면 도망칠 궁리만 합니다. 그래서 골치 아프지요."

"네. 저도 은혜원에서 도망쳐서 안 해본 것이 없습니다. 전철 안에서 앵벌이도 해보고, 노가다판에 나가서 일도 해보고, 중국집에서는 배호 형을 만났습니다. 그때부터 계속 같이 일을 하고 있습니다."

춘호는 원장이 좀 더 알아듣기 좋게 자신과 배호와의 관계를 설명했다.

"네에. 그렇게 됐군요. 그거야 아주 잘된 일이지요. 간혹 고아원을 뛰쳐나간 애들이 몹쓸 짓을 해서 TV에 나올 때는 저도 원장으로서 가슴이 아프지요. 그게 다 우리 책임이라는 생각이 들지요."

"……."

춘호와 배호는 할 말이 없었다.

"그래. 그런 좋은 일이라면 우리가 도와줘야지. 그러면 어떻게 하면 좋겠는가?"

"원장님. 혹시 애들이 도망치고 싶어하거나, 공부하기가 싫어서 사고를 치는 놈이 있으면 제가 데려 가겠습니다. 내가 선배로써 잡아볼 생각입니다. 저도 인 친구하고 같이 검정고시를 쳐서 합격했습니다. 지금 또 검정고시 준비하고 있는데, 이번에 합격하면 체육대학으로 가기로 했습니다."

"아, 그런가. 자네는 정말 대단하이. 그럼 이 친구도 같이?"

원장은 놀라는 표정으로 춘호를 쳐다보았다.

"네. 춘호 이 친구는 나보다 더 공부를 잘합니다. 제가 늘 처지지요."

"하하, 난 자네가 더 공부를 잘했으면 좋겠는데. 아무래도 우리 고아원 출신이 더 잘했으면 하는데."

원장이 농담 삼아 말을 했다.

"머리는 안 되겠습디다. 운동도 이놈이 저 잘하고요. 저는 나이만 더 먹었지 직책도 더 낮습니다."

"하하, 알았네. 그런 어떤 애들을 보내줄까? 너무 어리면 안될 테고 말이야."

"네, 원장님이 알아서 보내주십시오. 지 아무리 사고뭉치라도 제가 잡아보겠습니다."

"그럼세. 자네를 믿네. 우리야 머리통이 커지면 어렸을 때처럼 다룰 수가 없다는 걸 자네는 알잖은가."

"네."

"나이가 들면 애들은 점점 이 고아원에서 벗어나려고 하지."

"네, 알겠습니다. 그럼……."

배호는 말을 마치고 춘호에게 일어서자는 뜻을 전해왔다. 일어나면서, 춘호가 원장에게 물었다.

"참. 원장님. 전국 고아원 주소가 적힌 주소록 좀 얻을 수 있습니까?"

"아, 그건 왜?"

"저희들이 전국을 돌며 어렵고 힘든 애들이 있으면 다 받아들이려고 합니다. 그래서 주소록이 있으면 쉬울 거 같아섭니다."

"아, 있지. 우리야 정기적으로 원장들끼리 모임이 있으니까. 잠시만 기다리게."

원장은 곧 책상 서랍을 열고선 작은 수첩 하나를 꺼냈다.

"이걸세. 여기 보면 전국 고아원이나 양로원, 지체장애자 특수시설들이 좍 나와 있을 걸세."

"네, 고맙습니다. 원장님. 이거……."

배호는 미리 준비해간 봉투를 내놓았다. 그리고 봉투 위에 자신의 명함을 얹어서 건네주었다.

"뭔가?"

"제가 이 고아원 선배로써 내놓는 겁니다. 필요한 데에 쓰십시오."

배호가 그 말을 하면서 원장에게 꾸벅 절을 했다.

"아, 고맙네. 자네 같은 청년들이 많아져야 고아원들이 꾸려나가지. 하여튼 고마운 일일세. 잘 받겠네."

춘호와 배호는 원장에게 인사를 하고는 밖으로 나왔다. 원장이 밖에까지 따라나와서 둘이 차에 타는 것을 보고서 가까이 다가왔다.

배호는 조수석의 창문을 열었다.

"자주 종종 들르게."

"네, 원장님. 또 들르겠습니다."

춘호와 배호는 인사를 하고는 출발했다. 정문을 빠져나오면서 배호는 백미러를 통해 고아원의 하얀 건물을 돌아보았다.

"나, 저기에서 딱 3년 살았다. 그리곤 도망쳤지."

"하하, 그래. 군대하고 고아원은 도망치고 싶은 곳이잖아."

"너 군대 갔다 왔냐?"

배호가 일부러 그런 말을 했다.

"그럼 형은?"

"우리야 군대 못 가지. 고아가 어떻게 군대 가냐? 네가 군대 하고 고아원을 다 갔다 온 것처럼 말하니까 그렇지."

"그렇다는 말이지 뭐. 하하."

"우리야 군대도 안 받아주는 인간들이니까."

"그러게. 인생 종친 말종들이지 뭐냐. 하하."

"알아서 죽던지 뒈지던지 하라는 거지 뭐."

"하하, 맞는 말이다. 쓰레기통을 뒤져서 먹고 살던, 남의 집 털어서 먹고 살던 나라에선 관심도 없는 인생들이지."

두 사람은 서로의 존재에 대해서 스스로를 힐난하고 있었다.

"그래서 일어서자는 거야. 우리가 뭉쳐야 산다 뭐 이런 거 아 니겠어?"

"맞는 말이다. 그건 이승만 대통령이 한 말이다."

"후후."

두 사람이 탄 차는 남부순환도로를 달리다가 광명시 쪽으로 접어들었다. 광명시를 벗어나면서부터 수원으로 가는 국도를 타고 달렸다.

"야, 이 차 잘 나가는데."

배호는 기분 좋게 엑셀을 밟으면서 속도를 올렸다. 미터기의 바늘이 금세 130km에 육박하고 있었다.

"천천히 몰아. 바쁠 거 없어."

"그래. 시험해본 거다. 잘 나가네."

배호는 다시 속력을 떨어뜨렸다. 시디에 쿵쾅거리는 음악을 집어넣고는 틀었다. 춘호는 의자를 젖혀 뒤로 누운 채로 창밖을 내다보고 있었다.

"너, 자라. 가게 가면 깨울 테니까."

배호가 핸들을 잡고서 말했다.

"그냥 밖을 보고 있어. 고아원을 갔다 올 때마다 기분이 좀 그래."

"그래? 난 아무렇지도 않은데?"

"형이야 운전하니까 그렇지. 옆에 타고 있으니까 그런 기분이 자꾸 드네."

"어떤 기분?"

"우리가 벌써 이렇게 커서 이런 일을 하고 다니는구나 하는 생각과 어렸을 때의 막막했던 기분이 다시 살아나는 거 있잖아."

"다 그렇지 뭐. 부모 없는 자식들이 무슨 희망이 있냐?"

"……."

춘호는 핸들을 잡고 있는 배호를 쳐다보며 피식 웃었다.

"남들은 다 있는 부모의 상판때기도 모르면서, 다 떨어진 옷이나 얻어 입고 말이야. 구호물품이라고 갖다준 썩은 것들을 먹으면서 컸으니 우리는 다 인간쓰레기들 아냐?"

배호가 킬킬 웃으면서 누워 있는 춘호를 돌아보았다.

"운전이나 잘 해."

"운전이야 걱정마라. 이래 봐도 오토바이 때부터 한가닥하던 놈 아니냐."

"푸하하, 오토바이 타다가 애 치고선 감방에 들어간 건 뭐야?"

"그거? 그거야 뭐 감방 구경하라고 들어간 거지. 나도 그 안에 들어가서 별 하나 달고 나왔잖냐."

"형, 그 안에 있으면서 무슨 생각했어?"

"생각은……. 뭐 나가서 어떻게 사나 하는 것밖에 더 있나. 우리야 비빌 언덕도 없으니까 당장 나가면 뭘 하고서 먹고 사나 하는 문제뿐이지 뭐. 다른 놈들도 다 마찬가지야. 그 놈들은 겉으로 그런 내색을 안 해서 그렇지, 당장 나가면 뭘로 먹고 살지 막막한 거는 마찬가지인 거라. 그 안에선 다들 나가기만 하면 집에 금송아지가 있는 것처럼 떠벌리지만 좆 까라고 그래. 다 뺑이야."

"하하."

"남자는 감방에도 한번 들어가 봐야 되는 거야. 그래야 밑구석에 짱 박혀 있는 놈들이 어떤 생각을 하는지 알아볼 수 있는 거지. 그 안에선 사기꾼들도 많아. 사기꾼끼리 붙어놓으면 그게 또 볼만하지."

"푸핫. 사기꾼끼리 사기를 쳐?"

"그럼! 사기꾼끼리도 속는 경우가 있거든. 워낙 고단수로 나가면 웬만한 사기꾼도 깜박 속는 거지. 하하하."

"그럼 기는 놈 위에 나는 놈이 있다는 말인가?"

"그렇지!"

"간통하다 들어온 놈은 맨날 여자 거시기 이야기만 해쌌고, 사기꾼들은 모였다 하면 사기친 이야기나 해대니까 머리가 핑핑 도는 거야. 하하."

"형은 그 안에서 많이 배웠네 뭐."

"배우면 뭐하냐. 내가 그런 거 써먹을 거 같냐?"

"그냥 알아두면 좋다는 거지 뭐."

"하하, 그래. 밑바닥에서도 배울 게 있는 법이지. 향내 나는 곳에선 향내를 맡으면 되고, 썩은 곳에선 썩은 냄새를 맡고서 다시는 썩은 냄새를 안 맡으면 되는 거지. 안 그러냐?"

"형 말이 맞다!"

"야, 춘호야. 명희 개 말이야."

배호가 갑자기 말을 엉뚱한 곳으로 돌렸다.

"응, 왜?"

"그 기집애 참 이쁘지 않냐? 넌 어떻게 생각해?"

"뭘. 난 그저 동생으로만 생각하는데. 형, 마음에 있어?"

"마음에 있긴……. 그냥 고아 출신이라기에는 좀 아깝다는 거지. 그런 애들이 대학 가면 정말 멋진 애일 텐데 말이야."

"하하하, 명희가 대학가면 배호 형 정도는 쳐다도 안 볼 걸?"

"왜? 내가 빠질 거 같으냐?"

"그럼! 명희 걔 꾸며놓으면 무지 이쁜 애야. 저번에 신도림에서 애들을 만날 때, 옷가게 가서 옷을 사 입었는데 내가 보니까 진짜로 이쁘더라."

"아, 그 연두색 옷 말이야?"

"응. 그거 내가 골라줬어."

"그래?"

배호는 힐끗 돌아보았다.

"그럼! 애들이 보고선 다 놀라더라."

"맞아! 그 옷은 정말 잘 어울리더라. 걔는 그 옷을 안 입고 옷장에 잘 모셔두기만 하더라. 그걸 보면 명희는 정말 멋진 애야. 근데……."

"왜?"

이번엔 춘호가 배호를 쳐다보았다.

"저번에 말이야. 너랑 교도소에서 만났을 때에 누구 면회를 온다고 안 그래?"

"모르겠어. 왜?"

"혹시……. 애인 있는 거 아냐? 부모는 아닐 테고."

"……?"

"그런 말 못 들어봤냐?"

"못 들어봤어. 그리고 보니까 명희 걔가 누구를 면회했는지 모르겠네."

춘호는 이때까지 한번도 그런 생각을 해본 적이 없었다.

"우리 가게로 와서는 면회를 안 가는 것 같던데……."

"……."

"누군지 한 번 물어볼까?"

배호가 장난스럽게 말했다.

"그냥 둬. 모른 척하는 게 좋아."

"그러지 뭐. 요즘 면회도 안 가는 것 같던데 물어봐야 소용도 없을 거고."

"……."

춘호는 누운 채로 눈을 감았다. 이제서야 졸음이 오는 듯했다. 춘호가 얼핏 잠이 들려고 했을 때, 차는 이미 가게 앞에 도착해 있었다. 배호가 다 왔다는 말에 춘호는 벌떡 일어났다. 가게 앞에 차를 대어놓은 후에 그들은 가게 안으로 들어갔다.

이미 오후 영업이 시작되고 있었다. 홀에는 요란한 음악소리와 함께 성동이와 찬욱이가 분주하게 움직이는 모습이 보였다.

"좀 늦었다."

"네, 벌써 시작했습니다."

"그래, 수고해라. 오늘 초록고아원에 들렀다가 오는 길이다."

배호와 춘호는 곧장 주방으로 내려갔다. 주방에는 정혜가 들어서는 그들을 보고 반갑게 맞았다.

"잘 갔다 왔어?"

"응, 전국 고아원 주소록을 갖고 왔어. 올라와 봐."

춘호는 열심히 일을 하고 있는 명희의 뒷모습이 보였다. 명희는 바닥에 둘러앉아 성숙이와 호숙이하고 수다를 떨며 김밥을 말고 있었다.

"명희야, 밥 먹었나?"

"네, 사장님."

그제야 명희는 환하게 웃으며 돌아보았다.

"그래, 수고해."

춘호와 배호는 곧바로 사무실로 올라갔고, 그들을 뒤따라 정혜가 들어왔다. 소파에 앉자, 춘호는 주소록부터 꺼냈다.

"이거야. 앞으로 배호하고 같이 전국을 돌았으면 좋겠어."

"그럼 나 혼자 보라는 거야?"

"어때? 그냥 누나는 홀에 있으면 돼. 명쾌하고 성동이, 찬욱이가 홀을 다 볼 건데 뭐."

"지방에 내려가면 금방 못 올라오잖아?"

"할 수 없지 뭐. 계속 돌아야 하니까. 일단 서울 근처부터 돌고 밑으로 내려갈 거니까."

"그래도. 이틀 이상은 비우지 마."

"하하, 알았어."

"오늘 일은 잘 됐어?"

"응, 원장님이 좋아하더라고. 선물하고 봉투도 건넸지 뭐. 그랬더니 좋아하는 거야. 오늘 배호 형이 큰 인물이 됐지 뭐. 하하."

"짜식. 네가 옆에서 반주를 넣었잖아."

배호는 춘호를 쥐어박을 듯이 폼을 잡았다. 춘호는 배호의 꿀
밤 주먹을 확 낚아채서는 밑으로 끌어내렸다.

"내가 그랬지. 배호 형이 부사장이라고. 그랬더니 원장이 출
세했다는 거야. 하하하."

"그러겠네. 원장이 좋아했겠다 야."

"누나, 오늘 차 몰아봤는데 정말 잘 나가더라. 가게 앞에 놔둔
차는 누가 몰지?"

배호는 춘호에게 물었다.

"그건 배호 형하고 정혜 누나가 몰아."

"하하, 알았어. 일단 정혜 누나부터 몰고 나서 나중에 내가
몰지."

배호는 기분이 좋았다.

"그럼 나도 내일부터 가게나 알아보러 다녀볼까?"

정혜의 말이었다.

"그렇게 해. 그건 누나 몫이야. 자리 좋은데 알아봐."

"알았어. 나, 이제 내려가 봐도 되지?"

그러면서 정혜가 일어났다.

"누나는 거기가 더 좋은 모양이지?"

"뭐 좋기는. 그냥 같이 있으니까 시간 가는 줄 모르겠어."

"하하, 누나는 주방 체질이야."

배호가 놀렸다.

"아줌마들은 일 잘 해?"

"응, 왜?"

"그냥 물어보는 거야. 나중에 애들이 더 오면 그때는 어떻게 할까 싶어서 그래."

춘호의 생각은 고아원에서 여자애들이 오면 주방에서 일하는 아줌마들은 내보냈으면 하는 생각이었다.

"아줌마 그냥 놔뒀으면 좋겠어. 그래야 애들도 일을 배우고 할 거 같아."

"······."

"나, 내려간다. 더 이상 할 말 없지?"

"응, 알았어."

정해가 사무실을 나가고 나서 춘호는 주소록을 펼쳤다. 전국에 퍼져 있는 고아원들의 주소와 원장의 사진이 들어 있었고, 고아원의 원생들의 숫자까지도 자세히 적혀 있었다.

다음날부터 춘호와 배호는 수도권에 있는 고아원들을 찾아나서기 시작했다. 원장을 만나 자신들이 하고 있는 업소에 대해 설명을 했고, 취직할 나이가 된 원생들이나 고아원에서 사고를 치는 애들이 있으면 보내달라고 부탁을 하면서 따로 준비해간 선물과 후원금이 든 봉투를 내놓았다. 각 고아원마다 방문할 때마다 봉투 속엔 백만 원권 수표 한 장씩을 넣었다.

정혜는 지프차를 타고서 신촌과 강남 쪽과, 영등포 쪽을 돌고 있었다. 부동산 업소에 들러 콜라텍을 할만한 건물을 알아보면서 인근에 중고등학교가 많은 곳을 선택해야만 했다. 정혜는 새벽 구보가 끝나고 아침을 먹으면 곧바로 서울로 갔고, 춘호와 배호는 아침식사를 마치고 나서 곧바로 서울 인근의 고아원을 돌기 시작했다.

정혜는 오전 일만 보고서 오후 2시까지는 가게로 돌아와야 했기 때문에 무척 바쁜 시간이었다. 저녁에 돌아온 춘호와 배호는 영업이 시작된 홀을 둘러보고는 곧바로 사무실로 내려가 정혜와 같이 의논을 했다.

"가게는 좀 봤어?"

"응. 아무래도 영등포 쪽이 나을 거 같아. 수준도 그렇고. 근처에 학교들이 많아서 거기가 좋겠어."

"얼마짜리가 나와 있어?"

"영등포역 근처야. 신세계 백화점 맞은편에 큰 건물이 하나 나왔어. 전엔 제화점 이층 매장이었는데, 보증금 이억에 월 팔백이야."

"평수는?"

"여기보단 작아. 한 200평 정도?"

"다른 곳은 없어?"

"어디?"

"신촌 쪽에는?"

"거긴 별로더라. 대학교만 있어서 중고등학생들이 많지는 않아. 우리 가게는 일단 중고등학교가 많은 곳이어야 되잖아?"

"그거야 당연하지. 그럼 강남 쪽은 어때?"

"거긴 공부하는 애들뿐이라 좀 그래. 부동산에서도 그러더라. 거긴 과외를 열심히 하는 곳이라서 학원 같은 것이 잘 될 거라고 그래."

정혜는 자신의 생각을 내세우기보다는 부동산 업소에서 말한 그대로를 전달하고 있었다.

"흠……."

춘호는 정혜의 설명을 다 듣고서 배호의 의견을 물었다.

"형은 어때?"

"나도 영등포 쪽이 나을 거라고 생각되는데? 영등포라면 구로동에도 학교가 많고, 목동이나 개봉동 쪽에도 가깝고 하니까 중간 지점인 영등포 쪽이 유리하다고 생각되는데?"

"……."

춘호는 정혜가 말한 신촌과 강남, 그리고 영등포 등 세 군데 중에서 어느 곳이 가장 유리할 것인가를 생각하고 있었다.

"난 영등포가 좋은 거 같은데? 누나는 어때?"

배호가 의견을 내놓았다.

"전철역이 가까워서 좋은 거 같아. 역에서 내리면 이삼백 미터 밖에 안 되니까. 그리고 백미터 정도만 가면 영등포 사거리가 나와."

"흠……."

춘호는 배호와 정혜의 말을 듣고 있었다.

"누나. 다른 곳은?"

다시 배호가 묻자, 정혜가 대답했다.

"종로 쪽에는 별로야. 그쪽은 오피스 타운이라 넓은 곳도 없고, 혹시 있어도 이백 평 정도면 보증금이 어마어마해. 중고등학생들이 종로로 나오기는 좀 그래. 일단 전철역이 있는 곳이 좋을 거 같아."

"좋아! 계약하지!"

"······?!"

"그럼 누나가 이천만 원으로 계약하고 인테리어 비용이 얼마나 들어가는지 알아봐."

"그래?"

정혜는 약간 놀라는 기분이었다.

"여기하고 비슷하게 무대는 붕 뜨는 것처럼 높게 하고, 실내는 그냥 여기처럼 테이블하고 의자만 놓으면 돼. 앞쪽 무대의 조명하고 입구의 조명만 신경 쓰면 되니까."

춘호는 수원의 콜라텍을 그대로 모방했으면 싶었다.

"알았어. 그럼 내일 계약해?"

"응, 돈 빼서 가져가. 등기부 등본 잘 알아보고."

"그건 부동산에서 알아서 해줄 거야. 확인해 볼게."

"그럼 좀 이따 영업 끝나면 오 씨하고 이야기해서 밴드팀을 더 늘리자고 말할 테니까."

"그럼 됐네. 빨리빨리 일을 해야겠다."

배호는 담배를 꺼내 춘호에게 내밀면서 말했다. 정혜도 담배를 피웠다.

"우선 영등포 쪽에 가게가 되면 여기 있는 애들을 그쪽으로 보내서 영업을 시작하고, 고아원에서 애들이 오면 이쪽하고 그쪽에다 애들을 심어놓으면 될 거니까. 그러면 양쪽에서 애들이 배우면 될 거 같네."

춘호는 그런 생각까지 하고 있었다.

"응, 그러면 되겠다."

정혜도 찬성이었다.

"그럼 영등포 쪽은 누가 맡지?"

배호가 물었다.

"앞으로 가게가 늘면 우선은 배호 형이 먼저 맡고, 그 다음 가게는 정혜 누나가 맡으면 될 거 같아. 그러면 되겠지?"

"그럼 춘호 너는 여기를 맡고?"

"그래야지. 회장님이 아직 교도소에 계시니까 면회도 다녀야 되고. 여긴 처음 일으킨 가게니까 내가 맡을게."

"하하, 그럼 서울 쪽에 있는 가게를 맡은 우리가 더 크지 않겠어? 안 그래? 누나?"

"그러네. 서울하고 수원하고 비교하면 서울이 낫지. 손님도 많을 테고. 그런데 춘호는 어차피 여기서 시작한 거니까 여기서 안 벗어나려고 하는 거겠지."

"일단 영등포 쪽에 가게를 내보고 나서 잘 되면 다시 3호점을 내는 걸로 하지."

"좋아!"

배호와 정혜는 기분이 흡족했다. 만약 서울에 2호점, 3호점을 내게 되면 자신이 그곳의 사장이 되는 셈이었다.

"뭐 좀 먹을래?"

정혜가 물었다.

"응, 누나. 김밥 좀 갖다 줘. 음료수하고."

"알았어. 난 이제 내려간다."

정혜가 일어나서 나갔다가 김밥과 음료수를 갖다주고는 다시 주방으로 갔다.

"형, 이제 내일부터는 누나하고 같이 다녀. 난 혼자 고아원을 돌 테니까."

"그래, 알았어. 혼자 다니면 심심하지 않겠냐?"

"괜찮아. 그 대신에 영등포에 있는 가게나 잘 처리해봐."

"하하, 걱정마. 좋은 덴가 아닌가 살펴보고, 계약하는 것도 꼼꼼하게 따져볼 테니까. 아깐 나하고 같이 돌자고 그러더니?"

"누나 혼자 처리하기엔 힘들 거 같아서. 인테리어도 알아봐야 되니까."

"맞아! 알았어."

배호는 춘호의 머리가 잘 돌아간다는 것을 느낄 수 있었다. 그날 밤에 영업을 마친 뒤에 오 씨에게 밴드비를 계산해주고는 좀 남으라고 말을 했다.

"네, 알겠습니다. 니들은 홀에 좀 있어."

오 씨는 밴드팀에게 말하고는 사무실로 내려갔다. 사무실에는 전원이 모여 있었다. 춘호는 여사장이 앉았던 일인용 소파에 앉아서 빠진 사람이 없나 살피고는 입을 열었다.

봉 씨 아줌마와 안 씨 아줌마도 남으라고 해서 그 자리에 앉아 있었다.

"여기 있는 부사장들이 지금 가게를 물색하고 있다. 2호점은 아마도 영등포 쪽이 될 것 같다. 내일 계약하러 가면 곧바로 인테리어도 시작할 것이다. 그곳이 오픈하면 여기 있는 사람들 반은 그쪽으로 올라가서 영업을 하고, 여기하고 거기에 다시 사람들을 채울 것이다. 그곳이 오픈하면 사장은 배호 부사장이 맡는다. 누가 서울 쪽으로 가든지 여기처럼 열심히 일하다 보면 우리가 바라는 멋진 가게가 될 것이다. 그리고 오 씨는 새로 가게를 오픈한다고 생각하고 밴드팀 하나를 더 만들도록 해줬으면 고맙겠습니다. 알았습니까?"

"네, 저도 식구가 점점 많아지면 수입이 많아서 좋지요. 그렇게 하도록 하겠습니다."

오 씨는 춘호 사장이 그런 계획이 있는 줄은 꿈에도 모르고 있었다가 반가운 듯이 고개를 숙여보였다.

"봉 씨 아줌마와 안 씨 아줌마는 어떻게 했으면 좋겠습니까?"

춘호는 두 아줌마에게 물었다.

"……."

나이가 많은 봉 씨 아줌마가 난처한 듯이 안 씨 아줌마를 쳐다보았다. 안 씨 아줌마도 서울 쪽으로 직장을 옮기기에는 부담스러운지 춘호에게 난처한 눈길을 보내왔다.

"서울 쪽으로는 안 가시겠다는 말씀입니까?"

"여기서 서울 다니려면 너무 힘들어요."

"그럼 알겠습니다. 젊은 직원들을 그쪽으로 보낼 테니까 아주머니께서는 여기 남으세요. 그 대신에 앞으로 들어오는 직원들은 여기서 음식 만드는 법을 가르칠 생각이니까 아주머니 두 분이 책임지고 가르치는 일을 해야 할 겁니다."

"네, 그런 건 할 수 있어요."

"그럼 좋습니다. 새로 들어오는 직원들은 앞으로 여기서 훈련을 시키고 나서 서울 쪽으로 올려 보낼 테니까 그렇게 알면 되겠습니다. 부사장들은 빨리 일을 처리하기 바랍니다."

"네, 알겠습니다."

배호와 정혜가 같이 대답했다.

"그리고 전무는 두 군데를 열게 되면 당분간은 두 군데를 다 맡는다고 생각하고 열심히 해주기를 바랍니다. 다른 의견 있습니까?"

"없습니다!"

"그럼 회의를 마치겠습니다."

배호가 일어나서 말했다. 가게는 그때부터 소란스러워지기 시작했다. 여자들은 서로 빨리 샤워를 하기 위해서 옷을 갈아입기 위해 방으로 들어갔고, 오 씨는 바깥 홀에서 기다리고 있는 팀원들 때문에 인사를 하고는 사무실을 나갔다.

다음날부터 더 바빠지기 시작했다. 여섯 시에 기상해서 구보를 하고 나면 사무실에 모여서 다 같이 아침식사를 하고 나서는 춘호는 차를 몰고 서울 근교에 있는 고아원을 찾아 나섰고, 정혜와 배호는 지프차를 타고서 영등포로 향했다.

배호는 정혜가 말한 이층 가게를 보고는 마음에 들었다.

"바로 앞이 신세계 백화점이네. 여기서 다 보여."

"응, 아저씨. 월세 좀 내리면 안 돼요?"

정혜는 옆에 서 있는 부동산 업소 아저씨더러 사정을 했다.

"아이구, 안 됩니다. 여기 건물 사장은 딱 받을 금액만 이야기하는 사람입니다. 더 깎는 건 무립니다. 안 그래도 다른 가게가 들어오려고 말들을 하고 있는 중인데 깎는 건 힘들지요."

"일단 계약을 하려면 건물 주인이 오셔야 되잖아요?"

"그럼요! 계약하겠다고 연락하면 곧 옵니다."

"그럼 사무실에 가서 계약서를 쓰도록 하지요. 지금 연락해요."

"알겠습니다."

부동산 업자는 곧 주인에게로 연락을 취하고 있는 동안 배호는 창가로 가서 바깥을 내려다보았다. 영등포역이 좌측으로 보였고, 정면에는 신세계 백화점이 보였고, 우측으로는 경방 백화점과 사거리가 보였다.

'흠. 이 정도면 좋군.'

배호는 좋은 장소라고 생각되었다.

"됐습니다. 곧 사무실로 나오신 답니다. 그리로 가시죠."

정혜와 배호는 부동산 업자를 따라 사무실로 갔다. 커피를 마시고 있는 동안에 주인인 듯한 노인이 들어왔다.

"여기 이 분들입니다. 이 분이 건물 주인되십니다."

업자는 정혜와 배호를 입점할 사람이라고 소개하고는 방금 들어온 노인이 건물 주인이라고 인사를 시켰다.

"안녕하세요. 방금 이층에 올라가봤다가 내려왔습니다."

정혜는 상냥하게 인사를 했다.

"허허, 그래요. 앉으세요."

건물 주인은 소파에 앉은 채로 정혜더러 앉으라고 했다.

"아저씨. 월세가 팔백인데 좀 내려주면 안 돼요? 너무 센 거 같아서 부담이 되거든요."

"그건 안 되는데. 그 가게는 들어올 사람이 많아요. 목도 좋고, 새 건물이라 깎아줄 건 없어요."

노인은 월세만 받아먹고 살아서인지 정혜의 말은 발톱도 들어가지 않았다. 그리고 이미 계약할 마음이 있어서 업자가 부른 탓에 깎아줄 마음은 더욱 없었다.

"저희도 장사가 잘 되면 얼마든지 올려드릴 수 있는데, 처음 하는 장사라 위험부담이 좀 커요. 아저씨. 저희들을 좀 도와주시는 셈치고 조금만 깎아줘요. 그러면 나중에 장사 잘 되면 알아서 올려드릴게요, 네?"

"허허, 안 된다니까 그러네. 난 계약하러 오라고 해서 온 거요."

"아저씨, 제가 부탁을 드릴게요. 가게가 탐나서 그러는데 들어오는 우리도 장사가 잘 돼야 하잖아요."

　정혜는 사정하는 수밖에 없었다. 그래도 안 되면 어쩔 수 없
는 일이라고 통사정을 했다. 미리 이억의 보증금을 찾아서 왔지
만 조금이라도 깎아볼 요량으로 매달리는 수밖에 없었다.

　"허허, 안 되는 걸 자꾸 그러네."

　"그래도요. 저희들은 가게에서 나오는 수입으로 고아원을 도
우려고 그래요. 아저씨도 돕는다고 생각하면 돼요. 네? 아저씨."

　정혜는 깎아달라고 아저씨에게 부탁을 했다.

　"어허, 아가씨. 그러시면 사장님이 곤란합니다. 안 그래도 들
어오려는 사람들이 많은데. 사장님이 안 된다고 하시는데 자꾸
그러시면……."

　부동산 업자는 빨리 계약을 했으면 하는 마음이었다.

　"아저씨, 생각 좀 해주세요. 저희 같은 사람들이 살아보려고
하는데 있는 분이 좀 도와주세요. 조금만 깎아주세요. 그러면
감사하게 생각할게요."

　"어허, 이런 일이 있나. 그래. 얼마나 깎아주면 되지?"

　노인은 정혜의 성화에 마지못해 말을 꺼냈다.

　"딱 백만 원만 깎아주세요. 나중에 잘 되면 올려드릴게요. 그
럼 됐죠?"

　정혜가 당돌하게 말하자 노인이 대답했다.

　"그러지 뭐. 보증금은 갖고 왔나?"

　"네."

정혜는 얼른 수표를 내어놓았다.

"그럼 쓰게."

노인은 정혜를 보며 씩 웃고는 부동산 가게 사장에게 말했다.

"네, 그럼 칠백으로 하는 겁니다."

"알았네. 나중에 잘 되면 올려받기로 하지."

"네, 고맙습니다. 잘 되면 올려드릴게요."

정혜는 노인에게 고맙다는 뜻으로 고개를 숙였다. 계약서를
쓰고서 노인이 먼저 읽어본 다음 도장을 찍었고, 정혜는 계약서
를 받아 읽어보았다. 그리고는 배호에게 다시 읽어보라고 건네
주었다. 배호가 계약서를 읽어보았다. 별다른 문제점은 없었다.
정혜는 곧 도장을 꺼내서 찍었다. 보증금을 건네주고는 영수증
을 받았다.

"가게 깨끗하게 써요. 장사가 잘 되면 나도 좋고."

"네, 알겠습니다. 고맙습니다."

정혜는 일어나서 허리를 숙이면서 인사를 하고는 다시 자리
에 앉았다.

"이제 됐습니다."

부동산 가게의 사장이 각각 계약서를 봉투를 담아 두 사람에
게 나눠주었다.

"근데 이 사람은 누군가?"

노인이 배호를 보며 물었다.

"제 동생입니다."

"그래, 누나하고 동생이 하는구먼."

"네."

노인이 커피를 마시고 일어나서 나가고 나서 정혜는 복비를 계산하고는 일어섰다.

"오늘 아가씨가 백만 원 깎았네. 그 노인은 안 깎아주는 노인인데……."

"네, 저도 안 깎아줄 줄 알았어요. 오늘 고마웠어요."

정혜와 배호는 부동산 사장에게 꾸벅 인사를 하고는 밖으로 나왔다.

차에 시동을 걸고서 배호가 말했다.

"누나, 정말 잘하네."

"힛, 그거봐. 사정하면 된다니까. 금세 백만 원 벌었잖아. 백만 원이 뭐야? 매달 달세에서 백만 원씩 버는 거야. 너도 이런 거 알아둬."

"하하, 누나니까 깎아준 거지. 내가 그랬으면 그 노인이 깎아줬겠어?"

"후후, 그건 맞는 말이다. 하여튼 남자들은 여자한테는 약하다니까. 참, 인테리어는 어떻게 하지?"

"여긴 비쌀 거고, 수원에서 인테리어 업자를 알아보고 데려가는 게 어때?"

"수원이 더 싸?"

"그게 싸게 먹힐 거야. 여기서 업자한테 견적을 뽑으라고 하면 막 부를 걸?"

"맞아. 그게 낫겠다. 그럼 가지 뭐."

정혜의 말에 배호는 기어를 넣었다. 시계를 보니 12시였다.

"지금 가면 딱 맞겠다. 춘호한테 전화해볼까?"

"해봐."

정혜는 핸드폰을 꺼내 춘호에게 전화를 했다.

"응, 나야. 지금 수원으로 가는 길이야. 어디야?"

"계약은?"

춘호는 그것부터 물어왔다.

"잘 됐어. 계약했어. 월세 팔백에서 백을 깎은 거 있지?"

"그래? 어떻게 백만 원이나 깎았지?"

춘호는 의외라는 듯이 물었다.

"막 깎았지. 건물 주인이 노인이더라. 원래 안 깎아주는 사람이라는데 떼를 썼지 뭐. 나중에 장사 잘 되면 올려줄 거라고 하면서 말이야."

그 말을 하면서 정혜는 기분이 좋았다.

"어디야?"

정혜가 다시 물었다.

"응, 인천에 와 있어. 인천에 고아원이 많네. 세 번째 고아원을 돌고 있어."

"반응이 어때?"

"좋아! 선물하고 후원금 갖고 가는데 싫어할 리가 있나. 내가

고아 출신이라는데 무슨 말이 필요하겠어. 다들 보내주겠다고
난리야. 하하."

"운전 조심하고. 오늘 몇 시에 들어올 건데?"

"인천 다 돌고 김포하고 강화까지 갔다가 올 지도 몰라. 좀
늦을 걸."

"점심은 먹었니?"

"사먹었어. 누나는?"

"일찍 마쳐서 들어가서 먹으려고 그래."

"그냥 사먹지. 배호 형 좀 바꿔줘."

곧 배호가 전화를 받았다.

"점심 왜 안 사먹었어? 계약 잘 됐다면서?"

"하하, 그래. 정혜 누나가 억세게 깎아서 100만원 깎았다."

"잘 했어. 난 인천 돌고 있어. 인천에도 고아원이 많아. 김포
하고 강화까지 들어갔다가 나올려고 그래."

배호는 반응이 어떠냐고 물었고, 춘호는 가는 곳마다 좋은 호
응을 얻었노라고 말을 했다.

"나도 누나 내려주고 니한테로 갈까? 어때?"

"좋지!"

"그럼 점심 먹고 쏠게. 이따 핸드폰으로 전화할게."

배호는 통화를 끝내고 나서 차의 속력을 올렸다.

"너도 갈려고?"

정혜가 물었다.

"응, 혼자 다니는 것보다 둘이 다니는 것이 낫지. 나도 가보고 싶어지네."

"히구, 고아들 아니랄까봐 붙어다니기는."

정혜의 말에 배호는 활짝 웃었다.

"고아는 영원한 고아야. 죽어도 같이 죽고 살아도 같이 사는 고아지."

"앞으로 우리 식구들이 많이 늘어나겠어. 애들을 다 받을 수 있을까?"

정혜는 그런 걱정이 앞섰다.

"글세······."

배호도 그런 문제가 있을 수도 있다고 생각하고 있었다.

"애들이 많아지면 니하고 내가 바빠지게 생겼어."

"하하, 그런 거야 괜찮아. 고아원 애들은 잘만 해주면 어떤 애들보다 더 말을 잘 들어. 그런 건 내가 더 잘 알지."

"그래, 주방에서 일하는 동생들을 보니까 그렇더라."

"원래 그래, 고아 출신들은 말을 잘 들으면 끝까지 말을 잘 듣고, 한 번 반항하기 시작하면 삐뚤게 나가는 거야. 그런 근성이 있어."

"그건 나도 알겠어. 그러니까 힘들다는 거지."

"힘들 거 없어. 지금처럼 하면 쉬워."

배호는 웃었다. 그 말에 정혜도 따라서 웃었다.

가게에 도착한 배호는 다 같이 점심을 먹고 나서 정혜와 성기에게 인천으로 간다는 말을 하고는 차를 몰고 나섰다. 배호는 제2경인고속도로를 타면서 핸드폰을 했다.

　"어디냐? 지금 인천 쪽으로 가고 있는 중이다."

　"그럼 구월동으로 와. 거기 끝나면 김포로 갈 거니까."

　"알았어. 그쪽에 가서 다시 전화할게."

　배호는 핸드폰을 끄고는 속력을 내기 시작했다. 송도를 거쳐 시내로 달렸다. 고아원에 도착한 배호는 사무실 앞에 차를 세우고는 안으로 들어갔다. 교무실로 들어가서는 인사를 하고는 원장실로 들어갔다.

　"안녕하세요?"

　배호는 정면에 앉아 있는 원장에게 인사를 하고는 춘호에게 웃음을 보냈다.

　"앉아. 이 친구는 저희 가게 부사장입니다. 화곡동에 있는 초록원 출신이고요."

　춘호가 배호를 원장에게 소개했다. 그러자 원장은 악수를 청해왔다.

　"아하, 그래요. 반가워요."

　"그럼 사장님이 말씀한 대로 보내드리도록 하지요. 앞으로 우리 고아원과 긴밀한 협조를 했으면 합니다. 대개 구청이나 시청, 민간단체에서 도움을 주긴 하지만 아주 미미하지요. 실질적으로 애들을 취업전선에 내보내야 하는데, 고아 출신들이라고 해서 꺼리는 편이 많습니다. 하여튼 잘 된 일입니다."

원장은 매우 흡족한 표정이었다.

"그럼 저희들은 일어서겠습니다. 이거……. 저희들의 마음의 표시입니다."

춘호는 봉투를 꺼내 내밀었다.

"네, 고맙게 받겠습니다."

춘호와 배호는 원장이 청하는 악수를 하고는 밖으로 나왔다.

"빨리 왔네?"

"응, 속력 좀 냈지. 가게도 계약하고, 이젠 인테리어만 남았다."

"그럼 인테리어는 안 알아봤어?"

"내 생각엔 수원에서 인테리어 업자를 데려가는 게 나을 거 같아. 서울 쪽에서 알아보면 세게 부를 거 같아서 말이야."

"그럼 수원에서 알아보지 그랬어?"

"일단 타자. 다음은 어디냐? 네가 앞장 서."

"김포. 미리 연락을 해놨어. 나를 따라오면 돼."

춘호가 먼저 출발을 하고 나서 배호는 그 뒤를 따라갔다. 춘호가 탄 차는 인천을 벗어나서 김포 쪽으로 달리고 있었다. 두 대의 하얀색 지프차가 김포를 향해 달렸다. 김포와 강화도까지 돌고난 그들은 밤 늦게 가게로 돌아올 수 있었다. 영업이 끝날 시간쯤에서야 도착을 했다.

그동안 성기가 카운터를 보면서 홀을 관리하고 있다가 들어서는 춘호와 배호를 보고는 일어서서 인사를 했다.

"잘 갔다 왔습니까?"

"그래. 오늘 어떠냐?"

춘호와 배호는 홀을 둘러보았다. 빈자리가 없을 정도로 꽉 차 있는 게 한 눈에 들어왔다.

"오늘 많이 오를 거 같습니다. 주방에서도 바빴습니다."

"그래. 수고했어."

춘호는 성기에게 노고를 칭찬하고는 벽시계를 쳐다보았다. 영업 마감 시간 5분 전이었다. 무대에서는 요란한 춤곡이 마지막 시간임을 알리고 있었다. 사무실로 들어간 그들은 소파에 주저앉았다.

"누나 오라고 할까?"

"됐어. 좀 있다가 마치면 회의나 하지 뭐."

그들이 담배를 피우고 있는 동안에 마감 시간이 되어서 성기가 사무실로 내려왔다.

"오늘 육백오십만 원 나왔습니다. 마감했는데요."

"알았다. 오씨 오라고 그래. 그리고 다들 내려오라고 그래."

성기는 곧 올라갔다가 오 씨와 직원들을 데리고 내려왔다. 주방에서도 여자들이 올라왔다. 정혜가 하루 매상 중에서 40%의 수익금을 계산해서 오 씨에게 건네주었다.

"고맙습니다. 저도 있어야 됩니까?"

"됐습니다. 우리끼리 회의할 일이 있습니다."

"그럼 전 이만……."

오 씨는 춘호에게 인사를 하고는 사무실을 나갔다. 전원이 모인 것을 보고 춘호는 오늘 돌았던 고아원에 대한 일과 정혜가 계약한 영등포 가게에 대한 보고를 하기 시작했다.

"오늘 영등포 가게는 계약을 했다. 정혜 부사장이 건물 주인에게 매달려서 월세 백만 원을 깎아서 계약을 해서 이제는 우리 가게가 된 것이다. 내일부터 곧바로 인테리어가 들어가도록 정혜 부사장과 배호 부사장이 맡아서 하도록. 그리고 나는 오늘 인천에 있는 고아원 여덟 군데와 김포에 있는 고아원 두 군데, 그리고 강화도 있는 고아원 세 군데를 돌았다. 배호 부사장과 같이 돌았는데, 결과는 아주 좋은 반응을 얻었다. 앞으로 여러분들은 선배로써 들어오는 후배들을 정성껏 맞아주기를 바란다. 여긴 고아원이 아니다. 사회이므로 고아원에서처럼 텃세를 하거나, 힘없는 자를 못 살게 구는 일은 없어야 할 것이다. 여러분들이 어떻게 하느냐에 따라 늦게 들어온 애들이 형처럼, 누나처럼, 언니처럼 따를 것이다. 봉 씨 아주머니도, 안 씨 아주머니도 자식처럼 돌봐주기를 바랍니다. 이상! 질문 있으면 해도 좋다!"

춘호의 말에 질문하는 사람은 없었다. 미리 주도면밀하게 일을 처리하고 있는 춘호와 배호에게 딴지를 걸 사람들도 없었다. 다들 피곤했으므로 얼른 회의가 끝나기만을 바라는 눈치였다.

춘호는 질문이 없음을 알고서 회의를 마쳤다.

"그럼 회의 끝!"

그 말이 떨어지기가 무섭게 후다닥 일어난 그들은 각자의 방으로 뛰어들어갔다. 하루 일과를 마친 뒤의 피로를 풀기 위해서 샤워를 하기 위해서였다.

"정혜 누나는 내일부터 배호 형하고 인테리어부터 시작해. 그래야 그쪽 가게가 나가는 날부터 곧바로 영업을 들어가지."

"응, 아직 보름 정도 남았으니까 그 안에 하면 될 거 같아."

"오늘 수고했어."

춘호는 두 사람에게 찬사를 보냈다.

"뭘, 누나가 힘쓴 덕분이지."

"나야 뭐, 배호도 같이 갔잖아."

"하하, 그럼 나도 같이 거들었네 뭐. 누나가 깎은 거야. 난 옆에 그냥 서 있었고."

"아무튼 그런 일에는 다 같이 우리 일이야. 2호점이 잘 돼서 다시 3호점을 열게 되면 누나도 하나 맡지."

"그래, 빨리 그런 날이 왔으면 좋겠다. 참. 이번에 검정고시는 꼭 합격해야 돼."

"하하, 요즘 공부할 시간이 없네. 이러다간 떨어지겠어."

춘호가 웃으면서 말하자 배호도 한마디 했다.

"네가 떨어지면 난 더 떨어질 거고. 하하."

"하여튼 저번처럼 열심히 해야 돼. 일 때문에 방심하다간 몇 과목 놓칠 지도 몰라."

"응, 알았어. 누나, 자. 피곤할 텐데."

"그래, 니들도 일찍 자라. 나, 간다."

정혜는 그렇게 말하고선 사무실을 나갔다. 정혜가 자는 방은 복도 한켠에 있었다.

이부자리를 깔고 누운 두 춘호는 옆자리에 누워 있는 배호에게 물었다.

"이번에 검정고시 보면 몇 명 붙을까?"

"누구? 애들?"

"응."

"다 붙어야지. 아침에 열심히 공부하잖아."

"그래, 모두 다 붙었으면 좋겠다. 그러면 정혜 누나도 힘이 날 테고."

"그렇게 될 거야. 그러면 나중에 들어오는 애들도 검정고시에 붙는다는 것만 갖고도 기운이 날 텐데 말이야."

"그래. 형, 자."

"응, 잘 자라."

춘호는 배호가 이불을 끌어당겨 얼굴을 덮는 것을 보고서 눈을 감았다. 영등포 쪽에 계약한 가게의 위치가 눈에 선하게 들어오는 듯했다. 영등포역 쪽이라면 전에 전철 안에서 앵벌이를 할 때에 수도 없이 가봤던 곳이었다. 1호선과 2호선은 하루에도 수십 번씩 왔다갔다 하면서 다녔기 때문에 대충 위치만 말해도 눈에 밟힐 듯이 선하게 다가왔다.

'흠, 이제 시작하는 일만 남았군.'

춘호는 마음속으로 결심을 하듯 다짐을 주었다.

한 식구들

춘호가 고아원을 돈 보람이 곧 나타났다. 각처에서 머리통이 큰 애들이 올라왔다. 지방에서 올라온 애들은 가게로 전화를 해서 위치를 물어서 찾아왔고, 그들의 손에는 원장이 써서 보낸 공문이 들려져 있었다.

콜라텍 사장 귀하.

귀사의 사업이 일취월장하기를 빕니다.
우리 고아원 출신을 보내오니 잘 맡아 주시기를 바랍니다.
더불어 그곳 직원께도 하나님의 가호가 함께 하기를 빕니다.

원장 드림.

춘호는 편지를 내민 형진을 쳐다보았다. 형진은 만수와 택기와 함께 춘호와 배호를 물끄러미 쳐다보고 있었다.

"니들 학교는 어디까지 나왔나?"

"중툅니다."

"어디? 중학교 중퇴냐?"

"아닙니다. 초등학교 중툅니다."

"셋 다?"

"네……."

춘호와 배호 앞에 선 그들은 부끄러운 듯이 고개를 푹 숙였다.

"임마, 고개 숙일 필요 없어. 여긴 다 똑같애. 알았냐?"

"네."

"여기 있는 이 분이 니들 가르칠 선생님 누나다. 여기 부사장이고. 인사드려라."

춘호는 정혜 누나를 가리켰다.

"안녕하세요. 공부 열심히 하겠습니다."

세 명은 모두 정혜에게로 몸을 돌려 인사를 했다.

"그래. 잘 왔다. 여기서 열심히 해서 검정고시에 합격하면 돼. 사장님하고 저기 부사장님도 검정고시로 중학교를 졸업했어. 곧 대입 검정고시만 치면 돼."

"……."

세 명의 아이들은 춘호와 배호를 물끄러미 쳐다보았다.

"여긴 고아원하고 틀려. 다 고아원 출신들이다. 아침 여섯 시에 일어나면 구보를 하고, 오전엔 공부를 하고 나서 아침을 먹는다. 어때? 고아원하고 똑같지?"

"네."

"아침을 먹고 나면 전원이 체육관으로 가서 운동을 한다. 남자는 힘이 있어야 되는 거다. 알았냐?"

"네."

"운동이 끝나고 나면 여기서 점심을 먹고 나서 오후 영업을 시작할 준비를 한다. 여자들은 주방에서 일하고, 남자들은 홀을 맡으면 된다. 여기 오는 손님들에겐 최대한 인사를 깍듯이 하고, 손님들이 불친절하다고 생각하면 니들은 알아서 해라. 알겠냐?"

"네."

세 명의 아이들은 대선배인 춘호가 하는 말에 고분고분했다.

"밤 열 시에 영업이 끝나면 하루 일과를 마친 회의가 있고, 회의가 끝나면 각자 방으로 가서 취침하는 거다."

"네."

"만일 이곳에서 사고를 치면 고아원에서보다 더 엄중한 벌을 내리겠다. 그건 각오해라. 알았냐?"

"네."

세 명의 아이들은 엄해 보이는 춘호와 배호를 힐끔 쳐다보면서 대답을 했다. 그러나 그들은 일단 고아원을 벗어났다는 것에 안도하는 표정들이었다. 새로운 세계를 경험하기 위해 올라온 아이들이었으므로 고아원의 대선배가 운영하는 콜라텍이라는 것이 우선 마음에 들어하는 눈치였다.

"그리고 니들 전라도 사투리는 쓰지 마라. 여기서는 될 수 있으면 하루빨리 서울 말씨를 배우도록 해라."

"네."

"니들이 열심히 해서 검정고시에 합격하면 대학까지 갈 수 있도록 해주겠다. 그럴 각오가 돼 있냐?"

"네."

세 명은 거의 동시에 대답을 하면서 춘호를 쳐다보았다.

"됐어. 그럼 배호 부사장을 따라서 홀로 나가봐라. 부사장."

춘호는 배호를 부사장이라고 불렀다.

"네."

"애들 데리고 홀로 가서 교육 좀 시키지."

"네, 알겠습니다."

배호는 곧 자리에서 일어나서 세 명의 아이들을 데리고 나갔다.

"홋, 너 진짜 사장 같다."

정혜가 웃음을 참느라 손으로 입을 막았다.

"하하, 이렇게 해놔야 돼. 고아들은 처음에 길을 잘 들여놔야 고분고분해지는 거야."

"하하, 그래. 알았어. 여자애들이 오면 좋겠다, 야."

"앞으로 여자애들도 오겠지. 그때는 누나가 확 잡아놔야 돼."

"응, 알았어. 그건 걱정마."

"쟤들은 눈치 하나는 되게 빠르거든. 그걸 잘 알아야 돼."

"알았다니까 그러네. 고아 출신들은 원래 눈치 하난 빠르잖아."

정혜도 이미 그러한 것쯤은 알고 있었다.

"일단 여기서 교육을 시켜서 영등포 쪽으로 보내던지 해야지. 여기서 확 잡아놔야 돼."

"그렇게 하는 게 좋겠어. 그러면 여기가 본부네?"

"그렇지! 여기가 본부야."

춘호는 활짝 웃었다. 정혜도 따라서 웃었다.

"오늘쯤 인테리어가 끝나지?"

"응. 오늘 끝난다고 그랬어. 끝나면 미리 연락해주기로 했어. 그래야 잔금을 주지."

"그럼 연락이 오면 나하고 같이 가봐. 여긴 배호 형한테 맡겨 놓고."

"그래, 알았어."

영등포 가게는 인테리어비만 오천만 원이 들어가는 공사였다. 춘호는 인테리어 공사를 시작하고 나서 가게 답사를 위해 중간에 두 번이나 가봤던 셈이었다. 이제 마무리 단계에 접어든 공사를 끝마치기 위해 미리 정혜에게 지급한 잔금을 준비해 놓으라고 하고선 기다리고 있는 중이었다. 정혜가 주방에 내려간 뒤에 춘호는 소파에 기대서 잠깐 잠을 잤다.

"사장님. 주무세요?"

명희였다.

"응, 왜?"

"정혜 부사장님이 연락이 왔다고 그래래요. 곧 올라간다고 준비하고 있을래요."

"그래, 알았다."

한편, 배호는 세 명의 아이들을 데리고 홀에서 교육을 시키고 있었다. 카운터에서 일을 보는 법과, 테이블에서 시중을 드는 법을 가르치고는 그들을 데리고 의자를 정돈하고 있었다.

"항상 의자는 테이블에 반듯이 있도록 하고."

"네."

그들은 얼른 배호가 가르치는 대로 의자를 반듯하게 정돈을 했다.

"그리고 테이블 위에는 먼지 하나 없도록 해둬야 한다. 손가락으로 문질러봐."

배호는 세 명의 아이들에게 일일이 테이블 위를 쓱 문질러보도록 했다.

"깨끗한데요."

"그래. 오전에 청소를 했어. 항상 먼지 하나 없도록 해야 된다. 고아원에서도 복도를 물청소하지?"

"네."

"여기도 그렇게 청소해. 바닥은 미션하우스를 하고, 테이블은 걸레로 깨끗이 닦는 거다."

"네."

"저쪽 무대엔 좀 있다가 밴드팀들이 올 거다. 저쪽도 깨끗하게 청소를 해놔야 밴드팀들이 기분 좋게 연주를 하는 거다."

"네."

배호는 앞장서서 무대 위로 올라갔다. 세 명의 아이들이 배호의 뒤를 따라 무대 위로 올라왔다.

"자, 봐라. 여긴 밴드팀들이 사용하는 곳이니까 니들은 그냥 구경만 해."

"네."

세 명의 아이들은 악기들과 복잡하게 얽혀 있는 전선줄을 보고서 대형 술집에서나 들을 수 있는 꽝장한 음악소리가 울려나올 것만 같은 착각이 들었다.

배호는 무대 밑의 테이블들을 내려다보며 말했다.

"너희들은 홀 뒤쪽에 서 있다가 손님이 주문하면 달려가서 주문을 받는 거다. 아까 이야기했듯이 항상 공손하게, 손님이 왕이라는 생각으로 대하면 된다."

"네."

"손님들은 자기들과 같은 또래의 니들이 굽실거리는 걸 좋아하는 법이다. 그래서 최대한 공손하게 말을 하고, 매너 있는 행동을 해야 하는 거다."

"네."

"그리고 뒤쪽에 서 있을 때는 잡담 같은 거 하지 말고. 또 이리저리 움직이면서 혼란스럽게 보이지 않도록 해라. 니들은 언제든지 손님이 손을 들면 쏜살같이 달려가서 주문만 받으면 돼."

"네, 알겠습니다."

"됐다. 내려가자. 좀 있다 오후에 영업이 시작되면 음악은 실 컷 들을 수 있을 거다."

배호는 무대 아래로 내려와서 다시 섰다.

"제일 처음 들어오는 손님은 항상 앞자리에 앉게 돼 있지만, 간혹 중간쯤에 앉으려고 하는 손님에겐 정중하게 앞쪽으로 앉 으시지요, 하고 권하는 거다. 그럴 때는 아주 공손하게 말을 해 야 돼. 거칠게 말하면 손님들이 기분 나빠 하니까."

"네, 알겠습니다."

배호는 다시 홀 뒤쪽으로 걸어가서 섰다.

"여기선 이렇게."

배호는 실제로 자신이 했던 것처럼 시범을 보였다. 똑바로 선 자세에서 양손을 허리 뒤쪽으로 갖다대고선 알맞게 다리를 벌 린 상태를 보여주었다.

"해봐."

배호가 그런 자세를 해보라고 시켰다. 세 명의 아이들은 배호 앞에서 서로 자연스런 자세를 취하려고 애를 썼다.

"좀 어색해. 그냥 자연스럽게 서봐."

배호는 자세를 잡아주고는 팔을 뒤쪽으로 자연스레 갖다놓아 주었다.

"시선은 항상 앞쪽을 봐. 손님이 어디에서 주문을 할지 모르니까."

세 명의 아이들이 시선을 이리저리 돌리는 것을 보고는 다시 지적했다.

"그냥 자연스럽게, 주문이 있으면 놓치지 않겠다는 뜻으로 봐. 너무 그렇게 눈알 돌리지 말고."

배호는 그 말을 하면서 웃음이 터져 나왔다. 세 명의 아이들이 너무 얼어 있어서 부자연스런 자세가 나왔기 때문이었다.

"지금은 나를 의식하니까 그렇지만 니들이 할 때는 그냥 자연스럽게 서서 손님들을 훑어본다는 뜻으로 하면 돼. 주문을 받으면 주방으로 내려가는 거야. 자, 실제로 한 번 해보자. 누가 테이블에 앉아 봐. 한 사람은 테이블에 앉아 있고, 나머지 두 사람은 내가 하는 걸 따라서 보고 나서 주방으로 가는 것까지 해보겠다."

세 명 중에서 택기가 테이블로 가서 앉았다.

"자, 손을 들어봐. 주문하는 거니까."

그 말에 택기가 손을 들었다.

배호는 뒤편에 서 있다가 얼른 택기 옆으로 갔다.

"손님, 뭘로 하시겠습니까?"

배호는 들고 있던 볼펜과 종이를 내보이면서 적을 자세를 취했다. 알맞게 숙인 허리를 보이기 위함이었다.

"자, 봐라. 너무 허리를 숙이면 안돼. 그냥 자연스럽게 허리를 약간 숙이는 정도로. 자, 주문해봐."

배호는 그렇게 설명하고는 곧 적을 준비를 했다.

"콜라 두 잔하고요. 김밥하고, 떡볶이 주세요."

"네. 금방 갖고 오겠습니다."

배호는 택기에게 약간 고개를 숙여 알았다는 표시를 하고는 돌아섰다.

"자, 이제 주문을 받았어. 주문받을 걸 적은 것을 갖고 주방으로 가는 거다. 다들 따라와 봐."

배호는 세 명의 아이들을 데리고 주방으로 갔다.

"주문요! 콜라 두 잔하고. 김밥 3인분. 떡볶이 3인분입니다."

배호가 그렇게 말하자, 주방에 있던 정혜와 여자들이 세 명의 아이들을 보고서 웃었다.

"지금 교육시키고 있는 거야. 주문을 말하면 여기서 얼른 콜라하고 김밥, 떡볶이를 담아주는 거야. 그러면 그걸 받아서 얼른 홀로 갖다주는 거야. 알았어?"

"네, 알겠습니다."

"그럼 대충 담아줘봐. 쟁반을 들고 가서 테이블에 놓아주는 것까지 시범을 보여줄 테니까."

배호는 명희에게 알아서 쟁반에 담아달라고 말했다. 명희가 곧 음료수와 김밥 등을 쟁반에 담아주었다.

배호는 쟁반을 받아들고서 말했다.

"자, 받았어. 두 손으로 드는 게 아냐. 한 손으로 이렇게 들어. 그리고 홀로 가는 거야. 따라와."

배호는 쟁반을 들고서 홀로 갔다.

"야, 택기. 너, 아까 테이블에 가서 앉아봐."

"네."

택기는 얼른 좀 전의 테이블로 가서 앉았다. 배호는 쟁반을 들고 택기가 있는 테이블로 갔다. 두 명의 아이들이 배호를 따라 걸었다.

"자, 봐라. 쟁반을 내려서 음료수와 김밥 등을 내려놓을 때에 부드럽게 내려놓아야 돼. 서툴게 꽉꽉 내려놓지 말고."

"네."

배호는 자연스럽게 내려놓은 다음, 택기에게 고개를 약간 숙이고는 그 자리를 물러나왔다. 다시 홀 뒤편으로 와서 선 배호는 물었다.

"이제 됐냐?"

"네."

"몇 번 연습하고 나면 금방 익숙해질 거다. 힘들 거 하나도 없어."

"네, 알겠습니다."

세 명의 아이들은 생각보다 일이 쉽다고 생각하는 듯했다.

"됐다. 내려가자."

배호는 세 명을 데리고서 사무실로 내려갔다. 춘호와 정혜가 나오다가 배호와 마주쳤다.

"어디 가려고요?"

"응, 영등포에. 이제 다 끝났다고 연락이 왔어."

"둘이 가는 겁니까?"

"그래, 가게 좀 지켜. 잔금만 주고 오면 되니까."

"알겠습니다."

배호는 세 명의 아이들이 보는 앞에서 공손하게 대답했다. 사무실로 들어온 배호는 세 명의 아이들에게 앉으라고 말했다.

"우린 한 식구다. 가족도 없었지만 부모도 없었지만 우린 누구보다도 더 많은 식구가 있는 가족이라는 걸 명심해라."

"네."

"고아원 출신들은 서로 뭉쳐야 산다. 어떤 사람 눈에도 피눈물이 나게 해서는 안돼. 그런 놈은 인간도 아닌 놈이기 때문에 사라져도 될 놈이라는 것을 알아둬라. 우리는 우리의 힘으로 이 세상을 헤쳐 나가야 되는 거다."

"네, 알겠습니다."

"앞으로 니들은 여기서 잘 훈련받아서 영등포에 있는 콜라텍으로 올라갈지도 모른다. 지금 영등포 가게의 인테리어가 끝나서 업자들에게 잔금을 지불하러 가는 거다. 오늘부터 형들이 하는 걸 열심히 배워라."

"네."

배호는 그들을 잠시 쉬게 했다가 다시 주방으로 데리고 내려가서 여자들이 음식을 만드는 것을 배우게 했다.

"남자도 주방장이 있잖아. 김밥 만드는 거라든지 떡볶이 만드는 법을 갈쳐줘. 파 써는 것도 시키고."

"네에."

명희가 세 명의 아이들에게 일일이 음식을 만드는 법을 가르쳐주고 설명하기 시작했고. 다른 여자들이 만드는 음식에 대해서 가르쳐주기도 했다. 배호는 가게 바깥에서 청소를 하고 있는 직원들에게로 가서 청소를 돕기 시작했다.

"야, 목 안 마르냐? 음료수 좀 갖고 오지 그래."

배호의 말에 성기가 빗자루를 놓고선 가게로 들어갔다가 음료수들을 갖고 왔다. 가게 앞과 골목까지 말끔히 청소를 했다.

빙 둘러앉은 그들은 음료수를 마시며 쉬고 있었다.

"야, 니들 고아원에서 마당 쓸던 생각나지?"

"네. 고아원에선 틈만 나면 빗자루 들고 청소해야 되잖아요. 지금도 우리는 고아원에 있는 애들 같습니다."

성기가 농담식으로 말하자, 배호가 대답했다.

"하하, 그래. 청소는 어디나 깨끗이 하면 좋지. 여기 들어오는 손님들도 그렇게 생각할 거고, 이 주위에 있는 사람들도 우릴 보면 좋은 일 한다고 그럴 거다. 안 그러냐? 니들도 골목을 청소해주는 사람이 있다고 생각해봐라. 그러면 기분이 안 좋겠냐?"

"맞습니다!"

"적어도 고아 출신이라는 말은 안 들어야지."

"……."

그들은 배호의 말에 수긍을 했다. 음료수를 마신 그들은 다시 일어나 가게에서 좀 더 멀리까지 청소를 해나갔다. 찻길의 인도와 골목 구석구석까지 청소를 하는 것도 운동을 하는 셈이었다.

"부사장님. 오늘 온 애들은 어디서 온 애들입니까?"

"군산 촌놈들이다. 군산에 있는 한빛 고아원에서 보낸 애들이 야. 니들이 잘 좀 가르쳐줘라."

"아, 지방에서 올라왔네요."

"그래. 방금 홀 서빙하는 거 가르쳐줬다. 주방에 들어가서 일 좀 배우라고 해뒀으니깐 이따 들어가면 니들이 알아서 잘 교육 좀 시켜라. 성기, 네가 맡아."

"네, 알겠습니다."

성기가 얼싸 좋다는 식으로 헤벌쭉 웃었다.

"잘못한 거 있더라도 절대 손을 대지는 마라. 저엉 잘못한 것 이 있으면 나나 사장한테 말해서 전체 회의에서 벌을 주는 걸로 해라."

"네, 알겠습니다."

"그런 건 애들한테도 교육시키고."

"네. 그러지요."

배호는 고아들이 맞는 것에 대해선 질색한다는 것을 스스로 도 잘 알고 있었다. 대개 고아원을 도망치는 일은 거의가 매를 맞아서 도망치는 경우가 많다고 생각하고 있었다.

골목 끝까지 청소를 하고 난 그들은 빗자루를 들고서 가게로 돌아왔다. 홀 안에는 군산에서 올라온 세 명이 테이블을 닦고 있었다.

"야, 니들 다 배웠냐?"

배호가 물었다.

"네, 그냥 청소하고 있습니다."

세 명 중의 한 명이 대답을 했다.

"그래, 여긴 닦았지만 또 한 번 청소하는 것도 괜찮지. 이제 슬슬 장사 준비해라."

배호는 성기에게 지시를 내렸다.

"야! 전부 장사 준비! 시간이 됐다!"

성기의 말에 모든 사람들은 제 위치로 향했다. 성기는 세 명의 아이들을 데리고 홀 뒤쪽으로 가서 세웠다.

"어떻게 하는지는 배웠냐?"

"네, 부사장님한테서 배웠습니다."

만수가 큰 소리로 대답했다.

"좋아! 이렇게 서 있다가 손님이 들어오면 '어서 오십시오' 하고 인사를 하는 거다. 내가 손님처럼 들어올 테니까 그대로 해봐."

성기는 교육을 시키고는 가게 입구 쪽으로 나갔다가 안으로 들어왔다.

"어서 오십시오. 앞쪽으로 가시죠."

세 명은 공손하게 허리를 굽히면서 인사를 했다.

"좋아! 됐어!"

성기는 배호 부사장이 철두철미하게 교육을 시켜놓은 것을 알 수 있었다.

"난 카운터에서 니들이 하는 것을 볼 테니까 잘 해."

"네."

배호는 그들을 세워놓고서 카운터로 들어갔다. 잠시 뒤에 진란이가 주방에서 올라와서 카운터로 들어왔고, 두 사람은 카운터에서 오늘 팔 과자들을 정돈하기 시작했다. 곧 밴드팀들이 출근했고, 아줌마들이 출근하기 시작했다.

"어서 오십시오."

세 명의 아이들이 인사를 했다.

"······?"

이제 막 출근한 그들은 낯선 세 명의 아이들을 보고선 새로 온 직원이라는 것을 알아차리고는 빙긋이 웃어주었다. 그들은 카운터에 있는 성기에게 인사를 하고는 무대로 가거나, 주방으로 들어갔다.

잠시 뒤에 손님들이 들어오기 시작했다. 성동이와 명쾌, 찬욱이도 홀 뒤쪽에 서서 세 명의 아이들에게 교육을 시키곤 했다. 사무실에 있던 배호는 홀로 나와서 세 명의 아이들이 하는 것을 보고는 흡족한 듯이 웃음을 지었다.

"야, 전무. 쟤들 잘하네."

"네. 한 번 말해주니까 그대로 하는데요."

"부사장님. 애들이 자꾸 올 모양이죠?"

진란이가 물었다.

"그래, 앞으로 더 오면 여기서 교육시켜서 영등포로 데려갈 거니까. 진란이 너도 영등포로 갈래?"

"호홋, 전 그냥 여기 있을래요."

"왜? 여기가 더 좋아?"

"그럼요. 여기가 편하잖아요. 사장님도 계시고……."

"하하, 여기는 수원이고, 저쪽은 서울인데도? 서울이 좋지 않니?"

"그냥 여기가 좋아요. 다른 애들이 서울 갈지도 몰라요."

"명희는?"

"명희요? 글쎄요. 모르겠는데……."

"다 여기 남겠다고 하면 서울엔 누가 가나? 여자들도 가야지."

"갈 애들 있을 거예요. 서울이라면 다들 좋아할 거예요. 그렇지만 전 여기가 더 편해요."

"알았어. 지원자들이 있을 테니깐."

방금 들어온 손님들로 인해서 성기와 진란이는 바빠졌다. 입장권을 주고 나면 새로 온 애들과 명쾌, 성동이, 찬욱이가 각자 알아서 테이블로 안내를 했다.

배호는 홀에 있다가 주방으로 내려가보았다. 주방에서는 밀려드는 주문에 맞추느라 여러 사람들이 분주하게 움직였다. 각자 한 메뉴씩 맡고 있다가 주문에 따라 자신이 맡고 있는 음식을 접시에 담는 일이었으므로 그리 느긋한 편은 아니었다.

"니들 서울로 갈 애들 있냐? 곧 오픈할 거다."

"……."

여자애들은 서로 얼굴을 쳐다보기만 했다.

"지원자 있으면 지원자로 하고, 지원자가 없으면 사장님이 차출할 건데 말이야. 알아서 지원을 해줬으면 싶다. 지원할 사람 말해봐."

"……."

여자애들은 서로 입을 맞춘 듯이 말이 없었다. 서로 쳐다보기만 할 뿐, 선뜻 지원하겠다는 사람이 없었다.

"니들 지원 좀 해봐. 서울 영등포니까 좋잖아. 젊은 애들이 북적거리는 곳이고."

봉 씨 아줌마가 옆에서 바람을 집어넣었다.

"아, 그래. 요즘 젊은 사람들은 서울로 못 가서 안달들인데."

안 씨 아줌마도 거들었다.

그래도 지원하겠다는 사람이 없자 배호가 꼬드겼다.

"그럼 이거 누가 가지? 거긴 새 가게라서 여기보다 깨끗하고 백화점 바로 옆이라서 좋은 데야. 전철역도 바로 옆에 있고."

"그런 데 가면 뭐해요? 외출도 못 하는데. 전 여기 남아 있을래요."

호숙이가 제일 먼저 남겠다고 말을 하자 성숙이도 남겠다고 말을 했다.

"나도 여기 있을래."

"명희는?"

배호가 물었다.

"너도 여기 있었으면 해요. 나 혼자 가는 것도 그렇고……."

명희가 말끝을 흐렸다.

"그럼 셋 다 가지. 여긴 아줌마들과 새로 들어온 애들이 주방을 맡으면 되고. 안 그러냐?"

"네?"

성숙이가 놀란 듯이 되물었다.

"할 수 없잖아. 음식을 만들 줄 아는 니들이 가야지. 아줌마들은 데려갈 수 없고 말이야."

"저희들 그냥 여기 있으면 안 돼요?"

호숙이가 큰일났다는 듯이 말했다.

"다 안 가겠다면 누가 일을 해? 여기하고 서울하고 번갈아 가면서 왔다갔다 할 수 있으니까 괜찮아. 새로 사람이 들어오면 음식 만드는 법을 가르쳐서 서울로 내보낸다고 하니까 그때까지는 세 명이라도 가야지."

배호의 말에 그들은 할 말이 없었다.

"그래. 알았어. 이따 사장과 부사장이 오면 같이 의논해서 결정할 거니까."

배호는 그렇게 말하고는 다시 홀로 올라갔다. 어느새 홀 안은 손님들로 꽉 차 있었다. 밴드팀들의 연주에 무대 앞에서는 춤을 추는 학생들로 만원이었다. 학생들에겐 술은 팔지 않았으므로 담배를 마구 피워대서 자욱한 연기가 쉴새없이 환풍기를 통해 빠져나가고 있었다. 학생들끼리 서로 부킹을 하면서 테이블을 옮겨 다니며 앉곤 했다. 홀 뒤쪽에 서 있는 직원들은 합석으로 인해서 테이블이 비게 되면 테이블을 청소해야 하고, 재떨이를 새 걸로 갖다놓기에 바빴다.

손님들은 점점 주문이 많아졌다. 저녁식사를 때울 겸해서 주문하는 것이기 때문에 인원수보다 많은 양의 음식을 주문하곤 했다. 특히 여자들과 합석이 된 경우엔 새로 음식들을 주문했다. 음식을 주문하면 따라서 음료수도 같이 주문하는 경우가 많았다.

"야, 저기 가봐라."

뒤에 서 있는 직원들이 미처 보지 못한 구석진 곳의 테이블에서 손이 올라가는 것을 보고는 배호가 형진에게 손짓을 해보였다. 형진이 냉큼 테이블로 달려가서 주문을 받아서는 주방으로 내려갔다.

"잘 봐. 어두운 곳에서는 손을 드는 걸 놓칠 수가 있어."

"네."

부사장인 배호가 옆에 서 있어서인지 새로 들어온 만수와 택기는 눈에 힘을 주며 홀 안을 둘러보고 있었다. 요란한 음악과 함께 실내는 점점 뜨거운 열기로 변해갔다. 카운터에 있는 성기는 신이 나는지 연신 일어섰다가 앉으면서 몸을 흔들어대기도 했다. 진란이는 그러는 성기를 보면서 쿡쿡, 웃고 있었다.

배호가 그런 모습을 보자, 성기는 멋쩍은 듯이 머리를 쓰다듬고는 의자에 앉았다. 홀을 맡고 있던 명쾌와 성동이, 찬욱이는 벌써 중고참이나 마찬가지였다. 새로 들어온 애들이 어떻게 하나 살펴보면서 홀의 뒤쪽에 서 있기만 했다.

'흠, 됐어.'

배호는 중고참 행세를 하는 그들을 보며 앞으로 체계적인 조직이 되어간다는 것을 느낄 수 있었다.

한편, 영등포에 도착한 춘호와 정혜는 가게로 들어가서 실내를 둘러보았다. 완벽하게 꾸며진 인테리어가 새로운 감각으로 들어왔다.

"춘호, 너는 어때?"

정혜가 벽에 발라놓은 도포를 만져보면서 물었다. 오렌지 색이 나는 벽이었다.

"됐네. 괜찮아."

춘호는 실내가 마음에 들었다.

"무대에도 한번 가봐야지?"

"그러지."

두 사람은 무대로 올라갔다. 수원과 똑같이 만들어달라는 주문을 했기 때문에 수원보다도 더 화려하고 예쁘게 만들어진 무대였다.

"이만하면 되겠습니까? 마음에 들죠?"

인테리어 업자가 물었다.

"괜찮아요. 방은 어떻게 해놨나."

춘호는 방이 싫었다. 수원에 있는 가게는 임시방편으로 방을 만들었지만 여기는 방다운 방을 만들라고 지시를 했던 것이다. 그들은 곧 주방 뒤에 있는 방문을 열어보았다. 마치 원룸처럼 밝게 꾸며진 방이었다.

"여긴 남자들 방이고요. 저쪽이 여자들 방입니다."

업자는 다른 방문을 열어서 보여주었다.

"깨끗하게 됐어요. 주방에도 가보죠."

그들은 다시 주방으로 향했다. 주방 역시 말끔하게 꾸며져 있었다. 주방집기들만 갖다놓으면 일류 음식점의 주방 같다는 생각이 들 정도였다.

"이제 됐죠?"

"됐습니다. 홀로 나가죠."

그들은 다시 홀로 나와서 잔금을 지불하고는 업자로부터 영수증을 받았다.

"사장님. 기분 좋게 해주시니 감사합니다. 이런 일을 하면서 중도금과 잔금을 재깍재깍 건네주는 사장님은 못 봤습니다."

업자는 기분이 좋았다.

"네. 전 미루는 게 싫어합니다. 앞으로 가게가 더 늘어나면 다시 일을 맡기고 싶습니다."

"하이구. 그럼 더 멋들어지게 꾸며드리죠 머. 이렇게 계산을 철저하게 해주시는 분인데 우리가 대충대충 하겠습니까. 맡겨만 주신다면 정말 멋들어지게 해드릴 겁니다."

"그래요. 이건 거래니까 깨끗하게 처리하는 걸 원칙으로 합니다. 사장님도 일꾼들을 데리고 일을 하니까 돈이 필요할 것 같아서 제 때에 드린 겁니다."

"하이구, 예. 그런 사정까지 짚어주신다면 우리야 일을 할 만하지요. 사장님, 제가 오늘 술 한잔 사겠습니다. 시간이 어떻게 되십니까?"

업자는 화끈하게 잔금 계산을 해준 춘호와 정혜에게 술을 대접하고 싶다는 말을 꺼냈다.

"하하, 됐습니다. 전 이 가게만 보면 술을 마신 것보다 더 기분이 좋습니다. 일꾼들과 같이 술이나 한잔 하십시오. 저희들은 수원의 가게에 빨리 가봐야 합니다."

"그러면 저도 그 근처에 가야 하니까 근처에 가서 술 한잔 대접해 드리지요. 앞으로 또 일을 하게 될지도 모르는데."

업자는 어떻게든 감사한 마음으로 술을 대접하고 싶어했다. 그리고 화끈하게 잔금을 끝내준 춘호에게 호감을 갖고 있었다.

"하하, 됐습니다. 제 성격 알잖습니까. 오늘은 술을 대접받은 것으로 하겠습니다. 그냥 신경 쓰지 마십시오. 앞으로 좋은 인연이 됐으면 합니다."

"이런. 좋은 인연이 되려면 확 터놓고 술이라도 한잔해야 하지 않습니까? 이러면 제가 섭섭해서 못 갑니다."

"괜찮습니다. 길게 하시는 것도 좋지 않습니다."

춘호의 단호한 말에 업자는 흠칫 하는 듯했다.

"그러면 제가 인사라도 할 수 있게 해주십시오. 이거 작지만…… 술값이라고 생각하시고……."

업자는 백만원 권 수표 한 장을 꺼내 내밀었다.

"이러시면 안 좋습니다. 제가 돈이 없어서 그러는 거 아닙니다. 아시죠? 도로 넣으세요."

춘호가 냉정하게 말하자, 업자는 당황스러운 듯이 어쩔 줄 몰라했다.

"춘호야……."

옆에 있던 정혜가 너무 냉엄하게 업자를 대하는 것 같아 염려스러워서 끼어들었다.

"아냐. 됐어. 이건 도로 넣으십시오. 받은 걸로 하겠습니다."

춘호는 정혜에게도, 업자에게도 나무라듯이 말을 했다. 업자는 할 수 없이 수표를 거두고는 두 손을 모아쥐었다.

"그럼 다음번에도 일을 맡겨 주십시오. 그때는 알아서 하겠습니다."

"하하, 그러십시오. 그게 더 편합니다. 그 돈으로 일꾼들에게 고기가 거하게 사 먹이는 게 낫겠습니다."

"아, 네. 그러지요. 감사합니다."

업자는 그제야 춘호의 본마음을 헤아리는 듯했다. 춘호에게 깊이 절을 하고는 밖으로 나간 업자는 잠시 뒤에 다시 들어왔다. 그의 손에는 케이크와 꽃다발 하나가 들려져 있었다.

"그냥 가면 몹쓸 놈이라는 소릴 들을까봐 도저히 그냥 못 가겠습니다. 근처에서 산 것이니까 그냥 받아 주십시오."

업자는 얼른 변명하듯이 말을 둘러대고는 정혜에게 그것을 내밀었다. 정혜는 얼떨결에 그것을 받아들고는 춘호의 눈치부터 살폈다.

"그건 사장님의 성의니까 받아. 괜찮아."

춘호의 말에 정혜는 업자가 내민 꽃다발을 받아들었다. 그리고는 업자는 쑥스러운 듯이 도망치듯이 달아났다.

"하하, 사람이 되게 싱겁네. 어떤 표시라도 하겠다는 생각은 알겠는데……."

그 말을 하면서 춘호는 빙그레 웃었다.

"이제 됐어. 이만하면 멋진 콜라텍이 될 거다. 누나는 어때?"

"응, 아주 좋아. 분위기가 아주 세련되고 밝아서 좋아. 여기 누구 데려올 거야?"

"지원자를 뽑아야지."

"뭐? 지원할 사람이 없는 것 같던데?"

"왜?"

"몰라. 주방에서 이야기를 해보니까 서울 쪽으로는 지원할 마음이 없는 것 같던데?"

"왜 그래? 서울이 아무래도 낫지. 새 가게고 말이야."

"아냐. 수원에 있는 게 낫겠데. 애들한테 지원자 있냐고 물어보면 다들 지원 안 하겠다고 그럴 걸?"

"정말이야?"

"그렇다니까! 주방에서 내가 슬쩍 물어봤더니 그러더라."

"왜 그러지? 다들 서울로 가라면 서로 좋아서 먼저 가려고 그럴 줄 알았는데."

그건 어디까지나 춘호의 생각이었다.

"아냐. 다들 수원에 남겠데. 아마 니 땜에 그러는 것 같은데?"

정혜는 그 말을 하고선 의미 있게 웃었다.

"왜?"

"그것도 몰라? 왜긴 뭐가 왜야? 그런 눈치도 없어?"

"무슨 말이야?"

춘호는 정색을 하면서 물었다.

"다 니 땜에 서울로 안 가겠다는 거야. 니하고 같이 있고 싶어 한다는 것도 몰라?"

"아, 그래? 난 또……. 그렇다고 서울로 안 온다는 거야?"

"그래."

"하하, 그러면 안 돼지. 나하고 같이 있으면 뭐가 생기나?"

"여자란 다들 그래. 정을 느끼기 시작하면 벗어나고 싶지 않은 거야. 그러니까 지원자를 뽑는다는 말은 하지 마. 그냥 네가 알아서 밀어부쳐."

"흠……."

"그리고 니도 여자애들한테 너무 정을 주지 마. 그러면 걔들은 정에 굶주려 있어서 자꾸 니만 쳐다본단 말이야. 내가 이런 말을 전에 해주려고 그랬는데 오해가 생길까봐 말을 안 했어."

"……?"

"이상하게 듣지는 말고. 앞으로 여자애들이 오면 다 똑같이 대해. 넌 배호하고 틀려. 앞으로 배호도 그렇게 처신해야 돼. 여자들에게 함부로 정을 주었다간 앞으로 조직을 이끌고 나가는 데에 걸림돌이 될 수 있는 거야."

"응, 알았어. 난 그런 거 생각지도 못했어. 그냥 전에 같이 고생한 애들이라 불쌍해서 더 가까이 지내려고 그랬던 것뿐이야."

"니도 고아잖니? 고아들이 얼마나 사람의 정이 그리운지 알잖아? 그런 걸 알면 사소한 것도 잘 생각해서 행동하는 것이 좋을 거야."

"알았어. 그 말 명심하지."

"이제 가. 더 할 일 없지?"

"그래. 나가자."

춘호는 새로 인테리어가 돼 있는 홀을 보면서 만족스러웠다.

"불 안 꺼?"

"그냥 놔두지. 밝은 게 좋으니까."

"전기세만 올라가잖아? 그냥 켜놓고 가?"

"하하, 뭐 어때. 새로 개업하기 전이니까 환하게 불을 켜놓는 게 좋을 거 같아. 그냥 나가."

춘호는 밖으로 나와 입구의 문을 잠그고는 키를 주머니에 집어넣었다.

"이제 배호 형이 잘 맡아서 할 거야. 누나도 얼른 가게를 하나 새로 내야지."

"나야 뭐 별로……. 그냥 같이 있는 게 좋아. 혼자 맡아서 하게 되면 신경 쓸 일들이 많잖아."

"그래도. 우리 세 사람은 각각 가게를 하나씩 해야 돼. 나중엔 성기도 하나 갖도록 해줬으면 좋겠어."

"성기도?"

"그럼 장사가 잘 되면 자꾸 가게를 늘려야지. 그래야 고아원에서 보내오는 애들을 다 받을 수 있지."

"그러다가 고아원 차리겠다."

정혜가 깔깔 웃었다.

"그것도 괜찮아. 고아원은 어렸을 때고, 우리는 다 큰 놈들을 불러다가 취업시키는 일이야. 우리가 더 큰 일을 하는 거지. 걔들이 사회에 나와서 빌빌거리다가 범죄의 수렁으로 빠지는 것보단 낫지."

"……."

정혜는 진지하게 말하는 춘호를 쳐다보았다.

"자, 타. 이제 홀가분하게 달리는 거야."

춘호는 차에 올라 시동을 걸었다. 주차장을 빠져나와 좌회전을 해서 목동 쪽으로 달렸다. 서부간선도로를 타기 위해서였다.

"누나. 이번엔 애들 월급 이십만 원씩 올려줄까?"

"이십만 원씩이나?"

"어때? 장사가 잘 되면 그만큼 올려주는 것도 괜찮지 뭐."

"너무 많이 올려주는 거 아냐? 저번에도 십만 원씩 올려줬잖아?"

"올려줘도 걔들은 헤프게 안 써. 돈을 쓸 시간도 없고."

"그냥 십만 원만 올려주면 안 될까? 너무 팍팍 올려주다가 나중엔 어떻게 할려고 그래?"

"걔들도 빨리 돈을 모아야지. 돈이 모이면 더 열심히 일을 하는 거야. 내가 선배로써 짜게 굴면 걔들은 나를 나쁜 놈으로 보겠지."

"애들이 그런 생각 안 해. 재워주고 먹여주고, 월급까지 두둑하게 쳐주는데 춘호 니를 욕할 리가 없지."

"그럼 십만 원만 올릴까? 어차피 누나가 다 통장으로 집어넣는 건데 뭐 어때."

정혜는 직원들 한 사람마다 각자의 통장을 만들어서는 매달 용돈으로 이십만원씩만 개인에게 지급하고는 나머지는 모두 통장으로 월급을 넣어버리는 것이었다.

"아직은 쟤들에게 간덩이를 키워주면 안돼. 그냥 십만 원씩만 올려줘. 새로 들어온 애들도 올려줄 거야?"

"걔들은 놔두고."

"그럼 올려줘. 많이는 말고."

"알았어."

춘호는 가게의 일에 대해선 매사에 정혜 누나의 의견을 듣고서 그대로 하곤 했다. 가게에 도착한 그들은 벌써 영업이 시작된 것을 보고는 배호를 데리고 사무실로 내려갔다.

"형, 오늘 저녁에 모이면 월급을 십만 원씩 올려주면 어때?"

"또?"

"응. 오다가 누나하고 이야기했어."

"그럼 그렇게 해. 영등포는 다 끝났대?"

"응, 잔금 치루고 왔어. 가게가 아주 깨끗해. 거기 가보면 마음에 들 거야."

"하하, 내가 이제부터 거기 사장이네?"

배호가 기분 좋은 듯이 말했다.

"형은 잘 할 거야. 여기보다 매상이 더 올라갈지도 몰라."

"하하, 그래. 내기해보지. 근데 애들이 누구누구 가냐."

"지원할 애들 없어?"

"다들 여기 있겠다고 그러네. 누나는 어떻게 하면 좋겠어?"

"배호 네가 골라서 뽑아. 오늘 밤에 회의를 할 때, 춘호가 발표를 해버리지 뭐."

"그럼 되겠다. 명희하고, 호숙이하고, 성숙이를 영등포로 데려갔으면 싶다. 남자는 홀에 새로 온 애들이 있으니까 명쾌하고 성동이, 찬욱이를 그쪽으로 데려가고."

"그럼 돼?"

"그러면 돼. 여기서 일을 잘하는 애들을 데려가야 장사가 잘되는 거지."

배호가 그렇게 말하자 춘호는 곧바로 승낙을 했다.

"그럼 오늘 그렇게 말할게. 그럼 됐지?"

"좋아!"

배호는 만족스러웠다. 그날 밤에 영업이 끝난 뒤에 모인 회의에서 춘호는 말을 꺼냈다.

"오늘 인테리어가 다 끝났다. 내일부터 그곳에 가서 청소도 하고, 영업준비를 해야 한다. 여기 있던 명쾌, 성동이, 찬욱이, 성숙이, 호숙이, 명희가 제일 먼저 영등포로 간다. 여긴 주방에 있는 아줌마와 진란이 그리고 새로 온 형진이, 만수, 택기가 남는다. 카운터는 성기가 그대로 맡기로 하고. 정혜 부사장은 주방을 맡기로 한다. 영등포로 갈 사람은 내일 오전에 출발할 수 있도록 짐을 싸놓기를 바란다. 이상!"

춘호가 그렇게 말하자 성숙이가 불렀다.

"사장님!"

"왜?"

"왜 저희들만 가요? 새로 들어온 애들도 교육을 시켜서 영등포로 보낸다고 하잖았어요? 진란이도 남고……."

"일단 명령이 떨어지면 그대로 따라주기를 바란다. 그래야 모두가 잘 사는 거다. 니들이 영등포로 가서 열심히 해서 장사가 잘 되면 또 다른 가게를 열 생각이다. 그렇게 되면 앞으로 세 군데를 돌아서 다시 여기를 오게 되도록 하겠다. 그러면 어느 가게에 가던 내 집처럼 편할 것이다. 진란이는 성기하고 카운터에 남았다가 나중에 영등포로 갈 것이다. 그러면 됐나?"

"……."

모두들 말이 없었다. 그러자 춘호는 잠시 쉬었다가 다시 입을 열었다.

"오늘부터 월급 십만 원씩 올리기로 했다. 새로 들어온 세 명의 친구들은 해당이 안 된다. 니들은 다음에 월급이 올라갈 것이다."

"……."

전원이 춘호의 말을 듣고만 있었다.

"이상! 각자 취침!"

춘호의 말이 떨어지자, 입이 나와 있던 여자들은 어쩔 수 없이 방으로 들어갔다. 춘호는 정혜와 배호에게 눈짓을 해서 각방의 취침점호를 하도록 지시를 내렸다.

"자, 취침점호 십분 전! 십분 후에 취침점호한다!"

배호가 그렇게 말하고는 십분 정도 기다렸다가 정혜와 같이 방으로 들어갔다. 방문 앞에 선 배호는 누워 있는 여자애들에게 말을 했다.

"오늘부터 여러분들은 영등포 가게의 주인이 된다. 수원보다 더 깨끗한 가게에서 일하게 되고, 앞으로 여러분들이 어떻게 하느냐에 따라서 사업이 성공하느냐 마느냐가 달렸다. 나는 이제 영등포 가게의 사장으로써 여러분들에게 최선을 다하겠다. 이상! 취침!"

배호는 여자애들의 말을 듣지 않고 취침이라는 명령을 내려 버렸다. 그리고는 곧바로 남자들이 기거하는 방으로 가서 말을 했다.

"여러분들도 마찬가지다. 이번에 영등포로 가는 사람들은 다 한솥밥을 먹은 사람들이다. 같이 일하면 영등포가 여기보다 더 좋다는 것을 알게 될 것이다. 거기 가서도 우리는 수원에서 했던 것처럼 똑같이 운동을 하고 공부를 할 것이다. 마음의 각오를 단단히 하면서 잠들기를 바란다! 이상! 취침!"

배호가 취침이라는 말을 하고서 나오려는데, 성동이가 손을 번쩍 들었다.

"사장님. 그러면 앞으로 공부는 누가 시킵니까?"

"아, 그건……"

배호가 말을 하려는데 정혜가 즉석에서 대답을 해버렸다.

"공부는 앞으로도 계속 내가 맡을 겁니다. 수원하고 영등포를 번갈아가며 내가 시킬 테니까 그런 건 걱정하지 않아도 돼요."

"……"

그 말을 들은 성동이는 머쓱해져서 이불을 끌어 덮었다.

"자, 취침!"

배호와 정혜는 방을 나왔다. 춘호는 소파에 앉아 담배를 피우고 있다가 활짝 웃으면서 다가오는 배호의 손을 잡아주었다.

영등포의 밤

영등포로 옮겨간 그들은 눈코 뜰 새 없이 바빴다. 배호가 앞장서서 모든 걸 맡아서 처리해야 했다. 수원에서 했던 것처럼 찌라시를 만들어 밤중에 길거리에 나가 돌렸고, 전봇대와 담벽에도 광고지를 붙였다.

개업일까지 일주일밖에 시간이 없었다. 성동이를 전무로 세운 뒤에 명쾌와 찬욱이는 성동이가 전무가 된 것에 대해 이의를 달거나 질투하지는 않았다. 주방의 책임자는 명희가 맡도록 했다.

배호는 새벽까지 광고지를 붙이러 다녔다. 새벽에 가게로 돌아오면 잠을 자고 나서 새벽 여섯 시에 기상시켜서 목동 쪽으로 구보를 해서 갔다가 하천 밑으로 내려가 몸 풀기를 하고선 다시 가게로 돌아왔다.

정혜가 정확하게 9시에 도착을 하면 그때부터 공부에 들어갔다. 공부가 끝나고 나면 정혜는 다시 수원으로 돌아갔고, 배호는 직원들을 이끌고 검도장으로 향했다.

영등포에서의 생활은 수원에서의 생활과 똑같았다. 12시까지 검도를 배우고서 돌아오면 여자들은 점심준비를 하기에 바빴고, 식사를 하고 나면 명희와 호숙이가 주방기구들을 사러 시장으로 나가고 나면, 배호는 남자들과 성숙이를 데리고서 광고지를 돌리는 데에 오후 시간을 다 보냈다.

영등포 역전에서부터 문래동을 도는 날도 있었고, 영등포역전에서 여의도 쪽으로 가는 날도 있었다. 대림동과 신길동을 도는 날도 있었고, 당산동과 목동까지 도는 날도 있었다. 더 멀리는 개봉동과 오류동, 화곡동까지 광고지를 돌렸고, 광명시와 구로동, 여의도와 마포, 용산까지도 돌았다.

저녁이 되면 전원이 파김치가 되어 저녁식사를 하는 둥 마는 둥하고선 다시 직원들을 데리고선 길거리로 나섰다. 그들은 사장이 앞장서서 열심히 뛰는 것을 보면서 어떠한 불만도 털어놓을 수가 없었다. 만나는 학생들마다 초콜릿이 붙은 광고지를 나눠주었다.

"한 번 놀러 와요. 아주 죽여줍니다. 밴드 멋있어요."

"새로 생긴 뎁니다. 영등포역 바로 앞입니다."

그들은 광고지를 나눠주면서 일일이 인사를 했기 때문에 목이 쉴 정도였다.

"야, 음료수 좀 사와라."

배호는 목이 말랐으므로 음료수를 사오게 해서 돌아가면서 마시고는 다시 걷기 시작했다. 영등포역으로 가면 전철에서 내리는 사람들과 백화점에서 나오는 사람들로 인해 북적거렸다. 그곳에서 전단지를 나눠주었다. 전원이 퍼져서 만나는 학생들마다 광고지를 나눠주려면 팔이 아플 정도로 바빠야만 했다. 여자들은 왼쪽 허리에 광고지를 들고서 오른손으로 뽑아서 나눠주려면 힘이 더 들 수밖에 없었다.

"놀러 오세요. 새로 생긴 콜라텍입니다."

명희는 전철에서 올라오는 계단 위에 서서 광고지를 나눠주고 있었다. 그 일이 끝나고 나면 파김치가 되어서 다리가 후들거렸다.

"배고프지? 뭐 좀 먹을까?"

"네, 사장님. 너무 다리가 아파요. 팔도 아프고요."

"가자!"

배호는 직원들을 데리고 식당으로 들어갔다. 영등포역 앞에 있는 먹자골목에 들어가서 뼈다귀 해장국을 시켰다. 힘든 일을 하고 난 뒤의 야식이란 꿀맛이었다. 여자들은 뼈다귀 해장국에 밥을 먹었고, 남자들은 소주를 마시기 시작했다.

"여자들도 한잔 하지. 이제 들어가서 푹 자면 되니까. 명희, 한잔 받아."

배호가 소주병을 들고서 술을 권했다.

"사장님. 전 됐어요. 못 해요."

"이제 잘 밤인데 딱 한잔만 해. 호숙이도, 성숙이도 한잔 받아."

배호의 말에 명희는 마지못해 한잔을 받아서 앞에 놓았다. 호숙이와 성숙이도 술잔을 받아놓긴 했지만 뼈다귀 해장국을 먹는 데에 더 열심이었다.

"힘들지?"

배호가 성동이에게 물었다.

"괜찮습니다. 여자들이 더 힘들죠 뭐."

성동이는 여자들을 생각하는 듯했다.

"그래, 다리도 아프고, 팔도 아플 거다. 춘호 사장하고 나하고, 정혜 부사장 세 명이서 처음에 이런 짓을 했어. 수원에서 안 돌아다닌 곳이 없어. 그때는 술집을 하던 가게가 비어 있어서 콜라텍을 해볼까 하고 시작했기 때문에 광고지를 돌리면서도 잘 될까 하고 불안하기만 했지. 그러니까 발바닥에 물집이 잡힐 정도로 열나게 돌아다녔지. 생각해봐라. 우리 같은 고아가 어디 등을 부빌 데가 있냐? 안 그러냐? 우리 힘으로 일어서야 하는데. 누가 도와주기나 했나. 세 명이서 수원 시내를 다 돌아다닌 거야."

배호는 술이 들어가자 피로가 풀리면서 지난날의 고생했던 순간들이 떠올랐다.

"내일은 학교 앞에 가서 뿌리면 어떻습니까?"

명쾌가 제안을 했다.

"그렇지! 우리도 그렇게 했어. 역시 명쾌가 생각이 돌아가는 군. 학교 앞에 서 있으면 학생들이 우르르 몰려나오는데 이거 나눠줄 시간도 없을 정도로 바빠. 좋아! 내일은 학교 정문으로 가서 뿌리는 거다."

배호는 기분 좋게 명쾌에게 술을 따라주었다. 그들은 매일 전단지를 뿌리고 나서 야식을 먹고는 가게로 가서 잠자리에 들었다. 직원들의 단합을 위해서 배호는 그런 자리를 꼭 만들곤 했다.

정혜는 새벽 구보가 끝나면 세 명의 아이들에게 공부를 가르치고는 서둘러 영등포로 출발하기 위해서 차의 시동을 걸었다. 아홉 시까지 영등포에 도착하려면 7시 반쯤에는 수원에서 출발해야만 했다.

"이제 검정고시가 얼마 안 남았어. 바짝 공부해서 한 번에 다 합격해야 돼. 빠진 과목이 있으면 다음에 또 쳐야 돼."

정혜는 공부를 끝마칠 때마다 그 말을 강조했다. 자신이 할 수 있는 일이라곤 우선은 아이들에게 공부를 가르쳐서 검정고시에 합격시키는 것이 급선무였다. 하루가 다르게 빨리 적응해가는 그들을 바라보면서 정혜는 마음이 즐거웠다. 공부를 마치고 나면 그들이 검도장으로 향하는 것을 보고는 정혜는 다시 수원으로 차를 몰았다.

수원으로 가면 곧바로 체육관으로 가서 춘호와 성기와, 진란이 그리고 세 명의 남자들과 운동을 했다. 운동을 마친 정혜는 가게로 돌아오면서 춘호에게 말했다.

"왠지 허전해진 거 같아."

"왜?"

춘호가 물었다.

"정들었던 명희하고 호숙이, 성숙이가 없으니까 그래."

"만나고 왔잖아?"

"그래도⋯⋯. 같이 있는 거하고 같나 뭐. 우리끼리 운동하니까 괜히 기분이 그런 거 있지."

"그래도 어쩔 수 없잖아. 이쪽하고 그쪽하고 가게가 두 개니까 참아야지."

"⋯⋯."

정혜는 쓸쓸한 표정을 지었다. 진란이 역시 마찬가지였다. 같이 온 친구들이 다들 영등포로 떠나고 혼자 수원에 남았지만 여자는 정혜 부사장과 단 둘이라서 대화할 상대가 없어진 것 같았다.

"힘 내. 정혜 부사장은 그래도 매일 영등포로 가서 만나고 돌아오잖아. 영등포 가게가 잘 되면 서로 왔다갔다 할 수 있으니까."

"⋯⋯."

가게로 돌아온 그들은 사무실로 들어서자 전화벨이 울렸다.

"네. 황젭니다."

진란이가 전화를 받았다.

"저어, 부산 천사원에서 올라왔는데요. 여기 수원역이거든요. 거기 가려면 어떻게 가죠? 원장님이 보내셨다고 말하면 안다고 그랬어요."

"아, 네. 잠깐만요."

진란이는 곧 춘호에게 전화를 건네주었다. 부산에 있는 천사원에서 올라온 애들이 수원역에 도착해서 전화를 걸어온 것이었다.

"알았어요. 몇 명이지?"

"네 명요. 남자 두 명, 여자 두 명이예요."

"그럼 수원역 계단 밑에 기다리고 있어. 내가 나갈 테니까. 이십분만 기다려."

"네, 알겠습니다."

전화를 끊은 춘호는 얼른 윗도리를 입고는 나서며 말했다.

"애들 올라왔대. 네 명이야. 점심 같이 준비해."

그렇게 말하고는 수원역에 가서 애들을 태운 춘호는 곧바로 가게로 데려왔다.

"니들 부산에서 왔냐?"

"네."

네 명이 동시에 대답했다. 남자 둘과 여자 두 명이었다. 어딘지 모르게 어색한 모습이었다. 새로 애들이 왔다는 말에 군산 고아원에서 올라온 애들이 제일 좋아했다.

"그래. 여기가 바로 니들이 일할 가게다. 다들 형이라고 생각하고 열심히 일하면 된다."

"네."

그들은 춘호가 하는 말에 고분고분 대답을 했다. 정혜와 진란이가 점심식사를 차려서 갖고 왔다. 사무실에 둘러앉은 그들은 식사를 마치고 나서 커피를 마시면서 정식으로 인사를 시켰다.

"애들이 2기다. 군산 고아원에서 올라온 형들이다. 여긴 먼저 들어온 사람부터 올라가게 돼 있다. 나이가 한 살 많더라도 늦게 들어오면 무조건 먼저 들어온 사람에게 형이라고 불러라. 여긴 한 식구들이 산다고 생각하고. 알았냐?"

"네."

"야, 전무. 네가 알아서 교육 좀 시켜라."

"알았습니다."

성기는 네 명을 데리고 홀로 나갔다. 저번과 같이 홀에서의 손님을 대하는 예절과 매너에 대해서 설명을 했고, 홀 뒤쪽에 서서 손님의 주문을 받는 모습을 춘호가 했던 그대로 설명하기 시작했다.

"주문을 받으면 쪽지에 적어서 주방으로 내려간다. 따라와 봐."

성기는 앞장서서 주방으로 내려갔다.

"여기에다 주문한 것을 말하고는 음식이 나오기를 기다렸다가 쟁반을 들고서 다시 올라가는 거다. 홀로 올라가자."

성기는 다시 홀로 올라와서 테이블 위에 음식을 내려놓는 법까지 가르쳐주었다.

"이제 알았냐?"

"네."

"여자애들은 앞으로 주방에서 일을 할 거다. 주방엔 아까 봤던 부사장이 맡고 있다. 니들도 공부를 해야 할 건데, 그 부사장이 공부를 가르쳐줄 거다. 나도 검정고시 준비하고 있고, 여기 있는 사람들 모두 검정고시를 칠 준비를 하고 있다."

"……."

그들은 성기가 하는 말을 경청하고 있었다.

"아까 봤던 사장님도 고아원 출신이고, 영등포에 있는 콜라텍 사장으로 간 배호 형도 고아원 출신이다. 정혜 부사장만 빼고 다 고아원 출신이니까 니들보다는 다 선배들이다. 알겠냐?"

"네."

"선배는 하늘보다 높다는 거 아냐?"

"네."

"항상 깍듯이 인사하고 하늘처럼 받들어야 한다. 내일 새벽에 여섯 시에 기상하면 4킬로미터 정도 구보를 하고 나서 오전 공부를 하고 나서 체육관으로 가서 운동을 한다. 그리고서 점심을 먹고 나서 남자들은 홀에서 장사 준비하고, 여자들은 주방에 가서 음식준비를 해야 한다. 장사는 밤 열시에 마친다. 뭐 질문있냐?"

"없습니다."

"그럼 이제부터 장사할 준비를 해야 한다. 남자들은 테이블을 반들반들하게 닦아놓고, 의자를 반듯하게 정돈해놓고. 여자들은 말이야. 주방으로 가서 부사장과 같이 일해야 한다. 여자들은 밑으로 내려가 봐라."

"네."

은희와 진숙은 대답을 하고는 성기에게 인사를 하고는 주방으로 내려갔다.

"야. 니들은 걸레 들고 일 시작해. 난 주방에 내려갔다가 올 테니까."

"네, 알겠습니다."

그들이 걸레를 들고서 일을 하는 것을 보고서 성기는 주방으로 내려갔다. 주방에서는 부사장인 정혜가 두 명의 여자애들에게 주방기구들에 대해서 이것저것 설명하고 있었다. 그때, 출근한 아줌마들이 주방으로 들어왔다.

"안녕하세요."

성기는 아줌마들에게 인사를 했다.

"어? 새로 온 아가씨들이네?"

아줌마들은 낯선 여자애들을 보고는 반가운 표정을 지었다.

"맞아요. 부산에서 오늘 올라온 애들입니다."

성기가 설명했다.

"이제 이 아줌마들한테 열심히 만드는 걸 배워야 한다. 여기서 일하던 선배들은 다 영등포에 가게가 새로 오픈해서 그쪽으로 갔어."

정혜의 말에 두 명의 여자애들은 아줌마들에게 고개를 숙였다.

"네."

"잘 왔네. 이제 다시 사람이 많아져서 덜 바쁘겠다."

봉 씨 아줌마가 반갑게 말했다.

"아줌마. 이제부터 애들 잘 가르쳐줘요."

"네, 알았어요."

정혜 부사장과 아줌마들이 여자애들을 데리고 갖가지 음식들을 만드는 걸 가르치는 걸 보고선 성기는 위로 올라갔다. 홀에도 밴드팀들이 막 출근해서 무대 위에서 튜닝을 하고 있었다.

"쟤들 오늘 새로 온 애들입니다. 야, 니들 이리로 와서 인사해라."

성기의 말에 찬용이와 상만이가 무대 밑으로 와서 밴드팀에게 인사를 했다.

"잘 부탁드립니다."

"하하, 그래요. 같이 일해 봅시다."

오 씨가 마음 좋게 무대 위에서 손을 내밀어 악수를 청했다. 성기는 다시 테이블 청소를 시키고는 카운터로 가서 정리하기 시작했다. 진란이가 올라와서 성기의 옆에서 일을 돕고 있었다.

그 시간에 춘호는 교도소로 향하고 있었다. 면회를 접수하고 난 춘호는 순서를 기다렸다가 안내방송을 듣고서 면회실로 들어갔다.

"아버님. 저 왔습니다."

춘호는 면회실로 들어서자마자 깊숙이 허리를 숙였다.

"그래, 영등포는 잘 돼 가냐?"

"네. 개업일이 모레입니다. 몸은 어떻습니까?"

"난 괜찮다. 네가 힘들겠구나."

"괜찮습니다. 배호가 애들을 데리고 있습니다."

"그래. 배호라면 잘 할 거다. 지금부터 네가 나를 위해서 일 좀 해야겠다."

"네? 어떤 일요?"

"천천히 시간이 나면……."

양아버지는 옆에 앉아 있는 교도관을 힐끗 보고는 조용히 말을 했다.

"법무부에 알아봐서 가출옥이 되도록 슬슬 힘을 써봐야겠다. 무슨 말인지 알겠나?"

"아, 네. 압니다. 그건 제가 알아서 하겠습니다."

"돈이 필요하면 이야기해라. 이번에 많이 들어갔을 텐데……."

"괜찮습니다. 돈은 있습니다."

"그래. 나도 이제 빨리 나가고 싶구나. 네가 해놓은 가게도 보고 싶고……."

"네……."

"난 지금 병동에 와 있다."

"네? 어디 아프십니까?"

"하하, 아니다. 여기서 손을 써놨지. 병동에 있어야 나중에 가출옥을 먹는 데에 도움이 될 거다. 병동이 아주 편해."

"네에……."

"내일 외부 병원에 검진 받으러 나간다."

"그럼 어디 아프신 거 아닙니까?"

춘호가 걱정스러운 듯이 물었다. 춘호는 양아버지의 안색부터 살폈다.

"아니라니까. 그냥 바깥바람이라도 쐬려고 나가는 거다. 병동에 있으면 외부병원에 검진 받으러 나갈 수 있으니까 말이다."

"어느 병원입니까?"

"왜? 네가 오려고?"

"네."

"바쁜데 뭐하러 오냐. 아주대 병원이다. 올 시간이 있겠냐?"

"가야지요. 몇 시에 나오십니까?"

"오전 아홉시쯤에 나갈 거다. 바쁘면 오지 말고."

"아닙니다. 그쪽으로 가겠습니다."

"그래, 알았다. 그만 가봐라. 바쁠 텐데."

"네. 그럼 내일 병원에서 뵙지요. 뭐 좀 넣고 가겠습니다."

"그래라."

양아버지가 몸을 돌리는 것을 보고는 춘호는 절을 했다. 아버지가 면회실 바깥으로 나가서 춘호를 쳐다볼 때에도 다시 절을 했다. 양아버지가 손을 들었다가 내려놓으며 복도로 걸어나가는 모습이 보였다. 면회실을 나온 그는 영치물을 넣는 곳으로 가서 먹을 것들을 적어서 내고는 돈을 지불했다.

정문을 빠져나온 춘호는 주차장으로 가서 차에 시동을 걸었다. 지프차의 디젤음이 묵직하게 다가왔다. 엔진이 예열이 되는 동안, 남대문에 있는 희준에게 전화를 걸었다.

"응, 나다. 잘 있었냐?"

"아, 그래. 춘호구나. 어쩐 일이냐?"

"그냥 했다. 방금 교도소에 면회하고 차에 시동을 걸고 있는 중이다. 요즘 어떠냐?"

"나야 뭐 맨날 그렇지 뭐. 넌?"

"나도 요즘 바쁘네. 영등포역 앞에 새로 가게를 하나 더 냈어. 이번에 군산하고 부산에 있는 고아원에서 애들이 올라왔어. 일곱 명이 올라왔어."

"저번에 전국을 다 돈다더니 돌았나?"

"응, 그러니까 그쪽에서 애들을 보냈지."

"핫하, 그러면 이제 넌 고아원 원장이나 마찬가지네. 계속 받을 거냐?"

"그래야지. 일단 장사는 되니까 애들을 받아서 일을 시키면 되지."

"너무 많이 보내면 너도 감당하기 힘들지 모르니까 조금씩만 받아. 미리 연락을 받아서 네가 골라서 필요한 만큼만 받는 게 좋을 걸?"

"맞다! 그렇게 해야겠어. 애들이 무조건 올라오는데 앞으론 그렇게 해야겠다."

춘호는 희준의 생각이 맞다고 생각되었다. 고아원으로부터 미리 올라올 애들에 대한 공문을 받은 후에 이쪽에서 필요한 애들만큼 연락을 취해서 올라오도록 하는 것이 낫겠다고 생각했다.

"뭐 힘든 건 없나?"

"응, 없어."

"자주 만나고 싶지만 나도 시간이 없으니깐 전화라도 자주 하자. 언제 시간 나면 영등포에 놀러 한 번 갈게."

"응, 고맙다. 나도 바쁘네. 내가 시간이 나면 남대문 쪽으로 한 번 갈게."

"그래, 넌 요즘도 공부하냐?"

"그럼! 애들도 다 같이 공부하지. 이번에 검정고시 있어. 그것만 합격하면 용인에 있는 체육대로 가고 싶어."

"그래, 넌 그런 누나가 옆에 있으니 도움이 되겠다. 열심히 해라."

"그래, 이만 끊자. 또 연락할게."

춘호는 희준이 전과 달라졌음을 알 수 있었다. 고아원은 생각하기도 싫다는 그의 생각이 조금은 바뀐 것을 느낄 수 있었다. 가게로 돌아온 춘호는 가게 앞에다 차를 세워놓고서 안으로 들어갔다.

홀에는 낯선 애들이 일렬로 서 있었고, 그 앞에 성기가 서서 말을 하고 있다가 춘호에게 말했다.

"사장님. 은혜고아원에서 애들이 오고, 초록고아원에서도 애들이 왔습니다. 애들입니다. 사장님이 나가고 나서 전화가 와서 찾아오라고 말했더니 지들이 알아서 왔습니다."

"그래? 은혜원하고 초록원에서 왔나?"

춘호는 은혜원에서 애들이 왔다는 말에 반가움부터 앞섰다.

"네.

모두 아홉 명이나 되었다. 애들은 낯선 곳에 와서인지 얼어붙은 듯이 서 있었다.

"은혜원에서 온 애들 손 들어봐."

춘호의 말에 민주와 선경이, 보라, 여옥이 손을 들었다. 모두 여자애들이었다.

"초록원에서 온 애들은?"

춘호의 말에 이번엔 초록원에서 온 애들이 손을 들었다. 모두 다섯 명이었다. 남자 두 명과 여자 세 명이 손을 들었다.

"방금 교육을 시켰습니다."

성기가 말했다.

"잘 했다. 앞으로 너희들은 우리 식구다. 나도 은혜원을 나왔고, 여기 있는 전무도 은혜원을 나왔다. 영등포에 있는 콜라텍 사장은 나한테 형님이시다. 그 분은 초록원을 나오신 분이다. 여러분들은 이제 사회로 나와서 부모가 없다는 이유만으로 설움을 받아서는 안 된다. 열심히 일하면 그만한 노력의 대가를 받아야 한다. 먼저 온 사람들은 너희들의 선배라고 생각해라.

알았나?"

"네."

아홉 명이 동시에 대답했다. 그들은 처음으로 사회에 나온 것이었으므로 선배라는 말에 힘을 얻는 듯했다.

"그럼 교육할 거 있으면 더 시키고. 곧 장사할 준비해라."

춘호가 성기에게 지시하고는 주방으로 내려갔다.

"어디 갔다 왔어?"

정혜가 일하다가 말고 물었다.

"응, 면회. 애들 새로 왔네."

"응, 성기가 밖에서 교육시키고 있어."

"봤어. 은혜원하고 초록원에서 왔네."

"아까 여기 와서 교육을 하고 다시 올라갔어. 성기가 교육 잘 시켜?"

"응, 앞으로 공문을 보내서 우리가 필요한 인원만큼 보내라고 해야겠어. 잠깐 사무실로 올라올래?"

"왜?"

"고아원으로 공문 좀 보내야겠어."

"그래, 알았어."

정혜는 진란이에게 주방 일을 맡기고는 사무실로 올라갔다. 정혜는 춘호가 시키는 대로 공문을 만들어서 각 고아원의 팩스로 보냈다.

안녕하십니까.

그간 어린 영혼들을 돌보느라 노심초사하시는 원장님께 심심한 감사의 말씀을 드립니다.

저희 황제콜라텍으로 취업을 보내주신 호의에 감사드리며, 저희가 새로 영등포에 콜라텍을 개업했음을 알려 드립니다

앞으로도 계속 가게를 확장할 계획이며, 각 고아원에서는 미리 저희들한테 공문을 보내주셔서 저희들이 필요할 때에 사람을 불러 쓸 수 있도록 해주셨으면 합니다.

숙식할 수 있는 공간을 확보하기 위해서이니 참고하시기 바랍니다.

시급한 취업을 해야 할 때는 미리 전화를 주셔도 됩니다.

늘 평안하시기를 빕니다.

황제콜라텍 사장
춘호 드림.

정혜는 각 고아원으로 팩스를 보내는 데만 한 시간이 걸렸다.

"됐어. 이젠 우리가 천천히 방을 구해놓고 애들을 받을 수 있을 거야."

"그래. 애들이 아홉 명이나 왔는데, 지금부터 오는 애들은 어디로 잠을 재우지?"

"흠, 그게 문제야. 누나, 좋은 생각 없어?"

"여긴 방 더 들일 곳이 없으니까 지하실을 방으로 꾸미면 어때? 환풍기만 달면 방으로 써도 될 걸?"

"지하실? 거긴 안돼."

"왜? 빌라도 지하실이 많은데 뭘."

"안돼. 지하실은 좀 그래."

춘호는 회장이 말한 것이 생각났다.

"그럼 어떻게 해? 빌라를 얻어? 전세로다가……."

"그게 낫겠어. 그럼 누나가 빌라 독채를 전세로 알아봐. 방세 개짜리 정도는 돼야 할 거야. 이 근처에 말이야."

"알았어. 그거야 쉽지. 부동산에 알아보면 금방 나올 거니까."

"지금 곧 알아봐. 주방엔 애들이 있으니까."

"그래."

정혜는 곧 밖으로 나갔다. 춘호는 전화기를 들었다. 은혜고아원에 전화를 해서 오늘 애들이 잘 도착했다는 말과 함께 애들을 보내줘서 고맙다는 인사를 잊지 않았다.

"허허, 알았네. 방금 들어온 팩스 봤네. 축하하네. 영등포에 새 가게를 내었다면서?"

"네, 거긴 저번에 같이 갔던 배호 형이 사장으로 갔고요. 명쾌, 성동이, 찬욱이, 명희, 호숙이, 성숙이가 그쪽으로 갔습니다. 여긴 성기하고 진란이만 남았고요."

"잘 됐네. 걔들이 일은 열심히 하나?"

원장은 그게 궁금한 듯했다.

"그럼요. 검정고시 준비도 열심히 하고 있습니다. 이제 곧 검
정고시 칠 날짜가 얼마 남지 않아서요."

"허허, 자네. 정말 멋진 일을 하는구먼. 여기보다 더 큰 일을
하고 있는 걸세."

"고맙습니다. 오늘 초록원에서도 애들이 와서 그쪽에도 인사
를 드려야 할 거 같습니다."

"그래. 알았네. 말썽꾸러기 있으면 그쪽으로 보내겠네. 이만
끊네."

"네. 원장님. 안녕히 계십시오."

춘호는 다시 초록원으로 전화를 해서 원장과 직접 통화를 했
다. 애들을 보내줘서 고맙다는 인사를 건넸다. 잠시 뒤에 정혜
가 사무실로 들어왔다.

"알아봤어. 빌라는 많아. 방 세 개짜리로 골랐어. 바로 이 근
처야."

"얼마래?"

"전세 5천이야."

"그럼 비어 있나?"

"곧 이사갈 모양이야. 계약 기간이 다 됐다는데?"

"어디쯤이지?"

"우리 가게 바로 뒤쪽이야. 주택가 있지? 바로 거기야."

"그럼 일단 계약해."

"계약해도 돼?"

"그럼!"

춘호의 그 말에 정혜는 서랍에서 통장을 꺼냈다. 통장을 펴서 보고는 춘호에게 보여주었다.

"칠억이 들어 있는데, 계약금으로 오백만 원만 뺀다. 알았지?"

"알았어."

춘호는 건성으로 통장을 보고는 정혜에게 모든 걸 일임한다는 듯이 말했다. 정혜는 통장과 도장을 들고서 밖으로 나갔다가 계약을 하고는 돌아왔다.

"집이 아주 깨끗해. 지은 지 얼마 안 된 집이야."

"언제 비워준다는 거지?"

"보름 후에 이사 간대."

"그럼 그때 애들을 거기 가서 자라고 하면 되겠다. 누나도 그 집으로 가서 사는 게 어때? 새 집이라며?"

"그럴까?"

"난 여기서 가게를 지켜야 하니까 누나가 거기 가서 애들을 보살피는 게 좋겠어."

"그럼 알았어. 그렇게 할게."

정혜는 새 집이라서 마음에 들었던 모양이었다. 그날 저녁부터 새로 들어온 애들이 투입되었다. 성기는 카운터를 보면서 애들이 서빙을 하는 것을 보면서 잘못하는 것이 있으면 지적을 해서 고치도록 했다.

정혜는 주방에서 아줌마들을 통해서 음식 만드는 법을 배우도록 했다. 한편, 배호는 저녁을 먹고 나서 직원들을 데리고 나가서 전단지를 돌리는 일에 매달렸다. 이젠 영등포 근처라면 안 가본 곳이 없을 정도였다. 이제 개업까지는 이틀밖에 남지 않았으므로 주로 영등포역에서 나오는 학생들에게 광고지를 나눠주는 일에 치중했다. 역을 중심으로 사람들이 흩어지는 방향을 따라 직원들이 뿔뿔이 흩어져 맨투맨 식으로 따라가며 전단지를 나눠주었다.

"꼭 놀러 오세요. 아주 멋진 곳입니다."

호숙이는 목이 쉰 소리를 낼 정도였다.

"너, 목이 왜 그러냐?"

성숙이가 옆에 있다가 물었다.

"응, 감기 오려나 봐. 아침에 일어나니까 몸이 찌뿌둥해."

"그럼 큰일났다. 감기 시초야. 약 먹어야 돼."

성숙이는 얼른 약국을 들어가서 감기약을 지어서 나왔다.

"이따 약 먹어. 너무 무리해서 그런갑다."

"넌 안 피곤해?"

"나도 피곤하지. 그런데 자고 나면 괜찮아. 넌 감기올라고 그러는갑다."

그들은 새벽 늦게까지 광고지를 돌리고선 가게로 돌아와 하루 일과에 대해서 회의를 하고 나서야 씻고 잠들 수 있었다. 배호는 수원에서처럼 혼자서 사무실에서 잤다. 사무실에는 간이

침대가 하나 놓여져 있어서 커튼만 치면 침실이 되도록 되어 있었다. 사무실 옆에는 방이 두 개 있어서 남자와 여자가 따로 자도록 돼 있었다.

배호는 밤이 깊어지면서 방에서 나는 코 고는 소리를 들을 수 있었다. 낮 동안에 이리저리 옮겨다니며 전단지를 나눠주는 일이 무척이나 피곤한 일임에는 틀림이 없었다. 여자들이 자는 방에서도 가는 코를 고는 소리가 들려나왔고, 누군가 이빨을 가는 소리도 들려왔다.

"……."

배호는 피곤했으므로 눈을 감고 있었다. 곧 잠이 들 것 같았지만 쉽게 잠이 들지를 못했다. 자신이 이곳 영등포의 사장이 된 후로부터 잠자리에 들어서도 쉽사리 잠이 오질 않았다. 그것은 바로 사장이라는 중압감 때문인지도 몰랐다. 자신은 이제부터 한 업소의 사장으로서 수원에 있는 콜라텍과 비교가 될 수 있는 거라고 생각됐다.

캄캄한 사무실은 조용하기만 했다. 배호는 돌아누웠다가 벌떡 일어나서 핸드폰을 찾았다. 춘호에게 전화를 걸었다. 신호가 가자 금방 저쪽에서 전화를 받았다.

"응, 나야. 자냐?"

"아직, 형은 안 잤어?"

"이제 자려고 그러다가 전화했어. 다들 자냐?"

"방금 취침점호를 마쳤어. 다들 자나?"

"응, 피곤한지 코 고는 소리가 들린다 야."

"오늘도 늦게까지 돌았구나? 어때?"

춘호는 웃음이 나왔다. 여유로움이었다.

"응, 힘들어. 애들이 힘들어 하는데?"

"그러겠지. 맨날 찌라시 돌리는 것도 보통 일이 아니지. 내가
도와줄 수도 없고……."

"옛날 생각이 막 난다 야. 그래도 수원이 좋았어."

"하하, 형도. 이젠 거기 사장이야. 여긴 내가 맡고 있는 거야."

"그래, 누나는 자나?"

"응, 방에 들어갔어. 오늘 빌라 계약했어."

"왜?"

"오늘 은혜원에서 네 명이 오고, 초록원에서 다섯 명이 왔어."

"그래? 초록원에서도 왔다고? 남자들만?"

"아니, 남자 둘에다가 여자 세 명이야. 은혜원에서는 네 명
다 여자들만 오고."

"그래서 방을 얻은 거야?"

"응, 빌라 방 세 칸 짜리야. 그 중에 방 하나는 누나가 들어갈
거 같아. 그래야 애들 관리가 되지."

"맞다. 누나가 그동안 좁은 방에서 지냈으니까 빌라 얻으면
넓은 방으로 가야지. 그러면 누나가 좋아하겠다."

"응, 좋아하는 거 같아. 형도 이젠 자야잖아."

"근데 잠이 안 오네. 거기처럼 편하지 않아."

"하하, 걱정거리 있어?"

"아니, 그런 건 아니고. 그냥 싱숭생숭한 거 있지. 오픈을 앞두고 있어서 그런 거 같다."

"걱정마. 형은 잘할 거야. 나중에 장사가 어느 정도 되거든 낮시간에 서울에 있는 고아원 원장들만 불러서 조촐하게 개업 인사나 하지 그래."

"그럴까?"

"일단 장사 잘 되도록 해놓고 나서 생각해보지."

"그래, 알았다. 이제 자자."

"응, 잘 자라."

"그래, 잘 자라."

배호는 눈을 감았지만 선뜻 잠이 들지를 못했다. 왠지 모를 불안감이 가슴 한구석에 그대로 남아 있는 듯했다. 고아 출신인 자신이 서울 한복판이라고 할 수 있는 영등포에서 작지 않은 업소의 사장이라는 것이 믿겨지지가 않았다. 이름뿐인 사장이라도 좋았다. 이곳은 어디까지나 춘호와 정혜 누나와 같이 일으켜 세운 사업이었다.

그동안 고생한 기억들이 주마등처럼 흘러가고 있었다. 이름도 모르는 부모들과, 고아원에서 맞아가면서 생활하다가 고아원을 뛰쳐나온 후로부터 가게의 점원에서 시작해서 중국집 배달원까지 안 해본 것이 없었다. 그런 자신이 영등포에서 요지라고 할 수 있는 백화점 바로 앞의 이층 전체를 사용하는 콜라텍의 사장이 되었다는 것은 꿈일 수밖에 없었다. 잠자리에 누워서 고생했던 지난날들을 생각하면 지금의 자신은 출세한 셈이라 쳐도 모자랄 일이었다.

'그래. 마음만 먹으면 뭐든지 할 수 있는 거다.'

배호는 춘호를 생각하면서 두 주먹을 불끈 쥐었다. 개업하기 바로 전날은 새벽 네 시까지 시내를 돌다가 가게로 돌아와서 잠을 잤다. 직원들은 졸리운 눈으로 광고지를 붙이러 다녔으므로 파김치가 되어서 잠자리에 쓰러졌다.

아침에 일어났을 때, 명희가 코피를 흘렸다는 말에 배호는 왠지 모르게 가슴이 찡해오는 걸 느꼈다.

"좀 잤나?"

배호는 그 말밖엔 해줄 수 없었다.

"네, 푹 잤어요."

명희는 간밤의 피곤함 때문인지 눈이 들어간 듯했다.

"그래. 이젠 다 끝났어. 앞으론 안에서 일하는 것만 남았으니까 조금 여유가 생길 거다."

배호가 위로할 말이라곤 그 말밖엔 없었다.

"괜찮아요. 이젠 단련이 된 거 같아요."

"그래. 열심히 해보자."

배호는 다른 사람들에게도 그런 식으로 용기를 북돋워 주었다. 구보를 다녀와서 정혜가 와서 공부를 시키고는 수업을 마치면서 말을 꺼냈다.

"이제 시험칠 날도 이틀 남았네. 그동안에 공부한 거 까먹지 말고. 잠도 충분히 자면서 정리만 해. 다 합격했으면 좋겠다."

"그럼요. 우리가 다 같이 합격해야죠."

그동안 공부에 열성을 보였던 호숙이가 거들었다.

"그래, 오늘부터 개업이니까 바쁘겠다. 나도 여기서 좀 도와 주다가 갈게."

정혜는 직원들과 같이 검도장으로 가서 운동을 하고선 여자들이 점심식사를 준비하는 동안에도 주방에서 일했다. 식사를 하고 난 뒤에 여자들은 음식을 만들고 있는 동안 정혜는 남자들과 홀에서 새로 들여온 테이블과 의자들을 닦고 있었다. 그때, 밴드를 맡은 오 씨가 다섯 명의 밴드팀들을 데리고 들어왔다.

"오셨습니까?"

배호가 반갑게 맞았다.

"어이구! 아주 깨끗하네요. 오늘부터 일할 식구들입니다."

오 씨는 데리고 온 밴드들을 한 사람씩 소개하기 시작했다. 배호와 정혜에게 인사를 시키고 난 오 씨는 배호에게 말했다.

"오느라 늦었습니다. 미리 연습을 했지만 여기서 튜닝을 해봐야 하니까 저희들은 먼저 무대로 올라가겠습니다."

오씨는 밴드들을 데리고 무대로 올라갔다. 사회를 맡은 강 성식이 마이크를 잡고서 테스트를 하고 있었다. 오 씨보다 젊은 30대 초반의 강 성식은 무대 매너가 몸에 밴 남자인 듯했다. 밴드팀들이 악기를 연주하는 동안에 강 성식은 마이크를 잡고서 손님들에게 하듯이 멘트를 하기 시작했다.

그들이 요란한 연주와 멘트를 하는 동안에 그걸 지켜보고 있던 배호와 정혜는 출입구 쪽을 바라보면서 불안한 마음을 감출 수 없었다. 배호는 초조했는지 카운터로 들어가서 성동이를 도와 과자들을 진열해 놓고 있었다.

오후 3시가 넘었는데도 손님은 한 사람도 나타나지 않았다.

"아직 홍보가 덜 됐나?"

배호가 난감해하는 투로 말하자, 성동이가 옆에서 초조한 듯이 말을 했다.

"그러게요. 그만큼 찌라시를 돌렸으면 광고빨이 먹혀들었을 텐데요."

"이상하네요. 한 놈도 안 오니 말입니다."

찬욱이가 반듯이 놓여진 의자를 다시 정돈하면서 말을 했다. 여자들은 주방에서 음식을 만드느라 홀에 대해서 신경 쓸 겨를도 없었지만 홀에서는 손님이 올라오나 해서 연신 출입구 쪽을 바라보고 있는 중이었다. 다섯 시가 다 되어가는 데도 손님은 들지 않았다. 초조한 건 배호뿐만이 아니었다. 정혜 역시 초조한 건 마찬가지였다. 성동이는 카운터 안에서 의자에 앉지 못하고 서서 출입구 쪽을 지켜보곤 했다.

홀 뒤쪽에 서 있는 명쾌와 찬욱 역시 불안한 기색을 갖추지 못했다. 정혜는 혹시 만든 음식이 남아 버릴까봐 주방으로 내려가서 만들어놓은 음식의 양을 살펴보곤 했다.

"천천히 만들어도 돼."

정혜는 너무 많은 음식을 만들지 말라는 뜻으로 말했다.

"왜요? 부사장님?"

호숙이가 이상하다는 듯이 물었다.

"아직 손님이 안 왔어. 오늘 첫 날인데 너무 많이 만들어놓았다가 남을까봐 그래."

"아직도 아무도 안 왔어요?"

호숙이는 믿기지 않는다는 듯이 정혜를 쳐다보았다. 명희와 성숙이도 정혜를 쳐다보고 있었다.

"음악소리는 들리던데. 그럼 연습하고 있는 건가?"

성숙의 말이었다. 정혜의 그 말에 다들 일손을 느려졌다. 지금까지 만들어놓은 것만도 꽤나 되었다. 김밥과 순대는 미리 준비를 해놓은 것이라서 어쩔 수 없지만 떡볶이는 그때그때 모자라는 양만큼만 다시 재료를 넣어서 만드는 것이라서 일손을 늦추면 나중에 남아도는 일은 없을 것이었다.

주방에 있다가 음악소리가 요란해지는 것을 듣고서 정혜가 홀로 나왔을 때는 무대 앞쪽에 손님들이 들어차 있었다. 홀 뒤쪽에 서 있던 찬욱이와 명쾌가 주문을 받아서 주방으로 가고 있었다.

"언제 들어왔지?"

정혜가 놀라서 배호한테 물었다.

"방금. 이제서야 들어오네. 이젠 마음이 좀 놓여."

그제야 배호의 얼굴에 작은 희망이 도는 듯했다. 잠시 뒤에 열 명 정도되는 학생들이 떼를 지어서 들어왔다.

"어서 오십시오! 앞쪽으로 가십시오."

명쾌가 방금 들어온 손님들의 앞장을 서서 무대 앞쪽의 테이블로 안내하고 있었다. 다음 손님들이 들어오자, 이번엔 찬욱이가 그들을 맞았다. 손님들은 앞자리부터 앉았다. 명쾌와 찬욱이가 바삐 움직이는 것을 보면서 배호는 기분이 좋았다. 조금 전까지만 해도 조마조마했는데 다섯 시쯤부터 손님이 들기 시작하자 어느새 안도의 한숨이 새어나왔다. 주방으로 들어간 정혜가 방금 주문한 음식들을 쟁반에 담아 건네주고는 배호에게 물었다.

"바쁘네. 손님 많이 와?"

"응, 조금 전부터 슬슬 들어오기 시작하네."

"그럼 됐네 뭐. 수원보다는 어때?"

정혜는 궁금하기만 했다.

"아직은 그쪽보다는 못해. 이따 마감해 봐야 알 거 같아."

"후훗, 이제 사장님의 얼굴에 생기가 도네. 맞지?"

"하하, 그래. 부사장도 기분이 좋지?"

"그럼! 아깐 영 죽을 맛이더라."

정혜는 한가한 것보다는 바쁜 것이 무엇보다 좋았다. 진란이와 성숙이, 호숙이가 신이 나서 음식 만들기에 여념이 없었다.

"사장한테 전화 한번 때려주지 그래?"

"그럴까……."

배호는 잊고 있었던 듯이 그 자리에서 핸드폰을 꺼내 전화를 걸었다.

"응, 나다."

저쪽에서 말을 꺼내기보다 배호가 먼저 말을 꺼냈다.

"어? 웬일이야? 전화할 시간도 다 있고? 손님 없어?"

춘호는 불안한 듯이 물었다.

"한가하니까 전화를 했지. 거긴 어떠냐?"

"여기? 여기야 맨날 그렇지. 진짜로 안 바빠?"

춘호는 더 불안해진 마음이었다.

"한가하다니까. 나 주방에 들어와 있어. 애들하고 소꿉장난하고 있다."

"정말?"

드디어 춘호가 놀란 듯이 물었다.

"그래! 너무 한가해서 전화까지 다 하잖아. 정혜 누나 좀 바꿔줘?"

"그래, 어떻게 된 거야?"

춘호의 목소리가 더 커졌다. 배호는 곧 정혜에게 핸드폰을 건넸다.

"나야."

"배호 형이 말한 거 정말이야?"

"아냐. 배호 사장이 거짓말했어. 조금 전까지 사람이 없다가 갑자기 손님들이 몰려오네. 주방이 바빠."

"하하, 그럼 배호 형이 나한테 꽁 깠잖아!"

"사장이 궁금해할 거 같아서 전화 해보라고 그랬지. 근데 자꾸 농담만 하잖아."

"하하, 됐어! 얼마나 바빠?"

"네 명이서 바쁠 정도야. 아직 수원만큼은 아니고. 그냥 바쁜 정도야."

"그럼 된 거야. 누나는 언제 와?"

"오늘은 여기서 일을 봐주고 끝나면 출발할게. 진란이도 여기 주방에서 일해."

"그래? 그럼 카운터는 성동이 혼자 봐?"

"응."

"그래. 나중에 진란이도 카운터 보면 되겠다. 형, 좀 바꿔줘."

배호가 핸드폰을 받자 춘호가 물었다.

"아까 나한테 거짓말한 거지?"

춘호가 그것부터 물었다.

"그래, 하하, 아깐 손님이 없어서 조금 불안했어. 그래서 그런 거지 뭐."

배호는 웃고 있었다.

"됐어! 일단은 성공이야. 오늘 매상 나오는 거보면 알겠지."

"그래, 이따 전화하자."

영등포 가게는 첫날 매상이 백오십칠만 원이나 올랐다. 정혜는 첫날 매상치고는 성공적이라고 말을 했다.

"오 씨 아저씨. 오늘 수고했어요."

정혜는 오 씨에게 감사의 말을 건넸다. 배호가 미리 준비한 일당을 내놓았다.

"네, 고맙습니다. 오늘 이만하면 괜찮은 건데요."

"저도 이제 수원으로 갈 거예요. 늦었는데 나가죠?"

정혜는 주방에서 일한 여자애들에게 수고했다는 말을 하고는 밴드팀들과 밖으로 나왔다. 배호가 따라 나왔다.

"누나, 잘 가. 난 회의 좀 하고 조금 있다 춘호한테 전화할게."

"그래. 수고했어."

정혜는 하얀색 지프차에 올라타면서 오 씨와 같이 승합차에 탄 밴드팀들에게 손짓을 해보였다. 정혜는 그들과 헤어져 시내를 빠져나오면서 서부간선도로를 달렸다. 밤늦은 시간의 서부 간선도로는 다소 한적했다. 정혜는 약간 피곤했지만 홀가분한 기분이었다. 담배를 꺼내 불을 붙이고선 창문을 조금 열었다. 시원한 밤바람이 이마의 머리카락을 날리며 세차게 들어왔다.

수원 가게에 도착한 그녀는 사무실로 들어갔다. 다들 모여 있었다.

"어때? 장사 잘 돼?"

춘호가 회의를 하다 말고 들어서는 정혜를 보고 물었다.

"응. 오늘 매상이 백오십만 원 올랐어. 다들 축하해줘."

"그래? 그럼 됐네. 잠시만……."

춘호는 핸드폰을 꺼내 배호에게 전화를 걸었다. 배호는 회의를 하고 있다가 전화를 받았다.

"오늘 백오십만 원이 올랐다면서? 축하한다!"

"그래. 정혜 누나 도착했냐?"

"방금 도착해서 이야기를 들었어. 여기 다들 모여 있어."

"하하, 그래. 우리도 지금 수고했다고 이야기하고 있는 중이다. 좀 있다 전화할래?"

"그러지."

춘호는 전화를 끊고서 말했다.

"영등포에 오늘 매상이 백오십만 원이 나왔다고 한다. 우리도 축하하는 의미에서 박수를 보내자. 자, 박수."

모두들 박수를 쳤다.

"이제 내일이 검정고시 날이다. 오늘은 푹 자고 나서 기분 좋게 일어나서 출발하도록 하자. 정혜 부사장도 같이 갈 거다."

정혜가 말을 덧붙였다.

"그냥 배운 대로 침착하게 풀어. 모르는 것은 놔두고 나중에 풀기로 하고, 우선 아는 것부터 풀면 돼. 끝까지 최선을 다한다고 생각하고 하면 될 거야. 니들이 여기에서 검정고시에 합격하면 앞으로 더 큰 보람을 느끼지 않겠니. 열심히 해. 파이팅!"

정혜가 팔을 들어 파이팅을 외치자 다들 파이팅을 외쳤다.

"파이팅!"

밤 회의를 끝내고 나서 춘호는 배호와 통화를 했다. 수고했다는 말을 하고는 서로 잘 자라는 인사를 나누었다.

다음날 춘호는 새벽 구보를 다녀와 성기가 미리 렌터카에 주문한 봉고차의 운전석에 앉았다.

"빨리 타! 여자들 왜 안 나와?"

남자들은 일찌감치 차에 올라탔지만 여자들은 준비하느라 그런지 꾸물거리며 나타나지 않았다. 성기가 얼른 가게로 들어가서 여자들과 같이 나왔다.

춘호는 그러는 사이에 영등포로 전화를 걸었다.

"출발해?"

"응, 지금 그쪽으로 가고 있어. 넌?"

"지금 타에 타고 있어. 학교 정문에서 만나."

"그래, 알았다. 십분이면 수원에 도착할 거 같다."

"알았어."

그들은 검정고시를 치는 학교 정문 앞에서 만났다. 모처럼만에 만난 그들은 서로 안부를 물으면서 반가워했다. 춘호와 배호도 대입 검정고시를 쳐야 했으므로 같이 시험장으로 들어가야 했다.

"니들 꼼꼼하게 잘 쳐. 안다고 너무 성급하지 말고. 모르는건 나중에 풀어."

정혜가 다시 주의를 덧붙였다.

"네. 알았어요."

여자들은 처음 치는 검정고시라서 그런지 긴장하는 눈치였다. 그들이 학교 안으로 들어가는 것을 보고서 정혜는 학교 앞에서 파는 커피를 사들고는 봉고차로 들어갔다. 오후 2시까지 계속된 시험이 시작되는 동안에 정혜는 자신도 모르게 기도를 하기 시작했다.

'하나님 아버지. 저는 하나님을 어렸을 적에 만난 적이 있습니다. 교사를 했으면서도 교회를 나가지 않았던 저입니다. 오늘 시험을 치는 저들이 고아원에서 나와 처음 치는 시험이오니 다들 합격할 수 있도록 해주십시오. 저들이 합격해서 좋은 학교에 들어가서 공부할 수 있도록 도와주십시오. 예수님의 이름으로 감사기도 드립니다. 아멘.'

시험이 끝나기를 기다리는 정혜의 마음은 초조하기만 했다. 점심시간도 없이 계속된 시험은 2시가 되어서야 교실에서 사람들이 하나둘 모습을 드러내기 시작했다.

정혜는 차에서 나와 정문에 서서 기다렸다. 춘호와 배호가 먼저 모습을 드러냈다.

"시험 어때?"

정혜는 그것부터 물었다.

"그냥 그래. 어렵진 않았어."

"배호는?"

"난 좀 어려웠어. 수학이 별로야."

"거봐. 가게 때문에 공부를 많이 못 했지?"

정혜가 안타까운 눈빛으로 배호를 바라보았다. 배호는 근래 피곤한 탓인지 얼굴이 헬쑥해져 있었다.

"할 수 없지 뭐. 떨어지면 다음에 보면 되지."

"다음에는 더 시간이 없을 텐데? 이번에 합격했으면 좋겠다."

세 사람이 대화를 하고 있는 동안에 다들 모여들고 있었다. 정혜는 일일이 그들에게 문제가 어땠는가를 물어보면서 나름대로 채점하고 있었다.

"자, 가자. 오늘은 다 모였으니까 어디 가서 회식이나 하자. 차에 타."

이번엔 성기가 봉고차를 운전하고, 배호가 영등포 식구들을 태워서 봉고차를 따라가고 있었다.

"사장님. 어디로 갈까요?"

성기가 물었다.

"가게 근처보다는 오늘은 오후에 좀 멀리 나가자. 오이도로 갈까?"

"오이도? 어딘데요?"

"대부도 바로 위야. 서해안 쪽으로 가서 바다나 구경하면서 회나 먹고 오자. 일단 가봐."

춘호는 성기에게 지시를 하고는 가는 길의 표지판을 보고서 방향을 가르쳐주었다. 춘호도 말만 들었지 오이도가 어디에 있는지 알지 못했다.

"야, 어디로 가냐? 가게로 안 가?"

배호한테서 핸드폰이 왔다.

"응, 오늘 모처럼만에 바닷가로 가서 점심이나 먹자고. 가다가 간단하게 우유나 마시고 바닷가로 가서 먹는 게 어때?"

"좋지! 알았어. 우유하고 빵이나 몇 개 사라."

"그래, 가다가 서면 따라서 서."

춘호는 성기에게 길가에 있는 슈퍼 앞에 차를 세우라고 하고선 배가 고픈 직원들에게 간단하게 먹일 우유와 빵을 사서는 앞차와 뒤차에 나눠주었다. 오이도로 들어선 차는 바닷가 옆의 횟집으로 들어갔다. 바다가 보이는 이층 횟집으로 들어가서 앉은 그들은 회가 나오는 동안에 시험에 관한 이야기들로 대화가 이어졌다.

회가 나오고 나서 다시 매운탕이 나왔다. 그들은 모처럼만에 회를 먹고서 밥과 매운탕으로 점심을 먹었다. 횟집에서 나온 그들은 바닷가의 산책로를 따라서 걷기고 하면서 오랜만의 여유를 즐겼다.

"춘호야. 영등포는 지금 가도 바쁘겠어. 이제 출발하자."

"모처럼 밖에 나왔는데. 쟤들이 아주 좋아하는데. 그냥 갈 거야?"

춘호는 바닷가에 더 머무르고 싶었다.

"그래도 할 수 없잖아. 지금 가서 음식 준비해야 되고 바빠. 가는 시간도 있고."

배호는 장사할 것부터 걱정했다. 춘호는 손목시계를 보고는 지금 출발해야 오후 준비를 할 수 있다는 것을 알고는 아쉬움을 남긴 채로 차가 있는 데로 갔다.

다들 춘호와 같은 생각들이었다. 수원에 있다가 서울로 간 직원들은 오랜만에 만난 남자 친구들과 헤어지기가 싫었다. 배호의 차에 탄 여자애들은 봉고차를 향해서 잘 가라고 손을 흔들었다. 남자들 역시 여자애들에게 손을 흔들며 잘 가라는 인사를 나눴다.

오이도에서 출발한 차들은 거기서 수원과 영등포로 각기 헤어져야만 했다. 수원에 도착한 그들은 시험친 것을 잊어버리고 장사 준비에 여념이 없었다. 미리 출근한 아줌마들이 대충 음식 준비를 하고 있었고, 밴드팀들도 춘호의 일행과 거의 동시에 출근해서 연습에 들어갔다.

오후 늦게 영등포 가게에 도착한 배호는 주방에 들어가서 여자들이 만드는 음식을 돕느라 주방에서 나오지 못했다. 홀에서는 성동이가 애들을 데리고 일을 하고 있었고 밴드팀을 이끌고 있는 강 성식이 세 명의 연주자들을 데리고 연습을 하기 시작했다.

충돌

　영등포 가게는 점점 매상이 늘어갔다. 하루가 다르게 가파르게 올라가는 매상을 보면서 배호는 물론 직원들 모두 놀랄 뿐이었다. 영등포의 중심가라고 할 수 있는 위치적인 배경이 첫 번째 성공적인 요인이 될 수 있었다. 전철역에서 불과 5분 거리에 있는 황제콜라텍은 백화점을 마주 보고 있어 백화점에 쇼핑차 들렀던 학생들이 쉴만한 곳으로 찾아 콜라텍으로 들어오곤 했다. 바깥에서는 마땅히 약속장소를 정할만한 곳이 없었으므로 그들은 황제콜라텍을 약속장소로 활용하고 있었다.

　누구보다 바쁜 사람은 홀에서 서빙을 맡은 찬욱이와 명쾌였다. 두 사람이 번갈아가며 테이블의 주문을 받았지만, 주방에까지 내려갔다가 올라오면 주문한 손님이 밀려 있을 정도였다. 그럴 때는 성기가 카운터에서 나와 일단 주문을 받아놓고 있다가 찬욱이와 명쾌가 주방에서 나오면 성기가 미리 주문을 받은 쪽지를 건네주는 셈이었다.

"사장님. 홀이 너무 바쁜데요. 명쾌하고 찬욱이가 힘든 거 같습니다."

성기의 보고였다.

"그래, 알았다."

배호는 핸드폰을 꺼내 춘호에게로 전화를 걸었다.

"응, 나야. 바쁘지?"

"그래, 거기 요즘 매상이 팍팍 오른다며? 하하, 여기보다 더 낫겠는 걸."

"그야, 여긴 영등포 아니냐. 세가 얼마나 비싼데. 참, 그런데 애들 교육 끝났으면 빨리 좀 보내줘라."

"아, 알았어. 몇 명 보내?"

"되는대로 알아서 보내. 홀에 사람이 모자라서 성기가 대신 뛰어주고 있다."

"그걸 생각 못했네. 그럼 내일 보내지 뭐."

"그래, 내일 보내."

배호는 전화를 끊고서 주방으로 들어갔다. 명희와 호숙이와 성숙이가 바쁘게 음식을 쟁반에 담고 있었다. 명쾌는 입구쪽에 서서 쟁반이 나오기를 기다리고 서 있었다.

"명쾌야. 내일 애들이 올라올 거다. 오늘만 참으면 된다."

"네, 알겠습니다."

"사장님. 그럼 진란이 좀 오라고 그러시지 그랬어요? 걔가 오면 다 오는데……."

호숙이는 진란이가 왔으면 하는 바램이었다.

"그쪽에서 알아서 보내겠지 뭐. 일단 그쪽이 본부니까."

"그래도요. 우리 친구들끼리 같이 모여 있게 되면 좋잖아요."

이번엔 성숙이가 거들었다.

"하하, 모르겠다. 그건 춘호 사장이 더 잘 알 테니까. 니들끼리만 모여 있으면? 그쪽에는 나중에 들어온 애들끼리만 모여 있으라고? 그러면 층이 져서 안 좋지. 그쪽에 성기하고 진란이가 있으니까 같이 친해지는 거지. 나중에 인원이 더 늘면 서로 왔다갔다 할 수 있는 거니까."

"그때까지 언제 기다려요? 그냥 보내주면 좋은데……."

여자들은 같은 고아원에서 생활한 친구들끼리 모여 있고 싶어했다. 그러나 배호의 생각으로도 너무 그렇게 친구들끼리만 모여 있는 것도 좋지 않을 거라고 생각했다. 영업이 끝나고 나면 다들 녹초가 되는 듯했다. 여자들은 씻기가 무섭게 잠 속으로 골아 떨어졌다.

배호는 간이침대에 누워 직원들의 코 고는 소리를 들으면서 뒤척이다가 잠이 들곤 했다. 행복하다고나 해야 할까. 이때까지 살아오면서 지금처럼 뿌듯한 감정을 느낀 적은 없었다. 매일매일 매상이 가파르게 올라가는 것을 보면서 사업에 대한 뜨거운 열정이 생겨나곤 했다. 자신을 따르는 직원들과, 수원에 있는 식구들을 생각하면 자신의 위치라는 것이 앞으로 더 많은 고아 출신들을 돌볼 수 있는 자리라는 것을 생각하면 가슴이 벅차오르는 걸 느낄 수 있었다. 수원에서 진란이가 올라왔고, 초록원에서 새로 들어온 상율이, 백호, 순희, 금자, 영옥이가 새 식구로 올라오고 나서 가게는 더 활기차게 돌아가고 있었다. 홀은 전무인 성동이가 책임을 졌고, 주방 일은 성숙이가 맡아서 관리를 했으므로 배호는 그저 그들을 지켜보는 사장일 뿐이었다. 성동이가 전무겸 카운터를 맡았고, 진란이가 수원에서 올라와서 카운터를 보고 있었다. 그리고 홀에는 명쾌와 찬욱이, 상율이, 백호가 서빙을 맡았으며, 주방에는 성숙이, 호숙이, 명희, 순희, 금자, 영옥이가 맡아서 했다. 모든 게 순조롭게 돌아가고 있었다.

오전에 공부를 마치고 나서 검도장으로 가서 운동을 하고 가게로 돌아왔을 때에 낯선 사내들이 입구에 걸터앉아 있다가 가게로 돌아오는 배호와 직원들을 보고선 시비를 걸어왔다.

"어이, 여기 있는 애들이냐?"

"……?"

"왜? 묻는 말이 안 들리냐?"

"누구신데요?"

성동이가 나섰다.

"누구긴. 그거 알아서 뭐하냐? 여기 사장이 누구냐?"

그들은 두 명이었다. 입구 양쪽에 걸터앉은 채로 침을 찍찍

뱉으며 말을 하고 있었다. 배호는 성동이를 제치고 그들 앞에
섰다.

"왜 그러십니까? 여긴 장사하는 곳인데."

"뭐? 왜 그러십니까? 지금 나한테 한 소리냐?"

"……."

배호는 선뜻 말을 하지 못했다. 분명 그들은 시비를 걸기 위
해서 트집을 잡고 있는 거라고 생각했다.

"왜 말이 없냐? 말을 꺼냈으면 대답을 해야지."

두 사람 중 한 명이 일어서면서 배호 앞으로 바싹 다가왔다.
한 눈에 봐도 시비를 걸러온 사내라는 걸 알 수 있었다.

"제가 사장입니다. 무슨 용건이시죠?"

"아, 그래? 사장이 아주 젊구만. 우리를 그냥 여기 있게 하지
말구 문 열고 들어가서 이야기하지."

두 명의 사내들은 일어나 문 앞으로 가서 섰다.

"……."

배호는 그들을 가게 안으로 들여놓을 것인가 아니면 밖에서
이야기를 할 것인가 생각하다가 이쪽에서 먼저 선수를 치는 것
도 괜찮은 일이라고 생각되었다.

"들어가십시다."

배호가 말하자, 성기는 얼른 문을 열었다.

두 사내가 히죽 웃어보이고는 그대로 서 있었다. 배호를 쳐다
보고 있었다. 사내들이 움직이지 않았으므로 성기와 여자들도

움직이지 않고 있었다.

"들어가시죠."

배호가 다시 부드럽게 말했다. 그제야 그들은 안으로 들어갔다. 배호가 먼저 그들을 안내해서 사무실로 들어갔다. 그 뒤를 따라 사내들이 들어왔고, 그 다음으로 성기와 직원들이 따라서 들어왔다. 사내들은 홀 안을 지나오면서 이곳저곳을 살피며 들어왔고, 사무실에 들어와서도 괜히 불필요하게 눈을 두리번거리다가 소파에 털썩 앉았다. 배호와 직원들을 전혀 의식하지 않는 행동이었다.

"어떻게 오셨습니까?"

"손님이 왔으면 니들은 대접도 안 하냐? 어허, 좀 섭하구만."

두 명 중의 한 사내가 소파 뒤로 털썩 기대며 탁자 위로 다리를 뻗어서 올렸다.

"뭘로 드시겠습니까?"

배호가 아차 싶어 물었다.

"양주로 하지. 간단하게."

"네? 여긴 술파는 곳이 아닙니다. 술은 없습니다."

"야! 술 없으면 사오면 될 거 아냐! 남자 새끼가 꼭 가르쳐줘야 아나? 여기 여자들도 있네 뭐. 술 갖고 와라."

그들은 억지를 부리는 셈이었다.

"……."

배호는 아무 말도 하지 않고 맞은편에 앉아 있었다.

"여기 장사가 잘 된다는 거 알고 왔는데 말이야. 저기 여자들도 있는데 술이 없으면 되나. 같이 술이나 한잔 하자는데 뭐가 그리 말이 많냐. 왜? 내 말이 틀렸나?"

그들은 슬슬 험악해지기 시작했다. 탁자 위에다가 구둣발을 올려놓고선 여자들에게 웃음을 흘려가며 이야기를 하고 있었다.

"저들은 직원입니다. 찾아온 용건만 말씀해 주십시오."

"뭐? 직원? 직원도 괜찮아. 술이나 한잔 하면서 이야기하자고. 이쯤 되면 눈치가 있어야 할 거 아냐."

그들은 구둣발을 툭툭 쳐가면서 말을 했다. 그들이 그러는 모습을 보면서 성동이는 화가 났다. 여자들도 마찬가지였다. 찬욱이와 명쾌도 배호 사장이 너무 모욕을 받는다고 생각하고 있었다.

"어이! 술 좀 가져와라. 니들 돈 많이 번다는데 술 한잔 사주는 것도 안 되냐?"

"형씨, 발 내리고 좋게 이야기합시다. 이야기로 통할 수도 있지……."

배호가 채 말을 끝내기도 전에 사내의 구둣발이 탁자를 쾅 내리쳤다. 그리고는 탁자 위에 있는 재떨이를 구둣발로 휙 걷어차 버렸다. 재떨이가 날아가서 떨어지면서 모서리가 깨졌다. 여자들이 놀라서 비명을 질러댔다.

"왜 이러십니까?"

참다못한 성동이가 나섰다.

"뭐? 존만한 놈이 뭐라고?"

사내들이 탁자를 걷어차면서 일어났다. 그들은 시비의 빌미를 찾은 셈이었다. 배호가 성동이의 그러한 행동을 말릴 틈도 없이 일어난 일이었다. 사내는 일어서자마자 성동이의 배를 향해 발길질을 했았다. 성동이가 발길의 공격을 피했다가 구둣발을 잡았다.

"어? 나를 잡아? 이거 봐!"

사내는 당황했다. 옆에 있던 사내가 성동이를 향해 주먹질이 날아왔다. 성동이는 재빨리 날아오는 주먹을 탁 치면서 잡았던 사내의 발을 놓아주었다. 주먹을 휘두르던 사내가 휘청거리는 사이, 성동이의 주먹이 날아갔다. 얼굴을 맞은 사내는 탁자 위로 고꾸라졌다.

"너! 이 새끼!"

발길질을 했던 사내가 다시 옆차기를 해왔다. 이번에도 성동이는 주먹을 쥔 손등으로 날아오는 발길질을 위로 쳐올리면서 공격해온 사내의 허벅지를 향해 발을 날렸다. 사내의 커다란 덩치가 소파로 가서 떨어졌다. 성동이는 탁자에서 일어나는 사내의 등짝을 향해 구둣발을 내려찍었다.

"억!"

성동이는 마치 신들린 사람처럼 구둣발과 주먹이 날리고 있었다. 사내들은 성동이의 거침없는 공격에 맥없이 맞고만 있었다.

"성동이! 그만해!"

배호가 소리치자, 성동이의 신들린 주먹과 발길질이 멈췄다.

"사장님! 이런 놈들 왜 가만 둬요? 본때를 보여줘야 합니다?"

성동이가 말을 했다.

"그만해! 됐어!"

배호는 소파에 앉으면서 사내들이 일어나기를 기다렸다.

"앉으시오. 앉아서 이야기합시다."

"앉으라고? 이 새끼들이! 니들 우리들을 건드려? 너! 좋아! 붙어!"

사내들은 일어서자마자 두 명이 동시에 성동이를 향해 주먹과 발을 날렸다. 방심하던 성동이가 주먹을 맞으면서 비틀거렸다.

"이 새끼가! 어딜 함부로 덤벼!"

두 명의 공격이 시작되었다. 성동이가 다시 발길질을 맞으면서 바닥으로 나뒹굴었다. 그들의 무자비한 공격이 시작되는 걸 보고서 여자애들은 비명을 질렀다.

"왜 가만있어! 좀 막아줘!"

여자들의 그 말이 떨어짐과 동시에 명쾌와 찬욱이가 사내들의 공격을 막아냈다. 찬욱이의 발이 사내를 향해 날아갔다. 정확히 날아간 발은 사내의 목을 걸어찼다. 명쾌 역시 주먹으로 남은 사내의 얼굴을 강타했다. 두 명의 사내들은 명쾌와 찬욱이의 공격에 바닥으로 나뒹굴었다. 바닥에서 일어선 성동이가 화난 듯이 소리쳤다.

"비켜! 내가 맡을 테니까!"

성동이의 목소리는 날카로웠다. 그 말과 동시에 성동이의 발길이 춤을 추듯 날았다. 두 사내는 성동이의 발길질에 무참하게 얻어맞고 있었다. 두 사내들은 금세 피투성이가 된 채로 바닥에 널브러졌다. 성동이는 두 사내의 팔목을 구둣발로 밟은 채로 짓이기듯이 구둣발을 비틀었다. 사내들이 고통스런 얼굴을 찡그렸다.

"니들 어디서 왔냐? 말해!"

"야, 발 치워."

"니들 어느 패거리야? 말해."

"너, 깨지고 싶냐?"

사내들은 지지 않았다.

"깨지고 싶다. 그래. 깨볼 거야?"

성동이의 구둣발이 사내의 얼굴을 걷어찼다.

"윽!"

두 사내는 성동이의 구둣발을 맞고서 얼굴을 감싸쥐었다. 코피가 터졌는지 눈을 맞았는지 얼굴에서는 낭자한 피가 흘러내렸다.

"성동아. 그만!"

배호가 소리쳤다. 그제야 성동이가 물러났다. 사내들도 일어나서 피묻은 채로 소파에 앉았다. 그들의 코와 눈에서는 핏물이 뚝뚝 떨어지고 있었다.

"명희야. 물수건 좀 갖다드려라."

배호의 말에 명희는 얼른 물수건을 갖고 와서 사내들에게 내밀었다. 사내들은 코웃음을 치며 물수건을 받아선 핏물을 닦아냈다. 그리고는 배호에게 빈정거리며 웃었다.

"여기 센 분들 계시구만. 오늘 우리에게 이렇게 한 거 각오하는 게 어때?"

"……."

배호는 듣고만 있었다.

"오늘 이렇게 깨지고 간다만, 니들 오늘 해준 거 잊지 않겠다. 자, 가자."

사내들은 곧 일어났다. 그들이 사무실을 나가려고 하자, 성동이와 찬욱이, 명쾌가 그들을 막았다.

"비켜!"

사내 둘이 소리쳤다.

"못 비켜. 그게 무슨 말이야? 니들 어느 파야?"

"어느 파? 여기가 어느 구역이라는 것도 모르냐? 빙신 씨키들이!"

그 말이 떨어지기가 무섭게 성동이의 주먹이 날아갔다. 성동이의 주먹이 날아감과 동시에 명쾌와 찬욱이의 주먹과 발길이 동시에 날아갔다.

"야! 그만둬!"

배호가 놀라서 소파에서 일어났지만 이미 엎질러진 물었다. 성동이의 발길이 춤을 추듯 날았고, 명쾌와 찬욱이의 주먹과 발길이 무자비하게 그들을 짓이기고 있었다. 이쯤 되면 이미 사태는 걷잡을 수 없다는 것을 안 배호는 성동이를 물리치고는 두 명의 사내를 일으켜 세웠다. 그리고는 가차 없이 발길질을 날렸다. 땅바닥에 고꾸라진 사내들은 피를 흘리면서도 절대 굴복하지 않았다. 배호에게 공격을 해왔다. 어느새 뽑아든 칼날이 배호를 향해 공격해오기 시작했다. 성동이와 명쾌, 찬욱이가 나서려고 했지만 배호는 손짓으로 그들을 말리고는 공중으로 붕 뜨면서 칼날을 걷어찼다. 칼날이 바닥으로 떨어졌고, 다시 배호의 발길이 그들의 정수리에 가서 꽂혔다. 한 놈이 배호의 옆에서 칼날로 공격하는 것을 이번엔 성동이의 발길에 의해 칼이 땅바닥에 떨어졌다. 배호는 그들을 완전히 짓이겨 놓고는 그들의 목에 구둣발을 내려찍었다.

"니들 어느 파냐? 말해!"

"역전파다!"

"역전파? 계속 이렇게 나올 거냐?"

배호의 구두가 목을 짓누르면서 비틀어댔다. 고통스런 비명이 터져 나왔다. 그러나 그들은 절대 굴복하지는 않았다.

"일어나! 일어나서 앉아!"

목을 풀어준 배호가 소파로 가서 앉았다. 그들이 일어나서 땅바닥에 주저앉았다.

"오늘 미안하다. 좋은 조건을 내라. 그러면 들어주겠다."

"하이고, 그럴 필요 없수. 우리를 이렇게 건드렸다면 각오해야 될 거요. 야, 가자!"

그들이 일어나서 사무실을 나가려고 했다. 이번에도 역시 성동이와 명쾌, 찬욱이가 그들의 앞을 가로막았다.

"비켜!"

그들이 소리 질렀다.

"사장님 말 들었으면 대답하고 나가야지. 어떤 조건인지 말해야 될 거 아냐."

"됐다고 말했잖아! 비키라고!"

두 명이 성동이에게 덤벼들었다. 그러자 다시 험악해지는 분위기였다.

"됐다. 그냥 나가게 내둬라."

배호는 불안했지만 그 놈들이 어거지를 쓰는 걸 막을 수는 없다고 생각했다. 성동이가 비켜서자, 그들은 횡하니 밖으로 나가 버렸다. 명쾌와 찬욱이가 그들을 따라나갔다가 다시 돌아왔다.

"나갔습니다."

"그래, 역전파라면 이곳이 무대인 것 같은데……. 이제 일이나 하지."

배호는 불안했지만 직원들 보는 앞에서 그런 내색을 할 수가 없었다. 여자들은 남자들이 두 조직원들을 묵사발이 되도록 패준 것에 대해 감탄하는 표정을 짓고 있었다. 남자들은 홀로 나가고, 여자들은 주방으로 들어가 일을 하기 시작했다.

사무실에 남은 배호는 춘호에게 전화를 걸었다.

"오늘 사고났어."

"응, 왜?"

춘호가 놀라서 물었다. 검도장에 갔다가 오는 길에 일어난 일들을 그대로 보고하기 시작했다. 배호의 말을 다 들은 춘호는 입맛이 썼다.

"그래서 두 놈을 성동이가 두들겨 팼다는 거야?"

"그래, 많이 맞았어. 성동이하고 명쾌, 찬욱이가 팼으니까."

"그럼 개들이 가만 안 있을 걸? 이걸 어쩐다?"

춘호가 고민스럽게 말을 했다.

"내가 알아서 할게. 이젠 어쩔 수 없는 일이지 뭐."

"그렇게 간단한 게 아냐. 개들이 맞았다면 가만 안 있을 걸?"

"그럼 어떻게 해?"

배호도 속으로 걱정이 되는 건 사실이었다.

"흠……."

춘호는 속으로 큰일났구나 싶었지만 배호에게 실망을 주고 싶진 않았다.

"개들 역전파라는데 어떻겠냐?"

"성동이보고 말리지 그랬어?"

"말릴 틈도 없었다니까! 그 놈들이 나한테 덤벼드니까 성동이가 참다못해서 날려버린 거고."

"그 놈들이 가만 안 있을 건데……."

춘호는 뾰족한 수가 생각나지 않았다.

"그러니까 어떻게 해야 되는 거냐니까."

"할 수 없지 뭐. 그 놈들이 어떤 조건을 내세우는지 나오는 걸 봐서 그대로 들어주는 수밖에 없겠어."

"그 놈들이 가만 안 있을 걸? 좆나게 맞았는데."

"형이 잘 알아서 처리해. 필요하면 내가 갈게. 아니다. 일단 우리 쪽에서 먼저 만나자고 하는 게 좋겠어."

"우리 쪽에서 먼저?"

"그냥 있다간 어떤 일이 일어날지도 몰라. 차라리 그게 낫겠어. 내일 내가 그쪽으로 갈게."

"몇 시에?"

"음……. 오전에 공부 끝나고 아침 먹고 난 뒤에 곧바로 영등포로 갈 테니까. 가서 이야기해."

"그래. 알았어."

통화를 끝낸 춘호는 마음이 무거웠다. 역전파라면 영등포에서는 알아주는 조직들인데 성동이가 섣불리 덤벼든 것이 잘못된 일이라는 생각이 들었다.

다음날 아침, 식사를 끝낸 춘호는, 성기를 불렀다.

"야, 성기. 너, 나 따라가자."

"어디요?"

"영등포에 일이 생겼다는 연락이 왔어. 나하고 갔다 오자."

춘호는 가게를 정혜더러 보라고 하고선 성기를 데리고 나섰다. 영등포에 도착한 춘호는 일단 배호를 만나 어젯밤의 일에 대해서 상세히 듣고는 말했다.

"됐어! 성동이 너 큰일 했다! 남자는 그 정도 깡이 있어야 되는 거다. 이번 일은 내가 처리할게. 형은 그냥 여기 있어."

춘호가 벌떡 일어섰다.

"왜? 혼자 가려고?"

"성기하고 둘이 갔다 오지. 여기 기다리고 있어. 만약 내가 핸드폰하면 그때 와."

"나도 가지."

배호가 일어났다.

"됐어! 이번 일은 그냥 조용히 처리하는 게 좋을 거야. 그래서 내가 가는 게 나아. 형은 여기 가만히 있어. 애들 데리고 있다가 만약에 핸드폰하면 그때나 와."

"그래. 알았다."

춘호는 성기를 데리고 밖으로 나왔다. 역전으로 가서 구두 수선하는 곳으로 가서 구두를 내밀었다.

"잘 닦아줘요."

"네, 알겠습니다. 멋진 슬리퍼로 갈아 신으시죠."

구두 수선하는 사내는 춘호에게 슬리퍼를 내밀었다. 춘호는 슬리퍼로 갈아 신고는 성기에게도 구두를 닦으라고 말했다.

"너도 닦아. 구두 벗어."

사내가 슬리퍼 한 짝을 내어 성기 발 앞에 놓았다. 구두를 닦는 동안에 춘호는 담배를 꺼내 피우면서 슬쩍 말을 던졌다.

"형씨, 역전파 좀 만나러 왔는데 아쇼?"

"왜요?"

사내가 흠칫 춘호를 쳐다보았다.

"만날 일이 있어서 그럽니다. 알면 좀 가르쳐주쇼."

"그야……. 뭔 일로 그러시는데요?"

사내는 아는 듯이 나왔다.

"사과할 일이 있어서 그럽니다. 보스를 만나고 싶은데."

"아, 네. 그럼 연락해 드릴까요? 누구라고 말하면 됩니까?"

"황제콜라텍이라고 말하면 알 겁니다. 춘호라고 말하쇼."

"네, 알겠습니다."

사내는 구두를 닦던 동작을 멈추고는 얼른 핸드폰을 꺼내 어디론가 전화를 걸고 있었다.

"접니다. 여기 손님이 찾아왔는데요. 만나서 사과할 일이 있다고요. 네, 지금 여기 있습니다. 춘호라고……. 네, 알겠습니다."

사내는 핸드폰의 뚜껑을 탁 하고 덮고는 말했다.

"저쪽 '장미다방'에서 만나자고 그러네요. 십분 후에 그쪽으로 오라고 그럽니다."

"알았소."

춘호는 닦은 구두를 갈아 신고는 성기의 구두를 닦는 것을 보면서 다시 새 담배를 꺼내 불을 붙였다. 사내는 어떤 일로 만나자는 것인지 묻지 않았다. 그저 열심히 구두만 닦을 뿐이었다. 시계를 흘끔거리며 쳐다보던 사내는 곧 성기의 반짝반짝하는 구두를 내밀고는 다시 시계를 쳐다보았다.

"다 됐습니다."

춘호 일행이 약속시간에 늦지 않게 재빨리 구두를 닦아서 내려놓은 것이었다.

춘호는 만 원권 지폐 한 장을 꺼내주면서 성기와 같이 밖으로 나왔다.

"됐습니다."

찻길 건너편의 '장미다방'의 간판이 보였다. 지하보도를 건너 건너편 인도로 나간 춘호는 망설임 없이 이층 다방으로 올라갔다. 실내를 둘러봤지만 아직 저쪽에서는 나타나지 않은 듯했다. 춘호는 실내를 둘러보고는 입구 쪽의 창가로 가서 앉았다. 성기가 춘호의 옆자리에 앉았다.

"사장님. 영등포에서 일을 잘못한 거 같습니다."

"그래. 너무 성급하게 서둘렀어."

"……."

성기는 춘호의 눈치를 보며 창밖을 내려다보았다.

"아, 저놈들 같은데요. 올라오는 놈들인 거 같습니다."

성기가 놀라서 춘호를 쳐다보았다.

"알았다. 곧 올라오겠지."

춘호는 애써 태연한 척하며 담배를 비벼 껐다. 그리고는 똑바른 자세로 앉아 입구 쪽으로 시선을 향했다. 입구문이 열리면서 건장한 사내 네 명이 들어왔다. 제일 앞에 들어온 사내가 중앙에 있는 테이블로 가서 앉자, 나머지 세 사람은 그 옆에 앉았다. 보스인 듯한 사내가 춘호가 앉아 있는 쪽을 봤지만 이쪽에서 먼저 인사치레를 하러 오기를 바라고 있었다. 춘호는 자리에서 일어나 그들에게로 다가갔다.

"실례합니다. 황제콜라텍의 사장입니다. 인사드리겠습니다."

춘호는 고개를 숙여 인사를 했다.

"앉어."

보스가 턱짓으로 앞쪽을 가리키자, 앞쪽에 앉아 있던 사내가 얼른 일어나서 자리를 비켜주었다. 그러자 춘호는 맞은편 의자에 앉았다.

"각오는 하고 왔겠지?"

"무슨 말씀입니까? 어젯밤의 일에 대해서 사과도 할 겸……."

춘호가 말을 꺼내는데, 보스가 말을 가로막았다.

"됐어. 조건만 말하겠다."

"네."

춘호는 고개를 숙여 예의를 표했다.

"어제 세 놈, 세 놈의 새끼들 아킬레스건을 잘라라. 됐나."

"네?"

춘호가 고개를 들자 보스는 다시 말했다.

"아킬레스도 모르냐? 긴 말 필요 없다. 니들이 우리 애들 건드렸다는 것은 용서할 수 없는 일이다. 만일 조건을 안 듣는다면 알아서 해라."

보스는 성동이와 명쾌, 찬욱이를 말하는 지명하는 말이었다.

"그건⋯⋯."

"못 하겠다는 건가? 그럼 우리가 목줄을 끊어주지. 됐냐?"

보스가 일어설 듯이 몸을 꿈틀거렸다.

"저희들이 사과하는 뜻에서 보상을 하겠습니다. 그러면 안 되겠습니까? 밑의 애들이 정말로 실수한 거 같습니다."

춘호는 다시 한번 고개를 숙였다. 사과를 받아달라는 뜻으로 최대한의 예의를 차렸다.

"짜식이! 내 말 못 알아들은 거야 뭐야?"

보스가 다리를 번쩍 들어 탁자를 내리쳤다. 그 바람에 물컵이 바닥으로 떨어졌다. 유리가 박살이 나면서 파편이 뒹굴었다.

"하겠다는 거야 뭐야?"

보스의 말은 세 명의 뒤꿈치 아킬레스 힘줄을 잘라서 병신을 만들라는 요구였다.

"못 하겠다면?"

춘호는 정색을 하면서 말했다.

"뭐? 너, 지금 뭐라고 했냐?"

"걔들은 고아다. 나도 고아다. 사과를 하겠다고 찾아왔지 않느냐. 그런데 다리 병신을 만들라고 하면 그게 되는 말인가?"

"이 짜식 보게. 너! 지금 나한테 하는 말이냐?"

보스는 갑자기 흥분하고 있었다. 새파란 춘호가 겁도 없이 나오는 데에 열을 받은 것이었다. 그가 탁자를 걷어차며 벌떡 일어났다. 탁자가 춘호에게로 넘어지면서 앉아 있던 춘호가 재빨리 피했다. 그 순간에 옆에 있던 사내들의 주먹이 순식간에 날아왔다. 춘호는 주먹을 피하면서 발길이 날았다. 한 놈이 복부를 맞고서 탁자 위로 쓰러졌다. 두 놈이 동시에 발을 날렸다. 춘호는 공중으로 붕 뜨면서 이단 옆차기로 두 놈의 어깨를 강타했다. 다시 원을 그리면서 옆차기로 옆구리를 찌르고선 바닥으로 내려앉았다.

"좋아! 해보겠다 이거지?"

보스가 벌떡 일어나서 춘호에게 발이 날아왔다. 춘호는 주먹으로 발길을 걷어내면서 보스의 목어깨에 구둣발을 내려찍었다. 다방 안은 곧 아수라장이 되었고, 쓰러진 세 놈이 다시 춘호에게 공격해 오는 것을 보고서 성기의 발이 날아가기 시작했다. 성기가 세 놈을 맡고 있는 동안에 춘호의 주먹과 발은 보스의 등짝과 옆구리를 사정없이 내질렀다.

바닥에 나뒹군 보스의 손에 칼날이 번쩍였다. 그러자, 나머지 세 명의 손에도 사시미 칼날이 쥐어져 있었다.

"니들 오늘 해보겠다 이거지? 짜식!"

보스의 칼날이 바람을 가르며 춘호에게로 파고들었다. 춘호는 날아오는 칼날을 피하면서 보스의 손목을 잡아채서는 힘껏 잡아당겼다가 놓아버렸다. 그 바람에 바닥 모서리로 가서 나동그라진 보스가 채 일어나기도 전에 춘호의 구둣발이 작열하기 시작했다. 공중으로 붕 떠서 날아간 춘호의 구둣발은 쓰러져 있

140

는 보스의 등짝을 후벼팔 듯이 내려찍었다가 다시 왼발로 목 뒤쪽을 내려찍었다. 그리곤 재빨리 자신에게로 공격해오는 두 명의 사내들에게 발길이 날아갔다. 차례로 두 놈을 쓰러뜨린 춘호는 성기가 가세하면서 날개를 단 듯했다.

춘호와 성기의 날렵한 몸동작에 바닥에서 일어나지도 못한 상태에서 계속 구둣발로 공격을 당하던 그들이 바닥에 널브러졌다.

"일어나지. 자."

춘호는 보스에게 손을 내밀었다.

"놔! 저리 꺼져!"

보스는 제 발로 일어나서 의자에 걸터앉았다. 그리고는 담배를 꺼내 입에 물었다. 춘호가 다가가 라이터를 켜주자 그는 말없이 담배에 불을 붙였다. 한 모금 연기를 내뿜은 그는 춘호를 노려보았다.

"니들 어디서 왔냐."

"수원. 우린 고아들이다. 죽기 아니면 까무러치기다. 됐나?"

"하하, 나를 건드려놓고 편할 것 같으냐?"

그는 의자에 기댄 채로 바닥에서 일어나는 부하들에게 헛발질을 했다.

"짜식들! 나가 뒈져!"

"우리 협상하지. 어때?"

춘호가 옆으로 가서 앉았다.

"협상? 협상 좋아하네!"

그가 담배를 획 내던지며 일어섰다.

"……?"

춘호는 앉은 채로 그의 행동을 예의주시하고 있었다.

"오늘 이건 꼭 갚아주지. 야, 가자."

보스는 부하들을 데리고 나가버렸다.

"……."

춘호는 허탈했다. 성기가 곁으로 와서 앉았다.

"이거 얼마냐고 물어봐."

춘호는 담배를 꺼내 피우기 시작했다. 성기가 겁에 질려 있는 아가씨를 불러 깨진 컵과 탁자를 변상하겠다고 말했다. 아가씨가 얼른 주방으로 갔다가 와서는 이십만 원이라고 말했다.

"자, 여기."

춘호는 주머니에서 지갑을 꺼내 수표 두 장을 꺼내놓았다. 아가씨는 미안한 듯이 수표를 집어들고는 주방으로 가버렸다.

"성기, 앉아. 뭘로 마실래?"

"저요? 콜라로 하죠. 사장님은요?"

"나도 목 마르다. 콜라로 하지."

성기는 곧 아가씨를 불러 콜라 두 잔을 시키고는 만 원 짜리 지폐를 꺼내놓았다. 아가씨가 거스름돈과 콜라 두 잔을 내려놓고는 주방 쪽으로 가버렸다. 콜라를 마신 춘호는 핸드폰을 꺼냈다.

"응, 나다."

"어떻게 됐냐?"

"한 판 붙었지. 협상이 안 되네. 이젠 됐어!"

"왜? 안 된다는 거야?"

배호는 그때까지도 춘호와 성기가 그쪽과 한 판 붙었다는 것을 모르고 있었다.

"완전히 죽사발을 만들어버렸지. 그러니까 다 틀린 거지."

"뭐? 죽사발을 만들어놨다고? 성기하고 둘이?"

배호가 놀란 투로 물었다.

"그래. 저쪽에서 보스하고 네 명이 나왔드라. 협상이 안 되니까 붙는 수밖에 없지 뭐."

춘호는 성동이와 명쾌, 찬욱이의 아킬레스를 자르라는 저쪽의 조건은 말하지 않았다.

"야! 그런다고 협상하겠다고 하더니 붙어버려? 니들 두 명이 저쪽 네 명을 해버렸다는 거야?"

배호가 다시 물었다.

"그래! 이젠 다 끝났어. 보스란 놈이 각오하라고 하더라. 지금 다방이다. 그쪽으로 갈게."

"알았어."

춘호는 자리에서 일어나 밖으로 나왔다.

"사장님. 저쪽에서 가만 안 있을 것 같은데요. 여기 어떻게 하죠?"

"……."

"아마 저 놈들은 인원을 데리고 쳐들어올 지도 모를 것 같습니다."

"그래……."

춘호가 한숨을 내쉬며 대답하고는 담배를 빼어 물었다. 가게로 걸어가면서 역전 쪽을 힐끗 쳐다보았다. 아까 구두를 닦았던 곳에서 조금 떨어진 곳에 건장한 사내들이 서서 이쪽을 지켜보고 있었다. 예닐곱 명은 될 듯했다.

"사장님. 저 놈들인 거 같은데요. 이쪽으로 슬슬 오는 것 같습니다."

"아마 오늘밤에 쳐들어올지도 모르겠다."

"그럼 어떻게 합니까?"

성기가 갑자기 불안해진 듯이 물었다.

"일단 오늘 여기에 있어 보도록 하지. 수원엔 못 내려갈 것 같다."

"그럼 부사장님한테 전화를 할까요?"

"그래……."

성기가 수원 가게로 전화를 해서 부사장을 찾았다. 곧 정혜가 받았다.

"부사장님. 오늘 여기 일이 잘못될 거 같아서 오늘은 못 내려갈 것 같습니다. 사장님이 오늘 못 내려갈 것 같다고 그러랍니다."

정혜가 놀라서 물었기에 배호는 이곳의 일을 자초지종 이야

144

기했다. 정혜가 더 놀라서 사장을 바꾸라고 했다.

"나야. 누나."

"어떻게 된 거야? 왜 싸워?"

"그렇게 됐어. 오늘 못 내려갈 것 같다. 성기 대신 카운터 좀
봐줘."

"그건 알아서 할게. 근데 어떻게 되는 거야?"

정혜가 불안한 듯이 물었다.

"할 수 없지 뭐. 아마 오늘밤에 어떤 일이 일어날 거 같아.
그러니까 누나는 그냥 아무것도 모르는 척하고 그냥 장사나 해.
다른 애들한테는 이런 이야기하지 말고."

"그래, 알았어. 근데 좋게 협상이 안 되니? 난 또 협상이 잘
될 줄 알고 있었는데……."

"처음부터 협상이 안 되는 말부터 꺼냈어. 그래서 한 판 붙은
거니까 너무 걱정하지마. 이미 엎어진 물이야."

"그래, 알았어. 조심해."

정혜의 말을 듣고서 춘호는 전화를 끊었다. 가게로 돌아온 춘
호는 배호와 같이 의논하기 시작했다. 성기와 성동이, 명쾌, 찬
욱이도 같이 있었다.

"일단 일은 벌어진 거니까. 끝까지 가보는 거다. 이제 어떻게
할 수가 없어"

"그러면 저 놈들이 쳐들어오기를 기다린단 말이야?"

"할 수 없지. 한 판 붙는 수밖에. 어쩌면 이번이 기회일지도

몰라."

"기회? 어떤 기회?"

"우리가 앞으로 일어설 수 있는 기회 말이야. 저쪽에서 인원
수로 나오면 힘들겠지만, 우리도 만만하지는 않으니까 적당한
인원이라면 붙어볼 수도 있는 일이야."

"그럼 전쟁하자는 거야?"

"그래."

춘호는 곧 성기와 성동이를 보면서 말을 꺼냈다.

"니들도 잘 들어. 이번에 어떤 일이 벌어질지도 모른다. 만일
의 경우를 생각해서 수원에 있는 애들도 오늘 장사를 그만두라
고 하고, 이쪽으로 오라고 그러는 게 낫겠다. 야, 성기. 수원으
로 전화해. 정혜 누나까지 다 올라오라고 그래."

그 말은 바로 결전을 의미하는 거였다. 이왕이면 앉아서 당하
느니보다는 최선을 다해 막아보겠다는 의지이기도 했다.

"그럼 또 붙겠다는 거야?"

배호가 나섰다.

"이젠 그 놈들이 쳐들어올 거다. 그런 생각이 들어."

"그게 언제인지 누가 알아?"

"아까 다방에서 나오는데 역전에 슬슬 모이는 거 같았어. 그
놈들이 오늘을 안 넘길 걸."

"……?"

그제야 배호는 사태가 어떻게 돌아가는지 직감할 수 있었다.

"부사장님. 오늘 장사 그만하고 전부 다 영등포로 올라오라는 데요. 네, 지금 빨리요. 네, 알겠습니다."

성기는 정혜와 전화를 끝내고 보고했다.

"사장님. 지금 바로 이쪽으로 올 거랍니다."

"배호 형도 애들보고 단단히 준비하라고 그래."

"그래. 좋아!"

배호는 주방에서 일하고 있는 여자들까지 불렀다. 그리고는 직원들 앞에서 말했다.

"오늘밤은 아마도 그 놈들이 쳐들어올 거 같다. 방금 수원 사장이 그 놈들과 만나고 왔는데, 협상은 다 틀린 거 같다. 저쪽에서 모인다는 정보가 있으니까 아마 오늘밤에 그놈들이 쳐들어올지도 모른다. 만약에 장사를 하다가 그 놈들이 들어오면 즉시 대응할 준비를 해라. 여자들도 마찬가지다. 여기서 밀리면 우린 다 죽는다고 생각해라. 지금 수원에서도 올라오고 있으니까 우리 힘으로 가게를 지킨다는 각오로 만반의 준비를 해두는 게 좋겠다!"

배호의 말이 끝나자 찬욱이가 말했다.

"그럼 한 판 붙는다는 거죠?"

"그래, 모든 건 춘호 사장과 내가 알아서 한다. 니들은 일단 명령이 떨어지면 물불을 가리지 말고 해치워라. 이번엔 좀 틀릴 거다. 아마도 저놈들은 단단히 벼르고 쳐들어올 거다."

"……"

배호의 말에 다들 수근거리기 시작했다.

"여자들은 주방으로 가서 일하고 남자들만 남아라."

그 말에 여자들은 주방으로 갔고, 거기 있는 남자들은 배호 앞으로 바싹 다가들었다.

"니들은 여자들 모르게 얼른 나가서 낫과 쇠파이프, 무기가 될만한 것들을 준비해라. 혹시 모르니까 미리 준비해두는 거다. 알았지?"

"네, 알겠습니다."

성동이는 얼른 명쾌와 찬욱이를 데리고서 밖으로 나갔다. 그들이 돌아왔을 때는 헌 마대자루 속에 무언가를 잔뜩 담아서 들어왔다.

"사장님. 한 번 보십시오."

성동이가 자루의 입구를 묶었던 끈을 풀자, 그 안에선 조선낫과 쇠파이프와 잡목을 벨 때에 쓰는 긴 칼들이 들어 있었다.

"수원에서 오는 사람들까지 다 사왔습니다."

"됐어. 카운터하고 구석진 곳에다 숨겨라. 다들 나가서 어디다가 놓았는지 알아야 되니까 홀로 나가자."

배호는 전원을 데리고 홀로 나갔다. 카운터와 홀의 구석진 벽에다 신문지에 둘둘 말아서 감춰놓고선 의자를 갖다가 위장을 해놓았다.

"다들 봤지? 어디에 무기가 있는지. 만일에 나하고 춘호 사장의 사인이 떨어지면 무기를 집어라. 그 전엔 절대로 딴 짓하지 마라."

"네."

모두 우렁차게 대답했다.

"만일 전쟁이 시작되면 아수라장이 될 것이다. 그러면 손님들
이 다 밖으로 나가고 나서 사인이 떨어지면 무기를 집어라. 오
늘 분명히 저놈들이 그냥 맨 손으로는 안 올 거다. 니들도 무언
가를 들어야만 할 거다."

"……."

그들은 결의에 차 있었다. 숨겨놓은 무기들이 있는 쪽을 바라
보고는 다시 배호의 말을 기다렸다.

"손님들이 다 빠져나가고 나면 찬욱이 네가 문을 걸어버려라.
이 안에서 조용히 전쟁을 시작할 거니까."

"네."

찬욱이는 입술을 깨물고는 춘호를 쳐다보았다. 춘호는 손목
시계를 쳐다보고 있었다. 아직 장사가 시작되려면 두 시간은 더
있어야 했다. 그 안에 수원에서 직원들이 도착할 거라고 계산하
고 있었다.

"야, 춘호야. 만일에 그 놈들이 들어와서 어떻게 나오는가를
봐서 네가 결정해라. 눈짓만 해주면 싹 쓸어버릴 거니까."

"좋아, 일단 붙어보는 거야. 여기에서 밀리면 우리는 다 죽는
다. 알았지."

"네!"

춘호의 말에 그들은 모두 다 비장한 결의를 내비쳤다.

"자, 영업 시작할 준비해."

그 말에 남자들은 각자의 위치로 가서 일을 하기 시작했다. 강 성식과 밴드팀들이 출근했을 때에 배호는 그들을 사무실로 불러들였다. 춘호가 앉아 있는 자리에서 말했다.

"내 말 잘 들으셔야 합니다. 오늘밤에 싸움이 일어날지도 모르니까 일단 싸움이 일어나면 강 씨는 밴드들을 데리고 재빨리 나가주기를 바랍니다. 아셨죠?"

"네? 무슨 말씀입니까?"

"오늘 영등포에 있는 조직과 한 판 붙었습니다. 아마 오늘 저녁엔 저쪽에서 쳐들어올지 모르니까. 우리가 맡아서 처리할 테니 강 씨는 이 분들을 데리고 나가면 됩니다. 여기 있어봤자 다칠지도 모르고. 피하는 게 좋을 겁니다."

"네, 알겠습니다."

강 씨는 배호의 말뜻을 알아차린 듯했다. 밴드들이 무대로 올라가 연습을 하는 동안에 춘호와 배호는 홀을 둘러보고는 주방으로 가서 여자들이 일하는 모습을 보고나서 다시 사무실로 들어갔다.

"이럴 때에 희준이 힘을 좀 빌리는 게 어때?"

배호가 슬쩍 그 말을 꺼냈다.

"힘을 빌린다고?"

"그래, 이런 일을 당했을 때에 힘을 빌리는 것도 괜찮지. 남대문파라면 걔들을 막아줄 지도 모르고……."

"……."

춘호는 생각에 잠겼다. 그런 생각을 안 해본 것은 아니지만 자신들이 그동안 이뤄온 사업은 자신들의 힘으로 지킬 수 있는 힘이 필요하다고 생각하고 있었다. 고아들로 똘똘 뭉친 자신들의 조직의 힘으로 모든 것을 해결했으면 하는 바램이었다. 그러나 영등포 쪽에서 얼마나 많은 인원이 동원되는가가 문제였다. 만약 웬만한 인원이라면 그동안 힘을 갈고 닦은 자신의 조직의 힘으로라도 충분히 막아낼 수 있을 거라고 생각했다.

"안 그러냐? 너하고 같이 고생한 친구인데, 이런 일에 안 나서주겠냐? 그러면 조용히 끝날 수 있을지도 모르는데……."

배호는 점점 그 쪽으로 생각이 기울어지고 있었다. 막상 거대한 조직과 맞붙을 생각을 하니 이쪽에서 파멸을 당할지도 모른다는 생각이 들고 있었다.

"……."

춘호는 배호의 제의에 순순히 따를 수가 없었다. 만약 그렇게 된다면 일단 일은 쉽게 해결될 수 있을지 모르겠지만 자신들이 그동안 고생하며 키워놓은 공이 물거품이 되는 것 같은 생각이 들었다. 춘호와 배호가 그런 이야기를 나누고 있는 동안에 수원에서 직원들이 도착해서 사무실로 들어왔다.

"어떻게 한다고? 오늘밤에 싸움이 붙는다고?"

정혜가 안으로 들어서며 말을 했다.

"그럴지도 몰라. 저쪽에선 사람들이 모이고 있는 중인 것 같아. 우리도 그냥 앉아서 당할 수만은 없지. 쟤들 새로 온 애들인가?"

배호가 낯선 직원들을 보고 물었다.

"네, 사장님. 저희 고아원의 선배시라는 말씀은 들었습니다. 전 박 상율입니다."

상율이가 인사를 하고 나자, 다른 직원들이 일일이 배호에게 인사를 했다.

"그래, 오늘밤에 영등포 조직들과 한 판 붙는다. 야, 니들 다 따라와 봐."

배호는 그들을 데리고 홀로 나갔다. 밴드팀들이 연습을 하고 있었다. 홀에 있는 직원들에게 서로 인사를 시키고 난 후에 배호는 수원에서 올라온 직원들에게 행동지침을 하달하고 있었다.

"나하고 춘호 사장이 사인을 보내게 되면 너희들은 무기를 집는다. 무기는 카운터와 양쪽 구석의 의자 밑에 신문지로 싸놨으니까 알아서 얼른 집어라. 일단 싸움이 붙으면 절대로 밀려서는 안 된다. 밀리면 전부 죽는다는 각오로 싸워라."

"네, 알겠습니다!"

배호는 수원에서 올라온 직원들에게 일일이 무기가 감춰진 카운터와 구석의 의자 밑에 무기들을 꺼내 보여주고는 다시 신문지로 덮어놓았다.

"일단 전쟁이 시작되면 문을 잠궈 버린다. 그러면 어디로 튈

곳도 없게 된다는 걸 알아야 한다. 이 안에서 죽던지 결정이 나
는 거다. 알았냐?"

"네!"

그들은 배호의 말에 충성심을 나타냈다.

"됐어! 이제 몸을 풀면서 이곳에서 일을 해라."

교육을 마친 춘호와 배호는 정혜와 같이 사무실로 들어갔다.
정혜 누나에게 오늘 일어났던 일들을 다 이야기하고는 배호가
물었다.

"누나는 어떻게 생각해? 희준이 힘을 좀 빌렸으면 하는데."

"그럼 좋지. 그렇게 안돼?"

정혜가 춘호를 쳐다보았다.

"만약 우리가 졌을 때에 희준이 힘을 빌리지. 그 전엔 우리가
깨질 때까지 우리 힘으로 버텨보는 거야. 만일 우리가 이겼을
때엔 영등포에서도 우리를 함부로 건들지 못하니까."

"그래도……."

정혜가 아쉬움을 나타냈다.

"오늘 붙어봤는데 우리도 만만치 않아. 우리도 힘이 있으니까."

"……."

정혜와 배호는 춘호의 말에 적극적으로 반대의 의사를 내비
치지 못하고 있었다.

"누나도 각오하고 싸워. 직원들도 각오가 돼 있으니까."

"알았어. 난 걱정마."

정혜가 순순히 응해왔다. 저녁이 시간이 되자, 홀에는 많은 손님들로 북적거리기 시작했다. 요란한 밴드소리가 사무실에까지 시끄럽게 들려왔다. 홀에서 서빙하는 남자 직원들의 구두소리가 주방 쪽으로 들렸다가 다시 홀로 나가는 소리가 났다.

초조한 시간이 계속되었다. 처음엔 8시쯤에 그들이 나타나지 않을까 생각했다가 8시를 넘기면서 약간 긴장이 풀어지는 것이 느껴졌다.

"안 오는 거 아냐?"

정혜가 초조한 듯이 말을 꺼냈다. 그때였다. 홀에서 급하게 뛰어오는 구둣발 소리가 들렸고, 문을 연 성동이가 얼굴을 드러냈다.

"사장님, 왔습니다!"

성동이는 놀란 얼굴이었다.

"몇 명쯤 돼?"

춘호가 침착하게 물었다.

"한 사십 명쯤 되는 것 같은데요. 지금 홀에서 의자에 죽치고 앉았습니다."

"손님들은?"

"놀라서 겁을 집어먹고 빠져나가고 있습니다."

"……."

춘호는 벽시계를 쳐다보고선 그대로 앉아 있었다.

"나가봐야지?"

배호가 말을 꺼냈다.

"……."

춘호는 꿈쩍도 하지 않았다. 손님이 다 빠져나갈 때까지 기다리는 중이었다. 잠시 뒤에 춘호는 소파에서 일어났다. 춘호가 홀로 나가자, 그 뒤를 따라 배호와 성기와 정혜가 따라나갔다. 홀에는 벌써 손님들이 다 빠져나가고 그들이 뒤쪽 테이블을 점거하듯이 마구잡이로 앉아 있었다.

"여어. 낮에 봤던 그 친구군. 각오는 돼 있겠지?"

보스가 테이블 위로 구둣발을 올리면서 담배를 꺼내 불을 붙이자, 마치 그것이 신호라도 되는 듯이 사십 명의 건장한 사내들이 일제히 칼을 뽑아들었다.

순식간에 일어난 일이었다.

춘호가 방심한 사이, 저쪽에서 먼저 선수를 친 것이었다.

"잡아!"

춘호는 그 말을 내뿜음과 동시에 발길질이 날기 시작했다. 동시에 배호와 성기와 성동이가 날렵하게 몸을 움직이기 시작했다. 뒤쪽에 있던 직원들도 잽싸게 몸을 날아서 무기들을 꺼내들었다. 이미 입구문은 찬욱이에 의해 잠궈진 뒤였다.

"불 꺼!"

춘호가 몸을 날리면서 소리치자, 정혜는 얼른 벽쪽에 붙은 스위치를 내려버렸다. 무대쪽에 있는 불만 남겨놓은 채로 홀 안은 캄캄해졌다.

쇠파이프를 넘겨받은 춘호는 차례대로 머리통을 갈기기 시작했다. 몸을 날렸다가 옆차기로 승부를 내고선 다시 쇠파이프로 머리통을 향해 내려찍었다. 배호 역시 마찬가지였다.

정혜는 쇠파이프를 쥐고서 춘호에게 덤벼드는 놈만을 골라 후려쳤다. 어두운 가운데에서 그들은 예상치 못한 반격에 당황하는 듯했다. 처음의 거센 선제공격이 곧 허물어졌고, 그들은 이쪽의 날렵한 공격에 중심을 잃고서 흐트러지는 듯한 모습을 보였다.

테이블에서 일어난 보스까지 싸움에 가세했지만 어두운 곳에서의 싸움은 이쪽이 더 유리했다. 조선낫을 쥔 명쾌와 찬욱이는 그들의 중심을 무너뜨렸고, 그 틈을 타서 형진이와 찬용이, 상율이가 돌진하듯이 파고들었다. 양쪽으로 몰린 그들을 격파하는 것은 그리 어렵지 않았다. 이미 그들은 양쪽으로 나눠져 있었기 때문에 중심을 파고든 형진이와 찬용이와 상율의 낫질에 대열이 흐트러지고 있었다.

춘호는 보스를 상대로 해서 발길질과 쇠파이프를 휘둘렀다. 정혜가 춘호의 뒤에서 보스를 상대해서 같이 힘을 보탰다. 배호는 중심을 파고든 형진과 찬용이의 옆에서 그들의 등어깨를 내려찍고 있었다. 곳곳에서 쇠파이프가 작열하는 소리가 들렸다. 마치 피를 튀기는 듯한 마찰음이 곳곳에서 터져 나왔다.

코너로 몰린 그들은 몰매를 맞듯이 궁지로 내몰린 상태였다. 어느새 그들을 둘러싼 이쪽의 직원들은 신나게 쇠파이프들을 휘둘러대고 있었다.

"칼은 쓰지 마라!"

춘호가 소리를 질렀다. 그때까지 중상을 입은 사람은 없었지만 만에 하나 칼을 휘둘러 저쪽에 막대한 피해를 입히게 되면 더 큰 화를 불러올지도 모르는 일이었다. 이쪽에서는 쇠파이프만으로도 제압이 가능했다. 이미 잔세를 놓쳐버린 그들은 구석으로 내몰려서 작열하는 쇠파이프에 등짝과 어깨를 내맡기고 있었다.

"퍽!"

한 놈이 고꾸라지면 다시 그 위의 등짝에 누군가의 쇠파이프가 내려 꽂혔다. 그걸 보고서도 저쪽에서는 쉽사리 덤벼들지를 못했다. 자신을 방어하기에도 힘든 상황이었다.

이쪽에서는 저쪽의 사람들을 하나씩 쓰러뜨리면서 점점 조여 갔다. 이쪽에서 치면 반대편에서 쇠파이프를 휘둘러내고, 저쪽의 사내가 넘어지면 최근에 들어온 직원들 중에서 누군가가 쇠파이프로 내려찍었다.

"억!"

둔탁한 음을 내며 살 속을 파고든 파이프는 뼈들을 으스러놓는 것 같은 작열감이 흘러나왔다.

"야! 그만!"

춘호의 명령이 떨어지자, 그들은 곧 쇠파이프를 내려뜨렸다. 춘호는 보스에게로 다가갔다.

"어때? 전쟁 더 계속할까? 이쯤에서 서로 타협할 건가?"

"……."

"셋을 세겠다. 그때까지 결정을 내려줘라. 하나!"

"두울."

춘호가 둘을 셌을 때에 보스가 말했다.

"좋다! 애들을 다 물리쳐라. 단 둘이 이야기하자."

그 말에 춘호는 손짓을 해서 직원들을 다 테이블로 가서 앉게 했다. 저쪽의 사내들도 반대편의 테이블에 앉았다. 많이 맞아서 바닥에 쓰러져 있는 동료들을 일으켜 세운 그들은 저희들끼리 모여서 앉고 있었다.

"여기! 사람이 죽었다!"

"뭐?!"

춘호는 그 말에 놀라서 달려갔고, 영등포의 보스도 춘호의 뒤를 따라왔다. 정혜가 얼른 벽면의 스위치를 올렸을 때에 피를 흘리며 죽은 사람은 바로 은혜원에서 온 상만이었다.

"야! 상만아!"

춘호가 부르면서 상만이의 얼굴을 흔들었지만 맥없이 고개만 흔들리고 있었다. 배호가 재빨리 상만의 가슴을 만져보다가 가슴에 귀를 갖다대보았다. 상만이는 등에 칼이 박힌 채로 홍건한 피를 내쏟고 있었다.

"죽었어! 맥박이 없어!"

배호의 외침이었다. 배호가 벌떡 일어나 보스를 향해 몸을 날렸다. 보스가 재빨리 몸을 피했다. 바닥에 착지한 배호는 1초도 안 되어 다시 날았다. 이번엔 테이블에 앉아 있는 사내의 가슴 팍에 가서 꽂혔다. 사내는 테이블 뒤로 넘어지면서 요란한 소리를 냈다.

"야! 다 덤벼! 이 새끼들아!"

배호는 다시 몸을 날렸다. 테이블에 앉아 있던 사내들이 차례대로 배호의 발길질에 쓰러졌다.

"그만해. 끝났어!"

춘호가 배호의 발길질을 발로 막아냈다.

"놔! 사람이 죽었어!"

배호는 울부짖었지만 춘호의 팔에 두 손을 붙잡혔다.

"형! 그만해. 이미 다 끝났어."

"……."

"병원으로 가면 살아날지도 몰라."

"아냐 이미 뒈졌어! 죽은 놈이 어떻게 살아나. 너 같으면 살아나겠니?"

배호는 다시 용을 쓰며 춘호의 손아귀에서 빠져나가려고 애를 썼다. 그러나 춘호는 배호의 손목을 놓지 않았다. 보스가 바닥에 나뒹굴고 있는 상만의 곁으로 가서 손목을 잡아보았다. 이미 숨이 끊어진 뒤였음을 알고는 일어섰다. 이번엔 정혜가 상만의 가슴을 만져보았다. 피로 범벅이 된 가슴에 손을 댄 정혜의 손바닥에서도 어떠한 맥박을 찾을 수가 없었다.

분위기는 곧 살벌해지고 있었다.

"일단 들어가. 나하고 이야기하자."

춘호는 배호를 끌고서 보스와 같이 사무실로 들어갔다.

"형, 상만이는 이미 죽었어. 이번 일은 둘 다 좋게 끝내야 돼."

"……."

배호는 울음을 참지 못하고 흑흑거리며 참아내고 있었다.

"형 씨."

춘호는 보스를 바라보았다.

"……."

"이런 일이 일어날 줄은 몰랐소. 사과부터 하시오."

춘호가 말했다.

"좋아, 사과하지. 미안하다."

보스가 어렵게 말을 꺼냈다.

"이번 일은 우리가 처리하겠소. 경찰이 끼어봐야 좋을 거 하나도 없고. 여기서 협상을 끝냅시다."

"……?"

보스가 춘호를 쳐다보았다.

"우리는 다 고아들이오. 고아원에서 탈출해서 맨손으로 살아온 놈들이오. 나도 남대문에서 손가락 하나를 잘린 놈이오. 남대문의 희준이가 내 친구요. 그 놈은 손가락 두 개가 없소."

"희준이 형님?"

보스는 나이가 더 많음에도 희준이를 형님이라고 불렀다.

"그렇소! 나, 춘호라고 말하면 희준이가 잘 알 거요. 나는 도망쳤고. 희준이는 거기서 큰 거요."

"아, 희준 형님과……."

그제야 보스는 춘호를 알아보는 듯했다.

"이번 일은 우리가 처리하겠소. 고아원에서도 병들어 죽으면 땅에 묻어버리면 그만이오. 그런 곳에서 컸던 놈들이오. 손가락 하나 잘리는 건 눈 하나 깜짝하지 않는 놈들이오."

"……."

"그냥 편하게 돌아가시오. 우리가 상만이 장례를 치룰 테니까."

"……."

"나도 경찰은 피하고 싶소. 이건 어디까지나 우리 둘의 일이니까."

"알았소."

"그 대신에 부하들 입단속이나 잘해 주시오. 나도 직원들 입단속을 지킬 테니까. 저 놈은 부모도 없는 놈이오."

"……."

보스는 알았다는 듯이 눈에 힘을 주며 춘호를 쳐다보았다. 보스가 일어나 춘호에게 악수를 청해왔다. 춘호는 그의 악수를 받으면서 말했다.

"형도 악수하지. 더 이상 시끄럽게 할 수는 없잖아."

"그래."

배호가 일어났다. 배호의 눈엔 눈물이 고여 있었다. 배호가 손을 내밀자, 보스의 손이 다가왔다. 두 사람은 말없이 악수를 하고는 보스가 먼저 사무실을 나갔다.

"철수해."

홀로 나온 보스는 앉아 있는 부하들에게 말하고는 앞장서서 나갔다. 성기가 그들의 앞을 가로막았지만 홀로 나온 춘호가 나직하게 말했다.

"다 끝났다. 보내드려라."

그 말에 성기는 옆으로 비켜섰다. 그들은 곧 밖으로 나가고 말았다.

주먹의 황제

그 일이 있고 난 후에 상만의 장례식은 조촐하게 치러졌다. 일요일을 택해 봉고차 세 대를 전세낸 그들은 수원의 식구들과 영등포의 식구들만이 탄 채로 서해 바닷가로 달리고 있었다. 모두가 검정양복을 입었고, 여자들은 흰색 옷으로 입고 있었다. 달리는 차 안에서 누구도 말을 꺼내지 못하고 있었다.

춘호와 배호는 각각 다른 봉고차의 운전석 옆에 앉았고, 정혜는 제일 뒤차의 조수석에 앉아서 앞차를 따라가고 있었다. 상만이의 시신이 실린 관은 여자들이 준비한 꽃으로 뒤덮여 의자 위에 놓여져 있었다.

제부도를 거쳐서 영흥도로 들어간 차는 바닷가에 가서 섰다. 두 대의 봉고차가 제일 앞서서 도착한 봉고차의 옆을 둘러싸고 있는 가운데에 그들은 차에서 관을 들고 내렸다.

"니들은 누가 오나 입구쪽을 감시해라. 누가 오면 핸드폰으로 연락해라."

춘호는 직원들에게 명령하고는 차에 싣고온 장작들을 내리게 했다. 장작더미가 수북이 쌓이고 나자 성기와 성동이는 1갤런 짜리 경유통을 들고와서 장작더미 옆에 놓았다.

춘호는 검은 양복 속에 미리 준비한 편지지를 꺼내 읽기 시작했다.

"여기, 우리의 친구 상만이가 잠들 곳이다. 우리는 부모 없이 커서 고아원을 전전하다가 이제서야 어렵게 살을 부비며 행복하게 살 것이라고 믿었다. 가난과 조롱을 받아가며 이때까지 살아온 상만이의 죽음에 우리는 고아의 비애를 다시 느낀다. 이제 상만이는 우리의 곁을 떠나 다시는 볼 수 없는 하늘나라로 갈 것이다. 상만아, 이제는 멸시도 조롱도 없는 저 세상으로 가서 열심히 살아라. 이것이 우리의 부탁이다."

말을 마친 춘호의 눈에서 굵은 눈물이 흘러내렸다.

"……."

거기 둘러선 여자들의 입에서 울음소리가 터져 나오기 시작했다. 춘호는 눈물적은 눈을 들어 바다 위의 하늘로 눈을 향했다. 눈물을 보이지 않으려고 애를 썼지만 뺨을 타고 흘러내린 눈물은 목젖을 타고 흘렀다. 모두들 춘호의 말을 듣고 있다가 눈물이 흘러내리기 시작했다. 배호가 눈물을 닦으며 장작더미 위에 석유를 끼얹었다. 그리고는 춘호의 지시를 기다렸다.

"이제 우리들의 친구는 우리와 고별하려고 한다. 친구야, 잘 가라."

춘호가 그렇게 말하자, 배호는 울음을 속으로 삼키며 장작더미에 라이터로 불을 붙였다. 불길은 곧 번졌다. 배호가 관을 맨 줄을 잡자, 춘호와 정혜, 성기, 성동이, 찬욱이 그리고 영등포의 가게에 있는 여자들이 관에 매인 줄을 잡았다. 그들은 거의 동시에 관을 들어서 장작더미 위에다 올려놓았다.

나이롱 끈이 타들어가면서 관에도 불이 옮겨 붙기 시작했다. 춘호와 배호는 불길을 응시하며 굵은 눈물을 흘렸다. 정혜는 돌아서서 울고 있는 여자들의 어깨에 이마를 갖다대고선 속울음을 울고 있었다.

"부사장님……."

여자들은 정혜의 어깨를 잡고서 슬픔을 이겨내고 있었다. 춘호는 먼 바다 쪽으로 시선을 던졌다가 다시 상만의 관이 타들어가는 것을 지켜보고 서 있었다.

'상만아. 우리는 이 세상에서 누구에게도 지지 않는다. 너의 죽음이 헛되지 않도록 막강한 조직으로 키울 거다. 잘 가라. 이 불쌍한 놈아…….'

춘호는 속으로 상만이와의 약속을 하고 있었다. 관이 타들어가면서 상만의 모습이 드러났다. 평온하게 눈을 감은 상만이는 곧 불길에 휩싸여 시커멓게 타들어가다가 '펑' 하는 소리가 나며 배가 터지는 모습이 보였다. 그 바람에 여자들이 상만이를 봤다가 기겁을 하고는 정혜의 몸을 붙잡았다.

"괜찮아, 보지마."

정혜는 놀란 여자들의 등을 두드려주면서 솔밭 쪽으로 시선을 두고 있었다. 배호는 석유를 뿌렸다. 불길이 확 치솟았다가 상만의 몸을 태우면서 가라앉곤 했다. 그들은 꼼짝도 하지 않고 그 자리에 서서 지켰다. 갖고온 석유통을 뿌리고 나서 다시 새 통을 꺼내 뿌리곤 했다. 그들이 봉고차로 가린 바닷가에서 시신을 태우는 동안, 네 명의 남자들은 바닷가로 들어오는 길목과 솔밭의 입구쪽을 지키며 연기가 하늘로 올라가는 것을 살피고 있었다.

날씨마저 우울했다. 잔뜩 찌푸린 하늘은 잿빛이었다. 동네에서 멀리 떨어진 곳이라 외진 바닷가여서인지 바닷가로 들어오는 사람은 없었다. 차에 가득 싣고온 장작과 한 말들이 석유통으로 10통을 다 태우고서야 상만의 시신은 하얀 재로 변해가고 있었다.

춘호의 말이 없었음에도 배호는 봉고차 안에서 절구통을 갖고 와서는 춘호 앞에 내려놓았다. 대충 불을 끄고 난 다음, 작은 덩어리로 남은 상만의 시신은 조금씩 떼어져서 절구 안에 넣어졌다. 배호는 상만의 하얀 시신을 넣고서 절구통을 찧기 시작했다.

"어허야, 상만아. 우리는 살고 너는 하늘나라로 가는구나. 어허야, 나는 고아다. 너도 고아다. 우리는 다 고아다. 언젠가는 한 번 갈 목숨. 지금 가면 어떠리. 나중에 가면 어떠리."

배호는 이마에 땀을 흘리면서 절구를 찧다가 일어나서는 춘호에게 절구공이를 건네주었다. 이번엔 춘호가 말없이 절구를 찧기 시작했다. 그리고서 정혜가 찧기 시작했고, 그 다음으로는 성기, 그리고 성동이, 찬욱이 순으로 공이가 넘겨졌다. 거기 모인 사람들이 다 찧고 나자 배호가 말했다.

"어이, 교대해라. 쟤들 보고 오라고 그래."

네 명의 남자들이 입구 쪽을 지키고 서 있던 남자들과 교대를 했다. 다시 네 명의 남자들이 절구를 찧기 시작했다. 그들은 하얗게 변해버린 상만의 시신을 보고는 울음부터 터뜨렸다. 그 바람에 여자들도 다시 울음을 터뜨렸다. 다 찧어진 하얀 가루가 되자, 배호는 넓은 비닐 위에다가 유분을 붓고는 말했다.

"이제 다 됐어. 쟤들 오라고 그래. 철수하라고 그래."

"야! 철수!"

성기가 그들을 향해 소리치자, 입구 쪽을 지키고 있던 직원들이 금방 달려왔다. 모든 직원들이 지켜보는 가운데 춘호가 한 줌 유골을 집어들었다. 그리고서 배호가 한 줌 집어들었고, 정혜의 순으로 유골을 한 웅큼씩 집어들었다. 전 직원들이 다 유골을 집어든 것을 보고는 춘호는 입을 열었다.

"이제 너는 저 세상으로 가는 거다. 잘 가라. 상만아."

춘호는 한웅큼 쥔 유골을 바다를 향해 뿌렸다. 순차적으로 유골을 뿌린 그들은 숯만 남은 자리에 모래를 떠서 파묻고는 바다를 향해 섰다. 춘호는 망망한 바다를 향해 혼잣말처럼 중얼거렸다.

"앞으로 우리는 피를 나눈 형제들이라고 생각한다. 절대 배신은 없으며, 내가 서운한 것이 있더라도 이를 악물고 참아야 한다. 니들이 고아원에 있을 때를 생각해라. 겨울날 춥고 배고픈데서 오들오들 떨며 따뜻한 고구마 하나만 먹었으면 하는 꿈을 꾸었을 것이다. 라면 하나 끓여서 먹고 나면 배고픔이 사라질 것같이 라면이 얼마나 그리웠는지 모른다……. 나는……."

춘호는 울먹이다가 다시 바다를 향해 눈을 부릅뜨고는 말을 이어나갔다.

"나는 고아라는 것을 잊어본 적이 없다. 중국집에서 칼잠을 자면서도, 발길로 걷어 채이면서도 이를 악물고 견뎌냈다. 여기 있는 배호 형도 마찬가지다. 우리는 어디에 가서도 환영받지 못했다. 인간쓰레기일 뿐이다. 그러나 이젠 우리가 힘을 모아서 한 식구처럼 살아가야 한다. 누가 우리를 도와주거나 힘을 보태주는 사람은 없을 것이다. 우리 힘으로 일어서는 거다."

"……."

그들은 서서히 일몰하는 바다의 광경을 지켜보면서 비장한 마음이었다.

"이제 상만이는 우리들 곁을 떠났다. 살아남은 우리가 상만이의 못 다한 꿈을 이루기를 바란다……."

춘호는 말을 마치고는 꼼짝도 하지 않은 채로 담배를 꺼내 물었다.

"다들 담배 피우고 돌아가자."

춘호가 그렇게 말했지만 선뜻 담배를 꺼내는 이는 없었다. 배호가 담배를 꺼내 정혜에게 권하자, 성기와 성동이도 담배를 꺼내 불을 붙였다. 나머지 식구들도 조심스럽게 담배를 꺼내 불을 붙였다. 그들은 담배를 다 피우고 나서 어둠 속에서 봉고차에 올랐다.

세 대의 차는 헤드라이트를 켠 채로 솔밭 사이를 빠져나가고 있었다.

야망

전국에서 춘호의 황제파를 모르는 조직은 없었다. 수원에서 시작해서 영등포를 쳐서 항복받은 것이 결정적인 이유가 되었다. 어느 조직에서는 황제파가 남대문파와 형제의 피를 나눈 조직이라는 소문까지 흘러나오고 있었다.

남대문파의 부두목격인 희준이 얼마나 잔인하고 치밀한 인간인가에 대해서 다들 알고 있었던 터에 새롭게 부상한 황제파가 수원에서 원정을 와서 영등포의 조직을 와해시켜버린 것은 조직들 사이에 신화와 같은 존재였다.

영등포 세 개파를 접수한 춘호는 강남의 조직을 건드려서 와해시켰고, 다시 종로쪽을 넘어뜨리면서 비로소 황제파의 무서움을 알리게 된 셈이었다.

조직이 커지면서 춘호는 더 많은 고아원생들을 불러들였고,

수원은 정혜에게 맡기고는 서울로 진입해 있었다. 영등포를 시작으로 강남과 신촌, 미아리에도 콜라텍을 낸 춘호는 부회장으로 승격해 있었다.

수원교도소로 면회를 간 춘호는 늙어버린 아버지를 보면서 안타까운 마음이 들었다.

"아버님. 몸은 어떠십니까?"

"괜찮다. 영양제를 맞고 있다. 너는 어떠냐?"

"저야 괜찮습니다. 배호 형하고 같이 학교 나가는 것도 바쁠 정도입니다."

"그래. 공부는 되냐?"

"뭐, 공부랄 것도 없습니다. 대한체대니까 맨날 운동이나 하는 거지요 뭐."

"하하, 그래. 그것도 공부 아니냐. 체대는 운동하는 것이 공부잖냐."

"네. 아버님."

춘호는 아버지 앞에 고개를 숙였다.

"정혜는 잘 하냐?"

"네, 잘 하고 있습니다. 미아리 쪽은 어떠냐?"

"거긴 요즘 신흥 아파트촌으로 부상하고 있어서 손님들이 많습니다. 명쾌가 잘하고 있습니다."

"그래. 직원들이 많아서 다루기도 힘들겠다."

"아닙니다. 아버님. 각 지점 사장들이 잘 알아서 처리하고 있

습니다."

"허허, 그래. 넌 어떤 것을 하고 싶으냐?"

아버지가 물었다.

"무슨 말씀이십니까?"

춘호는 아버지의 뜻을 모르고 물었다.

"앞으로 어떤 일을 하고 싶으냐는 말이다. 그냥 계속 조직만 키워나갈 테냐?"

"그건……. 아직 생각해보지 않았습니다."

"……."

아버지는 춘호를 물끄러미 쳐다만 보고 있었다. 춘호는 고개를 숙였다가 들면서 아버지를 쳐다보다가 눈길을 마주치면서 입을 열었다.

"앞으로의 생각이라면……. 신흥종교 단체를 업고서 정치계나 경제계로 들어가고 싶습니다."

"그래?"

아버지는 놀라는 표정이었다.

"네. 아무래도 정치 쪽이나 경제계를 파고들려면 종교단체를 업는 게 낫겠다고 생각하고 있습니다."

"아, 그렇지. 그거 좋은 생각이다."

아버지는 춘호가 꺼낸 말에 얼굴에 희색이 돌았다.

"그럼 어떤 종교를 업을 생각이냐?"

"지금 알아보고 있습니다. 정해지면 아버님께 말씀드리도록 하지요."

"그래, 잘 생각했다. 정치나 경제계는 그래도 종교계라면 의심하지는 않을 것이다. 너도 이젠 생각이 있으니까 잘 알아서 할 거다. 몸은 어디 불편한데 없고?"

"네."

"내가 가중죄만 없었더라면 벌써 나갔을 텐데 말이다. 그러면 네가 하는 일을 도와줄 수도 있었을 텐데……."

아버지는 교도소 안에서 폭행죄가 추가되어 2년형이 추가된 셈이었다. 춘호가 피해자의 가족에게 두둑한 합의금을 주고 재판부에다가 탄원서를 냈지만 2년형이 추가로 선고가 된 셈이었다.

아버지는 같은 방에 있는 폭력전과의 범죄자를 길을 들인다면서 밑의 수발드는 사람을 시켜 집단적으로 구타토록 지시한 것이 피해자인 재소자의 고소로 인해서 다시 법정에 불려나가게 된 것이었다.

"그래. 법무부 시계는 돌아간다 라는 말이 있지. 거꾸로 매달아놔도 시계는 돌아가게 돼 있지. 곧 나갈 거다."

아버지는 그렇게 말했지만 법무부에서는 이중 형량을 받은 아버지에게는 가출옥의 기회마저도 없어졌다는 것을 춘호는 이미 알고 있었다.

"그래, 가봐라. 먹을 거나 넣고."

"네, 아버님. 그럼 편히 계십시오."

춘호는 깊게 인사를 하고는 아버지가 면회실을 나가는 것을 지켜보았다. 아버지는 그동안 많이 늙어버린 듯했다. 아무리 교도소 안에서 돈이 많다고는 하지만 찬 방에서 겨울을 나야 하고, 여름엔 푹푹 찌는 듯한 더위를 먹으면서 보낸 세월의 흔적은 감출 수가 없었다. 아버지가 복도 끝으로 사라지는 모습을 보고 난 춘호는 걸어나오면서 영치물 넣는 곳에 들러 방에 있는 인원수대로 먹을 것들을 집어넣고는 밖으로 나왔다.

아버지는 폭행죄가 추가되어 출역도 나갈 수 없었다. 우량수에 한해서 출역이 허용되는 교도소에서 아버지는 일을 하지 못하고 방 안에만 갇혀서 사는 재소자일 뿐이었다. 그래서인지 춘호가 면회를 오면 먹을 것들이나 넣고 가라는 말을 빠뜨리지 않았다. 아버지는 돈이 없어서가 아니라, 바깥에 있는 아들이 든든하다는 것을 방 안에 있는 사람들에게 은근히 내세우기 위해 먹을 것들을 넣고 가라는 말이었다.

춘호는 정춘이가 열어주는 차에 올랐다.

"회장님. 이제 오십니까?"

조수석에 앉아 있던 영필이가 문을 잡고서 허리를 굽혔다. 춘호가 타는 것을 보고선 문을 닫고서 영필은 정춘의 옆자리로 가서 앉았다. 차는 곧 출발했다. 영필은 운전기사인 정춘과 같이 은혜원 출신이었다. 춘호가 신임하는 칼잡이였다.

춘호가 탄 차는 한국에서는 보기 드문 미국의 명차였다. 12기통의 800마력을 자랑하는 대형 세단이었다. 차가 움직일 때

마다 국산차들이 유리창을 내리고 차를 쳐다보면서 지나갈 정
도였다.

교도소 정문을 빠져나온 차는 시내 쪽을 피해서 외곽 국도를
달리고 있었다. 정춘이는 춘호가 수원 가게에 들렀다가 서울로
가는 것을 미리 알고 있었으므로 춘호가 말하지 않으면 언제나
수원 가게부터 들렀다. 차가 멈추자 영필이 조수석에서 내려 문
을 열었다.

"십분만 있다가 갈 거다."

"네, 회장님."

춘호는 성큼성큼 가게로 걸어 들어갔다. 누가 봐도 검정색 양
복을 입은 춘호가 고아 출신이라고는 믿지 않을 정도로 완벽한
몸매를 유지하고 있었다. 아직도 춘호는 새벽 여섯 시에 일어나
정춘과 영필이와 같이 체육관에 들러 새벽운동을 하고는 하루
일과를 시작하는 남자였다.

가게 안으로 들어간 춘호는 막 체육관에서 돌아와서 모여 있
던 직원들을 만날 수 있었다.

"회장님. 어서 오십시오."

직원들이 반갑게 인사를 해왔다.

"왔어요?"

정혜가 알고서 사무실에서 홀로 나오면서 웃었다.

"사장님 뵈러 왔지요. 방금 운동하고 오는 길입니까?"

춘호는 미리 운동에서 돌아오는 시간에 맞춰 교도소에서 오

는 길이었다. 그걸 알면서도 인사말로 묻는 말이었다.

"네, 사무실로 들어가요. 애들아. 마실 것 좀 갖다 줄래?"

"네."

금자가 얼른 대답을 했다. 사무실로 들어간 춘호는 들어서자마자 벽시계부터 쳐다보는 것이 버릇이었다. 들어온 시간을 정확히 체크해 뒀다가 나갈 때의 시간을 가늠하기 위해서였다. 그만큼 춘호는 바쁜 셈이었다. 그걸 아는 정혜는 춘호가 오면 마실 것부터 얼른 준비하라고 시키는 것이었다. 음료수를 마시면서 정혜는 할 이야기들을 하는 편이었다.

"회장님은 잘 계신데?"

"응."

춘호는 고개를 끄덕였다. 두 사람만 있을 때는 친구처럼 말을 트면서 주고받았다.

"손님이 너무 많아. 앞으로 여길 다른 곳으로 옮기는 건 어때?"

"뭐?"

춘호는 음료수를 마시다가 놀라서 정혜를 쳐다보았다.

"왜 그렇게 놀라? 여기가 홀이 좁아서 안 되겠어. 시내 쪽으로 더 큰 데로 가게를 옮기면 안 될까? 새로 인테리어도 하고."

"안돼."

춘호는 단번에 거절의 뜻을 나타냈다.

"왜? 장사가 잘 되면 더 좋지 뭐. 이젠 큰 데로 가서 새로 인테리어도 해서 더 크게 장사를 하고 싶은데?"

이미 정혜는 손님이 다 들어오는 시간대엔 앉을 자리가 없다는 것을 알고는 춘호에게 제의를 하고 싶었던 차였다. 춘호가 한 달에 두 번 정기적으로 면회를 다니러 오기 때문에 그 외엔 춘호를 만날 시간조차 없었던 터였다.

"여긴 우리가 처음 시작한 곳이야. 그래서 여긴 비우면 안돼. 회장님도 여기는 비우지 않았으면 하고……."

"회장님이 그래?"

"응."

"……?"

정혜는 이제 이곳에서 자리를 옮겨서 더 큰 시설로 가서 멋진 콜라텍을 운영하고 싶었다. 하루 매상이 천만 원 대를 웃도는 상태에서 이곳에서만 머물러 있고 싶진 않았다.

"누나는 이곳에서 떠나면 안돼. 우리가 여기서 출발했다는 것을 생각하고 지켰으면 싶어."

"난 또 서울에서 강남하고 신촌까지 훑는 데에 여기서만 계속 장사할 필요가 있을까 하고 생각하고 있었어. 그럼 여기서 그냥 지내지 뭐."

정혜는 춘호의 말을 들으면서 자신의 생각을 바꾸고 있었다.

"그래. 난 이곳이 좋아. 회장님이 나오면 그땐 딴 생각을 해보는 것도 좋지만 지금은 아냐. 애들은 공부 잘해?"

"그래. 이번에도 다 합격할 거야."

정혜는 이제 대학생이 된 직원들이 각자의 가게에서 공부를 가르치도록 해놓았으므로 자신은 수원에서만 공부를 가르쳐도 되었다. 한 달에 한 번 가게를 돌며 시험지를 돌려서 성적만 테스트하는 일만 맡고 있을 뿐이었다.

"하하, 잘 됐네! 이번에도 전원이 합격하면 월급 올려준다고 그래."

"알았어."

정혜는 직원들의 복지문제나 주거문제, 월급에 대해서는 아끼지 않는 춘호의 마음 씀씀이에 대해 놀라울 뿐이었다. 춘호는 점점 나이가 들면서 대범한 남자로 변해가고 있었다.

"나, 이제 신촌에 가봐야 돼. 신촌에 들렀다가 남대문에도 들리고."

춘호가 자리에서 일어서자 정혜가 따라 나오며 물었다.

"희준이 만나러 가?"

"응, 만날 일이 있어."

"뭔데?"

"나중에 이야기할게."

춘호는 그렇게 말하면 정혜는 알았다는 듯이 더 이상 캐묻지 않았다. 밖에까지 따라나온 정혜는 문을 열고 서 있는 정춘과 영필의 어깨를 툭 치며 반가워했다.

"점심은?"

"아직 안 했습니다. 가다가 하죠."

정춘이 정혜에게 깍듯이 고개를 숙이며 말을 했다. 영필도 춘호의 오른팔이나 마찬가지인 배호 사장과 정혜 사장에게는 깍듯하게 인사를 하곤 했다.

차에 올라탄 춘호는 유리문을 내리고서 인사를 했다.

"누나, 잘 있어. 다음에 올게."

"응, 잘 가."

정혜는 차가 움직이는 것을 보고는 손을 들었다. 춘호 역시 손을 들어 답하고는 정춘이 유리문을 올리자, 의자 뒤로 머리를 기대고는 눈을 감았다. 춘호는 차에 타만 눈을 감고서 다음 일에 몰두하곤 했다. 그럴 때는 정춘이나 영필이는 뒷자리의 춘호를 생각해서 일절 말하지 않고서 달렸다.

신촌 가게에 들러 성동이를 만난 춘호는 사무실에서 이야기를 나누고 있었다. 춘호가 신촌에 신경을 쓰는 이유는 신촌에는 아직 그럴듯한 조직이 없어서 평온한 상태라고 할 수 있었다. 그쪽에다 조직을 세워서 대학가에 있는 주점들과 단란주점, 노래방들을 석권했으면 하는 생각을 갖고 있었다.

"어떠냐? 니 생각은?"

"회장님, 시작해야 할 거 같습니다. 백화점하고 유흥가가 밀집돼 있어서 크게 놀아야 될 거 같습니다."

"크게? 무슨 말이냐?"

"다른 곳하고 틀리게 아주 고급스런 조직을 만들면 좋겠다는 뜻입니다. 예를 들어 대학교 체대 학생들을 조직원으로 끌어들이거나 해서 인텔리 조직을 만드는 겁니다."

"그럼 고아원 출신들을 안 쓰고?"

"네, 여기만 대학생들로 조직을 만드는 겁니다. 아니면, 우리 고아원 출신들이 윗대가리들을 밑고, 그 밑에 대학생 체육과 애들을 부리는 방법도 있습니다."

"그래, 차라리 그런 방법을 쓰는 게 낫겠다. 난 우리 고아원 출신들을 쓰지 않고 그런 애들만 쓰는 건 안 좋으니까."

"네, 알겠습니다."

성동이는 춘호 앞에 고개를 숙였다.

"돈은?"

"한 일억쯤 뿌리면 될 거 같습니다."

"스카웃비냐?"

"네, 대학마다 잘 나가는 애들만 골라서 뽑을 생각입니다. 일억이면 쓰고도 남을 겁니다."

"알았다. 회계에서 빼내서 써라. 정혜 사장한테는 회계에서 일억을 썼다고 말해."

"네, 알겠습니다."

"차는 언제 나오나?"

"곧 나올 겁니다. 연락이 왔습니다."

성동이가 탈 차를 말하는 것이었다. 국산 대형차 중에서 최고급으로 바꾸는 셈이었다. 각 사장들마다 이번에 새 차를 뽑아주도록 지시를 해놓았던 것이다. 그 일을 성동이가 맡은 것이다. 정혜와 신촌의 사장인 성동이, 강남의 사장인 성기가 모두 국산 최신형 대형차로 이번에 차를 바꾸는 일이었다.

"그래. 일 잘해라. 애들 공부도 잘 시키고."

"네. 염려 마십시오. 잘하고 있습니다."

성동이 역시 한국체대 2학년이었다. 춘호가 한국체대 4학년이었고, 배호는 같은 대학 3학년에 다니고 있었다. 성기는 이번에 대학 졸업 검정고시에 합격해서 춘호가 다니는 한국체대에 들어갈 준비를 하고 있는 중이었다.

"애들은 일반 학과로 가면 안 된다고 그래. 모두 다 체육대학으로 들어가라고 그래."

"알겠습니다."

그것은 춘호가 각 업소의 사장들에게 하는 지시였다. 검정고시 출신으로는 일반 학과보다는 체대 쪽으로 들어가는 것이 앞으로의 생활에 필요한 것이라고 생각하고 있었다.

춘호는 자리에서 일어났다. 한 곳에 들르면 불과 20분을 넘기지 않았다. 간단하게 할 말을 하고선 사장들의 짧은 보고를 받고는 자리에서 일어서곤 했다.

성동이와 홀에 있는 직원들의 배웅을 받으며 차에 오른 춘호는 이번엔 남대문으로 향하고 있었다. 미제 검은색 대형차가 미끄러지듯 찻길 위를 달리고 있었다. 남대문 입구에 도착할 때쯤, 영필이는 핸드폰을 꺼내 전화를 걸었다.

"회장님, 지금 회장님께서 거의 도착했습니다. 네네, 알겠습니다."

영필은 뒷자리에 타고 있는 춘호에게 고개를 꺾고선 말했다.

"회장님께서 알았다고 하십니다."

차는 곧 시장 안으로 들어가서 멈췄다. 차에서 내린 춘호는 25층 건물 안으로 들어가고 있었다. 그 뒤엔 영필이가 뒤따르고 있었다. 부회장실에 도착해서 영필은 춘호에게 인사를 하고는 사무실 바깥에서 멈췄다.

문을 노크하고 들어서자 희준이 반갑게 춘호를 맞이했다.

"야, 오냐?"

"앉자."

희준이 소파로 와서 앉았다. 춘호는 희준의 앞에 앉았다.

"점심은?"

희준이 물었다.

"아직."

"그럼 나갈까?"

희준이 먼저 일어서는 것을 보고서 춘호도 일어섰다. 밖으로 나온 춘호는 일어서서 희준에게 인사를 하는 영필에게 말했다.

"점심하고 올 거니까 니들도 식사해라."

"네, 알겠습니다."

"너, 영필이 아주 멋있는 놈이네. 요즘 어떠냐?"

희준은 항상 춘호의 곁을 그림자처럼 따르는 영필에게 믿음을 주는 말을 건넸다.

"감사합니다. 회장님."

희준은 고개를 숙여 인사를 하고는 두 사람이 나가는 것을 보고 천천히 발길을 옮겨놓았다. 희준과 영필은 한 고아원 출신이라는 데에 피같은 동료애를 느끼고 있었다. 그래서 희준은 영필에게 따뜻한 말 한마디라도 건네곤 하는 것이었다. 식당으로 자리를 옮긴 그들은 숯불갈비를 시켜서 식사를 하면서 이야기를 했다.

"술 한잔 할래?"

"간단하게 하지."

희준은 곧 소주 한 병을 시켰다. 두 사람이 만날 때마다 항상 소주를 주로 마셨다. 술잔을 받은 춘호는 희준의 잔에도 소주를 따라주었다. 잔을 가볍게 갖다댄 다음에 입으로 가져갔다.

"너, 대학 잘 다니냐?"

"그래, 졸업반이니까 대충 나가는 거지 뭐."

"그래, 넌 정말 잘 생각했다. 나같이 중학교도 못 나온 놈하고는 틀리겠지."

희준은 춘호가 검정고시를 통해서 체대에까지 들어간 것을 부러워하곤 했다.

"다 똑같아. 사람이 뭐 틀린 게 있냐. 고아라서 안 된다는 소리는 안 들어야지."

"맞는 말이다. 고아도 열심히 하면 안 되는 게 없구나 하는 생각이 든다. 네가 애들을 잘 가르쳐서 대학까지 보내는 걸 보면 난 네가 참 놀랍다."

"그게 살아가는 취미니까 그렇지. 술 마셔."

춘호는 희준이가 부러워하는 것을 보면 늘 마음이 안타까웠다. 이젠 거대한 조직을 이끌고 있는 희준은 나이도 있어서 다시 공부할 시기는 놓친 셈이었다.

"앞으로 어떻게 할 계획이냐? 자꾸 가게 늘릴 거냐?"

희준이 물었다.

"그러지 뭐. 가게는 가게대로 늘리고, 앞으론 정치 쪽이나 경제계로 튀어야겠어. 계속 이렇게 가게만 끌고 나가다간 어떤 벼락을 맞을지도 모르잖아."

"……?"

희준이 술잔을 들다 말고 춘호를 유심히 쳐다보고 있었다.

"종교단체를 등에 업고 정치쪽으로 손을 뻗었으면 싶다."

"그래?"

희준이 의미심장한 눈빛으로 춘호에게 시선을 떼지 않았다.

"이때까지 생각했던 거다. 거물급이 되려면 정치 쪽과 경제계 쪽을 잡아야 한다고 생각했어. 니도 앞으로 그런 쪽으로 힘을 키워봐라."

"나야, 그런 쪽으론 깡무식이니 손을 뻗을 건더기가 있나."

희준이 웃었다.

"조직이 보호를 받으려면 어느 정도는 입김이 필요해."

"그거야 알지. 난 그냥 이쪽에서만 클란다."

"하하, 그래. 그것도 좋지. 나도 앞으로의 일은 모르니까."

춘호는 자신의 구상을 털어놓음으로써 희준에게 조직의 방향을 어떻게 틀어나가야 하는가를 알려준 셈이었다. 그렇다고 희준에게 강요하고 싶지는 않았다. 그건 어디까지나 자신이 앞으로 개척해나갈 과제일 뿐이었다.

"요즘도 애들이 계속 올라오나?"

"응."

춘호는 물수건으로 이마를 닦으며 말했다.

"그래, 넌 정말 좋은 일을 하고 있다. 나야 너를 따라가지도 못하지."

희준이 푸념조로 말했다.

"아니다. 너도 고아 출신이면서 그 정도면 된 거다. 다른 놈들에게 아쉬운 소리 안 하고 그만한 위치에 올라간 것만 해도 넌 우리 직원들의 우상인 셈이다. 우리 직원들이 너를 존경하고 있더라."

"하하, 그래?"

희준이 웃음을 터뜨렸다.

"야, 이제 나가자. 나도 사무실에 들어가봐야지."

"그래, 일어서자."

희준은 언제나 춘호가 찾아오면 식사는 자신이 사는 걸로 했다. 간단하게 소주 반병을 마시고 나온 그들은 마치 어린 날로 되돌아간 것 같은 기분이었다.

"나중에 네가 잘 하면 나도 힘 좀 빌릴 수 있겠구나."

"그래, 우린 서로 돕고 사는 거다. 고아원에선 먹을 것을 갖고도 서로 먼저 먹으려고 싸우곤 했지만, 이젠 그럴 필요가 없잖아."

"하하, 그래. 그때는 먹을 것 갖고도 싸웠지. 배고프면 할 수 없는 거야."

희준이 밝게 웃었다. 춘호와 희준이 주차장으로 들어가자, 정춘이와 영필이가 나와서 인사를 하고는 문을 열었다.

"야, 니들 점심 먹었냐?"

희준이 춘호 부하들에게 물었다.

"네, 회장님."

정춘과 영필은 대선배인 희준에게 깍듯이 인사를 했다.

"춘호가 니들 걷어먹여 살리느라고 애 많이 쓴다. 니들도 검정고시 합격했냐?"

"네, 회장님."

"그럼 체대라도 가야지."

"네, 회장님."

정춘은 다시 고개를 숙였다.

"이제 갈란다. 다음에 또 보자."

춘호가 뒷자리에 올라타자, 영필이가 뒷문을 닫았다. 곧 유리문이 내려지고 춘호가 희준에게 말했다.

"이번에 사장들 차 뽑으라고 그랬다."

"어떤 차냐?"

"에쿠스로 뽑을 거다."

"하하, 사장들 대우 한 번 끝내주게 해주네. 그만하면 됐다."

희준은 기분 좋게 웃었다.

"너도 후배들 한 번 키워봐라. 그러면 그런 거 막 해주고 싶어
질 거다. 이제 간다. 들어가라."

"그래."

희준은 검은색 차가 미끄러지듯이 움직이는 것을 보고는 돌
아서서 걷기 시작했다.

'그래, 넌 정말 멋진 놈이다. 그만하면 됐어.'

희준의 마음속은 춘호에 대한 부러움으로 가득 찼다. 같이 고
생했던 어린 날의 모습들이 생생하게 떠올랐다.

춘호가 탄 차는 강변도로를 달렸다. 강남에 들러 성기를 만나
고는 커피 한잔을 마시곤 다시 영등포로 돌아온 시간은 저녁 무
렵이었다.

정치와 경제계

영등포의 사무실에 모인 사장들은 춘호의 말을 경청하고 있었다.

"이제 우리는 콜라텍으로 기업을 이루었다고 봅니다. 여러분들의 열과 성의 덕분으로 수원과 영등포, 신촌, 강남에서 하루 매출이 오천만 원 대를 넘어서고 있습니다. 한 달이면 15억이라는 매출입니다. 그것은 다 여러 사장들이 나를 믿고 열심히 따라준 결과라고 봅니다. 수원에서 작은 가게로 출발해서 오늘에 이르렀습니다."

춘호는 거기 모인 배호, 정혜, 성기, 성동이, 명쾌의 늠름한 모습을 바라보면서 가슴이 벅차왔다.

"이제 우리는 다시 새로운 도약을 해야 할 때입니다. 오늘 이 자리를 빌어서 그동안 의견을 구했던 계획들을 공표하고자 합니

다. 첫째, 우리 황제콜라텍은 서울 전역에 계속해서 가게를 늘려
나갈 것이며 둘째로, 이젠 정치계와 경제계를 휘어잡아야 한다
고 생각합니다. 우선 그들 정치와 경제계를 파고들기 위해서는
신흥종교인 민족교의 종단을 선택했습니다. 그 종단은 지금 무
리한 교세확장으로 인해서 어려운 자금난에 허덕이고 있습니다.
우리가 그들 종교단체를 지원하면서 나중에는 그 단체를 접수하
는 것으로 해서 정치계와 종교계로 발을 뻗어나갈 것입니다. 이
건 극비로 붙일 사항입니다. 이제 여러분들은 가게를 늘여나가
는 일과 민족교를 접수하는 쪽으로 방향을 잡아주었으면 합니
다. 이상입니다. 다른 의견이 있으면 말씀하시기 바랍니다."

춘호의 말이 끝나자, 좌중은 침묵 속으로 빠져들었다.

"배호 사장은 할 말 없습니까?"

"없습니다."

"그럼 성기 사장은?"

"없습니다."

"그럼 의견이 통일된 것으로 알고 앞으로 추진해 나가도록 합
시다. 가게에서 필요한 말들이 있으면 말해 주시기 바랍니다."

그제야 사장들은 말들을 하기 시작했다.

"저희 가게는 인원이 30명이 꽉 찼습니다. 빌라를 하나 더
얻어야 할 거 같습니다. 빌라 하나를 얻으면 방 세 개에 열 다섯
명은 들어갈 수 있을 것 같습니다."

미아리 콜라텍의 명쾌의 발언이었다.

"그럼 좋습니다. 정혜 사장한테 회계를 보고하고 쓰기 바랍니다. 또?"

춘호는 중앙의 소파에 앉아서 양쪽에 앉은 사장들을 둘러보았다.

"전, 건물 주인이 월세를 올려달라는 말이 있었습니다. 계약 기간이 다음달이 만기입니다. 월세 삼백을 올려달라는 말이 있었습니다."

"그건 할 수 없지. 올려달라는 데에 안 올려줄 수는 없으니까. 그럼 다음달부터 삼백이 더 나가는 걸로 회계를 잡으세요."

"알겠습니다."

더 이상 안건이 안 나오자 회의는 마치는 걸로 결론이 지어졌다. 모처럼만에 사장들이 만난 자리여서 춘호는 사장단들을 데리고 근처 식당으로 갔다. 그들이 회의를 마치고 움직일 때는 정찬이와 영필이 그리고 그 밑의 부하들이 따라붙어서 사장들을 호위하고 있었다. 식당에서 식사를 하는 동안에 그들은 식당 바깥에서 경호를 맡고 있었다.

그날만큼은 춘호는 기분 좋게 술을 마셨다.

"자, 건배! 우리는 우리들을 위하여 산다!"

"우리들을 위하여!"

춘호의 건배 제의에 사장들은 건배를 하고선 단숨에 술잔을 들이켰다. 영등포 가게의 영업이 끝날 때쯤 해서야 그들은 자리에서 일어났다. 다시 가게로 돌아온 그들은 사무실에 들러 커피를 마시고는 각자의 가게로 향했다. 그들 사장들은 에쿠스 자가용을 타고 왔으면, 차량을 운전하는 보디가드와 조수석에는 사장을 경호하는 참모를 대동하고서 영등포로 왔다가 돌아가는 것이었다.

춘호는 배호가 점호를 끝내는 것을 보고서 사무실 한쪽에 마련된 침대로 가서 누웠다.

"회장, 앞으로 어떻게 할 건데?"

배호가 침대로 가서 누우며 말했다.

"저쪽에 케이블 방송을 시작해서 막대한 손해를 입었으니까 자금을 대주는 것으로 끼어들기를 할 계획이다. 그러면 저쪽에선 싫어할 리가 없을 거니까. 형 생각은 어때?"

"얼마나 들지?"

"글세, 최소한 십억은 잡아야겠지. 그건 최소액일 테고……."

춘호는 15억까지는 투자할 생각을 갖고 있었다.

"케이블 방송에 투자한다고 해서 다 되겠냐?"

"그거야 모르지. 닥쳐봐야 아니까. 그렇지만 그 방법을 쓰는 게 제일 좋을 거 같애. 우리 같은 조직이 그냥 투자한다고 하면 저쪽에서 돈을 안 받을 걸?"

"하긴……."

"그럼 넌 정치 쪽으로 뚫을 자신이 있냐?"

"어느 종교든 거물급이 있게 마련이니까. 만약에 없다고 하더라도 종교를 내세워서 도와달라는 식으로 정치계에 접근할 수는 있지."

"흠, 그건 그럴 수 있겠다."

"정치나 경제계 쪽으로 자연스럽게 접근할 수 있는 건 종교뿐이야. 우리가 할 수 있는 일이라곤……."

"그래, 니 말이 맞는 것도 같다. 이제 자자."

"그래, 형도 잘 자. 좋은 꿈 많이 꾸고."

그 말을 하면서 춘호는 웃었다.

"……."

배호는 말이 없었다. 잠자리에 들면 금방 잠 속으로 빠져드는 배호였다. 금세 코 고는 소리가 들려나왔다. 춘호는 배호의 코 고는 소리를 들을 때마다 편안함을 느끼곤 했다. 수원에서부터 지금까지 그들은 사무실 바깥에서 자본 적이 없었다.

춘호가 수원에 있을 때에도 그랬지만, 배호가 영등포로 오고 나서도 사무실에다 간이침대를 갖다놓고서 잠을 잤던 것이다. 춘호 역시 영등포로 옮기면서 수원에 있던 간이침대를 옮겨왔던 것이다. 춘호와 배호가 사무실의 간이침대에서 잠을 잤기 때문에 다른 사장들도 사무실에서 잠을 자야만 했다. 수원의 정혜만 예외로 빌라로 숙소를 옮겼다가 다시 가게의 작은 방으로 잠자리를 옮겼다. 다른 사장들이 사무실에서 자는데 정혜 자신만 방에서 잔다는 것이 미안한 일이라고 해서 스스로 거처를 옮긴 것이었다.

새벽 여섯 시에 기상하면 춘호는 배호와 같이 앞에 서서 뛰었고, 그 뒤를 따라 정춘이와 영필이와 다른 직원들이 줄을 서서 구보를 했다. 구보를 하고 나면 배호가 공부를 가르쳤고, 그 시간에 춘호는 사무실로 들어와서 하루 일과를 점검하곤 했다. 검도장으로 운동을 하러 나갈 때에는 춘호도 따라나섰다. 검도장에서 땀을 빼고 나면 온몸의 묵은 찌꺼기가 싹 씻은 듯이 내려가는 기분이었다. 운동을 하고 나서 그들만의 점심식사를 하는 시간이 제일 행복한 시간이었다.

수원에서와 같이 사무실의 탁자 위에 여자들이 식사준비를 해놓으면 다 같이 둘러앉아서 식사를 할 수 있었다. 좁은 탁자이긴 하지만 의자만 갖다놓으면 끼어 앉아서 반찬을 집어다가 먹을 수가 있었다.

배호는 수원에서의 생활을 잊지 않고서 영등포에서도 그대로 따라하고 있었다. 그런 모습을 보면서 춘호는 배호 형이 더없이 고맙고 정이 갈 수밖에 없었다. 식사를 하고 나면 춘호는 콜라텍의 위층인 3층 전체를 개인 사무실로 쓰고 있는 데로 올라갔다. 그곳은 2층을 통하지 않고는 올라올 수 없는 곳이었다. 춘호의 개인 사무실이 따로 있었고, 150평의 넓은 공간에는 각종 헬스기구들과 길고 짧은 검도들과 각종 운동기구들과 무기들이 벽면에 가득 차 있었다.

춘호가 사무실로 들어가고 나면 정춘과 영필은 홀에서 운동을 하거나 소파에 앉아 기다리면서 춘호의 움직임에 대기하는 시간이 많았다. 그곳엔 아직까지도 세 명 이외에는 그 누구도 들어와 본 적이 없었다. 다른 조직에서 춘호를 만나러 오거나 사업상의 일로 사람을 만날 때에는 아래층 골라텍의 사무실에서 기다리게 하고선 사무실에서 만나곤 했다.

정춘과 영필은 24시간 춘호가 움직이면 그림자처럼 따라붙었다. 춘호의 방에는 커다란 회장 의자가 있고, 책상 앞에는 으리으리한 소파가 양쪽으로 있었다. 그러나 그 소파에 앉아본 사람이라곤 정춘과 영필 두 사람뿐이었다.

춘호의 의자 뒤에는 커다란 글귀가 씌어져 있었다.

'나는 고아다. 누구보다 더 행복하다.'

그 글귀 밑에는 커다란 여자 사진이 든 액자가 붙어 있었다. 활짝 웃고 있는 여자는 바로 춘호가 수원교도소에서 만났던 여사장의 사진을 확대해서 걸어논 것이었다. 벽면으로는 온통 책장으로 벽을 채웠고, 책장 안에는 수많은 책들이 꽂혀 있었다.

춘호는 책상에 앉아 어떤 계획에 몰골하거나, 책장에서 책을 꺼내 책을 보는 것으로 시간을 보내는 편이었다. 책장에 꽂혀 있는 책들은 소설과 시집, 수필집들이 많았고, 사회과학서들도 많았다. 정치 비사나 야사 그리고 경제이론서, 증권에 관한 책들이었다.

춘호는 사업 구상이 아니면 잡념을 없애기 위해 닥치는 대로 책을 꺼내서 읽곤 했다. 국내에 나와 있는 대부분의 소설을 읽었고 그 중의 특히 좋아하는 것은 대중소설들이었다. 폭력에 관한 소설은 거의 읽지 않은 소설이 없었다.

한국체대 졸업반이었으므로 일주일에 한 번 학교에 나가 운동을 하고, 교수를 만나 식사를 같이 하면서 돈독한 인간관계를 맺어놓았으며, 이제 춘호는 졸업시험과 논문만을 남겨놓고 있었다. 졸업논문은 정혜가 작업을 도와주고 있었으므로 춘호는 이제 한가한 시간이었다.

'한국 조직세계와 체육대학의 상관관계에 대한 연구.'

춘호가 제출할 논문의 제목이었다. 춘호가 자료를 모아 정혜에게 건네주었고, 정혜는 춘호가 모아서 건네준 자료를 보면서 논문을 쓰고 있는 중이었다.

책을 보다가 가끔 일어나서 창문 밖을 내려다보곤 했다. 바로 위에 걸려 있는 어머니의 사진을 쳐다보다 활짝 웃고 있는 30대의 여자와 눈빛이 마주치면 춘호는 자신도 모르게 눈을 감았다.

'어머니······.'

어머니라는 이름을 부를 때마다 그는 가슴이 찢어지는 듯했다. 살아 있을 때에 단 한번만이라도 어머니라고 불러보았으면 안타까움이 소용돌이치며 올라왔다. 춘호의 눈에선 어느새 굵은 눈물방울들이 맺히기 시작했다. 눈앞이 침침해지면서 창밖의 광경을 바라보려고 애썼지만 흘러내리는 눈물로 인해서 시야가 더욱 흐려졌다. 티슈를 뽑아 눈물을 닦아내고는 창밖을 바라보면서 담배를 꺼내 불을 붙였다. 건너편 백화점의 엘리베이터가 올라가는 모습이 보였다.

책상 앞에 앉은 춘호는 명함을 꺼내 전화를 걸었다.

"네, 무슨 용건이시죠?"

비서인 듯한 아가씨의 맑은 음성이 흘러나왔다.

"황제의 춘호라고 하면 압니다. 종주님 좀 부탁합니다."

"네, 알겠습니다. 잠시만 기다려 주십시오."

아가씨는 곧 전화를 바꿔주었다.

"아, 회장님. 어쩐 일로 전화를 주시고, 그간 잘 계셨습니까?"

나이 많은 종주의 맑은 목소리였다.

"오늘 시간이 어떻습니까?"

"아, 좋죠. 거기 어딥니까?"

그는 순순히 만나고 싶어하는 눈치였다.

"영등폽니다."

"그럼 제가 그쪽으로 갈까요?"

"그러면 좋지요. 제가 식사 대접을 하지요. 긴히 드릴 말씀도 있고……."

"아이구. 알겠습니다. 회장님도 그간 편하시죠?"

"네, 저야. 종주님은요?"

"네, 저도 편합니다. 그럼 한 시간 뒤에 그쪽으로 가서 전화를 드리겠습니다."

"알겠습니다."

춘호는 통화를 하고 나서 다시 담배를 꺼내 물었다. 의자를 돌려 창밖으로 향한 채로 그는 생각에 잠겨 있었다. 민족교의 종주를 만나 제시할 액수를 정해야 했다. 일단 그의 생각으로는 십억을 제시해서 협상에 들어가기로 마음먹었다.

'십억이라면 구미가 당기겠지. 그 대신에 방송국 사장을 달라고 하는 거다.'

춘호의 생각은 바로 그것이었다. 어떻게든 민족교가 갖고 있는 케이블 방송국의 사장 자리를 차지하게 되면 민족교의 거물급들을 다 만날 수 있을 것이고, 방송에 출연하는 정치계와 종교계의 거물들과도 자연스레 선을 댈 수 있는 자리라고 생각했다. 그는 머릿속으로 그러한 밑그림을 그리고 있었다.

춘호는 곧 인터폰을 눌러서 배호를 찾았다.

"응, 방금 민족교의 송 갑식과 통화를 했는데, 한 시간 후에 이쪽으로 오기로 돼 있어. 같이 만날까?"

"그래? 나야 나가도 좋지만, 그런 일은 너 혼자 하는 게 낫지 않나? 그쪽에서도 숨길 것도 있을 건데……."

"하하, 맞다! 이런 일은 단 둘이 하는 게 낫지. 난 또 형하고 같이 나갔으면 해서."

"알았다. 몇 시에 만나?"

"한 시간 뒤라니까 네시쯤 연락이 오겠네 뭐."

춘호는 맞은편 출입구 위에 있는 벽시계를 쳐다봤다.

"돈은?"

"아직은 됐어. 일단 합의가 되면 그때 돈이 건너가면 되니까."

"쓸 돈은 있냐?"

"있어. 걱정마. 저번에 준 천만 원에서 아직 오십만 원밖에
안 썼는 걸."

"그럼 한참 안 줘도 되겠네. 하하, 잘 됐어. 오늘은 좀 팍팍
써버려!"

"안 그래도 그럴 생각이야. 그래야 될 거 같아. 좀 있다 내려
갈게."

"그래."

춘호는 전화기를 내려놓고선 의자 뒤로 머리를 기댔다. 눈을
감은 채로 오늘 만날 송 갑식 종주와 나눌 대화를 머릿속으로
정리하기 시작했다. 춘호는 사람을 만날 때마다 미리 약속장소
에 나가기 전에 그 사람과 나눌 대화와 용건 등을 나름대로 정리
하고는 밖으로 나갔다. 빈틈없이 일을 처리하는 것이 그의 습관
이었다.

"야! 정춘아!"

춘호가 부르자, 곧 출입문이 열리며 정춘이 몸을 드러냈다.

"부르셨습니까?"

"응, 네시에 손님이 오기로 돼 있다. 차 준비해라. 여의도 쪽
으로 갈 거다."

"네, 알겠습니다."

정춘이는 허리를 숙이고는 곧 나갔다.

"야, 준비해. 4시에 약속이 있대."

정춘이가 소파에 기대 있는 영필에게 말하자, 영필은 벌떡 일어나서 시계를 보았다.

"네시라면 좀 남았어. 조금 있다 내려가자."

그들은 아직 3시 20분밖에 되지 않았으므로 정확히 40분쯤에 차로 내려가서 대기할 생각이었다.

춘호는 십분 전에 아랫층으로 내려갔다.

"이야기 잘 해."

배호가 들어서는 춘호를 보며 말했다.

"그러지. 미리 생각해놨어."

그때, 핸드폰이 울렸다.

"네."

"접니다. 영등포로 들어서고 있는 중입니다. 어디로 갈까요?"

송 갑식의 전화였다.

"그럼 여의도로 가시지요. 저도 그쪽으로 출발하겠습니다. 관광호텔 커피숍에서 봅지요."

"알겠습니다. 그럼 거기서 뵙지요."

통화를 끝낸 춘호는 밑으로 내려갔다. 가게 바깥 건물 앞에는 이미 차가 대기해 있었다.

차에 오른 춘호는 곧 출발했다. 여의도 관광호텔에 도착한 춘호는 영필이가 열어주는 차에서 나와 곧바로 커피숍으로 들어갔다. 곧 이어서 정춘이와 영필이가 커피슈으로 들어갔다.

춘호는 송 갑식을 발견하고는 그쪽으로 갔다.

"어서 오십시오. 오랜만입니다."

송 갑식이 일어나 춘호를 맞았다. 두 사람은 악수를 나누고는 자리에 앉았다. 춘호가 앉은 테이블에서 조금 떨어진 곳에 정춘이와 영필이가 자리잡고 있었다.

"뭘로 하시겠습니까?"

춘호가 먼저 물었고, 송 갑식 종주는 커피로 하겠다는 말에 춘호도 같이 커피를 시켰다.

"사업은 잘 되시는지요?"

"하하, 네. 저야 그런대로 잘하고 있습니다. 도와주는 사람들이 많지요."

"네에. 저도 한 번 만나보고 싶었습니다."

송 갑식은 50대의 나이에 걸맞게 노련한 말주변을 구사하고 있었다. 일개 종단을 이끌고 나가는 종주로써 거만함 같은 건 보이지 않았다.

"그렇습니까? 저도 뵙고 싶었습니다. 저가 도울 일이 뭐 없나 하고 말이지요."

"아, 네. 그 말씀만 들어도 고맙습니다. 우리가 서로 돕고 하면 안 될 일이 있겠습니까?"

송 갑식 종주는 점점 춘호에게로 관심을 보이고 있었다.

"그렇지요. 저야 뭐 밤장사해서 버는 돈이라 좋은 곳에 쓰고 싶지요. 근데 케이블 방송국은 잘 됩니까?"

"방송국이야 맨날 적자지요. 아직 다른 종교에서는 케이블 방송국이 없지만 저희 민족교는 정부에서 허가를 해줬지요. 그거 하는데 돈 많이 들었습니다. 허허."

"그러겠지요. 어디라도 돈이 안 들어가고 되는 게 있습니까?"

"그래서 힘들지요. 좀 무리했다 싶은 생각이 듭니다."

두 사람이 서로 탐색전을 펼치면서 대화를 주고받는 동안에 커피가 왔다.

"드시지요."

춘호가 먼저 권했다. 송 갑식은 예의바른 춘호의 행동을 보면서 점차 마음이 놓였다. 그는 기분 좋게 춘호를 쳐다보면서 커피잔을 들어 입으로 가져갔다. 춘호는 그가 자신을 바라보고 있다는 것을 알면서 다른 테이블을 둘러보면서 커피를 마시고 있었다. 춘호가 그렇게 하는 것은 송 갑식이 얼마나 조급하게 나올 것인가를 기다리는 것이나 마찬가지였다.

두 모금 커피를 나눠 마신 송 갑식이 넌지시 말을 꺼냈다.

"제가 뵙자고 한 것은……."

춘호가 그를 쳐다보자, 그는 어색한 듯이 웃음을 짓고는 곧 태연한 표정을 지으려고 애를 쓰는 것이었다.

"다름이 아니라……. 앞으로 우리 종단에 도움을 좀 주십사 하고 부탁드리고 싶습니다."

"아, 그래요? 어떤 도움이 필요합니까?"

"그야 뭐, 여러 가지 다 필요합니다. 우리는 춘호 선생님처럼 신앙심을 갖고서 헌신해 주신다면 더 바랄 것이 없지요."

"아, 네. 저도 사업을 하다 보면 죄를 많이 지은 것 같아 참회하고 싶을 때가 있지요. 어렸을 때는 기독교를 다녔지만 커서는 종교를 잃어버리고 말았습니다. 지금도 가끔 인생이란 것을 생각하면 돈만 벌어서 뭣하나 하는 생각이 들 때도 있습니다."

"그렇지요. 우리 민족교는 사람이 왜 태어났으며, 이 세상에서 무엇을 하다가 가야 하는가에 대해서 해답을 던져 줍니다. 제가 말씀 안 드려도 아시겠지요."

"네, 말씀 고맙습니다. 저도 이제는 그러한 일을 해야 한다고 생각하고 있습니다. 그런데 그게 쉽지 않지요. 저에게 도움을 주십시오."

춘호는 더욱 예의를 차려서 낮은 자의 위치에서 조언을 구하듯이 말했다.

"아이구. 너무 훌륭한 말씀이십니다."

송 갑식은 춘호의 순수한 신앙심에 칭찬을 아끼지 않았다.

"제가 도울 일이 있으면 지금이라도 돕겠습니다. 저야 돈을 벌기 위해서 그동안 열심히 뛰었지만 이제는 어느 정도 남을 위해서 쓰는 데에 보람을 느끼려고 합니다."

"네에. 그런 생각을 갖고 있다는 것 자체가 선행이지요. 우리 민족교에는 그런 선행을 많이 쌓으면 전에 지었던 악행도 물리칠 수가 있습니다. 그래서 선행이 더 많으면 천당에 갈 수 있다고 보지요."

"고맙습니다. 그럼 제가 도울 수 있는 일이 있는지 말씀드려 볼까요?"

춘호는 서서히 본론적인 말을 꺼냈다.

"네, 그러시지요."

"제가 신앙심도 없고 해서⋯⋯. 그냥 민족교에서 운영하는 케이블 방송국 쪽으로 투자를 좀 하고 싶습니다."

"아, 좋죠. 거기는 아직 적자라서 도움이 필요합니다."

"그럼 그쪽으로 투자를 하도록 하지요. 그러면 되겠습니까?"

"그럼요!"

송 갑식은 춘호의 제의를 흔쾌히 받아들였다. 춘호는 현재 방송국의 지분이 어떻게 되는가 물었고, 교단에서 전체 지분을 갖고서 시작했다는 말을 들을 수 있었다. 외부 투자 없이 종단에서 전적으로 투자한 방송국이라는 말에 마음이 놓였다.

"그럼 제가 십억을 투자하면 어떻습니까?"

"좋습니다!"

송 갑식의 표정이 밝아졌다.

"그러면 방송국의 사장도 종주님이 맡고 계시는데 제가 맡아서 해보면 어떻겠습니까? 제가 사업을 일으켜 세우듯이 열과 성을 다해 한 번 일으켜 세워 보겠습니다."

"그럼 사장을 맡으시겠다는 말씀⋯⋯."

"네. 그러나 방송국은 어디까지나 종단의 소유로 하지요. 전

다만 사장 일만 맡아서 키우는 데에만 전념할 것입니다."

"아, 네. 그렇다면……."

송 갑식 종주는 춘호의 뜻을 받아들이는 표정이었다.

"일단 방송국이 크게 되면 그때 가서는 종주님의 의견을 받들어서 종주님께서 방송국을 맡으시고, 저는 이사쯤으로 앉혀도 됩니다. 전 다만 방송국을 키우는 데만 신경을 쓰겠습니다."

"아이구, 그럼 좋지요."

송 갑식의 입은 반쯤 벌어져 있었다.

"그럼 우리 식사나 하러 가시지요. 종주님은 어떤 걸 좋아하십니까?"

춘호는 슬쩍 마무리 단계로 끌고 가고 있었다.

"그러지요. 제가 사지요."

"아, 아닙니다. 이건 제가 봉양하는 의미에서 제가 사는 겁니다. 나가시죠."

춘호는 종주가 일어서는 것을 보고서 카운터로 가서 커피값을 계산하고는 송 갑식이 마음에 들도록 호위하듯이 해서 밖으로 나갔다. 그들은 식당으로 걸어가면서 춘호는 핸드폰을 꺼내 정춘에게 전화를 걸었다.

"응, 나다. 종주님 모시고 식사하러 가니까 니들도 식사하고 기다려라."

핸드폰을 끄고 난 춘호는 큰 일식집을 가리켰다.

"됐습니다. 저기로 가시죠."

일식집으로 들어간 춘호는 조용한 방을 달라고 하고선 서빙하는 아가씨를 따라 방으로 들어갔다. 송 갑식과 마주앉은 춘호는 공손하게 고개를 숙이면서 인사를 했다.

　"앞으로 잘 부탁드립니다. 저는 아직 미안하니까 종주님께서 친 동생처럼 돌봐 주십시오."

　"하이구. 자꾸 이러시면 제가 곤란합니다. 뭐, 앞으로 회장님께서 방송국을 맡아 하신다면 저희들도 큰 도움이 될 듯합니다. 이렇게 도움을 주시니까 날개를 단 것처럼 기분이 좋습니다."

　"종주님. 술 하신다면 약한 술로 대접하겠습니다."

　"아, 그러지요. 오늘 이렇게 만나 좋은 이야기들을 나누는데 조금 마시는 것도 괜찮지요."

　송 갑식의 허락을 얻은 춘호는 곧 서빙하는 아가씨를 불러 백포도주를 갖고 오라고 그랬다. 곧 술상이 차려졌다. 춘호는 무릎을 꿇고서 종주에게 술을 따랐다. 그리고는 종주가 따라주는 술을 두 손으로 받았다. 춘호로서는 종주에게 최대한의 예를 차린 것이었다.

　"편히 앉으십시오. 앞으로는 이렇게 하지 않으셔도 됩니다. 같이 일을 할 사람들인데."

　"네에. 그럼 편히 앉겠습니다."

　춘호는 편한 자세로 앉아서 겸손하게 술을 마셨다.

　"사실……. 앞으로 방송국을 맡아서 해보시면 다 알겠지만, 적자가 많습니다. 그걸 회장님께서 해결만 해주신다면 저희 민족교로서는 큰 힘을 얻게 될 것입니다. 앞으로 잘 부탁드리겠습니다."

"알겠습니다. 제 힘과 노력을 다해서 열심히 한 번 해보겠습니다. 제가 부족한 점이 있으면 언제든지 종주님께서 말씀해 주십시오. 전 사업 쪽으로만 아는 사람이라 교단이 어떻게 돌아가는 지에 대해선 모르는 것이 많습니다."

"하하, 그러지요. 전 회장님을 만나게 돼서 아주 기분이 좋습니다. 저희 방송국에 새 힘이 될 것입니다."

춘호는 이제 거의 다 된 일이라고 생각했다. 이쯤에서 종주를 더 기분 좋게 해줘야 한다고 생각했다.

"이건 저의 성의입니다."

춘호는 미리 준비한 하얀 봉투를 꺼냈다. 그리고는 절을 하듯이 종주의 앞으로 내밀었다.

"이게 뭡니까?"

"받으십시오. 저를 인정해주시는 종주님께 드리는 제 표시입니다. 약소하지만 제 성의라고 생각하시고 받아 두십시오."

춘호는 빳빳한 수표가 든 봉투를 억지로 내밀었다. 종주가 환하게 웃으면서 받아들었다.

"이런 걸 다 준비하시고……. 하여튼 회장님의 은덕을 감사드립니다. 우리 민족신이신 단군께서 회장님의 은공을 보시고 후히 갚아주실 것입니다."

종주는 봉투를 받아서는 양복 안주머니에 집어넣었다.

"제 술 한잔 받으시지요."

"하하, 네."

종주는 이제 완전히 기분이 풀어져 있었다. 춘호라는 사람이 조직의 세계에서는 황제로 군림하고 있지만, 사업에서 성공하여 회장의 명칭을 얻긴 했지만 내면에 숨어 있는 죄성 때문에 인간적인 고뇌를 하고 있는 것이라고 생각하고 있었다. 인간은 누구나 갑부가 되고 나면 죄에서 자유치 못한다는 것을 알고 있었다. 종주는 춘호를 방송국 사장으로 앉혀서 방송국을 키울 뿐만 아니라, 자신의 든든한 오른팔로 삼을 수도 있다고 생각하고 있었다.

민족교라는 단체가 그동안 잘 나가다가 자금에서 어려움을 당하면서 백방으로 사회의 여러 분야에서 거물급들을 끌어들여 다시 교세를 확장시키는 것이 급선무인 셈이었다. 종주는 조직 세계의 신화와 같은 춘호를 민족교 안으로 끌어들여 자신의 종주라는 위치를 더욱 확고히 함과 동시에 자금력에서 도움이 되는 일이라면 자신이 더 춘호를 필요로 하는 사람이었다.

두 사람은 서로가 갖고 있는 생각에 의해 의기투합이 되었다.

"하하, 술 한잔 받으시지요."

종주는 어느 정도 얼굴이 붉어져 있었다. 기분이 좋은 듯한 표정이었다.

"네. 감사합니다."

춘호는 허리를 숙여 술잔을 받아들었다.

"이제 제 힘이 돼 주십시오. 저도 힘이 될 것이 있다면 얼마든지 힘이 돼 드리겠습니다. 하하."

"좋습니다. 부족한 제가 도움을 받아야지요. 전 자금력으로 돕는 것밖엔 없을 듯합니다. 하하."

"자, 건배합시다. 오늘 이렇게 만난 것에 대하여!"

"네, 건배! 우리의 좋은 만남을 위하여!"

두 사람의 술잔은 원샷으로 비워졌다. 종주가 자신의 입으로 뱉은 말은 계약서나 마찬가지였다. 조직세계의 황제라고 할 수 있는 춘호에게 했던 말을 번복할 수는 없는 일이었다. 만약 그렇게 되었을 때는 종주는 어떠한 일을 당할지 아무도 장담할 수 없는 일이라는 것을 종주 자신이 더 잘 알고 있었다. 종주는 춘호가 갖고 있는 조직과 자금력이 필요했으므로 자신이 약속을 어기는 일은 절대로 없을 것이었다. 두 사람의 약속은 비록 구두상의 약속이었지만 철두철미한 계약이나 마찬가지인 셈이었다.

"내일 만나서 어떤 계약서를 썼으면 합니다. 제가 방송국을 맡기로 하는 내용과 방송국을 살리는 데에 필요한 자금 십억을 투자한다는 내용이 들어가야 할 거 같습니다."

"아, 그러지요. 내일 또 만나지요. 그건 회장님이 마음에 들도록 제가 알아서 작성해 오겠습니다."

"그러면 좋겠습니다. 저는 워낙 무식해서…… . 하하."

"하하, 겸손의 말씀을. 회장님은 대학까지 나오신 분이신데 그런 말씀을…… ."

두 사람의 술자리는 저녁 여덟 시까지 이어졌다. 술 세 병이 비워졌다. 춘호는 될 수 있으면 술을 받아 마시기보다는 종주에게 더 많이 따라준 셈이었다.

"이제 일어설까요? 저도 가게에 들어가 볼 시간이 된 거 같습니다."

"아, 제가 너무 많은 시간을 뺐었습니다. 일어나시죠."

두 사람은 기분 좋게 자리에서 일어났다. 춘호는 술값을 계산하고는 종주를 모시고 밖으로 나왔다. 종주의 자가용이 일식집 앞에 대기해 있다가 종주가 타는 걸 보고서 춘호는 손을 내밀었다.

"오늘 고마웠습니다. 그럼 내일 오후 3시에 여의도에서 만나기로 하지요."

"네, 제가 더 고마웠습니다. 내일 뵙지요."

춘호는 종주의 대형 세단이 일식집을 떠나는 것을 보고서 핸드폰을 해서 정춘이를 불렀다. 곧 차가 일식집 앞으로 다가왔다. 차에 오른 춘호는 약간 술이 오르는 듯했다. 그러나 기분이 좋을 정도의 술을 마신 그였다.

"회장님. 식사는 하셨습니까?"

영필이가 뒤돌아보면서 물어왔다.

"그래, 니들은 먹었냐?"

"네."

영필이 머리를 숙여보였다.

"아까 그 사람 누군지 아냐?"

"모릅니다."

"민족교의 종주이시다. 앞으로 우리가 민족교와 손을 잡을 것이다. 그 이야기를 하느라고 늦었다."

"네에. 알겠습니다."

영필이는 머리 회전이 빠른 놈이었다. 회장인 춘호가 한마디 하면 단번에 말뜻을 알아차리는 그였다.

"내일 만나면 정식으로 거래가 튼다. 그쪽에서 갖고 있는 케이블방송을 우리가 맡는 것으로 했다."

"네에."

"앞으로 니들도 굵직굵직한 인사들을 만나게 될 것이다. 실수 없도록 해라."

"네, 알겠습니다."

영필이와 정춘은 벌써 종교계의 종주를 만나 방송국을 맡는 일이라면 조직세계와는 다른 인물들을 만나게 되는 것이라는 것을 짐작하고도 남음이 있었다. 차는 곧장 영등포 로타리를 내려와서 역쪽으로 달리고 있었다. 가게 밑에 도착한 뒤에 춘호가 내리고서 차는 곧바로 주차장으로 향했다.

홀로 들어선 춘호는 좌석이 꽉 찬 실내를 둘러보고는 직원들의 인사를 받고선 사무실로 들어갔다.

"이제 오냐?"

배호가 책상에 앉아서 공부를 하고 있다가 들어서는 춘호를 보고는 의자를 당겨서 책상 앞으로 나왔다.

"응, 내일 다시 만나기로 했어. 내일 계약서 쓰기로."

"잘 됐나?"

"응, 떡값으로 오늘 천만 원을 건네줬지. 되게 좋아하더라. 하하."

"그럼 방송국을 주겠다는 거야?"

"그렇지. 사장 자리를 달라고 그랬어."

"잘 됐네. 사람은 어때?"

배호가 궁금해서 물었다.

"종교단체라는 것이 다 그렇지 뭐. 그 사람들도 돈으로 세상을 사는 사람들이니까. 돈 앞에선 누구도 자유로울 수 없지. 거긴 지금 적자에 허덕이고 있어서 내가 필요한 거고."

"하하, 그럼 궁합이 맞았네 뭐. 그럼 그쪽에서도 우리 힘이 필요하겠네 뭐."

"그런 눈치야. 그러니까 내가 말을 꺼내니까 단번에 오케이한 거야."

"술 좀 마셨나?"

"조금. 그 사람은 좀 많이 마셨지. 종교 지도자라는 사람이 술은 좋아하데. 하하."

"그렇지 뭐. 다 돈 때문에 그러는 거 아니겠어. 우리가 고아원에 있을 때에 먹을 것들을 들고 찾아오는 목사들도 다 자기 교회에서 이런 선한 일을 한다는 것을 떠벌리기 위해 찾아오는 것이지. 명예를 찾기 위해서 그런 구석진 곳을 찾아오는 것이지. 진짜 예수님이라면 오른손이 하는 일을 왼손이 모르게 하는 법이잖아. 하하, 사람들은 다 자기 욕심을 채우기 위해서 선행을 가장하는 거지 뭐냐. 하하."

"그걸 우리는 이용하는 거야. 민족교가 정부로부터 케이블방송 허가를 따낸 것도 돈으로 처바른 것 같아."

"그래?"

"그걸 실토하더군. 그래서 적자가 커진 거라고. 민족교에서 돈을 밀어준 거 같아."

"그럼 이제 넌 민족교 케이블방송국 사장이 되네?"

배호가 웃었다.

"그런 셈이지. 정혜 누나한테 전화나 해야겠다."

"그래라."

배호는 다시 의자를 책상 뒤로 밀고 가서 책을 보기 시작했다.

"응, 나야."

춘호는 전화기에다 대고 말했다.

"웬일이야? 무슨 좋은 일 있어?"

정혜의 말이었다.

"응, 오늘 민족교 종주를 만났어. 최고 대빵이지. 같이 식사를 하고 술 마시고 지금 들어왔어. 배호 형은 공부하고 있고."

"그래? 일은 잘 된 거야?"

"후후, 잘 됐으니까 누나한테 전화를 했지. 케이블방송의 사장 자리를 주기로 했어. 십억에 낙찰을 봤어."

"오! 잘 됐구나. 그럼 축하해!"

정혜도 기쁜 듯이 축하의 말을 보냈다.

"그렇게 알어. 앞으로 우리 조직의 방향이 조금 달라질 거야."

"응, 그래. 알았어. 내일 또 전화해."

"응, 알았어."

통화를 하고 난 춘호는 소파에 기댔다. 넥타이를 풀어 탁자 위에 던지고는 천정을 올려다보았다.

"요즘 정혜 누나가 힘들겠어."

배호가 공부를 하다 말고 말을 던졌다.

"왜?"

춘호가 의아하듯 물었다.

"새로 들어오는 애들 받으랴, 공부시키랴 바쁘지. 거기다가 사업까지 맡았으니 안 바쁘겠어?"

배호가 말을 했다.

"……."

춘호는 눈을 감았다. 약간 졸음이 밀려오는 듯했다.

"너, 누나한테 잘해라. 너무 부려먹지 말고."

배호는 마치 어른이 아이들한테 하는 것처럼 천진스럽게 웃으면서 말했다.

"그래, 알아."

춘호는 눈을 감은 채로 고개를 끄덕였다.

"······?"

배호는 춘호가 눈을 감고 있는 것을 보고는 씨익 웃고는 다시 책을 보는 데에 열중했다.

춘호는 잠깐 졸았었다. 깊이 잠들었다고 하더라도 십분 정도만 자고 나면 온몸이 개운했다.

"공부 열심히 하네? 장학금 받으려고 그래?"

춘호가 웃으면서 말하자 배호가 대답했다.

"학점 빵구는 안 나야지. 안 그래도 학교에 잘 가지도 못하는데 학점까지 빵구나면 일 년 더 다녀야 될 걸."

배호는 의자를 돌려 춘호에게로 향해 앉았다. 바깥에서는 홀과 주방을 오가는 발걸음 소리가 들려왔다. 벽시계를 보니 벌써 마감시간이 가까워 온 시간이었다.

"형, 오늘 회식이나 할까? 술 한잔 마시고 싶네."

"그래? 그러지 뭐. 애들한테도 회식 한번 시켜줄 때가 됐어. 좀 이따 나가."

배호는 보던 책들을 옆으로 밀어놓고는 일어섰다. 영업 마감을 점검하기 위해 홀로 나갔다가 잠시 후에 들어왔다.

"마감 됐나?"

춘호가 물으면서 벽시계를 쳐다보았다. 마감시간 오분 전이었다.

"이쪽으로 모일 거야."

그러고선 배호는 책상 위의 보던 책들을 정리하기 시작했다.

곧 이어서 밴드팀들과 천수가 안으로 들어왔다. 천수는 춘호에게 깊이 허리를 숙여 인사를 하고는 배호에게 보고했다.

"오늘 천이백이 올랐습니다. 밴드팀한테 사백팔십만 원 줘도 됩니까?"

배호한테 보고를 했다.

"그래, 수고했어요."

배호의 말이 떨어지자, 천수는 돈가방에서 따로 세어놓은 사백팔십만 원의 뭉치를 꺼내 건넸다.

"오늘 우리 회식이 있는데 같이 가시죠?"

배호의 말에, 강 성식은 인사를 하고는 사무실을 나갔다.

"아이구, 아닙니다. 저희들은 그냥 가겠습니다."

곧 이어서 직원들이 사무실로 모이기 시작했다. 전무인 천수가 다 모인 것을 확인하고는 배호에게 다 모였다고 보고했다.

"좋아, 오늘 매상이 천이백만 원이다. 우리 영등포는 계속 매상이 올라가고 있다. 오늘 회장님께서 어떤 사업에 뛰어들 사람을 만났다. 앞으로 우리는 콜라택뿐만 아니라, 더 큰 조직으로 나아가기 위해서 노력하고 있는 중이다. 오늘같이 이런 결과가 오게 된 것은 다 여러분들의 덕분이라고 생각한다. 오늘 회의를 이것으로 마치기로 한다. 오늘 회장님께서 회식이나 하자고 그러니까 각자 준비해라."

배호는 간단하게 할 말만 하고선 회의를 끝냈다. 위층에서 대기하고 있는 정춘이와 영필이가 내려왔고, 모든 직원들은 밖으로 나갔다. 가끔 한 번씩 회식을 할 때가 전체 식구들이 같이 모여서 식사를 할 수 있는 자리였다. 춘호와 배호는 직원들이 따라주는 술잔을 받기에 바빴다. 30여 명이나 되는 직원들이 식당을 가득 채운 셈이었다.

"회장님. 우리의 번창을 위해서 건배 한번 하죠."

새로 들어온 막내인 혁진이 어려워하면서 말을 꺼냈다. 혁진은 기호, 인준, 존만이와 같이 청주 고아원에서 올라와서 수원에서 교육을 받은 후에 영등포로 옮겨온 애들이었다.

"그래, 좋다! 모두 잔 들어!"

춘호는 기분이 좋았다. 어린 후배들을 그런 제의를 하는 것이 무엇보다 기분이 좋았다.

"자, 건배! 우리들의 행복을 미래를 위하여!"

"위하여!"

건배를 한 그들은 일제히 술잔을 입으로 가져갔다. 대구보육원에서 올라온 주희, 명숙이, 정민, 효진이도 이제 갓 들어온 애들이었다. 청주에서 올라온 애들과 같이 수원에서 교육을 받고서 영등포로 와서 명희와 같이 오피스텔에서 생활하고 있는 여자애들이었다. 명희는 술을 마시고선 인상을 쓰며 고기를 집어먹었다.

"언니. 술 잘 하네요."

주희가 옆에 앉아 있다가 말을 했다.

"그래. 이건 건배니까 억지로 마시는 거야. 소주가 너무 써."

명희는 다시 한번 인상을 찌푸리고는 몸을 떨었다.

"언니. 우리 회장님은 은혜원 출신이시라면서요?"

주희가 다시 넌지시 물었다.

"응? 그래. 나한테는 오빠지. 지금은 회장님이지만."

"아, 그렇구나. 그럼 언니도 은혜원에서 나오셨어요?"

"응."

"우리 사장님은 초록원 출신이라는 거 알지?"

"네, 그건 알아요."

"우리 회장님하고 배호 사장님이 어떻게 만났는지 아니?"

"그건 몰라요."

"후훗. 우리 회장님하고 사장님이 고아원을 도망쳐서 중국집에서 만났단다."

"그래요?"

"응, 우리 회장님은 남대문에서 앵벌이하다가 도망쳤고, 배호 사장님은 초록원에서 도망나와서 중국집에서 배달을 하다가 춘호 회장님이 남대문에서 걸어서 오류동까지 걸어왔다는 거야. 중국집에 취직하려고 기웃거리다가 배호 사장님이 있는 중국집에 들어온 거래. 그래서 두 사람이 만난 거야."

"아……."

"춘호 회장님 손가락 하나 없는 거 봤지?"

"네? 손가락이 없어요?"

"그래. 남대문에서 어렸을 때에 앵벌이하면서 도망치다가 붙잡히면 손가락을 자르거든. 다신 도망치지 못하도록 새끼손가락 한마디를 자르는데, 그때 춘호 회장님이 손가락을 잘렸다는 거야. 나중에 한번 봐."

"네……."

주희는 늠름하게 앉아 있는 춘호를 쳐다보고는 다시 명희에게로 눈길을 주었다.

"그때부터 둘이 붙어 있었다는 거야. 난 고아원에서 오빠라고 부르다가 회장님이 도망치고 나서 나도 고아원을 도망쳤어. 그동안 안 해본 것이 없을 정도야. 파출부부터 시작해서 쪼그만 가내공장에서 미싱틀도 밟아봤고. 입에 풀칠하려고 안 해본 일이 없어."

"……?"

"그러다가 춘호 회장님이 배호 사장이 오토바이로 중국 음식을 배달하다가 사고가 나서 수원교도소에 들어가 있을 때에 지금 회장님을 면회오던 여사장님을 만났데. 오갈 데가 없는 회장님을 그 여사장님이 술집으로 데려온 거야. 지금 수원에 있는 그 가게가 전에는 큰 술집을 하던 자리였어."

"아! 그럼 교도소에 있는 회장님 사모님은 어디 있어요?"

주희는 수원에 있을 때에 춘호가 면회를 갔다가 잠시 가게에 들른 일을 기억하고 있었다. 왕회장님을 면회하고 오는 길이라는 것은 정혜 사장으로부터 들어서 알고 있었던 일이었다.

"그건 몰라. 사고가 나서 죽었다는 말만 들었어. 그건 정혜 사장이 잘 알 텐데 난 몰라."

"네에……. 그럼 정혜 사장님도 고아 출신이세요?"

"아냐. 다 고아원 출신들이지만 정혜 사장만은 고아가 아냐. 시골에 가족들이 있대. 대학을 졸업한 남동생도 있고."

"그래요?"

"응, 정혜 사장님이 아마 그 술집에서 일하면서 남동생에게 학비를 보내주고 그랬던가 봐. 그런데 술집이 문을 닫으면서 춘호 회장님과 공부를 가르쳐주던 정혜 사장님하고 교도소에서 나온 배호 사장님 셋이서 콜라텍을 하기로 한 거야."

"네에. 그랬구나……."

주희는 그러면서 다시 춘호와 배호를 쳐다보면서 고개를 끄덕거렸다.

"난 고아원에서 헤어지고 나서 수원교도소에 아는 사람이 있어서 면회를 갔다가 우연히 춘호 회장님을 만난 거고."

"그러셨어요?"

"그래, 난 처음엔 춘호 오빠인 줄 몰랐어. 누가 나를 툭 치면서 말을 걸길래 자세히 보니 오빠인 거야. 그래서 춘호 회장님을 거기서 만났어. 그때는 춘호 회장님이랑 배호 사장님이랑 정혜 사장님 셋이서 콜라텍을 하고 있었던 거야. 그때 내가 들어간 거고."

"네……."

"신촌의 가게 사장님인 성동이 사장님하고, 미아리 가게 명쾌

사장님, 그리고 강남 신사동에 있는 가게 사장님인 성기 사장님이 다 나하고 같이 고아원에 있던 사람들이야. 춘호 회장님과 다 같이 만난 거지. 그때부터 수원에서 갈라져 나와서 영등포하고 신촌, 강남, 비아리에 가게를 내면서 커진 거야."

"그랬구나……."

명희는 가게의 역사를 들려주면서 선배로써 조언을 해주고 있었다. 그 전에 들어온 여자들에게도 일하는 중에 틈틈이 그런 이야기들을 하곤 했었다. 그들은 점점 어린 날의 고아원에서와 같은 분위기가 되어갔다. 위계질서가 있어서 사장과 회장은 대선배로써 깍듯이 대했지만 그 밑의 전무인 천수나 정춘이, 영필이도 직원들과 허물없는 대화를 나누고 있었다. 직책상 전무이지 춘호 회장의 보디가드일 뿐이었다. 술자리에서는 거의 같은 또래의 직원들같이 떠들면서 고기를 집어먹고 있었다. 회식을 하는 중에 실수를 하거나 오버하는 이들은 없었다. 그들은 술을 마시는 자리에서도 고아원에서와 같이 상하 간의 위계질서가 뚜렷했다.

"자, 이제 일어나지. 피곤한데 일찍 자야지."

춘호의 그 말 한마디에 다들 자리에서 일어났다. 춘호와 배호가 먼저 방에서 나가면 전무인 천수가 뒤따라 나와서 회식비를 계산했다.

그들은 가게에 도착해서 테이블의 의자에 앉았다. 천수가 앞에 서서 말했다.

"오늘 기분 좋게 술을 마셨습니다. 내일부터 또 열심히 일을 할 것이라고 믿으며……."

천수가 노래를 선창하기 시작하자 다들 노래를 따라불렀다.

'나의 살던 고향은 꽃 피는 산골. 봉숭아꽃 살구꽃 아기 진달래. 울긋불긋 꽃동네 차리인 동네……."

그들은 한 목소리로 노래를 부르면서 어느새 눈가가 젖어들고 있었다. 춘호와 배호 역시 마음이 침울했다. 노래를 다 부르고 난 뒤에 천수는 숙연한 목소리로 말했다.

"우리는 하나다! 한 가족이다!"

"우리는 하나다. 한 가족이다!"

복창이 뒤따랐다.

"이제 취침! 각자 방으로!"

천수의 구령이 떨어지자, 앉았던 그들은 우르르 일어나서 각자의 방으로 들어가거나, 바깥의 오피스텔에 기거하는 이들은 가게 밖으로 나갔다.

"수고했어."

"네. 잘 주무십시오."

천수는 춘호와 배호에게 인사를 하고는 방으로 들어갔다. 춘호와 배호는 사무실로 들어갔다. 미리 천수가 이부자리를 깔아놓은 탓에 간이침대 위에 눕기만 하면 되었다. 춘호는 욕실로 들어가 간단하게 샤워를 하고는 나왔다. 배호는 책상에 앉아 공부를 하고 있었다.

"안 자?"

"먼저 자라. 난 좀 있다 잘게."

"그래. 열심히 해서 단번에 졸업해야지. 안 그러면 다른 애들 보기에 창피하니까."

"하하, 그래. 그래서 열심히 하는 거 아니냐."

춘호는 씨익 웃고는 옷을 벗어던지고는 침대 위로 들어갔다. 천정의 하얀 불빛이 눈을 찔렀으므로 얇은 이불을 얼굴까지 끌어 덮었다. 직원들의 코 고는 소리가 나지막이 들려오고 있었다.

민족교 케이블 방송국의 사장이 된 춘호는 송 갑식의 오른팔이랄 수 있었다. 송 갑식으로선 자금난을 겪고 있으면서 내분을 일어나고 있는 중에 춘호라는 거물급 조직세계의 보스를 영입함으로써 두 가지 내홍을 동시에 잠재울 수 있는 방편이 될 수 있었다.

종주인 송 갑식이 그동안 교단의 교비를 사용으로 사용했던 것이 문제가 되어 종주에게 반기를 들려던 종단의 간부들도 춘호가 입성함으로써 어느 정도 내분이 가라앉고 있었다.

"사장. 오늘 점심이나 하지. 내가 살 테니까."

송 갑식은 춘호의 사장실에 들러 긴히 할 말이 있을 때면 그런 식으로 불렀다.

"네, 그러지요."

춘호는 방송을 보고 있다가 일어섰다. 한정식 식당의 안방으로 들어간 그들은 자리를 잡고 앉았다. 물수건으로 얼굴을 닦으면서 송 갑식이 말했다.

"요즘 많이 진정되었소. 역시 사장이 들어오니 틀리는 게 있구먼. 하하."

"감사합니다. 그렇다면 다행이지요."

춘호는 머리를 조아렸다.

"너무 그렇게 환대하지 마시오. 그냥 편하게 지냅시다. 사장은 나를 돕는 거고, 나는 사장을 돕는 위치가 아니겠소. 병주천 태중이 내 편이 아니라서 좀 걸리적거리긴 하지만……."

송 갑식이 슬쩍 운을 떼었다. 음식이 들어오기 전에 미리 핵심적인 용건을 흘려버리는 그였다.

"그래요? 병주라면 총무원장인데 종주님의 오른팔이 아니면 안 되지요."

"하하, 내 말이 그 말이오. 원래 총무원장인 병주는 내 편이라야 하는데 저쪽에서 하도 내 약점을 잡고 물고 늘어지는 바람에 그쪽의 손을 잡아주는 척하면서 병주를 천 태중으로 세운 것이 내 잘못이지 뭐요. 단추를 잘못 끼우면 일이 꼬이기 마련이오. 저쪽에서 사사건건 트집을 잡는 이유도 병주가 모든 걸 처리하니까 다 알게 되는 것이오."

"……."

춘호는 송 갑식이 어떤 말을 꺼내려고 하는지 대충 짐작하고 있었다. 송 갑식은 물컵을 들어 물을 마시고는 다시 물수건으로 열심히 얼굴을 닦아댔다.

"그래서 말인데……. 일단 한 놈씩 내 편으로 끌여들어야겠소. 그래야 모든 게 잠잠해질 수 있는 일이잖소."

"맞습니다. 평정이 돼야 바닷물이 잠잠하게 마련이지요."

"핫하. 내 말을 잘 알아듣는 것 같소."

송 갑식은 기분 좋게 웃었다.

"어떻게 하는 것이 좋겠습니까?"

춘호는 이왕이면 송 갑식의 비위를 맞춰놓는 게 좋겠다고 생각했다.

"병주를 내 편으로 끌여들여야 겠소이다. 갑주 민 찬우도 천천히 하면 되고, 을주 송 영교도 나중에 끌어들여도 되지만, 병주인 그 놈은 일찌감치 내 편이 되어줘야 내가 일을 하기 쉽다는 말이오. 이사들이야……. 네 명 중에서 이 만준이하고 김 태성이하고, 이 호걸이가 내 편이 아니지만 일단은 병주를 끌어들여야 마음이 놓이는 것이오."

"……."

춘호는 묵묵히 송 갑식을 지켜보고 있었다.

"뭐……. 사장이 나서서 처리해줬으면 쉽게 해결될 거 같은데……."

송 갑식이 운을 떼었다.

"그럼 알겠습니다. 혹시 제가 알고 있으면 좋을 병주의 약점이라도 있으면 말씀해 주십시오. 잘 설득해보고 안 되면 제 방법을 쓰겠습니다."

"아, 그래주시겠소?"

송 갑식이 얼굴에 희색을 드러냈다.

"네. 사람을 끌어들일 때는 설득부터 해보고 나서 정 안 되면 최후의 방법을 쓰는 것이지요. 병주의 잘못이 있으면 말씀해주시면……."

"있지요! 그 놈이 전에 병주의 자리를 탐내고서 저지른 비리들이 있지요. 털면 안 나는 게 어디 있습니까?"

송 갑식은 지금의 병주가 병주 자리를 차지하기 위해서 을주인 송 영교와 짜고서 종단 부지인 속초의 해송 숲 20만평을 파는 과정에서 구억을 챙겨서 둘이 나눠가진 것을 이야기했다.

"그걸 내가 알고 있지요. 병주 그 놈은 그 뒷돈으로 돈을 뿌려서 표를 끌어모은 겁니다. 그 앞잡이 노릇을 을주인 송 영교가 했지요. 그 놈한테서 돈 안 먹은 놈은 나하고 갑주 민 찬우 밖에 없지요. 그 나머진 다 돈을 먹고서 그 놈에게 표를 줬지요."

"그럼 병주가 되기 위해서 돈을 뿌렸다는 거지요?"

"그렇지요. 종단의 간부가 되면 재산을 관리하는 직책을 맡기 때문에 기를 쓰고 간부가 되려고 하지요. 간부가 되면 성거 때, 뿌린 돈을 다 긁어내고도 남습니다. 사십억 짜리 땅을 팔면서 구억을 받아 챙겨 먹었다니까요."

"알겠습니다. 그리고 또 있습니까?"

"또 있지요. 그 놈은 원래, 우리 민족교가 결혼하면 안 되는 종교잖습니까? 더구나 간부는 결혼을 못하도록 하지요. 법령에 그렇게 돼 있습니다. 그런데 그 놈은 결혼했으면서도 결혼을 안 한 것처럼 속이고 있습니다. 모르는 사람들은 그걸 모를 겁니까."

"그게 사실입니까?"

"하하, 제가 허튼 말을 하겠습니까? 나는 다 알고 있습니다."

"알겠습니다. 저에게 맡겨 주십시오."

"하하, 고맙소. 일이 잘 되면 내가 신세를 갚지요."

"좋습니다."

춘호가 확신에 찬 대답을 하자 송 갑식이 화답했다.

"자, 건배나 합시다. 우린 끝까지 서로 돕는 관계입니다."

"네."

두 사람은 술잔을 부딪치고는 기분 좋게 입으로 가져갔다. 그 일로 인해 춘호는 송 갑식의 두터운 신임을 얻는 계기가 되었다.

춘호는 을주 천 태중을 사장실로 불렀다. 천 태중은 주먹계의 보스인 춘호가 자신을 불렀다는 것이 찜찜했지만 종주의 오른팔이자 케이블 방송의 사장인 춘호가 부른 것에 대해 거절할 이유가 없었다. 비서실에 들른 천 병주는 영필의 건장함에 지레 겁을 먹고 있었다.

"사장님이 기다리고 계십니다. 들어가시죠."

"네……."

천 병주는 문을 노크하고선 안으로 들어갔다.

"아, 어서 오시오. 앉읍시다."

춘호는 책상에서 일어나 소파로 가서 앉았다. 천 병주가 소파에 앉는 것을 보고는 비서실로 전화를 해서 커피를 갖고 오라고 말했다.

"전 커피보다……."

천 병주가 말을 꺼내자,

"아, 됐습니다. 커피로 통일하지요. 그냥 마시는 겁니다."

춘호가 웃으면서 말했지만 말 속엔 협박하는 의미가 담겨 있었다.

"……."

천 병주는 약간 불쾌했으나 내색하지는 못했다.

"자, 담배나 피우시죠."

이번엔 춘호가 억지로 담배를 권했다.

"됐습니다."

"아, 피워요. 좀 복잡한 이야기할 거니까 담배 피우면서 이야기합시다."

"어떤?……."

천 병주는 담배는 받을 생각도 않고 질문부터 했다.

"허, 담배나 피우면서 이야기하자니까 그러시네."

춘호가 다시 담배를 코 앞에다 내밀자, 천 병주는 마지못해 담배를 받았다. 춘호는 곧 라이터를 켜서 불을 붙이고는 그에게도 불을 붙여주었다. 천 병주는 담배를 못하는지 어색하게 담배를 빨고 있었다.

"담배 못해요?"

"네."

"그럼 한 번 피워봐요. 피워보면 되니까."

"……."

천 병주가 얼떨떨해 있는 동안에 영필이가 들어왔다. 그 뒤를 따라 여비서인 명희가 들어왔다. 명희는 커피잔을 내려놓고서 영필과 같이 나갔다. 영필은 명희가 커피를 갖고 들어오는 데에도 같이 들어왔다가 나감으로써 천 병주에게 무언의 압력을 넣은 셈이었다.

"자, 마십시다."

춘호가 잔을 들어 입으로 가져가면서 천 병주를 힐끔 쳐다보았다. 천 병주도 마지못해 커피잔을 들어서 입으로 가져갔다. 담배를 몇 모금을 빨고서 훅, 불어낸 춘호는 말문을 열었다.

"단도직입적으로 말하지요."

"네."

천 병주가 주눅이 들었는지 고분고분하게 나왔다.

"속초에 있던 연수원 땅 얼마에 팔았습니까?"

"네?"

"그 땅을 얼마에 팔았냐고 묻는 겁니다."

"아, 그건……. 이 방송국을 유치하기 위해……. 사십억에 팔렸습니다. 그건 왜요?"

천 병주가 약간 겁을 집어먹은 얼굴로 춘호를 쳐다보았다.

"사십억이라……. 그만한 땅값이면 복비만 해도 수월찮게 나갔겠구만."

"……?"

"천 병주님이 그 땅을 판 거요?"

"아, 아닙니다. 종단에서 이사들이 결정해서……."

"아, 됐어요. 그런 거야 아는 거고."

춘호는 또 말을 잘라버렸다.

"……?"

"앞으로 저의 말을 들어주셔야 하겠습니다."

"네? 무슨 말씀이신지……."

"앞으로 종주님의 말씀에 일사분란하게 움직여야 산다는 말이지요. 알겠습니까?"

"네에."

"만에 하나라도 앞으로 삐딱한 생각을 갖고 있다고 한다면 민족교의 이름으로 처단한다는 말입니다. 됐나?"

"사장님."

천 병주가 무안을 당했다는 듯이 얼굴이 벌개졌다.

"왜? 뭐가 잘못됐나?"

"너무……."

"너무? 뭐가 너무야? 너무 하다는 뜻인가?"

춘호가 눈에 힘을 주며 묻자 천 병주가 말끝을 감춰버렸다.

"아, 아닙니다. 그냥……."

"앞으로 지켜보겠소. 내가 이 자리에 있는 이상 천 병주님이 협조를 하는가 안 하는가 지켜볼 겁니다. 아시겠소?"

"아, 알겠습니다."

그제야 천 태중은 바싹 꼬리를 내리고 있었다.

"좋소! 이건 내가 드리는 성의요."

춘호는 서랍을 열어 봉투 하나를 꺼내 내밀었다.

"이게 뭡니까?……."

천 병주가 당황한 듯이 춘호를 쳐다보았다.

"이건 피값이라고 생각하시오. 받아 넣으시오."

"……?!"

천 병주는 춘호가 눈을 부릅뜬 채로 바라보고 있었으므로 봉투를 집어들지 않을 수가 없었다. 춘호는 천 병주가 조심스럽게 집어넣는 것을 보고서야 입을 떼었다.

"일단 받은 걸로 하겠소. 그럼 가보시오. 나도 천 병주님의 일을 도울 게 있으면 돕겠소. 앞으로 잘 생각해서 판단하시오."

"알겠습니다. 그럼……."

천 병주는 일어나서 고개를 숙이고는 머뭇거렸다.

"우린 일단 약속하면 칼이라고 믿고 싶소."

"……네."

"무슨 어려운 일이 있으면 나한테 연락하시오. 뭐든지 들어주겠소."

"아, 알겠습니다. 그럼 물러가겠습니다."

천 태중은 춘호에게 깊이 고개를 숙이고는 밖으로 나갔다.

"천 병주님."

이번엔 비서실장인 영필이가 불렀다. 그 소리에 천 태중은 가슴이 덜컹 내려앉았다.

"일 잘 보셨습니까?"

영필의 굵직한 목소리였다. 그 옆엔 비서인 명희가 앉아 있다가 일어나서 인사를 했다.

"네."

"시간 있습니까? 저하고 잠시만 이야기했으면 합니다."

"왜요?"

천 병주는 대번에 얼굴색이 변했다.

"그냥 뭐 부탁드릴 게 있어서요."

그러면서 영필은 자신의 비서실장 방으로 들어갔다. 천 병주는 비서실장인 영필을 따라 비서실장 방으로 들어갔다. 방 안은 으리으리하게 장식되어 있었다. 옛날 무사들이 쓰던 검들이 벽면을 가득 채우고 있었다. 오래된 투구와 창과 칼들로 벽면을 온통 장식하고 있었다.

"뭐, 딴 게 아니고……. 사장님이 잘 말씀드렸을 테니 저는 긴 말하지 않을 겁니다. 저는 약속을 안 지키는 놈은 이 세상에서 사라져야 한다고 생각하는 놈입니다. 약간 무식한 정신을 갖고 있지요."

"······?"

천 병주는 아까와는 다르게 차가워진 영필의 얼굴을 보고선 벽면에 걸린 칼들을 보면서 마음이 얼어붙었다.

"약속을 잘 지키면 그 사람한테 마음이 따라갑디다. 그것만 알면 됩니다. 죄송합니다. 시간을 뺏어서······."

"아, 아닙니다."

천 병주는 자신도 모르게 영필에게 고개를 숙였다.

"앞으로 잘 부탁드립니다."

영필이 먼저 손을 내밀었다. 영필의 손을 잡은 그는 손아귀의 억센 힘에 겁을 먹고 있었다. 천 병주는 바로 코 앞에 서 있는 영필의 차가운 얼굴을 보면서 왠지 가슴이 섬뜩했다.

"난 천 병주님을 믿어 보겠습니다."

"네······."

악수를 푼 천 병주는 고개를 숙여 인사를 하고는 사무실 바깥으로 나왔다.

그 일이 있고 난 후부터 찬 병주의 행동은 몰라보게 달라지고 있었다. 처음엔 춘호의 눈치만 보는 듯했지만, 갑주인 민 찬우와 을주인 송 영교와도 점점 거리를 두고 있었다.

천 병주는 총무원장을 맡고 있으면서 종주인 송 갑식의 수하로 완전히 들어오게 되었고, 그 다음 작업으로는 네 명의 이사들 중에서 종주의 편인 양 만식을 빼놓고 나머지 세 명인 이 만준 이사와 김 태성 이사, 이 호걸 이사를 차례대로 공략해 나갔다.

춘호는 케이블 방송국의 사장으로서 칼과 돈을 동시에 내밀어 그들을 회유했다. 조건이 안 맞을 때엔 가차 없이 칼을 쓰겠다는 뜻을 내비쳤고, 조건이 맞다면 종주의 편으로 기어 들어오라는 식으로 봉투를 내밀었다.

송 갑식이 곧 있을 종단의 종주 투표에서 다시 재임할 수 있도록 이사들 네 명을 모조리 송 갑식의 편으로 끌어들인 것이었다. 그렇게 되면 종주 바로 밑의 위치인 갑주 민 찬우와 을주 송 영교 둘만으로 힘으로는 종주에게 대항할 수 없게 되는 셈이었다.

"종주님. 다음 선거에서 종주의 자리만 확보할 게 아니라, 이사들 중에서 양 만식 이사를 갑주로 추천하고, 병주인 천 태중을 을주로 세우는 것이 좋을 거 같습니다."

춘호의 제안이었다. 그렇게 된다면 종단은 완전히 송 갑식의 수중에 들어오게 되는 셈이었다.

"좋지요! 그렇게 해보겠습니다."

종주인 송 갑식은 이번 일을 처리하는 것을 보며 든든한 우군을 얻은 듯했다.

"선거에서 걸리적대는 사람들 있으면 언제든지 말씀하십시오. 하나씩 없애드릴 것입니다."

"고맙소. 사장이 그렇게 열심히 일해 주시니 내가 든든하게 생각하고 있습니다."

두 사람은 일식집 안방에서 술잔을 기울이며 대화를 나누고 있었다.

"뭐든지 종주님을 돕겠습니다."

"하하, 좋소! 나도 사장이 하는 말이라면 다 듣겠소. 이때까지 하는 걸 지켜보니까 믿음이 갑니다. 하하."

"종주님."

"네."

종주는 연신 웃고 있었다. 기분이 좋은 듯했다.

"이제 방송국이 크려면 여권의 실세를 알아둬야 합니다. 여당의 중진인 황 진모 의원의 부인이 저희 민족교의 교인인 걸로 아는데……."

"네. 맞습니다. 김 송자라고……."

"알겠습니다. 내일 섭외해서 그 부인을 방송에 내보내도록 하지요."

"그럼?……."

"김 송자라는 부인이 주로 어떤 일을 합니까?"

"그 분은 우리 민족교의 대외홍보를 맡고 있습니다. 그동안 일을 잘했습니다. 헌금도 많이 하고요."

"알겠습니다. 방송에 한번 출연하도록 하지요."

"그러면 좋지요."

춘호는 송 갑식과의 술자리에서 얻은 정보로 김 송자를 섭외했다. 비서실의 명희를 시켜 방송에 출연해 달라는 연락을 취하도록 했다. 김 송자는 겸손해 하면서도 방송에 출연한다는 말에 선뜻 승낙을 해왔다. 일주일 뒤에 민족교의 빛난 얼굴들이라는 프로에 김 송자를 첫 번째로 출연토록 했다. 방송국장을 불러 프로에 나갈 대본을 읽어보고선 춘호는 최종 점검을 끝냈다.

명희로부터 김 송자가 도착했다는 인터폰을 받고서 춘호는 아래층으로 내려갔다. 방송국 건물의 로비로 내려간 춘호는 곧 김 송자를 만날 수 있었다.

"어서 오십시오. 이번에 새로 부임한 사장입니다."

춘호는 검은 양복의 안주머니에서 명함을 꺼내 내밀었다.

"네, 말씀 들었어요."

김 송자는 춘호가 준 명함을 보고선 얼굴을 쳐다보았다.

"올라가시죠."

사장인 춘호가 직접 로비에까지 내려와 그녀를 환대하고 있었다. 춘호 옆에는 영필이가 호위하듯이 그들의 뒤를 따라 올라갔다. 사무실로 들어선 춘호는 소파에 앉자마자, 정중하게 말을 꺼냈다.

"일찍 오시느라 수고가 많으셨을 텐데……. 뭘로 하시겠습니까?"

"커피로 하죠."

"네. 그럼 저도……."

춘호는 인터폰을 눌러 명희에게 커피 두 잔을 갖고 오라고 하고선 방송국장을 불렀다. 곧 방송국장이 들어왔다.

"이 분이 김 송자 선생님이시니까 오늘 방송할 내용을 설명해

드리게."

"네, 인사드리겠습니다. 방송국장입니다."

주 국장이 허리를 굽혀 인사를 했다.

"네, 앉으세요. 반가워요."

김 송자는 손을 내밀었다. 두 사람이 악수를 나누고는 곧 촬영에 대한 설명으로 들어갔다. 주 국장이 설명을 마치고 자리에서 일어났다.

"전 그만 내려가 보겠습니다. 가서 준비하고 있겠습니다."

"수고했네."

주 국장이 나가고 나서 춘호는 커피를 마시며 이야기를 나눴다. 김 송자는 젊은 새 사장이 의욕적으로 일을 해나간다는 것을 느낄 수 있었다. 이번 첫 회 방송을 내보내고 나서 계속해서 민족교를 위해서 열성을 보인 신도들을 찾아내 방송으로 내보낸다는 말을 들으면서 사장에 대한 믿음이 갔다.

"앞으로 많은 지도편달바랍니다."

춘호가 그렇게 말했다.

"제가 기분이 좋네요. 사장님께서 새로 오셔서 그런 프로까지 계획하시고. 더 많은 일을 하실 분이라는 생각이 들어요."

"전 부족합니다. 홍보부장직을 맡고 계신 김 교령께서 힘을 보태주셔야 합니다."

춘호는 겸손하게 말했다.

"네, 그러지요. 힘닿는 데까지 돕겠습니다."

"김 의원님께서는 평안하시고요?"

"네, 무척 바쁘세요."

"다음에 기회 있으면 김 의원님께 인사를 드리러 갈까 합니다."

"그러면 좋죠. 그 이는 신앙에 대해선 관심이 없어요. 너무 바쁘게 사는 분이라. 한번 만나서 민족교에 대해서 이야기를 해 주시면 더 좋고요."

"감사합니다. 저희들이 늘 기도하겠습니다."

"정말 감사합니다."

이야기를 나누고 있는 동안에 주 국장으로 연락이 왔는지 명희가 들어와서 방송 준비가 다 됐다는 말을 했다.

"이제 일어나시죠. 방송 들어갈 시간입니다."

춘호는 일어나 김 송자를 안내해서 방송실로 내려갔다.

"잘 찍게."

"네, 염려 마십시오."

"그럼 전 사무실로 돌아가겠습니다. 다 찍으면 제 사무실에 들러 목이나 축이시고 가시지요."

"네."

춘호는 그 말을 하고선 김 송자 방송에 임하는 걸 보고서야 사무실로 올라왔다. 책상 맞은편의 벽면에 있는 대형 모니터에 방송실에서 촬영하는 모습들이 나타나고 있었다. 피디와 스탭들이 움직이는 모습과, 사회자와 김 송자의 대담하는 모습이 보여지고 있었다.

'흠, 저 여자는 명예를 쫓는 사람이군······.'

차분한 듯한 매너와 몸에 배인 듯한 사교적인 말들을 통해 춘호는 김 송자의 송격을 파악할 수 있었다. 춘호는 김 송자의 일거수일투족을 살피고 있었다. 모나지 않게 방송을 진행하는 사회자의 질문에 자연스럽게 자신의 공덕을 설명하는 김 송자였다. 모니터를 보면서 김 송자에게는 격식을 갖춰서 대하는 것이 좋겠다고 생각했다.

방송이 끝나는 것을 보면서 춘호는 스튜디오로 내려갔다. 방송하느라 이마에 땀이 밴 그녀가 땀을 닦고 있는 중에 춘호가 나타난 것이다.

"수고하셨습니다. 주 국장도 수고했소."

춘호가 인사하자 김 송자가 웃었다.

"힘드네요. 긴장이 돼서."

"가십시다. 목도 마르실 텐데. 제가 사무실에서 쭉 지켜봤습니다. 잘 하신 겁니다."

"네, 그럴까요."

두 사람은 다시 사무실로 올라와서 음료수를 마시고 있었다.

"오늘 제가 식사 대접을 하고 싶습니다. 시간이 어떠신지요."

"좋아요. 제가 사죠."

"아닙니다. 오늘은 제가 사겠습니다. 김 교령님은 다음에 사지요."

춘호는 일어나 그녀를 데리고 밖으로 나왔다. 영필이 미리 내려와 차문을 열어놓고 기다리고 있었다. 뒷좌석에 그녀를 먼저 태우고 난 뒤에 춘호가 그 옆으로 탔다.

"흑해로 가지."

춘호의 말에 차는 곧 움직였다. 일식집에 도착한 춘호는 그녀가 내리는 것을 도와주고는 앞장서서 안으로 들어갔다. 춘호는 사장이기보다는 동생 같은 마음으로 깍듯이 그녀를 대했다. 식사를 할 때에도 그녀를 배려하는 마음으로 식사를 권했고, 말을 할 때에도 조심해서 대화를 나눴다.

"사장님은 참 좋으신 분 같네요."

김 송자가 말했다.

"그렇습니까? 제가 볼 때엔 김 교령님께서도 신앙심도 돈독하시고, 열심인 것을 보니 제가 배울 점이 많습니다."

"너무 칭찬하지 마세요. 사람은 너무 칭찬을 받으면 욕심이 넘치기 마련이잖아요."

김 송자가 겸손하게 나왔다.

"그냥 보인 그대로 말씀드리는 것입니다. 솔직하게 말씀드리는 거지요."

"제가 보기엔 매우 솔직하신 거 같아요. 제 남편이 보면 좋아하실 거 같네요."

"감사합니다."

춘호는 여당 중진의원의 부인에게 예의를 다했다. 사람이란 선입견이라는 것이 중요한 것이므로 좋은 인상을 남기려고 애를 썼다. 식사를 끝내고 카운터로 나올 때에 춘호가 먼저 계산을 하려고 했지만 김 송자가 먼저 수표 한 장을 꺼내 주인에게 내밀어버렸다.

"오늘은 제가 사는 걸로 해요. 다음에 사세요."

"이런. 아까 제가 산다고 분명히 말씀드렸는데……."

"아니예요. 기분 좋게 식사를 했으니까 제가 내고 싶은 거예요. 나가요."

그녀는 식사값을 계산하고는 춘호의 뒤를 따라나왔다. 방송국으로 돌아와서 그녀가 차에 오르는 것을 보고서 춘호는 정중하게 인사를 했다.

"다음에 제가 한번 모시지요."

"네. 오늘 잘 먹었어요."

그녀는 춘호에게 좋은 인상을 받은 듯했다.

김 송자를 통해서 춘호는 황 진모라는 여권의 실세를 만날수 있었다. 그녀와 두 번의 식사를 하고 나서 김 송자가 남편인 황 진모를 만나도록 주선해준 것이었다.

처음 식사를 끝내고 나서 헤어질 때쯤 춘호는 이억 원이 든 쇼핑백을 황 진모 의원의 운전기사에게 건네주었다. 황 의원은 모르고 있다가 나중에 운전기사를 통해서 이억 원이란 돈이 들어 있는 쇼핑백을 받았던 것이다.

"뭘 그런 걸 보냈습니까? 난 전혀 모르고 있다가 나중에 알았

습니다."

황 진모는 기분 좋은 말투로 춘호에게 직접 전화를 걸어왔다.

"의원활동을 하시는데 필요하실 것 같아서 준비한 것입니다. 앞으로 의원님의 많은 지도를 부탁드리겠습니다."

"하하, 좋소. 역시 사람이 좋다는 걸 느꼈소."

"고맙습니다."

그 일로 통해서 춘호는 황 진모 의원을 만날 때는 김포에 있는 C.C클럽에서 골프를 치는 가까운 사이가 되었다. 춘호는 황 진모 의원을 만날 때에는 김 송자에게 미리 전화를 해서 황 의원의 스케줄을 대충 알아내고서는 바쁘지 않은 날을 골라 약속시간을 잡곤 했다. 김포 C.C에 도착하면 입구 쪽에 차를 세워놓고 기다렸다가 약속시간에 맞춰 나타나는 황 진모 의원의 차가 입구로 들어서면 춘호는 차에서 내려 황 의원을 맞았다. 영필이 또한 춘호 뒤에서 든든한 경호원처럼 버티고 서 있었다.

"하하, 많이 기다렸소? 안에 들어가서 기다리시지 그래요."

"아닙니다. 전 의원을 존경하기 때문에 여기서 기다리는 것이 마음 편합니다. 올라가시죠."

춘호는 황 의원이 차로 들어가서 출발하는 것을 보고서야 자신의 차로 뒤를 따라갔다. 골프장으로 들어간 그들은 커피 한잔을 마시고는 필드로 나가 한 나절을 같이 보내면서 친목을 도모하곤 했다.

"의원님. 잘 치십니다. 저는 체육대학을 나왔지만 운동신경이 많이 둔해진 거 같습니다."

"하하, 사장도 잘 치시는데 뭘 그래요. 실력이 보통이 아닙니다."

"웬걸요. 전 운동이라면 다 잘할 수 있는데, 공 맞히기는 그리 쉽지 않습니다."

"하하, 다 사람마다 재능이 틀려서 그럴 겁니다. 운동신경이 발달한 사람은 금방 실력이 늘지요."

두 사람은 친숙해져 있었다. 필드를 돌고 나서 출출해지면 골프장에서 나와서 강화도로 들어가서 회를 먹곤 했다. 바닷가의 이층 횟집에 앉아 춘호는 황 진모 의원을 경호하듯이 모시고 있었다. 춘호가 그렇게 융숭한 대접을 하는 데에는 황 의원의 힘이 필요해서였다. 황 의원이 먼저 춘호에게 힘을 실어주려고 할 때까지 춘호는 기다리고 있는 중이었다.

"그래, 방송국 사업은 잘 됩니까?"

"저야 기술적인 분야보다는 경영 쪽이니까 방송국을 살리는 데에만 신경을 쓰고 있습니다만……."

"뭐, 어려운 점이 있으면 말씀하시오. 내가 힘닿는 데까지 도와드리리다. 집사람이 좋은 사람이라고 많이들 칭찬을 합디다. 허허."

"과찬의 말씀입니다. 사모님께서 저를 동생처럼 잘 보신 모양입니다."

"하하, 맞는 말이오. 집사람은 사람을 볼 줄 아는 여자요. 그래서 내가 집사람의 말은 좀 듣는 편이지요. 집사람 말을 들어보면 다 일리가 있는 말이라서 그래요."

"네. 사모님께서 그러신 것 같습니다. 겸손하시고 교양 있으신 분인 것 같습니다."

"그거야 내가 사람을 워낙에 많이 상대를 하다 보니까 집사람이 사람을 보는 눈을 가지게 된 거지요. 그 사람 눈은 정확합니다."

"네. 그러신 것 같습니다. 훌륭하신 의원님을 내조하시니까 그런 능력을 갖게 되신 것이겠지요."

"정치를 하다 보면 별별 사람들을 다 만나게 되지요. 난 아직까지 종교에 대해선 별로 관심이 없었어요. 그런데 집사람이 하도 좋은 사람이라고 만나보라길래 만나봤는데, 내가 보기에도 사장은 사람이 좋은 것 같소. 허허."

"너무 칭찬을 해주시니 감사할 따름입니다. 앞으로 의원님을 많이 보좌하겠습니다."

춘호는 허리를 굽혀 예의를 다했다.

"고맙소. 뭐 어려운 일 있으면 말하시오. 내가 이런 자리에 있을 때에 도움이 될 수 있다면 도와주겠소."

"뭐, 아직은 없습니다. 의원님의 말씀만 들어도 힘이 납니다."

춘호는 겸손하게 더욱 예의를 차려서 말했다.

"다른 사람들은 식사 몇 번 하고 나면 어려운 일이라고 부탁을 해오는데, 사장은 어려운 일이 없다고 하니 이상합니다. 하하."

"의원님의 도움이 필요하면 언제든지 말씀드리지요. 그런데 아직은 뭐 별로 어려운 일이 없는 것 같습니다. 나중에 도움이 필요하면 말씀드리겠습니다."

춘호는 머리를 조아렸다.

"하하, 그러시오. 나도 동생처럼 생각하겠소."

"고맙습니다."

대답을 할 때마다 춘호는 허리를 굽혀 예의를 표했다. 골프를 치고 나면 황 의원의 차가 앞장을 서고 춘호의 차는 그 뒤를 따라 강화도로 들어가서 식사를 하고 나오곤 했다. 물론 식사는 춘호가 부담하는 것이었다. 그리고서 춘호는 늘 봉투를 준비해 뒀다가 황 진모 의원의 호주머니에다 찔러넣어주곤 했다.

"핫하, 뭐 이런 거까지 신경을 쓰나. 그냥 골프나 치는 거지."

황 진모의 사양이 형식적인 제스츄어에 불과했지만 춘호는 매번 골프 회동을 할 때마다 그런 식의 인사치레를 잊지 않았다.

황 진모를 통해 국회의사당에도 자주 찾아갔으며, 그곳을 방문할 적에는 값비싼 양주를 선물로 들고 가서 그냥 지나다가 들렀던 것처럼 인사를 하고는 했다. 물론 의사당을 찾아갈 때는 미리 자신이 누구란 것을 비서진에게 밝히고는 황 진모가 자리에 있다는 것을 알고서 방문을 했던 것이다. 자연스레 친해진 춘호는 골프회동에서나 국회의사당에서 여러 국회의원들을 만날 수 있었고, 여권의 실세들을 만날 때마다 춘호는 최대한의 예의를 갖추어서 인사를 했다.

"이 친구 말이야. 아주 쓸만한 인물이야. 내 든든한 후원자이기도 하고 말이야."

황 진모는 다른 국회의원들에게 춘호를 소개할 적에 아주 절친한 후원자인 것처럼 소개를 하곤 했다. 춘호는 민족교의 케이블 방송사의 사장이라는 직함의 명함을 내밀었고, 서울 시내 곳곳에 있는 황제콜라텍의 회장이라는 명함을 같이 내밀었다. 차츰 골프장에서 춘호의 존재가 알려지기 시작하면서 캐디들 사이에서도 돈을 많이 쓰는 사람으로 알려지게 되었다.

춘호는 캐디들에게 절대로 인색하지 않았다. 국회의원들도 캐디들에겐 인색한 면을 보이곤 했지만, 춘호는 캐디들에게 막말을 하지 않았고, 캐디가 수고를 하면 그 자리에서 십만 원권 수표 한 장을 꺼내 팁으로 주곤 했다. 또한 황 진모나 다른 의원의 캐디들에게도 두둑한 팁을 주어 캐디들이 국회의원을 잘 모시도록 하는 지혜까지 발휘하곤 했다.

시내 곳곳에 퍼져 있는 황제콜라텍은 하루하루에 들어오는 매상액이 10억을 넘어서고 있었다. 콜라텍이 임대비를 내던 건물을 하나씩 사들이면서 춘호는 서울 시내에만도 30여곳의 콜라텍을 갖고 있었다. 임대비를 내던 콜라텍이 자신의 건물로 바뀌면서 한 달에 지출되던 월세가 없어지면서 고스란히 한 달 매상으로 잡혀지게 되었다.

배호를 영등포에서 빼내 수원과 서울의 매장을 관리하게 하고서, 부사장으로 정혜를 앉히면서 수원의 콜라텍은 성숙이가 사장을 맡았고, 영등포의 콜라텍에는 진란이가 사장을 맡아서 관리를 하도록 했다.

배호와 정혜는 영등포 콜라텍 옆의 건물을 사 건물 전체를 새로 수리해서 말끔하게 단장을 해놓고 일층은 배호의 사장실로 쓰게 하고, 이층은 정혜 부사장의 사무실이었고, 3, 4, 5, 6층은 오피스텔 허가를 받아 직원들이 기거할 수 있는 원룸으로 꾸며 놓았다. 각 층마다 50개의 원룸이 있었고, 한 원룸마다 두 명씩 직원들을 기거토록 했다.

서울 시내에 있는 각 콜라텍마다 방을 없애버리고 가게를 확장하고 오피스텔에서 기거하면서 출퇴근하도록 만들어놓았던 것이다.

일층에 있는 배호의 150평 사무실에는 춘호와 배호가 잠잘 수 있는 방과 배호의 사장실이 있었다. 그리고 100여 평의 넓은 홀에는 강당을 만들어서 직원들을 교육하는 장소로 만들었고, 2층의 정혜의 사무실과 방을 제외하고 남은 100여 평의 홀에는 직원들이 운동할 수 있는 체육관을 만들어서 각종 운동기구들과 칼들이 벽면에 잔뜩 걸려 있었다.

새벽 여섯 시에 기상함과 동시에 직원들은 일제히 이층 체육관에 모여 아침 점호를 마침과 동시에 최신식의 갖가지 운동기구로 체력연마를 했으며, 오전 아홉 시가 되면 간단한 간식식사를 하고 나서 다시 일층에 있는 강당으로 모여 검정고시 공부에 들어갔다. 체육대학을 다니고 있는 직원들은 후배들을 가르치는 일을 맡았고, 일단 검정고시를 통과하면 춘호 회장의 특별한 승낙이 떨어지지 않는 한, 체육대학 이외의 다른 학과엔 진학하지 못하도록 했다.

그동안에 성기를 비롯한 초창기 멤버들이 죄다 체육대학을 졸업을 했고, 그 밑에 들어온 직원들도 벌써 체대 3, 4학년을 다니고 있거나, 이미 졸업한 이들도 있었다. 3, 4, 5, 6층에는 총 200개의 원룸이 있었으며, 한 원룸에 두 명씩 해서 400여 명의 직원들이 기거하고 있었다. 400명이나 되는 전 직원들이 새벽에 일어나서 체육관에 모여서 운동을 할 때에는 춘호가 보기에도 장관이 아닐 수 없었다. 남자나 여자나 똑같이 태권도를 하거나, 검도를 하면서 남자들은 위통을 벗어젖힌 채로 알몸의 상태로 운동을 했고, 여자들은 티셔츠를 입고서 땀을 흘리고 있는 모습을 보고 있노라면 가슴이 뿌듯할 정도였다.

그들은 이미 도심 속의 소왕국을 건설하고 있었다. 춘호의 야심은 저 많은 식구들을 데리고서 더 큰 인생의 바다로 항해를 해나가는 것이 그의 꿈이었다. 그것은 바로 한국의 정치계와 경제계를 휘어잡는 일이었다.

돈의 황제

황 진모를 통해서 춘호는 점점 정치계로 발을 넓혀 나갔다. 국회 통상산업 위원장인 주 용만과 친해질 수 있었고, 황 진모 의원의 소개로 골프클럽에서 만난 국정원 대외1국장인 박 종기와도 친분을 만들 수 있었다. 그리고 청와대 비서실장인 금 영도를 소개받아 여러 차례 만날 때마다 정치후원금조로 청와대 쪽으로 돈을 밀어 넣었다. 그리고 비서실장인 금 영도를 통해서 다시 문화관광부 장관인 김 만호를 소개받기도 했다.

줄줄이 알사탕이라는 말과도 같이 실력자를 만나게 되면 그 주변에 있는 실력자들과 다 친해질 수 있었다. 여권의 노른자위라는 국회 내의 건설위원회 위원장인 황 진모의 권세는 대단했다. 여권에 돈줄을 대어주는 황금자리여서 춘호가 선을 댄 황 진모 의원은 골프회동이 있을 때마다 춘호를 불러내서 자연스럽게 인사를 시키곤 했다. 말하자면 춘호는 황 진모 의원의 든든한 후원자겸 경호원 보스라고 말할 수 있었다.

춘호는 황 진모 의원과 함께 나들이를 할 때에는 자신의 차가 앞장을 섰고, 그 뒤에 따라오는 황 의원을 호위하는 일을 맡기도 했다. 간혹 길을 달리다가 교통순경이 앞을 가로막고서 검문이라도 있게 되면 황 진모 의원이 탄 차가 검문을 받지 않도록 앞에서 미리 여권의 실세라는 것을 내세워서 무사통과할 수 있도록 해놓음으로써 춘호는 황 진모 의원에게서 든든한 신임을 받고 있었다.

"어이, 동생. 이리 와 앉아."

"네."

춘호는 황 진모 의원의 옆으로 가서 앉았다. 다들 여권의 중진들인 의원들이거나, 국정원 국장급들과 검찰 부장검사급들이 앉아 있는 자리에서 황 진모 의원이 자리를 내어준 것은 춘호를 배려한 말이었다.

골프를 치고 나서 강화도로 들어간 그들은 장어집에서 식사를 하기 위해 들른 것이었다. 황 진모 의원이 골프를 치러 나올 때는 으레 춘호를 대동했기 때문에 그 자리에 있는 사람들은 자연히 춘호를 알고 있었다. 콜라텍을 수십 개나 갖고 있는 재력가, 조직세계의 보스, 민족교에 속해 있는 민족방송국 사장, 그런 위치만 갖고서도 춘호의 존재란 상당한 위치라고 할 수 있었다.

춘호는 항상 첫 번째 술잔은 자신이 무릎을 꿇고서 따라주는 겸손을 내보였다. 그걸 본 황 의원은 춘호를 믿음직한 충신으로 생각하고 있었다. 식사 자리가 끝날 때쯤이면 춘호가 먼저 모든 경비를 부담하는 것으로 계산을 해버렸으므로 황 의원에게는 고마운 일이 아닐 수 없었다.

춘호는 황 진모 의원의 그림자나 마찬가지였다. 춘호의 듬직한 체구와 건장한 용모에다 체육대학을 졸업한 재력까지 갖춘 자질을 보며 높은 지위에 있는 사람들도 춘호를 든든한 후원자로 생각하고 있었다. 더구나 춘호는 민족교라는 단체의 방송국 사장이라는 위치가 더욱 빛을 발했다.

"하하, 춘호 동생. 국정원 1국장한테 잘 보이게. 서로 돕고 할 일들이 있으니까."

"네, 알겠습니다. 잘 부탁드립니다."

춘호는 국정원 1국장에게 깊숙이 머리를 숙여보였다.

"아, 뭘 그렇게까지나……. 그냥 사이좋게 지내는 거지요. 형처럼 대하면 되는데 그러시오."

나이가 많은 박 국장이 겸손하게 말했다.

"아닙니다. 저는 모자라는 것이 많아서 여러 가지로 도움을 받아야 할 형편입니다. 많은 지도편달을 바라겠습니다."

춘호는 황 진모 의원이 소개를 하면 늘 그런 식으로 겸손하게 인사를 했다. 춘호의 그런 태도가 그들에게는 편안해서인지 모임에서 춘호는 윤활유 같은 역할을 했다.

"뭐 필요한 것이 있으면 말하시오. 내가 힘은 없지만 도울 일이 있으면 서로 돕겠소."

1국장의 입에서 그런 말이 나올 정도였다. 대개 관직에 있는 사람들은 쉽사리 그런 말을 내어뱉지 않지만 황 진모 의원이 신임하는 사람인 춘호에게는 쉽게 그런 말이 나왔다.

"아닙니다. 저야 이때까지 제 힘으로 살아왔으니까, 남한테 신세지는 거 싫어하는 편입니다."

"하하, 그렇게 보이요. 난 그런 사람이 좋드라. 그런 사람한테는 도움을 주고 싶어하는 게 내 취미지요."

1국장은 춘호를 마음에 들어 하는 눈치였다.

"그래. 내 아우니까 자네한테도 아우인 셈일세. 자네도 이젠 국장한테 형님이라고 그래."

황 진모 의원이 둘 사이를 더욱 친근하게 만들려고 그랬다.

"아닙니다. 그냥 이때까지 부르던 대로 부르겠습니다. 그게 더 편합니다. 오늘 술 한잔 하시죠? 오늘은 이 동생이 사겠습니다."

"하하, 동생이 사겠다니 갑시다. 의원님."

"좋지!"

그들이 간 곳은 신사동에 있는 고급 룸이었다. 성기가 사장으로 있는 콜라텍에서 그리 멀지 않은 곳의 고급 룸으로 간 춘호는 국정원 1국장과 황 진모 의원이 마음에 들도록 멋지게 술자리를 베풀었다. 최고급 여대생 호스티스 둘을 들여보내라고 해서 그들 옆에 앉혔다.

"니들 오늘 기분 좋게 술 마셔라. 다른 건 걱정 말고."

"네에."

호스티스들은 미리 술좌석에 들어오기 전에 강남의 보스라고 할 수 있는 성기로부터 오늘 귀한 손님들이 간다는 연락을 받았던 터라 미리 준비하고서 룸으로 들어왔던 것이다.

"동생은 이쁜 애 하나 옆에 안 놔두고 술 마시나?"

"전 필요 없습니다. 옆에 있으면 신경이 쓰여서요."

"하하, 우리만 옆에 이쁜 애들 놔두고 마시면 술이 넘어가나. 하나 불러."

황 진모 의원이 그렇게 말했지만 춘호는 사양했다. 그는 어디를 가더라도 술자리에서 호스티스를 끼고서 술을 마셔본 적은 없었다.

"하하, 역시 동생은 보스 기질이군. 진짜 보스는 여자를 좋아하는데 말이야."

황 진모 의원이 그렇게 말하자 옆에 있던 박 국장도 미안한지 그런 말을 했다.

"그러게 말입니다. 김두한도 따르는 여자가 있었다는 말이 있지 않습니까? 보스라도 여자가 따르는 건 그만큼 인기가 있다는 말인데……."

"죄송합니다. 전 워낙에 여자를 좋아하지 않습니다. 이건 사실입니다. 그러니까 그냥 술이나 드시지요."

춘호는 진심으로 말했다.

"그래, 동생 성격을 내가 알지. 좋아, 됐어."

황 진모 의원과 박 국장이 술잔을 들이키는 것을 보고서 춘호
도 술잔을 들어 입으로 가져갔다. 그들 옆엔 젊은 여대생들이
술시중을 들었지만 춘호는 그런 시중까지도 마다했다. 손수 잔
에 술을 따라 마시고는 간간이 황 의원과 박 국장에게도 술잔을
권했다.

　어느 정도 술기운이 돌기 시작하자, 여대생들과 황 의원은 룸
안에 있는 무대로 나가 노래를 부르기 시작했다. 그 다음 차례
로 박 국장과 여대생이 노래를 불렀고, 춘호는 그들의 간청에
못 이겨 혼자서 마이크를 잡고 노래를 불렀다.

엄마야 누나야 강변 살자
뜰에는 반짝이는 금모래빛,
뒷문밖에는 갈잎의 노래
엄마야 누나야 강변 사알자.

　그 노래를 부르고 나서 정중하게 인사를 하고는 자리로 돌아
오자 황 진모 의원이 다소 놀란 듯이 춘호에게 말을 걸어왔다.

　"이야, 보스가 이런 노래를 부르는 건 처음 들어보네. 동생,
그 노래밖에 몰라?"

　"……."

　춘호는 그저 웃기만 했다. 여대생이 따라놓은 술잔을 들어 단
숨에 비워버리고는 황 의원에게 잔을 권했다.

"다른 노래도 알지요. 그런데 술 마시면 이 노래만 부르고 싶 거든요."

"하하, 이상함 버릇이군. 참 좋은 노래야. 우리가 어렸을 때에 자주 부르던 노래지. 박 국장, 그 노래 들으니까 우리 동생이 얼마나 순수한지 알겠나?"

"그럼요. 난 또 보스가 부르는 노래는 다른 게 뭐 있나 하고 들어봤지요. 예상 밖입니다. 하하."

"어이, 동생. 다른 노래 한 번 더 불러보지 그래."

"없습니다."

춘호가 사양을 하자 박 국장이 자리에서 일어났다.

"그럼 내가 한 곡 부르지요."

박 국장의 파트너인 여대생이 같이 마이크를 잡고 무대로 나 갔다. 두 사람은 어울리는 한 쌍처럼 멋들어지게 노래를 불렀 다. 노래가 끝나고 나자 춘호는 커다란 손으로 박수를 보냈다. 춘호는 주머니에서 수표 한 장을 꺼내 박 국장 옆에서 노래를 불러준 여대생에게 건넸다.

"고맙습니다."

여대생은 춘호에게 인사를 하고는 자리로 가서 앉았다. 만날 때마다 춘호는 그들에게 최선을 예의를 표시했다. 옆에 있는 아 가씨들에게도 소홀하게 하지 않았다. 기분 좋게 술을 마시고 나 면 춘호는 다시 포장마차로 술자리를 옮겼다.

"이런 데서 술을 마셔보는 것도 좋지 않습니까? 어떻습니까?"

"하하, 동생이 이런 데를 좋아하는구만. 좋아!"

황 진모 의원은 춘호가 가자는 대로 포장마차로 와서도 기분이 좋았다.

"나도 좋습니다. 고급 술집에서 술을 마시고 나와서 이런 데에 한번 와보는 것도 좋지요."

박 국장도 좋아하는 듯했다.

"여기, 낙지하고 장어구이 좀 주지요. 소주하고."

"네에."

춘호가 주문한 안주는 포장마차에서는 최고급이었다. 서민들이 자주 찾는 그런 곳에서의 분위기란 색다른 맛을 느끼게 해주었다. 춘호는 일부러 그런 곳으로 안내했던 것이다. 소탈하게 술을 마시면서 더 친근하게 가까워질 수 있는 그런 곳이었다.

"야, 동생. 앞으로 말이야. 여기 박 국장한테 부탁할 거 있으면 마음대로 하라고. 말하기 곤란하면 이 형님한테 말해. 내가 동생 말이야 못 들어주겠어? 안 그래?"

황 진모 의원은 춘호더러 하는 말인지 박 국장더러 하는 말인지 분간이 가진 않았다. 어떻게 보면 박 국장더러 들으라고 하는 말인 듯도 했다.

"네, 감사합니다. 저야 늘 형님처럼 모시고 싶습니다. 제가 뭐 피붙이가 있습니까? 홀홀 단신으로 살아온 놈인데 뭐가 무섭겠습니까? 형님이 원하는 일이라면 뭐든지 하겠습니다."

춘호는 고개를 깊이 숙이면서 대답했다. 떡 벌어진 춘호의 어깨가 더 넓어져 보였다.

"하하, 그래. 이쯤 돼야 살맛이 나는 거지. 박 국장한테도 그런 말 좀 해봐. 이 동생은 의리 빼면 시체니까."

"의원님도. 차차 친해지면 그런 사이가 될 수 있지요. 저도 친동생처럼 생각하겠습니다."

"그래? 맞아! 우리 술이나 한잔 건배하자고!"

황 의원의 말에 춘호는 술병을 집어 잔을 채워주었다. 황 의원이 먼저 잔을 들었다.

"건배! 우리의 영원한 의리를 위하여!"

"위하여!"

춘호는 황 의원의 잔 밑에다가 술잔을 부딪치고는 다시 박 국장의 술잔 밑부분에 잔을 부딪치고는 입으로 가져갔다. 이제 웬만큼 술기운이 오른 그들은 어깨동무를 하고서 술을 들이키곤 했다. 황 의원이 먼저 술이 취한 듯했다.

"형님, 이제 술이 됐습니까?"

춘호가 묻자 황 의원이 고래고래 소리를 지르면서 박 국장에게 협조를 구하는 말을 했다.

"어? 아냐아냐. 더 마셔야 돼. 오늘은 동생이 나를 책임지는 날이야. 어이, 박 국장 안 그래?"

"좋습니다! 저도 끝까지 가죠."

"하하, 좋아! 역시 우리는 의리의 사나이들이야."

다시 술잔이 이어졌다. 춘호는 황 의원이 술이 너무 취한 것 같아서 슬그머니 박 국장에게 눈짓을 보내고선 술값을 계산했다. 그리곤 포장마차 아주머니에게 말해 콜택시를 불렀다. 춘호의 권유에 가까스로 일어난 황 의원은 춘호의 어깨 부축을 받으며 그곳을 나왔다. 춘호는 황 의원을 콜택시에 태워 정중하게 인사를 하고는 운전기사에게 십만 원권 수표 한 장을 주었다.

"잘 모셔라."

"네, 알겠습니다. 염려 마십시오."

춘호는 힐끗 택시 넘버를 보고선 택시가 출발하는 것을 보고서 박 국장에게로 돌아섰다.

"형님께선 제가 직접 모시겠습니다."

춘호는 다른 콜택시에 박 국장을 태우고는 그 옆자리에 올랐다. 택시가 움직이기 시작했다.

"동생, 오늘 고맙네."

박 국장의 말이었다.

"아닙니다. 형님을 모신 제가 영광입니다. 앞으로도 종종 저를 불러 주십시오."

"그래. 앞으로 나를 형님이라고 부르게."

"알겠습니다."

춘호는 박 국장에게 깍듯하게 고개를 숙이고는 반듯이 앉았다.

박 국장의 집은 삼청동이었다. 택시에서 내리는 박 국장을 따라 내린 춘호는 박 국장에게 무언가를 건넸다. 박 국장이 얼떨결에 흰 봉투를 받고선 춘호를 쳐다보았다.

"형님, 공직에 있으려면 필요할 때가 있을 거 같아서 준비했습니다. 그냥 넣으십시오."

춘호가 공손하게 말하자, 그제야 박 국장은 입가에 웃음을 띠었다.

"그래, 고맙네. 여기까지 따라와주고. 이건 고맙게 받겠네."

"네, 형님. 앞으로 잘 모시겠습니다."

춘호는 다시 허리를 깊이 숙였다.

"그래, 잘 가게."

"네, 형님."

춘호는 다시 허리를 숙여 인사를 하고는 박 국장이 초인종을 누르는 것을 보고는 택시에 올라탔다. 영등포 숙소로 돌아온 춘호는 배호가 아직 자지 않고 기다리고 있는 것을 보고는 놀랐다.

"형, 자지 그랬어?"

"연락도 없고 해서. 그냥 책이나 보다가 벌써 이렇게 시간이 됐네."

배호는 보던 책을 덮고는 벽시계를 쳐다보았다. 새벽 두 시 반을 가리키고 있었다. 춘호는 양복을 벗어 옷걸이에 휙 던져서 걸치고는 소파로 가서 앉았다.

"애들은 다 자나?"

"응, 시간이 몇 신데. 오늘 술 마셨구나?"

"으응, 오늘 황 의원하고 박 국장을 만났어. 기분 좋게 술을 마셨지."

춘호는 소파 뒤로 두 팔을 뻗어 걸치고는 탁자 위로 구둣발을 올려놓았다.

"잘 됐어?"

"응, 형님 동생하기로 했어. 황 의원이 힘 많이 써줬지. 박 국장한테 하나 건네주고 왔어."

"하나?"

배호는 하나라는 말이 얼마인지 알아차리는 듯했다.

"응, 앞으로 잘 될 거다."

"후후, 그래. 넌 타고난 놈이야."

"하하, 형도 그렇게 생각해?"

"그래, 이젠 정치계를 꽉 잡은 거 아니냐. 국정원 1국장까지 잡아 쥐었다면 된 거지 뭐."

"하하, 그래. 이번에는 검찰만 손에 넣으면 돼. 그건 쉬울 거니까."

"그래. 그것만 남았네 뭐. 이제 자야지?"

"형은?"

"나도 자야지. 아침에 일찍 일어나려면 자야잖아."

"오늘 기분 좋은데 둘이 술 한잔 할까?"

춘호는 구둣발을 내려놓으며 소파에서 일어났다.

"됐어. 내가 갖고 올게. 얼마나 마실 거냐?"

"양주 두 병."

"마실 수 있겠냐? 많이 마셨잖아?"

"마시지. 형은?"

"좋아!"

배호가 진열장에서 양주 두 병을 꺼내려고 일어났다.

"누나는?"

"자."

"누나도 깨워. 같이 마시지."

"놔둬. 누나도 요즘 바빠. 그냥 둘이 마셔."

배호의 말에 춘호는 더 이상 고집을 부리지 않았다. 배호가 꺼내온 술로 두 사람은 술잔을 기울이기 시작했다. 춘호는 양주를 물마시듯 마셔댔다.

"너, 기분 좋아서 그러냐?"

배호가 술잔을 털어 넣으며 안주를 집었다.

"그래, 형. 우리는 이제 탑을 쌓는 거잖아. 그 탑은 무너지지 않는 탑이야. 형은 알지?"

"그래, 우리들이 쌓는 탑이지. 주먹 하나로 일군 탑이라는 거 왜 몰라."

"그럼 됐어. 형도 우리가 중국집에서 배달을 하면서 새우잠을 자던 거 기억나?"

"그럼!"

춘호는 어느 정도 술기운이 오른 듯했다. 눈가가 축축하게 붉어져 있었다. 춘호는 독한 술을 마시면 마실수록 얼굴이 하얗게 변해갔고, 눈가만 약간 젖어들었을 뿐이었다.

"우리는 해내는 거야. 누가 뭐래도 우리는 해내. 이제 검찰 쪽만 남았어. 그 다음엔 경제 쪽으로 가는 거고."

"그래……."

배호는 어느 정도 술이 오른 춘호의 말에 귀를 기울이며 조용히 술잔을 입으로 가져가서 마셨다.

"형, 푸쉬킨의 말이 생각나? 고아원 복도에 걸려 있던 거."

"알지. '삶이 그대들 속일지라도 절대 슬퍼하거나 노하지 말라'는 거……."

"그래그래. 그 문구는 어느 고아원이나 다 걸려 있었을 거야. 난 그걸 보면서 웃기는 소리라고 생각했지. 당장 먹을 것이 없고, 추운 겨울날에 벌벌 떨며 자야 했던 놈한테 그런 소리가 무슨 개 같은 소리냐고 웃었잖아. 형은 안 그랬어?"

"……."

춘호는 말이 없었다. 어느 고아원이나 복도엔 그런 유명한 학자의 글귀가 액자에 넣어져 걸려 있었던 것이었다.

"난 이렇게 생각했어. 인생은 자기가 개척해 나가는 것이다라는 말이 더 멋졌어. 그건 누가 한 말인지 몰라. 형은 알어?"

"몰라."

"형은 어떤 말이 더 좋아? 앞에 꺼? 뒤에 꺼?"

"나도 뒤에 말이 좋아. '인생은 자기가 개척해 나가는 것이다'라는 말."

"하하, 형은 역시 나를 이해하는 놈이야. 좋아! 술 받어!"

춘호는 두 손으로 술병을 잡고서 배호의 잔에 술을 따랐다. 그리고는 자신의 술잔으로 배호의 잔에 부딪치고는 단숨에 비워버렸다. 양주 두 병을 비운 춘호는 약간 술이 취하기는 했지만 몸은 건장했다. 웃통을 벗어던진 춘호의 몸은 잘 단련되어진 무사와도 같았다. 온몸의 근육이 날선 칼처럼 단단해 보였다.

춘호는 배호가 떠다준 냉수를 한 그릇 다 비우고는 소파에서 일어났다.

"여기서 잘래?"

배호가 물었다.

"그럴까? 모처럼만에 형하고 같이 자고 싶네. 그럼 그러지 뭐."

일어섰던 춘호는 다시 소파에 길게 누웠다. 배호는 캐비닛에서 담요를 꺼내 한 장은 춘호의 몸에 덮어주고는 한 장은 맞은편 소파로 가서 덮고서 누웠다.

"형."

"응?"

"우린 제국을 만드는 거야. 제국을."

"그래……."

"한국에서는 우리를 따라올 수 없는 영원한 제국을 만들어놓는 거라고."

"그래."

어둠 속에서 배호는 고개를 끄덕이고 있었다.

"형은 알지?"

"……."

"우리가 고아라는 거."

"……."

"그건 절대로 잊으면 안돼. 우리 밑에 있는 애들 몇 명인지 알어?"

춘호는 술주정을 하는 것 같았지만 정신은 말짱했다.

"알지, 다 해서 육백 명 아니냐."

"아녜, 훗, 그 인원이면 군대도 만들 수 있어. 특수 군대라도 만들 수 있는 거지."

"……."

"그 애들이 어떻게 큰 건데. 고아원 밥을 먹으면서 여기 와서 주먹 하나로 먹고 사는 놈들 아니냐."

"그래, 맞다."

"그 놈들 잘 먹여 살려야지. 그건 형 책임이야. 나도 그렇고……."

"……."

"형. 자?"

"아니……."

"난 걔들 체대를 나온 것만 해도 기분이 좋아. 그 놈들 참 고생 많았지. 힘든 훈련 받아가며 참아낸 거 말이야."

"……."

"앞으로 더 강한 훈련을 시켜야 돼. 눈물 없이 먹는 빵은 의미가 없어. 우리는 다 눈물빵을 먹었지."

"……."

배호는 어둠 속의 천정을 응시하며 춘호의 말을 듣고 있었다.

"형. 결혼하고 싶어?"

"……."

"하고 싶으냐고."

"아니……."

"왜?"

"그냥……. 넌?"

"나? 난 그런 거 안 해. 영원히 난 고아로 살 거니까. 혼자 사는 거."

"……."

"형이 결혼 안 하면 나도 안 해. 그럴 생각 없어."

"……."

배호는 명희를 떠올리고 있었다. 자신이 나이만 많았더라면 정혜 누나도 좋은 여자라고 생각되었다.

"……."

춘호는 어느새 잠이 들었는지 코를 골고 있었다.

"……."

배호는 춘호가 코고는 소리를 들으면서 슬그머니 소파에서 일어났다. 춘호가 잠든 소파로 가서 그를 내려다보았다. 담요를 걷어버린 채로 팬티만 걸친 채로 잠들어 있었다. 어두운 실내에

264

서도 춘호의 하얀 근육질의 몸통이 확연히 드러나고 있었다. 배호는 춘호의 발 밑에 있는 담요를 조심스럽게 끄집어내서 춘호의 몸을 덮어주고는 책상으로 가서 앉았다.

그의 입에서 하얀 담배연기가 솟아오르고 있었다. 배호는 자신의 출생비밀까지도 모르고 있는 고아였다. 초록원에 맡겨진 이후로 부모가 자신을 낳았을 거라는 생각까지도 그는 해보지 않았다. 자신을 낳아준 부모가 이 세상에 존재했을 거라는 생각조차도 해보지 않은 그였다. 그저 막연히 자신이 태어났다가 초록원에 맡겨져서 국민학교를 졸업하기도 전에 고아원을 도망쳐 나온 것밖에 기억에 남아 있지 않았다. 다른 아이들과 같이 부모 밑에서 어느 정도 자라다가 가세가 기울어지거나, 부모가 죽거나 이혼을 해서 어쩔 수 없이 고아원으로 들어온 애들은 부모에 대한 기억이 남아 있었지만 배호는 어떻게 해서 고아원에서 자라게 된 것인지 자신에 대해서 아는 게 전혀 없었다.

'나를 낳아준 사람은 누굴까?……'

배호는 이 세상에 태어나서 처음으로 그런 생각을 해보았다. 이때까지 고아원에 있을 때나 사회에 나와서도 한 번도 그런 생각을 해보지 않은 춘호였다. 자신과 자신을 낳아준 사람과는 어떠한 연관도 없이 스스로 태어난 것처럼 생각하고만 있었던 것이었다.

춘호가 물었던 결혼이라는 말이 뇌리에서 떠나지 않고 있었다. 남녀가 결혼한다는 것은 서로 사랑하기 때문이라고 생각하고 있었다. 사랑하는 사람 사이에서 아리를 낳아 서로에 대한 사랑을 확인하는 것이라고 생각했다. 그런 생각을 하면서 배호는 자기도 모르게 웃음을 지었다.

'내 인생에 결혼이란 중요하지 않다. 사람은 어떻게 사느냐가 더 중요한 거지……'

명희의 성숙한 모습이 떠올랐다. 체육대학을 졸업한 명희는 잘 다듬어진 몸매였다. 명희의 외모 또한 빼어났다. 주방에서 일할 때와는 다르게 명희는 체육대학경호학과에 진학하면서부터 늘씬한 몸매가 가꾸어지면서 용모 또한 누구라도 한번쯤은 쳐다볼 만큼 뛰어났다. 민족교 케이블 방송국에서 사장인 춘호의 비서로써 전혀 부족함이 없는 외모로 성숙해 있었다.

배호는 다른 여자를 볼 때엔 전혀 이성으로서의 매력감을 느끼지 못했지만 상큼한 명희를 볼 때마다 여자의 향기가 느껴지는 듯했다. 처음엔 명희에게 이성으로서의 느낌을 가졌다가 어느 순간부터 그러한 감정이 없어졌다. 그러나 명희가 다시 여자로써 다가오고 있는 중이었다. 명희는 다른 여자들과는 다른 따뜻함이 배어 있는 여자였다.

'그래. 명희는 춘호놈과 결혼했으면 좋겠어.'

배호는 그저 막연히 그런 생각을 해보았다. 자신이 명희를 좋아한다는 감정은 숨길 수가 없었다. 하지만 자신보다는 차라리 춘호에게 더 어울리는 여자라고 생각하고 싶었다. 배호는 책상에서 일어나 잠든 춘호에게로 다가가 물끄러미 내려다보았다.

어둠 속에 춘호가 잠들어 있는 것이 보였다. 거의 알몸인 춘호에게 담요를 덮어주고선 간이침대로 가서 누웠다.

쉽게 잠이 들지 않았다. 잠자리에 들어서 잠에 빠져들 때까지 늘 춘호와 명희를 생각하다가 잠 속으로 빠져들곤 했다. 춘호가 진정한 보스의 기질을 타고났다면 명희는 춘호의 옆에서 보스를 돌봐주는 그림자와도 같은 여자랄 수 있었다.

춘호가 정계의 거물급들과 친분을 쌓아가는 동안, 배호는 황제파의 실질적인 보스의 역할을 감당하고 있었다. 명희는 민족교 케이블 방송의 모든 일을 관장하고 있었다. 춘호가 골프 회동을 하는 동안에 명희는 방송국 내의 모든 일을 도맡아 처리하고 있었다. 어떠한 긴급한 상황이 벌어지면 춘호의 결재를 맡았지만 웬만한 일은 다 명희 혼자서 알아서 처리하곤 했다.

이제 황 진모 의원과는 뗄래야 뗄 수 없는 피를 나눈 형제와도 같았다. 조직을 이끌고 있는 춘호의 조직력은 황 진모에게는 거물급 정치인의 뒤배경이 되어 주었고, 황 의원이 갖고 있는 정치적인 배경은 춘호에게 든든한 힘이 되어 주었다. 여권 핵심부의 자금줄을 거머쥐고 있는 황 진모 의원은 청와대의 주인까지도 움직일 수 있는 그러한 위치에 있었다.

그런 배경을 갖고 있다는 것을 알고 있는 춘호로서는 영종도 신공항 옆에 있는 을왕리 해수욕장의 100만평 부지에다 국제적인 관광단지를 조성한다는 계획안을 은밀히 준비하고 있었다.

"어이, 동생. 계획안 빨리 내놓지. 그거 내놓으면 큰일을 하는 걸세."

"알겠습니다. 곧 마무리 단계입니다. 일주일 내로 안을 올리겠습니다."

"박 국장한테는 섭섭지 않게 해두게. 그건 동생이 다 알아서 할 문제니까……."

"염려마십시오."

춘호는 그 일을 위해서 박 국장의 도움이 절대적으로 필요했다. 신공항 공단의 이사장을 만나 신공항에서 나오는 길과 국제관광단지를 잇는 일은 신공항 공단측과 협의가 되지 않으면 안 되는 일이었다. 공항에서 곧바로 을왕리 국제관광단지로 빠져나오도록 새로 길을 만드는 일이 협의가 되어야만 신공항 국제관광단지를 조성한다는 기본계획서를 만들 수 있는 일이었다.

그건 간단한 일이었다. 공단 이사장을 만난 자리에서 춘호는 거대한 계획안을 내놓고는 여권의 핵심부인 황 진모 의원과 국정원의 박 국장을 이름을 거론하자 곧바로 긍정적인 응답이 나왔다.

"좋은 계획안입니다. 저희들이야 신공항 옆에 국제관광단지가 형성되면 좋지요. 그러면 어떻게 하면 됩니까?"

주 이사장은 곧 구체적인 의견을 내놓았다.

"여기, 기본계획안 안에 신공항 측과 협의가 되었다는 승낙서와 공항 측의 계획안이 들어 있습니다. 그걸 검토해 보시고 승낙을 해주시면 됩니다."

춘호는 데리고 간 명희가 꺼내놓은 두툼한 서류가 든 계획서를 이사장 앞에다 꺼내놓았다.

"알겠습니다. 기획실에서 빨리 검토해서 우리 쪽에서 협조할 사항이 있으면 협조하는 쪽으로 서류를 준비해 놓겠습니다."

미리 춘호가 오기 전에 국정원의 박 국장으로부터 연락을 받은 공단 이사장은 젊고 건장한 춘호를 보고는 최대한 빨리 일을 처리하도록 해주겠다는 약속을 했다.

"그럼 잘 부탁드리겠습니다."

"네, 염려 마십시오. 박 국장님한테는 이쪽에서 최대한 일을 빨리 처리하겠다고 말씀해 주십시오."

"알겠습니다. 앞으로 많은 도움을 부탁드리겠습니다."

춘호는 이사장에게 깊이 허리를 숙이고는 명희와 같이 밖으로 나왔다. 이사장이 직접 건물 앞에까지 따라나와서 춘호가 차에 타는 것을 보고서 안으로 들어갔다.

"을왕리로 가봐."

춘호의 말에 검은색 에쿠스는 바닷가로 향하고 있었다. 이사장 실로 돌아온 김 동식은 비서에게 말해서 국정원으로 연결해 달라고 하고선 책상 앞으로 가서 앉았다. 곧 전화가 연결이 되었다.

"네, 국장님. 공단 이사장입니다. 방금 춘호라는 사람이 다녀 갔습니다."

김 동식은 보고하듯이 말을 꺼냈다.

"그래, 일은 잘 됐나?"

"네, 염려 마십시오. 안 그래도 우리 공단 측에서도 필요한 사업이라서 협조한다고 말했습니다. 공단 옆에 대규모 관광단지가 형성되면 우리야 더없이 좋은 거지요."

김 동식 이사장은 공단 측에서 개발해야 할 프로젝트를 민간인이 개발하겠다는 것에 대해 환영의 뜻을 나타냈다. 유휴지 개발이야 공단에서 하게 되면 막대한 이권을 챙길 수 있어 좋겠지만 까딱 잘못하다간 정치권의 태풍에 휩싸여 공단 이사장의 자리마저도 위태할 수 있었다. 이미 정권의 막바지를 치닫고 있는 상황에서는 어떠한 태풍에 휩싸이지 않고 공단 이사장의 자리만 잘 보존하고 있기만 해도 차기 정권의 눈에 들어 계속해서 이사장직을 해먹을 수 있는 일이었다.

"하하, 좋소. 역시 이사장이 마음에 드는구먼. 그 사람 아주 똑똑한 친구야. 일을 하면 멋지게 해치우는 동생이지. 이사장, 잘했어!"

"네, 알겠습니다."

김 동식은 상관을 대하듯이 깍듯하게 말했다.

"뭐 필요한 거 있으면 말해보게."

박 국장은 이번 일에 순순히 협조해준 이사장의 청탁이 있다면 들어줘야 한다고 생각했다.

"없습니다. 국장님께서 저를 챙겨주시니 감사합니다. 한번 찾아뵙겠습니다. 식사라도 했으면 합니다."

"하하, 고맙소. 나야 일에 바빠서 이사장을 자주 못 만나보는 것이 미안할 뿐이오. 마음으로야 이사장의 도움을 항상 생각하고 있지요."

"아이구, 고맙습니다. 말씀만 들어도 고맙습니다."

김 동식 이사장은 국정원의 국장인 박 종기로부터 그런 칭찬을 듣는 것만으로도 황송할 따름이었다. 어떠한 정책적인 일에서 국정원 1국장의 비호를 받고 있다는 것만으로도 마음이 든든할 뿐이었다.

국정원의 1국장이라면 가장 국정원에서 가장 핵심적인 책임자라고 할 수 있었다. 모든 정치권의 일과 경제단체들까지도 움직일 수 있는 그런 요직이었다. 그런 위치에 있는 사람에게서 칭찬을 듣는다는 것은 영광이 아닐 수 없었다.

"담에 골프칠 때나 한번 나오게. 내가 연락하지."

"아, 아닙니다. 말씀만 들어도 감사합니다. 제가 따로 모시지요. 그런 자리에 나간다는 것은 남의 이목도 있고 해서……. 전 그냥 숨은 듯이 뒤에서 국장님의 일을 돕는 게 좋겠습니다."

"하하, 알았네. 그게 좋지."

"다음에 제가 모시겠습니다."

"그러지. 이번 일은 최대한 밀어주면 좋겠어."

박 국장은 이번 프로젝트 건에 대해 완벽하게 밀어주라는 언질을 주었다.

"그건 걱정마십시오. 우리 공단의 예산도 뽑아내서 추진할 수 있을 거 같습니다."

"그래?"

"그럼요! 이런 부대시설을 확충하는 데에 필요한 경비라고 하면 누가 뭐라고 그러겠습니까."

"그렇다면 얼마나 뽑아낼 수 있나?"

박 국장은 막대한 공단의 예산에서 밀어줄 수도 있다는 말에 귀가 솔깃했다.

"몇 천억 짜리 공사인지 모르겠지만, 공사비에 따라 밀어줄 수 있습니다. 가령, 삼천억 정도라면 천오백억까진 밀어줄 수 있을 거 같습니다."

"맞아! 그러면 되겠군. 법적으로는 문제될 게 없지?"

"없습니다. 그런 건 걱정 마십시오. 저희 공단과 직결되는 공사이니까 그만한 예상을 지원해주는 것도 괜찮을 겁니다."

"하하, 그럼 알았네. 그 사람 괜찮은 사람이니까 믿어도 돼. 우리가 다른 곳보다는 정보엔 빠르지 않나."

박 국장은 공단 예산의 전용이 가능하다는 말에 힘을 얻은 듯했다.

"전 국장님을 믿습니다. 말씀만 하신다면 어떠한 것도 들어드릴 수 있습니다. 그런 건 염려하지 않으셔도 됩니다."

"하하, 좋아! 그럼 우리 언제 한 번 만나지. 그 친구는 언제든지 부르면 나오니까."

"네, 국장님께서 시간을 내주시면 감사하겠습니다."

"그럼 곧 연락하지."

통화를 끝낸 박 정기는 곧바로 춘호에게 전화를 걸었다.

"네, 형님. 웬일이십니까?"

춘호의 굵은 목소리가 나왔다.

"어딘가? 시간이 있나?"

"조금 전에 김 동식을 만났습니다. 형님의 전화를 받았다고 그러면서 협조해 주겠다는 말을 들었습니다."

"하하, 그래. 나도 방금 전화를 했지. 동생이 다녀갔다는 말을 하드라."

"전 지금 을왕리 바닷가에 나와 있습니다. 앞으로 지을 관광단지 부지를 둘러보고 있습니다."

"하하, 좋아. 오늘 저녁에 이사장하고 같이 만났으면 하는데……"

"그렇습니까? 그럼 제가 모시러 가죠."

"좋지, 나도 동생 차 한 번 타보고. 연락은 내가 해놓을 테니까 저녁 여덟시쯤에 이쪽으로 오게."

"알겠습니다."

춘호는 핸드폰을 접어서 집어넣고 나서 먼 바다를 쳐다보았다. 하늘이 잿빛이어선지 바다와의 경계선이 애매하게 보였다.

"누구세요?"

명희가 옆으로 다가서며 물었다.

"응, 박 국장. 이사장한테서 전화가 왔다고 그러네."

"그러겠죠. 작은 일이 아닌데……."

"오늘 저녁에 만나자고 그러네. 이사장하고 같이 만나자고."

"몇 시예요?"

"여덟 시."

춘호는 바다 가까이 다가가서 섰다. 그리고는 담배를 꺼내 물었다. 바다가 바로 발 밑 가까이 있었다.

"박 국장이 도움을 주려고 그러나 보죠."

"그런 거 같아……."

춘호는 하얀 연기를 내뿜으면서 옆에 서 있는 명희를 건너다보았다.

"여기 땅이 얼마나 커요?"

"응, 약 20만평 가까이 되지. 공단에 속해 있는 땅이니까 공단 측에서 매입하면 돼."

"그럼 평당 가격은 얼마나 돼요?"

"대략 평당 이십만 원 선인데 잘 알아서 불하해줄 거야."

"그럼 땅값만 해도 어마어마하잖아요?"

"그렇지. 일단 불하 계약서만 쓰면 그 다음은 내가 작업하기에 달렸지. 하하, 왜? 걱정이 되나?"

춘호는 자신만만하게 물었다.

"아뇨. 그런 거 아니지만……. 여기에 그런 큰 국제관광도시가 들어서면 우리 힘으로 모자랄까봐 그러죠."

"하하, 걱정마라. 다 하는 수가 있으니까"

"……."

"너……. 이제 결혼해야지. 결혼할 생각 안 하냐?"

"오빠도. 그런 거 왜 물어봐요."

"왜?"

춘호가 빙긋이 웃자 명희가 재빨리 말을 덧붙였다.

"난 그런 거 생각 안 해요."

"그러다가 나이 들면 어쩌려고 그래? 맨날 내 옆에만 있는다고 생각하면 안 되지. 정혜 누나도 그렇고……."

"……."

"이제 슬슬 결혼할 생각해라. 여자는 가정을 이루는 것이 행복이다. 남자하고 같이 사는 게 좋다는 뜻이다."

춘호는 마치 오빠처럼 말을 했다.

"그럼 오빠는 왜 결혼 안 해요?"

명희가 되물었다.

"나? 나야 할 일이 많지. 너도 알지만 난 할 일이 많은 놈이야. 그리고 결혼 같은 건 하고 싶지도 않고."

"……?"

명희가 춘호를 쳐다보았다.

"혼자 사는 게 편해. 난 어렸을 적부터 결혼은 안 하기로 작정했으니까."

"왜 그런 생각을 해요? 오빠도 이젠 결혼해서 여자랑 같이 사는 게 낫지 않아요?"

"훗, 그런 생각은 안 해봤다. 결혼이 행복이라는 건 여자한테 맞는 말이지, 남자한테는 맞지 않아."

"왜요?"

"남자란 하고 싶은 일을 하면서 사는 게 좋은 거야. 군이 여자랑 결혼할 필요가 있을까? 더구나 고아인 나한테 시집 올 여자가 있는지도 모르고……."

그 말을 하면서 춘호는 바다 쪽을 향해 담배연기를 내뿜었다.

"오빠는. 지금 오빠 정도라면 얼마든지 달려올 여자들 많아요. 남자도 가정을 가져야 행복이 무엇이라는 걸 알 수 있을 거예요."

"하하, 행복? 내가 여자를 행복해줄 수 있을지 그게 의문인데 무조건 결혼한다고 해서 다 행복해질 거라는 말할 수 없지. 내가 결혼하고 싶은 마음이 없으니까."

"……."

명희는 갑자기 쓸쓸해졌다.

"배호 형도 좋은 사람이야. 그 형도 결혼해야 할 텐데 말이야."

"……?"

명희는 춘호를 쳐다보았다.

"넌 배호 형이 어떻다고 생각하니?"

"좋은 오빠잖아요. 마음씨도 좋고."

"그래. 난 형이 먼저 결혼했으면 좋겠어. 그리고 너도 결혼했으면 좋겠고. 정혜 누나도 빨리 결혼해서 안정적인 가정을 꾸리는 게 보기 좋겠어."

"그럼 오빠부터 먼저 결혼해요. 그러면 되잖아요?"

"하하, 난 결혼 같은 건 아예 마음에 없어. 니들이 먼저 결혼해야 그걸 보고 결혼할 생각이 생길지 모르겠지만 아직은 그럴 마음이 없어."

"……."

이번엔 명희가 먼 바다 쪽을 응시하고 있었다. 춘호는 그 자리에 주저앉았다. 그리고는 밀려드는 파도를 지켜보고 있었다. 명희가 옆에 쪼그려 앉았다.

"오빠."

명희가 불렀지만 춘호는 바다에서 시선을 떼지 않았다.

"난 오빠가 결혼 안 하면 나도 안 할 거야. 배호 오빠도 정혜 언니도 그럴 거 같아."

"……?"

춘호가 쳐다보자 발밑의 모래사장에 낙서를 하기 시작했다. 손가락에 젖은 모래가 묻어났다.

"나도 안 할래."

"넌 결혼해야 돼. 여자는 결혼해서 행복하게 사는 게 좋아."

"이 세상에서 나를 행복해줄 사람이 없을 거 같아."

"왜?"

"그냥……."

명희는 도리질을 하면서 춘호의 시선을 외면했다. 바닷가에 있는 솔밭이 눈에 들어왔다. 뿌연 먼지를 뒤집어쓴 솔밭은 희부옇게 보였다.

"일어서자. 이제 서울로 출발할 시간이야."

춘호가 일어서자 명희도 같이 일어났다.

두 사람이 걸어오는 것을 보고서 정춘과 영필이 얼른 차에서 나와 문을 열어놓고 기다렸다. 차는 곧 솔밭 사이를 빠져나와 신공항 도로를 따라 달리기 시작했다.

명희를 방송국에다 내려다주고는 영등포 사무실에 잠깐 들렀다가 배호를 만나 오늘 있었던 이야기들을 들려주고 있었다.

"그럼 곧 일이 시작되겠네?"

배호가 얼굴에 반가운 뜻을 나타내며 물었다.

"응, 오늘 저녁에 만나기로 했어. 셋이."

"그럼 돈 좀 필요하지 않나?"

"봉투 좀 준비해줘. 박 국장하고 김 이사장한테 인사할 정도로……."

"알았어."

배호는 곧 여비서인 청자를 불러들여 금고에서 1억 원짜리 수표로 열 장을 갖고 오라고 시켰다. 하얀 봉투에 담은 수표는 곧 정춘과 영필을 불러올려서 갖고 가서 차에서 대기하라고 그랬다.

"수표로 해도 돼나?"

배호가 물었다.

"괜찮아. 세탁은 그쪽에서 알아서 하겠지. 하하, 공무원들에게는 수표를 주는 게 나아. 지들이 세탁을 하면서 돈의 액수를 알아보게 하는 거지. 정치인들이라면 내가 미리 세탁해서 현금으로 싸갖고 가겠는데 공무원들은 수표로 주는 것도 괜찮아. 걱정마."

"알았어."

춘호가 자리에서 일어서려는데 청자가 안으로 들어와서 정혜 부회장이 왔다는 말을 전했다.

"들어오라고 그래."

배호의 말에 청자는 곧 밖으로 나가고 정혜가 안으로 들어왔다.

"어? 춘호도 있네? 어디 갔다 왔어?"

춘호가 낮에 사무실에 있다는 건 잠시 들른 것이라는 걸 알고서 묻는 말이었다.

"응, 영종도에 갔다 오는 길이야. 저녁에 박 국장하고 이사장을 만나기로 했어. 오늘밤에 용돈 좀 건네주려고 그래."

"그렇구나. 거기 경치 좋지?"

정혜는 조직 내의 일이 바빠서 아직 한 번도 그곳에 가보지는 않았지만 춘호를 통해 대충 이야기는 듣고 있었다.

"다음에 한 번 가보지."

"그래, 한 번 데리고 가봐라. 거기가 그렇게 경치 좋다며?"

"응, 앞으로 관광단지가 들어서기 전에 누나도 한번 가보는 게 좋아. 바닷가라서 경치는 그만이지. 그런 곳에 관광단지만 조성되면 우린 돈이 막 굴러 들어오게 돼 있어."

"후후, 춘호가 하는 일에 안 될 게 없지. 나도 정치적으로 좀 놀면 안돼? 배호도 말이야."

"그래, 지금은 그렇지만 천천히 조직을 드러내게 될 때가 있을 거야. 그때는 배호 형도 누나도 모습을 드러내게 될 때가 있을 거야. 잠시만 참아."

"하하, 됐어. 정치인들이란 원래 우리 같은 잔챙이들이 끼어드는 건 싫어하잖아."

"내가 길을 닦아놓으면 안 될 거 없지."

춘호는 그러면서 자리에서 일어섰다.

"왜? 지금 갈려고?"

"응, 시간이 됐어. 돈은 차에 실어놨어."

"얼만데?"

"사억, 육억."

"그래, 잘 해. 춘호 네가 길을 닦아놔야 돼. 그 사람들이야 정치자금이 필요한 사람이니까."

"하하, 알았어. 우리가 십억을 뿌리면 천억이 굴러 들어오게 돼 있어."

"맞아! 그건 맞는 말이야. 세금도 일억을 봐주면 천만 원만 뿌리면 돼."

정혜의 말이 맞는 말이었다. 그동안 서울 시내에 있는 콜라텍과 수원에 있는 콜라텍을 정혜가 관장하면서 세무서의 담당 직원에게 천만 원만 뿌려도 눈을 감아주는 세상이었다. 물론 춘호의 배경을 내세웠던 탓에 슬쩍 눈감아주는 탓도 있었지만, 보통의 경우에도 일억 원의 세금이라면 천만 원 정도만 쥐어주면 세금을 감해주는 것이 관례였다.

"갔다 올게."

춘호는 배호와 정혜에게 보고하듯이 말하고는 사무실을 빠져나갔다.

"이번 일만 잘 되면 우린 더 큰 왕국이 될 걸?"

정혜가 웃으면서 말했다.

"그럼! 춘호가 하여튼 일은 잘 해. 굵직굵직한 정치인들하고 국정원하고 검찰까지도 손에 넣었으니 말이야."

"근데 춘호는 결혼 안 할 생각이야?"

정혜가 느닷없이 물었다.

"응? 왜?"

"그냥. 이젠 춘호도 너도 결혼해야지. 계속 이러고 살 거야?"

"그럼 누나는?"

"힛, 나야 뭐 때를 놓쳤는데 결혼할 생각이나 있나."

"누나는 아직 결혼할 나이야. 요즘은 다들 늦게 결혼하잖아."

"그럼 넌 왜 안 해? 할 생각이 없는 거야?"

"응."

"왜?"

"그게 뭐 이유가 있나? 그냥 하기 싫으니까 그러지. 그럼 누나는 왜 안 가?"

"힛, 그냥 가기 싫어. 그냥 여기서 일하는 게 좋아."

"나도 마찬가지야. 누나부터 가야 하잖아."

"난 안 갈래. 춘호가 결혼하고, 네가 결혼하는 거 보고 나서 갈지 모르겠다."

"왜? 누나가 먼저 가야지. 좋은 사람 없어?"

"없어. 맨날 일만 하다가 보니 시간이 다 흘러갔는 걸 뭐. 이젠 포기해야지 뭐."

"하하, 그럼 우리 셋이 다 결혼 안 하고 사는 게 나을까?"

"아냐. 니들은 가야지. 그래야 내가 신경 덜 쓰이지."

"그럼 누나부터 가. 그러면 춘호도 갈지 모르잖아."

"난 안 가. 니들부터 가."

"춘호도 안 간데."

"왜?"

정혜가 놀라서 물었다.

"몰라. 갈 마음이 없다고 그랬어."

"너, 혹시 명희 좋아하는 거 아냐?"

"나? 왜 그런 말을 해?"

배호는 웃다 말고 얼굴이 굳어졌다.

"그냥, 전에는 명희를 좋아하는 것 같아서 물어보는 거야."

"으응. 그냥 동생으로 생각하는 거지 뭐. 좋은 애잖아."

"그것뿐이야?"

"응."

"명희, 참 좋은 애야. 일도 잘하고. 똑똑하기도 하고."

정혜가 칭찬을 늘어놓았다.

"알아. 그래서 난 춘호 저 놈이 명희하고 결혼했으면 하는 생각을 해봤어. 둘 다 고아원 출신이니까 서로 마음도 맞을 테고."

"……?!"

정혜는 놀라서 눈을 크게 떴다.

"그냥 그런 생각을 해봤어. 명희도 대학을 나왔고 하니까. 어디 의지할 데도 없는 애고 말이야. 춘호 저 놈이라면 든든할 거 같다는 생각을 해봤어."

"넌?"

"뭐가?"

배호는 괜히 얼굴이 붉어지는 듯했다.

"넌 명희 안 좋아하냐고."

"그냥 동생으로 좋아하는 거지 뭐. 그 이상은 아냐."

"……"

"난 그래. 춘호하고 명희가 딱 어울리는 거 같아. 바깥에 있는 여자들도 쟀지만 난 춘호가 고아 출신하고 같이 결혼했으면 하고 바래. 고아들은 영원히 고아들이야. 나중에 결혼해서 살다가 보면 남자가 고아라는 것 때문에 여자한테 꿀리는 것도 싫고."

"왜 꿀려? 이만한 조직을 갖고 있는데 뭐가 부족해?"

"그래도 그게 아냐. 나중에 어떤 생각이 벌어질지 모르는 거지 뭐. 남자란 여자한테 꿀리는 게 좋지 않잖아."

"그건 그래. 그렇지만 춘호는 아무것도 꿀릴 것이 없어. 오히려 큰 소리 치면서 살아도 돼."

"누나는 몰라. 우리 고아들은 잠재의식 속에 늘 혼자라는 생각을 갖고 있어. 그런 사람을 만나야 돼."

"……."

정혜는 배호가 하는 말이 알다가도 모를 일이었다. 춘호가 이만한 일을 이뤄놓았는데 뭐가 부족한가 싶었다.

황제파의 조직은 현재 서울 시내에만도 50여 개의 업소를 갖고 있었고, 수원 시내에는 다섯 개의 콜라텍을 갖고 있었다. 그리고 분당과 일산, 광명시에 각각 한 개씩의 대형 업소를 갖고 있었다.

그곳 업소에서 하룻밤에 재정 부회장을 맡고 있는 정혜에게 올라오는 매출액수가 육억 원 가량이었다. 한 달이면 이백억에 가까운 매출이었다. 그리고 춘호가 지분을 투자한 민족교 방송국의 광고 대행업체인 '황제 에이전시'에서 한 달에 올리는 매출액이 150억에 가까웠다.

'황제 에이전시'라는 광고 대행업체는 케이블 방송을 통해 순수한 광고 수입뿐 아니라 24시간 홈쇼핑몰을 운영하여 알짜배기 수익을 올리고 있는 중이었다. 민족교 케이블 방송이 공중파 방송사를 따냄으로써 다른 케이블 방송보다 더 많은 수입을 올리는 홈쇼핑이 돼 있었다.

그건 순전히 춘호가 만들어낸 노력이었다. 물론 황 진모 의원의 힘을 빌어 문화관광부의 공중파 방송사 인가를 따낸 것이 적자에 허덕이던 민족교 방송사를 살린 셈이었다. 정부측에서 밀어주는 공중파라는 것 때문에 쇼핑몰에는 판촉광고 수주가 봇물처럼 밀려 들어왔다. 대개 광고 수주는 광고 CF 제작비와 월정 TV광고비까지 해서 육천만 원 정도에서 계약이 되었다. 그리고 쇼핑몰은 기본 광고비 외에 물품을 파는 액수에 따라서 일정한 리베이트를 먹는 것으로 계약이 되었으므로 그곳 방송국에서는 제작비와 광고비 그리고 물품 금액에서 나누어지는 이익금이 상당하게 흘러 들어왔다.

춘호가 탄 차는 여의도를 지나 국정원으로 가고 있었다. 국정원 정문에 도착한 춘호는 비표를 제시하고는 정문을 통과했다. 1국장이 있는 건물 앞에 차를 세운 춘호는 박 정기에게 전화를 했다.

"지금 도착했습니다."

"알았네. 곧 내려감세."

박 정기는 채 1분도 안 되어 나타났다. 춘호는 차에서 내려 박 국장을 뒷자리에 태우고는 그 옆에 앉았다. 영필이 내려서 앞좌석으로 가서 앉았다.

"흑도로 했네."

"알겠습니다."

박 국장의 말에 춘호가 대답하자, 차는 곧 정문을 빠져나가 흑도가 있는 강남 쪽으로 달리기 시작했다.

"이건 형님이 쓰시라고 드리는 겁니다."

춘호는 양복 주머니에서 봉투 하나를 꺼내 내밀었다.

"허, 이거 자꾸 이런 걸 받아도 되나."

박 국장의 겸손의 말이었다.

"괜찮습니다. 제가 형님 안 챙겨드리면 누가 챙겨드립니까?"

"허허, 맞네. 나야 뭐 공무원이니까 월급이야 뻔하지. 고맙게 받겠네."

박 국장은 그러면서 봉투를 받아 안주머니에 넣었다. 이미 두 사람은 오랜 거래 탓에 봉투를 열어보지 않아도 대충 얼마의 액수가 들어 있으리라는 것은 박 국장이 이미 짐작하고 있는 터였다. 두 사람은 서로 얼굴을 쳐다보며 웃기만 했을 뿐, 더 이상의 말이 필요 없었다.

"형님, 그곳에다 대단위 단지를 지으면 형님이 평생 먹고 살 자리 하나 만들어드리지요."

"하하, 그런가?"

"그럼요. 이게 다 누구 은덕인데 제가 그 공덕을 잊겠습니까?"

"난 동생한테 맨날 신세만 지네. 그런 아량을 고맙게 받아들이겠네."

"이번 일도 꼭 성공하게 해주십시오."

춘호는 건장한 체구를 움직여 박 국장에게 허리를 굽혔다.

"염려하지 말게. 이미 김 이사장으로부터 어떤 언질을 받아났네. 가서 이야기함세."

"알겠습니다."

차는 곧 영동대교를 넘어 강남으로 들어서고 있었다. 흑도에 도착한 그들은 안방으로 들어갔다. 그들이 안내되어 들어간 방에는 이미 김 이사장이 와서 기다리고 있었다.

"여어, 벌써 오셨구만."

박 국장의 말에 김 이사장이 벌떡 일어나서 그들을 맞았다.

"저도 십분 전에 도착했습니다. 어서 오십시오."

김 이사장은 오늘 낮에 본 춘호에게 악수를 청해왔다.

"앉으시오. 서로 구면이니 소개를 필요 없을 테고. 일단 술이나 한잔 합시다."

박 국장의 말에 춘호는 서빙하는 아가씨를 불러 술안주로 할 만한 회부터 갖다달라고 했다.

"네, 알겠습니다. 술은 뭘로 하시겠어요?"

"여기 뭐가 있나?"

박 국장이 물었다. 아가씨는 국산 술에서부터 양주까지 다 있다고 대답했다.

"그럼 오늘 술은 내가 내지. 제일 비싼 걸로 가져와."

아가씨가 나가고 박 국장은 김 이사장에게 웃으며 말했다.

"오늘은 내 동생이 내는 거니까 허리 풀고 한번 먹어봅시다."

"아닙니다. 제가 모셨으니까 제가 내지요."

김 이사장이 허리를 굽히면서 말을 했다.

"외람되지만 오늘은 제가 내겠습니다. 두 선배님을 모신 자리에서 그게 제 도리인 것 같습니다."

춘호가 말하자 박 국장이 춘호를 띄워주는 말을 했다.

"하하, 그래. 동생 정말 멋지게 나와서 좋아. 이사장, 어때?"

"좋습니다. 그럼 오늘은 양보를 하지요."

"하하, 결국 춘호 동생이 독차지를 했군 그래. 우리 동생은 이 정도야."

박 국장이 자랑스런 동생을 소개라도 하듯이 말을 했다. 곧 안주가 들어오고 술잔이 기울어졌다. 박 국장은 연거푸 몇 잔을 들이키고는 다시 술잔을 돌렸다. 그들이 술을 마시는 동안에 정식으로 횟감이 올라왔고, 수많은 밑반찬들이 상에 놓였다.

아가씨가 서빙을 하고 물러나고 난 뒤에 박 국장은 술잔을 이사장에게 건네면서 한마디 했다.

"여기 춘호 동생이 큰 손이오. 주먹을 보면 알겠지만, 통이 큰 사람이오."

"아, 네."

"이번 국제관광단지 조성은 이 동생이 맡을 거요."

"네, 알겠습니다."

이사장은 박 국장에게 연신 허리를 구부리면서 대답했다.

"이사장도 동생에게 하고 싶은 말이 있을 텐데, 있으면 부담 없이 하시오."

"네."

김 이사장은 박 국장이 건네준 술잔을 쭈욱 들이키고는 술잔을 춘호에게 내밀었다.

"감사합니다."

춘호는 가득 찬 술잔을 받으면서 단숨에 털어마셨다. 그리고는 박 국장에게로 술잔을 돌렸다.

"국장님께서 특별히 지시를 내린 거라서……. 우리 공단 측에서는 시설투자비로 이천억까지는 지원해줄 수 있습니다. 그만하면 반 정도는 될 겁니다."

김 이사장이 조심스럽게 말을 꺼냈다.

"……."

춘호는 내심 놀랐으나 태연하게 박 국장을 쳐다보았다.

"그 대신에 땅은 서류상으로 구입하는 조건으로 해야 합니다. 땅값이야……."

김 이사장이 어려운 말을 꺼내듯이 머뭇거렸다.

"말해보시오."

박 국장이 재촉했다.

"이십만 평이면 평당 육만 원으로 하면 어떨까 싶은데……."

"좋습니다. 이사장님께서 그런 선처를 베풀어주신 데에 대해 감사할 뿐입니다. 여기 계신 형님께 신세를 지는 셈입니다."

"하하, 난 괜찮네.

"그럼 입찰을 하는 식으로 하겠습니다. 경쟁입찰이니까, 황제그룹에 미리 정보를 넘겨 드리겠습니다."

"하하, 그럼 됐네. 어이, 동생. 됐나?"

"좋습니다."

모든 게 순조롭게 이야기가 된 셈이었다. 춘호는 술자리에 나온 이사장이 최대한의 호의를 베풀고 있다는 것을 이미 알고 있었다. 밀고 당기고 할 건더기조차 없었다. 밀실의 협상이란 이렇게 쌈박하게 끝내버리는 것이 앞으로의 관계에 있어서도 좋은 일이라고 생각되었다. 박 국장이 있는 앞에서 춘호는 김 이사장에게 인사치레를 했다. 다들 술기운이 번져 있을 때에 춘호는 박 국장에게 말했다.

"형님, 저도 이사장님한테 인사를 드리겠습니다."

"거, 좋지!"

그 말에 춘호는 봉투를 꺼내 내밀었다.

"이게 뭡니까?"

"차비 정도입니다. 다음에 또 인사드리지요."

박 국장이 있는 데서는 춘호가 내민 봉투를 안 열어볼 수가 없었다. 수표 네 장이 나왔다.

"감사합니다."

"앞으로 자주 인사드리도록 하겠습니다."

춘호는 허리를 굽혀 두 사람에게 인사를 했다.

"허허, 우리 동생은 인사성 하나는 끝내주는 사람이야. 쇠뿔도 단김에 뽑는 것도 좋지만, 서서히 뽑는 것도 좋은 법이지."

박 국장의 말이었다.

"알겠습니다. 저한테, 도움이 될만한 것이 있다면 언제든지 말씀해 주십시오."

이사장의 말이 곁들여졌다.

"고맙습니다."

춘호는 다시 양주를 들어 두 사람의 빈 잔에다 술을 채웠다. 세 사람은 늦도록 술을 마셨다. 흑도에서 나올 때에 계산은 춘호가 했고, 김 이사장은 자신의 차로 가서 타는 걸 보고서 춘호는 박 국장과 같이 차에 올랐다.

차는 흑도를 빠져나와 박 국장의 집으로 달리고 있었다.

거대한 조직의 비밀

춘호의 조직은 서울과 근교에 있는 60여 개의 콜라텍뿐만 아니었다. 서울에 있는 조직원의 수만 해도 팔천 명을 넘었고, 춘호의 거대한 조직은 지방에까지 힘을 뻗쳐서 여권의 실세와 힘이 닿는다는 것 때문에 지방에까지 조직까지 만들어지고 있었다.

"춘호. 너무 벌리는 것이 아닌가?"

배호가 약간 우려를 했다.

"왜? 겁나?"

"만에 하나 정치권이나 검찰에서 낌새를 알아차리면 그냥 놔둘까?"

배호가 염려하는 것은 조직을 키우다 보면 검찰이나 청와대 사직동팀에서 알아차리고서 춘호가 하는 일에 브레이크를 걸어올지도 모른다는 생각이었다.

"지금은 선거를 앞두고 있어. 앞으로 있을 선거가 칠개월이나 남았기 때문에 설사 알아도 손을 대지는 못해."

"무슨 말이야?"

"그 안에 모든 걸 끝내버리는 거야. 그래야 손을 쓸 수 없게 되는 거지."

"그게……."

"하하. 걱정마. 어디가 문제야?"

"부산."

"부산? 어느 파?"

"칠산파 유 창용이가 우리 조건을 못 들어주겠다는데?"

"그래? 그럼 전화 넣어봐. 통화는 되지?"

"응. 통화야 되지."

배호는 전화를 걸었다. 곧 부산의 칠산파 유 창용과 연결이 되었다.

"나다. 춘호 회장이 전화 좀 하잔다."

"그러지."

유 창용의 대답이었다. 수화기를 받아든 춘호는 소파로 가서 앉았다.

"나요. 춘호요. 얼굴은 서로 보지 못했지만 소문은 들어서 알고 있소."

"그래서?"

유 창용이 거만하게 나왔다.

"우리가 접수하려는데 불만이 있는 모양인데……. 전쟁 치루고 나서 깨지는 것보다는 차라리 우리한테 붙어서 자리를 보존하는 게 나을 걸?"

"짜식. 너, 나이가 얼마야? 얼마나 컸다고 대 형님한테 말을 팍팍 놓나? 그렇게밖에 안 배웠어? 체대 나온 걸로 아는데."

이미 대화로 풀기는 틀렸다는 것을 안 춘호는 자신의 방식대로 밀고 나가는 수밖에 없었다.

"그렇지! 전국의 체대 학생들이 내 밑으로 들어와 있지. 졸업하면 황제파로 들어오는 걸 영광으로 생각하고. 어때? 순순히 우리 요구를 들어주는 게 어때?"

"하하. 그게 그렇게 쉽나? 넌 아직 나이가 어려. 내가 알기론 서른셋으로 알고 있는데 넌 형님도 몰라보냐?"

"형님? 나한테는 형님 같은 거 없지. 깨지고 나서 빌 모양이지?"

"좋다! 내려와라!"

"좋아! 내려가지. 오늘밤에 국제공항에 도착한다. 됐나?"

"좋다! 준비하겠다."

수화기를 던져버린 춘호는 배호에게 말했다.

"형! 전화해서 마산하고 울산, 창원, 목포까지 연락해. 오늘 밤에 부산 부둣가로 모이라고 그래. 칠산파하고 전쟁이라고 그래. 그리고 남대문의 희준이에게도 연락하고. 우리도 백 명은 끌어모아. 다 내려간다!"

춘호는 화가 나 있었다.

"오늘밤에 내려갈 거야? 부산 하나 때려잡는데 다 내려가?"

배호가 당황해서 물었다.

"그래! 그래야 본때를 보여주는 거야. 이번 일로 전국이 떠들썩하도록 만들어버리는 거다!"

"그렇게 했다가 검찰이 트집을 잡으면? 그건 어떻게 하려고?"

"걱정마. 됐어. 그건 다 내가 알아서 할 거니까."

"……?"

배호는 난감한 표정을 짓고 있었다. 그 많은 인원이 부산으로 집결한다면 부산에서도 검찰이나 경찰들이 가만있을 리 없었다. 만약에 저쪽에서 미리 검찰에다 연락이라도 해놓기라도 한다면 전쟁에 이기고서도 독 안에 든 쥐꼴이 되기 딱 알맞았다.

"야, 춘호야. 그렇게 성급하게 말하면 어떡해? 저쪽에서 어떻게 나올지도 모르는데. 만약에 공항에다 미리 애들을 심어놓고서 기다리면 어쩔래? 비행기로 내려가야 할 거 아냐?"

"내가 알아서 한다! 동원시켜!"

춘호는 핸드폰을 꺼내 어디론가 전화를 걸었다.

"……?"

배호는 춘호가 어디로 전화를 하는지 지켜보고만 있었다.

"아, 형님. 춘홉니다."

"하하. 그래. 웬일이냐?"

"부산에 내려갈 일이 있어서요."

"왜?"

박 국장이 물었다.

"전쟁 한 판 치러야 할 거 같아서요. 부산에서 말을 안 듣는 놈들이 있어서 저녁에 내려갔다 올 생각입니다."

"알았네. 조심하게."

"알겠습니다."

춘호는 통화를 끝내고서 배호를 쳐다보았다.

"진짜로 내려갈 거야? 아무 대책도 없이?"

"대책은. 애들이나 동원시켜. 빨리."

춘호가 서두르자, 배호는 마지못해 수화기를 들었다.

"남대문 희준이하고, 양만이, 철웅이, 현직이, 민종이, 상희한테만 연락해. 애들 다 데리고 이쪽으로 오라고 그래."

춘호가 화가 난 듯이 말하자, 배호는 곧 바쁘게 전화기를 눌러댔다. 소집령이 내려진 것이다. 배호가 소집령을 내리고 있는 동안에 춘호는 벽시계를 쳐다보았다. 서울에서 출발하면 다섯 시간은 잡아야 했으므로 앞으로 한 시간 안에 다 모여야 한다고 생각되었다.

"한 시간 안에 도착하라고 그래. 안 그러면 알아서 하라고 그래."

"야, 춘호 회장이 한 시간 안에 못 도착하면 알아서 하라고 그러니까 알아서 해."

배호는 수화기에다 대고 소리쳤다.

사무실 안은 바쁘게 움직이기 시작했다. 배호는 출동 준비를 서두르기 위해 이곳저곳에다 전화를 하느라 바빴고, 오피스텔에서 훈련을 하고 있을 조직원들에게 무기들을 준비하라고 시키는 한편, 건물 바깥에는 수십 명의 조직원들이 에워싼 가운데 트럭과 봉고차에다 무기들을 싣고 있었다. 무기들은 전부 신문지에 싼 채로 운반되거나, 검은 비닐에 씌워서 일반인들이 보지 못하도록 전부 신문지나 검은 비닐에 싸서 차에 실었다.

비상이 걸린 셈이었다.

"지금 당장 내려가는 거야?"

정혜가 놀라서 위층 사무실에서 내려왔다.

"응. 누나. 누나는 여길 맡아."

"나도 가면 안 돼?"

정혜도 이미 어떤 일이라는 걸 알고 있었다. 훈련장에서 훈련하던 조직원들로부터 대충 이야기를 듣고선 밑으로 내려온 것이다.

"여긴?"

배호는 자신이 준비해야 할 무기들을 챙기면서 정혜에게 물었다.

"이번 일은 큰 거 같은데 내가 그냥 여기 있을 필요가 있나? 다 알아서 할 거니까. 부산에 내려가는데 나도 내려가면 안 돼?"

정혜는 모처럼만에 전쟁다운 전쟁을 치르는 데에 따라가고 싶은 속셈이었다.

"그럼 누굴 있으라고 그래?"

배호가 정혜에게 물었다.

"명희더러 있으라고 하면 돼. 나도 내려가게 해줘."

"그럼 춘호한테 이야기해봐."

"응. 알았어."

정혜는 소파에 기대 눈을 감고 있는 춘호 앞으로 가서 앉았다.

"나도 내려가도 돼?"

"......"

춘호는 눈을 감고 있다가 정혜를 쳐다보았다.

"나도 한 판 뛰어보고 싶어. 여긴 명희더러 있으라고 할게. 거긴 잠깐 비워둬도 되잖아?"

"......"

춘호는 고개를 끄덕였다.

"그럼 나 준비하고 내려올게."

정혜는 곧 장 일어나서 위층으로 올라갔다. 정혜는 이번 전쟁이 부산에까지 원정가는 것이라 흥미로운 전쟁이 되리라 생각하고 있었다.

서울 각 처에서 모여든 조직원들은 수백 명이 되었다. 남대문의 희준은 오십 명의 조직원들을 에쿠스 다섯 대와 봉고차에 나눠 태워서 데려왔다. 사무실로 올라온 희준은 소파에 앉아 있는 춘호와 바쁘게 움직이고 있는 배호를 보고는 소파로 가서 털썩 앉았다.

"야. 갑자기 무슨 전쟁이냐? 부산이 말을 안 들어?"

"그래. 몇 명 왔냐?"

"잘 쓰는 놈들만 오십 명 데리고 왔다. 그거면 안 되겠냐? 밑에 보니까 많이 와 있데."

"됐어!"

"야. 우리만 내려가도 되겠냐? 밑에 애들은 동원 안 해?"

"벌써 해놨어. 칠산파의 창용이가 아주 거만하게 나오던데. 그놈을 확 무너뜨려놔야 되겠어."

"야. 그러다가 일 그르치는 거 아냐? 뒷생각은 해놓고 벌리는 일이냐?"

희준은 춘호가 섣불리 일을 벌리는 것이라고는 생각지 않았다.

"다 생각이 있지. 한 놈쯤은 작살을 내놔야 전국이 통일돼. 이번에 부산이 본보기로 정해진 거지."

"……"

희준은 춘호를 쳐다보고 있다가 일어나서 냉장고에서 양주를 꺼내와서 병마개를 땄다. 두 잔에다 술을 채운 그는 춘호에게 한 잔을 내밀었다. 가볍게 잔을 부딪친 희준은 단숨에 잔을 비워냈다. 그리고는 담배를 꺼내 물었다.

"배호 형. 명희더러 올 때에 오십 억만 빼갖고 오라고 그래."

"응? 왜?"

춘호의 말에 배호가 소파로 와서 앉으며 되물었다.

"몸값이야."

"몸값? 그럼 죽이겠다는 거냐?"

희준이 춘호를 보며 의아한 표정으로 물었다.

"몸값은 쳐줘야지. 그래야 내 면목이 서는 거고."

춘호가 시니컬하게 말하자, 배호는 핸드폰을 꺼내 명희에게 전화를 걸었다.

"올 때, 오십 억만 인출해갖고 와. 빨리."

배호가 전화를 끊고서, 놀라서 물었다.

"정말 죽일려고? 그랬다가 사건이 커지면?"

"이번 일은 배호 형이 좀 맡아. 난 빠질 테니까."

"알았어."

배호는 춘호가 어떤 계획을 갖고 있는지 대충은 짐작이 되었다. 만에 하나 사건이 커진다면 배호가 사건의 전부를 맡아야 될 것까지 염두에 두고서 하는 말이었다.

"회장님. 다 준비됐습니다."

정춘이 사무실로 올라와서 보고를 했다.

"알았다. 조금 기다리고 있어."

춘호는 벽시계를 쳐다보고는 희준이 마시다가 만 양주병을 들어 입술을 축이고는 희준과 배호에게 술을 따라주었다.

곧 명희가 안으로 들어왔다. 명희는 배호에게 봉투에 든 수표를 건네주고는 희준을 보고 인사를 했다.

"오빠도 왔네. 오늘 부산 가요?"

"그래. 너 많이 컸네. 아주 이뻐졌어."

"네. 오빠도 가는데 나도 따라가면 안 돼요?"

명희의 말이었다.

"안 돼. 넌 정혜 누나가 부산을 가니까 여기 남아서 일이나 봐줘야 돼."

배호가 그렇게 말하자, 명희가 물었다.

"정혜 언니도 가요?"

"그래. 따라가겠다고 그래서 같이 가는 거야. 정혜 누나도 검도는 한 가닥 하잖아."

"그럼 나도 가면 안 돼요?"

명희는 춘호와 희준을 번갈아보면서 물었다.

"난 몰라. 춘호가 하는 일이니까."

희준이 담뱃재를 털면서 소파 뒤로 등을 기댔다.

"자. 가자!"

춘호는 대답도 없이 일어섰다. 그 뒤를 따라 희준과 배호도 따라나섰다. 정혜가 곧 내려오다가 그들과 마주쳤다.

"언니도 가? 나도 가면 안 돼?"

명희가 사무실 바깥으로 나오다가 정혜를 보고는 팔을 붙잡았다. 정혜는 바지에다 빨간 가죽 재킷을 입고 있었다. 정혜는 이미 부산에서 벌어질 일을 대비해서 최대한 간편한 옷차림으로 갖추고 내려온 것이었다.

"넌 여기 있어. 내가 갔다 올게."

"언니는……."

명희는 아무 말 없이 엘리베이터 쪽으로 걸어가고 있는 사내들을 바라보면서 정혜에게 데려갈 것을 요구했다. 하지만 정혜가 결정할 일이 아니었다.

"여기 있어. 여기서 연락을 취해야지."

"그럼 언니는 왜 내려가? 나도 따라가면 안돼?"

"춘호가 위험할까봐 그래. 나라도 따라가서 곁에 있을 거니까 너는 그냥 여기 있으면서 일이나 보고 있어. 걱정하지 말고."

"알았어. 언니."

명희는 따라가고 싶었지만 정혜 부회장까지 따라가는 판에 자신도 따라나설 수 없는 입장이었다. 아래로 내려오니 수십 대의 차들이 길가에 주차돼 있었다. 교통정리를 하는 조직원들이 서 있다가 춘호 일행이 나타나자, 곧 허리를 굽혔다.

"자, 출발하자!"

춘호와 배호, 정혜가 탄 차는 1호차였다. 그 뒤의 검정색 에쿠스에는 희준과 그의 부하인 창석과 송혁이 타고 있었다. 춘호가 탄 차 뒤로 에쿠스들만 스무 대 가량 되었다. 서울의 각 보스들이 타고 있는 차들이었다. 에쿠스 뒤로 조직원들을 태운 봉고차들과 카니발 승합차들이 뒤를 따랐다. 맨 뒤에는 무기를 잔뜩 실은 트럭 한 대와 봉고 두 대가 뒤를 따르고 있었다. 1호차는 영등포 로터리를 지나 서부간선도로로 접어들었다.

수십 대의 차가 일렬로 달리기 시작했다. 춘호는 출발하면서 창원의 김 기봉에게 전화를 걸었다.

"응. 나다. 출발했나?"

"네. 그쪽으로 가고 있습니다."

"몇 명인가?"

"팔십 명입니다."

"무기는?"

"다 갖고 갑니다. 걱정마십시오. 회장님은 어디십니까?"

"지금 출발했다. 부산에서 보지."

"네, 알겠습니다."

춘호는 다시 울산의 표 장근에게 전화를 걸어서 인원점검을 했고, 여수의 김 주식에게 전화를 해서 부산 쪽으로 향하고 있다는 말을 들었다. 울산의 표 장근이 이끄는 인원이 백이십 명이었고, 여수의 김 주식이 끌고 오는 조직원의 수가 오십 명을 끌고 온다고 했다.

서울에서 내려가는 인원수만도 백오십 명이나 되었다. 에쿠스는 최고 속도를 냈다. 그 뒤를 따라오는 차량들도 일호차의 속도에 맞춰서 속력을 내며 따라왔다.

"볼만하겠는 걸."

정혜는 꼬리를 물고 뒤따라오는 뒤쪽의 차량들을 바라보면서 놀라움을 금치 못했다.

"이번 부산은 아주 작살을 내놔야 돼. 그래야 다른 조직들이 말을 잘 듣지."

배호의 말이었다. 춘호는 통화를 하고 나서부터는 의자 뒤에 머리를 기댄 채로 생각에 잠겨 있었다. 고속도로 휴게소에 들르지 않고 곧장 부산을 향해 달렸다. 핸들을 쥔 정춘은 4차선으로 최고 속력으로 달렸다.

"아마 이번이 마지막 작전이 될 거 같다."

춘호가 혼잣말처럼 중얼거렸다.

"무슨 말이야?"

조수석에 앉은 정혜가 뒤돌아보면서 물었다.

"이번 한번으로 끝장낸다는 말이지."

"으응……."

춘호의 계획은 이번 부산사건에서 최대한의 인원을 동원해서 초토화를 만들어놓고서 전국에 있는 조직들이 그 사실을 알도록 하는 것에 목적이 숨어 있었다.

한편, 부산에서는 유 창용이 이끄는 칠산파들이 부산하게 움직이고 있었다. 광복동을 중심으로 활약하는 그들 조직은 서울에서 원정온다는 춘호의 황제파를 맞아 일전의 전쟁을 치른다는 각오로 조직원들이 속속 모여들고 있었다. 칠산파의 유 창용은 부산을 거점으로 부산 항만과 시내의 모든 이권을 거머쥐고 있는 자였다. 광복동을 중심으로 유흥가와 창녀촌까지 장악하면서 항만의 하역작업까지 그들 조직의 허가가 없으면 하역을 할 수 없을 정도로 막강한 조직을 키워가고 있었다. 부산 각처에 흩어져 있는 조직원들이 모여드는 것을 보고서 유 창용은 조직의 보스격인 이 재필, 현 각수, 조 인걸을 사무실에 불러들여 작전을 짜고 있었다.

"형님. 쟤들이 정말 내려올까요?"

조 인걸이 날이 선 횟칼을 꺼내 손가락으로 날을 더듬어보며 말했다.

"내려오지. 그놈은 아주 무서운 놈이야."

"그래도 그렇지. 부산까지 원정오는데 쉽지 않을 겁니다. 기껏해야 몇 명이나 오겠습니까?"

"인걸이 너는 애들 데리고 비행장에 나가 있어. 그리고 재필이 너는 고속버스 터미널에 가서 지키고 있어."

"네!"

"각수, 너는 애들 데리고 고속도로 톨게이트에 나가 있다가 나타나면 곧바로 연락해. 우리가 마중나가지."

"알겠습니다!"

유 창용은 다시 인걸에게 명령했다.

"넌 혹시 모르니까 김 동회 형님에게 보고해. 동회 형님이 이번에 우리 힘을 봐야 우리 칠산파가 얼마나 세다는 걸 알 거니까."

"알겠습니다."

인걸은 곧 김 동회에게 전화를 걸었다.

"어르신. 접니다. 인걸입니다."

인걸은 김 동회에게 깍듯이 인사를 하고는, 급하게 전화를 넣은 용건을 털어놨다.

"형님이 전화하라고 하셔서 전화 넣었습니다."

"그래. 무슨 일인데?"

육십이 넘은 김 동회는 목소리는 아직도 쩌렁쩌렁했다.

"오늘 저녁에 서울에 있는 황제파 애들이 내려온다고 합니다. 저번에 형님한테 조직을 넘겨달라는 말을 했던…… 황제파들이 부산에 내려온다는 말을 들었습니다."

"뭐? 걔들이 왜 내려와? 창용이 있나?"

김 동회는 심상치 않음을 알아차렸는지 즉시 유 창용을 찾았다.

"네. 바꿔 드리겠습니다."

인걸은 나이 많은 형님에 대한 깍듯한 예의로 수화기에다 대고 절을 하고선 유 창용에게 전화기를 넘겼다.

"네. 형님. 접니다."

유 창용 역시 김두한의 후계자라는 칭호를 받은 김 동회 어른에 대해 신의와 충성을 다짐이라도 하듯이 공손하게 전화를 받았다.

"황제파의 춘호라는 애가 왜 내려와? 뭣 땜에 내려오는 거지."

"그쪽에서 우리 조직을 넘겨달라는 말이 있어서 한마디로 거절했습니다. 그랬더니 내려온다고 그러는 겁니다."

"……"

"왜요? 어르신께서 아는 놈입니까?"

"알다마다. 서울에서는 황제파가 잔인하기로 소문 나 있지. 그건 너도 알잖은가?"

"네."

유 창용은 김 동회 어른이 하는 말을 듣고 있었다.

"좋게 거절하지 그랬어?"

"그게……. 그놈이 아예 싸가지 없게 나오는 겁니다. 아주 새카만 놈이 형님을 몰라보고 나오기 때문에 버릇 좀 갈쳐주려고 막말로 했지요."

"그럼 쓰나. 아무리 부산하고 서울이 떨어져 있다고는 하지만 독을 품으면 먼 거리는 아니지. 그래서 붙으러 내려온다는 건가? 자넬 만나러 내려온다는 건가?"

"그건……."

"……."

"우리도 붙을 각로를 하고 있습니다. 그놈이 얼마나 센지 모르지만 우리 칠산파도 그리 우스운 놈들은 아닙니다."

"허어……."

김 동회는 이미 사태가 꼬였다는 것을 감지했다. 유 창용의 말투로 봐서는 황제파의 춘호라는 자가 부산을 집어먹기 위해 내려오겠다는 뜻으로 해석이 됐다.

"왜 그러십니까? 형님."

"그놈하고 붙어서 이긴 놈이 없어. 내가 이 바닥에서 모르는 게 어디 있나? 손바닥 안에서 날고뛰는 것을 다 아는 판인데. 그쪽에서 어떻게 나올지 모르지."

"우리도 준비하고 있습니다. 비행장하고 고속버스 터미널에 재필이하고 각수를 내보냈습니다. 그리고 인걸이는 고속도로 톨게이트에 보내서 들어오는 즉시 밟아버릴 준비를 해놨습니다."

"애들 다 동원했나?"

"네."

"그럼 큰일났군. 결국 안 붙을 수가 없게 생겼네?"

김 동회는 이미 사태가 수습할 수 없는 지경이라는 것을 직감하고 있었다.

"붙어도 우리가 밀릴 일이 없습니다. 짜식들이 부산까지 내려와서 우리를 쓸어버릴 수는 없습니다. 조직원들을 다 집합시켜놨습니다."

"알았네. 내가 그쪽으로 감세. 이번 일은 성급하게 처리하는 게 아닐세. 내가 감세."

김 동회는 심상찮은 느낌 속에 얼른 수화기를 내려놓았다. 하얀 한복으로 바꿔 입은 김 동회는 중절모 대신에 창이 달린 하얀색 모자를 쓰고 급하게 핸드폰을 열었다.

"차 준비해라."

비서에게 말하고는 곧장 밖으로 나왔다.

"여보. 어디 가시게요? 저녁때가 다 됐는데."

"큰일이 일어날 거 같아. 얼른 갔다 옴세."

김 동회는 부인에게 그렇게 말하고는 집 앞 마당에 시동을 걸고 서 있는 외제차로 다가갔다. 김 동회가 집을 떠난 시각에 춘호의 일행들이 탄 차는 고속도로 톨게이트로 들어서고 있었다. 일렬로 톨게이트로 들어서던 차량들은 각각 여러 군데의 진입로로 흩어져 나뉘어서 개찰구로 들어섰다. 고속도로 통행료를 낸 차량들이 진입로를 빠져나가면서 다시 일렬로 합쳐졌다.

거대한 차량들의 물결을 지켜보고 있던 인걸은 급히 핸드폰을 꺼내 전화를 걸었다. 톨게이트 옆에는 스무 대의 중형차들 지켜서 있었다.

"형님. 큰일났습니다!"

인걸의 다급한 목소리를 들은 유 창용은 수화기에다 소리를 버럭 질렀다.

"뭐야! 뭐가 큰일이야! 그놈들이 나타났나?"

"네! 방금 톨게이트를 빠져나갔습니다. 차들이 에쿠스만 스무 대가 넘습니다. 그 뒤로 봉고차 삼십 대 가량, 트럭하고 봉고차들이 그 뒤를 줄을 잇고 있는데요."

"뭐?"

유 창용은 인걸의 다급한 목소리를 듣고서 놀랐다.

"정말입니다. 톨게이트가 꽉 막혔습니다. 방금 그놈들이 시내 쪽으로 들어가는 거 봤습니다. 그놈들 뒤를 따라가고 있는데 아마 서울에서 몽땅 데리고 내려온 거 같습니다."

"몇 명이나 돼!"

유 창용의 목소리도 커지고 있었다.

"모르겠습니다. 차 안이 선팅이 돼서 얼마나 탔는지는 모르겠습니다. 차만 해도 오십 대는 되는 거 같습니다. 봉고차도 30대

가량이면, 이삼백 명은 될 거 같습니다."

"……?!"

"어떻게 하지요? 내가 여기서 쳐부수기에는 힘들 거 같습니다."

"일단 붙어! 할 수 없어! 그리고 그쪽으로 우리가 갈 거니까 쳐부수고 있어!"

그렇게 말을 하고 있는 유 창용의 이마에 진땀이 배어나고 있었다. 유 창용이 전화를 끊고서 막 자리에서 일어서는데 사무실 안으로 김 동회가 들어왔다. 김 동회의 눈빛이 붉게 빛나고 있었다.

"어디 가나?"

"아닙니다. 방금 황제파 애들이 톨게이트를 치고 빠져나갔다고 보고가 들어왔습니다."

"그래서?"

김 동회는 의자로 가서 앉으며 물었다. 그의 목소리에는 긴장감이 감돌고 있었다.

"인걸이 보고 일단 붙으라고 그랬습니다. 그동안에 쳐들어간다고 그랬습니다."

"한번 붙어볼 텐가?"

"그래야지요. 그냥 순순히 들어줄 수는 없잖습니까?"

"흠……."

김 동회는 난감한 표정을 지었다. 그의 얼굴에 복잡한 심경이 그대로 드러나고 있었다. 나이 많은 김 동회는 어린 시절 김두한의 총애를 받으며 조직세계에서 활약하다가 김두한이 후계자 지명을 앞두고 타계한 뒤로 이젠 조직세계를 떠나 있었지만 자신이 살고 있는 부산에서 칠산파의 유 창용의 뒤를 봐주면서 그래도 조직세계에서는 살아 있는 인물로 통하고 있는 이였다. 유 창용으로선 김 동회의 전설적인 후광을 등에 업고서 칠산파라는 조직을 일궈왔던 터였지만 유 창용은 지금 황제파라는 조직의 위협을 받고 있는 중이었다. 그랬으므로 사활이 걸린 이 문제에 김 동회의 자문을 구하지 않을 수 없었다.

두 사람은 침묵 속에서 서로의 얼굴을 쳐다보며 복잡한 심경을 읽어내고 있었다.

"자네. 이길 승산은 있는가?"

"……."

"저쪽에서 얼마나 많은 인원이 내려왔다고 하는가?"

"서울에서 내려온 놈들이 대략 이백 명쯤 되는 거 같습니다."

"그럼 서울에서만 내려왔을 거라고 생각하나?"

"……?"

유 창용의 표정이 갑자기 일그러졌다.

"이미 싸움은 끝난 걸세. 서울에서 여기까지 뛸 정도라면 이백 명이 아니지. 아마 이 근처에서도 응원군이 올 걸세."

"그럼? 어디 말입니까?"

"그냥 자네가 더 잘 알잖은가."

"……."

"원래 서울은 주먹잡이들의 세계일세. 자넨 항상 그걸 염두에 둬야 하는 거야. 지방에서 아무리 조직이 크고 칼을 잘 쓰는 놈이 있다고 하더라도 서울의 조직을 무너뜨릴 수는 없네. 그걸 아나?"

"……."

"내가 이리로 달려온 것은 피비린내 나는 싸움을 말리고 싶어서야. 이미 승부는 나 있는 거라는 거야."

"아닙니다. 이백 명쯤은 해치울 수 있습니다. 그건 걱정 마십시오."

"허어, 그럼 그 많은 인원들을 다 죽이겠다는 각온가?"

"무슨 말씀이신지……?"

"이백 명을 다 죽일 수 있다고 하면 이기는 싸움이지만 그렇게 될 수는 없네. 이미 저쪽은 이쪽 부산을 깨부수고 나면 전국 통일을 바라고 내려온 걸세. 그저 단순히 부산을 집어먹기 위해서 온 거라고 생각하면 안 되네."

"……."

"내 말을 듣게. 일단 서울서 내려온 놈들은 서울서 날고 기는 놈들이라는 걸 알아야 되네. 이백 명이 다 칼잡이이거나 무술에 뛰어난 놈들이라고 생각하게. 그리고 이 근처에서 나타나는 조직원들도 있다고 봐야 하네. 그렇지 않고 서울서만 이백 명을 데리고 나타났다고 생각하면 그건 자네의 오판일세."

"어르신. 그러면 어떻게 합니까?"

"이미 양쪽에서 피할 수 없는 도전장을 냈으니 이젠 피할 수가 없지. 그러면 어떻게 하는가는 자네한테 달렸네. 싸워도 깨끗하게 싸우면 되네."

"깨끗하게요? 어떻게 말입니까?"

"자네 총 있나?"

"네."

"총을 쓸 텐가?"

"……."

유 창용은 말이 없었다. 사실, 그의 가슴 안주머니에는 러시아에서 부산항만으로 흘러들어온 권총을 소지하고 있었다. 부산에서는 구소련에서 흘러들어온 권총을 구하기란 식은 죽 먹기였다.

"그건 절대로 쓰지 말게. 그건 우리 조직세계에서 가장 치욕적인 모험일세. 사나이는 깨끗하게 쓰러져 죽을 때가 가장 멋있는 법이야."

"……."

"난 김두한 형님이 죽을 때를 항상 생각해. 그게 도리야."

"그럼 어떻게 합니까?"

"만약 싸우더라도 절대로 칼 외에는 쓰지 말게. 칼과 파이프는 우리들의 무기가 될 수 있지만 총은 이미 무기가 아니네. 그건 가장 비겁한 짓일세. 내 말을 듣게."

"네, 알겠습니다."

"춘호라는 자는 내가 알기로 고아원 출신일세."

"네?"

유 창용은 깜짝 놀랐다.

"남대문파의 희준이라는 자 알지?"

"네. 손가락 하나가 없다는 놈 말입니까."

"그 자도 고아원 출신일세. 앵벌이부터 시작해서 잔인하기 짝이 없는 인간이라는 말을 들었네. 그리고⋯⋯."

김 동회는 잠시 창밖을 내다보았다가 어스름이 깔리는 것을 보고선 더욱 낯빛이 어두워졌다.

"⋯⋯?"

유 창용은 김 동회 회장이 그런 것까지 꿰차고 있는 줄은 까마득히 몰랐던 것이다.

"두 사람은 물론 같은 고아원에서 자랐을 거라고 봐. 그러니까 어렸을 때부터 겁없이 자랐을 거라고 보면 돼. 죽기 아니면 까무러치기라는 말이 있지. 그런 식이지."

"그게 사실입니까?"

"그렇네."

"⋯⋯."

"그리고⋯⋯. 춘호라는 자는 이미 서울을 잡아먹은 놈이야. 뿌리도 없이 서울을 다 잡아먹었을 정도라면 뒤에는 뭐가 있는지 짐작도 하기 어려운 일이야. 그게 무서운 거야."

"뒤요? 그렇다면 어떤 세력이 또 있다는 겁니까?"

"흠······."

김 동회는 더 이상 입을 열지 않았다. 그도 속이 타는지 마르보로를 꺼내 입에 물고는 불을 붙였다.

김 동회는 늘 지포 라이터로 담배에 불을 붙이고는 만지작거리는 습관이 있었다. 어떤 복잡한 일이 있을 때마다 그는 라이터를 만지작거리며 상대방의 눈빛을 뚫어지게 쳐다보는 것이었다. 바깥에 있던 조직원들이 사무실 안으로 들어왔다가 김 동회 어른이 와 있다는 것을 알고는 허리를 깊숙이 숙여 인사를 하고는 밖으로 나가버렸다. 사무실 안의 분위기가 심상치 않음을 알고선 나갔다.

"시간은?"

김 동회가 물었다.

"아직······. 부산에 도착하면 연락한다고 그랬습니다."

"그럼 이쪽에서 먼저 서두르게. 손자병법에 보면 그래. 적이 강할 때는 선제공격을 가하는 것이 좋다고 나와 있네. 여긴 부산이야. 일단 이쪽이 유리하니까 선제공격을 가하는 것처럼 싸우다가 적당히 밀리는 모습을 보여주는 것도 좋네. 그건 항복이 아니라 친선일 수 있어."

"그건······."

유 창용의 심정은 더 이상 김 동회의 말을 들을 계제가 아니었다. 참을 수 없는 굴욕감이 머리끝까지 치밀어 오르고 있었다.

부산이라면 옛날로부터 칼잡이들이 득실거렸을 뿐만 아니라,

전국 어느 곳에서도 부산은 함부로 건드리질 못했던 곳이 아닌 가. 김 동회 역시 서울에서 내려올 때에 부산을 택했던 것도 여생을 편안히 지내기 위해서는 외풍이 미치지 않은 부산 쪽을 택했던 것이었다.

"내 말을 듣게. 끝까지 싸우더라도 선한 싸움을 하라는 뜻일세. 자네가 부산의 칠산파를 일으켜서 보스를 맡고 있다는 것을 저쪽에서 인정하도록 하게. 어차피 춘호라는 자는 이번 싸움에서 이기더라도 부산을 완전히 장악하지는 못할 걸세. 부산 근처에 있는 조직의 보스를 내세운다는 것은 있을 수 없는 일이야. 어차피 자네에게 이 자리를 지키도록 하는 수밖에 없어. 그것만 명심하면 돼."

"……."

유 창용은 입술을 지그시 깨물었다.

"자, 나가세. 나랑 커피나 한 잔 하러 가세. 이럴 때는 한 박자 감정을 늦추는 것이 장래를 위해 좋은 걸세."

그러면서 김 동회는 걸치고 온 두루마기를 휙 잡아채서는 자리에서 일어났다.

그때였다. 사무실의 벨이 울렸다.

"……?"

김 동회의 짙은 눈썹이 꿈틀거렸다.

"받게. 아마 도전장인 모양일세."

유 창용은 호술이가 전화를 받도록 놔뒀다. 호술이 수화기를 들었다. 인걸의 목소리가 흘러나왔다.

"형님, 바꿔."

"인걸이 형님입니다."

호술이 수화기를 내밀었다. 유 창용은 소파로 털썩 앉으며 수화기를 귀에 갖다댔다.

"형님. 아무래도 붙기가 마땅치 않습니다. 오늘따라 경찰이 쫙 깔렸는데요."

인걸의 급한 목소리였다.

"어디냐?"

"시내 쪽으로 들어가고 있습니다."

"재필이하고 각수는?"

"이쪽으로 다 왔습니다."

"모두 몇 명이냐?"

"백오십 명쯤 됩니다. 한 번 붙어볼 만합니다."

"좋아! 그냥 따라가기만 해. 한 적한 곳에 멈추면 먼저 기습을 해. 내가 그쪽으로 가겠다."

유 창용은 수화기를 놓자마자 튕기듯이 일어났다. 유 창용의 뒤를 따라 호술이 뒤를 따랐고, 김 동회는 천천히 발걸음을 옮겨놓기 시작했다. 사무실 앞에 세워진 검은색 승용차에 올라탄 호술은 운전대를 잡았고, 조수석 문을 연 유 창용은 김 동회가 나오기를 기다렸다.

"먼저 가게. 난 뒤를 따라갈 테니."

김 동회의 말에 유 창용은 승용차에 올랐고, 바깥에 대기하고 있던 차들도 김 동회의 검은색 차가 움직이는 것을 보고서 그 뒤를 따랐다.

한편, 춘호가 탄 1호차는 광복동 시내 쪽으로 기어들고 있었다. 춘호는 나름대로 시내 한복판에서 그들이 먼저 싸움을 걸어올 리는 없을 거라는 계산을 깔고 있었다. 시간을 벌기 위해 일부러 시내 쪽을 택한 것이다.

"어디야? 붙을 장소는 정한 거야?"

정혜가 창밖의 부산 시내를 내다보며 물었다.

"아직. 우리가 도착하면 연락한다고 그랬어. 춘호가 일부러 시내 쪽으로 택한 거 같아."

배호가 설명하자, 정혜는 그제야 춘호의 계산을 알아차렸다. 그들이 탄 차는 수십 대의 행렬을 이루면서 시내 쪽을 달리다가 찻길 가에 멈춰섰다. 춘호는 핸드폰을 꺼내 2호차의 희준에게 전화를 걸었다.

"이제 슬슬 시작해볼까?"

"좋지! 부산 자갈치에서 손목을 잘라봐? 하하."

"그럼 전화할게. 우리가 움직이면 따라와."

"하이! 알았어!"

희준의 말에 춘호는 안주머니에서 핸드폰을 꺼냈다. 그리곤 직접 다이얼을 눌렀다. 시내 쪽으로 달리고 있던 유 창용의 품에서 핸드폰이 울렸다. 그는 직감적으로 황제파가 걸어온 전화일 것이라는 생각이 들었다. 그가 핸드폰을 받자마자 굵직한 남자의 목소리가 들렸다.

"나 춘호다. 부산 시내 구경 좀 하느라고 늦었다. 어디로 갈까?"

"춘호? 좋다! 기장으로 나가지."

"우린 길을 몰라서 그러는데 길 좀 안내 좀 해주면 안 되나?"

"야! 자식아! 기장으로 와! 정각 여덟 시 반에 기장에서 만난다!"

"좋아! 첫 마디부터 거치네. 거기서 보지."

춘호는 싱긋 웃고는 핸드폰을 집어넣었다.

"기장이야?"

정혜가 물었다.

"응. 기장으로 가자. 부산에서는 좁지. 하하."

춘호의 말에 정춘은 곧 차의 머리를 돌려 기장으로 나가는 길을 택했다. 그 뒤를 따라 수십 대의 차량들이 움직이기 시작했다. 기장에 도착한 1호차는 바닷가 쪽으로 달렸다. 산 밑에 있는 바닷가에는 이미 칠산파들이 몰고 온 차들이 바리케이드를 쳐놓은 것 같았다. 차들만 서 있을 뿐, 칠산파 애들은 보이지 않았다.

"저 차들 바깥으로 에워싸라. 다들 차 안에 있는 것 같군."

춘호는 그렇게 말하자, 배호가 이번에는 차량들에게 전화를 때리기 시작했다.

"저 차들을 에워싸라. 차에서 내리지 말고."

배호의 명령에 뒤차들은 일제히 칠산파들이 몰고 온 차량 바깥을 에워싸기 시작했다. 차량들이 다 에워싼 것을 보고선 춘호는 차에서 내렸다. 배호와 정혜도 같이 따라 내렸다. 그와 동시에 다른 에쿠스에서는 희준과 창석이, 송혁이가 내렸고, 봉고차에서도 조직원들이 우르르 내리기 시작했다.

어둠이 깔리기 시작하는 바닷가에는 건장한 사내들이 소리 없이 움직이고 있었다. 그들의 손에는 각자 하나씩의 무기들이 들려져 있었다. 춘호가 칠산파의 차량 가까이 다가가자, 차량 안에 있던 칠산파들의 조직원들도 내려서 반원을 그리듯이 진을 치기 시작했다.

춘호 옆으로는 배호와 희준, 정혜와 창석이, 송혁이 나란히 섰고, 그 옆으로는 다시 창원의 김 기봉, 울산의 표 장근, 여수의 김 주식과 그들이 데리고 온 심복들이 둘러섰다. 그 밑의 부하들은 일렬로 쭉 늘어서서 칠산파와 정면으로 마주보고 있었다.

"누구냐? 칠산파의 오야붕이."

춘호가 입을 열었다.

"나다. 서울서 내려오느라 애썼구나."

유 창용이 중앙에서 한 발자국 앞으로 나왔다.

"호오. 나보다 연세가 많으시니 형님으로 대접해야겠다. 오늘 이렇게 만나보게 돼서 반갑다. 난 황제파의 춘호다. 이제 시작해볼까? 그쪽에서 두 사람 뽑아서 망을 보게 하고, 이쪽에서도 두 사람을 뽑아서 보초를 세우도록 하지. 짭새들이 끼어들면

귀찮으니까."

"좋다!"

유 창용은 곧 두 사람을 불러내서 뒤편으로 가서 사람이 오는
걸 지키도록 했고, 춘호 역시 두 명을 골라서 가까이 접근하지
못하도록 하고선 서로의 대열을 정비했다. 저쪽에서도 만만치
않은 조직원들이 동원이 되어 있었다. 이미 전쟁을 선포한 유
창용에게는 이 바닷가에서 승부가 일생일대의 승부가 될 것이
므로 서울서 내려온 춘호 같은 피라미에게 밀려서는 안 되겠다
는 분노심으로 가득 차 있었다.

김 동회는 차에서 내려 두 패가 서로 마주보며 대화를 하는
것을 지켜보고 있었다. 인원수는 서울서 내려온 춘호파가 더 많
았다. 김 동회는 황제파의 전면에 서 있는 조직원들 중에서 희
준을 찾아내려고 애를 쓰고 있었다. 약간 어스름한 저녁 무렵이
었으므로 무기를 들고 있지 않은 사람 중에서 손가락 하나가 없
는 것을 찾아내기란 어려운 일이었다. 그러나 김 동회는 춘호가
유 창용과 대화를 하는 동안에 잠깐 손을 움직이는 것을 보면서
춘호의 손가락 하나가 없다는 것을 알아차릴 수 있었다.

'흠……. 저 놈도 손가락을 잘렸군.'

막 싸움을 시작하려고 하고 있는 저편에 나이 많은 사내가
말끔한 양복을 입고 서 있는 것이 눈에 들어왔다.

'누구지?'

그런 생각을 했지만 굳이 알고 싶지 않았다. 춘호 옆에는 정

혜가 대검을 들고 서 있었다.

"자, 시작하지. 칠산에서 먼저 들어오지."

춘호의 그 말이 떨어지기가 무섭게 유 창용의 입에서 명령이 떨어졌다.

"쳐라!"

그 말과 동시에 저쪽에서는 무기를 쳐든 사내들이 순식간에 뛰어 들어왔다.

"쳐!"

춘호의 명령이 떨어졌다. 사내들은 벼락같이 움직이면서 들고 있는 무기들을 휘두르기 시작했다. 무기를 움직이는 모양새는 보통 수준이 아니었다. 이미 그들은 오랜 기간 칼잡이 노릇을 하면서 훈련에 훈련을 거듭했던 사내들이었으므로 무기를 다루는 폼이 마치 제비처럼 날쌘 모습이었다.

순식간에 피비린내가 주변에 진동 했다. 춘호와 희준은 무기보다는 맨주먹과 발이 편했다. 자유자제로 주먹과 발을 움직이면서 닥치는 대로 쓰러뜨렸다. 무기가 날아오면 일단 무기부터 제압하고서 주먹과 발길질을 날렸다.

처음에는 춘호와 유 창용은 서로 맞붙기를 피했지만 점점 판세가 황제파 쪽으로 기울어지게 되면서 유 창용이 춘호에게 덤벼왔다. 유 창용의 손에는 파이프가 들려 있었다.

"자, 와! 다 죽일버릴 테니까! 새파란 놈이 겁대가리 없이 부산까지 와?"

유 창용이 날렵하게 파이프를 움직이면서 춘호의 정수리를 향해 날아들었다. 춘호는 튕기듯이 날아오르면서 발길로 파이프의 방향을 틀어놓은 다음에 주먹이 날아갔다. 유 창용의 얼굴에 주먹이 바로 꽂혔다. 희준이 양 손에 쌍칼을 들고 싸우다가 춘호가 유 창용과 붙는 것을 보고는 유 창용의 어깨에 칼을 내리꽂았다.

　김 동회는 칠산파에서 두 명이 쓰러지는 것을 보면서 판세가 기울었음을 감지했다. 싸움에서 쓰러진다는 것은 곧 죽음을 뜻하는 것이었다. 무지막지하게 휘두르는 칼에 맞았다면 최소한 중상 아니면 사망이었다.

　"그만!"

　어디선가 불호령 같은 고함이 들렸다. 유 창용이 어깨에 칼을 맞고서 물러서는 동시에 김 동회가 앞으로 나섰다. 그들 사이에 김 동회가 끼어들자, 그때까지 격렬하게 무기를 휘두르던 사내들이 모두 춘호와 유 창용에게로 시선을 돌렸다.

　"싸움은 끝났어! 난 김 동회다! 그만해라!"

　김 동회가 중간으로 끼어들었다. 말끔하게 양복을 입은 김 동회는 어깨를 움켜잡고 서 있는 유 창용을 힐끗 보고는 춘호에게로 시선을 던졌다.

　"네가 춘호냐?"

　"너는 누구냐?"

　"김 동회라고 했잖아. 넌 아직 피라미야."

김 동회의 말에 춘호가 몸을 날리려 하자 옆에 서 있던 희준이 춘호의 팔을 잡았다.

"잠깐! 저분은 김두한의 후계자다."

"뭐? 김두한?"

"됐어! 이제 그만해."

희준은 김 동회라는 자에게 허리를 깊이 숙였다.

"이건 이미 끝난 싸움이다. 더해봐야 싸움은 딱 오분이면 끝난다. 춘호! 요구조건이 뭔가?"

김 동회의 목소리는 약간 쉿소리가 났다.

"다른건 없다! 조직을 넘겨다오."

"이런! 버릇이 없는 놈이구마."

김 동회가 날카롭게 춘호를 쏘아보았다.

"……."

춘호 역시 김 동회를 노려보았다. 춘호는 두 주먹을 쥔 채로 공격할 준비를 갖추고 있었다.

"난 이미 죽은 몸이다. 김두한 형님이 죽었을 때, 나도 죽은 셈이다. 나를 칠 생각인가?"

"……."

춘호는 옆에 있는 희준을 돌아보았다. 희준은 김 동회라는 자에게 존경의 눈빛을 보내고 있었다. 그제야 춘호는 김 동회라는 자가 범상치 않은 노인임을 알아차렸다. 김두한의 이름이야 익히 알고 있었지만 그의 후계자라는 사람에 대해선 알고 있지 못했다.

"조직이라는 것은 서로 뺏기도 하고 뺏길 수도 있다! 이쪽에서 서로 협상해라! 유 창용은 이미 칼을 맞았다. 죽일 텐가?"

"……."

춘호는 유 차용을 죽일 거냐는 물음에 대해선 할 말이 없었다. 이미 김 동회는 황제파가 이겼음을 감지한 것이다. 황제파의 칼과 파이프에 맞아 쓰러진 칠산파의 조직원이 다섯 명쯤 되는 것을 본 김 동회로서는 그들이 이미 죽었을 거라는 생각이 들었다.

"꼭 죽일 것 까지는 없습니다. 다만 나는 조직을 넘겨달라는 겁니다."

"유 창용! 이번에는 네가 답해라!"

김 동회의 쩌렁쩌렁한 말이었다.

"차라리 나를 죽여라! 조직은 넘겨줄 수 없다!"

유 창용이 눈에 힘을 주며 말했다.

"그럼 죽여주지. 다시 시작한다!"

춘호가 그 말을 뱉음과 동시에 김 동회의 입에서 소리가 터져 나왔다.

"이런 버러지 같은 놈! 나를 뭘로 아나! 그만해!"

김 동회의 목청이 터질 것 같은 고함에 다들 움직이지 못했다.

"창용이! 오기는 피를 부른다! 춘호와 협상해라!"

김 동회의 말이 끝나고 그는 다시 말을 던졌다.

"다들 차로 들어가. 여긴 창용이와 춘호, 희준이만 남는다!

어서 들어가!"

그 호령에 칠산파들은 유 창용의 명령이 나오기를 기다렸다. 잠시 뒤에 유 창용의 입에서 명령이 터져 나왔다.

"들어가라."

그 말에 칠산파들이 먼저 움직였고, 황제파의 조직원들도 차로 들어가기 시작했다.

어둠이 짙어진 바닷가는 네 명의 사내들만이 남았다. 중간에 서 있는 김 동회는 점점 어두워져 가는 밤바다를 쳐다보면서 담배에 불을 붙였다. 그의 입에서 가는 연기가 새어나오고 있었다.

"잘 들어라. 앞으로 한국의 조직들을 이끌고 나가려면 김두한 형님의 정신을 이어받아야 한다. 근래 들어서 우리 조직세계는 양아치 같은 놈들이 물을 흐리고 있다. 돈을 위해서라면 의리도 저버리는 조직과, 그런 놈들은 없어져야 한다. 남자는 때에 따라서 죽을 줄도 알아야 하고, 의리를 위해서는 목숨을 내놓을 수도 있어야 한다."

김 동회는 앞에 서 있는 세 명의 보스들에게 말을 하기 시작했다.

"난 이날 이때까지 목 뒤에서 칼을 꽂아보진 않았다. 조직세계의 물이 흐려진 이유는 자네들도 알 것이다. 돈을 벌기 위해서 마구잡이로 칼을 휘두르는 놈들이 배운 것도 없이 지 방식대로 조직을 이끌고 나가기 때문이다. 여기 있는 칠산파의 유 창용은 그런 동생이 아니다. 서울에서 내려왔다는 친구들. 자네들이 알고 있는 유 창용과 다른 면이 있다는 걸 말해주고 싶어서 이 자리에 나왔다. 이제 서로 협상하게. 주먹으로 뭉친 이들은 주먹으로 다시 뭉칠 수 있는 법이다. 의를 깨고 뭉치는 것이 아니다. 의리란 찾는 자에게 의리가 돌아오는 법. 자네들은 이제 시작인 걸세. 내 말을 명심하게."

"……."

서로 마주보고 있는 양편에서는 아무런 말이 없었다. 춘호는 느긋하게 유 창용을 쳐다보았다.

"희준이."

김 동회가 나직하게 불렀다.

"네. 어르신 형님."

희준이 허리를 숙였다.

"나를 아나?"

"네. 소문은 익히 들어서 알고 있습니다."

"……."

어둠 속에서 김 동회의 눈가가 파르르 결련이 일어나는 것이었다. 그러나 그 누구도 그런 낌새를 알아차리지는 못했다.

"고아원에서 컸다고?"

"……?!"

"그냥 들어서 아는 것뿐이다. 여기 있는 춘호와 자네가 같은 고아원에서 잘랐다는 이야길 들었다. 어느 고아원이냐?"

그렇게 말을 하는 김 동회의 목소리가 떨리고 있었다.

"은혜 고아원입니다."

"……."

김 동회는 물끄러미 희준을 살피고 있었다. 예전의 호랑이라는 별명을 들었던 김 동회의 가슴 속에 잔잔한 파문이 일고 있었다. 그 비밀은 이 세상에 있는 그 누구도 모르는 일이었다. 오직 자신만이 그 출생의 비밀을 알고 있을 뿐이었다.

"자네가 나서게."

김 동회는 그 말을 남기고는 홀연히 그 자리를 떠나고 말았다. 그는 자신의 차로 가지 않고 그들에게서 멀리 떨어진 바닷가로 걸어갔다.

"유 창용!"

희준이 불렀다.

"……."

유 창용이 어깨에 맞은 칼자국에서 피가 흐르는 것을 막고서 희준에게로 시선을 던졌다.

"이제 협상하자. 남자답게 깨끗이 해결하자."

"좋다! 말해라!"

"춘호!"

희준이 춘호를 불렀다.

"말해."

"이제 끝난 일이다. 여기 부산을 접수하는 대가로 유 창용에게 자리를 지키도록 하는 게 어떻겠나?"

희준의 전격적인 제안이었다.

"그렇게 하겠느냐?"

그말에 춘호가 싸늘하게 유 창용에게 물었다.

"좋다! 졌으니까 니 밑으로 들어가겠다!"

"하하. 좋아! 역시 김 동회 어른의 말대로 깨끗한 놈이군. 좋아! 그런 항복하는 표시를 해라!"

춘호의 조건이었다.

"어떻게?"

유 창용이 고개를 들자, 춘호는 품에서 칼을 꺼내 백사장에 내리꽂았다. 그 칼을 본 희준이 약간 놀라는 듯이 춘호를 쳐다보았다.

"니 뜻에 맡기겠다. 그게 니 마음이다!"

춘호가 비방하게 한마디 덧붙였다.

"……."

칠산파 보스 유 창용의 얼굴에 가느다란 흔들림이 언뜻 스쳤다. 그러나 유 창용은 곧 바닥에 꽂혀 있는 칼을 뽑아들어 단숨에 자신의 배에 칼을 꽂았다.

"흐……."

그의 입에서 가는 신음이 터져 나오다가 말았다. 유 창용의 배에서 검붉은 피가 솟구치면서 바닥으로 흘러내렸다. 희준이 유 창용의 배에서 칼을 뽑아냈다. 그 칼을 들어 달빛에 비쳐본 희준이 춘호에게 그 칼을 넘겨주었다. 피가 묻은 칼을 쥔 춘호는 천천히, 아주 천천히 손수건을 꺼내 칼을 덮고선 자신의 품 안으로 집어넣었다.

"좋다! 접수한 것으로 하겠다. 앞으로 칠산파는 우리 황제파의 조직이다."

춘호는 엄숙하게 선언을 하고는 달빛을 쳐다보았다.

"……"

유 창용은 손가락 사이로 흘러내리는 피를 거머쥐고 춘호를 쳐다보았다.

"이건 황제파가 내리는 선물이다. 오늘밤에 애들하고 회식이나 해라."

춘호는 준비해온 오십 억이 든 봉투를 내밀었다.

"……"

유 창용은 춘호가 던져준 봉투를 들고선 이미 등을 돌리고 걸어가고 있는 춘호의 뒷모습을 바라보고 서 있었다.

춘호가 탄 차는 바닷가를 빠져나갔다. 그 뒤를 이어 수십 대의 차량들이 어둠 속을 뚫고 달리고 있었다. 이번에는 부산 시내로 들어가지 않고 동해안을 거쳐 해안도로를 따라 북상하고 있었다.

수십 대의 차량들이 헤드라이트를 켜고서 해안도로를 달리는 모습은 장관이었다. 정혜는 에쿠스의 뒤창으로 길게 차량들의 행렬이 따라오는 것을 보면서 지난날들의 힘들었던 시절들을 떠올리고 있었다. 옆 창문 밖으로는 동해안이 캄캄하게 보였다.

바다 멀리 오징어잡이 배들이 환하게 불을 켜놓고 있는 것이 보였다.

그녀는 옆에서 자고 있는 춘호의 얼굴을 바라보다가 문득 지방대학에서 강사를 하고 있는 준희와는 전혀 다른 분위기의 남자라는 사실에 놀라고 있었다. 준희와 나이가 같았지만 춘호는 준희와는 전혀 다른 세계에서 살아온 남자였다.

정혜는 잠든 춘호의 손을 가만히 잡아보았다. 굵고 억센 손이 만져졌다.

"……"

춘호의 손등은 마치 벽돌과도 같다고 생각되었다. 거칠거칠한 느낌이었다. 굵은 손가락을 만지작거리다가 정혜는 눈을 감았다. 앞 조수석에 타고 있는 배호도 어느새 잠들어 있었다. 차는 어둠 속을 뚫고서 파도소리를 가르며 서울로 달리고 있었다.

춘호는 이제 더 이상 조직에 대해 신경을 쓰지 않아도 되었다. 태백건양의 사장을 맡고 있는 배호가 전무인 정춘을 시켜 조직을 관리하도록 해놓은 것이었다. 물론 모든 조직의 총회장은 춘호였지만 이번 부산일로 인해서 다른 지방조직까지도 쉽게 접수할 수 있었다.

부산에서 일어난 대규모 원정 싸움에서 있었던 일들이 전국에 있는 조직에게 퍼지면서 춘호의 황제파는 전설적인 조직이 된 셈이었다.

황제파가 조직을 접수한다고 하면 지방에서는 순순히 황제파의 조직으로 들어왔다. 부산 유 창용에게 건넨 거액의 지원자금 또한 입소문으로 파져나갔다. 의리와 신의를 지킬 줄 아는 황제파라는 소문은 조직들에게는 우상이 되고 있었다.

부산 일을 끝내고 나서 교도소로 면회를 간 춘호는 임 회장을 면회하고 있었다.

"아버님. 부산을 접수했습니다. 그 일로 그저께 올라왔습니다."

"그래. 잘 됐나? 다친 데는 없고?"

임 회장은 춘호가 점점 달라져가는 모습을 보면서 흐뭇한 기분을 감출 수 없었다. 춘호에 대한 소문은 이곳 교도소 안에도 널리 퍼져서 주먹잡이라면 춘호의 이름을 모르는 놈이 없었다. 간혹 신입으로 들어오는 폭력전과범들 중에는 감방 신고식 때, 춘호의 황제파 조직원이었다고 떠벌리기까지 하는 놈도 있었다. 그만큼 춘호에 대한 전설적인 이야기는 이곳 감방에까지 소문이 나고 있었다.

"네. 순순히 접수했습니다. 유 창용이란 자는 보기보다 깨끗한 놈이었습니다. 아버님."

춘호는 임 회장에게로 다가서며 불렀다.

"응? 왜?"

"부산에서 김 동회라는 자를 만났습니다. 육십이 넘은 노인이었습니다."

"그래? 그 사람이 나타났더냐?"

임 회장도 놀라는 눈치였다.

"네."

춘호는 임 회장이 놀라는 표정이 믿기지 않았다. 양아버지인 임 회장이 김 동회 씨를 아는 듯했다.

"그 분 아십니까?"

춘호가 물었다.

"조직세계에선 모르는 이가 없지. 너를 알고 있더냐?"

"아는 것 같았습니다. 전 초면이지만."

"그래. 그 사람 어떻게 나오더냐? 칠산파하고 연관이 있더냐?"

"그런 것 같았습니다. 아마 원로로써 뒤를 봐주는 정도인 것 같았습니다. 전쟁을 시작하고 나서 좀 있다가 그 분이 나타나서 중재를 했으니까……."

"중재?"

"네. 이미 끝난 싸움이라고 하면서……."

"아……."

그제야 임 회장은 정황을 알아차릴 수 있었다.

"모두 몇 명이나 내려갔는데?"

"한 이백 명 데리고 갔습니다. 울산하고 창원하고 여수에서도 이백 오십 명쯤 동원이 됐으니까요.

"그럼? 다 해서 사백오십 명이나 데리고 갔단 말이냐?"

"그 정도 됩니다."

"하하. 그거야 뻔한 싸움이었겠구나 그래. 그 김 동회라는 자는 아주 멋진 사람이다. 김두한의 후계자라는 말이지."

"참! 그 노인이 희준이를 아는 것 같던데요? 희준이는 모르는 것 같은데……."

"무슨 말이냐? 희준이야 남대문파 보스니까 알기야 당연하겠지."

"그게 아닌 것 같던데요? 희준이를 뚫어지게 쳐다보는 눈빛이 예사롭지 않았습니다."

"그거야 뭐 서울서 조직을 움직이는 희준이를 들어서 알고 있겠지."

"……."

춘호는 그날 밤 백사장에서 희준을 뚫어지게 쳐다보던 김 동회의 눈빛을 잊을 수가 없었다. 어느 고아원이냐는 물음이 자꾸만 가슴에 다가왔다.

"난 다음주에 출소다. 그때 올래?"

"당연히 와야지요."

"그래. 올 때, 두부하고 담배나 갖고 와라. 난 나가면 곧바로 수원으로 갈 거다."

"알겠습니다."

춘호는 임 회장에게 깊숙이 고개를 숙여 절을 하고는 임 회장이 면회실을 나가는 것을 지켜보고는 밖으로 나왔다.

천국의 황제

　임 황원이 출소하는 날, 춘호는 배호와 희준이, 정혜와 명희를 데리고 새벽 일찍 교도소로 향했다. 그곳에 도착했을 때는 수많은 조직원들이 미리 와서 대기하고 있다가 춘호의 차가 나타나자, 조직원들은 일제히 허리를 굽히면서 양 옆으로 갈라섰다. 춘호가 차에서 내리는 것을 보고서 그들은 그 뒤를 에워쌌다.

　교도소의 정문 앞에는 수백 명의 조직원들이 검은 양복을 입고 있었으므로 다른 출소자의 가족들은 기를 펴지 못하고 한쪽으로 물러나 있었다. 아직도 새카만 어둠이 물러가고 있지 않은 상태였다. 동쪽 하늘에서부터 희뿌연 하늘이 점점 내려오고 있는 중이었다. 교도소 정문 앞에는 검은 양복을 입은 조직원들로 인해서 장사진을 이룬 가운데 채 미명이 가시지 않은 정문 앞을 지키고 있었다.

"······."

그들은 한결같이 침묵 속에 휩싸여 있었다. 춘호가 어둠 속에서 담배를 피우는지 빨간 불이 빛났다가 사그라지곤 했다. 이미 교도소 안에서도 임 황원이 거물급이라는 존재였으므로 그가 출소하는 데에 있어서 만전을 기하고 있었다.

"왜 이리 늦나? 물어보지 그래."

춘호가 손목시계를 들여다보면서 중얼거리자, 옆에 있던 희준이 정문으로 다가가서 안에 있는 교도관에게 말을 건넸다.

"언제 나오는 거야?"

"좀 있으면 곧 나올 겁니다. 안에서 나오느라 준비하고 있을 겁니다."

정문을 지키고 있는 교도관은 그들이 조직원들이라는 것을 대번에 알아차린 듯했다.

"곧 나올 거라는데."

그렇게 말하는 희준은 다시 정문 쪽을 지켜보고 있었다. 춘호와 희준의 옆에는 정혜와 명희, 그리고 배호가 둘러싸고 서 있었다.

"······."

춘호는 다시 두 대째의 담배를 꺼내 피우고 있었다. 만기가 되어서 새벽에 출소하는 임항원은 보안과 지하실에 있는 출소자 대기실에서 옷을 갈아입고 있었다. 보안 계장인 박두석이 어젯밤에 특별근무를 자청해서 보안당직을 맡고 있다가 임 황원을 출소자 대기실로 불러내서는 임 황원을 동해해온 직원더러 사무실로 올라가라고 하고선 단 둘이 책상 앞에 앉아 있었다.

"임 사장. 그동안 신세 많이 졌어."

"뭘. 내가 신세진 거지."

두 사람은 마치 친구처럼 말을 하고 있었다.

"하하. 서로 둘 다 신세 진 거네. 하여튼 오늘 임 사장이 나가 니까 왠지 마음이 섭섭하군."

"나도 그렇네. 바깥에 있기보다 여기 있으면 세상을 다 잊어 버릴 수 있어서 좋았는데 말이야."

"하하. 또 들어올 생각하지 말고 사업이나 잘해."

"이번에는 나가면 큰 거 하나 거머쥘 수 있을 거다."

"얼마나?"

"수원 건물에 한 백억은 될 거다. 춘호도 모르는 곳에 숨겨놨 으니까. 그것만 찾으면 백억은 충분하지."

"그렇게 많아?"

"미얀마에서 건너온 거야. 완전히 원료지. 그건 진짜 값나가 는 거다."

"얼마나 되는데?"

"한 백 킬로그램 정도."

"흠……."

박 계장이 짧은 신음소리를 냈다. 백 킬로그램이면 어마어마 한 양이었다.

"춘호는 정말 모르고 있는 거야?"

박 계장이 의심스러운 듯이 물었다.

"알 수가 없지. 하하. 그 정도 양이면 갑부가 되는 거다."

"나가면 언제 만날까? 당분간은 좀 쉬어야 할 테고……."

"연락은 하지. 당분간은 좀 쉬면서 바깥의 동정을 살피고 나서 움직여야 될 거니까."

"바깥소식이야 빤하지 뭐."

"하하, 그래도. 우리 세계는 까딱 잘못하면 엎어지는 거니까. 더구나 춘호가 여권 실세들과 손을 잡고 국제관광단지까지 맡고 있는데 내가 섣불리 나서기도 뭣하지."

"으흠. 그건 맞다. 이번에 한 번 더 걸리면 청송으로 가야 될 걸?"

그 말을 하면서 박 계장이 웃음을 터뜨렸다.

"청송까지야 가겠나. 차라리 그 전에 죽어버리지. 안 그러냐?"

임 황원도 소리내어 웃었다.

"나가면 여자부터 조질 거야?"

박 계장이 또 웃었다.

"그래야지. 그동안 이 안에서 칠년을 썩었다. 이 기계가 말을 들을지 모르겠다. 하하."

"새벽에 안 서?"

"가끔. 이젠 나이가 있으니까."

"그래도 돈 주고 영계 하나 사면 설 걸?"

박 계장이 킥킥거리며 웃었다.

"영계라도 힘들 거 같다. 춘호가 그만큼 커버렸는데 난 이곳에서 푹 썩다가 나간다고 생각하니까 골머리가 아프다."

"잘 됐지 뭐. 양아들 하나 만들어서 이젠 임 사장도 그거 안 하고도 평생 떵떵거리며 살 건데 뭘 그래."

"그야 그렇지. 근데 놀면 뭐하나. 배운 게 도둑질이라고 하던 거 그대로 해야지."

"핫핫. 그래. 그래서 월급쟁이인 나도 먹여 살리고."

"짜식! 넌 여기서 월급 나오는데 뭐가 어렵다고 죽는 소리냐?"

"그래봐야 밤낮으로 야근하면서 이러다가 죽는 거다. 니들처럼 돈을 팍팍 만져보길 하나, 이쁜 계집애 하나 끼고서 실컷 놀아보기를 했나. 월급 받아서 먹고 살기는 힘든 거라고."

"그럼 니도 나와서 나하고 같이 뽕 장사나 할래? 돈 벌면 술집이나 하나 차려서 떵떵거리며 살면 되잖아."

"하하. 그냥 놔둬라. 난 여기서 징역이나 살다가 죽을 란다."

박 계장은 보안과에 근무하면서 밤낮 교대로 근무하는 것이 지겹기도 했지만 임 황원 말대로 히로뽕의 세계로 뛰어들고 싶진 않았다. 교도관들은 재소자와 같이 교도소 담 안에서 같이 생활해야 했기 때문에 그들은 흔히 죄수들과 같이 징역을 산다는 말을 곧잘 하곤 했다.

"똑똑."

문을 두드리는 소리가 들렸다. 아마 출소자를 데리고 나갈 모양이었다.

"누구야?"

박 계장이 대답하자, 잎사귀 세 개를 단 정복차림이 교도관이 들어왔다.

"이제 내보내야 될 시간이 됐습니다."

"알았네. 곧 올라가지."

박 계장의 말에 교도관은 거수경례를 붙이고는 문을 닫고 나갔다.

"이제 올라가지. 여기서 이별이군."

박 계장이 먼저 손을 내밀었다.

임 황원은 박 계장이 내민 손을 잡고 말했다.

"영원한 이별은 아니지. 우린 언제든지 만날 수 있는 사이니까."

"하하. 그래. 영원한 이별이란 사형장에서 목을 매달 때나 하는 것이지. 우린 아직 그런 관계는 아니니까. 올라가자."

박 계장이 먼저 사무실 문을 열었고, 임 황원은 박 계장이 열어놓은 문을 통해 계단을 올라갔다. 사무실에 올라온 임 황원은 책상 앞에 가서 앉은 박 계장 앞에 섰다.

"본적은?"

"서울시 구로구 구로본동 196번지의 6호입니다."

"성명은?"

"임 황원."

"생년월일 대봐요."

"1942년 9월 27일생입니다."

"그동안 어려운 점 뭐 없었습니까?"

박 계장은 지하실에서 말하던 투와는 달리 직원들이 보는 앞이라선지 존칭어를 쓰고 있었다.

"없습니다."

"밖에 나가서 다시는 이곳에 들어오지 마시기 바랍니다. 밖에 누가 와 있어요?"

"네."

"됐습니다. 나가시죠."

일종의 신분확인을 끝낸 셈이었다. 신분확인이 잘못되면 엉뚱한 사람이 출소하는 경우가 있었다. 그걸 방지하기 위해서 생년월일과 주소지 등을 다시 한 번 확인하고는 출소절차를 마쳤다. 임황원은 자신의 갖고 있던 물건들이 담겨진 보따리를 들고서 교도관의 뒤를 따라 나가다가 박 계장을 힐끗 쳐다보았다.

"……."

박 계장은 잘 가라는 듯이 웃고 있었다. 다른 직원들이 감방을 지키다가 교대를 받아서 쉬러 와서 의자에 앉아 있었으므로 임 황원에게 더 이상의 친절을 베풀 수가 없었다. 사무실 밖으로 나온 임 황원은 교도관을 따라 나가서 2중문에 근무하는 교도관의 앞에 섰다. 그 교도관 역시 임 황원을 대리고 나온 교도관이 건네준 출소자 표찰을 들고서 질문하는 것이었다.

"수번?"

"이름?"

"몇 동 몇 호?"

임 황원이 수감돼 있었던 감방의 번호까지 묻고는 임 황원이 오늘 만기 출소하는 사람이라는 걸 알고는 문을 열어주었다. 2중문 바깥으로 나온 임 황원은 채 어둠이 가시지 않은 바깥임에도 불구하고 눈이 부신 듯이 껌벅거리며 정문 밖을 쳐다보았다. 시커먼 양복을 입은 사내들이 담 밖을 에워싸고 있는 듯했다.

"회장님이 나오신다!"

누군가 소리치자, 춘호와 배호는 얼른 2중문 쪽으로 시선을 던졌다. 거기에는 보따리를 든 노신사가 서 있었다.

"회장님!"

춘호의 음성을 듣고 임 황원은 발걸음을 옮겨놓았다. 임 황원이 정문으로 다가오자, 교도관은 문을 열어놓았다.

"회장님!"

문 밖에 서 있던 조직원들은 일제히 임 황원을 향해 허리를 숙였다.

"고맙다! 와주었구나."

임 황원이 첫 마디였다.

"두부!"

춘호의 그 말에 정춘이 얼른 두부가 담긴 비닐봉지를 내밀었다. 임 황원은 봉지 속에 든 두부를 꺼내 한 입 베어 물고, 바닥에 놓고선 발로 밟았다.

"담배 드려라."

춘호의 말에 이번에는 담배에 불을 붙여 임 황원에게 건넸다. 임 황원을 담배연기를 깊이 들이마시면서 자신을 둘러싼 황제파의 조직원들을 둘러보았다. 수백 명이나 되었다. 찻길을 온통 막고 있어서 새벽 영업을 하는 택시가 지나가다가 무슨 일이 일어난 줄 알고서 멈칫거리며 서서 그들을 지켜보고 있었다.

"가시죠."

춘호는 임 황원의 팔을 잡고서 에쿠스에 태웠다. 차들은 곧 교도소 정문 앞을 떠나기 시작했다.

하룻밤을 호텔에서 잔 임 황원은 수원 가게로 돌아가고 싶었다. 출소한 첫 날은 바깥에서 자는 것이 액을 막는다는 징크스 때문에 호텔에서 잠을 잤지만 그는 새벽 일찍 눈을 뜨자마자 일어나서 세수를 하고는 양복으로 갈아입었다.

춘호가 오려면 시간이 많이 남았음에도 불구하고 그는 택시를 타고서 수원의 가게로 달려갔다.

"회장님께서 벌써? 식사는 하셨는지요?"

수원을 책임지고 있는 창록이가 사무실의 간이침대에서 자고 있다가 갑자기 들이닥친 임 황원을 보고는 놀라는 것이었다.

"그래. 아직 자냐?"

"네. 일어날 때가 됐습니다."

"애들은?"

"곧 일어날 겁니다."

임 황원은 춘호가 면회를 와서 들려준 대로 각 지역의 보스들은 사무실에서 간이침대를 이용해서 잠을 자도록 해놓았다는 것이 기억에 남아 있었다. 그래서 창록이 역시 사무실의 간이침대에서 자다가 일어나 나온 것이었다.

"운동은 언제 나가나?"

"일어나면 곧 나갑니다. 왜요?"

"……."

임 황원은 성큼성큼 걸어 사무실로 들어갔다. 그동안 변해 있는 사무실이었다. 사무실 한쪽에는 방을 들여놓았고, 소파 옆에는 방금 일어난 흔적이 그대로 남아 있는 간이침대가 하나 놓여 있었다.

"야, 전부 기상시켜!"

창록이는 사무실에 나와 임 황원에게 인사하는 면식이에게 지시를 내렸다.

"야! 기상! 기상!"

면식의 고함 소리에 깬 조직원들이 사무실로 들어왔다가 임 황원을 보고 일제히 절을 했다.

"운동 준비해라!"

"알겠습니다."

그들이 부산스럽게 움직이는 동안, 임 황원은 소파에 앉아서 꼼짝도 하지 않았다. 그들이 운동복으로 갈아입고 운동을 나갈 때까지 그는 담배만 피우고 있었다.

"운동 나갔다 오겠습니다."

창록이가 조직원들을 데리고 밖으로 나가자, 비로소 임 황원은 움직이기 시작했다. 나이답지 않게 민첩한 발걸음이었다. 지하실 계단을 내려간 그는 벽면에 있는 스위치를 올리고는 지하실을 둘러봤다.

"……?"

그는 교도소에 들어가기 전의 모습과 다른 지하실을 둘러보고는 바닥으로 내려갔다. 어지럽게 널려져 있는 연장들과 사다리를 걷어내고선 한쪽 구석의 벽면을 살펴보았다. 벽을 바라보면서 그는 안심이 되었다.

'아직 춘호는 모르고 있었구나……'

혼잣말처럼 중얼거린 그는 벽면을 한번 쓰다듬어 보고는 그자리에서 일어나, 연장들과 빈 통들을 그곳에다 놓고는 다시 한번 주위를 둘러보았다. 어디 한 군데도 새로 손을 댄 흔적은 없는 것 같았다.

지하실에서 올라온 임 황원은 사무실로 들어가서 옛날 이 주실이 쓰던 책상이 그대로 놓여 있는 것을 보고는 서랍을 열어보았다. 서랍은 텅 비어 있었다.

'치웠구나……'

책상 뒤쪽의 벽면에는 아직도 이 주실의 웃는 사진이 그대로 걸려 있었다.

'후후, 웃고 있군. 저 세상에서도 웃고 있을까?'

그는 혼자 중얼거리면서 사진을 뚫어지게 쳐다보고 있었다.

'이미 저 세상으로 간 여자는 흙일뿐이지. 모든 비밀은 나만 아는 거니까'

그는 다시 일어나서 홀로 나가보았다. 그동안 수리를 한 것밖에는 달라진 것이 없었다. 무대도 예전 그대로였고, 테이블과 의자는 새 걸로 바뀌어져 있었다. 입구에서부터 들어오는 곳과, 카운터의 자리는 그대로였다. 카운터 역시 인테리어를 새로 해서인지 산뜻하게 바뀌어져 있었다.

그는 홀을 둘러보면서 지난날들을 생각했다. 이 주실을 만나 영마루 술집을 하기 전까지만 해도 그는 술집에 대해선 아무것도 모르는 사람이었다. 큰 술집을 하다가 말아먹은 이 주실을 만나 이곳에다 영마루라는 술집을 시작하면서 그는 히로뽕 제조에서 손을 떼고 이곳에 투자하여 사장으로 변신한 셈이었다. 사장이 된 그는 위험한 제조책보다는 판매 쪽으로 돌아섰던 것이다. 만약의 경우에 제조책으로 걸리게 되면 중형이 선고되는 것을 염려해서 판매 쪽이 훨씬 유리했다. 이 주실과 만나 그동안 이 술집을 키워놨지만 자신이 구속되고 난 후에 이 주실은 전무라는 새파란 놈을 만나 정을 통해온 것을 그는 절대 용납지 못했다.

"……"

임 황원은 의자에 앉아 무대 쪽을 바라보았다. 무대 위에서는 휘황찬란한 밴드 소리가 들려오는 듯했다. 한창 술집이 잘 나갈 때는 수원에서는 최고로 잘 나가는 술집이기도 했다. 부킹을 하느라 정신들이 없는 웨이터들 숫자만 해도 백 명을 넘어갔을 정도였다. 그러던 그가 하루아침에 들이닥친 보사부 직원들에 의해 구속이 되면서부터 모든 것이 엉망이 되고 말았다.

'여자란 족속은 끝까지 믿을 수가 없는 것들이야.'

임 황원은 속으로 중얼거리면서 자리에서 일어났다. 그는 담배를 꺼내 불을 붙이고는 입구 바깥으로 나갔다. 바깥에서 본 가게는 황제콜라텍으로 이름이 바뀌어져 있었고, 바깥의 간판들과 장식들도 전혀 새롭게 바뀌어져 있었다.

'다시 술집을 하기에는 내가 너무 늙었어. 감방에서 너무 썩었어.'

그는 자신을 한탄하고 있었다. 막 콜라텍으로 들어서려는데 운동을 나갔던 조직원들이 돌아오고 있는 것이 보였다.

"헛둘 헛둘!"

구령에 맞춰 구보로 돌아오는 콜라텍 종업원들 중 사내들은 모두 웃통을 벗고 있었다. 그 뒤로는 여자들이 운동복을 입고 뛰어오고 있었다.

"나와 계십니까?"

창록이 이마에 흐른 땀을 닦으면서 말했다.

"이건 전에 내가 하던 가게야. 그때는 술집이었지. 밖에 나와서 한 번 보는 거다."

"네에. 이제 곧 식사시간입니다. 들어가시죠."

"먼저 하게. 난 가볼 데가 있어서. 밖에 가서 식사하지."

"그럼……. 회장님께서 오전에 오신다고 하셨는데요."

"왜?"

"이유는 모르겠습니다. 아마 회장님이 출소하셔서 뵈러 오시는 것 같은데요."

"그럼 내 핸드폰으로 전화하라고 그러게."

"알겠습니다."

그곳에서 걷기 시작한 임 황원은 공원으로 들어가서 벤치에 앉았다. 담배를 피우면서 지난날들을 감방에서의 생활을 떠올리고 있었다. 그 안에 있으면서 아무 부러운 것이 지냈지만 역시 바깥세상이 좋다는 것을 실감하고 있었다. 그의 수중에는 영치금으로 맡겨뒀다가 찾아 나온 이십억이란 돈이 있었다. 처음 구속이 될 당시에는 재판과정에서 추징금으로 십억이란 판결이 나왔지만 2심인 항소심에서 추징금은 없어지고 그 대신에 징역을 더 받게 된 것이었을 뿐이었다. 따라서 그는 감방 안에서 징역을 살면서 하루에 오백 만원을 가만히 앉아서 번꼴이 된 것이다. 그리고 지하실 벽 속에 숨겨놓은 마약을 들어내서 팔기만 한다면 백억은 될 것이었다.

'아직은 움직일 때가 아니지. 천천히, 아주 천천히 움직이는 거다.'

그는 이미 보건복지부에서 판매 총책으로 지목돼 있는 마당에 교도소에서 나와 금방 마약을 판매한다는 것은 화약을 지고 불 속으로 뛰어 들어가는 것과 다름없다고 생각하고 있었다. 스스로에게 그런 암시를 주면서 그는 얼굴에 웃음을 띠었다.

'핫하. 깨끗이 손을 씻은 것처럼, 죽은 체하고 있다가 잊을만
하면 그때 팔아치우는 거다. 하하'

그가 소리내어 웃자, 산책을 나온 60대의 남자가 힐끗 쳐다
보고는 다른 쪽으로 걸어가 버렸다. 벤치에서 일어난 그는 공원
을 나와 천천히 인도를 걷고 있었다.

'흐음. 세상 구경이나 좀 해볼까.'

그는 택시를 타고 어젯밤 묵었던 호텔로 들어갔다. 사우나실
로 들어간 그는 탈의실로 들어가서 옷을 벗고선 가운으로 갈아
입었다. 뜨거운 욕탕에 들어가서 대충 샤워를 하고는 방으로 올
라가서 인터폰을 했다.

"여기 늘씬한 아가씨 하나 불러줘."

"네. 얼마짜리로 보내 드릴까요."

카운터의 젊은 남자는 세게 나오는 임 황원의 목소리를 들으
면서 얼른 물었다.

"여기서 최고로 잘 나가는 애를 불러봐."

"예. 알겠습니다. 곧 올라갑니다."

인터폰을 내려놓은 그는 냉장고에서 시원한 맥주를 꺼내 잔
에 따랐다. 하얀 거품이 일지 않도록 잔을 기울여서 맥주를 따
라 그는 단숨에 들이키고는 다시 두 번째의 잔을 채웠다.

"똑똑."

노크소리가 들렸다.

"들어와."

늘씬한 20대 초반의 아가씨가 짧은 가운 차림으로 들어왔다. 그녀의 손에는 방금 끓인 듯한 쌍화차가 들려져 있었다.

"안녕하세요."

"……."

"좀 앉을 게요."

아가씨는 자신을 훑어보고 앉아 있는 나이 많은 노인을 보고선 약간 겸연쩍은 듯했다.

"이거 드세요. 피로가 확 풀릴 거예요."

그는 아가씨가 저어주는 쌍화차를 마시면서 가운 사이로 보이는 젖가슴을 들여다보고 있었다.

그가 쌍화차를 다 마신 것을 보고 아가씨가 말했다.

"누우세요. 제가 마사지해 드릴 게요."

아가씨는 가운을 벗어버리고 마사지를 하기 시작했다. 임 황원은 알몸인 아가씨의 구석구석을 살피면서 그동안 잠들었던 남성이 깨어나기를 기다렸다.

"아저씨. 몸이 단단하네요. 운동하셨나 보죠?"

"어떻게 알지?"

"저희는 만져보면 알아요. 근육이 단단한 걸 보면 알아요. 어떤 운동을 했는데요?"

"밤운동."

"네? 호호. 아주 재밌으신 분이네요."

아가씨는 알몸으로 그의 몸을 샅샅이 마사지하고는 엎드리게 하고선 등에 올라타고서 등과 목을 마사지하기 시작했다. 여체의 미끄러운 감촉이 등에 닿았지만 임 황원의 남성은 일어설 줄 몰랐다. 마사지가 끝날 때쯤에서도 그의 남성이 일어설 줄 모르자, 아가씨는 입으로 가슴과 아랫배, 그리고 사타구니를 애무했지만 끝내 그의 남성은 일어설 줄 몰랐다. 그는 당황스러웠다.

"아저씨. 마음을 편하게 가지세요. 긴장되세요?"

"아니다. 감방생활을 오래 해서 안 서는 모양이다."

"……?!"

아가씨가 놀라서 그를 쳐다보았다.

"허허. 이럴 수가 있나. 안 되겠어. 네가 누워봐라."

임 황원은 자리에 누운 아가씨의 젖가슴을 애무하면서 중요한 부분에다 입을 갖다댔지만 일어설 것만 같던 남성이 꿈틀거리다가 마는 정도였다. 감방 안에서는 새벽에 가끔 일어서곤 했던 물건이 축 늘어진 기분이었다.

"아저씨. 안 돼요?"

아가씨는 누운 채로 그가 하는 것을 지켜보고 있었다.

"하하. 안 되는 걸. 나를 좀 일으켜 세워 줄 수 없나?"

"누워보세요."

아가씨는 자신이 위로 올라가서 갖은 교태를 부리면서 애무를 했지만 물건을 일어날 기미를 보이지 않았다. 나중에는 아가씨의 이마에서 진땀이 날 정도였다.

"할 수 없다. 그냥 옆에 누워라."

임 황원은 알몸인 아가씨를 옆에 눕히고선 손으로 만지작거리는 것으로 대신했다. 시간이 곧 돈인 그들 아가씨들을 생각해서 이십 만원을 주고 내보냈다.

"고마워요. 다음에 오면 잘해 드릴 게요."

아가씨는 미안한지 인사를 하고는 밖으로 나가버렸다.

옷을 입고 밖으로 나온 그는 가게를 향해 걷고 있었다. 운동삼아 걷는 것도 괜찮은 일이라고 생각했다. 걷다가 다리가 아프면 택시를 탈 생각이었다. 바깥에 나와서 마음껏 공기를 마실수 있다는 것이 무엇보다 좋았다. 거의 가게에 다다랐을 때서야 핸드폰이 울렸다.

"회장님. 접니다."

춘호였다.

"응. 바깥에 좀 나왔다. 어디냐?"

"가겝니다. 방금 도착했습니다."

"그래. 알았다. 가는 중이다."

임 황원은 서둘러 걷기 시작했다. 택시를 탈까 생각해 봤지만 조금만 걸으면 곧 가게에 도착할 거리였다. 춘호는 창록이와 사무실에서 커피를 마시고 있다가 들어서는 임 황원을 보고는 고개를 숙였다.

"왔냐. 바람 좀 쐬러 나갔다. 아침은?"

"아직요. 식사를 안 하셨다면서요?"

"그래. 나가서 먹자."

두 사람은 사무실을 나와 가게 앞에 대기하고 있는 춘호의 차를 탔다. 기사는 곧 춘호가 말하는 식당으로 달렸다.

"바쁘지 않아?"

임 회장이 넌지시 물어왔다.

"괜찮습니다."

춘호는 몸이 두 개라도 모자랄 정도였지만 국제관광단지는 배호에게 맡겨서 모든 일을 처리하게 했고, 민족교 방송국은 정혜를 불러들여서 일을 맡기고는 자신은 종주의 자리를 차지하기 위해 뛰고 있는 중이었다.

전국 각 지방에 퍼져 있는 황제파의 조직관리는 배호와 춘호 자신이 직접 챙겼다. 춘호는 배호와 희준을 자신의 2인자로 만들어서 모든 조직에서 그들이 2인자라는 것을 알도록 만들어놓은 셈이었다. 자신은 이제 정치권과 국정원, 검찰권의 핵심인사들과 친분을 나누면서 민족교의 종주 자리까지도 염두에 두고 있었다.

그들이 찾아간 곳은 수원 외곽에 있는 오리 전문집이었다. 방으로 들어간 그들은 숲이 바라보이는 곳에 앉았다. 단 둘이 앉아보기는 처음이었다.

"너, 어마어마하게 컸구나. 힘은 안 드냐?"

임 황원은 어린 춘호가 처음 술집에 왔을 때를 생각했다. 이 주실이 면회를 왔다가 돌아가는 길에 갈 곳이 없는 애를 가게에 데려다놨다는 말을 들었지만 이렇게 클 줄은 몰랐던 것이다.

"다들 알아서 잘합니다. 술 한잔하시겠어요?"

춘호는 임 황원에게 물을 따라주면서 말했다.

"술? 너도 마실 거냐?"

"네. 주시면 저도 한잔하지요"

"그럼 양주로 하지."

임 황원은 최고급 회와 양주를 시키고는 담배를 꺼내 한 개피 물고는 춘호에게도 권했다.

"아닙니다."

"괜찮아. 피워. 단 둘이 있는데 뭐 어떠냐?"

"조금 전에 피웠습니다."

춘호는 피울 생각이 없었다.

"그래. 술 마시면서 피워도 돼."

임 황원은 담배에 불을 붙이고는 연기를 깊이 빨아들였다. 그는 마치 아직도 감방 안에 있는 듯이 아주 맛있게 연기를 빨아들이고선 천천히 밖으로 내뱉었다. 그는 춘호를 바라보면서 무언가 말을 할 듯했지만 그저 대견하다는 얼굴 표정이었다.

"나도 아직은 돈 좀 있다. 내가 조금만 더 젊었더라면 너하고 같이 어떤 일을 해봤을 텐데 말이야……."

그는 여운을 남기며 말을 꺼내놓고는 춘호의 뒤쪽 벽면에 그려진 잔잔한 꽃무늬를 쳐다보고 있었다. 춘호는 그가 자신을 쳐다보고 있다는 것을 알면서도 그와 정면으로 눈길이 마주치는 것을 피하고 있었는지 모른다.

잠시 뒤에 요리와 술병이 들어왔다. 서빙을 하는 아가씨는 공손하게 무릎을 꿇고서 두 사람에게 양주를 따라주고는 자리를 피해 주었다.

"술 마시자."

임 황원이 먼저 술잔을 들고서 춘호가 잔을 들기를 기다렸다. 춘호가 잔을 들자, 그는 가볍게 잔을 부딪치고는 입으로 가져갔다. 그가 한 잔을 다 비우고 나서 회를 집는 것을 보고서 춘호는 술을 입으로 가져갔다. 춘호 역시 한 입에 털어 넣었다.

"넌 안주 안 먹냐?"

임 황원은 춘호가 술잔부터 채워주는 것을 보고 말했다.

"천천히 먹지요."

그제야 춘호는 안주를 집이 입에 넣었다.

"세상 참 많이 달라졌구나. 그 안에서 내가 너무 오래 있었던 거지……."

"……?"

"이젠 나도 늙었어. 들어갈 때만 해도 팔팔했는데 말이야."

임 황원은 자조 섞인 웃음을 지으면서 말을 했고, 춘호는 그를 바라보며 희미하게 웃었다.

"밖에 나오니까 이렇게 술도 마실 수 있고. 마음대로 돌아다닐 수도 있고……. 이게 자유라는 거구나 하는 실감이 드는 거 있지."

"네."

"넌 아직 자유라는 것을 모를 거다. 그 안에 있을 때는 그 안이 천국인 것 같은 생각이 드는데, 바깥에 나와 보면 바깥이 더 천국이라는 건 확실해. 돈만 있으면 뭐든지 다 할 수 있으니까."

"……."

"이제 나보다 네가 더 커버렸으니 할 말은 없다만……. 네가 이렇게 클 줄은 나도 몰랐다."

임 황원은 바로 앞에 앉아 있는 춘호가 한국 조직세계의 대부가 돼 있다는 사실이 아직도 믿기지가 않았다. 자신이 감방에 있는 동안, 춘호가 어떠한 고생을 했는지에 대해서는 대충 들어서 알고 있었지만 실제로는 어떠한 일들이 있었는지에 대해서는 자신도 다 알 수는 없는 일이었다.

"……."

춘호는 그저 묵묵히 술잔만 비워냈다. 벌써 양주 한 병이 다 비워져 가고 있었다. 약간 술기운이 오른 춘호는 임 황원을 쳐다보았다.

"아버님. 전에 죽었던 이 주실이라는 여자……. 그 여사장님이 나를 키웠습니다."

"……?"

"제가 오갈 곳도 없어 배호 형을 면회하러 다닐 때에 나를 데리고 왔지요. 그때 그 일이 아니었으면 난 아직 어떤 곳에서 헤매고 있을지 모르는 일이었습니다."

"그래."

356

"아버님은 그 여자에 대해서 한마디도 안 하시는데……."

"그야, 너도 이젠 알아야 할 거 같아서 말한다마는……."

임 황원은 자신의 술잔에 채워진 양주를 들이키고는 안주로 회를 집어먹었다. 그리곤 말을 이었다.

"난 말이야. 원래 그 여자랑 같이 결혼한 사이가 아니다."

"……?!"

"나도 그렇지만 우리 둘은 술집을 하면서 만나게 됐지. 남들이 보면 부부라고 하겠지만……."

"……?"

"그 여자도 불쌍한 여자였다. 첫 번째 결혼에 실패하고 술집에 나와서 굴러다니다가 술집을 해서 돈 좀 벌었다는 거야. 그래서 큰 술집을 했다가 말아먹고는 나이가 들어서 다시 술집에 나가서 일할 처지도 못 되고 해서……. 여자는 말이다. 몸을 함부로 굴리면 못할 게 없지. 그러다 나하고 만난 거다. 그때부터 같이 술집을 했고……."

"그럼 부부가 아니었어요?"

"아니지. 정식으로 말하자면 우린 부부가 아니야."

"그럼 호적은요?"

"물론 호적에도 안 만들었지. 그냥 같이 산 것 뿐이다."

"……."

그제야 춘호는 임 황원과 여사장이 부부가 아니었다는 말이 실감났다. 부부였다면 임 황원이 감방 안에 있으면서 그렇게 무심할 수가 없는 일이었다.

"너도 이해는 할 거다. 술집에서 만난 여자하고 결혼한다는 것도 그렇고……. 난 내 할 일이 있었으니까 결혼 같은 건 별로 생각하지도 않았고……."

임 황원은 다시 술잔을 들이키고는 안주를 집어삼켰다. 이번에는 춘호도 빈 잔에다 자작으로 술을 따라서 마셨다. 임 황원이 술병을 달라고 했지만 춘호는 자신의 술잔을 채웠다.

"신경 쓸 거 없다. 이미 그 여자는 이 세상 사람이 아니니까."

"……."

"뭐, 여자란 남자한테는 액세서리에 불과한 거지. 혼자 살기 심심하니까 같이 데리고 산 거지. 같이 살아봐도 별 거 없지만 말이다."

"그 여자, 어떤 여자였습니까?"

"왜? 너를 데리고 와서 그렇게 신경 쓰는 거냐?"

"……."

"그냥 그런 여자다. 술집하다가 말아먹었으니 술집 여자라고 보면 된다. 내가 돈을 대줬으니까 술집을 연 거고. 그 여자는 나를 필요로 해서 옆에 둘러붙은 여자일 뿐이다."

"그 여자에 대해 아는 건 없습니까?"

"그건 왜?"

임 황원은 춘호를 쳐다보았다.

"그냥 알고 싶어서 그럽니다."

"그런 거 알아서 뭐하나. 이미 죽은 여잔데."

"두 분이 정은 없으셨나 보네요?"

"그냥 그저 그랬어. 나하고 처음 만났을 때에 첫 번째 남자하고 이혼했다는 말밖에는 안 했어. 그 남자가 워낙에 술을 좋아해서 좀 팼다는 말을 했는데. 내 생각에는 도망쳐 나온 거 같더라."

"⋯⋯?"

"그래서 그 길로 술집에 들어가서 굴러다니다가 어떻게 해서 술집을 차렸나 본데⋯⋯. 아마 술집 열 정도라면 남자가 있었지 않나 하는 생각이 들어. 그러다가 나를 만났으니까. 그때는 또 혼자였지. 아마 그 여자는 여러 남자를 거치면서 한 곳에 머물러 있지 못했던 거 같다. 여자야 남자복이 있어야 되는 거니까 말이지."

"⋯⋯."

"왜 자꾸 그 여자에 관심이 많으냐?"

"제가 보기에는 착해 보이던데 그런 일을 당해서⋯⋯."

춘호가 말끝을 흐렸다.

"그야, 나한테 올 때만 해도 세상 풍정 다 겪고 나서 지쳤을 때이니까. 그런데 말이다. 여자란 남자를 거치면서 다듬어지는 여자가 있고, 남자를 여럿 거치면서 점점 지 신세 조지는 여자가 있어. 근데 이 여자는 지 신세를 다듬을 줄 아는 여자이긴 하더라."

"⋯⋯?"

"그래도 내가 저를 도와줬다고 매일 꼬박꼬박 면회를 와준 걸 보면 자기가 신세진 걸 아는 여자임에는 틀림없었어. 의리는 있는 여자였지."

"……."

"아마 정혜도 그 여자하고 너하고 부부로 알 거다. 사실은 그게 아닌데……."

임 황원은 이 주실에 대해 더 이상 아는 것이 없다는 듯이 술잔을 집어들었다.

"그럼 왜 죽었지요? 무슨 원한이라도……. 지금 생각해보면, 그때 내가 볼 때에는 조직원들이 들이닥쳐서 난자를 하고 도망친 거 같은데……."

"……?!"

임 황원은 무슨 소리냐는 듯이 다시 춘호를 쳐다보았다.

"지금 생각해보면 조직원들이 그랬던 거 같습니다. 술집을 하다 보면 그럴 수 있는 일이지만. 그때 김 전무라는 사람하고 여사장 둘을 같이 죽였다는 것이 이상하거든요."

"그야……."

임 황원은 말을 꺼내다가 말고 술잔을 입으로 가져갔다.

"……."

"지나간 일들은 빨리 잊어버리는 게 좋은 거다. 그리 좋은 일도 아니고."

"……."

춘호는 묵묵히 술잔을 비워내고 있었다. 임 황원이 이 주실의 진짜 남편이 아니었다는 사실이 새삼 놀랄만한 일은 아니었지만, 왠지 모르게 서글퍼지는 기분이었다. 그러나 춘호는 그런 내색을 일체 하지 않았다. 묵묵히 술잔을 비워내면서 임 황원에게 술을 따라주는 것이었다.

"난 말이다. 감방에서 있을 때에 수십 억을 갖고 있었다. 그 돈을 왜 그 여자한테 안 줬는지 모르지?"

"왜요"

춘호는 놀랐다. 수십 억의 돈을 갖고 있었다는 말이 믿기지 않았다.

"하하. 그건 내 돈이라서 갖고 들어갔던 거다. 추징금이 나왔지만 항소심에서 돈을 팍팍 뿌리면서 이름 있는 변호사를 사서 추징금을 빼버렸지. 추징금이 십억이 나왔드라."

"그럼……?"

춘호는 오랜 조직생활 속에서 형량과 같이 추징금이 따라붙는 사건이라면 히로뽕이라는 것을 대번에 알 수 있었다.

"맞아! 난 그걸로 돈을 왕창 벌어들인 거다. 내 수중에는 그보다 더 많은 돈이 있다."

"……?"

춘호는 속으로 수십 억을 갖고 있는데 그보다 더 많은 돈을 갖고 있다는 말을 들으면서 어쩌면 수원의 콜라텍 어딘가에 숨겨놓은 돈이 있을지 모른다는 생각이 들었다. 전에부터 면회를 갔을 때마다 가게에 누가 안 왔는가부터 물어보았고, 수원의 가게를 처분하지 말라는 말과, 특히 지하실에는 함부로 들어가지 말라고 하는 말을 수없이 들었던 터라 어쩌면 지하실에 모든 비밀이 있는 듯해 보였다.

"아버님."

춘호가 불렀다. 임 황원이 술잔을 들다가 문득 춘호를 바라보았다.

"서울로 한 번 가시지요. 서울 사무실은 엄청 큽니다. 사무실 옆에는 오층 짜리 오피스텔 건물도 있습니다."

"그래. 그 건물에 수백 명이 산다고 그랬지?"

"네. 훈련장도 같이 딸려 있습니다. 한 번 구경이나 하러 가시지요. 신공항 국제공단에도 배호가 사장으로 있으니까 바람 쐬려면 어디든지 가면 됩니다."

"하하. 그래. 다 네 밑이 아니냐. 난 네가 그만큼 크게 조직을 키워놓을 줄은 몰랐다."

"한 번 가보실래요?"

"아니다. 난 아직 여기서 할 일이 좀 있어서. 나중에 한 번 가마."

임 황원은 서울의 본점과 조직원들이 생활하고 있는 모습을 보고 싶었고, 인천의 신공항에도 들러 수천 억을 들여 만든 국제관광단지의 모습을 둘러보고 싶었지만 당분간은 수원을 떠나고 싶지 않았다.

"……."

춘호는 직감적으로 임 황원이 지하실 어딘가에 무언가를 숨겨놓았을 거라는 확신이 들었다.

"자, 술이나 마시거라. 난 오늘 기분이 좋다."

그들은 술잔을 주고받았다. 부자간에 흉허물없이 나누는 술잔이었다. 양주 두 병을 비울 때까지도 두 사람은 취하거나 하지 않았다.

임 황원은 춘호에게 국제관광단지의 엄청난 규모와 매출액에 대해서 물었고, 전국에 퍼져 있는 각 조직에 대해서도 묻곤 했다.

춘호가 거느리고 있는 조직은 실로 전국적인 규모였다. 전국 각지에서 쏟아져 들어오는 각종 이권에 개입한 매출액은 상상을 초월할 정도였다. 서울의 콜라텍 오십여 군데와 수원의 다섯 군데, 안양 두 군데, 의정부 두 군데와 전국의 각 도시들마다 황제콜라텍이 문을 열고 있었다.

전국의 각 도시에 콜라텍을 열게 한 것은 바로 배호였다. 지방의 조직들을 한 곳에 모아두기 위해서일 뿐만 아니라, 지방의 조직들이 활동자금을 원활하게 조달할 수 있도록 하기 위해서 배호는 춘호가 했던 그대로 영업방식을 채용하고 있었다.

지방의 보스를 사장으로 앉혀서 조직을 관리하면서 그곳 콜라텍에서 나오는 막대한 수입이 조직의 자금줄이었다. 지방에서도 하룻밤 매출액이 천만 원 넘어가고 있어서 중앙에서는 배호가 지방의 하루 매상을 비서를 통해 체크하면서 월별로 일 억

원씩 중앙 본부로 상납하도록 만들어 놓았던 것이다.

조직이란 결속력이었다. 그런 결속력을 위해 지방에서는 중앙본부인 국제관광단지로 수익금의 일부를 상납토록 해서 중앙과 지방과의 끈끈한 결속력을 장악하고 있었다.

춘호의 말을 들은 임 황원은 막대한 수입에 대해 입을 다물지 못하고 있었다.

"너 참 대단한 놈이구나. 어떻게 그런 걸 다 했냐?"

"그냥 하는 겁니다. 피에는 피로, 칼에는 칼로 라는 원칙만 있으면 됩니다."

춘호는 자신의 철학을 말했다.

"하하. 그래도 넌 난 놈이다. 정치권의 황진모 의원과 국정원, 검찰까지도 손에 쥐고 있다면서."

임 황원은 그런 춘호가 한편으론 마음 든든하게 생각되었다.

"그야 어쩔 수 없지요. 돈이 붙는 곳에는 정치계와 검찰이 안 따라붙을 수 없지요."

"하긴 그래. 그런 끈도 없으면 그만한 일을 할 수가 없지. 그리고 넌 민족교의 방송국 사장이 아니냐. 거기서도 수입이 많을 텐데."

"거기야 종교 단체지요. 수입이랄 것도 없지요 뭐."

춘호는 민족교 재단에서 자신이 어떠한 이권사업에 손을 대고 있는지에 대해선 말하고 싶지 않았다. 앞으로 있을 종주 선거에 자신이 나선다는 것도 말하지 않았다.

"종교단체들이 더 해먹더라. 감방에서 보면 종교 지도자라는 놈들이 더 해먹더라. 거긴 아무래도 함부로 손을 댈 수 없는 성역이라서 더 그러겠지. 내가 있던 옆방에 스님하고 목사가 들어와 있었는데 하필이면 같은 방이지 뭐냐."

"……?"

"니 생각에는 중하고 목사가 싸울 거 같지?"

"……."

춘호는 그저 웃기만 하고 있었다.

"안 싸워. 종교 지도자들끼리는 절대 안 싸워. 그게 희한하더라. 내가 생각하기에는 아마도 서로를 너무 잘 아니까 그런 것 같던데……."

임 황원은 술잔을 톡 털어 넣고 안주를 입에 넣었다. 그리곤 춘호에게 잔을 주고는 술을 따라주었다.

"중은 절을 짓는다면서 여자 보살을 꼬셔서 엄청난 돈을 울궈내다가 간통으로 들어왔고, 목사는 같은 교회에 나오는 아가씨하고 기도원으로 돌아다니면서 오입을 하다가 들통나서 들어온 거야. 둘 다 간통인 셈이지. 그러니까 서로 종교지도자인 주제에 그런 짓을 했으니 참회하는 건지 뭔지 모르지만 싸우지는 않더라. 그냥 종교적인 문제에서는 언쟁이 붙긴 붙는데 딴 일로 입에 거품을 물진 않더라. 하하."

"왜 같은 방에 집어넣었지요? 다른 방에 집어넣을 수도 있는데."

"하하. 그러니까 웃기는 일이지. 아마 교도관이 실수를 한 것 같아. 그 방에선 중이 염불을 외면 목사는 창살 밑으로 가서 기도를 하고 있는 꼬락서니라니 말이야. 하하. 그 방은 참 웃겼어."

"……."

춘호는 술잔을 입으로 가져갔다. 안주를 먹기보다는 양주를 음미하면서 마시는 편이 더 좋았다. 임 황원은 술이 취한 듯했지만 춘호가 알고 싶어하는 이 주실이라는 여자에 대해서는 더 이상 말을 하지 않았다. 어쩌면 그는 더 이상 그 여자에 대해서 생각하고 싶지도 않았던 것인지도 모른다.

"그 여사장님은 아이들이 없었습니까?"

"누구? 아! 옛날 여사장말이냐?"

"네."

"그건 나도 모르지. 결혼을 한 적이 있으니까 아마 있었을지도 모르지. 그런데 난 몰라. 나한테는 그런 이야기 한번도 한 적이 없었으니까."

"그럼 전 남편에 대해서도 모르고 살았습니까?"

"허어, 그런 걸 왜 묻나? 왜? 혹시 그 여자가 너한테 무슨 말 한 거 있냐?"

"없습니다."

"아무 말도 안 했단 말이지?"

임 황원은 춘호의 얼굴을 쳐다보면서 물었다.

"네. 저도 전혀 모릅니다."

"맞아! 그 여자는 그랬어. 누구한테도 자신의 과거에 대해선 입을 열지 않는 여자야. 단지 술집을 했다면서 이야기는 했지만, 그 이상은 말을 안 했어."

"……."

춘호는 갑자기 담배가 피우고 싶어졌다. 담배를 꺼내 임 황원 앞에 내밀었다.

"그래. 너도 피워라. 괜찮다."

춘호는 임 황원의 담배에 불을 붙여주고선 자신의 담배에도 불을 붙였다. 주거니 받거니 하다가 보니 벌써 양주 세 병째를 비우고 있었다. 세 번째 병이 반쯤 비워져 있었다.

"술 더 드시겠습니까?"

춘호가 양주병을 들고 따르려고 하자, 임 황원은 거절했다.

"됐다. 오늘은 이만하면 되겠다."

"그럼 일어나시죠. 저도 가봐야 할 데가 있습니다."

"그러자. 나가자."

임 황원이 일어서는 것을 보고서 춘호도 일어섰다. 그에게선 어떠한 것도 알 수 없었다. 수원의 가게에 들러 돌아오는 길에 춘호는 뒷좌석에 깊숙이 몸을 파묻은 채로 창밖을 내다보고 있었다. 이 주실이라는 여자에 대해선 더 이상 알 길이 없었다. 핸드폰을 꺼내 정혜에게 전화를 걸었다.

"나야."

"응. 웬일이니? 어디야?"

"수원. 올라가고 있는 중이야."

"아, 회장님 만나러 갔구나? 그렇지?"

"응. 식사하고 가는 중이야. 누나. 혹시 전에 여사장에 대해서 아는 거 있어?"

"그건 왜?"

"그냥. 회장에 대해서도 혹시 아는 거 뭐 없어?"

정혜 역시 종업원으로 있었던 탓인지 지금의 임 황원에 대해서, 혹은 이 주실이라는 여자에 대해서 아는 게 전혀 없었다. 정혜는 두 사람이 부부라는 것밖에는 다른 것은 전혀 모르고 있었다.

"왜?"

정혜가 물었다.

"그냥. 여사장님에 대해서 좀 알고 싶어서. 회장님도 모르는 군."

"회장님도? 부부인데도 몰라?"

"응. 나중에 만난 것 같은데? 누나는 그거 몰랐어?"

"그럼 재혼이라는 거야?"

"재혼은 아니고, 그냥 같이 살았던 거 같은데."

"그럼 뭐야? 동거했다는 거야?"

"응."

"그렇구나. 그래서 둘이……. 어쩐지 좀 이상한 거 같더라."

"뭐가?"

춘호는 정혜의 말에 얼른 질문을 던졌다.

"으응. 부부긴 하지만 어쩐지 서먹한 게 있었어. 그건 그냥 내 느낌이야. 부부 같지 않을 때도 있었어. 예를 들어서, 여사장이 감기 몸살로 아프면 남편이라면 호들갑을 떠는 남자들도 많은데, 회장님은 그냥 약 사먹으라는 말이나 하는 정도였어. 그렇게 무뚝뚝하게 대해서 이상하다는 생각은 했지만 원래 회장님이 그런 성격인가 하고 말았지 뭐."

"그래?"

"응. 여사장이 애교 피우는 모습도 본 적이 없고. 그야……. 원래 회장님은 여사장하고 같이 잘 있지 않아서 그런 점도 있었지만……."

"응? 왜 같이 있지 않았다는 말이지?"

"회장님은 여사장하고 같이 사무실에 잘 있지 않았거든. 지하실에 내려가서 하루 종일 계시기도 하고. 일이 있으면 사무실에 잠깐 들렀다가 바깥으로 나가는 일밖에 없었어. 사람을 만나도 지하실로 내려가서 만나고."

"……?"

"회장님은 성격이 좀 그래."

"지하실에 따로 사무실이 있었나? 지저분하던데?"

"응. 그건 몰라. 여사장님도 지하실에는 안 내려갔고, 우리도 그쪽에는 신경도 안 썼어. 그쪽에는 아무도 안 내려가 봤으니까."

"왜?"

"회장님이 지하실에는 아무나 못 내려오게 해서."

"……."

"회장님한테서 그런 성격 못 느꼈어?"

춘호가 듣고만 있자, 정혜가 물었다.

"그런 것 같진 않던데? 그냥 오늘 식사하면서 술을 같이 마신 거다."

"올라오면 어디로 갈 건데?"

"사무실로 가야지."

"어디? 영등포?"

"아니. 그쪽으로."

"그럼 이따 봐. 오늘 바빠?"

"바쁜 건 없어. 배호 형한테서는 연락 없나?"

"좀 전에 전화했었어. 명희하고 식사하고 있다더라. 오늘 거기 문화관광부 장관이 온다고 그랬어."

"응. 알았어."

춘호는 정혜와의 통화를 끝내고 나서 손목시계를 보고는 배호에게 전화를 걸었다.

"배홉니다."

"응. 나야. 오늘 일이 있다며?"

"그래. 어디냐?"

"수원에 들렀다가 올라가는 중이야. 장관이 온다며?"

"응. 갑자기 연락이 왔네. 지금 여기 와 있어. 관광단지 시설을 둘러보고 있는 중이다."

"그럼 시찰을 나왔네? 딴 이야기는 없고?"

"그냥 시설을 둘러보러 나온 거 같아. 국회에 보고할 거라는데?"

"잘 안내하고. 나중에 갈 때에 인사 확실하게 하면 될 꺼야."

"알았어. 그건 걱정마라."

"내가 안부 묻는다고 그래. 나중에 인사드린다고 그래. 한 번 모신다고."

"그래. 알았다."

통화를 끝낸 춘호는 핸드폰을 집어넣고는 머리를 뒤로 기댔다. 핸들을 잡은 정만은 운전에만 신경을 썼고, 보디가드인 영호와 은수는 조수석과 춘호의 옆에 앉아 있었다. 그들은 춘호가 말을 걸기 전에는 절대로 입을 열지 않았다.

춘호는 눈을 감은 채로 임 황원에 대해서 생각하고 있었다. 아직까진 춘호의 조직에서 정식적으로 회장이란 명칭을 사용하도록 하진 않았다. 춘호가 회장이란 명칭을 사용했으므로 조직원들도 회장이란 호칭으로 불렀지만 앞으로 임 황원에게 어떠한 일이 닥칠지 모르는 일이었다. 춘호의 예감으로는 임 황원이 히로뽕에서 손을 떼지 않은 이상, 임 황원에게 회장이란 명칭을 사용하게 하는 것이 바람직하지 못하다고 생각하고 있었다.

'히로뽕은 언젠가는 일이 터진다.'

그는 마음을 굳혀야 했다. 서울 사무실에 도착한 그는 다시 배호에게 전화를 걸었다.

"장관에게 건네줬다. 좀 전에 갔다."

"그랬나? 그럼 됐어. 근데 임 황원 회장에 대해서 할 말이 있다."

"왜?"

춘호는 조심스럽게 자신의 생각을 드러냈다. 앞으로 조직원들에게 회장이라는 칭호를 사용하지 못하도록 지시를 내렸다.

"그래. 알았어. 내가 알아서 할게."

"미안하지만 어쩔 수 없어. 그런 건 터지면 우리가 다치니까."

"알았다. 정혜 사장은 네가 말해. 여긴 다 내가 맡을 테니까."

"수고해라."

춘호는 전화를 끊고 나서 비서를 통해 정혜를 불러올렸다.

"잘 갔다 왔어?"

정혜가 회장실로 들어왔다.

"그래. 앉아라. 방금 배호 형하고 통화했다."

"으응. 장관이 왔다 갔다고 그러더라."

"보고 들었어. 헌금 좀 하라고 그랬지, 뭐 마실까?"

"난 커피."

그들은 커피를 마시면서 깊이 의논하고 있었다. 좀 전에 배호와 통화를 했던 내용을 정혜에게 들려주었다.

"그래? 그럼 임 황원 회장이 히로뽕에 손을 댔다는 거야?"

정혜가 놀라는 표정이었다.

"그렇지 않고선 그만한 돈을 만질 수가 없어. 거의 확실해."

"……?!"

"그냥 그대로 놔뒀다간 우리도 다치는 수가 있어. 이 문제를 조용히 짚고 넘어가야 할 거 같아."

"그럼 어떻게 할 거야?"

"내가 말을 꺼내봐야 소용이 없을 거 같으니까."

춘호는 어렵게 말을 꺼냈다.

"……?"

"이 문제는 내가 알아서 할 거니까. 정혜 누나도 모른 척하고 그냥 있어. 앞으로 회장이라는 말은 쓰지 마."

"응. 알았어. 근데 어떻게 할 거야?"

정혜가 조심스럽게 물었다.

"일단 내가 알아보고 나서 조용히 처리할게."

"……?"

정혜는 춘호가 혹시라도 일을 크게 저지를까봐 겁이 났다.

"흠……. 이건 우리 조직의 큰 오점이야."

춘호의 생각은 그랬다. 조직세계에서 히로뽕을 만진다는 것은 있을 수 없는 일이라고 생각하고 있었다.

"그래. 알았어. 난 모른 척하고 있을 테니까 잘 알아서 처리해. 괜히 일을 크게 벌리지는 말고."

정혜의 말이었다.

"그래. 방송국 일은 재밌어?"

춘호는 다른 데로 말을 돌렸다.

"응. 무지무지 재밌어. 방금 광고 찍는 거 보고 왔어. 광고가 많이 들어와. 이번에는 삼산그룹 광고야."

"하하. 그거 내가 물어다준 거야."

"알아."

정혜는 웃었다. 두 사람은 모처럼만에 오붓하게 커피를 마시는 갖고 있었다. 춘호는 일단 출근하면 오전에 서류결재를 하고 나서 방송국 회의를 마치고 나면 외부 인사들을 만나느라 바깥으로 돌았고, 잊지 않고 인사를 하기 위해서는 황진모 의원과 국정원의 간부들과, 검찰 간부들과 골프회동을 하기 위해 나갔다가 돌아오는 시간은 늘 새벽이었다. 그동안에 방송국의 일은 정혜가 거의 맡아서하다시피 했다. 영등포의 오피스텔 숙소에 잠을 자기 위해 들러서 그때까지 훈련을 하고 있는 모습을 둘러보고는 잠자리에 들었으므로 춘호와 이야기할 시간조차 없는 형편이었다.

"너도 이젠 결혼 안 할 거냐?"

"아직은 생각 없어. 명희는 잘 있나?"

춘호는 또 말머리를 돌렸다.

"넌 결혼 이야기만 나오면 딴 말을 하드라. 명희는 어때?"

"명희? 왜? 나하고는 같은 고아원에서 자란 애야. 결혼 같은 거 생각 없어."

춘호는 딱 잘라 말했다.

"흐으. 넌 어떻게 보면 피도 눈물도 없는 사람 같아. 남자가 사랑은 모르는 것 같아서 말이야."

정혜는 그 말을 하면서 피식 웃었다.

"그럼 누나부터 결혼해. 누나는 이제 결혼해도 돼."

"난 안 해."

"왜?"

"그냥. 결혼 안 한다는 데도 무슨 이유가 있어? 너도 안 한다고 그랬잖아?"

"하하. 나야 남자니까 그렇지."

"여자도 마찬가지야. 내 일이 있으면 안 할 수도 있어."

"알았어. 결혼 이야긴 그만 해. 결혼이야 나중에 할 수도 있는 거니까."

"명희는 일을 잘하는가 봐. 배호가 든든하게 생각하고 있데."

"그러겠지. 똑똑하니까."

"송 갑식이가 나보고 자꾸 네가 어디 갔느냐고 물어."

"……?"

춘호는 정혜를 쳐다보았다.

"그래서 외부 손님을 만나러 나갔다고 그랬어. 이번 광고도 춘호 네가 잡아온 거라고 말했어."

"그랬더니?"

"그냥 고개만 끄덕이더라. 내가 보기에는 네가 이번 선거에 나선다고 하니까 조금 찜찜한가 봐."

"하하. 불안해서 그러겠지. 그런 거 신경 쓸 거 없어."

"아냐 비서니까 기분이 이상하지. 너를 염두에 두고서 묻는 말 같아서 신경이 쓰이는 거지."

"알았어. 조금만 더 있어봐. 모든 게 끝날 테니까."

춘호는 자신의 정치적인 배경과 황제파 조직을 이끄는 배호의 힘으로 종주인 송 갑식에게 압력을 밀어 넣고 있었다. 그런 불안감에서 나오는 송 갑식의 행동이었다.

신공항 영종도의 국제관광단지는 하루가 다르게 변해 갔다. 공사를 맡아서 한 건설업체는 이름만 태백건양을 내걸었을 뿐이지, 실질적으로는 황제파 조직이 삼진건설의 건설업체 등록을 인수하여 관광단지를 건설한 셈이었다. 태백건양의 사장은 배호가 맡고 있었다. 수천억에 달하는 공사대금을 민족교 방송사에서 출자하는 것으로 돼 있었지만 내부적으로는 춘호가 이끄는 황제파의 자금에서 계속해서 국제관광단지 건설자금으로 흘러 들어갔던 것이다.

신공항 공단 측에서는 국제관광단지 조성이라는 명목으로 이천 억원이 투입된 공사되었고, 문화관광부에서도 국제적인 신공항의 위락시설을 지원한다는 명목으로 삼천 억원을 지원한 공사였다. 국제관광단지 옆에 새로 30만평의 땅을 매입하여 황제 골프장을 지어서 출국과 입국한 다음에 비즈니스 차원에서 골프장과 연계하도록 조성되어 있었다.

태백건양의 사장을 맡은 배호 밑으로 명희가 투입되었고, 춘호의 운전기사를 맡았던 정춘과 영필도 부사장이라는 감투를 쓰고 있었다. 태백건양의 이사진에는 춘호를 뺀 황제파의 일급 공신들이 자리를 차지하고 있었다. 조직을 살펴보면 일찍이 전국 각처의 고아원에서 지원해서 춘호와 같이 동거동락을 같이 했던 황제파의 일급 주먹들이 이사진에 포진하고 있었다. 배호

사장 밑으로 비서실장에 명희가 앉았고, 감사에는 정혜, 전무에는 정춘이가 맡았다. 영필은 상무를 맡아서 공룡의 조직을 이루고 있었다.

　신공항 배호 국제관광단지는 황금알을 낳는 위락시설로 지어졌다. 객실 사천오백개의 특급인 황제 호텔이 들어섰고, 호텔 내에는 정선보다 더 큰 카지노가 들어서 있어서 하룻밤 매출액이 국회에서 거론될 정도로 막대한 현금을 벌어들이는 노른자위였다. 황제 호텔과 황제 백화점 주변으로는 15만평의 땅에 국제 예술공연장, 컨벤션 센터, 경마장, 경륜장, 스포츠카 경주장, 황제밸리라는 위락시설이 들어서 있었다. 그 외에도 수많은 각국 음식점들과 토속음식점들이 한 단지 안에 들어서 있어서 국제관광단지 안에 들어오면 모든 게 해결될 정도로 완벽한 시설이었다.

　태백건양이 태백관광단지의 종합적인 업무뿐만 아니라, 모든 영업권까지 다 맡고 있었으므로 회장인 춘호의 위치란 어느 누구도 손을 댈 수 없는 정도였다. 국내 최고의 그룹과 매출액을 비교해도 뒤지지 않을 정도였다.

　영종도의 신공항 국제관광단지 안에 있는 황제 호텔의 특별 컨벤션 룸에는 전국에서 모여든 조직원들이 속속 들어서고 있었다. 호텔 국제회의장에는 전국에서 올라온 500명의 황제파의 일급 조직원들이 자리 잡고 있었다. 배호의 지시에 따라 급히 모인 자리였다. 입구에서부터 대통령 경호실 못지 않은 삼엄

한 경호 속에 일급 조직원들이 속속 들어와 지정된 자리에 앉았고, 넓은 회의실 중앙 무대에는 춘호가 앉아 있었다. 그 옆으로는 배호, 정혜, 희준, 명쾌, 성기, 성동이, 찬욱이, 명희, 성숙, 진란이, 호숙이가 앉아 있었다. 그 밑의 일반석에 앉은 일급 조직원들은 영광스런 얼굴들이었다.

태백건양의 전무를 맡고 있는 정춘이 까만 양복을 입고서 단상 좌측에 서 있었다. 그의 앞에는 작은 데스크와 마이크가 있었다. 정춘은 홀 뒤쪽에서 사인을 보내오는 것과 동시에 입을 열었다.

"전국에 있는 동지 황제 여러분. 이제부터 설명회로 들어가겠습니다."

정춘은 그 말을 하고선 단상을 향해 깊숙이 허리를 숙였다. 단상에 앉아 있는 춘호는 미동도 하지 않았다.

"지금부터 식순에 따라 시작하겠습니다. 먼저 초창기 우리 조직을 위해 싸우다가 죽음을 맞이한 동지에 대한 묵념이 있겠습니다."

배호의 그 말이 떨어짐과 동시에 좌석에 앉은 그들은 일제히 자리에서 일어났다. 좌중은 물을 끼얹은 듯이 조용했다. 사회를 맡은 정춘은 단상에 앉은 일급 참모들이 일어나서 단상에서 내려오는 스크린이 딱 멈추기를 기다렸다가 '묵념!'이라는 소리를 외쳤다. 대형 스크린에는 영등포로 두 번째 콜라텍이 진입할 때에 영등포의 역전파와 싸우다가 칼을 맞아 죽은 상만이의 활짝 웃는 얼굴이 걸개 그림으로 드리워져 있었다.

"바로!"

조직원들 모두 오랜 시간 묵념을 하면서 황제파의 조직을 위해 목숨을 던진 상만이의 얼굴을 바라보면서 경의를 표했다.

"회장님께서 나오셔서 추모에 대한 말씀을 하시겠습니다."

정춘의 말에 모든 조직원들이 일제히 일어섰다. 그리고는 단상에 있는 춘호를 쳐다보았다.

"……."

잠시 침묵이 흘렀다. 실내는 쥐죽은듯이 조용했다 실내를 둘러본 춘호는 자리에 앉은 채로 마이크를 잡아당겼다.

"나는 오늘 우리 조직이 날마다 새롭게 변해가는 것을 보면서 깊은 감회를 느낀다. 그림에 보이는 상만 동지의 얼굴을 대할 때마다 우리는 황제파의 일원이 된 것을 영광스럽게 생각하기를 바란다. 상만이 동지는 초창기 수원의 콜라텍에서부터 시작하여 영등포 역전 앞에 두 번째의 콜라텍을 차지하기 위해 영등포 역전파와 싸우다가 장엄하게 목숨을 던진 우리의 영원한 동지이다. 나는 오늘 이 자리에서 선언한다!"

춘호는 밑에 앉아 있는 조직원들을 둘러보면서 눈시울이 뜨거워짐을 느꼈다.

"우리는 세계에서 제일 가는 황제파가 될 것을 선언한다! 그리고 고아로 자라 처마 밑에서 빵조각을 뜯어먹던 어린 시절을 잊어버릴 수가 없다. 상만 동지 역시 나와 같이 고아원 처마 밑에서 빵조각을 뜯어먹으며 자기를 고아원에 버린 부모들을 원

망했을 것이다. 이 자리에 모인 우리들은 전부 다 고아들이라는 것을 잊지 마라. 고아는 영원히 고아인 것이다. 너희들이 힘을 있을 때에는 고아라는 사실을 잊어버릴지 모르겠지만, 만약 너희들이 힘이 없을 때에는 너희들이 고아라는 사실 때문에 이 사회로부터 찬밥 신세가 될 것은 뻔한 일이다. 부모가 나를 버렸고, 이 사회가 우리를 버렸다. 그러나 우리는 똘똘 뭉쳐 위대한 제국을 건설해가고 있는 중이다. 앞으로 우리는 죽어도 같이 죽고, 살아도 같이 사는 수밖에 없다는 것을 명심해라. 이 자리는 일 년에 한 번, 많으면 일 년에 두 번 만나는 자리이지만 니들이 각 조직으로 돌아가면 영원히 고아라는 사실을 가슴 속에 담고서 살아가길 바란다! 이상!"

"모두 앉아주시기 바랍니다! 다음은 황제가가 있겠습니다."

황제가는 춘호가 직접 작사작곡한 황제파의 특이한 고아 출신들의 애환과 설움, 그리고 희망에 찬 조직세계를 건설하고자 하는 각오를 담은 노래였다.

그 누가 우리를 고아라고 했던가.
봉숭아 울타리 너머 하얀 집에서 햇살을 동무삼아 놀던 그때에
살아남겠다고 맹세하던 우리들은 황제의 나라를 세운다
다신 잊어버리지 말자고 주먹을 불끈 쥐고서 울었네
친구들아, 이젠 울지 말아라. 다시 새 날이 오면 우린 이 세상을 비웃어주마.

먼저 간 이들이여. 황제의 나라에서 다시 살아서 영원히, 영원히 살아남으라.

우렁찬 조직원들의 합창에 맞추어서 춘호도 노래를 불렀다. 그들은 황제가를 부르면서 뜨거운 격정에 휩싸였다.

1부 식순이 끝나고 나서 이번에는 2부가 시작되고 있었다. 배호가 단상에서 일어서서 오늘 모인 이유에 대해서, 그리고 황제파의 회장인 춘호가 민족교의 종주 선거에 나서게 된 동기와 앞으로의 방향에 대해서 설명하기 시작했다.

"우리 황제파는 위대하신 춘호 회장님을 모시고, 지금 연간 매출액이 이조 사천 억원이 넘어가는 신공항 국제관광단지를 만들어냈고, 지금은 한국 민족교의 최고봉인 종주 선거에 나서게 되어서 우리 조직원들의 뜨거운 충성을 바라는 바이다. 민족교는 앞으로 기독교와 천주교, 그리고 불교계를 모두 융합하여 범세계적인 종교로 나아갈 것이다. 이것은 우리 회장님이신 춘호 회장님이 오래 전부터 구상하던 사명이다. 한국 종교는 지금 썩었으며, 민중들은 모든 종교에 환멸을 느끼고 있는 이때에, 앞으로 우리 회장님께서 종주가 된다면 민족교는 사상적으로도 통일을 이루는 기반을 마련하는 데에 목적이 있다고 할 수 있다. 그래서 회장님께서 민족교의 종주에 나서게 되며, 이는 우리 조직원들의 장래를 위해 멋진 보응이 될 것이라고 생각한다. 여러분들은 앞으로 자기가 처한 곳에서 이유여하를 불문하고 우리 회장님께서 종주가 되도록 충성을 다하여야 한다. 이번 선거는 현재의 종주인 송 갑식과의 한 판 승부가 될 것이다. 송 갑식은 그동안 많은 비리에 연루되어 재판에 계류 중인 사건들만 해도 스무 건이 넘으며, 민족교의 재단부지인 속초 영랑호 주변의 땅 70만평을 이상한 조건을 붙여 팔아먹은 데에 대해 민족교의 신도들이 국가에 진정서를 제출한 상태에서 이번 선거에서는 필히 우리 회장님께서 이겨야 한다는 필연적인 사명감이 생긴 것이다. 여러분들은 이제 각자의 위치로 돌아가면 송 갑식의 비리와 신도들에게서 받은 뇌물, 업자로부타 받아먹은 뇌물들을 공개하여 춘호 회장님이 선거에서 이길 수 있도록 힘을 쏟아야 한다. 피에는 피, 칼에는 칼로 싸워서 우리 황제파가 조직세계뿐만 아니라, 정신적인 곳에서도 승리할 수 있기를 바란다!"

배호가 연설하는 동안에 거기 모인 조직원들은 또 다른 커다란 사명에 불타오르고 있었다. 어쩌면 조직세계에서만 놀던 그들이 종교적인 지배까지도 가능하다는 것이 주먹으로서만 살아온 그들에겐 정신적인 커다란 위안이 되는 일이었다.

그 날의 모임은 성대한 종교의식과도 같았다. 춘호가 단상에서 고량주를 따른 술잔을 높이 드는 것으로 건배가 시작되었다.

"황제파의 세계정복을 위하여!"

"위하여! 만세!"

단상 위의 일급 조직원들과 단상 밑의 하부 조직원들도 단숨에 고량주가 든 잔을 비워냈다.

그날 밤의 파티는 다시 3부 순서로 이어졌다. 3부 순서는 1,2부의 모든 순서를 접고서 순전히 여흥으로 이어지는 시간이었다. 단상에서 내려온 일급 조직원들은 단상 밑으로 가서 어울렸고, 외부에서 불러들여온 연예인들과 가수들이 진행과 여흥을 맡았다. 그들은 일류 연예인들과 가수들이 나와서 춤과 노래로 순서를 시작했지만 시종일관 흐트러지는 모습이 없이 자정을 넘기고 있었다. 3부 순서는 새벽 한 시가 되어서 모두 끝났다.

전국에서 올라온 조직원들은 홍제 호텔의 특실에서 묵었는데, 다음날 아침이 되었을 때는 그들이 묵었던 모든 방들이 순식간에 비워져 있었다. 그것은 황제파의 엄격한 규율 때문이었다. 매번 모임을 가질 때마다 그들은 그런 식으로 움직였다. 술 파티가 한 시 경에 끝나고 나서 피곤했다손 치더라도 그들은 날이 밝기가 무섭게 호텔을 빠져나와 새벽 미명에 각자의 위치로 돌아가야 한다는 규율이 있었다.

전국으로 흩어진 그들은 그날로부터 작업으로 들어갔다. 그들은 일단 명령을 받으면 명령이 이루어질 때까지 피와 영혼을 바쳐서라도 회장에게 충성을 보이는 그들이었다. 지방에 있는 민족교의 교령들에게 파고든 그들은 조직의 힘을 앞세웠다. 종주인 송갑식과 친밀한 관계를 유지하고 있는 교령에게는 피의 대가를 지불한다는 말들을 서슴없이 했고, 그들의 압력을 받은 교령들은 춘호가 이끄는 조직의 위세에 밀려 서서히 퇴각하고 있었다.

그것은 소리 없이 치러진 전쟁이었다. 그 일로 인해서 전국에 흩어져 있는 황제파의 조직들은 일사분란하게 움직이는 결과를 낳게 되었고, 결국 선거에서 춘호가 압도적인 표차로 송 갑식을 물리치고 종주의 자리에 오르는 결과를 낳게 되었다.

국정원에서도 알게 모르게 종주인 송 갑식에게 압력을 넣어 그동안의 비리를 캐는 듯이 나왔으며, 황진모 의원은 국회에 나가서 문화관광 위원회를 움직여서 민족교의 종주인 송 갑식의 비리를 거론하는 것으로 민족교가 진퇴양만에 빠지도록 만들었다.

민족교의 2대 종주로 취임한 춘호는 그동안의 송 갑식의 종교 비리를 들어 감옥으로 보냈고, 그의 휘하에 있던 자들은 모두 중징계 내지는 종교직의 박탈이라는 엄청난 족쇄를 채워서 물러나도록 만들었다. 그 자리에 새로운 인물로 채우면서 종주인 춘호는 전부터 자신의 편이었던 갑주 민 찬우를 갑주로 세운 다음, 을주에는 영필, 총무원장인 병주에는 성기, 이사진에는 국제광관단지의 사장직을 맡고 있는 배호, 남대문파의 희준이, 정춘, 성동이, 명쾌, 찬욱이, 명희, 호숙이, 진란이를 임명했고, 방송국 사장에는 정혜를 임명해서 조직을 완료했다.

교주의 화려한 취임식이 전국에 있는 민족교 지령마다 거대하게 치루어졌다. 잠실실내 체육관에서 거행된 2대 민족교 종주의 취임식에는 여권의 실세들이 대거 참석했고, 야권에서도 전국 신도들의 표를 의식해서 참석할 수밖에 없었다. 민족교의 신도수는 60만을 넘어가고 있었다.

전국의 황제파 조직원들은 전원이 민족교에 입신했다. 그들은 지방 교령의 간부직을 차지하고 있었으며, 그들의 힘은 지방에서 급속도로 퍼져나갔다. 그들이 뒤를 봐주고 있는 술집들과 거래처, 그리고 지방 각 단체들에게 파고들어서 민족교에 가입하지 않으면 지방에서는 어떠한 힘도 쓰지 못하도록 만들었다.

춘호가 교주로 취임하고 나서 신도수는 급격하게 불어났다. 그와 동시에 민족교 방송사의 시청율과 광고 매출도 껑충 뛰었다. 국제관광단지의 광고 수주만 해도 엄청난 매출을 올려주고 있었고, 정부의 산하단체의 공익광고도 민족교 방송국으로 의뢰가 들어오고 있는 실정이었다. 그만큼 민족교의 교세는 커져갔다.

완전히 종단을 장악한 춘호는 당분간은 민족교에만 신경을 쓸 수밖에 없었다. 황진모 의원이 다음 선거를 의식해서 춘호에게 더 친밀하게 나왔고, 국정원이나 검찰에서도 정권의 안정적인 연장을 위해서는 민족교라는 신흥종교 집단의 갑자기 부상한 위세를 이용할 수밖에 없었다.

"하하. 춘호 동생. 골프가 금방 늘었네 그래. 여기가 동생이 하는 골프장이라서 그런가? 핫핫."

황진모 의원은 샷을 하기 전에 춘호가 날린 공을 쳐다보며 말을 던져왔다.

"형님도. 아직 형님을 따라가려면 멀었습니다."

황 진모 의원이 날린 공이 하늘로 날아올랐다. 공은 긴 원을 그리면서 필드로 떨어졌다.

"하하. 황 의원님께서는 역시 베테랑이십니다. 공이 제대로 떨어졌을 거 같습니다."

박 국장이 찬사를 늘어놓았다.

"가보세."

황 의원은 의기양양하게 필드를 걷기 시작했다. 그의 주위로 춘호와 박 국장, 검찰계의 2인자라 할 수 있는 대검중수부 부장인 목인흠이 따라가고 있었다. 골프공은 홀에서 그리 얼마 떨어지지 않은 곳에 떨어져 있었다.

"하하. 정말 멋진 샷입니다."

춘호의 말에, 황 의원은 골프채를 들어 올렸다가 내려놓으며 말했다.

"아직 일미터는 되네. 이걸 집어넣어야 성공하는 거지. 여자도 말이야. 보기만 하면 뭣하나. 구멍에 넣어야 제맛일세. 아참, 춘호 동생은 아직 결혼 안 했지?"

"하하. 의원님도. 제 나이면 결혼하고 무슨 상관이 있습니까? 알 건 다 압니다."

"핫핫핫. 아는구먼."

황 의원이 골프채를 들어서 공에 갖다대고 조준을 하고선 다시 한 번 더 공을 겨누었다.

"춘호 동생은 이게 들어갈 거 같은가? 안 들어갈 거 같은가?"

황 의원이 공을 겨눈 상태에서 쳐다보며 물었다.

"들어갑니다."

"좋아!"

386

황 의원이 샷을 날렸다. 공은 반듯이 굴러가면서 홀 안으로 들어갔다.

"보십시오. 들어갔지 않습니까? 하하."

춘호는 황 의원을 추켜세웠다. 홀 안에 들어간 공은 캐디가 집어내서 황 의원에게 건네주었다. 이는 춘호가 국제관광단지의 총회장이라는 자리에 있었으므로 캐디조차도 최상의 서비스를 하지 않을 수 없었다.

"이건 춘호 동생이 갖게. 내가 홀인원을 한 거니까. 앞으로 동생이 울진에서 석유만 나오면 나도 한 자리 부탁할 걸세. 핫핫."

"그야 여부가 있겠습니까? 당연히 인사치례를 해야지요."

춘호는 지금 석유공사를 내세워서 울진에서 시추공을 뚫고 있는 대륙붕에서 시추 결과가 나오기만을 기다리고 있었다. 황진모 의원이 그런 고급 정보를 흘려줘서 민족교 재단의 이름으로 산업자원부와 협정서를 맺어서 일을 추진하고 있었다.

춘호는 황 의원이 건네준 골프공을 윗주머니에 넣고선 다음 코스로 향했다. 골프 회동이 끝나고 나서 그들은 춘호가 대접하는 호텔로 가서 식사를 했다. 풀코스를 돈 그들은 모든 일정을 접어놓고서 춘호가 대접하는 호의에 젖어들고 있었다. 황진모 의원은 춘호를 부를 때에 꼬박꼬박 동생이라는 말을 사용했으므로 국정원 1차장이나 중수부의 목 부장도 춘호를 예우할 수밖에 없었다. 춘호는 회동이 있을 때마다 그들을 절대로 빈 손으로 보내지 않았다. 선거철이 임박했으므로 미리 차의 트렁크에 준비한 라면 박스에 현금을 지참해서 만났고, 그것을 전해주는 일은 손수 했다.

호텔에서 나오기 전에 춘호는 미리 자리에서 일어섰다.

"차 키 좀 주십시오."

춘호가 그렇게 말하면 그들은 춘호가 무엇을 하려는지 알고 있었다. 차 키를 직접 받은 춘호는 주차장으로 내려갔다.

"오십니까?"

차에 앉아 있던 정만과 은수가 차문을 열고 나왔다.

"그냥 앉아 있어라."

춘호는 그렇게 지시를 하고는 차의 트렁크를 열고선 직접 라면박스를 꺼내 황 의원의 차를 열어 트렁크에다 라면박스를 싣고선 다시 박 국장의 차와 목 부장의 차의 트렁크를 열어 라면박스를 싣고는 차문을 닫았다. 그리고 나서 위로 올라오면 어느덧 술자리는 종지부를 찍는 셈이었다.

"오늘 즐거웠네. 이제 다들 일어서지."

황 의원이 그렇게 말함으로써 오늘의 일과는 즐겁게 마무리되는 시점이었다. 회동이 끝날 때마다 춘호가 직접 차의 열쇠를 챙겨서 자신이 직접 라면박스를 차에다 실어놓았기 때문에 거기 모인 이들은 춘호의 주도면밀한 행동에 안심할 수밖에 없었다.

술자리를 파한 그들이 차를 타고 떠나는 것을 배웅하고서 춘호는 위층 사장실로 올라갔다.

"이제 오냐?"

배호는 춘호가 나타나기를 기다렸다.

"이제 다들 갔어."

춘호는 소파로 가서 털썩 주저앉았다. 그들 일행을 맞아 마신 술이 약간 취하긴 했으나 기분 좋게 마신 술 탓에 개운할 정도였다.

"임 황원에 대해선 어떻게 하려고 그래?"

"……."

"그냥 둬선 안 되겠지? 뭐 생각해 둔 것이 있어?"

배호가 다시 물어왔다.

"글쎄. 검찰에서 손을 쓰기 전에 미리 차단해야 될 텐데……."

춘호는 아직도 어떻게 해야 할지 판단을 내리지 못하고 있었다. 앞으로 검찰에서는 선거철을 앞두고 마약에 대해 한 건 터뜨릴지 모른다는 정보를 황 의원으로부터 전해들은 상태에서 조직의 안전을 위해 조직을 잠잠히 있도록 하는 방법을 배호에게 알려주었지만, 막상 임 황원이 섣불리 움직였다가 걸려드는 날에는 큰 화가 조직 내로 미칠지 모른다는 생각이 들고 있었다.

황 의원은 국정원 내의 정보라던가, 검찰 쪽에서 흘러나오는 정보를 춘호에게 미리 알려줌으로써 춘호와의 끈끈한 정을 과시하고 있었다.

"조직원들도 좀 잠잠하라고 그랬나?"

춘호는 임 황원 문제보다는 조직이 더 우선이었다.

"응. 일절 문제를 일으키지 말라고 지시 내려보냈어. 근데 임 황원 문제는 어떻게 할 거냐는 말이다."

"일단 내게 맡겨. 검찰에서나 보사부에서 냄새를 맡지 않게 해놓을 테니까."

"그런 전과가 있으면 내내 지켜보고 있을 건데……."

배호가 매우 우려를 표시했다.

"알았어. 그건 내가 처리할게."

춘호는 단호하게 말을 하고는 그 문제만큼은 자신이 처치할 뜻임을 분명히 했다.

"골프장에 사람 많아?"

배호가 물어왔다.

"응. 그만하면 괜찮아."

춘호는 골프장에 사람이 많다는 것을 그런 식으로 말했다.

"하하. 난 요즘 돈방석 위에 올라앉은 거 같다. 여기 관광단지에서 나오는 수입하고, 호텔에서 나오는 거하고, 카지노에서 나오는 거, 그리고 골프장에서 나오는 것만 해도 일류기업 뺨 치겠다. 야."

"그건 다 배호 형 것이 아니라, 우리 조직원들의 것이다. 나중에 걔들한테 저금을 해서 돌려주는 것이니까."

"알지. 그래서 우리 조직 전체가 피땀을 흘리는 거 아닌가."

"알면 됐어. 수입에서 코털 하나 대면 안 되는 거다."

춘호는 배호 형이 그럴 위인이 아니라는 걸 알지만 농담 삼아 그런 말을 던졌다. 황제파 조직에서 나오는 수입은 전체 조직원들을 주주로 묶어서 일정 금액만 월급으로 지급하고는 월급 중에서 나머지는 모두 은행으로 들어갔다. 그래서 개인 한 사람마다 저축을 해놓아서 돈을 함부로 쓰는 일이 없도록 해놓았던 것이다. 말하자면 개인 앞으로 저축을 시켜준 셈이었다.

"민족교에서 이번에 추진하는 광업공사에서 석유만 나오면 그길로 땡잡는 거고. 방송국에선 또 얼마나 많은 수입이 나오겠냐?"

"거기서 나오는 수입은 민족교의 재산이지."

"훗. 그런가?"

배호가 웃었다. 민족교에 황제파 조직이 투자한 돈이 엄청났으므로 실제적으론 수입금의 전체가 황제파로 다시 되돌아온다는 것을 모르는 바가 아니었다. 처음에 민족교 재단과 방송국에 투자할 때에 수익금 중에서 7할이 황제파의 몫이 되고, 나머지 3할이 민족교 재단에 기부하는 형식으로 약정서가 체결이 되었으므로 실제적으론 민족교 재단 자체가 황제파의 소유나 마찬가지였다.

이번에 울진 앞바다에 석유매장량이 많다는 정보를 흘려듣고서 민족교 재단에서 광업권을 따낸 것이다. 그 일을 위해서 황진모 의원이 뒤에서 실력을 행사해서 민족교 앞으로 발굴권이 떨어진 것도 춘호의 역할이 컸던 것이었다.

"울진에 안 내려가?"

배호가 물었다.

"내려가 봐야지. 아직은 시추공을 뚫고 있으니까 탐사 결과가 나오면 그때 내려가도 되겠지."

춘호는 모든 일을 관장하고는 있었지만 석유공사에서 추천한

각 대학 지질학과 교수들을 자문위원으로 엮어서 그 밑에 스웨덴 탐사기술진을 불러오려고 계획하고 있는 중이었다.

"교수들 어때? 믿을만해?"

"믿어야지."

"기술진들은 일본 쪽이 낫지 않나?"

"일본 쪽바리들보다는 스웨덴 쪽 기술자들이 낫지. 내가 가방끈이 짧아서 말은 안 통하지만, 그거야 자문위원들인 교수들이 다 알아서 할 거니까 난 결정만 내리면 돼."

"후우. 울진에서 기름만 나오면 우린 끝나는데 말이야."

배호는 길게 한숨을 내쉬듯이 희망에 부풀었다.

"되겠지. 탐사해봤으니까. 지금 계속 시추공을 뚫고 있어."

"몇 번째 공이지?"

"열번째 공을 뚫고 있어. 처음 징후가 발견된 곳에서 반경 십 킬로마다 시추공 하나씩 뚫고 있어."

"오호. 지금은 얼마나 들까?"

"우리 걸로 충분해. 산업자원부에서도 돈을 뽑아낼 수 있으니까."

"그것도 이야기되고 있는 거야?"

"그럼! 지금 황 의원이 그 일을 맡고 있어."

"나중에 인사나 톡톡히 해야 되겠다."

"그래. 우리가 투자한 돈도 돈이지만, 산업자원부에서 투자를 하게 되면 눈 먼 돈이니까 우리 것이지 뭐. 안 그래?"

춘호는 그 말을 하고선 호탕하게 웃었다.

"그래도 자주 내려가 봐. 네가 자주 움직여야 일이 빨라지지."

"알았어. 그럼 내일쯤 내려가 보지. 퇴근 안 해?"

"난 그냥 여기서 잘래. 넌?"

"난 영등포로 나가봐야지. 내일 출근해야 되니까."

춘호는 자리에서 일어섰다.

"자고 가지 그래? 내일 일찍 출근해도 되잖아. 나하고 술이나 한 잔 하면서 말이야."

"그럴까?"

춘호는 배호를 쳐다보았다.

"그래. 정혜 누나한테 전화해놓고 여기서 자고 가. 모처럼만에 우리 둘이서 오붓하게 술이나 한 잔 하자."

"그래."

춘호는 배호의 책상 위에 놓인 전화기를 들어 정혜에게 전화를 걸었다. 그리고는 오늘밤 영종도에서 자고 아침에 출근할 거라는 말을 남겼다.

"그래. 배호가 붙잡았는가 보지?"

정혜는 그 말뿐이었다. 춘호와 배호가 오랜만에 만나 같이 밤을 보내겠다는 것에 대해서 좋은 우정이라고 생각했다. 배호는 호텔로 전화를 해서 곧 그리로 간다고 말을 했다. 그들이 호텔에 도착했을 때는 밤이 깊은 시간인데도 총지배인이 마중을 나와 있었다. 아마도 퇴근해서 집에서 자다가 배호 사장과 춘호 회장이 호텔에 들른다는 말을 듣고는 급히 호텔로 나온 듯했다.

"방은 특실로 정해놨습니다."

총지배인이 배호가 사양하며 말했다.

"아냐. 그냥 빈 방으로 줘. 특실까진 필요 없어."

"올라가시죠. 오늘은 특실이 비었습니다."

총지배인의 말이었다.

"지배인."

배호는 약간 화가 난 듯이 불렀다.

"네."

"그냥 일반방으로 달라고 그랬잖아."

배호는 이미 총지배인이 일부러 특실을 잡아놨다는 것을 알고 말했다.

"네. 알았습니다."

그제야 총지배인은 고개를 숙였다.

"그리고……. 총지배인은 이런 밤에 나오지 않아도 돼. 오늘 회장님께서 볼일이 있어 늦어서 자고 가는 거니까 밤중에 나올 필요는 없어. 내일 일찍 출근하는 사람이 밤에 나오면 쓰나."

"알겠습니다."

총지배인은 배호의 나무람을 듣고서 얼굴이 벌개졌다.

룸으로 안내된 배호와 춘호는 옷을 벗어 직접 옷걸이에 걸었다. 총지배인이 옷을 받아들려고 했지만 배호도 춘호도 손수 양복을 걸었다.

"지배인."

"네."

"그만 가서 자게. 지배인은 사장의 눈치를 볼 필요 없어. 회장님도 그런 거 안 좋아해. 앞으로 우리 조직의 누가 와도 특실룸은 내주지 말게."

"알겠습니다."

"그럼 가봐요. 오늘은 회장님과 단 둘이 술이나 마실 거니까."

"알았습니다. 필요하신 거 있으시면 말씀하십시오."

총지배인은 허리를 숙이면서 회장을 쳐다보았다.

"됐네. 지배인은 호텔 손님한테만 잘하면 돼."

춘호는 너그럽게 말하고는 나가보라는 듯이 손짓을 했다. 총지배인은 송구스럽다는 듯이 두 손을 모으면서 인사를 하고는 밖으로 나갔다.

"핫핫. 앉지."

배호는 웃음을 띠면서 춘호에게 창가로 가서 앉으라고 하고선 자신은 창문을 커튼을 걷어버렸다. 창밖으로는 신공항의 화려한 불빛이 환하게 보였다.

"맥주로 할까? 아까 양주 마셨다면서?"

"형은?"

"나도 맥주로 하지 뭐."

"그래."

배호는 맥주를 꺼내왔다. 웨이터들을 불러서 시중을 들게 해도 되지만 오늘만큼은 어린 시절로 돌아가 '장춘강' 중국집에서 일할 때처럼 단 둘이 있는 공간에서 술을 마시고 싶었다. 배호는 맥주를 따서 춘호의 잔에 따라주었다. 하얀 거품이 일면서 잔에 가득 차올랐다. 춘호도 배호의 잔에 맥주를 따라주고는 잔을 부딪치고는 입으로 가져갔다.

두 사람 앞에는 안주도 없었다. 배호가 일부러 안주를 꺼내오지 않았던 것이다. 춘호가 술을 마실 때에 안주를 먹지 않는다는 것을 알고 있었기 때문이었다.

"형."

춘호가 술을 따라주며 불렀다.

"왜?"

배호는 춘호가 형이라고 불러주는 말이 듣기 좋았다.

"이제 결혼해."

"결혼?"

"응. 이제 우리도 안정이 됐으니까 이제 결혼해도 돼."

"넌?"

"난 아직, 할일이 남았어."

춘호는 맥주를 마시면서 말했다.

"그럼 언제 할 거야? 네가 그러면 나도 할 일이 남은 거지. 우린 처음부터 끝까지 같이 하는 사이니까."

"글세. 우리 둘 중에 형 혼자 결혼하는 게 좋겠어."

"그럼 넌 안 하겠다는 거냐?"

"응."

"……?"

"난 형이 결혼하는 게 좋겠어."

"네가 안 하면 나도 안 할 거다. 저번에도 말했잖아."

"형."

춘호는 배호의 잔에 맥주를 따라주었다.

"왜?"

"그냥 결혼해. 난 형이 명희하고 결혼했으면 좋겠다고 생각해."

"명희?"

"응."

"왜 명희하고 했으면 좋겠다고 생각해?"

"명희 걔 불쌍한 애야. 우리 조직을 위해서 열심히 일했고…….
우린 아무 피붙이가 없는 놈들이야. 형이 결혼할려면 명희하고
했으면 좋겠어."

"……"

배호는 물끄러미 춘호를 쳐다보았다. 배호가 무슨 말을 하려
는데 춘호가 입을 열었다.

"명희 좋은 애야. 형이 비서로 데리고 있어봐서 알겠지만
……. 명희도 형을 싫어하진 않을 거야."

"……"

"명희도 외롭겠지. 명절이 되어도 찾아갈 곳이 없으니…….
그런 여자를 형이 받아줘라."

"춘호야."

묵묵히 듣고만 있던 배호가 입을 열었다.

"명희는 이미 결혼한 여자야. 정식으로 결혼을 하지는 않았겠지만 남자를 사랑했던 적이 있었던 여자야."

"그게 무슨 말이야?"

춘호는 배호를 쳐다보았다.

"내가 전에 감방에 있을 때, 내 옆에 있는 독방에 명희를 데리고 살던 남자가 있었어. 그걸 진작 너한테 말해주고 싶었지만……. 나도 그 사실을 나중에서야 알았어. 이제는 말해야 될 거 같다."

배호는 잔을 들어 맥주를 훌쩍 마시고는 자작으로 술을 따라서 반쯤 마셨다.

"명희가 결혼했다고? 명희가 그래?"

"아니지. 전에 내가 그곳에 있을 때, 독방에 갇혀 있던 남자가 정신이상이어서 발작을 일으킬 때마다 명희라는 이름을 부르면서 죽이겠다고 소리치는 걸 들은 적이 있었다."

"……?"

"그때는 명희라는 여자가 바로 우리가 데리고 있는 명희인 줄 몰랐다. 나중에서야 그 사실을 알게 된 거지. 전에 네가 교도소에서 명희를 만났다고 했을 때도 우리 명희가 바로 그 명희라는 사실을 몰랐어."

"그럼?"

춘호는 갑자기 술이 확 깨는 듯했다. 갑자기 목이 말랐다. 맥주잔을 들어 비우고는 맥주를 따라놓고선 배호를 쳐다보았다.

"사실 내가 명희를 좋아하긴 했다. 전에는 그랬지. 너한테 말은 못하고 명희를 좋아했던 적이 있었지. 그러나……. 내가 교도소에 찾아간 적이 있었다. 혹시나 해서……."

"그랬어?"

"그래. 사실은 내가 명희를 좋아했기 때문에 찾아간 것인지도 모르지."

배호는 슬픈 듯이 창밖을 내다보며 말했다. 창밖에는 부슬부슬 비가 내리기 시작하고 있었다. 유리창이 비에 젖기 시작하고 있었다.

"교도소에 가서 아직도 독방에 그 친구가 있는가 싶어서 면회를 신청했지. 면회를 신청하면서 누가 왔다가 갔는가를 알아본 것도 사실이야. 면회실에 들어가서 그 친구에게 명희를 아느냐고 물어봤지."

"……?"

"나를 알아보더구만. 옆방에 내가 있었으니까. 그 친구 정신 이상자야. 그래서 독방에 갇혀 있었고."

"……?"

"명희가 통 면회를 안 온다고 그러더군. 올 리가 없지. 그때는 영등포에 있는 우리 가게에서 일할 때였으니까. 그 친구는 명희를 욕하면서 죽여버릴 거라고 떠들어댔지만……. 그 친구는 완전히 돌아버린 놈이었으니까. 독방에 있으면서도 난리를 피워서 손목에 수갑을 차고 있었으니까."

"……."

춘호는 묵묵히 맥주를 마시고 있었다. 이제 그는 술기운이 싹 가신 상태였다.

"독방에 갇혀 있으면서, 손에 수갑을 차고 있었으니 밥도 개처럼 핥아먹어야 돼. 그 친구는 명희가 면회를 왔다가 가도 죽일 년이라고 고래고래 떠들면서 난동을 피웠고, 명희가 면회를 안 와도 고래고래 고함을 지르면서 난동을 부렸기 때문에 특별 관리해야 될 정도로 난폭한 친구야. 정신이 돌아버렸으니 교도 관들도 어쩌지를 못했어."

"그래서?"

"……."

배호는 맥주를 마시고는 담배를 꺼내 춘호에게 내밀었다. 춘호가 담배를 꺼내 입에 물었다. 배호는 불을 붙여주고는 자신의 담배에 불을 붙이고선 자리에서 일어섰다. 배호는 창가로 가서 등을 돌린 채 창밖을 내다보면서 말을 꺼냈다.

"그 명희가 맞다는 거야. 고아원에서 나왔고……. 봉제공장에서 만났다는 거야. 정신이 돌아도 기억할 건 기억하는 법이지. 그 소리를 듣는 순간……."

배호는 잠시 말을 끊었다가 후, 하고 담배 연기를 내뿜었다.

"난 정말 놀랐을 거다. 한참 멍해 있었으니까. 그 남자를 한참 쳐다봤지. 봉제공장에서 만났으니까 알만한 거지. 어떻게 해서 정신이 돌아버렸는지 모르겠지만 아마도 정신이 또라이가 된 상태에서 죄를 저지르고 들어온 것 같아. 그래서 명희는 다시 봉제공장에 일을 나가면서 시간을 내서 면회를 오곤 했던 거 같아. 그놈은 명희가 하루라도 면회를 안 오면 딴 놈하고 붙어먹어서 그렇다면서 발악을 해댔어. 명희가 힘들었을 거라는 생각이 들기도 하지. 그렇지만……."

배호는 창밖에 흘러내리는 빗물을 바라보며 말을 잇고 있었다.

"그걸 알고 난 뒤에 난 명희를 다시 보기 시작했어. 우리한테 오고 나서부터 면회를 안 간 거야. 그놈이 나보고 붙어먹었느냐고 묻더군. 그러면서 나보고 뭐라는 줄 알아?"

"……."

"명희 개가 그거 하나는 끝내주게 잘한다고 그래. 그러면서 이를 부득부득 갈면서 나를 노려보더라. 너무 불쌍한 놈이지. 독방에 있으면서 자해를 했는지 혓바닥이 반쯤은 잘려나가 있었어. 발음도 시원찮았어. 내가 왜 그랬느냐고 물었더니 배가 고파서 잘라먹었다는 거야. 명희가 면회를 안 와서 배가 고팠다면서……."

"그만해. 형!"

춘호가 나직이 말했다.

"……."

배호는 다시 담배를 꺼내 불을 붙이고는 창밖으로 시선을 주었다. 그는 다시 입을 열었다.

"너도 들어야 돼. 아마 명희도 지쳤겠지. 그런 인간하고 같이 산다는 게 힘들었을 거다. 막 돼먹은 인간하고 살면서 시달렸을 거라고 생각하니 면회를 안 간 것도 이해가 되긴 해. 그러나 난 명희를 용서할 수가 없어. 그때부터 난 명희를 보는 시각이 달라졌어. 고아니까 불쌍해서 바라보는 수준일 뿐이지. 이젠 다른 애들하고 똑같이 볼 뿐이다."

"명희는 불쌍한 애야. 그건 내가 잘 알아. 나하고 같이 고아원에 있었으니까. 매일같이 뒤곁에 가서 혼자 울던 애야. 세상으로 나가서 어디에도 마음을 기댈 곳이 없어 남자랑 사귀었겠지."

춘호는 명희를 아직도 갸날픈 여자로 생각하고 있었다.

"그놈 입으로 같이 살았다고 했어. 몇 년 살았느냐고 물었더니……."

"그만해! 됐어!"

춘호가 가로막았다.

"……."

배호는 입을 다물었다. 냉장고로 가서 맥주를 꺼내 잔에 따라서는 창가로 가서 쭉 들이마셨다. 빈 잔을 창틀에 올려놓고는 그는 이마를 기대고 있었다.

"난 명희를 믿어. 여자란 한 순간에 꺾이는 꽃일 뿐이야. 세상이 여자를 괴롭히는 바람일 뿐이라고 생각해. 명희를 보면 알잖아."

"……."

"명희가 고아원에서 나를 잘 따랐다고 해서 두둔하는 게 아냐. 걔는 원래 천성이 약해. 여자들이 세상에 나가면 고아들이 갈 데가 어디 있겠어? 그런 세계에서 살다가 보면 잘해주는 남자에게 따르게 되지. 그러나 이젠 명희도 달라졌어. 그 누구보다 더 성실하고 똑똑해. 이젠 그런 나약함이 없는 애야."

"......."

배호는 담배연기를 내뿜고 머리를 감싸 쥐었다.

"그렇게 말한다면 정혜 누나도 마찬가지야. 동생 학비를 벌기 위해 술집에 나왔어. 준희라는 애, 지금 지방대학에서 강사가 돼 있어. 그 동생을 공부시키기 위해 술집에 나왔지만 정신은 팔지 않았어. 사람이란 다 결함이 있는 거야. 우리도 고아라는 명칭이 있잖아. 그건 뗄래야 뗄 수 없는 거잖아."

"난......."

"알아. 형이 명희를 좋아해서 직접 교도소에까지 찾아간 거 알아. 나도 명희가 그런 일을 겪었으리라곤 생각지도 못했어. 그러나 그건 지나간 일이야. 어렸을 때에 당한 일이야. 아마 정식결혼이 아니라, 봉제공장에서 만나 같이 살았다고 해도 그건 형이 이해해줘야 할 성질이야. 지금이 중요하잖아?"

"난 안 돼. 그걸 알고 있는 이상, 내가 직접 그놈한테 이야기를 들은 이상 명희를 사랑할 수 없어. 그건 내 탓이 아니다."

"알겠어."

춘호는 그 말을 하고서 맥주를 따라 마셨다. 그리곤 옆에 놓인 빈 잔에다 술을 따랐다.

"이거 마셔. 더 이상 이야기해봐야 소용없어."

"……."

배호는 다시 소파로 와서 앉았다. 그리곤 춘호가 따라놓은 맥주를 마셨다.

"우리 양주 한 잔 할까?"

"그러지."

배호가 고개를 끄덕였다. 그들은 오랜만에 술을 마시는 셈이었다. 각자 맡은 일에서 충실하다 보니 만나더라도 이렇게 같이 있으면서 술을 마셔보기란 근래 들어 없었던 일이었다. 오늘따라 명희에 대한 이야기가 나와서 춘호는 배호와 같이 하룻밤을 지내는 것이 무엇보다도 기분이 좋았다.

"춘호야. 우린 고아들이잖아. 나이가 들어서 막상 결혼하려고 해도 겁이 난다."

배호가 솔직한 심경을 털어놓았다.

"왜?"

"그냥 우린 가정이란 걸 모르잖냐? 남자가 돼서 여자를 어떻게 해줘야 하는지, 나중에 애를 낳으면 아빠 노릇을 어떻게 해야 되는지 모르면서 컸어. 기껏해야 고아원에서 초등학교만 다니다가 도망친 놈들이 뭘 알겠냐? 그래서 겁이 난다는 거지."

"그냥 사랑하는 사람하고 같이 사는 거지 뭐. 별 거 있겠어?"

"아냐. 우린 남들과 달라. 가정이 부서진 것을 경험했던 우리들은 우리들 아버지와 엄마가 걸었던 전철을 걷고 싶지 않겠다

404

는 불안감이 있는 거야. 너는 그런 불안감이 없냐?"

"……"

춘호는 그저 묵묵히 배호를 지켜보고만 있었다.

"다들 그럴 거다. 막상 결혼한다면 어떻게 가정을 꾸려가야 할지 모를 때도 많을 거다. 배운 게 없으니 그럴 수밖에 없겠지. 주먹이야 쓰면 되는 거지만. 사업이야 몸으로 뛰면서 배우면 되지만 우리야 고아원 울타리 안에서 배운 것도 없이 제멋대로 자란 놈들이라 막상 결혼하려면 불안하기도 할 거다. 아마 너도 그럴 걸?"

"그야 그러겠지. 형만 그런 게 아냐. 그런 건 여자들이 알아서 잘 하겠지."

"여자들도 마찬가지야. 가정의 소중함을 알긴 하지만 막상 어떻게 해야 잘하는 건지 모를 때도 있을 거다. 살아가면서 배우면서 살면 되겠지만……."

배호는 양주잔을 들어 춘호의 잔에다 부딪쳤다. 두 사람은 동시에 양주잔을 입으로 가져갔다.

"네가 말했듯이 난 명희와는 결혼 못해. 그래서 결혼을 포기한 거고."

배호가 진심을 털어놨다.

"아예 결혼을 포기했어?"

"그래. 결혼이란 나한테 굴레와도 같은 거라는 걸 깨달았어. 다시 시작하는 기분으로 살아야 된다고 생각하니 왠지 낯설게

만 느껴져."

"형. 그런 건 여자들한테 맡겨. 그런 건 여자들이 더 잘해."

"알아. 그렇지만 나중에 여자한테서 무성의한 남자라는 말은 듣고 싶지 않다. 그런 소리 들을 바에는 차라리 이대로 혼자 사는 게 나아."

두 사람의 대화는 끝이 없었다. 그동안 가슴 속에 담아둔 결혼에 관한 문제를 다 털어 내놓고 있었다. 배호는 그동안 명희를 염두에 두고 있었던 것은 사실이었다. 그러나 교도소에 면회를 다녀온 뒤로부터 명희에 대한 생각을 지워버린 그였다. 그런 말을 들은 춘호는 그저 안타까울 뿐이었다.

"명희 일 잘하지?"

춘호가 배호에게 나직히 물었다.

"일이야 잘하지. 머리도 좋고."

"……."

"이젠 명희 이야기는 그만하자. 넌 결혼 언제 할래?"

"아직 생각 없어. 당분간은 이대로 나가는 게 좋겠어. 울진에 매달려야 될 거 같아."

"정혜 누나는 결혼 안 한데?"

"그러더라."

춘호가 무뚝뚝하게 말을 내뱉었다.

"난 정혜 누나가 더 좋아. 그런 여자를 데려가는 남자는 좋지 않겠나?"

"……?"

"똑똑하잖아? 성격도 화끈하고. 전에 술집에 있었다는 거야 뭐, 요즘은 직업이니깐."

"그렇지……."

춘호는 술잔을 들어 단숨에 비워냈다.

"정혜 누나더러 결혼이나 하라고 그래. 우리야 나중에 해도 될 거고."

"말은 했지만, 정혜 누나도 결혼할 생각이 없는 거 같더라."

"후훗. 다들 결혼 안 하겠다면 어떡하자는 거지? 그냥 평생 이대로 나가는 수밖에 없겠다? 그지?"

"하하. 그렇게 될 거 같네."

그제야 춘호는 웃음이 나왔다. 두 사람이 주거니 받거니 하면서 어느덧 시간은 새벽 네 시를 가리키고 있었다. 두 사람이 비운 양주는 한 병이었다.

"이제 자야지. 내일 또 출근하려면."

"그래. 오늘은 형하고 같이 잘까?"

"좋지!"

두 사람을 침대에 나란히 누웠다. 불을 껐지만 신공항에서 흘러 들어오는 불빛이 창문을 타고 넘어왔다. 배호는 곧 잠 속으로 빠져들고, 춘호는 누운 채로 담배에 불을 붙였다. 어둠 속에서 빨간 불빛이 타들어가고 있었다.

황제의 꿈

경북 울진 근해 대륙붕의 석유 시추공에서는 아직도 석유의 징후가 나타나지 않고 있었다. 열 군데를 뚫어서 검사를 했을 때는 사십퍼센트의 매장 징후가 발견되었다. 그러나 추가적인 시추공에서는 팔십퍼센트의 징후를 내다보고서 시추를 했지만 검사결과는 첫 번째 시추 검사 결과보다도 수치가 낮은 삼십퍼센트 대를 웃돌고 있었다.

긴급히 모인 기술지원단 회의에서 춘호는 광물학 전문가들인 대학교수 자문위원들로부터 상황 설명을 듣고 있었다. 첫 번째 검사는 반경 십킬로 지점을 뚫었지만 두 번째 시추공들은 반경 이십킬로여서 매장량 징후가 삼십퍼센트 대로 나왔다는 결과 보고가 있었다. 그러한 것은 한국 교수들의 의견이었지만 스웨덴 고문으로 와 있는 스티브 위렌과 알렉스 반느는 한국 교수들과는 다른 의견을 내어놓고 있었다. 통역을 통해 위렌이 반론을 제기했다.

"나는 그렇게 생각하지 않습니다. 석유가 매장된 곳에서 이십 킬로 반경에서도 오십퍼센트 대를 넘어야 생산성이 있습니다. 그리고 반경 십킬로 내의 시추공에서 아직도 사십퍼센트 대의 매장량이 확인된다는 것은 채산성이 희박하다고 봅니다. 시추 공에서 나온 사십퍼센트의 석유 가스는 정확한 지점이 아닌 것입니다."

"……"

춘호는 위렌을 쳐다보았다. 난감했다. 다시 한국측의 교수들이 의견을 정정하고 나왔다.

"그건 맞는 말씀입니다. 우리가 정확한 지점을 시추하지 못했기 때문이라고 생각합니다. 반경 십킬로 안에서 좀 더 시추해보는 것이 정확한 자료가 나올 것이라 생각합니다."

결국 위렌의 말대로 한국측 교수들이 밀리고 있었다. 고문으로 와 있는 위렌과 알렉스 반느는 채산성에 회의를 나타내고 있었다.

"그럼 어떻게 하면 좋습니까?"

춘호가 통역을 통해 위렌에게 질문을 던졌다.

"앞으로 반경 십킬로 안에서 시추공 다섯 개를 파고 나서 매장량 확인에서 팔십퍼센트 대를 넘지 않으면 채산성이 없습니다."

위렌이 말이었다. 위렌이 제시한 석유 탐사 방식은 가스 속의 밀도를 축정함으로써 바다 속의 지하에 매장된 석유의 질과 양을 계산해내는 방식이었다.

"……."

한국측 교수들은 위렌의 말에 반론을 펴지 못하고 있었다.

"좋습니다. 그럼 다섯 개의 시추공을 더 파보면 됩니까?"

"그렇소. 다섯 개의 시추공에서 팔십퍼센트가 넘어야 합니다."

위렌의 말에 반느가 가세했다.

"그럼 좋습니다. 앞으로 다섯 개의 시추공을 더 파보도록 하겠소. 그때 가서 결과를 갖고 다시 검토를 하도록 하지요."

춘호는 위렌의 주장에 손을 들어주었다.

다시 시추공을 뚫는 작업이 진행되었다. 춘호는 울진으로 내려가서 그곳에서 머무르면서 작업인부들이 작업하는 모습을 지켜보고 있었다. 춘호의 옆에는 정춘과 영필이 그림자처럼 따라붙었다. 이번 석유탐사가 얼마나 중대한 일인가를 말해주는 셈이었다. 시추공 세 개를 뚫었는데도 가스의 매장량은 더 이상 증가하지 않았다. 처음 징후가 발견된 곳에서 불과 2킬로 떨어진 곳이었다.

"회장님. 이거 큰일입니다. 우리가 속은 게 아닐까요?"

Y대의 지질학 교수인 김 량하 교수가 불안한 듯이 말을 꺼냈다. 시추공에서 올라온 가스가 검은 연기를 내며 타고 있는 게 보였다.

"속다니요?"

"가끔 매장량이 많을 것 같아서 시추공을 뚫어보면 결과는 형편없이 나올 때도 있는 법이라는 겁니다. 지금 우리가 그런 꼴이 아닌가 해서요."

"……."

"점점 밀도가 낮아지는데요."

김 량하 교수가 시료 채취 가스의 밀도를 점검해보고서 하는 말이었다.

"그럼 어떻게 해야 합니까?"

이미 시추공 다섯 개를 더 뚫기로 한 마당에 세 군데의 시추공을 뚫었는데 절망적일 수밖에 없었다.

"제 생각에는 처음부터 다시 시작하던가, 아니면 좀 더 많은 시추공을 뚫어야 하는데 다섯 개 정도 갖고는 좀……."

시추공 하나 뚫는 데에 막대한 돈이 들어간다는 것을 김 량하 교수가 모를 리 없었다. 그래서 더욱 난감한 얼굴이었다.

"일단 두 군데를 더 뚫어보기로 합시다. 그리고 나서 다시 한 번 자문을 구해보는 것이 좋겠소."

"이미 반경 2킬로 내로 좁혀 들어왔는데 가스의 밀도가 얇다는 건……. 당초 오십만 배럴의 매장량 추정은 무리가 있었다고 생각합니다. 제 생각에는 좀 모험인 것 같습니다."

이미 청와대와 산업자원부, 국정원에 보고된 추정 매장량이었다. 더구나 오십만 배럴 추정이라는 계획서에 의해 정부로부터 개발지원금이라는 명목으로 특별회계에서 천 이백 억이 긴급 지출된 상태였다.

"모험? 두 개 더 뚫는다고 모험이겠소?"

춘호는 오기가 생겼는지 모른다. 그동안 쏟아 부은 돈만 해도 막대한 금액이 바닷속에 내던져진 것이다. 지금 중단한다면 시추공 두 개를 뚫는 돈은 건질 수 있겠지만 그동안 시추공을 뚫느라 바닷물 속에 빠뜨린 막대한 돈은 건질 수가 없는 노릇이었다.

"이건 회장님을 생각해서 하는 말입니다. 위렌도 거의 포기한 상태인 것 같습니다. 여기 안 타나나는 것만 봐도 그렇지 않습니까?"

"……."

춘호는 담배를 뽑아 물고 일하고 있는 인부들을 지켜보았다. 물속에 박힌 파이프에서 올라온 가스가 타면서 검은 연기를 내뿜고 있었다. 인근 바다는 온통 시커먼 연기로 휩싸여 있었다. 배를 타고 들어가 세 번째 시추공이 박힌 베이스캠프 위에 춘호는 서 있었다. 이제 물러설 수도 없는 노릇이었다.

"아직은 모릅니다. 땅 속에 있는 석유라는 것이 이리저리 옮겨 다니는 성질의 것이기 때문에 가슴 추정만으로는 결론을 내리긴 힘듭니다. 추정량은 어디까지나 추정량일 뿐입니다. 일단 처음 시추공에서 가스 밀도가 사십이퍼센트가 나왔다는 것은 아직은 탐사할 조건이 충분합니다. 위렌 씨의 말도 맞고, 김 교수님의 말씀도 맞습니다. 석유탐사란 끈질긴 탐험이나 마찬가집니다."

S대 자원공학 박사인 엄 정후 박사의 말이었다. 거기 모인 박사들은 아직 우리나라에서 석유가 발굴되지 않았던 탓에 외국 자료와 외국의 예를 들어서 말할 뿐이었다. 실제 경험이 없는 우리나라로서는 문헌에 의한 자료에 의존할 정도였다.

"세 번째 시추공은 다 내려갔습니다. 다음 번 시추공을 뚫지요."

K대 교수인 김 조형 박사가 말했다.

"……."

춘호는 먼 하늘을 바라보았다. 검게 탄 그을음이 하늘을 뒤덮고 있었다. 파이프 끝의 불꽃에서 시커먼 연기가 배출되는 것을 보면서 좌절감이 다가왔다.

시추공을 하나 더 뚫는다는 것은 바닷속에 돈을 쏟아 붓는 일이었다. 지금까지 열세 군데의 시추공을 뚫으면서 적지 않은 자금을 쏟아 부은 것이다. 벌써 수천 억이 땅에 묻힌 것이다.

"위렌은 어디 있습니까?"

"아마 포항 호텔에 있을 겁니다. 좀 전에 통화를 했습니다."

김 교수의 말이었다.

"뭐라고 합디까? 지금 뭐하고 있다고 그래요?"

"자기들은 곧 철수할지도 모르겠다고 푸념을 늘어놓습디다. 술 마시고 있는 중이라고 그러더군요."

"……?!"

춘호는 그곳에 더 이상 지체할 수가 없었다. 위렌을 만나야겠다는 생각부터 들었다.

"그럼 교수님께서는 계속 지켜봐 주십시오. 전 위렌을 만나봐야 될 거 같습니다."

춘호는 정춘과 영필을 데리고 포항으로 달려갔다. 호텔에 도착했을 때는 위렌과 반느가 외출하고 없었다.

"어디 간다고 하지 않았나?"

"모르겠습니다. 아무 말 없이 나가던데요?"

웨이터의 설명이었다.

"영필아. 전화 때려봐."

춘호가 소리쳤다. 곧 위렌의 핸드폰으로 전화를 걸었다. 핸드폰이 꺼져 있는 상태였다. 정춘은 다시 반느에게로 전화를 했다.

"야스."

반느의 목소리였다. 정춘은 곧바로 춘호에게 전화를 넘겼다.

"어디야?"

춘호가 대뜸 한국말로 물었다.

"아, 회장. 왜 그러십니까? 지금 그건 말할 수 없어요."

반느는 더듬거리며 한국말로 지껄여왔다.

"어디냐니까? 위렌하고 같이 있나?"

"야스. 지금 위렌은 술이 취했다. 오늘 못 만난다."

역시 더듬거리는 말투였다.

"지금 포항에 와 있다. 어디냐니까. 지금 만나야 되겠다. 그쪽으로 가겠다."

"올 필요 없다. 위렌은 지금 여자하고 같이 있다. 나도 여자하고 같이 있다. 내일 만나자."

"안돼! 지금 당장 만나! 어디냐?"

"……."

반느는 당황스러운 모양이었다. 누군가와 말을 주고받긴 했지만 춘호는 위렌의 목소리가 아니라는 것을 알 수 있었다. 반느는 두 시간 뒤에 호텔 커피숍에서 만나자는 말을 했다.

"좋다! 두 시간 뒤에 그곳에서 만나겠다."

통화를 끝낸 춘호는 정춘에게 바닷가로 차를 몰게 했다. 차는 곧 바닷가에 닿았다. 차에서 내린 춘호는 바다로 성큼성큼 다가갔다.

춘호는 위렌과 반느가 무성의하게 나오는 것이 못내 화가 치밀었다. 기술 고문인 그들이 미진한 행동을 보이는 것은 불길한 징조임에는 틀림이 없었다. 그동안 쏟아 부은 노력은 헛수고라는 생각이 들자, 춘호는 가슴이 답답해져왔다. 바닷가에 서서 먼 바다를 바라보며 그는 오랫동안 서 있었다.

"회장님. 두 시간이 거의 돼 갑니다."

영필이 차에서 나와 춘호에게로 다가왔다. 차로 돌아간 춘호는 시내 호텔로 향하고 있었다. 춘호가 호텔 커피숍에 들어섰을 때에 위렌과 반느는 벌써 와 있었다.

"어떻게 된 거야?"

춘호가 소리쳤다.

위렌은 아직도 술이 취해 있었다. 반느는 자리에서 일어나서 다가오는 춘호에게 악수를 청해왔다. 춘호 뒤에는 정춘과 영필이 서 있었다.

자리에 앉자, 춘호는 위렌을 노려보았다.

"가능성이 없다는 얘긴가?"

춘호가 물었다.

"지금으로선……. 더 뚫을 생각입니까?"

위렌은 춘호 옆에 서 있는 건장한 정춘과 영필을 올려다보면서 물었다.

"그럼! 가능성이 전혀 없다면 포기하겠다!"

"……."

위렌은 반느를 쳐다보았다. 반느는 난처한 표정을 지었다.

"두 개 더 뚫겠다. 그런데 여기 와서 놀고 있으면 되나? 이건 계약과 틀리는 일이다."

춘호는 기술고문으로 온 위렌과 반느는 작업환경에서 벗어나지 않겠다는 조건의 계약을 했으므로 따질 수 있는 처지였다.

"여자 친구하고 술 마시러 왔다. 곧 올라간다."

위렌이 미안한 듯이 말을 했다.

"좋아! 당신들이 성의껏 해주면 나도 그만한 보상을 해줄 생각이 있다. 만약 시추공이 실패로 돌아간다고 해도 나는 보답을 해서 돌려보낼 것이다. 지금 당장 올라가서 작업에 임해 달라.'

"알았다."

위렌의 대답을 듣자마자 춘호는 곧바로 자리에서 일어났다. 서빙을 하는 아가씨가 옆에 서 있다가 두 사람의 언쟁이 높아지는 것을 보고는 잠시 기다렸다가 주문을 받을 찰나에 춘호는 자리에서 일어나버린 것이다.

춘호의 뒤를 따라나온 영필은 물었다.

"회장님. 쟤들 겁도 없이 까부는데 손 좀 봐줄까요?"

"됐어! 그래봐야 도움이 될 거 하나도 없어."

그들이 탄 차는 동해안을 따라 울진으로 올라가고 있었다. 울진에 도착한 춘호는 다시 시추공으로 가서 작업하는 현장을 둘러보고선 교수들과 같이 시내로 들어갔다. 그들이 묵고 있는 울진의 모텔에서 가까운 식당에서 식사와 술을 대접하고는 그들에게도 봉투 하나씩을 돌렸다. 자문위원인 교수들은 춘호로부터 연구비 명목으로 막대한 자금을 지원받고 있었으므로 춘호가 따로 주는 봉투는 용돈으로 쓰라고 주는 것이었다.

"위렌이 올라오기로 했습니다. 지금 포항에 있습니다. 올라오면 내일 당장 다른 시추공을 뚫도록 하십시오. 두 번의 기회가 남았으니까 이번에는 제대로 구멍을 뚫어야 할 거 같습니다."

춘호는 다급한 마음이었다. 많은 예상을 투입한 울진에서 이대로 물러설 수는 없는 일이었다.

"알겠습니다. 제 생각에는 첫 번째 시추공에서 5킬로 정도 북쪽으로 뚫어봤으면 합니다. 저번에 검사 시추공에서 위쪽이 더 많은 가스 밀도를 나타냈거든요."

C대의 홍 정욱 박사의 말이었다.

"다른 교수님들께서는……?"

춘호는 다른 교수들을 둘러보았다.

"그래보죠. 이미 뚫을만한 곳은 다 뚫어봤는데, 가까운 곳에 북쪽으로 한 번 뚫어보는 것도 좋을 듯합니다. 내륙 쪽으로 너무 집착하지 않으면 좋겠다고 생각합니다. 내륙 쪽은 희망이 없는 듯합니다."

"그렇다면 북동쪽으로 5킬로 안에서 뚫어보는 것으로 하는 게 좋을 거 같군요."

B대 교수인 박 용길 박사가 안을 내놓았다.

"좋습니다. 박사님들이 내일 위렌과 같이 보조를 맞춰서 그 정도쯤에 한 번 뚫어보는 것이 좋을 거라고 생각됩니다."

"그럼 그쪽으로 시추공을 찾아봅시다."

S대의 김 량하 박사가 결론을 내렸다.

다음날부터 춘호는 아침 일찍부터 박사들과 함께 작업장으로 나섰다. 위렌과 반느도 춘호가 정춘이, 영필을 대동하고 작업장으로 출근하는 것을 보고선 미적거릴 수 없는 형편이 되었다.

"위렌. 일본과는 어떻게 돼 가나?"

반느가 조심스럽게 물었다.

"쉿. 지금 이야기 중이야."

위렌은 일본 야쿠자들과 연관을 갖고 있었다. 울진에서 처음 징후가 발견되었을 때에 일본 야쿠자들은 일본해라는 이유로

암암리에 한국으로 들어와서 탐사 정보를 캐내고 있었다. 위렌과 반느는 일본 야쿠자의 보스인 요시이를 비밀리에 만난 적이 있었다.

그리고 나서 위렌은 태도가 변하기 시작했다. 일본측에서 제시한 개런티가 춘호가 계약한 액수보다도 다섯 배나 많은 금액을 제시했기 때문이었다.

"시추공을 뚫을 거야?"

"남쪽으로 뚫지."

"남쪽? 그럼 반대편에?"

"쉿. 조용히 해. 박사들은 우리말을 알아들어. 그러니까 말을 조심해."

위렌의 충고에 반느는 주위를 둘러보았다. 박사들과 춘호는 작업장 맨 끝에서 서서 북쪽을 향해 서서 말을 주고받고 있었다. 위렌은 반느와 함께 남쪽에서 시추공을 뚫는 드릴을 들어 올리느라 작업인부들에게 지시를 내리고 있었다. 반느가 위렌에게 바짝 다가와서 말을 건넸다.

"이쪽에서 포기해야 할 거 아냐? 그래야 우리 뜻대로 되는 거 아닌가."

"그러니까 남쪽을 뚫는다는 거지. 매장지는 북쪽이야. 근데 저 친구들이 왜 저쪽에 가서 있지?"

"……."

위렌은 춘호와 박사들이 작업장의 북쪽에 서서 말을 주고받고 있는 것이 불안했다. 이제 마지막 세 개의 시추공만 더 뚫어서 가능성이 없다고 판단되면 한국측에서는 포기할 것이 틀림없었다. 그동안 쏟아 부은 돈으로 치면 엄청난 액수였다. 위렌과 반느는 일본측 야쿠자들이 제시하는 조건이 엄청났기 때문에 한국측이 탐사를 포기하도록 일부러 남쪽을 골라서 시추공을 뚫고 있는 중이었다.

"시추공을 내려! 여기다."

위렌이 소리치자, 작업하는 기술자들은 위렌의 지시에 따라 시추공 드릴을 바닷물 속을 향해 옮기고 있었다.

"잠깐만! 위렌!"

위렌의 옆에 춘호가 와 서 있었다. 저쪽에 있다가 급히 달려온 것이었다.

"왜 그러십니까?"

위렌이 물었다.

"여기보다 저쪽이 낫지 않나?"

춘호 옆으로 한국인 교수들과 정춘과 영필이 다가왔다.

"아닙니다. 이곳이 처음과 가장 가까운 거립니다."

위렌의 주장이었다.

"저쪽에 한 번 파보는 것이 낫지 않겠나? 여긴 또 파봐야 저번과 같은 결과가 나올 것 같은데."

"그래도 시추공 가운데서 여기가 제일 가능성이 있는 곳입니다. 지금 시추공이 내려가고 있습니다."

"중지하지."

춘호의 말은 단호했다.

"······?!"

위렌이 의아한 눈으로 춘호를 쳐다보았다.

"일단 정지해! 정지!"

춘호가 작업하는 기술자들에게 정지 명령을 내렸다. 이미 바닷물 속에 잠긴 시추 드릴의 끝은 조금씩 물 속으로 내려가고 있었다. 춘호의 명령에 드릴을 움직이던 기사가 기계를 멈췄다.

"무슨 일입니까? 이미 시작한 작업인데."

위렌이 소리쳤다.

"일단 저쪽부터 파보는 게 낫겠어. 여긴 그만두고 기계를 옮겨!"

시추 드릴은 다시 물 밖으로 올라왔다. 춘호의 명령에 시추 파이프를 움직이는 기사는 물 밖으로 시추하는 파이프를 드러내놓고는 춘호 옆으로 달려왔다.

"이번에는 내 말을 들어라. 저쪽부터 작업한다!"

춘호는 손가락으로 작업장 북쪽을 가리켰다. 춘호가 가리키는 곳을 본 위렌의 얼굴에는 화가 가득 찼다. 그러나 춘호의 명령을 어길 수는 없었다. 위렌은 반느와 함께 조정실로 들어가 버렸다.

"자, 기계 이동해! 빨리!"

춘호는 진두에 나서서 작업을 지시했다. 이미 가능성이 없는 판국에 더 이상 위렌의 의견을 듣고 싶지 않았다. 시추 드릴 파이프는 작업장 북쪽으로 이동이 되어서 바닷물 속으로 내려앉았다.

김 량하 박사에게 상세한 지시를 하라고 말하고선 춘호는 조정실로 들어갔다. 위렌과 반느는 화가 났는지 조정실 안의 침대 위에 비스듬히 누운 채로 담배를 피우고 있다가 들어서는 춘호를 보고는 본 체 만 체했다.

"위렌! 안 일어나?"

춘호가 소리치자, 위렌과 반느가 씩씩거렸다.

"회장! 우린 고문이다. 그런 식으로 나오면 우리는 더 이상 일을 못한다. 이번 시추는 성공을 확신한다. 왜 북쪽을 파자고 하느냐?"

"위렌! 이번은 한국인 박사들의 의견을 들어보는 것이 좋겠다. 북쪽이 더 유리할 것 같다는 의견이 나왔다. 위렌은 어떻게 생각하는가?"

"그렇다면 우린 철수하겠다. 우린 한국의 엔지니어보다 우수한 기술을 갖고 있다. 회장이 우리를 고문으로 지정한 이유가 뭔가?"

"지금까지는 당신들의 의견을 들었다. 안 들어준 것이 없다고 생각한다. 이번에는 한국 교수들의 말을 듣고 싶다."

춘호가 그렇게 말하자, 정춘과 영필은 위렌의 주위를 에워싸면서 은근히 겁을 주기 시작했다. 양말에 차고 있던 작은 칼을 꺼내 손톱을 손질하는 모습을 보였다.

그 모습을 본 위렌은 약간 겁을 집어먹은 듯했다.

"……"

위렌은 반느를 쳐다보고는 바깥으로 나가버렸다. 곧 반느가 뒤따라나갔다.

춘호가 밖으로 나와보니 위렌과 반느는 작업하는 곳이 아닌 남쪽으로 가 있었다.

"회장님. 저 놈들을 밀어버릴까요?"

영필이 말했다. 바닷물 속으로 빠뜨려버리겠다는 말이었다.

"그냥 둬."

춘호는 작업을 하고 있는 북쪽으로 걸어갔다. 그 뒤를 따라 정춘과 영필이 움직였다. 위렌은 담배를 꺼내 피우면서 옆에 서 있는 반느에게 속삭였다.

"갔어. 북쪽을 뚫는다고 전화해."

"야스!"

반느는 곧 핸드폰을 꺼내 어딘가로 전화를 하기 시작했다.

"반느다. 요시이를 바꿔달라. 급하다."

반느는 급하지만 나지막하게 소리쳤다. 북쪽에 서 있는 춘호아 한국인 박사들이 듣지 못하도록 낮게 소리치고 있었다. 곧 요시이의 목소리가 들려나왔다.

"뭔가? 석유가 나왔나?"

"요시이. 지금 큰일났다. 위렌이 남쪽을 뚫고 있는데 춘호라는 자가 북쪽부터 뚫자고 한다. 한국인 박사들이 북쪽을 찍은 거 같다. 지금 북쪽에 뚫을 준비를 하고 있는 중이다."

반느가 재빠르게 일본말로 지껄였다.

"그럼 안돼! 늦춰!"

요시이의 화난 목소리가 들려나왔다.

"그러려고 했지만 그게 안 된다. 조정실로 가서 버티고 있는데 춘호라는 자가 애들 두 명을 데리고 들어왔다. 우린 겁을 먹었다. 춘호는 한국의 보스가 아닌가."

"지금 북쪽을 뚫는다고? 그렇게 되면? 그쪽에서 엄청난 매장량이 확인될 게 아닌가?"

"그렇다!"

"어떻게든 중단시켜! 작업하는 기계를 고장내버리던지 해! 그리고 시간을 버는 거다. 내일 내가 한국으로 들어가겠다."

"내일?"

"그래. 내일 들어갈 거다. 일단 오늘은 기계를 고장내버려. 그리고 시간을 끌어라."

"알았다. 위렌에게 그렇게 전하겠다."

반느는 얼른 핸드폰을 집어넣고는 위렌에게 통화사실을 그대로 말했다. 위렌은 알았다는 듯이 씨익 웃음을 보였다. 그들은 북쪽으로 걸어갔다. 시추공을 뚫기 위해 바닷물 속으로 내려간 드릴 파이프를 내려다보고 있던 한국인 교수들과 춘호는 갑자기 다가온 위렌과 반느를 보고는 반가운 표정이었다.

"좋다! 우리가 맡겠다."

위렌은 면장갑 위에다가 고무장갑을 끼고선 작업을 하겠다는 의사를 표시해왔다.

"하하. 위렌. 반느. 고맙소."

춘호는 두 사람의 어깨를 툭 치고는 장갑낀 손을 잡아주었다. 춘호는 위렌과 반느가 자신들의 고집을 꺾은 셈이었다. 위렌고 반느는 열심히 일을 하는 모습을 보였다. 드릴 파이프가 바닥에 닿았는지 계기판에 빨간 불이 들어왔다.

"수심 사백이십미터. 바닥에 닿았다!"

위렌은 소리치고는 춘호와 한국인 박사들을 돌아보았다.

"지금부터 뚫기 시작한다. 수심이 깊기 때문에 천천히 구멍을 뚫을 것이다."

그리고는 위렌은 옆에 앉아 있는 반느에게 아주 느리게 드릴을 움직이라는 지시를 내렸다. 계기판에는 조금씩 구멍을 뚫고 있다는 표시가 나타나고 있었다. 밖으로 나온 위렌은 드릴 파이프가 아주 천천히 움직이면서 구멍을 파 들어가고 있는 것을 확인하고는 담배를 꺼내 물었다.

"위렌. 얼마나 걸리겠나?"

춘호가 물었다.

"한 달 가량 걸릴 것 같습니다. 지금 천공을 뚫는 시간이 느립니다."

"이번에 잘됐으면 좋겠는데……."

"일단 뚫어봐야 알지요. 내 생각에는 저쪽이 유리할 거 같은데."

위렌은 아직도 남쪽이 더 유망하다고 주장하고 있었다.

"하하. 알았소. 일단 북쪽을 뚫어보고 나서 나중에 남쪽도 뚫어봅시다. 그럼 오늘은 기분 좋게 술이나 한 잔 하러 갑시다. 자, 다 같이 내려갑시다."

춘호의 말에 위렌은 조정실문을 잠그고 열쇠를 일급 기술자인 알렉스에게 넘겨주고는 아무도 들어가지 말라는 당부를 하고는 한국인 박사들과 함께 보트로 내려갔다. 보트는 춘호와 한국인 박사, 위렌과 반느, 그리고 정춘과 영필을 태우고 울진항으로 향하고 있었다.

육지에 도착한 춘호는 검은 연기가 피어오르는 모습을 바라보면서 왠지 모르게 불안함 감을 감출 수 없었다. 육지에 있는 사무실에서 에쿠스와 미니밴에 나누어 올랐다. 춘호가 탄 차는 다시 포항을 향해 달리고 있었다. 그 뒤를 따라 미니 버스 한 대가 바람을 가르며 쫓아가고 있었다.

한국과 일본

신공항에 내린 JAL기에선 낯선 사내들이 트랩을 내려오고 있었다. 요시이는 바닷바람이 불어오는 것을 맡으며 공항 주변을 둘러보았다. 비행기가 착륙하기 전에 공항이 보였고, 공항 주변으로는 온통 바다로 둘러싸여 있는 것을 보았던 것이다.

요시이 옆에는 히라카이와 다라시가 뒤따라 내려오고 있었다. 공항검색대 앞에서 그들은 잠시 표정이 굳어지긴 했지만 통과하라는 통관원의 말에 민첩하게 검색대를 빠져나가고 있었다.

히라카이와 다라시가 양 손에 들고 있는 검은 가방은 마치 비즈니스를 온 것처럼 보이기도 했지만 그들은 일본 최고의 야쿠자 조직의 참모들이었다. 보스인 요시이 뒤를 따라 공항 밖으로 나간 그들은 곧 택시에 올라탔다.

"어디로 모시겠습니까?"

모범택시 운전기사가 힐끗 뒤를 돌라보며 물었다.

"울진."

"네? 울진이라고요?"

택시기사는 그들이 뭔가 잘못 알고서 하는 말인 줄 알고서 다시 되물었다. 서툰 그들의 한국어 발음은 서울 시내의 어느 지명을 울진으로 잘못 알고서 발음하는 줄로만 알았다.

"울진으로 가요. 경북 울진. 바닷가."

다라시가 웃으면서 다시 말했다. 역시 서툰 한국말이었다.

"아. 그곳까지 가려면 꽤 많이 나오는데요?"

"그래도 가요. 시간은?"

역시 다라시의 질문이었다.

"고속도로로 가면 여덟 시간은 걸립니다."

"하이!"

다라시가 출발하라고 말했다. 아침 햇살이 반짝이는 이른 아침에 도착한 그들은 영종대교를 지나 서해안고속도로로 달렸다. 뒷자리에 앉은 요시이와 히라카이는 바깥 경치에 시선을 던지고 있었다. 다라시가 뒷자리에 앉은 요시에게 무어라고 말하고선 허리를 굽히면서 핸드폰을 꺼내 전화를 하기 시작했다.

택시기사는 그들이 어떠한 말을 주고받는지 알 수 없었다. 통화를 끝낸 다라시는 다시 뒷자리에 앉아 있는 요시에게 무어라고 말하고선 웃었다. 그들이 탄 차는 영동고속도로를 거쳐 강릉에서 동해안을 따라 밑으로 달리고 있었다.

한편, 아침 일찍 모텔에서 나온 춘호는 석유탐사선으로 출근했다. 탐사선을 지키는 경비원이 춘호 일행을 보고는 거수경례를 붙여왔다. 경비원은 곧 출입문을 열어 주었다. 탐사선에는 밤샘작업을 한 기술진들이 춘호가 나타난 것을 보고는 인사를 해왔다.

"회장님. 어젯밤에 기계가 멈췄습니다. 연락하려다가 말았는데……."

"그래서? 지금까지 못 고쳤단 말인가?"

"네. 계속 고치고 있습니다. 위렌이 와봐야 알 것 같습니다."

"왜 고장났나?"

"그건 모르겠습니다. 회장님과 위렌 고문이 같이 나가고 나서 한 시간쯤 뒤에 기계가 멈췄습니다."

"그럼 그때부터 지금까지 못 고쳤다는 말이 아닌가?"

"……."

엔지니어 강 재구는 송구스러운 듯이 서 있었다.

"알렉스는?"

"지금 조정실에서 자고 있습니다."

춘호는 곧바로 조정실로 향했다. 알렉스는 옷을 입은 채로 간이침대 위에 자고 있었다.

"알렉스!"

춘호가 부르자, 알렉스는 부시시 눈을 떴다.

"어떻게 된 거야? 못 고쳤나?"

"네. 회장님. 밤새도록 고치다가 들어와 잠이 들었습니다. 위렌 고문이 와봐야 알 거 같습니다."

"그럼 연락은 했나?"

"네. 어젯밤에도 연락을 했습니다. 술이 취했다고 하면서 아침 일찍 이쪽으로 오겠다고 그랬습니다."

"흠……."

춘호는 손목시계를 보았다. 벌써 출근 시간이 지났는데도 위렌과 반느는 출근하지 않고 있었다.

"아침에 연락 없었나?"

춘호는 한심하다는 듯이 알렉스를 바라보다가 강 재구에게로 고개를 돌렸다

"네. 없었습니다."

강 재구의 말이었다. 춘호는 영필에게 위렌하고 통화하라는 듯이 고갯짓을 했다. 곧 영필이 통화를 시도했다. 그러나 위렌과의 통화는 이루어지지 않았다.

"핸드폰이 꺼져 있다고 나옵니다."

"그럼 반느한테 해봐."

"네."

영필은 다시 반느에게 통화를 시도했지만 반느 역시 핸드폰을 꺼놓은 상태였다.

"반느도 까났는데요."

"……."

춘호는 화가 났지만 그들이 없는 데서 화를 낼 수가 없었다. 담배를 꺼내 불을 붙이고는 밖으로 나갔다. 맑은 아침 햇살이 시추선 뒤의 바다에 가득히 내리쬐고 있었다. 김 량하 교수와 다른 교수들이 배를 타고 오는 모습이 보였다. 그러나 위렌과 반느의 모습은 보이지 않았다.

"일찍 나오셨군요."

시추선 위로 올라오면서 김 량하 교수가 손을 내밀었다.

"위렌과 반느가 아직 안 나왔습니다. 어젯밤에 고장이 난 거 같은데……."

"그래요?"

김 박사는 얼른 공중에 치솟아 있는 드릴 파이프를 쳐다보았다. 드릴은 멈춘 채 서 있었다.

"골치깨나 아픕니다. 위렌이 보면 남쪽 공구를 안 팠다고 투덜댈 거 같은데……."

"연락은 해봤습니까?"

"핸드폰도 꺼져 있고 연락이 안 됩니다."

"그럼 그 사람들이 출근을 해야 알 거 같은데."

김 박사는 옆에 서 있는 교수들을 쳐다보고는 조정실로 걸어갔다. 그 뒤를 따라 다른 교수들도 조정실 안으로 들어갔다.

알렉스가 들어서는 교수들에게 인사를 건네고는 의자에서 일어났다. 알렉스는 조정실의 컴퓨터를 만지작거리다가 일어섰고, 그 자리에 김 교수가 앉았다.

김 량하 교수는 몇 가지 프로그램들을 실행해보고 나서는 난감한 표정을 지으며 일어섰다.

"이건 위렌이 와야 만질 수 있을 거 같은데요. 나는 전혀 모르겠습니다."

다른 교수들이 컴퓨터를 조직해봤지만 위렌이 알맞게 조정해놓은 프로그램에는 손도 대지 못했다. 잘못했다간 위렌이 출근하면 성을 낼지도 모르는 일이었다. 석유 시추에 있어선 전문가인 위렌이 직업 프로그램을 셋팅해놓은 것이라 한국인 교수들이 만져봐야 알 수가 없었다.

"정춘이. 숙소로 한 번 찾아가봐. 영필이하고 같이 가보지."

춘호의 말에 정춘과 영필은 곧 조정실을 빠져나갔다. 그들은 시추선 아래쪽에 대기시켜놓은 보트를 타고선 육지로 나가서 시내로 차를 몰기 시작했다.

"씨발놈들이. 양키들은 꼭 속을 썩인단 말이야. 이 놈들을 한 번 혼을 내주어야 될 거 같은데."

운전을 하고 있는 영필의 말이었다.

"회장님이 속이 부글부글 끓어도 참는 이유가 기술고문이라는 거 때문이 아닌가 말이야. 그놈들이 기술이 있다고 뻐기는데 한 번 혼을 내줘?"

정춘이 유리창을 보며 말했다.

"그래 말이야. 기술만 없다면 바닷물 속에다 수장을 시켜버릴 건데."

"잘 됐어. 오늘 찾기만 하면 칼집이라도 내놓아야 될 거 같다."

"……."

영필은 그들이 묵고 있는 모텔 앞에다 차를 세우고는 문을 열고 뛰쳐나갔다. 그들이 카운터에 들러 위렌을 찾으러왔다고 하자,

"그 이들 어젯밤에 나가서 안 들어왔는데. 무슨 일로 그래요?"

카운터의 주인은 정춘과 영필을 번갈아 쳐다보았다.

"어젯밤에 안 들어왔어요?"

"네. 둘이 나가던데요."

"몇 시에?"

"그건……. 밤 11시쯤에 나갔을 거예요."

주인 여자는 정확하지 않은지 애매한 표정으로 말했다.

"연락도 없고요?"

"없지요. 말도 안 통하는데. 연락이야 할 게 뭐 있어요? 그냥 들어오면 들어오는 건가보다, 나가면 나가는가 보다 하고 보는 것뿐이지요."

"알았습니다."

정춘과 영필은 얼른 바깥으로 튀어나왔다.

핸드폰을 꺼내 춘호에게 전화를 걸었다. 그들이 어젯밤 11시경에 나가서 아직 안 들어왔다는 보고를 하자, 춘호가 버럭 화를 냈다.

"뭐? 주인이 그래?"

"네. 회장님. 이 새끼들이 술을 처마시고 어디서 퍼져 자는 거 같은데요? 저 새끼들을 한 번 손을 봐줘야 속이 시원할 거 같은데요."

"그쪽을 지키고 있어. 나타나면 곧바로 이쪽으로 데려와."

"알겠습니다."

어쩔 수 없는 일이었다. 멈춰버린 시추공을 뚫기 위해선 위렌과 반느를 찾는 동시에 시추선 위에서는 알렉스를 족쳐서 컴퓨터를 조작하도록 하고, 김 량하 교수나 다른 교수들이 달라붙어서 컴퓨터를 두들겨댔지만 위렌이 조작해놓은 암호와 프로그램을 풀 수가 없었다.

조정실 안에서는 컴퓨터와 씨름하느라 바빴다. 밖으로 나온 춘호는 담배를 피우며 망망한 바다를 바라보고 있었다. 바닷물 속에서 노다지를 건져내겠다는 꿈이 산산조각이 나는 듯했다. 점점 가능성이 희박해져 가고 있다는 것을 직감적으로 느낄 수 있었다.

'정말 안 나오는 것인가? 위렌과 반느가 도망쳤을 정도라면……'

그런 불안한 마음이 들었다.

'분명히 위렌은 안 나올 거라는 생각을 갖고서 어젯밤 술을 퍼마시고 어딘가에서 퍼져버린 게 분명해.'

그런 생각이 들었다. 기술 고문자격인 그들이 그런 식으로 나온다는 것은 결국 가능성이 없다는 뜻이라고 생각되었다. 그동안 심혈을 기울였던 대륙붕 석유탐사가 막을 내려야 할지도 모른다는 불안감이 춘호를 초조하게 만들었다. 다 타들어간 담배 꽁초를 바닷물로 집어던지고는 조정실로 들어갔다.

여러 명이 컴퓨터 옆에 둘러서서 조작하거나 모니터를 들여다보고 있었지만 드릴 파이프를 움직이는 프로그램을 작동시키지는 못하고 있었다. 분명히 프로그램의 오류임이 밝혀졌지만 한국인 교수들도 어찌할 수가 없는 형편이었다.

"알렉스! 전혀 모르나?"

춘호는 답답한 마음에 다시 물었다.

"회장. 이건 위렌과 반느밖에 모른다. 나는 이걸 조정하는 기술자가 아니다."

알렉스도 화가 났는지 목소리가 커졌다. 알렉스는 드릴 파이프를 움직이는 엔지니어가 아니라, 드릴 파이프 외의 시추선 전반에 대한 기술자였던 것이다. 교수들도 이젠 지쳤는지 컴퓨터의 모니터만 쳐다보고 있으면서 담배를 피우고 있었다.

춘호는 담배를 꺼내 알렉스에게 건네고는 불을 붙여 주었다. 화가 나 있는 알렉스를 달래기 위함이었다. 그리고는 핸드폰을 꺼내 영필에게 전화를 걸었다.

"아직 안 나타났나?"

춘호의 목소리가 거칠어져 나왔다.

"네. 회장님."

이미 12시가 가까워오고 있는 시간이었다. 이건 분명히 사고가 났거나 고의적인 일이 아닐 수 없었다.

"시내를 찾아봐. 시내를 뒤져보고 포항에 가서 뒤져봐라."

춘호는 명령을 내렸다.

"알겠습니다."

정춘과 영필은 곧 움직이기 시작했다.

한편, 위렌과 반느는 어젯밤에 포항으로 내려왔다가 요시이 일행들이 울진에 도착했다는 연락을 받고서 그들을 포항으로 내려오도록 했던 것이다. 그들은 지금 포항 시내의 한 식당에서 점심 식사를 하고 있었다.

"위렌. 춘호라는 자는 자금력이 얼마나 되나?"

요시다가 물었다.

"정확히는 모르겠습니다. 요시이가 내린 신공항의 관광단지가 춘호라는 사람의 것입니다. 그 안에는 관광단지, 국제 식당가, 황제 호텔, 황제 골프장까지 갖추고 있습니다."

위렌은 자신이 알고 있는 것을 말해주었다.

"호오, 그래? 소문에 듣던대로군. 나이는?"

"35살 정도? 정확히는 모르겠습니다."

"흠……."

요시이는 불고기를 집어먹으면서 이번에는 반느를 쳐다보았다. 요시이 옆에는 히라카이와 다라시가 앉아 있었다. 그들 맞은편에는 위렌과 반느가 앉아 있었다.

"춘호라는 회장놈은 정말 대단한 놈인 거 같습니다."

반느가 말하자,

"왜?"

요시이가 물었다.

"그만한 나이에 그런 엄청난 조직을 갖고 있다는 것이 이해가 되지 않습니다. 국제공항에 그런 엄청난 시설을 갖고 있는 것도 그렇고, 조직을 이끌고 있는 자가 어떻게 그런 일을 할 수 있습니까?"

"하하. 그거야 반느가 몰라서 그래. 우리 일본에서도 야쿠자는 그런 일을 할 수 있어. 우린 정치, 경제, 사회, 어느 구석이든 우리 야쿠자들이 다 파고들어가지. 돈이 되는 것이라면 어디든 들어갈 수 있는 거다."

이번에는 히라카이가 설명했다.

"한국은 우리하곤 좀 사정이 틀리지. 우리는 정정당당하게 정치인들과 교섭을 하지만 한국은 정치하고 조직세계가 어떤 정치적인 음모에 의해서 움직이는 거지. 정치세계가 조직의 뒤를 봐주고, 조직은 정치를 돕는 형태로 나가는 거지. 그건 한국이라는 나라이기 때문에 가능한 거야."

이번에는 요시이가 알아듣게 말을 했다.

"그건 일본도 마찬가지가 아닙니까?"

위렌이 물었다.

"아니지. 한국은 북조선과 대치하고 있는 상황이기 때문에 우리 일본과는 틀려. 정치판은 북조선의 위협을 무기로 삼기도 하고, 뒤로는 은밀하게 조직세계를 움직여서 반대편을 겁주는 일도 같이 병행하는 수법을 쓰지. 한국은 조직세계를 이용해서 한국의 내부적인 힘을 빌리는 거지. 내부적인 힘이란 조직세계가 갖고 있는 막강한 힘과 자금력을 동원하는 것이고, 외부적인 힘이란 북조선의 남조선에 대한 위협을 무기로 삼아 정권을 유지하려는 속성이 있는 거야. 그러니까 정치권은 조직세계를 무시할 수가 없는 거지."

요시이는 다시 한국의 조직세계에 대해 설명을 했다.

"그렇다고 하더라도 한국은 너무 하지 않는가? 조직의 회장이라는 자가 국제공항에다 그런 대규모의 관광단지를 만들고, 호텔과 골프장까지 갖도록 하는 것은 너무 힘을 키워주는 것이 아닌가? 우리나라에는 마약과 청부살인, 그런 일에만 마피아가 존재한다."

위렌이 이해를 하지 못하겠다는 듯이 말했다.

"하하. 위렌. 우리 일본 야쿠자들은 이해한다. 한국에서 춘호라는 자가 조직세계를 통일했다는 것도 이해하지. 지금 춘호라는 자는 너무 겁도 없이 날뛰고 있어. 그건 한국의 정부와 국정원이라는 곳에서 뒤를 봐주고 있기 때문에 가능하다는 판단이서. 그렇지 않으면 언제 감방에 들어갈지 모르는 거니까."

"……."

"위렌."

요시이가 젓가락을 내려놓으며 불렀다.

"야스."

"난 이번에 한국의 춘호라는 자를 납작하게 만들고 싶다. 이번 대륙붕 석유 사업은 내가 맡고 싶다."

"이젠 어떻게 해야 하나? 요시이가 나한테 말해달라."

위렌은 반느를 돌아보면서 요시이에게 도움을 요청했다. 만일 춘호가 이런 사실을 안다면 절대로 그냥 두지 않을 거라는 불안감이 엄습했다.

"걱정마라. 우리가 하는 일은 빈틈이 없을 것이다. 위렌. 이번에는 어떻게 해서라도 춘호가 손을 들게 만들어봐라. 그러면 우리가 나서서 시추권을 넘겨받을 것이다."

"얼마나 딜레이시켜야 하나? 반느도 불안하다."

"알았어. 오늘 아마 저쪽에서는 위렌과 반느를 찾으려고 눈에 불을 켜고 찾으러 다닐 것이다. 위렌과 반느는 여기서 나타나지 않으면 된다. 기계는 멈추었겠지?"

"그렇다. 어젯밤에 시추선을 빠져나올 때에 한 시간 후에 기계가 멈추도록 해놓고 그곳을 빠져나왔다. 내 기술은 정확하다."

"하하. 그럼 됐어! 술이나 마시자고."

요시이의 말이었다.

식사를 끝내고 나서 요시이는 그들을 데리고 부산으로 향했다. 위렌과 반느를 아예 울진에서 먼 부산으로 데리고 가는 것이 시간을 버는 데에는 안성맞춤이라고 생각했던 것이다. 부산에 도착한 그들은 볼보를 렌트하여 태종대에 들렀다가 해안도로를 따라 달리고 있었다.

한국에 자주 드나들었던 다라시가 핸들을 잡았다. 그들은 남해안을 따라 목포에까지 갔다가 목포관광호텔로 들어갔다. 호텔에서 저녁식사를 하고 난 그들은 시내로 나가 술을 마시고는 그곳 룸살롱에서 파트너가 되었던 아가씨들을 하나씩 데리고 나와 호텔에 투숙을 했다. 위렌은 요시이가 붙여준 앳된 아가씨와 같이 밤을 보내고 있었다.

그의 핸드폰은 어젯밤부터 꺼져 있었던 것이다.

해가 저물 때까지도 시추선에 나타나지 않은 위렌과 반느를 기다렸던 춘호는 정춘과 영필과 같이 울진 시내로 나와 있었다. 그들 역시 늦은 저녁식사를 하고선 룸살롱에서 술잔을 기울이고 있었다. 아가씨들을 들여보내지 말라고 하고서 셋이서 술을 마시는 중이었다.

"연락 한 번 해봐."

춘호는 다시 지시했다. 혹시라도 위렌이나 반느와 연락이 닿을지도 모른다는 생각에서였다.

영필은 핸드폰을 꺼내 통화를 시도했지만 역시 꺼져 있었다.

"흐음. 분명히 어떠한 문제가 있는 거다. 위렌과 반느가 한국을 떠났을 리는 없고…… 배호한테 연락해서 출국자 중에 위렌과 반느가 있는지 확인해보라고 그래."

춘호의 말에 이번에는 정춘이 배호와 연락을 취하기 시작했다.

"사장님. 회장님이 위렌과 반느가 출국했는지 알아보랍니다."

"왜? 없어졌어?"

배호의 목소리가 밖에까지 들려나왔다.

"네. 오늘 오전부터 안 나타나는 데요."

"그래. 알았다. 잠시 뒤에 연락한다고 그래."

배호는 곧 신공항 공단에 연락해서 출국자 명단을 입수했다. 위렌과 반느가 출국한 흔적은 아직 드러나지 않고 있었다.

배호는 곧 춘호에게 보고를 했다.

"아직 출국한 건 아닌 거 같다. 무슨 일이 있었냐?"

배호가 물었다.

"모르겠다. 시추하는 과정에서 약간 의견이 다른 것뿐이다. 어젯밤에 퇴근하고 나서 사라졌으니까. 거긴 별일 없나?"

"여긴 걱정마라. 위렌하고 반느를 찾아봐."

"어제부터 핸드폰도 꺼져 있다. 기계도 고장나고. 화가 좀 난다."

춘호는 솔직하게 말했다.

"그럼 전국에 지명수배를 내려?"

배호의 자신있는 목소리였다.

"그래. 한 번 찾아보라고 그래. 찾으면 나한테로 연락하라고 그래."

"그래. 알았다."

배호는 전국에 있는 각 조직들에게 위렌과 반느를 찾으라는 지시를 내렸다. 비서실의 명희가 팩스를 내려보낸 것이다.

이튿날도 위렌과 반느는 나타나지 않았다. 연락조차 되지 않왔다. 시추선의 조정실에 나온 교수들도 난감한 표정을 짓고 있었다. 알렉스를 족쳐봤지만 알렉스는 그들을 전혀 모르고 있는 게 확실했다. 같은 스웨덴 기술자이긴 했지만 위렌과 반느와는 따로 노는 것이 틀림없었다.

다시 알렉스와 교수들이 달라붙어서 프로그램을 풀려고 애를 썼지만 허탕이었다. 벌써 이틀째 기계는 멈추어 있었다. 바닷물 속에 박힌 파이프에서 검은 연기가 치솟아 오르고 있는 모습을 보면서 춘호는 답답할 뿐이었다.

위렌과 반느는 목포의 호텔에 처박혀서 꼼짝도 하지 않는 상태에서 요시이의 일행들은 울진으로 향하고 있었다. 그들이 탄 차는 바람을 가르며 남해안을 거쳐 동해안을 거슬러 올라가고 있었다. 요시이는 열려진 창문을 통해 파도치는 바다를 바라보면서 춘호라는 인물에 대해 생각하고 있었다. 사진으로는 본 적이 있었지만 한국에서 조직세계를 평정했다는 춘호를 본 적은 없었다.

요시이가 탄 차는 울진으로 들어서서 척산 바닷가로 향했다. 백사장으로 들어선 그들은 바다 위에 떠 있는 거대한 시추선을 볼 수 있었다. 바닷물 속에 박혀 있는 파이프 위에서는 검은 연기를 내뿜고 있었다. 그들은 백사장에 있는 컨테이너 사무실이 있는 건물에서 멀찌감치 떨어진 곳에 차를 세웠다.

"쌍안경 좀 줘봐라."

요시이의 말에 히라카이가 쌍안경을 꺼내 요시이에게 건네주었다. 쌍안경을 눈에 댄 요시이는 시추선 위를 살펴보았다.

한편, 조정실에서 나간 춘호는 담배를 피워물다가 낯선 차가 사무실 옆에 서 있는 것을 보고는 조정실을 향해 무언가 말하는 모습이었고, 곧이어 정춘과 영필이 춘호의 옆으로 와서 섰다.

"저거 뭐야?"

춘호가 턱짓으로 가리키자,

"모르는 찬데요. 야! 수상한 차다! 따라와!"

영필은 곧장 시추선 밑에 묶어놓은 보트 위로 뛰어내렸다. 정춘도 영필을 따라 보트 위로 뛰어내려서 곧 시동을 걸었다.

그들이 바닷가로 나가는 동안,

"차를 빼라!"

요시이가 다라시에게 말했고, 차는 곧 후진하다가 방향을 틀어서 백사장을 빠져나가기 시작했다.

영필이 백사장으로 나와서 사무실 앞에 세워놓은 차에 올라 시동을 걸고선 조금 전에 서 있었던 차를 따라 달리기 시작했다.

"놀러온 차야 뭐야?"

정춘이 유리창 앞쪽에 나 있는 차의 바퀴자국을 보며 말했다.

"대형차인 거 같은데? 마을로 들어가보자."

그들은 곧 마을로 들어섰지만 요시이 일행이 탄 차는 벌써 마을을 벗어나 해안도로를 따라 달리고 있었다. 마을을 벗어난 영필은 차 바퀴자국을 따라갈 수 없었다. 만약 바닷가에 구경을 온 차라면 강릉 쪽으로 향했을 거라고 생각하고서 강릉 쪽으로 방향을 틀었다. 그러나 요시이 일행이 탄 차는 부산 쪽으로 가는 해안도를 타고서 달리고 있는 중이었다.

"요시이 상. 그들이 안 따라옵니다."

다라시가 룸미러를 쳐다보면서 말했다.

"됐어!"

요시이의 말이었다.

정춘과 영필은 원덕에까지 올라갔다가 차를 발견하지 못하고는 그곳에서 차를 돌렸다.

"이미 늦었어. 포항 쪽으로 내려간 거 같아."

정춘이 투덜거렸다.

"하하. 뭐 바다에 구경하러 왔다가 간 거겠지. 그냥 돌아가자."

그들은 울진으로 들어서서 백사장으로 달려갔다.

춘호는 시추선 위에서 황진모 의원에게 전화를 걸었다.

"응. 날세. 일은 잘 추진 돼가나?"

"형님. 좀 어렵게 됐습니다. 시추공 열 다섯 개를 뚫어야 하는데, 지금 자금력이 좀 모자랍니다. 지원 좀 안 되겠습니까?"

"그래? 저번에 열 개를 뚫었다고 했지 않은가? 벌써 열 다섯 개를 뚫었나?"

"아닙니다. 현재 열 네 개째를 뚫고 있는 중입니다. 가스 밀도가 조금 낮아서 더 뚫어볼 생각입니다."

"근데 자금 지원은 좀 곤란할 건데……. 이미 석유공사에서 나간 돈이 많잖은가. 이젠 더 빼낼 데가 없을 건데……."

황 의원이 곤란한 표정을 지었다.

"안 되면 주식공모를 할 수 있도록 도와주십시오. 그러면 충분한 자금이 모아질 겁니다."

"하하. 동생은 남의 돈으로 다 하려고 그러는 구만. 관광단지에서 쏟아져 나오는 돈만 해도 어딘가? 그 돈은 아껴둘 셈인가?"

황 의원이 웃었다.

"그거야 또 다른 사업에 투자를 해야 되지요. 이번 일은 상장을 시켜서 투자자를 모집해야 되겠습니다."

"그럼 가능성이 많아야 되는데……. 밀도가 얼마라고 했던가?"

황 위원도 알아둬야 할 사안이어서 다시 한 번 물어보았다.

"사십퍼센트 정도입니다. 팔십퍼센트가 나올 때까지 뚫어봐야 안심이 됩니다."

"그럴 가능성은?"

"아직은 정확히 모르겠습니다. 반반입니다."

"그럼 가능성이 낮다는 얘기 아닌가?"

"터질 가능성도 반입니다."

"하하. 알았네. 한 번 알아보지. 근데 자넨 민간업체가 달려드는 건 싫어하지 않는가?"

"민간기업에게는 참여시키고 싶지 않습니다. 개인 투자자를 모으면 끝날 거 같습니다."

"그럼 상장을 시켜달라는 거 아닌가?"

"네. 형님."

"알았네. 내가 한 번 알아봄세. 근데 언제 서울로 올라오지? 동생하고 같이 골프나 한 번 쳤으면 싶은데."

"알겠습니다. 조만간 일이 추진되는 거 보고 나서 한 번 올라가겠습니다."

"그러게. 힘든 일이 있으면 연락 주게."

"네. 형님. 고맙습니다."

춘호는 그저 고마울 따름이었다. 이 세상에서 의지할 데라곤 주먹밖에 없는 춘호였다. 그나마 형님이라고 부를 수 있는 사람은 황진모 의원과 배호밖에는 없었다. 백사장으로 정춘과 영필이 타고 갔던 차가 들어서고 있는 게 보였다. 그들은 차에서 내려 곧바로 보트로 옮겨 탔다. 보트는 곧 시추선으로 다가왔다.

"회장님. 놓쳤습니다. 아마 부산 쪽으로 내려간 거 같습니다."

"그래? 됐어."

춘호는 대수롭지 않게 생각하고 말았다. 그것보다 더 중요한 일은 위렌과 반느를 찾아내는 일이었다. 저녁이 저물 때까지도 위렌과는 연락이 닿지 않았다. 춘호는 바다가 어두워지는 것을 보고서야 시내로 돌아왔다. 자문을 맡았던 교수들도 서울로 올라갔지만 춘호는 위렌이 나타날 때까지는 울진을 떠날 수가 없었다.

위렌과 반느는 일주일 동안 감감무소식이었다. 그런데 부산의 칠산파에서 연락이 왔다. 위렌과 반느가 부산의 호텔에 묵고 있다는 보고가 들어온 것이다. 보고를 받은 춘호는 곧장 부산으로 향했다. 부산 칠산파 유 창용의 안내를 받아 급습한 호텔 방에서 술에 취해 낮잠을 자고 있는 위렌과 반느를 찾아낼 수 있었다.

"위렌! 반느! 일어나!"

춘호는 화가 머리끝까지 나 있었다. 구둣발로 위렌을 걷어차면서 깨웠다. 눈을 번쩍 뜬 위렌은 춘호와 건장한 사내들이 주위를 둘러싸고 있는 것을 보고선 놀라서 일어났다.

"회장님. 야, 반느. 일어나."

위렌은 아직 잠에서 깨어나지 않은 반느를 흔들어 깨우고는 침대에서 내려왔다.

"위렌. 우리하고 약속이 틀리잖은가? 각오하고 이러는 건가?"

춘호의 목소리는 날이 선 듯이 날카롭게 울려나왔다.

"미안하다. 커피숍으로 가서 이야기하자."

위렌은 지금 자신에게 어떠한 위기가 닥칠지 몰라 허둥대며 말했다.

"닥쳐! 각오하고 있는 거지?"

"각오? 회장. 내 말 좀 들어줘."

위렌이 갑자기 두려운 눈빛으로 춘호를 쳐다보았다.

"들을 거 있나? 정춘아. 야들 손 좀 봐줘라."

춘호의 말이 떨어짐과 동시에 정춘과 영필은 양쪽에서 위렌의 날갯죽지를 잡아 일으키면서 언제 꺼냈는지 시퍼런 칼날을 위렌의 허벅지에 갖다댔다. 위렌은 곧 흰자위를 드러내며 애원하는 눈빛을 나타냈다.

"들어라. 너는 나하고의 약속을 어겼다. 그만한 대가는 받아야지."

춘호의 말이 떨어지자, 정춘의 칼날이 위렌의 허벅지를 파고 들었다.

"악!"

위렌이 바닥으로 흘러내림과 동시에 반느가 후다닥 방문을 뛰쳐나가기 시작했다. 그러나 뒤쪽을 지키고 있던 유 창용의 부하들에게 붙잡혔다. 이번에는 춘호의 명령이 떨어지지도 않았지만 정춘의 칼날은 반느의 허벅지에 가서 꽂혔다.

"헉!"

반느 역시 바닥에 고꾸라졌다. 두 사람이 한데 고꾸라진 앞에 서서 춘호는 입을 열었다.

"반칙의 결과는 이것이다. 다음 단계는 니들 목줄이다."

"회장. 잘못했어. 한번만 용서해줘. 정말이야."

위렌이 바닥에 엎드려 두 손을 모아 쥐었다.

"왜 안 나타났나? 무슨 일이냐?"

"그건……. 가능성이 없기 때문에……. 스웨덴으로 돌아가려고 했다. 정말이다."

위렌의 허벅지에서는 검붉은 피가 솟아나오고 있었다.

"그건 반칙이지. 우리가 손을 털 때까지는 나하고의 약속이 계속되는 것이다. 그거 아나?"

"알아! 알아! 그러니까 이번만 용서해줘. 진심이야."

"그럼 돌아갈 수 있나?"

춘호가 단호하게 물었다.

"야스! 돌아갈 수 있다."

"내가 시키는 대로 순순히 할 수 있나?"

"야스! 야스! 정말이다."

"좋다! 이건 또 하나의 약속이다. 명심해라!"

"야스!"

위렌은 연신 고개를 끄덕이며 반느를 쳐다보았다.

"반느!"

"야스!"

"너도 약속은 지킬 줄 알아야겠지?"

"야스!"

"다시 한 번 더 이런 일이 있으면 그때는 각오해라. 그리고……."

"……."

위렌과 반느는 허벅지에서 솟아나는 피를 움켜쥐고서 춘호를 쳐다보았다.

"이번 일은 불문에 붙인다! 내일부터 당장 출근해라!"

"야스!"

위렌과 반느가 고개를 끄덕이는 것을 보고서 춘호는 정춘에게 눈짓을 했다. 곧 정춘과 영필이 다가들어서 위렌과 반느를 일으켜 세웠다. 그곳에서 간단한 처치를 한 그들은 위렌과 반느에게 새 옷을 입히고선 부축을 해서 밖으로 나왔다.

"회장님. 저희들이 안내하겠습니다."

유 창용이 부하들을 대신해서 말을 꺼냈다. 그들이 무사히 호텔을 빠져나갈 수 있도록 유 창용과 부하들이 그들을 에워싸고선 호텔 밖으로 나왔다. 차의 트렁크에 실은 정춘과 영필은 트렁크를 닫고선 유 창용에게 허리를 굽혔다.

"우리가 먼저 앞장서지. 따라오면 돼."

유 창용은 부하들과 같이 검은색 승용차에 올라타고선 출발하기 시작했다. 그 뒤를 따라 정춘이 운전하는 차가 뒤따라갔다. 그들은 부산 바닷가를 거쳐 포항에서 멈춰섰다. 유 창용은 차에서 나와 춘호가 탄 차로 다가왔다.

"회장님. 편히 가십시오."

유 창용은 춘호에게 허리를 굽히면서 인사를 하고는 물러섰다.

"수고했어. 조심해서 돌아가게."

"알겠습니다."

유 창용은 다시 한 번 춘호에게 허리를 굽히고는 한 발짝 더 뒤로 물러섰다. 유 창용의 부하들 역시 춘호의 차를 향해 인사를 하고는 멀어지는 차를 보고는 그들의 차로 들어갔다.

춘호가 탄 차는 바닷가를 달려 북상하고 있었다.

다음날 아침, 일찍 모습을 드러낸 위렌과 반느는 목발을 짚은 채로 보트에 오르고 있었다. 춘호는 일찌감치 나와 시추선 위에서 그들이 다가오는 모습을 지켜보고 있었다. 시추선에 닿은 보트에 탄 위렌과 반느는 절룩거리며 사닥다리를 타고 올라왔다.

그들의 이마에는 땀방울이 맺혀 있었다.

"회장. 이제 출근했어."

위렌이 말했지만 춘호는 묵묵히 담배를 피우면서 그들의 불편한 행동을 지켜보기만 하고 있었다. 겁에 질린 위렌과 반느는 춘호가 말이 없자, 곧바로 조정실을 향해 걸어갔다. 위렌이 조정실 안에서 크레인을 움직이는 모습이 보였다. 반느도 위렌의 옆에 앉아 밖에 있는 춘호를 흘끔거리며 보고 있었다.

다시 드릴이 움직이기 시작했다. 요란한 굉음이 울리면서 시추선이 출렁거리기 시작했다.

노다지

위렌과 반느는 절룩거리며 목발을 짚고서 출근해야 했다. 묵고 있는 모텔에서 나와 가까운 거리였지만 택시를 타고서 바닷가에 도착하면 정춘과 영필이 보트에 태워서 시추선이 있는 데까지 태워 주었다. 그들의 부축을 받으며 출근하면 조정실 안에서 꼼짝도 하지 못했다. 그들의 곁에는 늘 정춘과 영필이 따라붙었고, 몸을 가누기에 불편한 그들을 도와주기 위해 주위에서 얼쩡거리고 있었기 때문에 모텔에 돌아왔을 때서야 비로서 그들만의 시간을 가질 수 있었다.

"요시이 상. 지금 북쪽을 파고 있다. 지금 150미터를 들어가고 있다. 어떻게 할 건가?"

위렌은 요시이와 통화를 하고 있었다.

"알았다. 앞으로 얼마나 걸리겠는가?"

요시이는 시추 드릴공이 몇 미터 정도에서 가스전과 만날 수 있는가를 묻고 있었다.

"확실히는 모른다. 한국에는 석유가 나온 곳이 전혀 없기 때문에 몇 미터라고 정확하게는 말할 수 없다."

"위렌의 생각은?"

"내 생각으론 삼백 미터쯤에서 가스전이 발견될 거 같다."

"흠……. 알았다. 곧 한국으로 가겠다. 위렌. 몸은 어떤가?"

요시이는 위렌과 반느가 허벅지를 찔렸다는 것을 들어서 알고 있었다.

"아직 그렇다. 목발을 짚고 출근하고 있다."

"몸조심해라. 그리고 나는 선을 대어놓고 갈 테니까 위렌은 그쪽에서 작업에 임해 달라. 내 말이 무슨 말인지 알지?"

"알았다."

위렌은 반느에게 통화 사실을 말해주고는 절룩거리며 방문을 열어보았다. 방문 밖에는 아무도 없었다. 그는 혹시라도 정춘과 영필이 엿듣지나 않았을까 하고 내심 불안해하고 있었다.

"괜찮을까?"

반느가 불안스레 물었다.

"이젠 요시이가 알아서 할 거야. 우린 이제 모른 척하고만 있으면 돼."

"언제 온다는 거야?"

"곧 오겠지. 지금 백오십 미터를 파 들어갔다고 했으니까."

"조심해야겠어."

반느는 만에 하나라도 황제그룹 쪽에 이런 사실이 흘러 들어 간다면 살아남지 못할 거라는 두려움을 느끼고 있었다. 위렌과 반느는 매일밤 문을 잠그면서도 불안함을 감추지 못했다. 잠을 자다가도 누군가가 잠든 자신을 내려볼 것만 같아 벌떡 일어나 문이 잠겼는지 확인하고선 다시 잠이 들었다.

며칠 뒤, 요시이는 히라카이와 다라시를 데리고서 한국의 신 공항에 내렸다. 이번에는 그곳에서 곧바로 울진으로 내려가지 않고 포항으로 가는 비행기표를 예약해놓고서 그곳 신공항 국 제관광단지의 규모를 둘러보면서 춘호라는 자의 위치가 어느 정도인가를 탐색하고 있었다.

"정말 대단한 놈이군요. 이런 단지를 갖고 있다니……."

히라카이는 황제 호텔의 60층 건물을 올려다보며 놀라는 얼 굴 표정이었다. 호텔 옆에는 온통 잔디로 뒤덮인 대규모의 골프 장이 자리잡고 있었다. 적어도 400홀은 될 듯한 그런 골프장이 었다.

"……."

요시이도 놀라는 표정이었다. 그는 말이 없이 호텔과 골프장 을 둘러보기만 하고 있었다.

"이런 것을 가진 놈이라면 적지 않은 돈을 요구할 텐데요?"

다라시가 입을 열었다.

"그러겠지. 위렌과 반느는 울진이란 곳에서 석유가 나온다고 했으니까……. 이 놈은 정말 대단한 놈이군."

요시이는 자신도 모르게 주먹에 힘이 들어갔다.

"얼마를 제시하지요?"

다시 다라시가 물었다. 섣불리 액수를 정할 수 있는 문제가 아니어서 요시이의 얼굴을 쳐다보았다.

"글쎄……. 아직은 석유 매장량이 적은 것으로 나와 있으니까……. 그건 내가 한일위원연맹의 국회위원들과 석유공사를 앞세워서 움직이면 가능한 일이니까."

그들은 국제관광단지를 둘러보고는 비행기 시간에 맞춰 김포공항으로 날아갔다. 국내선을 타기 위해서 김포공항에 도착한 그들은 국내선으로 갈아타고서 포항으로 내려갔다. 포항에 도착한 요시이는 한일위원연맹의 이사장인 김중백 의원에게 전화를 걸었다.

"김중배 의원님. 방금 포항에 도착했습니다. 저번에 말씀드린 것은 어떻게 돼갑니까?"

"아, 반갑소. 공항에 내렸을 때에 연락이라도 주시지. 그냥 포항으로 내려가셨소?"

김중배 의원이 섭섭하다는 뜻으로 말했다.

"의원님. 이번 일만 잘 되면 저희들이 인사를 잊지 않지요. 일부러 찾아서라도 갈 겁니다. 시간이 촉박해서 곧바로 내려왔으니까 너무 섭섭해하지 마십시오."

"하하. 알았네. 요시이 상. 내가 석유공사 사장한테는 그렇게 말해놨네. 그쪽에서 곧 연락이 올 걸세."

"알겠습니다. 그럼 다음에 서울로 올라가서 뵙도록 하지요."

요시이는 깍듯이 인사를 하고는 핸드폰을 덮고는 바다 쪽을 바라보았다. 푸른 바다 너머로 일본이 보일 것만 같았다.

택시는 해안을 따라 쏜살같이 달리고 있었다. 울진에 도착한 요시이는 위렌이 알려준 대로 춘호에게 전화를 걸었다.

"네. 춘홉니다."

굵직한 남자의 목소리가 흘러나오자, 요시이는 다라시에게 핸드폰을 넘겼다.

"안녕하십니까? 춘호 상 맞습니까?"

"네. 그렇소."

춘호는 자신의 이름 뒤에 상자를 붙이는 걸로 봐서 일본인이라는 걸 금방 알아차릴 수 있었다.

"저는 다라시입니다. 일본 긴자파의 요시이 형님을 모시고 울진에 왔습니다. 잠깐 만나뵐 수 있을까요?"

다라시는 한국어를 능통하게 했다.

"뭣 때문에 그러시오? 나한테?"

"네. 요시이 형님께서 춘호 형님을 한 번 뵙고 싶다고 해서 오늘 일본에서 찾아온 길입니다. 잠시 시간을 내주시면 고맙겠습니다."

"알겠소. 거기 어디요?"

"감사합니다. 여긴 울진 시내인 거 같습니다. 시내로 나오시면 전화를 주시겠습니까?"

"알겠소. 요시이라고 했습니까?"

"네. 저는 다라시입니다."

"알았소."

전화를 끊은 춘호는 뭔가 이상하다는 생각이 들었다. 일본 야쿠자가 자신을 찾아올 리가 없었던 것이다.

"회장님. 뭡니까?"

옆에 있던 영필이 물었다.

"일단 시내로 나가자. 일본 야쿠자들이 울진에 와 있다는데."

"네? 걔들이 왜 와요? 여기까지 왔다는 겁니까?"

"그래. 따라와."

춘호는 시추선 밑의 보트로 뛰어내렸다. 그 뒤를 따라 정춘과 영필이 보트 위로 올라탔다.

보트는 곧 바닷가로 향했다. 그들은 차를 타고 울진 시내로 들어갔다. 그리곤 그들에게 전화를 걸었다. 다라시가 춘호와 통화를 했다. 그들은 울진 시내에 있는 다방에서 만나기로 했다. 춘호가 정춘과 영필을 데리고 다방으로 들어가자, 요시이 일행이 먼저 와서 앉아 있었다. 그들은 서로를 단번에 알아볼 수 있었다.

춘호가 뚜벅뚜벅 걸어가자 앉아 있던 그들이 자리에서 일어났다.

"춘호 선생 맞습니까?"

요시이가 먼저 말문을 열었다.

"네. 그렇습니다. 요시이 선생입니까?"

"하이!"

요시이는 첫 인사만 했을 뿐, 그 다음부터는 일본어로 대답을
해왔다. 춘호는 손을 내밀어 악수를 하고는 요시이를 다시 한
번 쳐다보았다.

"앉으십시오! 선생님."

이번에는 다라시가 말을 건넸다.

그들 앞에 춘호와 정춘, 영필이 마주앉았다. 그들은 서로를
쳐다보며 얼굴을 익혔다. 한국과 일본의 조직세계를 휘어잡고
있는 거물급들의 만남이었다. 요시이가 한국어를 몰라 다라시
를 통해서 통역이 이어졌다.

"무슨 일로 나왔습니까?"

춘호가 물었다.

"네. 커피나 마시면서 천천히 이야기를 하지요."

요시이의 통역이었다. 곧 커피를 주문해서 마시면서 그들은
대화를 이어갔다. 요시이는 한국에서 춘호의 활약상에 대해서
경의를 표해왔고, 국제관광단지 안의 호텔과 골프장, 그리고 엄
청난 규모의 식당가를 소유하고 있는 춘호의 조직에 대해서 칭
찬을 늘어놓았다.

"나는 조직의 미래를 위해서 일할 뿐이오. 우리는 전부 다 고
아원 출신들이오. 그런 이야기는 들었습니까?"

춘호가 물었다.

그 말을 다라시를 통해 들은 요시이는 놀라는 표정이었다.

"우린 죽음 아니면 살기라는 식으로 일해온 거요. 어디 몸 붙일 데가 없는 인간들이오. 주먹 아니면 살아남기 어려운 거요."

다시 다라시를 통해 통역이 이어졌다. 그 말을 들은 요시이는 놀란 표정으로 춘호와 옆에 앉아 있는 정춘과 영필을 쳐다보며 경의의 눈빛을 보내왔다.

이번에는 요시이가 자신의 조직에 대해 말해왔다.

"우린 정통 야쿠자파입니다. 이미 이백 년 전부터 조직이 이어져온 셈입니다. 동경을 근거지로 해서 여러 파가 있었지만 우리는 충돌하지는 않습니다. 그들 조직도 살려두는 거지요. 그렇지만 최대 계보를 갖고 있는 우리 긴자파를 건드릴 조직은 아무 데도 없습니다. 우리는 다른 조직을 그대로 두면서 최대 조직을 키웠을 뿐입니다. 그게 한국의 조직과 다른 점이지요."

"그렇습니까?"

"그렇습니다. 조직이란 먹고 먹히게 되어 있으므로, 결국 내가 갖고 있는 조직도 불안해지지요. 그래서 우리는 다른 조직이 있어도 그대로 두는 편입니다. 일본은 모든 곳에 야쿠자들이 다 파고들기 때문에 한 개의 조직으로선 다 감당할 수 없는 거지요. 역풍이 불면 한 조직만 쓰러뜨리면 되지 못하게 여러 조직이 같이 공생하는 거지요. 그러니까 정부측에서나 검찰에서도 야쿠자 조직을 함부로 건드리지 못합니다."

"그렇군요."

춘호는 요시이의 통역을 들으면서 고개를 끄덕였다. 그들은 자연스럽게 조직세계에 대한 이야기를 나눌 수 있었다. 그러나 요시이가 춘호를 찾아온 이유에 대해선 아직도 이야기를 꺼내지 않고 있었다. 그들은 매우 신중하게 이야기를 꺼내면서도 막상 본론적인 말은 아직 하지 않았다.

"무슨 일로 오셨는지 알고 싶습니다."

춘호가 다라시에게 물었다. 다라시는 곧 일본어로 요시이에게 그 말을 전했다.

"저희들은 한국의 야쿠자가 석유개발에 뛰어 들었다는 소문을 듣고 왔습니다. 현재 진행 상태를 알고 싶습니다."

요시이는 춘호를 똑바로 쳐다보며 말했다. 곧 다라시가 그 말을 통역했다.

"지금은 아직 모른다. 아직도 시추공을 뚫고 있다. 처음에 매장량 확인을 했을 때는 가능성이 높았지만 지금은 그렇지 못하다. 아직 두 개의 시추공을 더 뚫어봐야 한다."

"……"

요시이는 춘호가 말하는 것을 듣고 있으면서 춘호의 표정을 살폈다.

"무엇 때문에 그런 일에 관심을 가지는가?"

춘호가 물었다.

"네. 혹시라도 석유 채취권을 우리에게 넘겨줄 수는 없는가?"

"넘겨달라고?"

"그렇다. 그만한 대가를 지불하고 사는 것이다. 그래서 물어보는 거다."

그 말을 하면서 요시이는 춘호와 그 옆에 앉아 있는 부하들을 쳐다보았다.

"하하. 아직 매장량도 확실하지 않은데 사겠다는 건가?"

"석유란 어차피 매장 가능성이 반반이 아닌가? 돈 놓고 돈 먹기라는 말이지."

요시이도 웃었다.

"하하. 그 말은 맞군. 그런데 확실한 매장량도 모르면서 사겠다는 것은 무슨 이유인가? 가능성이 있다고 보는가?"

"그렇다. 내가 입수한 정보로는 가능성이 있는 것으로 듣고 왔다. 가스 추정량이 몇 프로인가?"

"하하. 아직은 사십퍼센트 정도다. 그 정도로 가능성이 있다고 보는가?"

"더 뚫어보면 낫지 않을까? 그런 기대를 갖고 있다."

"……."

춘호는 웃음을 멈추고서 요시이를 쳐다보았다.

"……."

요시이 또한 춘호에게서 눈길을 떼지 않았다.

"난……. 팔 생각은 없다."

"……."

요시이는 담배를 꺼내 춘호에게 내밀었다. 춘호가 한 개피를 받아들고서 라이터를 꺼내 요시이에게 불을 붙여주었다. 두 사람은 담배를 피우면서 한동안 말이 없었다.

"왜 한국을 넘보는지 그 이유를 알고 싶다. 말해줄 수 있나?"

춘호가 입을 열었다.

"일본에는 유징이 전혀 없다. 만일 한국에 투자해서 유징이 발견된다면 그걸로 만족할 뿐이다. 별다른 이유란 없다."

"그저 막연하게 투자를 하겠다는 뜻은 아니겠지?"

"그렇다."

"……."

춘호는 잠시 망설였다. 도대체 이놈들이 무슨 이유로 채취권을 사겠다는 뜻인지 알 수가 없었다.

"이때까지 많은 투자를 한 줄로 안다. 앞으로 열 군데를 더 팔 수 있겠는가?"

요시이는 미리 앞질러서 그런 질문을 내놓았다. 열 군데의 시추공을 더 판다는 것은 위험한 투자라는 것을 춘호도 알고 있었다. 요시이는 그런 질문을 던져서 춘호의 반응을 보기로 했다.

"흠……."

"그 다음은 우리가 투자를 해서 파보겠다. 적당한 액수라면 우리가 할 수도 있다."

요시이는 점점 파고들 듯이 말을 던져왔다.

"……."

"사십퍼센트라면 우리한테 넘길만하지 않는가? 당신은 국제 관광 단지까지 갖고 있는 걸로 알고 있다. 이쯤에서 우리한테 넘겨주는 것이 어떤가? 원하는 액수를 말해달라."

"우리가 지금 하고 있는 울진 석유탐사에 대해 얼마나 알고 있나?"

춘호는 쓴 웃음을 지으며 물었다.

"우리는 모른다. 당신이 국지관광단지를 만들어낸 보스라는 것 때문에 이 사업을 믿을 뿐이다. 당신은 이때까지 실패한 적은 없지 않는가?"

"그렇다."

춘호는 자신 있게 말할 수 있었다.

"그렇다면 이 유징도 우리가 많은 투자를 한다면 성공할 수 있다고 본다. 그러면 됐는가?"

"하하. 원숭이도 나무에서 떨어질 때가 있다는 한국 속담이 있다. 성공만 했다고 해서 실패하지 말라는 법은 없다는 말이다."

"알고 있다. 적당한 액수를 불러달라. 우리 긴자파가 한국에서 멋지게 사업을 벌리고 싶다."

"액수는?"

"당신이 먼저 말해보라."

"……."

춘호는 그 말을 듣고서 입을 다물어버렸다. 집요하게 나오는 요시이의 전략에 말려들 것만 같았다.

"당신은 이미 성공한 사업가이다. 이 석유 탐사가 아니라도 많은 돈을 벌고 있지 않은가?"

"……."

"우리는 자금이 필요하다. 일본의 야쿠자들은 한국과 같이 조직세계의 통일이 안 된다. 그래서 자금력으로 싸우는 수밖에 없다. 자금은 곧 칼이다. 내 말을 이해해달라."

"알겠다. 그러면 며칠 시간을 두고 생각해보자. 그러면 되겠나?"

"좋다!"

그들은 서로 접전 끝에 냉전의 휴지기로 접어들었다. 요시이는 목이 타는지 물 컵을 들어 단숨에 마셔버리고는 다시 담배를 꺼내 물었다. 그리고는 묵묵히 지켜보고 있는 춘호를 쳐다보며 말을 꺼냈다.

"당신이 이룬 사업은 매우 성공적이다. 오늘 한국에 들어올 때에 당신이 하는 사업체를 둘러보았다. 호텔과 골프장을 갖고 있는 당신은 역시 콩이 큰 오너라는 생각을 했다. 앞으로의 계획은 어떤 것이 있나?"

"없다."

춘호는 요시이의 과찬을 들으면서 그가 어떤 속셈으로 그런 말을 하는지 알 수가 없었다.

"그만한 자본력이면 우리 일본에서도 최고의 조직이 될 수 있다. 우리 긴자파는 다른 조직을 누르기 위해서 자금을 만들어야 한다. 우리는 끝없이 돈을 쫓아 다녀야 하므로 늘 긴장해야만

한다. 우리 일본은 한국과는 많이 다르다."

"흠……."

춘호는 통역을 하는 다라시와 요시이를 번갈아 보면서 그들이 하는 말이 어느 정도의 진실을 담고 있는지 파악하고 있었다.

"앞으로 우리 긴자파는 한국의 당신과 연대를 하고 싶다. 내 생각이 어떤가?"

요시이는 점점 춘호의 과묵함에 빠져들고 있었다. 한국에 이런 멋진 보스가 있을까 하는 생각이 들었다.

"그건 생각해볼만한 일이다. 그것도 생각해보겠다. 나는 한국의 보스로써 혼자 결정할 일이 아니다. 내 주위에는 나와 같이 고생한 동지들이 있다. 내가 하는 말뜻을 알아달라."

"알고 있다. 당신은 한국의 고아원에서 자라 조직세계를 거머쥐고, 당신의 주위에는 고아원에서 자란 조직원들로 채워져 있다는 것을 안다. 그 점이 매우 흥미롭다."

"하하. 알고 왔군. 다른 것도 알고 있는 게 있나?"

춘호는 다소 여유가 있는 질문을 던졌다.

"그 외에는 모른다."

요시이도 웃었다.

양측의 보스 옆에 앉아 있던 이들도 마음의 여유가 생겼다. 정춘과 영필은 그때까지 긴장했던 마음이 풀어지면서 두 사람의 대화를 지켜보고만 있었다.

두 사람의 이야기는 자연히 한국과 일본의 조직세계에 대한 것들로 이어졌다. 춘호가 듣고 있을 때에는 요시이가 일본의 야쿠자 세계에 대해 낱낱이 정보를 들려주었고, 춘호가 한국의 조직세계에 대해 이야기를 할 때는 요시이가 고개를 끄덕이며 듣고 있었다. 그들은 서로 나라는 달랐지만 조직세계에서 커온 탓에 남자의 눈빛만으로도 마음이 통하는 듯했다. 제각기 힘들고 어려운 과정을 거쳐서 조직세계에서 살아남을 수가 있었다. 지금의 자리에 오기까지 그들은 무서운 일들을 겪으면서 보스의 자리에 오른 인물들이었다.

"우리 일본은 가장 치욕스런 일을 당할 때에 할복이라는 마지막 방법을 씁니다. 그것이 가장 깨끗한 참회의 방법이지요."

"네. 한국은 조직을 키우기 위해선 물불을 가리지 않는 것이 현실입니다. 옛날처럼 의리를 내세우는 시대는 지나갔습니다. 요즘은 상대방이 무릎을 꿇어도 잔인하게 뒤처리를 하는 것이 조직의 악명을 키우는 것이라고 생각하지요. 그런 건 좀 부끄러운 일입니다."

"알고 있습니다. 한국도 그렇지만 중국도 그렇다는 이야기는 들었습니다."

"점점 조직의 윤리가 무너지고 있는 셈이지요. 그런 점에선 일본이 깨끗하다는 생각을 갖고 있습니다."

"고맙습니다. 그것이 우리 일본의 전통입니다."

요시이는 춘호로부터 칭찬을 들은 셈이었다.

"한국의 조직이란 정치권과 같이 이합집산의 형태를 띠지요.

조직의 힘이 커지면 벌떼처럼 달려들고, 조직의 힘이 빠지면 조직을 배반하고서 다른 조직으로 넘어가는 것이 안타깝지요."

"우리 일본에선 한 조직을 배반하는 것은 곧 죽음을 의미합니다."

"자, 우리 어디 가서 식사나 하지요."

춘호가 더 이상 내세울 것이 없는 한국의 조직세계에 대해서 이야기하고 싶지 않았다. 더티 플레이를 일삼는 조직들을 싹 정비해서 천하통일을 이룬 다음에 그 옛날과 같이 의리 하나만으로 조직을 키워가는 것이 꿈일 뿐이었다.

그들은 다방에서 나와 식당으로 자리를 옮겼다. 그곳에서 식사를 하면서 요시이는 춘호를 유심히 살필 수 있었다. 춘호는 요시이가 자신을 살피고 있다는 것을 알지만 태연하게 대화를 나눌 수 있었다.

"춘호 상. 언제 일본에 오면 연락을 주시지요. 우리 긴자파에서 진하게 대접을 하지요."

"고맙소. 워낙 일이 바빠서 일본에 나갈 일이 없을 것 같습니다."

"이것도 인연인데 앞으로 좋은 일로 만나도록 합시다."

"좋습니다."

요시이는 춘호의 잔에 술을 따라주고는 다시 정춘과 영필의 술잔에도 술을 따라주었다. 춘호 역시 요시이와 하라카이, 다라시에게 술잔을 돌리고는 정춘과 영필도 서로 술잔을 나누었다.

요시이는 소탈한 춘호의 모습을 지켜보면서 알지못할 남자의 향기가 흘러나오고 있는 사람이라는 것을 느낄 수 있었다. 대화를 할 때에는 상대방의 눈빛을 정면으로 쳐다보는 당당함과 상대방의 이야기를 경청하는 모습이 예사롭게 보이지 않았다.

춘호에게서는 단단할 것 같으면서도 사람을 꿰뚫어보는 듯한 강렬한 무엇이 숨어 있는 듯했다. 요시이는 긴자파를 이끌고 있는 보스로써 울진 앞바다의 시추공에서 석유가 나올 것이라는 것을 알고서 위렌과 반느를 포섭하여 은밀히 일을 추진하고 있다는 것이 부끄러울 정도였다.

"춘호 상."

요시이가 불렀다.

"말하시오."

춘호가 다라시와 한국말로 이야기를 주고받고 있다가 요시이를 보면서 말했다. 요시이는 다라시의 통역을 듣고선 고개를 끄덕이고는 입을 열었다.

"우리 일본과 합작은 어떻소?"

"합작?"

"그렇소. 난 이번 일로 당신과 연관을 맺고 싶소. 엔화가 한국에선 열 배의 가치가 있으니까 우리가 투자를 하면 한국에선 큰 돈이 될 것이오."

"투자하고 싶소?"

"그렇소. 춘호 상이 허락한다면 이번 일은 같이 추진해보고 싶소."

"정말이오?"

"승낙해 준다면 투자를 하겠소."

"좋소!"

일은 의외로 쉽게 풀어졌다. 요시이로서는 꿩 먹고 알 먹는 식이었다. 어차피 채굴권을 넘겨받지 못할 바에는 합작이라는 형태로라도 일을 추진하고 싶었다. 그동안 춘호와 대화를 나누면서 요시이는 춘호의 남자다운 모습에 신뢰감을 느끼고 있었다.

"보스. 합작한다는 겁니까?"

히라카이가 옆에서 귓속말로 속삭였다.

"그래. 이번 일은 그렇게 가는 것이 좋겠어."

요시이는 얼른 일본말로 그렇게 말하고는 춘호에게 실례했다는 듯이 고개를 숙여보였다. 다라시는 히라카이와 요시이가 나눈 대화를 듣고선 아무말도 하지 않고 있었다. 그들은 곧 마음이 통한 셈이었다. 요시이가 요구하는 조건이 튀어나왔다.

"우리가 백억 엔을 투자하겠소. 그 돈이면 한국에선 천억이오. 그 대신에 지분의 반을 줄 수 있겠소?"

요시이의 조건은 간단했다.

"좋소!"

춘호는 정춘과 영필을 돌아보며 대답했다.

다라시의 통역을 통한 대화를 듣고 있던 정춘과 영필도 춘호의 대답에 그리 놀라지 않았다. 백억 엔이라면 적지 않은 돈이었다. 그들은 말로써 일차 계약을 한 셈이었다.

"난 춘호 상을 믿겠소."

"그야 나도 요시이를 믿는 것이오."

"좋소! 그리고 이번 석유 발굴을 계기로 해서 춘호 상이 일본을 한 번 방문했으면 좋겠소."

"일본에?"

"그렇소! 모든 체재비는 우리가 대겠소. 한국의 황제파가 일본으로 들어와서 우리 긴자파와 손을 잡았다는 것을 보여줬으면 좋겠다는 생각이오."

"하하. 그거야 어렵지 않은 일이오. 그걸 바라는 거요?"

"그렇소. 우리는 한국의 황제파와 손을 잡으면서 동경에 있는 조직들을 우리 손에 집어넣고 싶은 생각이오."

"흠……."

춘호는 잠깐 생각에 잠겼다. 요시이가 말하는 것은 춘호의 힘을 빌려 동경에 있는 조직들을 통일해보겠다는 생각이 들어 있었다.

"도와주시오. 이번에 울진 석유사업에 관심을 가지게 된 것도 자본력을 키우기 위해서요. 일본은 자금력이 조직을 좌우하는 겁니다. 지금 우리나 신주쿠파나 가미카제파나 자금력에선 거의 비슷하다고 봅니다. 이참에 춘호 상께서 우릴 도와주신다면 통일이 가능하다는 생각을 했소."

"……. 알겠소. 이 문제는 조금 생각해보고 나서 말하도록 하지요."

"좋습니다."

춘호의 말에 요시이는 순순히 나왔다. 요시이가 술잔을 비우는 동안에 춘호는 서울로 전화를 걸었다. 배호와 연결이 되었다.

"응. 나야. 어때?"

"괜찮아. 일은 잘 되나?"

"지금 일본에서 손님이 나와 있다. 같이 식사를 하고 있는 중이다. 일본 긴자파에서 요시이가 나와 있다."

"요시이? 누군데?"

배호도 요시이에 대해서는 모르고 있는 상태였다. 그동안 국내에서만 조직을 키웠을 뿐이지, 일본이나 중국에 대해서 아는 것이라곤 없는 배호였다.

"긴자파를 이끌고 있는 보스지. 합작투자를 제의해왔다. 지금 이야기를 하고 있는 중이다."

춘호는 짧은 시간에 요시이의 제의를 간단하게 설명하고는 배호의 생각을 묻고 있는 중이었다.

"괜찮네 뭐. 백억 엔이라면 작은 돈이 아니지. 하하. 우리가 벌어들이는 돈에 비하면 그리 큰 돈은 아니지만. 하하."

"그래. 알았다. 이만 끊자."

배호는 일단 춘호의 결정을 믿는 편이었다. 이때까지 춘호가 한 일에 대해서 배호가 이의를 제기한 적은 없었다. 지금까지 지내오면서 춘호가 실수한 적은 한번도 없었기 때문에 배호는 낯선 일본 야쿠자들이 울진에까지 찾아가 춘호를 만나고 있다는 사실에 대해 그리 놀랄만한 일도 아니었다.

요시이 일행은 울진에서 일주일간 머물렀다.

시추선에 들어가 북쪽을 파들어가고 있는 공정을 지켜보면서 위렌으로부터 앞으로 20일 정도만 파들어가면 지하 200미터까지 닿을 거라는 말을 듣고는 다시 일본으로 돌아갔다. 요시이는 위렌에게 전화를 걸어서 이제까지의 모든 일들을 설명했다.

"위렌! 반느에게도 이렇게 말해. 나하고 춘호 상은 앞으로 동맹의 관계를 맺을지도 모른다."

"무슨 말이냐? 합작하는 거 아닌가?"

"아니다. 그것만 합작하는 것이 아니라, 그곳에 있으면서 춘호 상을 지켜봤는데 큰 힘을 갖고 있는 놈이다. 그래서 채굴권을 받아내기란 어려운 일이라는 것을 알았다. 그럴 바에는 차라리 합작으로 나가서 같이 황금을 캐내는 것이 좋겠다고 생각했다."

"......?"

"앞으로 모든 일은 춘호 상과 같이 해도 좋다! 나는 투자자로써 남을 것이다. 우리하고의 비밀은 전부 땅 속에 묻어버린다! 위렌! 듣고 있나?"

"알았다. 그러면 앞으로 나하고 요시이 상과의 거래는?"

"거래는 계속하지만, 나는 춘호 상을 배신할 마음은 없다. 우리는 이제 각각의 위치로 돌아갈 뿐이다. 위렌과 반느는 석유를 캐내는 데만 열중해도 된다. 그 전에 지급한 돈은 위렌과 반느가 가져도 좋다! 그럼 됐지?"

"알았다. 그렇다면 나하고 반느도 더 이상 당신과 춘호 회장의 눈치를 볼 필요가 없겠는데."

"하하. 머리 회전이 빠르군. 맞는 말이다. 그렇게 행동해라. 석유는 나올 것 같은가?"

"그렇다! 북쪽 유징을 파면 분명히 나온다."

위렌이 확신에 찬 말을 했다.

"매장량은?"

"그건 모른다. 그러나 양이 절대로 적지 않을 것이다. 나도 흥분이 된다."

"알았다. 곧 한국에 나갈 것이다. 춘호 상과 정식으로 계약을 하러 가겠다."

"좋다! 반느에게도 그대로 말하겠다."

위렌은 그렇게 말하고는 전화를 끊었다. 위렌은 곧 반느에게도 그런 사실을 알렸다.

"야스! 그럼 춘호 회장과 요시이가 손을 잡는다는 거지?"

"그런 거 같아."

"흠. 요시이가 계획을 바꾼 거 같네. 그러면 앞으로 우리는 누구의 편이 되는 거지?"

"요시이 말로는 완전 비밀에 붙이라는 거야. 이젠 어느 편도 들면 안 돼. 우린 이제 탐사 기술자로서만 남겠지."

"야스! 차라리 그게 좋아. 만약 춘호 회장에게 이런 사실이

들킨다면 우린 살아남지 못하겠지."

위렌과 반느는 서로 마주보며 웃었다.

다음날부터 위렌과 반느는 더욱 성실하게 일에 임했다. 춘호가 지시하는 대로 고분고분하게 따랐다.

석유 시추는 춘호의 계획대로 진행되고 있었다. 영필은 그곳에 남게 하고서 춘호는 서울로 향했다. 정춘이 핸들을 잡고 있었다. 밤바다를 옆에 끼고서 강릉을 향해 달렸다. 멀리 바다 위에 환하게 불이 켜진 오징어잡이 배들이 보였다.

춘호는 핸드폰을 열었다.

"응. 나야. 지금 올라가고 있어."

전화를 받은 배호는 자리에서 일어나서 창가로 걸어갔다.

"그래? 일본애들은 갔나?"

"응. 어제 올라갔다. 걔들이 말한 거 생각해봤나?"

"그래. 올라오면 들러. 만나서 이야기하자."

"별다른 일은 없지?"

"그래. 산업자원부 장관이 황 의원을 모시고 골프 치다가 갔어."

"그래?"

"어제 왔다 갔다. 스케줄 없이 그냥 온 거라고 그러더라."

"인사는 했나?"

"그럼! 내가 인사 안 하게 생겼냐?"

배호는 그 말을 하고선 호탕하게 웃었다.

"그럼 됐어! 몇 명이나 왔는데?"

"산업자원부 국장급들하고 황 의원하고, 박 국장도 같이 왔던데? 모두 여덟 명이던데?"

"알았어. 곧 올라가면 그쪽으로 갈게."

춘호는 통화를 끊고 나서 정혜에게 전화를 걸었다. 정혜는 마침 문광부 종교과장인 유 승원을 만나 이야기를 나누고 나서 그를 배웅하고 나서   앉아 있는 참이었다.

"지금 올라가는 중이다. 일은?"

춘호는 매일 그런 식으로 정혜에게 모든 일의 보고를 받고 있었다.

"응. 방금 유 승원 과장이 다녀갔어. 마침 배웅하고 들어오는 길이야."

"그래? 무슨 일로?"

"이번에 문광부에서 각 종교단체의 재산운영에 대해 알아보고 있는 중인가봐. 그래서 미리 정보를 알려주러 왔다고 그러더라."

"하하. 재단에서 뭐 엉뚱한 짓을 할까봐? 우리야 그런 일 없으니까. 그래, 뭐라고 그랬어?"

"유 과장이 민족교에서 울진에 석유 채굴를 하는 걸 알고서 왔던데? 종교단체에서 그런 일을 하는 건 안 좋다고 그래."

"뭐? 유 과장이 미쳤나? 그거야 이미 국정원이나 국회에서 동의를 얻은 건데 유 과장이 지가 뭔데 트집을 잡아? 무슨 말을 하데?"

춘호는 유 과장이 와서 어떤 말을 하고 갔는지 알고 싶었다.

너무 성급하게 정혜의 말을 잘랐다는 기분이 들었다.

"그냥 실태조사를 나왔다고만 그래. 무슨 문제 있는 거 아냐?"

정혜가 조심스럽게 물어왔다.

"문제는 무슨 문제. 그래서?"

"사무실에서 차 한 잔 마시고 갔어."

"인사는 하지 그랬어?"

"아, 깜박 했어. 그냥 보냈네. 난 걱정이 돼서……."

그제야 정혜는 인사치레를 하고서 보낸다는 것을 잊고 있다
가 생각이 나는 것이었다.

"흠. 그럴 때는 인사를 하고 보내야지. 그런 정보를 갖고 온
사람을 그냥 보내면 되나. 알았어. 오늘 올라가면 배호 형을 만
나고 나서 유 과장을 한 번 만나보지. 그 문제는 걱정마."

"그래. 미안해. 다음부턴 꼭 인사를 해서 돌려보낼게. 난 그런
말을 듣고 나서 괜히 걱정부터 앞서더라. 그래서 깜박 잊고 그
냥 보낸 거네."

"걱정마. 그 일은 내가 잘 알아서 처리할 테니까."

춘호는 정혜가 걱정하는 것을 안심시키고는 전화를 끊었다.

문광부의 종교과장이 민족교의 자금실태를 파악하러 온 것이
마음에 걸렸다. 그냥 인사차 들렀다가 봉투라도 주면 받아갈 것
이라면 괜찮겠지만 어떤 의도를 갖고 왔었다면 나중에 문제가
될 소지가 있었다.

전화를 끊고 생각에 잠겨 있던 춘호는 다시 핸드폰을 꺼내

국정원의 박 국장에게로 전화를 걸었다.

"형님. 접니다."

"아, 동생. 울진인가?"

"아닙니다. 올라가고 있는 중입니다. 별일 없으십니까?"

"그럼! 거기 일은 잘 돼 가나?"

"네. 염려 덕분에 탈없이 잘하고 있습니다. 그동안 인사를 못
드려서 죄송합니다."

"죄송하긴. 어제 골프장에 들러 골프를 치고 왔네. 이야기 못
들었나?"

"들었습니다. 불편한 점은 없으셨습니까?"

"하하. 대접은 잘 받았네. 그곳 사장이 잘해줘서. 그래, 올라
오면 좀 있다가 내려가나?"

"네. 그래야 할 거 같습니다. 근데……."

춘호는 박 국장이 문광부의 종교재단에 대한 재산실태 조사
를 하고 있는 것에 대해 알고 있나 싶어서 물어보려던 참이었다.

"왜? 뭐 어려운 일이라도 있나?"

박 국장이 얼른 눈치를 채고서 물어왔다.

"아닙니다. 오늘 저녁에 문광부에서 사람이 다녀갔다고 해
서……."

"어디?"

"우리 민족교 재단에 다녀갔다는 보고를 방금 받았습니다. 과
장이 다녀갔다고 해서 한 번 궁금해서 물어보는 겁니다."

"하하. 과장이 다녀간 거가 뭐가 그리 대순가? 업무상 다녀갈 수도 있지 안 그래?"

국정원의 1국장으론 민족교 재단에 문광부 과장이 다녀갔다는 말이 대수롭지 않게 들리는 모양이었다.

"글쎄요. 재단의 재산실태를 파악하러 나왔다는 말인 거 같은데요. 울진에 투자한 거 갖고 그러는 거 아닙니까? 혹시 그런 정보 없었습니까?"

"그래? 내가 알아보지. 그것 때문에 전화했나?"

"아닙니다. 안부 겸 전화를 드린 겁니다. 혹시나 해서 한 번 물어보는 겁니다."

"알았네. 내일 아침에 한 번 알아보지."

"혹시 국회에서 어떤 일이 있는 건 아닙니까?"

춘호는 혹시나 하는 마음에서 짚어보았다. 국회에서 만일 민족교 재단에서 울진 석유탐사에 투자한 것을 갖고서 트집을 잡을 수도 있기 때문이었다. 그 일은 여당 실세인 황 의원이 알아서 처리했기 때문에 별 문제는 없을 거라고 믿고 있었지만 만에 하나 야당 쪽에서 물고 늘어질 수도 있는 일이어서 춘호는 그것이 마음에 걸렸다.

"핫하. 동생답지 않군 그래. 그런 일이야 벌써 다 아는 사실이 아닌가?"

"별 문제는 없겠습니까?"

"그럼! 내가 한 번 알아봄세. 어때? 내일 시간이 있나?"

"몇 시에 시간이 있으십니까?"

"나야 저녁때서야 시간이 나지. 저녁이나 같이 할까?"

"그러지요. 그럼 그쪽으로 가서 모시겠습니다."

"하하. 그럼세. 기다리겠네."

춘호는 박 국장과의 통화에서 별다른 낌새를 찾아낼 수 없었다. 좋지 않은 일이 있다면 박 국장이 모를 리 없었다.

차는 어느새 강릉 외곽을 시원스럽게 벗어나고 있었다.

곧 고속도로로 접어들어서 최고 속력을 내기 시작했다. 엔진 룸에서 조용한 굉음이 울려나오고 있었다.

위기

검은 승용차는 밤바다를 옆에 끼고서 달리고 있었다. 동해안의 검은 파도가 밀려왔다가 방파제를 때리고는 밀려가는 파도 소리가 들렸다. 해안선을 비추는 서치라이트 불빛이 마치 먹이를 찾기 위해서 바닷가를 한고 있는 듯했다.

춘호는 뒷자리에 몸을 파묻은 채로 열려진 창문 밖으로 바깥을 내다보고 있었다. 그의 입에서 새어나온 하얀 연기는 바닷바람에 빨려 나가듯이 차창 밖으로 쓸려나갔다.

운전석 옆자리에 앉은 영호는 앞쪽만 바라보고 있어도 뒤에 앉은 춘호 회장이 어떤 생각에 잠겨 있을지 알아차릴 정도로 예리하고 민첩한 동생이었다.

수석이라고 할 수 있는 자리에 오른 영호는 춘천 천사원에서 황제콜라텍을 지원해서 영등포 콜라텍에서 무술을 배워 체육대학에서 검도학과를 수석으로 졸업한 놈이었다.

그리고 나서 영종도에 있는 국제관광단지에서 배호의 밑에서 수석 보디가드를 맡고 있었다가 춘호의 눈에 들어 회장 밑으로 자리를 옮긴 것이다.

영호는 표창 던지기의 명수일 뿐만 아니라, 검도 한 자루만 쥐면 그 어떠한 목표물도 한 치의 오차도 없이 정확히 찔러대는 무서운 기술을 갖고 있었다.

영호의 옆구리에는 두 자루의 칼이 채워져 있었지만 항상 검은 양복을 입고 있는 그의 자태에서는 옆구리에 긴 검도가 있다는 것과, 허벅지 안에 중간 정도의 칼이 한 개 채워져 있다는 사실을 알아차릴 수 없을 정도로 날렵한 몸매의 소유자였다.

춘호 회장의 옆에는 은수가 앉아 있었다.

은수 역시 영등포 콜라텍 출신으로 그곳에서 체육대학사격학과를 차석으로 졸업한 인물이었다. 광주 무등 베데스다의 집에서 황제콜라텍을 지원하여 영등포에 있는 창제콜라텍의 오피스텔에서 무술을 익혀서 체육대학을 지원, 졸업했다. 영등포를 콜라텍 사장인 성숙의 보디가드를 거쳐 서울에 있는 콜라텍 사장의 수석 보디가드를 다 거치면서 실전에서 몸놀림을 익힌 인재였다.

은수는 잠시 영종도의 국제관광단지로 들어갔다가 배호의 추천으로 다시 춘호의 밑으로 자리를 옮긴 경호원이었다. 그의 품에는 러시아에서 밀수한 권총이 항상 실탄이 장전된 채 채워져 있어 위기의 순간을 기다리고 있는 중이었다. 그러나 이제까지 한번도 권총이 불을 뿜어본 적은 없었다.

은수는 울진에 있는 석유시추선 위에서 날아가는 갈매기의 작은 눈을 정확하게 맞출 정도의 뛰어난 사격 실력을 가지고 있다.

은수는 춘호 회장이 묵묵히 담배를 피우고 있는 모습을 지켜보면서 반대편 창 밖으로 눈길을 주고 있었다. 바람을 가르며 달리고 있는 승용차를 운전하고 있는 정만은 묵묵히 핸들을 잡고서 해안도로를 따라 달리고 있었다. 정만 역시 경호학과를 졸업하고서 오랫동안 춘호 회장의 차를 운전하고 있다.

정만은 자신과 같이 황제콜라텍으로 들어온 동기들이 서울에 있는 콜라텍의 사장으로 나가 있었지만, 자신은 영원히 춘호회장의 옆에서 차를 운전하는 것을 영광으로 생각하고 있었다. 때문에 차를 운전하면서 조금이라도 차가 흔들리는 것을 용납하지 않을 정도로 일단 핸들을 잡으면 주변 상황과 차의 성능을 최대한 이용해서 진동을 줄이는 데에 신경을 곤두세웠다.

정만이 그렇게 운전하는 것은 회장인 춘호에 대한 지극한 충성심이었다.

도로 바로 옆에서는 파도가 철썩거리는 소리가 들렸다.

해안을 훑으며 지나가는 군부대의 서치라이트 불빛이 하얀백사장을 비출 때는 적막하기 그지없었다. 쓸쓸함이라고 해야 할까. 넓은 백사장이 환하게 드러났다가 서서히 라이트 불빛이 물러가면서 마치 모래사장을 훑는 듯한 광경이었다.

'정만아. 차 좀 세워라!'

춘호가 정만에게 지시했다.

"네. 알겠습니다."

정만은 천천히 브레이크를 밟으면서 바닷가에다 차를 세웠다. 미끄러지듯이 차가 멈추자 먼저 내린 정만과 영호. 그리고 은수가 춘호가 앉은 뒷좌석 문부터 열어주었다.

밖으로 나온 춘호는 찻길 바로 옆의 백사장으로 내려갔다.

먼바다 한가운데에 떠 있는 오징어잡이 배에 환하게 켜진 수많은 불빛들이 바다를 온통 적시고 있었다.

바윗돌을 뛰어넘듯이 해서 백사장으로 걸어간 춘호는 검은바다를 묵묵히 지켜보고 서 있었다. 춘호가 바닷가에 서 있는동안에 정만과 영호, 은수는 춘호가 내려간 길목을 지키고 있었다.

춘호는 바닷가에 서서 심호흡을 했다. 폐부 깊숙이 들이마신바닷바람을 토해내고는 담배를 꺼내 불을 붙였다.

춘호는 죽은 상만이 생각이 났다.

영등포 역전파와 싸우다가 칼에 맞아 죽은 상만의 시체를 태우면서 영흥도에서 그는 뼈아픈 각오를 했던 것이 바로 엊그제 같았다. 그동안 황계파의 조직은 전국적인 규모로 커 갔고, 각 지방마다 황제파의 콜라텍이 들어서서 조직의 구심점이 되기도 했으며, 조직의 힘을 키울 수 있는 자금력을 모으는 곳이기도 했다.

부산의 칠산파가 춘호의 밑으로 들어오면서 전국적인 조직의 통일이 훨씬 쉬워졌던 것이다. 그날 밤의 피비린내 나는 결투를 생각하면서 춘호는 슬며시 입가에 웃음을 짓고 서 있었다.

'상만아. 잘 있냐? 우리는 영원히 없어지지 않을 태양처럼 굳세게 살아나갈 것이다.'

춘호는 바다를 보면서 중얼거렸다. 그의 손에서 빨갛게 타들어 가던 담배가 중간쯤 되었을 때에 그는 바닷물로 획 집어 던졌다.

담뱃불은 포물선을 그리며 바닷물에 떨어지면서 금방 불이 꺼져버렸다.

그 순간에 서치라이트 불빛이 바닷가를 훑으며 춘호가 서 있는 바닷가로 빠르게 움직이고 있었다. 초소에서 무언가를 발견한 듯이 서치라이트가 급히 움직이고 있었다.

춘호가 백사장에서 빠져나오려고 몸을 돌리는 순간, 초소에서는 기관총이 불을 뿜기 시작했다. 백사장의 모래에 총탄이 박히면서 모래알이 튀기 시작했다.

"회장님! 위험합니다!"

은수가 소리치며 다가오려고 했을 때에 다시 콩을 볶는 듯한 총소리와 함께 춘호의 몸은 이미 공중으로 날았다. 춘호의 몸이 튕기듯 날아오르면서 바윗돌 근처에서 떨어졌다.

"회장님!"

백사장에 들어선 은수가 몸을 납작 엎드리면서 바윗돌 근처로 피한 춘호에게로 잽싸게 기어 나왔다.

서치라이트 불빛이 두 사람을 찾기 위해 바윗돌 근처로 다가올 때에 그들은 바윗돌 뒤로 숨었다.

"괜찮습니까?"

"야! 은수! 서치라이트가 다가와! 엎드려!"

찻길 위에 있던 정만과 영호는 찻길 바로 밑에까지 내려와 있었다.

"알았어! 내려오지 마!"

은수는 그들에게 그렇게 말하고는 춘호의 얼굴부터 살폈다.

"괜찮다! 불빛이 비켜 가면 무조건 튀어! 씨팔. 저놈들이 미쳤나."

춘호는 바위 뒤에서 서치라이트 불빛이 움직이는 것을 보고 있었다.

"위험합니다. 여기 있으면 간첩인 줄 알고 계속 총을 쏠 겁니다. 회장님이 먼저 저쪽으로 튀십시오. 그 다음에 제가 튀겠습니다."

은수는 서치라이트 불빛이 목표물을 정확히 발견하기 전에 춘호 형님을 먼저 찻길로 내보낸 다음에 그 뒤를 따라 튈 생각이었다.

"그럼 네가 위험해. 나를 따라와!"

춘호는 은수의 팔목을 잡고서 바윗돌 뒤로 돌아 순식간에 찻길 위로 올라갔다. 곧 이어서 총소리가 들려왔다.

바윗돌 위에 맞은 총알은 파편을 튕기며 피융, 하고 공중으로 날아올랐다.

찻길 위로 올라온 그들은 재빨리 차에 올라타고 급히 차를 출발시켰다. 정만은 최고 속력으로 그곳을 벗어났다.

그제서야 총소리가 멎었다. 민간인이 군경계 지역인 해안으로 내려온 것이라는 것을 안 초소에서는 사격을 중지하고는 서치라이트로 바윗돌 위를 샅샅이 비추고 있었다.

"회장님, 다치신 데는 없습니까?"

옆자리에 앉은 은수가 조심스레 물었다.

"괜찮다. 총을 쏠 줄은 몰랐다. 핫하."

춘호는 호탕하게 웃으면서 창밖의 밤바다를 내다보았다.

"큰일날 뻔했습니다. 밤엔 바닷가로 내려가는 게 아니라는 것을 알았습니다."

은수는 마치 자신이 실수라도 한 것처럼 송구스럽게 생각했다. 앞자리에 앉은 영호나 핸들을 잡고 있는 정만도 역시 마찬가지였다.

"총을 맞으면 어떠냐? 남자는 멋있게 살다가 멋있게 죽는 것도 좋지 않느냐? 남한테 칼 들이대지 않고, 사기치지 않고, 그냥 빼앗지 않고 살다가 가는 것도 멋진 일이지."

"회장님. 그래도……."

은수는 춘호의 그 말에 더욱 송구스러워졌다.

의문

춘호는 밤바다에 멀리 떠 있는 오징어잡이 배들이 환하게 불이 켜져 있는 것을 내다보다가 눈을 감았다. 춘호가 눈을 감았을 때는 그 누구도 함부로 말을 걸 수가 없었다.

차는 정동진을 지나 강릉쪽으로 질주하고 있었다.

춘호는 뒤로 머리를 기댄 채, 지그시 눈을 감고 위렌과 반느에 대해서 생각하고 있었다. 울진에 있는 시추선에서 만족할만한 석유가 터져 나온다면 그동안 자신이 피땀을 쏟아부은 대가가 한번에 보상받는 일이라고 생각하고 있었다.

이제 춘호는 오랜 시간 바닷가에서 살았던 탓에 얼굴이 검게 그을려 있었고, 그동안 쏟아 부은 자금으로 인해서 배호와 정혜에게 미안한 마음이 들었다. 그의 심신은 다소 풀어진 듯했지만 그의 불타는 야망은 아직도 식지 않고 있었다.

영동고속도로로 접어든 차는 밤바람을 세차게 가르면서 달리고 있었다.

정만은 고속도로 휴게소 표지판을 보고서 서서히 속력을 줄였다. 차는 미끄러지듯이 휴게소로 접어들어서 멈춰 섰다.

정만과 영호가 먼저 내려서 뒤쪽 문을 열었다. 밖으로 나온 춘호는 그들을 데리고 휴게소로 들어갔다.

휴게소 안에는 여행을 떠나는 이들과 여행지에서 집으로 돌아가는 이들로 붐비고 있었다.

간단하게 식사를 하고 나서 춘주 담배를 피우기 위해 밖으로 나온 사이, 그들은 커피를 들고 밖으로 나왔다.

춘호는 정만이 내미는 커피잔을 받아서 파라솔 의자로 가서 앉았다. 밤하늘에 무수한 별들이 떠 있었다. 강릉에 거의 다 와서 동해안 바닷가에서 총격을 받았던 기억은 벌써 까마득히 지워지고 없었다. 춘호는 담배 한 대를 피운 뒤 커피를 마시고는 자리에서 일어났다.

부하들이 자리에서 일어나서 춘호를 뒤따라오려는 걸 만류하고선 혼자만의 시간을 갖고 싶었다. 휴게소 뒷편의 풀밭이 있는 곳으로 가서 담배를 피우면서 깊어 가는 밤하늘을 올려다보았다.

자신이 이때까지 거느려온 세계가 이렇게까지 커질 줄은 몰랐던 것이다. 자신은 이제 혼자의 몸이 아니라 거대한 조직을 이끌고 있는 보스였다.

어린 날을 생각하면 감히 상상도 할 수 없는 일이었다.

"……."

춘호는 그런 생각을 할 때마다 무언가 가슴 밑바닥에 흥건히 고여 있는 슬픔 같은 것이 느껴졌다. 무어라 형언할 수 없는 슬픔이었다. 막대한 황금과 거대한 조직을 다 거머쥐었다고 해도 가슴 한구석에는 채워지지 않는 슬픔이 남아 있는 그였다.

슬픔이란 남들이 갖고 있는 것을 가지지 못할 때에 생기는 정신적인 것이었다. 그는 지금 모든 걸 다 가졌다고 할 수 있지만 어렸을 때에 고아원에서 뒹굴면서 사회로부터 격리되어서 받았던 설움이 그대로 남아 있었다.

얼굴도 기억나지 않았던 어머니, 그리고 자신이 보는 앞에서 목젖에다 칼을 꽂고서 세상을 떠나야만 했던 아버지에 대한 기억, 그리고 낯선 고아원으로 들어가서 애들과 싸우면서 거칠어져가야만 했던 어린 날들의 기억은 두고두고 없어지지 않을 마음의 상처였다.

춘호는 이제 어른이 된 지금에도 밤하늘만 올려다보면 어린 날들의 기억들이 머릿속에 가득 차 들어왔다.

춘호는 담배 두 개피를 피운 그는 구둣발로 비벼 끄고는 그곳을 나왔다.

춘호가 다가오는 것을 보고는 정만과 은수가 다가왔고. 영호는 차의 뒷문을 열어놓고서 기다리고 서 있었다.

그는 황제였다. 고아원에서 자란 후배들이 지금은 어엿한 성인이 되어서 자신의 보디가드를 맡고 있으면서 춘호가 위험에 처했을 때는 목숨까지도 풀잎처럼 내어 던질 수 있는 의리의 남자들로 변해 있었다.

춘호가 말없이 뒷좌석으로 올라타자 차는 곧 움직이기 시작했다.

휴게소를 빠져나온 차는 맹속력을 내며 2차선으로 끼어 들어 바람을 가르기 시작했다.

신갈 인터체인지를 지나 인천으로 향하던 차는 신공항으로 들어서자 배호가 미리 청사 바깥으로 나와 서 있었다.

영호가 먼저 차에서 내려 배호에게 깊숙이 인사를 했다.

"하하. 얼굴이 검게 그을렸군. 야, 니들 수고했어. 같이 저녁이나 먹자."

배호의 늠름한 인삿말이었다. 배호는 차에서 내리는 춘호에게로 다가가서 포옹이라도 하듯이 악수를 하고는 부하들에게 말했다.

"저녁은 먹었어. 술이나 한잔 하지."

"그래? 그럼 안으로 들어가자."

배호 옆에는 비서실의 경호원들이 쭉 늘어서 있다가 몸을 움직이는 춘호에게 깍듯이 절을 해왔다. 경호원들은 춘호의 보디가드들에게도 깊숙이 절을 하고는 그들을 에워싸면서 뒤를 따라왔다.

그들은 곧 청사 안으로 들어서서 에스컬레이터에 올라섰다. 제일 앞쪽에는 배호와 춘호가 마주보며 서 있었고, 그 아래 계단에는 춘호의 보디가드들이 서 있었다. 그 뒤에는 배호의 경호원들이 에스컬레이터를 꽉 채우고 있었다.

그들이 올라간 곳은 호텔의 그랜드 룸이었다.

춘호와 배호가 둥그런 테이블에 마주보고 앉자, 그들의 경호원들은 그들 뒤로 빙 둘러서 있었다.

"다들 앉아라. 오느라고 수고했다."

배호의 말에 경호원들은 일제히 고개를 숙이고는 옆에 있는 테이블로 가서 앉았다. 경호원들 사이에도 선후배가 있었기 때문에 춘호의 경호원들이 먼저 자리에 앉자, 배호의 경호원들이 의자에 앉았다.

"정혜 누나는?"

춘호의 말이었다.

"아마 지금 오고 있을 걸? 아까 니가 전화하고 나서 출발한다고 그랬으니까."

"참, 요즘 일본애들이 심상치 않아. 너, 그런 거 아냐?"

"왜?"

춘호는 무슨 말이냐는 듯이 배호의 얼굴을 쳐다보았다.

"최근에 일본애들이 한국을 거쳐 중국으로 들어가는 경우가 많아. 내가 여기서 알 순 있지."

"흠……."

춘호는 배호가 신공항에 있으면서 그런 것까지 파악하고 있었다. 신공항을 거쳐 나가는 외국인이든 내국인이든 일단 신공항을 거쳐서 외국으로 나가는 여행객들의 신원을 죄다 파악하고 있을 정도였다.

신공항 청사 안에 있는 국정원과 경찰청 외사과의 국가 정보기관과 항공사와 그곳에 입주해 있는 한국계 은행과 외국 은행에서 일어나는 일까지도 배호는 낱낱이 정보를 얻어내고 있었다.

"중국에 들어가는 이유가 뭐지?"

"흐음. 일본이 한국과 중국을 손에 넣고 조직을 키우려는 거 겠지. 내가 보기엔 일본은 지금 동경의 긴자파와 신주쿠파하고 가미카제파가 세력 다툼을 하고 있는 걸로 알고 있는데……."

춘호는 요시이와의 대화에서 얼핏 들었던 말이 기억났다. 일본의 조직세계는 아주 오래 전부터 무사도(武士道)를 이어받아 굵직굵직한 경제계와 정치계에까지 파고들어 있을 뿐만 아니라, 서민경제에까지도 파고들어 있었기 때문에 조직의 뿌리는 그야말로 정부에서 손을 댈 수 없을 정도로 엄청났을 뿐만 아니라 사회의 곳곳에 광범위하게 퍼져 있었다.

그야말로 일본의 사회에서는 조직세계의 존재를 인정하고 있는 셈이었다.

"그럼 중국과 거래를 하고 있다는 거야?"

배호가 진지하게 물었다.

"그렇다면 한국을 거쳐서 들어갈 필요가 없지."

"그럼?"

"마약 거래 때문에 그런 식으로 들어가는 건지도 모르지."

"그럴 수도 있겠네."

"한국을 거쳐 들어간다는 것은 그것밖에 없지. 그놈들은 지금 자금력을 끌어 모으는 데에 총력전을 벌일지도 모르지."

"너, 요시이한테 들은 거냐?"

"조금. 배호 형, 모처럼만에 술이나 한잔 할까?"

춘호는 손목시계를 얼핏 보고는 그 말을 했다. 아직까지 확정적이긴 않지만 요시이가 제의한 합작투자와 일본 내에서 약세에 있는 긴자파를 도와 어떠한 일을 도모할 수 있는 계기에 대해서 진지하게 이야기를 나누고 싶었다.

"거 좋지. 알았어. 야, 백호야! 술상 좀 봐오라고 그래라."

배호는 수석 보디가드인 백호에게 지시를 했다.

"네. 알겠습니다."

옆 테이블에 앉아 있던 백호가 일어나서 춘호와 배호에게 정중하게 절을 하고는 핸드폰을 꺼내들고 뒤로 돌아섰다.

"응. 나, 백호다. 여기 술상 좀 갖고 와라!"

백호는 배호의 충실한 심복이었다. 미리 지배인에게 언질을 주었던 터여서 간단하게 지시를 내리고는 자리로 가서 앉았다.

10분쯤 뒤에 노크소리가 났다.

"들어와."

백호가 얼른 일어나면서 말을 하자, 지배인이 문을 열고 들어와서 절을 했고, 그 뒤로 거나한 술상을 차릴 수 있을 정도의 홈 바가 들어왔다. 앳되고 세련된 아가씨들이 넓은 테이블 위에 술상을 차려놓고는 가볍게 인사를 하고는 지배인을 따라 나가 버렸다.

춘호나 배호는 술을 마실 때에 절대로 여자와는 같이 술을 마시지 않는 버릇이 있었다. 그걸 아는 지배인으로선 술상을 차려놓고선 정중히 고개를 숙여 인사를 하는 아가씨들을 데리고 밖으로 나간 것이다.

"자, 니들도 이리 와라."

춘호의 말에 옆 테이블에 있던 그들이 춘호와 배호의 양옆으로 와서 앉았다. 십여 명이 빙 둘러앉아 있을 수 있는 넓은 테이블이었다.

"한잔 받지."

배호가 먼저 양주병을 들어서 말했다. 춘호가 배호 앞으로 술잔을 들이댔다.

"고생했다. 정만이, 영호, 은수도 한잔씩 받아라."

배호는 허리를 숙여 잔을 내민 그들에게도 술을 따라주었다. 그리고 나서 이번엔 은수가 배호에게서 술병을 받아 배호의 잔에 술을 따랐다.

술잔을 높이 쳐든 그들을 보며 춘호가 한마디했다.

"우리 황제파는 영원하다!"

"영원하다!"

그들이 춘호의 말을 복창했다. 모두들 단숨에 원샷으로 술잔을 들이켰다. 그리고 다시 정만이가 배호와 춘호에게 술을 따라주었다.

"이젠 니들끼리 술을 따라 마셔라."

춘호가 부하들을 보며 부드럽게 말했다.

"예!"

그들이 허리를 숙여 대답을 했고, 춘호와 배호는 그동안 밀렸던 이야기를 하면서 술잔을 기울이기 시작했다.

"유 과장이 방송국을 집적거리는 것 같은데."

춘호가 조심스럽게 말을 꺼냈다.

"이야기 들었다. 정혜 누나가 오면 자세히 말하겠지. 돈 때문에 그러는 거 아냐?"

"돈 달라고 그러는 것 같진 않은데? 국정원의 박 국장이 있는데 문광부 종교과장이 덤비지는 못할 걸."

춘호는 자신이 그동안 가깝게 지내고 있는 국정원의 박 국장과 여권의 실세인 황 진모 의원, 그리고 검찰의 2인자라고 할 수 있는 목 인흠 중수부장이 있는데 일개 문장부 종교과장인 사람이 겁도 없이 함부로 집적거릴 리는 없을 거라고 생각하고 있었다.

"그래. 술이나 해라. 정혜가 오면 알겠지."

배호는 춘호의 가슴 한편에 숨어 있는 그늘을 알아챌 수 있었지만 대수롭지 않게 생각하고 있었다.

회의

그들이 술잔을 기울이고 있을 때, 노크소리가 들렸다.

백호가 얼른 일어나 문쪽으로 다가가며 소리질렀다.

"누구야?"

"응. 나야, 정혜!"

그 말에 백호는 얼른 문을 열었다. 정혜가 곧 안으로 들어왔다. 그 뒤를 따라 명희도 들어왔다.

"죄송합니다. 누님!"

백호는 곧 고개를 숙이고는 정혜를 맞았다.

"오느라고 늦었다. 벌써 다 모였네?"

"이리 와서 앉아. 명희도 왔네. 앉지."

"회장님도 오시고. 다들 모였네. 반갑네."

정혜는 명희더러 춘호 옆에 앉으라고 하고선 배호 옆으로 가서 앉으면서 말했다. 정혜는 춘호와 악수를 하고 나서 배호에게도 악수를 권했다.

"야, 명희도 몰라보게 이뻐졌네. 악수나 한번 하자."

춘호가 농담 삼아 말했고, 명희는 어색하게 손을 내밀어서 악수를 했다. 춘호는 다시 정혜와 악수를 하고는 술병부터 집어들었다. 정혜의 술잔에 양주를 따라주고는 명희에게도 술을 권했다.

명희는 두 손으로 술잔을 받았다.

정혜가 단숨에 술잔을 비워내는 것을 지켜보고 있던 춘호는 말을 꺼냈다.

"유 과장이 뭐래?"

"응. 민족교의 자금 실태를 파악하러 나왔다고 그랬어. 장부 좀 보자고 그래서 회장이 있는 울진에 내려가 있다고 그랬어. 다음에 또 한번 올 거라고 그랬거든."

"핫하. 잘했어. 근데 왜 자금 실태를 파악하겠다는 거지? 무슨 뜻이 있는 거 같았어?"

"그건 모르겠어. 그 사람이 깊이 말을 하지 않아서 캐물을 수도 없고. 갑자기 그런 말을 꺼내니까 난 겁이 나서 함부로 말을 꺼내 볼 수가 없었어. 내가 괜히 앞질러서 말을 해놨다가 나중에 회장이 뒷수습하기 힘들까봐 눈치만 보다가 그냥 보내버렸어. 돈이라도 쥐어줘야 하는데…….”

정혜는 약간 후회하는 듯이 말했다.

“됐어. 내가 내일 알아보면 되니까. 올라올 때에 박 국장하고 미리 통화를 해왔어. 걱정마.”

춘호의 그 말에 정혜가 살짝 웃었다.

“…….”

명희는 춘호와 정혜가 모처럼만에 만나 그런 말을 주고받는 것을 보면서 한편으론 즐거웠지만 왠지 모르게 가슴 한구석이 비는 듯한 기분을 느꼈다.

춘호는 검게 그을려 있었다. 웃을 때마다 하얗게 드러난 이가 명희에게는 서글픔으로 다가왔다.

“야, 명희야. 술 비워. 안 마시냐?”

배호가 지적했을 때서야 명희는 깜짝 놀랐다.

“네.”

명희는 술잔을 비워내고 이번에는 배호가 따라주는 술을 받았다.

오랜만에 만난 그들은 서로 얼굴을 마주보는 것으로 그동안의 안부를 묻는 셈이었다. 각자가 맡은 일에 충실하다가 보니 서로 떨어져서 전화 연락만 하다가 막상 만나고 보니 더없이 반가울 따름이었다.

정혜는 검게 그을린 춘호의 얼굴을 들여다보며 웃었다.

"왜?"

춘호가 물었다.

"그냥. 많이 탔네. 그쪽은 어때?"

"위렌하고 반느가 골치 좀 썩였지. 그놈들이 농땡이를 까서 제대로 손 좀 봐 줄까 하다가 말았지. 이젠 말을 잘 들어."

춘호는 술잔을 입으로 가져가며 말했다.

"원래 그래. 기름 묻은 애들은 기술이 있다고 제치는 거 있잖아."

정혜가 춘호를 위로했다.

"말을 안 들으면 한 방 놓을까 생각했다가 그만 뒀지. 나한테 서 도망쳐서 계집애들을 끼고 탱자탱자하는 걸 잡아왔지. 이젠 그놈들도 말을 잘 들을 거다. 하하하."

춘호는 기분 좋게 원샷으로 술잔을 삼키고는 술잔을 정혜에 게 권했다.

"요시이라는 놈은?"

이번에는 배호가 궁금한 듯 말을 꺼냈다.

"울진에 한번 왔더라. 일본에서 두 번째 큰 조직이라던데 우 리하고 손을 잡고 싶은 모양이더라"

"……."

"그래? 일본? 요시이가 누구야?"

정혜가 궁금한 표정으로 물었다.

"일본에 있는 조직이야. 요시이라고. 긴자파의 보스지. 내가 있는 울진에 와서 석유시추에 참여하고 싶다고 그랬어."

배호가 옆에서 거들었다.

"그래?"

정혜는 다시 춘호를 쳐다보았다. 명희 역시 춘호의 얼굴을 쳐다보고 있었다.

"저쪽에서 우리 돈으로 천억 원을 투자하겠다는 조건이야. 일본에서 조직을 키우기 위해서 자금줄을 확보하겠다는 거지."

이번에는 춘호가 보충 설명을 했다.

"그럼 석유가 나온다는 거야?"

정혜의 목소리는 약간 들떠 있었다.

"아직은 모르지. 가능성은 반반이다. 여태까지 시추공을 파 봤는데, 시추공에서 석유가 뿜어져 나온다면 걔들과 협상할 필요가 없지. 석유가 뿜어져 나온다면 우린 그걸로 끝나는 거니까. 하하."

"그럼 일본 그 사람들은 뭘 믿고 투자를 하겠다는 거야? 그거 이상하지 않아?"

정혜가 이상하다는 듯이 반론을 폈다.

"응? 그거야…, 한국에서 석유가 쏟아질지도 모른다는 소식을 들었겠지. 석유 채굴이란 순전히 투기사업이니깐. 캐면 완전히 금노다지를 잡는 거고, 허탕 치면 바닷물 속으로 돈을 처박는 거지. 하하. 그러니까 노다지 사업이라고 하지 않나."

그 말을 하고선 춘호는 양주잔을 단숨에 들이켜버렸다. 그리고는 목이 타는지 자작으로 술잔을 채웠다. 명희가 얼른 양주병을 빼앗아 따라주려고 했지만 춘호는 이미 술잔 가득히 술을 채우고 난 뒤였다.

그는 연거푸 두 잔을 스트레이트로 마시고는 얼음 한 조각을 집어 입에 넣었다. 춘호의 입 안에서 와삭하는 소리가 들려나왔다.

"배호는 어떻게 생각해? 일본애들이 그만한 돈을 투자할 정도라면……."

정혜가 얼굴이 바싹 들이대며 물었다.

"모르지. 걔들이 어떤 생각을 갖고 덤벼드는지. 그거야 춘호가 아는 거니까."

배호는 슬쩍 춘호의 옆얼굴을 쳐다보았다.

정혜는 자초지종을 알고 싶어하는 표정이었다. 명희는 긴장이 되는지 술잔을 들어 한 모금 마시고는 춘호에게 시선을 주었다.

"모르겠다. 이때까지 시추공에서 만족할만한 석유가 나오지 않았으니까. 시추공 하나 뚫는 데에만도 수십 억이 드는 거니까. 그동안은 그래도 잘 버텨왔지만 앞으로 다섯 개의 시추공을 뚫어봐서 석유가 안 나오면 우리도 포기할 가능성이 높아. 지금 세 개의 시추공을 뚫었다. 이제 북쪽에 있는 두 개의 시추공을 뚫고 있는데, 그동안에 위렌과 반느도 가능성이 없는지 속을 좀 썩였어. 골치 좀 아팠어. 하하."

"위렌과 반느가 그래? 왜? 말을 안 들어?"

정혜는 그동안의 일들에 대해 관심이 많았다.

"그건 모르지. 걔들 맘이니까. 그래서 한 방 해줄려다가 말았지. 요즘엔 잘해. 마침 이때에 요시이라는 일본 친구가 찾아온 거야. 잘 된 것인지 모르겠지만 하여튼 우리들한테는 도움이될 거 같아서 말인데 니들 생각은 어때? 명희, 너는 어떻게 생각하냐?"

춘호는 갑자기 명희에게 질문을 던졌다.

"전……."

명희는 얼떨결에 말을 꺼내놓고선 얼굴이 붉어지고 있었다.

"말해봐. 명희는 생각이 어떤지."

춘호의 말에 배호도 정혜도, 그 옆에 앉아 있는 보디가드들도 명희에게로 시선이 집중되었다.

명희가 말을 꺼내지 못하고 있는 것을 보고선 정혜가 말을 꺼냈다.

"내 생각엔 말이야. 일본쪽에서 덤벼드는 건 무슨 이유가 있을 거라고 생각돼. 걔들이 그냥 바닷물에 천억을 쏟아 부으려고 하지는 않을 거 아냐? 걔들도 나름대로 어떤 계산을 갖고 덤비는 것이 아닐까? 천억 원이라면 적은 돈이 아닌데."

"……?"

춘호는 정혜의 말을 들으면서 배호와 명희에게 시선을 주고 있었다.

"나도 그러네. 긴자파들이 우리하고 손을 잡으려면 딴 걸로도 충분히 할 수 있는 일이야. 석유사업에 그만한 돈을 투자하겠다는 것은 그놈들이 어떤 정보를 갖고 있을지도 모르지. 명희야, 너는 생각이 어때?"

"전 잘 모르겠어요. 일본에서 그만한 돈을 들인다면 그만한 가치가 있는 곳이란 생각이 들어요. 일본 조직에서 그만한 돈을 투자한다면 울진에 대해서 그만큼 알아보고 나서 연락을 해온 것이라고 보는데요."

명희는 조심스럽게 말을 꺼냈다.

"흠."

춘호는 명희의 말을 들으면서 왠지 모르게 저쪽에서 서두르는 듯한 느낌을 받았다. 그 전에는 시추공 하나 뚫는 데에만도 어마어마한 돈이 들어가는 것만 생각했다가 막상 천억 원이라는 돈을 투자하겠다는 긴자파의 제안은 예사로이 넘길 일이 아니라는 판단이 섰다.

"그래. 우리 셋 다 그런 생각이다. 회장 생각은 어때?"

배호가 춘호에게 물었다.

"생각 좀 해보지. 다들 그런 생각이라면. 저쪽에서는 투자한다는 의미로 접촉을 해온 것이니까. 다들 말을 들어보니 투자하는 데에 그만한 이유가 있을지도 모르겠다는 생각이 든다. 이 문제는 배호 형과 같이 깊이 생각해보기로 하고……."

춘호는 양주잔을 단숨에 털어 놓고는 명희에게 술잔을 권하면서 술을 따라주고 나서는 다시 입을 열었다.

"정혜 사장은, 내가 오늘 유 과장을 만나 해결해 볼 거니까 그건 걱정 말고 있어. 유 과장을 만나보면 알 수 있으니까."

"그래. 그랬으면 좋겠어. 난 이런 일은 못하겠더라."

정혜는 그 말에 춘호에게 더욱 믿음이 생겼다.

"그래. 명희는 요즘 어때? 일은 잘하나?"

춘호가 정혜를 보며 물었다.

"그럼 일은 똑소리 나게 하지. 나한테 전화하지 말고 명희한테 전화하는 게 더 상세할 걸?"

그 말을 하면서 배호가 크게 웃었다.

"하하. 그래. 그러면 됐어. 명희, 너는 배호 형한테 잘해. 명희는 비서니까 잘할 거다."

결정

그들은 모처럼 만나서 허물없는 대화를 나누고 있었다. 그들은 황제파 회장이라는 직책과 관광단지의 사장이라는 직책, 그리고 방송국 사장이라는 직책을 갖고 있었으므로 황제파라는 거대한 조직의 핵심인물인 3역이라고 할 수 있었다.

배호는 신공항 국제단지의 사장을 맡고 있으면서 전국적인조직을 관리하고 있는 셈이었다. 그 일은 춘호가 울진에 내려가 있었으므로 실질적으로는 배호가 춘호가 할 일을 도맡아서하고 있는 셈이었다. 그리고 춘호가 예전에 맡았던 방송국 사장의 자리는 정혜에게 넘겨주어 민족교 종주인 춘호에게 힘을 실어주는 역할을 하는 셈이었다.

민족교 방송국은 춘호가 맡은 이래로 정부 부처에서 나오는 공익광고와 그동안 케이블 방송에서 공중파로 바뀌면서 외부에서 들어오는 광고수입이 만만치 않았다. 케이블 방송에서 공중파 방송국으로 바뀌면서 민족교 방송국은 엄청나게 발전한 것이었다.

그 일을 한 것은 순전히 춘호의 힘이었다.

황 진모 의원을 앞세워서 문광부를 움직여 공중파 방송국으로 바꾼 것은 잘한 일이었다.

이제 춘호는 회장으로서 정치권에서도 감히 함부로 건드릴 수 없는 힘을 갖고 있었다. 전국에 퍼져 있는 민족교의 신도와 조직의 힘만 합쳐도 엄청난 파워를 행사할 수 있었다.

그들의 술자리는 끝이 날 줄 몰랐다.

"야. 니들 들어가 자라. 우린 더 마시다가 올라갈 거니까."

춘호의 말에 그들은 벌떡 자리에서 일어났다. 그리고는 일제히 한 줄로 서서 고개를 숙이면서 인사를 해왔다.

"그럼 들어가 보겠습니다."

정만과 은수, 영호가 먼저 인사를 하고 나서야 배호의 보디가드들이 인사를 했다.

그들이 일렬로 서서 문밖으로 나가고 난 다음에, 배호가 입을 열었다.

"오늘 밤 새우지 뭐. 그동안 할 말도 많고. 어때?"

"좋아! 명희 넌?"

정혜의 물음에 명희는 술잔을 들며 웃었다. 괜찮다는 뜻이었다. 사장인 배호의 비서로 있는 명희로서는 당연한 일이었다.

"그래. 명희 너도 같이 있는 게 좋겠다."

춘호는 그 말을 하면서 명희가 술잔을 비우기를 기다렸다가 명희가 술잔을 비우는 것을 보고는 술잔을 권했다. 명희는 춘호가 술을 따라주기 위해서 술병을 들고 있는 것을 보고는 얼른 술을 비운 것이다.

"그래. 명희는 배호 형 밑에서 열심히 배워라. 배호 형이 맡은 일이 너무 크다. 알겠지?"

"네……."

"성숙이도 영등포를 잘 끌고 나가잖아. 이젠 사업가가 다 됐어. 하하."

춘호는 다시 잔을 받으며 말을 꺼냈다.

"그래. 성숙이는 아주 단단해. 영등포 사장을 맡고 나서부터 확 달라졌어."

정혜가 한마디 거들었다. 정혜는 누구보다도 성숙이나 명희의 언니로서 그동안 잘 감싸주는 여자였다. 거의 모두 고아 출신들이었지만 정혜는 고아 출신이 아니었다. 이때까지 정혜는 여자애들의 언니로서, 춘호와 배호의 누나로서 이때까지 조직을 키워온 사람 중의 한사람이었다.

"그래. 명희도 사장으로 나가기보다는 배호 형 밑에서 착실히 일을 배우는 게 더 나을 거다. 형, 그렇지?"

춘호는 항상 배호에게 최선을 다하는 그런 남자였다. 배호의 옆에 명희를 있게 해서 두 사람이 콤비를 이루어 나가도록 일부러 그렇게 만들고 있었던 것이다.

"그래. 명희가 똑똑하지. 모든 걸 다 맡아서 척척 해나가니까 신경쓸 것이 없어. 명문대 나온 애들보다 더 낫지."

배호는 명희에게 공치사를 돌렸다.

"아이, 오빠도. 이대 나온 애들 써봐요. 그런 애들은 외국어도 잘하고 머리회전도 빠르고, 일을 얼마나 잘하는데요."

"명희도 수석으로 졸업했잖아. 우리한텐 그만하면 됐어. 명희도 외국어 좀 하잖아. 나야 깡통이지만. 하하."

배호는 명희가 자신의 비서실장으로 있는 것이 든든하기만 했다. 어려서부터 눈칫밥을 먹었던 탓에 배호가 손님을 맞고 있으면 명희는 잘 알아서 처리하는 비서였다. 배호의 일거수일투족까지 꿰뚫어보듯이 나무랄 데가 없는 그런 여자였다.

"그래. 일본하고는 어떻게 할 생각이야?"

배호가 말머리를 돌렸다.

"형, 생각은 어때?"

"일본애들이 덤벼든다는 건 좀 그래. 우리하고 쪽바리들이 합작한다는 거 아닌가? 난 왠지 일본 쪽바리들하고 손을 잡는다는 것이 좀 그렇군."

배호는 자신의 생각을 솔직하게 말했다.

"그럼 정혜는?"

춘호는 정혜에게 눈길을 주었다.

"나도 그런 생각이 들어. 일본하고 거래를 한다는 건 무리라고 생각해. 더구나 울진에서 만약에 석유가 뿜어져 나온다면 그쪽에서도 권리를 달라고 할 거 아냐."

"흠."

춘호는 다시 명희에게로 시선을 주었다.

"전 모르겠어요. 세 분이서 결정해서 하면 좋겠는데."

"……."

춘호는 세 사람을 둘러보다가 담배를 꺼내 물고선 배호에게로 눈길을 주었다.

"그럼 안 되겠어. 다들 생각이 그렇다니까 저쪽에서 좋은 조건을 달고 나와도 할 수 없지. 일본은 지금 조직간의 암투가 벌어져있어 그 힘을 외부에서 찾으려고 한다는 거지. 자체 내에서는 힘의 한계가 있으니까 한국이나 중국에서 힘을 빌리려는 속셈일 거다. 좋다! 이번 일은 여러분들의 생각대로 없던 것으로 하겠다."

춘호는 속시원하게 최종 결정을 내렸다.

그러고 나니 한결 마음이 가벼웠다. 배호는 활짝 웃으며 술을 권해왔다. 춘호는 술잔을 받아 마시고는 다시 배호에게로 술잔을 권했다. 배호의 술잔이 비고 나서 다시 정혜와 명희에게로 술잔을 권하고 나서 춘호는 자신의 술잔에 술을 붓고는 잔을 높이 들었다.

"자, 건배나 하지. 오랜만에 하는 건배다."

그동안 춘호는 동해안의 외진 바닷가 울진에 가 있다가 식구들을 만난 것이 무엇보다 기뻤다. 배호와 명희가 자기 일에 충실하고 있었고, 정혜는 방송국사장을 맡아서 열심히 하고 있어서 한편으론 마음이 든든하기만 할 뿐이었다.

"자, 우리들의 영원한 제국을 위하여!"

춘호가 건배 제의를 하면서 말했다.

"우리들의 영원한 제국을 위하여!"

그들 역시 춘호를 따라 복창을 했다.

술잔을 비우고 난 배호는 과일 하나를 집어먹고서는, 명희를 향해 말했다.

"명희가 우리 신공항 보고를 해봐라. 춘호 회장도 듣고 싶어 할 테니까."

배호가 느닷없이 그 말을 꺼내자, 명희는 술을 마시다 말고 자리에서 일어났다.

"저희 신공항 관광단지에 대해 보고를 올리겠습니다. 황제호텔의 한 달 매출액을 말씀드리겠습니다."

명희는 또박또박 말하기 시작했다. 신공항 국제관광단지 안에 들어 있는 호텔과 골프장, 그리고 고급 식당 단지와 면세 관광단지에서 나오는 한 달 매출액과 신공항 건물 안에 들어와 있는 각 은행들의 임차료 수입과 넓은 주차장에서 나오는 수입에 대해서 낱낱이 보고하기 시작했다. 명희는 원고도 없이 머릿속에 외워둔 수치를 그대로 보고하고 있었다. 황제호텔에서 벌어들이는 매출액만 해도 이천오백억 원 정도를 상회하고 있었다. 그리고 황제골프장에서 나오는 매출액도 연 오천억 원대였다. 그리고 공항 이용객들이 사용하는 식당가 건물에서 올리는 수입이 칠천억 원대를 넘고 있었다. 면세관광단지의 수입이 천이백억 원이었고, 넓은 주차장에서 나오는 수입과 국제관광단지 안에 들어 있는 은행들의 입점임대료 수입을 합한 금액이 천오백억 원을 기록하고 있었다.

"이상입니다."

명희는 보고를 마치고 나서 자리에 앉았다.

"좋아!"

춘호는 고개를 끄덕이고는 정혜를 쳐다보았다.

"민족교 방송국 수입을 말씀드리겠습니다."

이번에는 정혜가 일어나서 보고를 했다. 방송 광고 수입이 구천억 원대를 넘었다는 간략한 보고였다.

"방송국은 지출이 많으니까 지출은 얼마나 되나?"

춘호가 물었다.

"직원 급료와 후생비, 그리고 출연진들의 개런티로 나가는 돈이 삼천 오백억 원쯤 됩니다. 지출이 좀 많은 편입니다. 그리고 종단의 수입은 전에 보다 많이 늘었습니다. 대략 팔천 억쯤 들어오고 있습니다."

그리고 나서 정혜는 춘호를 쳐다보았다.

"그건 할 수 없는 일이지. 방송국이란 데가 원래 그런 데니까. 종단에 문제는 없나?"

"이번에 문장부에서 자금출처를 조사하러 나온 것하고, 유성에 있는 수련원의 매점과 식당 계약으로 이익 오천만 원이 곧 들어올 계획입니다. 그리고 간성에 있는 수련원 부지를 매입하는 데에 이십팔 억이 들어갈 계획입니다."

"진척 상황은 어떻게 돼 가나?"

"사람을 내세워서 매입에 착수했습니다. 평당 가격이 칠만원입니다."

"흠. 앞으로 간성에 수련원을 짓게 되면 바닷가 옆이라서 한국 최고의 종단 건물이 되도록 할 계획이다. 그곳에는 콘도와

휴양시설을 같이 지을 생각이다. 그러면 그곳에서 나오는 수입이 만만치 않을 것이다. 그곳에도 골프장과 풀장, 승마장을 들이면 수입이 짭짤하겠지."

"근데 종교부지에 그런 시설이 들어서면 문광부에서 시비를 걸지 않을까?"

배호가 근심스런 눈빛으로 물어왔다.

"천만에! 종교단체에서 휴양 목적으로 짓는 거니까 트집을 잡을 이유가 없지. 처음엔 종교시설로 허가를 얻고 나서 일반인들에게 저렴한 가격으로 개방한다고 하면 트집을 잡을 건더기가 없을 거니까. 나중에 문제가 있으면 입장료로 받으면 돼. 입장료를 받는 것은 별 문제가 안 될 거다."

춘호의 구상은 그랬다. 민족교의 세를 과시하기 위해서는 다른 종교단체에서 감히 엄두도 내지 못하는 그런 대규모 위락시설을 지어서 민족교의 세를 과시하고, 차츰 일반인들에게 개방을 해서 수입을 올리는 쪽으로 몰아갈 생각이었다.

간성의 바닷가에 있는 백오십만평의 솔밭부지는 이미 그쪽사람을 중간에 내세워서 비밀리에 땅을 매입하고 있었다. 땅의 매입이 끝나고 나면 유성에 있는 수련원보다도 더 큰 규모의 10만평에 달하는 수련원 건물과 넓은 공원을 조성하게 되고, 30홀 정도의 대규모 골프장과 호텔에 못지않은 최신식 콘도시설을 지어 승마장과 함께 관광객을 유치한다는 계획이었다.

종교단체에서 영리를 목적으로 하는 것은 불법이지만 나중에 국민체육시설로 전환하는 방법이 있고, 종교단체의 시설로 두고서도 관광 입장료를 받아 골프장과 승마장, 콘도를 이용하는 방법도 고려하고 있었다.

그렇게 되면 입장료 수입이 어마어마할 것이란 계산이었다.

"명희. 너는 정혜 사장이 하는 일을 힘껏 도와라. 문광부에서 허가만 떨어지면 처음엔 신도 중심으로 회원권을 발급하도록 하고, 일반인이라도 신도증을 만들어서 회원권을 만들 수 있도록 해야 돼."

"네. 알겠습니다."

명희가 힘차게 대답했다.

"정혜 사장은 방송국 사장이라는 것을 최대한 활용해서 잔성 휴양단지에 신경을 쓰도록 하고, 허가나 문제될 것은 내가 맡기로 하지. 그 이상의 신경 쓸 일은 없을 거다."

"알겠습니다."

"그리고 참, 수원엔 별 문제 없나?"

춘호는 갑자기 생각난 듯 배호에게 질문을 던졌다.

"별다른 문제는 없는 것 같아."

"흐음"

결의

춘호는 항상 수원에 관심을 두고 있었다. 초창기 콜라텍을 시작할 때에 수원에서부터 시작한 인연도 깊지만 양아버지인 임 황원이 수원에서 생활하고 있기 때문에 그는 항상 수원에 촉각을 곤두세우고 있었다.

배호가 잘 알아서 일을 처리하고 있었기 때문에 무관심한 듯했지만 춘호는 늘 수원에 관심을 갖고 있는 편이었다.

"콜라텍의 운영 실태는 어때?"

춘호는 다시 배호에게 질문을 던졌다.

"잘 돌아가고 있으니까 염려하지 마. 영등포는 한 달 매출이 더 늘었고, 신사동이 점점 커지고 있어. 대구하고 여수는 한 달 매출이 일억 이천만원 정도로 뛰었고, 군산이 이번에 새로 개업해서 사천만 원 정도를 기록하고 있어. 다른 곳은 전부다 약간 매출이 올라가는 듯하고. 콜라텍에서 올라오는 총 매출액이 오십 억 원 대야. 다시 내려보내는 돈이 십일 억 원 대니까."

배호가 말하는 다시 내려보내는 돈이란 콜라텍의 조직이 벌어들인 매출액에서 다시 지방으로 내려보내는 자금을 말함이었다. 지방의 콜라텍에서 벌어들인 돈에서 5분의 1을 다시 콜라텍의 조직자금으로 내려보내는 셈이었다.

"좋아! 고아원에서 올라오는 애들은?"

이번엔 명희에게로 질문을 던졌다.

명희는 자리에서 일어나서 보고를 했다.

"한 달에 꾸준히 전국에 있는 고아원에서 지망생들이 올라오고 있습니다. 지난 달에는 백이십 명을 뽑았습니다. 전국에서 한 고아원 당 열 명씩 추천을 받아서 선별하고 있습니다. 그러나 영등포에 머무르는 기간이 너무 짧은 것 같습니다."

"그래? 그럼 훈련기간이 너무 짧잖아?"

춘호는 배호를 돌아보았다.

"맞아. 그래서 영등포에서 온 애들을 여기서 다시 훈련시키려고 그래. 영등포엔 수용할 건물이 좁아서 여기다가 훈련원을 따로 차렸으면 좋겠는데."

배호가 문제점을 지적했다. 일단 고아원에서 차출돼 온 애들이 영등포의 오피스텔에 입소해서 그곳에서 훈련을 충분히 받고서 콜라텍의 기본예절을 배우고 나서 각 콜라텍으로 배치를 해야 함에도 불구하고, 충분한 훈련기간을 채우지 못하고 각 콜라텍으로 배치를 하거나 신공항 국제관광단지로 배치를 한다는 것은 춘호의 마음에 들지 않았다.

고아들은 고아원에서 배운 습성이 그대로 배어 있기 때문에 영등포에서 충분히 훈련을 시켜서 배치하지 않으면 근무처에서 다시 고아원에서 배운 습관이 그대로 나타나기 때문에 춘호는 걱정스러웠다.

명희는 춘호가 빤히 쳐다보는 것을 의식하고는 얼른 눈길을 배호에게로 주었다.

"그래서 말이야. 여기서도 훈련을 시켰으면 좋겠어. 그 애들은 충분하게 훈련을 받지 않으면 고아원에서 배운 그대로 할 가능성이 높아."

배호가 다시 설명을 덧붙였다.

"흠."

춘호는 깊은 생각에 잠겼다. 자신이 고아원에서 도망쳐 나와 앵벌이 조직에 들어갔을 때에 하루하루 먹고살기에 급급했던 기억들이 솟아났다.

이제 막 중학교나 고등학교를 졸업한 고아들이 멋모르고 황제콜라텍의 우상을 믿고서 올라왔다가 허술하게 교육을 받고서 근무처로 배치를 받는다면 육체적인 훈련뿐만 아니라, 공부도 제대로 하지 못한 상태에서 업소에서 일을 해야 하기 때문에 체육대학에 진학하고자 하는 욕심이 없어져버릴 수도 있기 때문이었다.

춘호는 그걸 염려하고 있었다.

"그럼 배호 형이 다시 시작하면 어때? 수원에서처럼 고아원에서 올라온 애들을 다시 처음부터 철저하게 공부를 시켜. 훈련도 마찬가지고. 그렇지 않으면 그런 애들은 다시 세상의 길로 빠질지도 몰라. 고아원에서 들인 버릇을 싹 씻어버릴 때까지 혹독하게 훈련을 시켜. 형도 알잖아? 우리가 고아원에서 나와서 사회 밑바닥을 훑으면서도 왜 우리가 그런 인생을 살아야하는지 모르고서 살잖아? 그런 싹을 몽땅 잘라버려야 돼. 고아는 이미 부모가 버린 자식이라는 걸 알기 때문에 사회에 나와서도 비굴하게 살아가는 법이잖아. 그런 걸 알면서 왜 그렇게 놔둬?"

춘호의 말이었다. 정혜와 명희는 진지한 표정으로 춘호를 바라보고 있었다.

"그래. 니 말이 맞다. 내가 깜박한 거 같네. 애들이 막 올라오니까 영등포에서 훈련도 시키기 전에 공단으로 보내는 것도 그래. 그건 니 말이 맞는 것 같다."

배호는 춘호에게 잘못을 시인했다.

"그럼 여기도 훈련원을 지어. 땅이 없어 돈이 없어? 형이 마음만 먹으면 얼마든지 할 수 있는 거야."

"알았어. 그만해. 내가 오히려 죄스럽다."

"그래. 배호가 알아들었어. 나도 그런 것까진 생각 못했어. 앞으로 고아원에서 올라온 애들이 충분히 교육을 받고서 배치가 되도록 하면 되잖아."

정혜가 두 사람의 중간에 끼어들어서 중재안을 내놓았다.

"형!"

춘호가 불렀다.

"그래."

배호는 형이지만 회장인 춘호가 하는 진지하게 말을 듣겠다는 태도였다.

"내일 당장 설계 넣어서 공사 시작해. 아니면 영등포 옆에다가 건물을 하나 사던지. 그건 성숙이하고 서로 상의해서 결정해. 난 고아원에서 나온 애들이 충분한 훈련을 받고서 우리 황제파의 정식 조직원이 되는 걸 바래. 그래야 나중에 커서도 떳떳한 조직원이 되는 거다."

"그래. 알았다. 성숙이하고 의논할게."

"……."

춘호는 약간 기분이 상해 있었다. 그래서인지 앞에 놓인 술잔을 집어 단숨에 넘겨버렸다.

그동안 춘호가 공을 들여 애들을 키운 것은 황제파의 조직을 키울 생각보다는 고아원 출신들이 사회에서 구걸하다시피 밑바닥 인생을 전전하는 것을 보지 않겠다는 생각이었다.

정혜와 명희는 춘호가 화가 난 듯한 표정을 보면서 난처한 얼굴로 두 사람을 지켜보고 있었다.

"그래. 알았다. 내가 미안하다. 내가 내 후배들을 훈련시키지 못한 것이 다 내 죄다. 내가 술 한잔 따라주지."

그러면서 배호는 술병을 집어 춘호의 빈 잔에다 술을 따랐다.

"형……."

"……?"

배호는 자신의 잔에도 술을 따르고는 춘호를 쳐다보았다.

"난, 이 세상에서 형밖에 믿을 게 없어. 고아원에서 뛰쳐나와 희준이하고 남대문에서 도망쳤을 때에 새끼손가락이 잘려지면서까지 앵벌이 조직을 도망쳤어. 남대문에서부터 걸어서 오류동까지 왔고……."

"……."

배호는 묵묵히 술잔을 들어 입으로 가져가면서 춘호의 숙인 얼굴을 들여다보고 있었다.

"손가락 하나 잘렸다는 것 때문에 중국집에서도 안 받아줬어.

고아라는 것이 얼마나 서글픈 존재였는가 모를 거야."

춘호는 탁자를 내려다보며 말을 계속했다. 그동안 자신이 형
처럼 신뢰하며 따랐던 배호 형의 실수에 대해 나무란다기보다
는 차라리 자신의 슬픔으로 돌리고 싶은 심정이었다.

"……."

배호는 할 말이 없었다. 춘호의 그런 모습을 본 적이 없었기
때문이었다.

"그래서 먹여주고 재워주는 곳만 있으면 어디든 붙어 있고
싶었어. 그놈들한테 붙잡혀 가면 그보다 더한 고생은 없었을
거니까. 그래서 광명시로 흘러 들어간 거지. 거기서 형을 만났
어. 형!"

춘호는 약간 술이 취한 듯했다. 그러나 그의 정신은 말짱했
다. 배호 형 앞에서 감히 고개를 들지 못할 뿐이었다.

"……그래."

배호의 목소리엔 힘이 빠져 있었다.

"형이 오토바이 사고를 내고 경찰서에 있을 때에 난 절망이었
다. 형이 없는 그곳에서 손가락을 잘린 내가 일을 할 수가 없었
어. 형이매 곁에 있어줘야 내가 살아갈 수 있었어. 그런데 형
이……."

춘호의 목소리는 점점 날카롭게 울려나왔다. 마치 짐승이 울

부짖는 듯한 그런 목소리였다.

"형한테 면회를 갔을 때에 난 갈 곳이 없었어. 경찰서에서 먹고 자고 하면서 청소를 해주고 있었지만……. 다시 중국집을 찾아 전전해야 할 판이었어."

"그래……. 미안하다."

"난 형을 원망해본 적이 없어. 형은 나의 우상이었으니까."

"……."

배호는 손을 뻗어 춘호의 키다란 주먹을 움켜쥐었다. 자신의 손 안에 춘호의 굵은 주먹을 거머쥐고선 한 손으로 담배를 꺼내 춘호의 손에 쥐어주었다.

그제야 춘호의 얼굴이 들려졌다. 춘호는 눈가에 이슬이 맺혀 있었다.

"……."

배호와 정혜, 그리고 명희는 숙연한 기분으로 춘호의 입술을 쳐다보았다.

춘호의 입술이 파르르 떨리는가 싶더니 차가운 웃음을 흘리며 담배를 입으로 가져갔다. 배호는 담배를 꺼내 자신의 입술에 물고 춘호부터 불을 붙여주었다.

배호는 할 말이 없었다. 묵묵히 담배연기를 내뿜으며 천장을 올려다보고 있었다.

"우린 그렇게 컸어. 목에 칼이 들어온다고 해도 겁날 것이 없었잖아……."

"그래……."

"난 고아원에서 나온 애들이 밑바닥에서 기는 걸 못 봐. 형도 그렇잖아."

"그래. 니 말이 맞다."

"정혜도 마찬가지일 거야. 명희도 그렇고. 우린 다 그렇게 컸어."

"……."

"난 이날 이때까지 한 번도 고아원을 잊어본 적이 없어. 형과 내가 사무실 침ㅁ대 바닥에서 잠을 잔 것도 고아원에서 차가운 마룻바닥에서 잔 그 아픈 기억을 잊어버리지 않기 위해서인지 알잖아."

"그만하자. 미안하다."

배호는 춘호의 주먹을 놓으면서 진심으로 사과를 했다.

"그럼 됐어. 난 형한테서 그런 말 듣는 게 싫다. 정혜도 가야. 명희, 너도 고아원에서 어떻게 자란 거 잊어먹지 마라."

"그래. 알아."

"네."

정혜와 명희가 슬픈 듯이 대답을 했다.

"난 형을 믿어. 형이 우리 후배들을 어떻게 강인하게 키우고, 앞으로 우리 조직에서 어떤 인물들로 키우기를 바랐던 거야. 걔들이 크면 우린 나중에 나이가 들어서 걔들이 조직을 훌륭하게 키워나가기를 바랄 뿐이다."

"알았다."

"형!"

춘호는 울부짖듯 배호의 이마에 자신의 이마를 자신의 이마를 갖다댔다. 배호는 춘호의 어깨를 잡아 끌어안으면서 이마를 맞댔다.

"형!"

"그래."

"난 형을 믿어!"

춘호는 격한 울음소리 같은 부르짖음이었다.

"알았다. 네 맘을 내가 몰랐다. 앞으론 이런 일이 없을 거다."

"……."

그제야 춘호는 눈물 젖은 얼굴로 배호를 쳐다보았다. 춘호의 눈가에는 어느새 가느다란 눈물자국이 흘러내리고 있었다.

"그래. 앞으론 절대 이런 일이 없을 거다. 나나 정혜나 명희도. 그리고 우리 조직의 어느 누구도 다시는 이런 실수는 없을 거다."

배호도 침통한 목소리였다.

"그래. 난 형을 따르기로 했어. 이젠 형이 알아서 해."

"고맙다. 내가 니한테 죄를 진 기분이다. 이제 일어나지."

배호는 춘호가 약간 술이 취한 것 같아 일어나려고 했다가 춘호가 팔을 잡아끄는 바람에 다시 자리에 앉았다.

"형. 술 한잔만 더 줘. 난 형이 따라주는 술을 마시고 싶어."

"그래. 나도 한잔 줘라."

배호는 춘호의 잔에 양주를 따라주고는 자신의 잔에도 술을 따랐다. 배호가 술잔을 들어 입으로 가져가려는 순간이었다. 춘호는 양복 주머니에서 칼을 꺼내들었다.

"왜?"

배호가 놀라서 물었다.

"나 형한테 나무란 거……, 미안하게 생각해."

춘호는 순식간에 왼손가락에다 칼을 그었다.

"왜 그래!"

정혜가 벌떡 일어나서 춘호의 팔을 잡았지만, 이미 칼은 춘호의 손가락 하나를 그은 뒤였다. 춘호의 손가락에서는 검붉은 피가 솟아 나왔다.

"형!"

"왜 그러냐? 내가 사과했잖아"

"이건 형과 나와의 약속이야. 다시 잊지 말자고 하는 거다. 형, 알지?"

"……."

배호는 잡았던 춘호의 팔을 놓아주고는 칼을 집어 자신의 손가락을 그었다. 예리한 칼은 배호의 손가락을 그으면서 이내 피가 솟아나왔다.

춘호는 자신의 손가락을 배호 앞에 놓인 술잔 속에 집어넣었다. 배호 역시 방금 전에 춘호가 했던 대로 춘호의 술잔 속에다 집어넣었다.

술잔은 곧 붉게 변해갔다. 피가 술잔 속으로 배어들면서 점점 짙어져 갔다.

"니들 왜 그래? 오늘 정말 왜 그래?"

그들의 모습을 지켜보고 있던 정혜가 놀라서 소리쳤다. 명희는 순식간에 일어난 일들에 대해 어찌할 바를 모르고서 눈물을 흘리고만 있었다.

"난 형을 믿어."

"그래. 나도 너를 믿는다."

"이 술잔 고마워. 형도 마셔."

춘호는 손가락을 빼내 배호의 손가락이 담긴 술잔을 집어 입으로 가져갔다. 그는 단숨에 술잔을 비우고는 다지 술을 따르고는 손가락을 집어넣었다. 술잔은 다시 검붉게 변해갔다.

"이건 정혜가 마셔. 우리의 약속이니까."

"……."

정혜는 춘호가 내민 술잔을 받고선 옆에서 울고 일는 명희를 쳐다보았다. 정혜는 곧 술잔을 비워냈다.

배호 역시 술잔을 비워내고는 술을 따르고서는 다시 손가락을 집어넣었다. 핏물이 흘러내렸다.

"명희야. 이건 내 술잔이다. 내 약속이다."

배호는 울고 있는 명희에게로 다가가서 술잔을 앞에 내려놓았다. 울고 있던 명희는 앞에 놓인 술잔을 바라보고는 이내 집었다.

명희는 옆에 서 있는 배호를 쳐다보고는 순순히 술잔을 입으로 가져갔다.

정혜가 티슈를 집어 춘호와 배호에게 건네주면서 말했다.

"그러지들 마! 춘호 니가 말만 해도 우린 알아들어. 이런 짓은 앞으로 하지마."

정혜가 춘호를 보면서 타이르듯이 말했다. 정혜의 눈에서도 가는 물줄기가 보였다. 그런 모습을 본 배호는 담배를 꺼내 불을 붙였다.

오빠

그들은 잃어버렸던 동심을 되찾은 듯했다. 정말 오랜만의 새로운 각오를 한 셈이었다. 사람은 성공하고 나면 정말 어려웠을 때를 잊어버리는 것이 아닌가. 그러나 춘호는 그러지 않았다. 거기 모인 네 명은 말이 없었지만 눈빛만으로도 서로의 새로운 결의를 알아차릴 수 있었다.

"그래. 다들 고맙다. 앞으로 우리 황제파는 더욱 큰 조직이 될 거다."

춘호의 말이었다.

"이제 자야지. 시간이 너무 늦었어."

정혜의 말에 그들은 자리에서 일어났다.

"난 여기서 자고 갈게. 방 하나 만들어줘. 나랑 명희가 같이 잘게."

"그래. 난 춘호하고 같이 잘 거니까."

배호의 말에 명희는 곧 인터폰으로 지배인을 불러 올려서 특실 룸 두 개를 만들어 놓으라고 지시를 내렸다.

"아니다. 그냥 일반 룸으로 줘라."

배호가 지배인에게 다시 지시를 내렸다.

"아, 네. 알겠습니다."

나이 많은 지배인은 정중하게 인사를 했다.

"곧 내려갈 거니까."

배호는 춘호가 특실 룸을 사용하는 것을 싫어한다는 것을 알고 있었다.

"알겠습니다."

지배인이 룸을 나가고 나서 배호가 춘호에게 말했다.

"내려가자."

룸을 나오자 지배인은 룸 바깥에서 대기하고 있다가 그들이 나오는 것을 보고는 앞장서서 안내를 했다.

30층에서 엘리베이터로 내려온 그들은 지배인이 안내해준 룸으로 들어갔다. 춘호와 배호의 맞은편 룸에는 정해와 명희가 들어갔다.

"잘 주무십시오. 더 시키실 것이 있으면 말씀하십시오."

지배인은 회장과 사장의 앞에서 깍듯이 인사를 하고는 그들을 쳐다보았다.

"됐네. 수고해."

배호의 말에 그는 곧 다시 절을 하고는 룸을 나갔다.

방 안으로 들어선 춘호는 환하게 불이 켜져 있는 벽으로 가서 불을 꺼버리고는 침대 옆의 스탠드로 가서 불을 켰다. 그리고 창가로 가서 커튼을 열어 젖혔다.

창밖은 어둠으로 휩싸여 있었다. 가까운 활주로에는 막 도착한 캐나다 비행기가 지면을 구르고 있는 것이 보였다. 붉은 플라타너스 잎 모양을 그린 동체가 미끄러지듯이 지면을 스치면서 속도를 줄이기 위해서 기수의 방향을 선회하고 있었다.

"……."

춘호는 넓은 영종도 땅에 비행기가 뜨고 나는 곳에 황제파 소유의 거대한 국제관광단지가 자리잡고 있다는 것이 가슴 뿌듯하기만 했다.

공항은 비행기가 뜨고 내리는 일만 하지만 황제파의 국제관광단지는 황금을 거머쥐는 위락단지였다. 하루에 수천 명이 한국을 떠나고 들어오는 국제공항 안에 일급 호텔과 골프장, 그리고 위락시설 단지를 소유하고 있다는 것은 한국 경제의 동맥을 차지하고 있다는 자부심이었다.

"안 자?"

배호는 벌써 옷을 벗어 던지고선 욕실로 들어가려다가 말고 춘호를 보면서 물었다.

"먼저 씻어. 나중에 씻지."

그 말에 배호는 욕실로 들어갔다.

춘호는 담배에 불을 붙이고는 깊어 가는 영종도의 밤을 되새기고 있었다.

"흠. 요시이……."

요시이란 인물은 과연 무엇 때문에 한국에 투자를 하겠다는 건지 그 이유를 알 수 없었다. 더구나 울진이라면 한국에서도 외진 바닷가임에도 불구하고 그곳까지 찾아왔다는 것이 믿어지지가 않았다.

정혜가 말한 것이 얼핏 뇌리에 스쳐 지나갔다.

'어떤 정보를 갖고 있다는 건 무얼 의미하는 거지?'

'그자가 울진에 대한 어떠한 정보를 가질 수가 없지…….'

춘호는 일본 야쿠자가 그런 고급 정보를 알아낼 수는 없는 일이라고 생각했다. 한낱 칼잡이에 불과한 그들이 석유시추에 관심을 갖고 있다는 것도 이상한 일이었다.

'우리도 아직 석유를 캐내지 못하고 있는 판인데, 그들이 돈을 투자하겠다니…….'

춘호는 요시이를 생각하고 있었다. 일본 야쿠자답게 남자다운 기백은 엿보였으나 거대한 석유사업에 눈길을 주고 있다는 것이 만만치 않게 느껴졌다.

'일단 요시이한테서 연락이 오면 속마음을 떠보는 게 좋겠어.'

그런 생각이 들었다.

춘호가 그런 생각을 하고 있는데 배호가 욕실에서 나오면서 말했다.

"아직 그러고 있냐? 샤워나 하지."

배호의 말에 춘호는 창가에서 몸을 돌리며 발가벗은 배호의 알몸을 훑어보며 빙긋이 웃었다. 운동으로 다져진 배호의 아랫배 근육은 무쇠보다 더 단단해 보였다.

"형. 요시이라는 자 말이야."

"응. 왜?"

배호는 머리에 묻은 물기를 타월로 털며 다가왔다. 그의 사타구니에 검버섯 같은 굵은 성기가 힘있게 출렁거렸다. 무성한털 속에서 불쑥 솟아나온 검버섯은 아직 한 번도 여성을 대해보지 않은 무쇠돌이었다.

"요시이, 그자가 왜 울진에 관심을 가지게 됐을까? 한국의 내노라 하는 기업들도 함부로 덤벼들지 못하고 있는 판국에 일본 야쿠자가 덤벼든다는 것이 이상하지 않나?"

춘호는 자신이 궁금해하는 것을 털어놓았다. 조금 전에 정혜가 말했던 것이지만 지금 춘호는 그것이 궁금했다.

"그러게. 아까 정혜 사장도 그렇게 말했잖아. 어떤 낌새를 알아차렸다면 그만한 돈을 투자하는 건 괜찮지만 그냥 그만한 돈을 투자한다는 것도 그렇잖아?"

배호가 하는 말은 일본애들이 무턱대고 투자하지는 않을 거라는 뜻이었다.

"그렇다면?"

춘호가 물었다.

"이유가 있겠지. 우리가 모르지만."

"그게 무슨 뜻이야?"

"일단 만나기로 했다면서? 만나서 이야기를 한번 해보는 것이 좋을 거 같네. 그놈들이 어떻게 알고서 투자를 하겠다는 건지. 안 만나보면 알 수가 없는 거지."

"……."

춘호는 배호가 씨익 웃는 걸 보고서 옷을 벗기 시작했다. 춘호가 옷을 벗는 모습을 보면서 배호는 탄탄한 몸매를 가진 춘호가 부러웠다. 춘호의 알몸은 그야말로 타고난 몸집이라고 할 수 있었다.

"왜 그렇게 봐?"

춘호가 옷을 다 벗고서 얼굴을 들었다가 자신을 바라보고 서 있는 배호를 보면서 물었다.

"그냥. 너도 이젠 틀이 다 잡혔구나."

"형도 그래. 아까 보니까 전에 보다 틀려."

"하하. 중국집에 있을 때 말이냐?"

농담으로 하는 말이었다.

"하하. 그때야 아주 옛날이지. 최근에 봤을 때보다 더 단단해 졌다는 거지."

춘호도 활짝 웃으며 말을 받았다. 그리고는 날렵하게 몸을 틀 어 욕실로 들어갔다. 욕실로 들어선 춘호는 넓은 거울 속에 서 있는 자신을 발견하고는 몸매를 살피고 있었다.

떡벌어진 어깨 밑으로 단단하게 근육이 뭉친 가슴팍이 보였 다. 칼로 찔러도 들어가지 않을 듯한 장딴지는 마치 기둥을 세 워놓은 듯했다. 사타구니 사이로 커다란 방망이가 불쑥 솟아나 있었다.

춘호는 주먹을 쥐어 어깨 위로 올리고선 근육에 힘을 주었다. 어깨에서부터 팔뚝에서 피가 끓어오르는 듯한 팽팽함이 느껴졌 다. 기지개를 켜듯이 머리 위로 두 손을 올리고선 팔목을 맞잡 은 채로 힘을 주었다. 그러자 어디에선가 우두둑하는 소리가 들 렸다.

춘호는 샤워 꼭지를 틀어 찬물을 세차게 나오게 하고선 떨어지는 물 속으로 들어갔다. 차가운 물이 춘호의 머리 위에서부터 흘러내렸다.

샤워를 하면서도 춘호는 요시이라는 인물에 대해서 생각이 끊이질 않았다. 동해안에 있는 울진까지 찾아온 그들이라면 어떤 목적을 갖고 찾아온 것임이 분명하다고 생각되었다.

생각하면 할수록 의문이 생기는 일이었다.

춘호가 물기를 닦아내고 룸으로 들어왔을 때는 벌써 배호가 코를 골고 있었다.

"……."

춘호는 알몸으로 걸어가 창가에 서서 바닷가를 내려다보고 서 있었다.

조용해진 바닷가는 황제호텔과 골프장에서 내뿜는 불빛만이 바다를 검게 비추고 있을 뿐이었다.

담배 한 개피를 다 피우고 난 춘호는 몸을 돌려 침대 밑의 바닥에 드러누웠다. 오랜 시간 동안 그는 맨바닥에서 잤던 습관이 그대로 배어 있었다.

한편, 맞은편 룸으로 들어간 정혜와 명희는 샤워를 하고서 침대에 나란히 누워 있었다.

열려진 창문 사이로 파도소리가 들려오는 듯했다.

바람이 부는지 창문의 커튼이 바람결에 살랑살랑 흔들리다가는 바닷가의 어둠을 들여놓고는 조용해지곤 했다.

"언니."

"응."

"아까 일본에서 투자를 하겠다는 말⋯⋯."

명희는 아까부터 계속 그 생각을 하고 있었다. 정혜와 나란히 누운 침대 위에서도 그녀는 그 일에 대해서 생각하고 있었다.

"왜?"

정혜가 돌아누웠다. 어둠에 싸인 방 안에서 바로 눈앞에 있는 명희의 얼굴이 또렷하게 보였다.

"춘호 회장이 어떤 결정을 할 거 같애?"

"왜? 회장이 쉽게 허락할 거 같니?"

"모르겠어. 일본 조직에서 그렇게 나오는 게 겁이 나. 우리조직을 넘보려는 게 아닐까?"

"하하. 얘는. 일본에서 어떻게 우리 조직을 넘봐? 너도 말 같지 않은 소리를 하니? 내 생각엔 일본에서 울진에서 석유가 날 거 같아서 그런 정보를 알고서 덤벼든 게 아니냐는 뜻이지. 넌 그걸 겁냈어?"

"응. 왠지 불안해."

"걱정마. 춘호 회장도 생각이 있을 거야. 너, 혹시 춘호……,
어떻게 생각하니?"

"뭘?"

명희는 어둠 속에서 정혜의 얼굴을 빤히 쳐다보았다.

"춘호 회장 좋지?"

정혜가 알 수 없는 웃음을 흘리며 물었다.

"그럼 언니는 춘호 회장이 안 좋아?"

"나야 춘호가 너무 멋있으니까 그냥 좋은 거고. 넌, 춘호 회장
을 좋아하는 거 같더라."

"언니도……. 난 그냥 오빠니까 좋아하는 것 뿐이야. 영등포
에 있는 성숙이도, 진란이도, 호숙이도 다 춘호 회장을 좋아하
는 걸 뭐."

"그것 말고."

"……?"

명희는 괜히 얼굴이 달아오르는 걸 느꼈다. 정혜가 어떤 뜻으
로 묻는다는 걸 모를 리 없었다.

"그럼 배호 사장은 어떻게 생각해?"

"배호 사장도 너무너무 좋아. 내가 가까이 있어보니까 참 좋
다는 생각이 들어. 언니는 왜 자꾸 물어?"

"후훗. 그냥. 난 니가 여자로서 좋아하는 거 같아서. 그냥 물

어보는 거야."

"……."

"너, 고아원에 있을 때, 춘호하고 같이 있었잖아?"

"응."

"춘호하고 같이 있어서 좋았겠다. 그래서 춘호도 널 남다르게 생각하는 거 같아서."

"그때는 정말 오빠같다는 생각뿐이었어. 처음에 오빠가 들어왔을 때에 그렇게 맞으면서도 항복 안 하는 기 있지? 코피가 터져서 피를 흘리면서도 이를 악물고 대드는 걸 봤어. 그때. 애들이 여러 명이 한꺼번에 덤벼서 춘호 회장이 많이 맞았어."

"그래?"

"나중엔 한 애만 붙잡고서 마구 패는데 다른 애들이 겁을 먹을 정도였어. 원래 춘호 회장이 작잖아. 그런 회장이 이를 악물고 덤비니까 큰애들이 나중에는 겁을 집어먹고 슬금슬금 달아났어."

"그랬구나……."

정혜는 혼잣말처럼 되뇌이고 있었다.

"그 담부턴 애들이 함부로 못 덤볐어. 우리 같은 여자애들이 남자애들한테 맞으면 춘호 회장이 가만 있질 않았어. 그때부터 여자애들이 춘호 회장만 보면 친오빠처럼 대했어."

"……"

정혜는 명희가 하는 말을 들으면서 스르륵 잠 속으로 빠져들고 있었다.

"난, 춘호 오빠를 좋아하긴 하지만……. 내가 고아원에서 나와서 봉제공장에 들어갔다가 그곳에서 한 남자를 만났거든. 언니, 들어?"

"……"

"언니, 자?"

그제서야 명희는 몸을 일으켜서 정혜의 얼굴을 들여다보았다. 정혜는 벌써 잠이 들어 있었다.

명희는 자리에 누우면서 잠든 정혜의 손을 가만히 쥐었다. 정혜는 명희를 껴안은 채로 곤히 잠들어 있었다. 그녀의 코에서 가는 술내음이 흘러나왔다.

회상

명희는 어둠 속에서도 바로 코앞에 있는 정혜의 얼굴을 들여다보면서 한숨을 내쉬었다. 반듯한 이목구비하며 자기보다 키가 큰 정혜의 몸매를 생각하며 조심스럽게 손을 뻗어 정혜의 허리에 손을 얹었다.

정혜는 나이는 위였지만 명희에게는 마치 친구 같은 느낌을 주는 언니였다.

처음 수원에 있는 황제콜라텍에 들어왔을 때에 명희는 심신이 망가진 상태였다. 수원교도소에 수감돼 있는 남자를 면회하러 갔다가 춘호를 만난 것은, 어쩌면 인생에 있어서 단 한번 찾아오는 행운이라고 할 수 있었다.

명희는 고아원에서 나와 쌍문동에 있는 봉제공장에 들어갔다가 그곳에서 만난 한 남자와 동거생활을 시작했었다. 밤이 늦도록 일해 봐야 시다 월급은 쥐꼬리보다도 못했다. 같은 봉제공장에서 기사로 일하고 있던 나이 많은 그 남자는 명희에게 집요하게 접근했다. 어린 명희는 생각 없이 힘든 생활을 청산하고자 하는 마음에서 멋모르고 동거생활을 하게 되었다. 그러나 그 생활은 나아지기는커녕, 남자의 무절제한 행동으로 인해서 회사에서 잘리고 나서부터 명희 혼자서 돈벌이를 해야 할 처지가 되었다.

명희는 월세를 내지 못해 값이 싼 수원으로 내려와야 했다. 명희가 다시 동네에 있는 봉제공장에 나가서 일하는 동안, 그 남자는 집안에 뒹굴면서 술로 소일하는 것이 일이었다.

그 남자는 낮에는 술로 집안에만 있다가 저녁만 되면 바깥의 포장마차로 나가서 술값 외상을 지고는 새벽녘에서야 집으로 돌아오곤 했다. 그런 생활이 계속 이어지는 가운데 명희는 애를 가졌다가 도저히 낳아서 키울 수가 없을 것 같아서 중절수술을 하고 다시 일터로 나갔던 것이다.

결국 그 남자는 점점 망가져 갔으며, 알콜중독에다 성격이상까지 생겨 걸핏하면 명희에게 손을 대기 시작했다.

밤늦도록 일을 하고 돌아오면 기다렸다는 듯이 명희에게 덤벼들었다.

"이 씨팔년아, 어떤 놈하고 붙었어? 밥도 안 하고 늦게 돌아다녀? 그놈하고 같이 살 거야?"

명희보다 나이가 훨씬 많은 남자는 걸핏하면 그런 식으로 몰아붙이면서 손찌검을 해댔다.

30대 중반의 나이인 그 남자는 이제 열일곱 살의 명희가 돈을 벌어오는 것에 대한 자괴감이 겹치면서 정신이상 증세까지 나타냈다. 어린 명희로서는 한 남자의 아내로서 악착같이 살아 보겠다는 일념으로 봉제공장에 다니는 것도 트집의 대상이 되었던 것이다.

그 남자는 걸핏하면 명희의 아랫도리를 벗기고 나서 딴 놈과 눈이 맞았냐면 서 검사를 하곤 했고, 결백을 주장하는 명희에게 폭력을 휘두르며 남자로서의 위신을 세우는 것으로 그날의 매질이 그치곤 했었다.

얼굴과 온몸에 멍이 들 정도로 맞고 나면 명희는 세상이 온통 저주스러웠다. 어린 시절 고아원에 버려졌고, 그곳에서도 설움을 받으면서 자랐던 그녀는 황 총무의 못된 짓에 처녀성을 잃어버리고 나서 밤마다 황 총무의 시달림을 받아야 했다. 그녀는 어린 나이에도 고아원을 나가는 것이 천국일 것만 같은 심정이었다.

춘호와 희준이 고아원을 도망치고 나서 고아원 아이들이 도망치자는 요구에 같이 따라 밖으로 나왔지만 마땅히 갈만한 데가 없었다. 뿔뿔이 흩어진 그들은 사회에서도 버려진 아이들이었다. 길가의 신문팔이에서부터 앵벌이 조직으로 들어가기도 했고, 다행히 운이 좋아 명희는 봉제공장으로 들어가서 허드렛일을 도와주는 시다 일을 했다. 처음에는 옷감을 날라주는 일을 하다가 미싱을 밟는 언니 옆에서 실밥을 뜯어주는 시다의 일을 하다가 봉제기술을 배워서 제법 월급을 받을만한 나이가 되었을 때, 나이 많은 기사의 일을 하고 있던 남자의 유혹을 받았던 것이다.

명희는 미싱 페달을 밟으면서 받은 월급을 모아두었던 것도 남자의 실직으로 다 까먹고 나서 월세마저도 낼 형편이 못 되어 기어코 방값이 싼 수원으로 흘러들었던 것이다.

이삿짐이래 봐야 방 한켠에 놓아둘 수 있는 간이옷장 하나와 중학교 검정고시를 준비하는 책 다섯 권 정도가 전부였다.

수원으로 이사를 하고 나서부터 남자는 더욱 광기를 드러냈다. 술에 취하면 주먹질에서 멈추지 않고 명희의 손과 발을 묶어놓고서 아랫도리를 내리고선 검사를 한다는 식으로 온몸을 샅샅이 살피기 일쑤였다. 치욕스러워 그만 하라는 명희의 말에 그 남자는 더욱 매질을 가하면서 다른 남자와 눈이 맞았을 거라면서 증오의 매질을 가하곤 했다. 심지어는 칼을 앞에 놓고 죽여버리고 나서 자신도 죽겠다는 협박을 했다. 또 소주를 사가지고 와서 약국에서 사온 쥐 약봉지를 넣고선 같이 마시자고 한 적도 있었다.

밤마다 악몽의 연속이었다.

차라리 배가 고픈 고아원에 있을 때가 더 행복하다는 생각이 들 정도였다.

아침이 되면 피멍이 든 얼굴로 쌀을 씻어 밥을 지어놓고는 남자를 깨우고 나면, 남자는 언제 그랬느냐는 듯이 명희의 얼굴에 난 상처를 바를 약을 사러 나가곤 했다.

그 남자는 자신이 더 이상 직장을 잡을 생각은 않고는 명희가 일을 나가서 돈을 벌어오기만을 기다리는 그런 남자였다.

명희가 밤늦게 파김치가 돼서 집에 돌아오면, 남자는 어질러 놓은 술병들과 같이 잠깐 눈을 붙였다가 명희가 돌아오면 다시 한눈을 팔았을 거라는 식으로 매질이 시작되었다. 남자의 자괴 감에서 나오는 매질이었다. 한번 시작된 매질은 온갖 고문으로 이어지다가 밤이 새도록 계속되었다.

명희가 딴 남자랑 정을 통했다는 자백이라도 순순히 실토하 기를 바라는 남자는 명희가 그저 맞고만 있는 것도 불륜에 대한 죄책감일 것이라고 단정하고서 더욱 기승을 부리면서 온갖 고 문을 다했던 것이다.

"오빠, 이러지 마. 나 안 그랬어. 정말이야."

"뭐? 오빠? 너, 지금 나보고 오빠라고 그랬어? 내가 누구야? 니 남편인데도 오빠라고 부르는 건 그만큼 정이 없다는 거야. 너, 바람 피웠지? 그런 데서 일하는 놈하고 붙어봐야 나 같은 놈이야. 그런 놈하고 눈을 맞춰? 에이, 쌍년아!"

남자는 멋대로 추측하고 상상해서 명희에게 더욱 심한 매질 을 가했다. 날이 갈수록 그 남자의 그러한 증세는 더욱 심해져 갔다. 나중에는 명희가 밤새도록 얻어맞아서 아침에도 못 일어 나면, 그 남자는 자신한테 고집을 부린다고 하면서 다시 매질을 가해왔다.

그런 생활의 연속이었다.

그동안 명희는 두 번의 낙태를 했고, 남자로부터 맞아서 기절한 적도 수없이 많았다. 기구한 운명의 팔자려니 하면서 죽지못해 살아가는 그녀로서는 남자가 슈퍼에서 소주를 도둑질하다가 경찰서에 잡혀 가면서 매질은 그쳤다. 그렇지만 교도소에 넘어간 그는 결국 폐인이 되고 말았다.

명희가 교도소에 면회를 가면 히죽히죽 웃으면서 먹을 것을 넣어달라며 애원을 하기도 했다. 또 명희에게 누님이라고 부를 때도 있었다. 교도소에서도 정신이상자로 취급해서 그의 가슴에 달려 있는 수번에는 정신이상자라는 글자가 씌어져 있었다.

명희는 일터에서 잠깐 시간을 내어 면회를 가곤 했다. 하지만 사장은 일할 시간에 일터에서 빠져나가는 명희가 성실하기는 했지만, 일의 흐름을 끊는다는 것 때문에 더 이상 명희를 데리고 쓸 수가 없다고 했다. 그러자 명희는 더 이상 일터에서도 나와야만 했다.

명희는 정신이상자가 돼버린 남자를 면회하고 나오다가 춘호를 만난 셈이었다. 면회장에서 처음에는 서로 알아보지 못했다가 우연히 고아원에서 그토록 따랐던 춘호 오빠라는 것을 알고는 얼마나 반가웠는지 몰랐다.

수원에서의 생활은 그녀에게 있어서 천국이었다. 고아원에서 나온 춘호와 배호가 있었고, 고아 출신은 아니지만 정혜 언니가 있어서 오붓한 가족 같은 분위기였다.

그동안 명희는 고아원에서 나와 사회의 밑바닥 인생을 살았던 것을 누구에게도 말하지 않았다. 그만큼 그녀는 상처가 깊었었다. 마치 가슴에 커다란 화상을 입은 것처럼 누구에게도 숨기고 싶었다.

이제 그녀는 검정고시를 거쳐 체육대학을 수석으로 졸업하고 나서 국제관광단지의 비서로 있으면서 지난날들은 다 잊어버리고 싶었다. 현재의 그녀는 어렸을 때의 상처란 가슴 깊숙한 곳에 아련한 흔적으로만 남아 있을 뿐이었다.

상처

사람이 살아가는 데에 배고픔보다 더 아픈 기억이 있을까.

그리고 잘못된 만남에서 극심한 매질을 당해야만 했던 그녀는 두 번의 아픈 기억이 남아 있었다.

명희가 수원의 콜라텍을 떠나서 영등포에 있는 콜라텍에서 일할 때에 체육대학에 진학했다. 그때 남들보다 열심히 공부한 것도 어쩌면 불행한 과거에 대한 아픈 기억들을 씻어 버리기 위한 몸부림이었을 것이다.

명희는 수석으로 졸업한 뒤에 민족교 재단의 방송국에서 실무행정을 배우고 나서 다시 국제관광단지의 비서실장을 맡고 있는 중이었다.

한 달에 한번 쉬는 날을 택해 그녀는 청주로 내려가곤 했다. 비서실에 같이 근무하는 숙향이 운전을 했다. 명희는 내려가는 동안에 그녀는 늘 우울했다.

자신의 아픈 과거를 땅 속 깊이 묻어버리고 싶었지만 한 때의 실수로 인해 생긴 아픔을 모른 척하고서 살아갈 수가 없었던 것이다. 청주정신감호소에 도착해서 수감돼 있는 남자를 면회하지는 않았다.

"실장님, 누구세요?"

숙향이 물었지만 그녀는 그냥 웃을 뿐이었다.

"불쌍한 사람이야. 그래서 돌봐주고 있는 거야."

명희는 면회실 한쪽에 있는 영치물 넣는 곳으로 가서 먹을 것들과 돈을 숙향의 이름으로 넣어주고는 다시 서울로 돌아오곤했다. 면회를 갔다온 날이면 그녀는 밤새도록 악몽을 꾸곤 했다. 아직도 그녀는 어린 날의 흔적을 지우지 못하고 있었다.

그 뒤로 명희는 가끔씩 청주정신감호소로 돈을 부쳐주곤 했었다. 직접 그곳에 가서 돈을 넣어주지는 못했지만 신공항에 입주해 있는 우체국 우편환을 통해서 교도소 안으로 돈이 들어갈 수가 있었다. 그것만이 그녀가 할 수 있는 일이었다.

마음에 남아 있는 죄를 씻기 위해서 쉬는 일요일에는 교회에 나가 기도를 했다. 민족교의 이사로 등재돼 있었지만 교회에 나가는 일은 아무도 모르는 일이었다. 혼자 사는 아파트 바로 옆에 있는 시골 교회로 나가 조용히 기도를 하면서 지난날들을 회개하고 있었다.

오늘밤 명희는 남달리 가슴이 설레었다. 이유를 알 수가 없었다. 모처럼 올라온 춘호와 정혜가 있는 자리에서 명희는 남달리 가슴이 헝클어지는 듯한 복잡함을 느껴야만 했다.

정혜는 배호나 춘호와 같이 있을 때는 마치 동창생 같다는 생각이 들었다.

정혜 언니가 그들과 같이 서로 허물없이 대화를 하는 모습을 보면서 명희는 때때로 부러움을 느끼곤 했다. 춘호가 자신을 남달리 감싸주고 있다는 것을 느끼면서도 그들 속에 끼어들지 못하는 자신을 발견하곤 했다. 그것은 바로 춘호나 배호와 같이 순수하지 못했던 자신의 지난날들이 그녀의 발목을 잡고 있었다.

춘호와 배호는 황제파를 일으켜 세우기 위해서 불철주야 오로지 조직을 위해서만 살아왔던 사람들이라면 자신은 한 남자를 사랑해서 가정을 꾸며 보려고 애를 쓰다가 망가진 인생이라는 것이 뇌리에 깊이 박혀 있었다.

그녀는 새로운 생활을 시작하고 있었지만 지난날의 기억은 영원히 숨겨지지 않을 상처일 뿐이었다.

"……."

정혜 언니가 새근새근 가는 숨을 내쉬며 잠들어 있는 동안에 명희는 멍하니 누워서 창밖의 어둠을 바라보고 있었다.

모든 것이 제대로 흘러가고 있음에도 불구하고 자꾸만 불안한 생각이 머릿속에 남아 있었다. 그럴수록 정혜의 손을 꼭 잡았지만 답답한 마음은 어쩔 수가 없었다.

그녀는 조심스레 일어나 욕실로 들어가서 거울 속에 비친 얼굴을 들여다보았다. 세련되고 날씬한 얼굴이 거기 있었지만 자신의 진짜 얼굴이 아닌 것처럼 여겨졌다. 고아원에 있을 때의 펴지지 않은 엉성한 얼굴이 진짜 얼굴이거나 봉제공장에 일하면서 알게 된 남자와 같이 살면서 생활고에 찌든 삶의 모습이 진짜 자신의 얼굴인 것 같았다.

그녀는 지금 연극에 나오는 배우 같다는 생각이 들었다.

인생이란 흐르는 물과 같다는 말처럼.

거울 속에 비친 아름다운 얼굴은 그동안 자신이 많이 변했다는 것을 의미했다. 최고의 일류 회사에 비서실장으로 있으면서 심심할 때면 백화점에 가서 쇼핑을 할 수 있는 그녀는 예전의 자신의 모습이 아니라고 생각했다.

그녀는 서울 명동에 내놔도 부끄럽지 않을 정도의 세련된 얼굴이었다. 명희는 대기업인 국제관광단지 사장의 비서실장이 된 그러한 위치에 있었지만, 그녀는 아직도 고아 출신이라는 굴레에서 벗어나지 못하고 있었다.

"……."

그녀는 거울 속의 자신을 들여다보며 입고 있는 가운을 흘러내렸다. 거울 속에 드러난 몸매는 탐스런 과일과도 같았다. 봉긋하게 솟아오른 젖가슴과 목에서부터 뻗어 내린 팔은 가는 꽃나무와도 같았다.

체육대학에서 4년 동안 운동으로 다져진 몸을 명희를 몰라보게 만들어 놓았다. 여자의 가장 전성기랄 수 있는 20대 초반에 몸의 균형이 잡혀진 것이었다. 허리에는 군살 하나 없을 정도였다. 쭉 뻗은 다리는 하이힐을 신을 때마다 시원스런 느낌을 주곤 했다.

배호 사장의 비서실에 있으면서 총무과에 근무하는 강 현만 차장의 은근한 청혼을 받았다. 하지만 명희는 그 남자의 청혼에 가까운 프로포즈를 받아들이지 않았다.

명희는 그에게 어디까지나 사무적인 태도로 대했다.

"명희 씨, 애인 있어요?"

"아뇨."

"그런데 저녁 한 끼 식사도 못해요? 맨날 그렇게 직원을 대하듯이 하니까 제가 쑥스럽습니다."

강 차장은 그동안 미뤄왔던 마음을 내보였다. 명문대 영문학과를 나와 총무과에서는 인재라고 할 수 있는 사람이었다.

"그런 거 아니예요. 결혼 같은 거 생각해보지 않았어요."

명희는 회사의 두뇌인 강 차장을 무시하지는 않았다. 그 사람의 청혼에 가까운 프로포즈를 받아들일 수 없는 자신을 나무랄 뿐이었다.

"언제 한번 진지하게 대화할 수 있는 시간이 있었으면 좋겠어요. 비서실에서만 만나니까 솔직한 마음을 풀어놓을 수가 없는 거 같습니다. 시간 있으시면 저한테 한번 연락주세요. 되겠죠?"

그는 일류대를 나온 사람답지 않게 솔직한 면이 있었다. 비서실을 거쳐 사장실로 들어갈 때마다 그는 명희에게 눈인사를 보내오곤 했다. 그리고 사장실을 나갈 때에도 명희가 있는 비서실에 들러 커피를 마시고 나서 총무과로 가곤 했지만 명희는 일부러 그에게 따뜻한 눈길 한번 던져주지 않았다. 명희는 마음이 아팠지만 그렇게 할 수밖에 없었다.

"……."

명희는 침대에서 일어나서 조용히 창가로 다가갔다. 커튼이 바람에 펄럭이는 것을 잡고서 바깥을 내려다보았다.

신공항 주변은 온통 불빛으로 대낮처럼 환하게 밝아져 있었다. 적막한 활주로가 보였다. 새벽에 출항하기 위해 대기하고 있는 비행기의 커다란 동체가 괴물처럼 버티고 서 있는 것을 볼 수 있었다.

호텔 건물 아래쪽에는 밤늦게 투숙하려는 투숙객이 탄 택시가 미끄러지듯이 들어와서 두 남녀를 내려놓고는 바람처럼 나가버렸다.

"……."

오늘따라 명희는 진한 쓸쓸함을 느꼈다. 누군가 곁에 있어서 위로를 받을 수 있었으면 좋겠다는 생각이 들었다. 그러나 자신의 의지가 그걸 받아들이지 않는다는 것을 누구보다도 자신이 먼저 알고 있었다.

핸드백에서 담배를 꺼내 불을 붙였다. 그녀는 캄캄한 밤하늘을 올려다보며 연기를 내뿜으면서 다시 지난날의 추억 속으로 젖어들고 있었다.

고아원에서 밤이 깊은 새벽녘에 누군가 자신의 허벅지 위에 짓누르는 듯한 중압감에 눈을 떴다가 입막음을 당했었다.

"쉬이. 조용히 해."

황 총무였다. 그의 목소리만 듣고서도 명희는 금방 알아차릴 수 있었다. 고아원에서 밤중에 어른의 목소리를 내는 사람은 황 총무밖에는 없었다.

명희는 이미 발가벗겨진 아랫도리를 끌어올리기 위해 손을 내렸지만 황 총무의 넓은 손바닥에 의해 강제로 떠밀려졌다.

"조용히 하래도. 말 안 들어? 쉬이!"

황 총무는 손가락 하나를 입에 갖다대고선 엄포를 놓았다. 그리고 그는 어린 명희의 다리를 벌리고선 커다란 몸뚱이를 포개왔다. 소리를 지를 수도 없는 상황에서 어린 그녀는 아픔을 참으려고 이를 악물었다.

그의 무지막지한 몸놀림을 거역했다가는 고아원에서 밥도 굶을 거라는 공포에 그녀는 몸을 바들바들 떨어야만 했다.

그 다음날부터 황 총무는 밤마다 아이들이 잠든 틈을 타서 몰래 방으로 들어왔다. 황 총무가 밖으로 나오라고 그랬지만 명희가 꼼짝도 하지 않자, 그는 아이들이 잠자는 방 안에서 그 짓을 했던 것이다.

고아원에서는 남자애들만 몰랐을 뿐이지, 고아원에 있는 여자애들은 거의가 한번씩 황 총무의 노리개가 되었다. 그는 돌아가면서 여자애들을 건드렸다. 그걸 고자질할 여자애는 아무도 없었다.

어린애들이 고자질할 대상은 원장밖에 없었다. 하지만 원장의 신임을 얻고 있는 황 총무의 권세가 무서워서 감히 고자질할 꿈조차 꾸지 못했던 것이다. 차라리 고자질하기보다는 밤에 몰래 고아원을 탈출하는 것이 더 낫겠다고 생각했다.

명희는 결국 춘호와 희준이가 새벽에 고아원을 탈출한 뒤. 며칠 지나서 여러 명이 동시에 탈출하는 대열에 낄 수 있었다.

새벽에 황 총무가 옆방에 들어갔다가 나와서 자신의 방으로 들어가서 잠든 틈을 타서 여자애들은 정든 고아원의 얕은 철조망 사이로 도망쳤던 것이다.

"……."

명희는 담배 연기를 길게 내뿜었다. 어린 시절의 아픈 기억을 생각하며 연기만큼이나 속이 답답했다. 그녀는 연거푸 두 개피의 담배를 피우고는 잠자리에 들었다.

명희의 뇌리 속에는 춘호의 얼굴만 어른거릴 뿐이었다.

명희

다음날 아침, 일찍 잠에서 깨어난 춘호는 일찌감치 조깅에 나섰다.

"잘 주무셨습니까?"

호텔 현관에는 이미 정만과 은수, 영호가 기다리고 있었다. 그들 역시 춘호가 간밤에 많은 술을 마셨다고 하더라도 아침 운동을 게을리 하지 않는다는 것을 알고는 트레이닝복으로 갈아입고서 대기하고 있었다.

"그래. 어젯밤에는 술을 많이 마신 것 같다."

춘호가 뛰기 시작했다. 그러자 그들도 춘호의 뒤를 따라 뛰기 시작했다. 그들 일행이 호텔 앞을 빠져나가려고 했을 때였다.

"회장님."

막 호텔에서 트레이닝복 차림의 명희가 뛰어나왔다. 명희는 간단한 화장을 한 채로 그들에게로 뛰어왔다.

"안 잤나? 혼자야?"

"네. 정혜 언니는 자요."

"그래. 같이 뛰자!"

춘호는 앞장서서 뛰기 시작했다. 명희는 춘호 옆에 서서 뛰기 시작했다.

호텔을 빠져나가자, 곧바로 해안도로를 만날 수 있었다. 새벽어둠이 걷힌 바닷가는 회색빛깔을 띠고 있었다. 뿌연 안개가 끼어 있는 도로를 따라 솔밭 사이를 달리기 시작했다.

춘호는 명희가 따라올 수 있게 일부러 천천히 뛰었다. 하지만 명희 역시 운동을 전공했으므로 조깅 정도는 무난히 따라오고 있었다.

"정혜 사장도 어제 술 많이 마셨지?"

"네. 조금."

"잠은 충분히 잤나?"

"네"

춘호는 바다를 바라보며 뛰었고, 명희는 옆에서 뛰고 있는 춘호의 얼굴을 보면서 뛰었다. 그 뒤를 따라 은수와 정만이 그리고 영호가 대화를 하면서 뒤따라왔다.

솔밭 끝까지 뛰어갔다가 다시 솔밭을 돌아 나오면서 춘호는 바닷가 백사장으로 내려갔다. 명희는 춘호를 따라 백사장으로 뛰었다.

"회장님도 어제 술 많이 마셨잖아요?"

"그래. 그래도 조깅은 해야지."

춘호는 바다를 보며 서서 심호흡을 하고 있었다. 호텔에서부터 솔밭을 돌아 나온 거리는 4킬로미터 정도가 되었다.

춘호는 이마에 솟기 시작하는 땀을 손바닥으로 쓱 문지르고서는 바닷물 속에다 손을 집어넣었다. 그리곤 바닷물에다 세수를 했다.

"너도 해봐. 시원해."

"아니예요. 전 바닷물에 세수 못하잖아요."

"왜? 하하. 여자라서?"

춘호는 일부러 웃음을 지었다.

"이런 물에 세수를 하고 나면 얼굴이 터요."

"하하. 고아원에선 겨울에 찬물에다가 세수를 했지. 그때 생각 안 나? 손이 꽁꽁 얼 것 같았는데 뭘."

"그때는 그랬지만……."

명희는 옆에 있는 춘호를 빤히 쳐다보면서 웃었다.

"너도 시집가야지? 안 갈래?"

"회장님은 안 가요?"

"나야 뭐 이런 일을 하다 보니까 갈 생각이 없는 거지. 여자야 때가 되면 가는 게 낫지. 애인 하나 못 만들었나?"

춘호는 농담 삼아 말을 던졌다.

"애인 하나 만들어줘요. 그러면 시집갈게요."

"정말?"

"……."

명희는 그저 웃기만 했다

"정말이지? 애인 하나 생기면 간다는 거지?"

"……네."

"그럼 배호 형이 어때? 형도 결혼할 나이가 되었고 너도 가야잖아."

"배호 사장을요?"

명희는 놀란 듯이 그를 쳐다보았다.

"왜? 어때? 사장하고 있으니까 됐지. 둘이 정말 잘 어울릴 거 같은데."

춘호는 입가에 웃음을 지으면서 물었다.

"안 그래요. 배호 사장님은 좀 더 나은 여자하고 결혼해야 돼요. 요즘 예쁘고 많이 배운 여자들이 많은데요 뭐."

"하하. 넌 안 이쁘냐? 그만하면 됐지."

"회장님은 절 이쁘다고 생각하세요? 전에 고아원에 있을 때, 얼마나 못 생겼는지 알잖아요."

"하하. 그때는 못 먹고 어렸을 때고. 지금은 너도 많이 이뻐졌잖아. 배호 형도 너를 좋게 생각할 걸?"

"그렇지 않아요. 전 그냥 비서 일만 할뿐인데요 뭐. 사장님은 훨씬 더 이쁜 여자하고 결혼해야 돼요. 학교도 좋은 데 나오고, 양부모들도 있고, 집안이 든든한 여자하고 결혼하면 딱 맞을 거

560

예요. 사장님은 비록 부모님이 안 계시지만 관광단지 사장이면 충분한 거 아니예요?"

"그래. 맞다! 고아라도 고아 나름이지. 배호 형은 그만하면 됐어. 이때까지 열심히 살아왔으니까."

"배호 사장님이 결혼하고 싶다고 그러세요?"

"몰라. 넌 그런 거 안 물어보냐?"

"비서가 어떻게 그런 걸 물어봐요. 그냥 사무적인 이야기만 해요."

"그래? 어렸을 적에 고아원에서 자랐던 이야기들도 많을 텐데? 그런 이야기만 해도 한참 할 텐데?"

"사장님도 그런 이야기는 안 해요. 저도 하고 싶지 않고요."

"왜?"

춘호는 힐끔 명희를 돌아보았다. 명희는 넋 잃은 사슴처럼 먼 바다를 향해 눈길을 주고 있었다.

"……."

명희는 바닷물 속에 손을 집어넣어 물을 움켜 집었다가 놓아 주곤 했다.

"명희야!"

춘호가 부드럽게 불렀다.

"……네."

"우린 행복이 먼 곳에 있다고 생각했지. 고아원에 있을 때 말이야. 그런데 행복은 먼 곳에 있는 게 아니야. 가까운 데서 출발하는 거야. 내 말 알아듣겠냐?"

"……."

"나를 잘 봐."

춘호는 명희가 자신을 쳐다보기를 기다렸다가 말을 꺼냈다.

"우리가 고아원에서 자랐기 때문에 지금 이런 자리에까지 온 거야. 사회 밑바닥에서 출발해서 손가락을 잘리면서까지 우리는 배가 너무 고팠어. 한푼의 돈을 벌기 위해 껌을 남의 허벅지 위에다가 던져놓고 구걸하듯이 배고픈 말들을 씹어냈어. 그래야 사람들은 불쌍하게 생각해서 껌을 사줬잖아. 그 돈으로 자장면을 실컷 사먹고 싶었던 것이 바로 어제야. 벌써 우리가 이만큼 커버렸어. 명희, 너도 벌써 늘씬한 아가씨가 됐고. 정혜도 내가 술집에 있을 때엔 대학을 다니면서 술집으로 왔지만 지금은 너처럼 멋진 아가씨가 된 거고. 지금은 사장이잖아."

"회장님."

"응?"

"정혜 언니 이쁘죠?"

"그건 왜?"

춘호는 명희의 말에 난처해졌다.

"정혜 언니 참 좋아요. 마음씨도 좋고. 춘호 회장님이나 배호 사장님과 가깝게 지내기도 하고요. 마치 세 사람이 모이면 같은 고아원에서 자란 것 같아요. 그래서 전 언니가 더 좋아요."

"……."

"전 언니가 먼저 결혼했으면 싶어요."

"……."

"어젯밤에도 언니보고 결혼하고 싶지 않냐고 물어보고 싶었어요."

"……?

"언니가 일찍 자버려서 나 혼자 늦게 잠들었어요. 어제 술을 많이 마셨나 봐요."

"……."

"전 결혼 같은 거 안 하고 싶어요."

명희가 쓸쓸하게 말했다.

"왜? 무슨 이유라도 있냐?"

"그런 거, 없어요."

"그럼? 고아라는 것 때문에 못 한다는 거야?"

"그런 건 문제가 되지 않아요. 결혼에 그런 게 무슨 문제가 되겠어요."

"그럼 왜 안 하겠다는 거지?"

춘호는 질문을 던져놓고는 바다 쪽으로 시선을 주었다. 벌써 해가 떠오르는지 바닷물이 환하게 밝아지고 있었다.

"그건 모르겠어요."

"……."

춘호는 트레이닝복에서 담배를 찾다가 담배가 없음을 알고 말했다.

"이제 들어가자. 난 아침에 문광부에 들어가 볼 일이 있어. 너도 출근해야 되고."

"네."

명희도 따라 일어나면서 춘호를 쳐다보았다. 그러나 춘호는 이미 발걸음을 옮겨놓고 있었다.

다시 솔밭에서 조깅을 하기 시작했다. 춘호가 맨 먼저 달렸고, 명희는 춘호 뒤에서 뛰기 시작했다.

호텔에 도착한 그들은 간단하게 샤워를 하고는 춘호가 잤던 룸에서 식사를 했다. 간밤에 술을 마셨던 전원이 모인 자리였다.

"오늘 내려가나?"

배호가 물었다.

"한 이틀 있다가 가지. 오늘은 유 과장을 만났다가 영등포에 들러서 성숙이하고 이야기도 좀 해보고 훈련원에도 가봐야지."

춘호는 무엇보다 후배들이 열심히 체력단련을 하고 있을 영등포에 있는 훈련원에 더 관심이 많았다. 그가 강조하는 것은 고아원에서의 잘못 박힌 습관을 고치는 것이었다. 즉 남에게 비굴한 모습을 보이는 것과 나약한 습성을 없애는 데에는 무지막지한 체력 훈련을 통해서 나도 할 수 있다라는 자신에 대한 확신을 심어주는 것이었다. 또 지적인 능력을 갖추기 위해서는 검정고시를 통해서 체육대학을 거치도록 하는 것이 그의 꿈이었다.

"그럼 나도 같이 갈까? 나도 훈련원에 들러서 애들이 훈련받는 모습을 보고 싶고."

배호는 춘호와 같이 영등포에 들러볼 생각이었다.

"사장이 자리 비워도 되나?"

"하하. 그거야 명희가 잘하니까 급한 일이 있으면 나한테 직방으로 연락이 올 거고. 그러면 됐지 않나? 나도 하루쯤 회장하고 같이 있고 싶지. 그리고 영등포에 가본지 오래 됐다. 이참에 가보고 싶기도 하고."

배호는 명희를 든든한 비서로 여기고 있었다. 그러므로 명희를 믿고 있었다.

"그럼 그러지."

"그럼 나도 갈게."

정혜의 말이었다.

"방송국은?"

춘호가 물었다.

"영등포에서 엎어지면 코 닿을 데니까 거기 있다가 금방 갈 수 있잖아."

"좋아! 성숙이가 좋아하겠네."

춘호는 기분이 좋았다. 그래도 한 식구처럼 지냈던 터라 의리가 남아 있는 것이 무엇보다 든든하게 여겨졌다.

성숙

아침 식사를 마친 그들은 호텔 밖으로 내려왔다. 명희는 미리 배호 사장의 차를 준비시켜 놓았다.

춘호가 타고 온 에쿠스와 배호가 탄 차 그리고 그의 보디가드 들이탄 차가 번쩍거리며 서 있었다. 명희는 그들이 차에 올라타는 것을 지켜보면서 춘호가 타고 있는 차로 다가왔다.

"회장님. 언제 또 와요?"

조금 열려진 창문 밖에서 명희가 웃으면서 물었다.

"일 잘해. 울진에 내려가면 한참 걸리겠지."

"……."

차가 움직이기 시작하자, 명희는 춘호의 차를 지켜보고 서 있었다. 바로 뒤차에 탄 배호가 창문을 열어 명희에게 손짓을 해 보이고는 차들은 호텔을 일렬로 빠져나갔다.

차가 보이지 않게 되자, 명희는 멍하니 서서 차가 사라진 쪽만 바라보고 있었다.

호텔에서 본관 건물 쪽으로 걸으면서 그녀는 왠지 모르게 서운하기만 했다. 차라리 수원의 콜라텍에서 생활할 때가 더 행복했었는지 모른다고 생각되었다. 호텔에서 본관 청사까지는 불과 200여 미터밖에 되지 않았지만 명희는 일부러 꽃밭이 조성돼 있는 꽃길을 지나서 국제관광단지 청사 건물로 들어갔다.

아직 출근시간이 이른 시간이라선지 건물 안에 있던 수위가 놀란 듯이 일어나면서 거수경례를 붙여왔다.

"웬일이십니까? 일찍 나오셨습니다."

"방금 회장님하고 사장님이 서울로 출발하셨어요."

"네에."

명희는 수위의 앞을 지나 엘리베이터가 있는 곳으로 걸어갔다. 그녀의 걸음걸이는 왠지 모르게 힘이 빠져 있는 듯했다.

비서실장실에 들른 그녀는 책상에 앉아 물끄러미 바깥을 내다보다가 힘없이 일어나서 캐비닛을 열었다. 그 속에 든 옷을 꺼내 갈아입고는 다시 책상에 앉았지만 그녀의 생각은 딴 데 가 있었다.

"……."

오늘따라 왜 이렇게 쓸쓸해질까. 그녀는 잠시 그런 생각을 하다가 문득 생각이라도 난 듯이 수화기를 집어들어 다이얼을 누르고는 귀에 갖다댔다.

"네."

성숙의 목소리였다.

"응. 나야. 벌써 출근했니?"

"아침 일찍 웬일이야? 넌 출근한 거니?"

성숙은 반가운 목소리였다.

"응. 방금 전에 춘호 회장과 우리 사장이 같이 출발했어. 정혜 언니도."

"그래? 이쪽으로?"

"응. 어젯밤에 여기서 자고 갔어. 같이 술을 마시고."

그렇게 말하는 명희는 목소리는 아직도 진한 쓸쓸함이 배어 있었다.

"그래? 춘호 회장님이 올라오셨구나. 그럼 너도 같이 술을 마신 거야?"

"응."

"그럼 나도 부르지. 밤엔 잠깐 비워놓고 그쪽으로 가도 되는데. 다른 사람은 안 불렀니?"

성숙은 약간 아쉬운 듯이 물었다. 다른 콜라텍 사장들은 안 불렀는가를 묻고 있는 중이었다.

"응. 그냥 우리만 술 마셨어. 춘호 회장님이 밤에 도착했기 때문에 나하고 사장님이 기다리고 있었어. 정혜 언니는 나중에 도착했고."

"근데, 지금 출발했다고? 내가 전화해 볼까?"

"조금 전에 출발했어. 전화해봐. 넌 요즘 어떠니?"

"후훗. 나야 뭐 맨날 그렇지 뭐. 여긴 매상이 많이 올라서 요즘은 바빠. 그리고 훈련생들한테 검정고시를 가르치기 위해서 훈련원 안에다가 정식으로 학원을 만들었거든."

"학원을?"

"응. 그냥 일반 학원이 아니라, 훈련원 안에다가 학원같이 만들어놓은 거야. 외부에서 일류 강사들을 초빙해서 가르치는 거야. 우리 훈련원생들만 가르치는 거지."

"그렇구나. 넌 잘하네."

"뭐가?"

성숙은 웃고 있었다.

"춘호 회장이 그런 걸 좋아해. 훈련원에서 애들이 훈련을 충분히 못 받고 배치를 받는다고 하니까 성을 내던데……."

"그랬어?"

성숙이 놀란 듯이 물었다.

"어젯밤에 춘호 회장님과 배호 사장님이 손가락을 그었어. 양주잔에다가 피를 빼서 마셨어. 나하고 정혜 언니도 마셨고."

"왜? 훈련원생들이 충분히 훈련받지 못하고 배출된다는 것 땜에?"

"응."

"으응. 그거야 할 수 없었어. 한 달에 백 명이 넘게 올라오는데 오피스텔도 이젠 좁아서 충분히 교육을 시킬 수가 없는데 뭘.

그래서? 춘호 회장님이 화가 났다는 거야?

"응."

"알았어. 이야기 해줘서 고맙다. 이따 회장님이 오면 그런 걸 보고할 거니까."

"그래. 잘 이야기해. 아마 훈련원 안에 학원을 만들었다고 하면 좋아할 거야."

"으응. 고마워. 넌 잘 있지?"

그제야 성숙은 명희에게 안부를 물었다. 그동안 자주 통화를 하곤 했지만 막상 만날 시간이 없는 그들이었다. 명희는 밤늦게 퇴근을 하지만 성숙은 콜라텍이 저녁부터 문을 열기 때문에 서로 쉬는 시간이 엇갈려서 통화조차도 힘들 때가 있었다.

"그래. 담에 또 연락할게. 끊는다."

"응. 고마워"

성숙은 전화를 끊고 나서 부사장인 하 동우를 급히 불렀다.

"불렀습니까?"

"응. 앉아"

운동으로 어깨가 떡 벌어진 하 동우가 노크를 하고는 안으로 들어오면서 허리를 굽혔다. 성숙은 앞쪽 소파를 가리키면서 얼른 보던 서류들을 옆으로 밀어 놓았다. 하 동우가 소파로 가서 앉자 그에게 말했다.

"회장님하고 배호 사장님이 이쪽으로 오고 있는데, 아마 오시면 둘러볼 생각인 거 같아. 애들은 자지?"

"네. 지금 자고 있습니다."

"그럼 몇 명만 깨워서 청소 좀 해놔. 그리고 훈련원에 오실 것 같으니까 그쪽에 신경 좀 써."

성숙은 혹시라도 춘호 회장이 훈련원을 둘러보다가 눈살을 찌푸릴 일이 있을까봐 미리 신경이 쓰였다.

"네. 알겠습니다."

하 동우는 일어나면서 성숙에게 깊숙이 절을 하고는 밖으로 나갔다.

성숙은 책상 서랍에서 지난달 매출실적과 훈련원에 입소하는 고아원생들의 인적사항이 적힌 보고서를 꺼내 훑어보고는 책상 한쪽에 가지런히 놓아두었다. 그리고는 핸드백에서 거울을 꺼내 얼굴의 화장을 살피고 있었다. 매일 밤마다 늦게 잠을 잤던 탓이었는지 얼굴이 거칠어져 있었다. 대충 화장을 고치고는 일어나서 옷매무새를 살펴보기도 했다.

그동안 성숙은 영등포 콜라텍 사장을 맡고 있으면서 하루도 일찍 잠자리에 들어본 적이 없었다. 몸살이 났을 때도 그녀는 사장실 한쪽에 있는 간이침대에서 눈을 붙이곤 했다. 그건 춘호 회장이 그렇게 했으므로 성숙도 마찬가지로 그렇게 하면서 영등포 콜라텍을 이끌어온 것이었다.

그녀가 책상 앞에 놓인 모니터를 켜자, 영등포 콜라텍의 입구가 모니터에 나타났고, 다음 단추를 누르자 훈련원의 실내 모습이 모니터에 나타났다. 훈련원에는 아무도 없었다. 벽면에는 훈련원생들이 훈련할 때에 사용하는 진검(眞劍)들이 층층이 가지 런히 놓여 있었다. 바닥에는 태권도와 합기도, 그리고 유도와 쿵푸를 할 때에 다치지 않도록 하기 위해서 깔아놓은 갈색매트 들이 보이고 있었다.

다시 단추를 누르자, 이번에는 합숙소의 복도가 보였다. 모든 것이 책상 앞에 놓은 단추를 누르기만 하면 모니터 화면에 그대 로 보이고 있었다. 성숙은 사장으로서 사장실에 앉아서 보고 싶 은 곳을 누르기만 하면 사장실에 앉아서 모든 곳을 볼 수 있었다.

그녀는 책상 앞에 놓인 시계를 보고서는 자리에서 일어났다.

동우

춘호 일행이 탄 차는 신공항 도로를 달려 올림픽대로를 따라 영등포로 들어서고 있었다. 역 앞에서 우회전을 하면서 신세계 백화점이 보였고, 곧바로 찻길 맞은편에 있는 황제콜라텍의 건물 앞에서 멈췄다.

미리 이곳으로 온다는 연락을 받았는지 성숙이와 하 동우가 서 있다가 황급히 다가와서 문을 열어주었다.

"회장님, 어서 오세요."

성숙이가 먼저 반겼다. 하 동우는 두 번째 차인 배호가 탄 차로 가서 문을 열었다. 그리고는 깊숙이 허리를 숙이면서 말을 꺼냈다.

"사장님, 어서 오십시오."

차에서 내린 춘호와 배호는 성숙의 반김에 환한 얼굴로 악수를 나누었고, 정만과 은수, 영호 그리고 배호의 보디가드들은 하 동우의 어깨를 치고는 악수를 건넸다.

"야, 잘 있나?"

"네, 형님. 그간 잘 계셨습니까?"

"그래. 사장님 잘 모시고 있나?"

"네. 제 딴엔 잘 모시고 있습니다만 부족한 게 많습니다."

하 동우는 대선배격인 그들에게 다시 허리를 숙였다. 하 동우는 지금 체대 졸업반으로 태권도 공인 4단이었다. 대구천사원에서 올라와서 영등포 훈련원에서 가장 열심을 나타내는 놈이랄 수 있었다. 사장인 성숙의 천거에 의해서 배호가 부사장으로 임명한 인물이었다.

하 동우는 짧게 깎은 머리하며 날렵한 몸매를 갖고 있었다. 하 동우는 얼른 성숙의 옆으로 가서 춘호 회장에게 깊숙이 절을 하고는 뒤로 물러섰다.

"그래, 네가 하 동우냐? 대구에서 올라왔다고?"

"네, 그렇습니다. 회장님."

하 동우는 절도 있게 머리를 숙이고는 곧바로 머리를 들지 않고서 존경심을 표시하고는 머리를 들었지만 춘호의 얼굴을 똑바로 쳐다보지를 못했다.

"나를 봐라!"

"네."

하 동우는 그제야 춘호의 얼굴을 똑바로 볼 수 있었다. 조직

574

세계에서 거의 신화적인 춘호 회장의 얼굴을 쳐다본다는 것은 하 동우로서는 죄송스러운 일이었다.

"눈빛이 날카롭군. 사장님을 잘 모셔라."

춘호가 하 동우를 본 첫인상이었다.

"네. 최선을 다하겠습니다."

"부사장이 일을 잘해요. 애들 통솔력도 있고요."

옆에서 성숙이가 거들었다.

"들어가지."

춘호는 공치사 같은 건 질색인 남자였으므로 가볍게 자르는 셈이었다. 성숙이 곧 앞장을 섰다. 하 동우는 감히 춘호 회장과 배호 사장의 옆에 설 수가 없었다. 하 동우는 정혜 사장의 뒤에 서서 건물 안으로 들어갔다.

성숙이 안내하는 대로 훈련원부터 들러본 춘호는 다시 조직원들이 잠을 자고 있는 오피스텔을 둘러볼 때까지도 아무런 말이 없었다. 성숙은 조심스러웠다. 몰라보게 달라진 춘호 회장에게 약간의 설명만 했을 뿐, 최근에 새로 지은 학원을 둘러보면서 성숙은 설명을 하기 시작했다.

"검정고시에 최대한 많이 합격시키기 위해서 배호사장님에게 허락을 받아 만든 곳입니다. 외부에서 강사가 들어와서 수업을 합니다. 최고 수준의 강사를 데리고 왔기 때문에 이번 검정고시에서는 합격생이 더 많아질 것 같습니다."

성숙의 설명에 춘호는 말없이 실내를 둘러보았다. 훈련원 옆에 새로 만든 학원은 100명 가량이 앉아서 강의를 들을 수 있도록 만들어져 있었다. 실내는 깨끗하게 정돈되어 있었다.

"이제 사무실로 가시죠."

성숙은 그들을 안내해서 사장실로 갔다.

소파에 앉은 춘호는 그제야 입을 열기 시작했다.

"사장!"

"네, 말씀하십시오."

성숙이 허리를 약간 숙이면서 긴장을 하며 대답했다.

"훈련원이 비좁지 않나? 한 달에 몇 명이나 올라오나?"

"비좁습니다. 한 달에 백이십 명 가량 올라오니까 잠잘 곳이 부족합니다. 그래서 여기선 오래 머무를 수가 없습니다."

성숙은 그 말을 하고선 정혜 언니를 쳐다보았다.

"인원이 많아 시설이 부족하면 오피스텔을 더 짓던가 해서 충분히 훈련을 시켜서 배치를 하도록 해야지. 배호 사장한테 들었다. 훈련을 충분히 시키지 못하면 나중에 우리 조직의 힘이 무너진다는 걸 알아야 돼. 우리 조직은 훈련에 의해서 조직이 크고, 훈련에 의해서 조직이 무너진다는 것을 알아야지."

춘호의 입에서 무거운 말이 튀어나왔다.

"네, 알겠습니다."

성숙은 미안한 듯이 말을 받았다.

"그리고 부족한 게 있으면 배호 사장에게 말하고 그대로 실천에 옮겨. 성숙이도 이젠 사장이야. 무엇이든지 조직을 위해 할 수 있다고 생각하면 할 수 있는 거라고 생각해. 건물을 사던, 임대를 해서라도 애들을 충분히 훈련시킬 수 있도록 해라. 어젯 밤에도 그런 이야기를 했다. 나는 우리가 고아원에서 자랄 때에 받았던 설움을 잊어버리는 사람은 우리 조직원이 될 수 없다는 것을 말해두고 싶다. 지금 지원이 필요하면 언제든지 배호 사장한테 말해서 자체적으로 해결해라!"

"네, 알겠습니다."

"이젠 콜라텍 사장들이 스스로 일을 할 수 있도록 하겠다."

"네, 회장님."

성숙은 대답을 하면서 고개를 숙였다. 춘호가 말한 스스로 일을 하도록 하겠다라는 말은 콜라텍 사장들이 더 큰 힘을 가지도록 하겠다는 뜻이었다.

"됐어. 이만하자."

춘호의 말이었다. 긴말은 하지 않겠다는 뜻이었다. 그만큼 어렸을 적부터 서로를 잘 아는 그들이었으므로 말 한마디만 해도 알아들을 것이라는 것을 춘호는 알고 있었다.

"사장님, 점심식사 해야지요"

성숙은 감히 춘호에게 물어보질 못하고 같은 여자인 정혜에게 물어보았다.

"그래? 벌써 점심시간이 됐나? 식사나 하지요."

정혜가 다시 춘호에게 물었다.

"그러지. 애들은 언제 일어나지?"

"지금 기상할 시간입니다."

하 동우가 얼른 대답했다.

"그럼 애들하고 같이 식사를 하는 게 좋겠어."

춘호가 말하자, 성숙이 되받았다.

"회장님. 식사는 나가서 하시는 것이⋯⋯."

"여기서 하지."

춘호의 말에 성숙은 약간 난감한 표정이었다가 곧 하 동우에게 식사를 준비하라고 눈짓을 보냈다. 하 동우가 얼른 일어나서 밖으로 나갔다.

"부사장은 똘똘하게 생겼네. 일은 잘하나?"

배호가 성숙의 편을 거들면서 말을 꺼냈다.

"네, 사장님. 몸을 아끼지 않고 잘합니다."

성숙은 자신 있게 말하고는 춘호를 쳐다보았다.

그때, 진은이가 쟁반에 주스를 들고 들어왔다. 아마도 하 동우가 나가서 진은이에게 지시를 내려놓은 듯했다.

진은이는 조심스럽게 들어와서는 춘호와 배호 앞에 주스잔을 내려놓고는 정혜와 성숙의 앞에도 주스잔을 놓고 절을 하고는 밖으로 나갔다.

"쟤는 언제 온 애야? 아직 어린데?"

춘호가 잔을 드는 것을 보고 정혜가 성숙에게 물었다.

"네. 청주소망원에서 올라온 앤데. 이제 열일곱 살입니다. 고아원에서 본드를 마시고 임신까지 해서 골치 아픈 애였는데, 원장이 특별히 신신당부를 한 애였어요. 원래 착한 애였는데 고아원에서 고등학교에 들어가면서부터 애가 망가지기 시작했다는 거예요. 쟤는 처음부터 제가 데리고서 잔심부름만 시켰어요. 그랬더니 지금은 확 달라졌어요. 공부도 열심히 하고요. 쟤는 열심히 공부해서 체육대학보다는 경영학과 쪽으로 가고 싶다고 그러네요.

"그래?"

정혜가 얼굴을 찡그리면서 말하자, 배호가 물었다.

"아까 걔는 운동엔 취미가 없나?"

"네. 그런 것 같아요. 애가 약하지만, 공부는 잘해요. 그래서 저도 고민입니다. 걔는 체대보다는 그쪽으로 가고 싶다고 그러니까……."

그때까지 묵묵히 듣고만 있던 춘호가 성숙을 바라보았다. 성숙은 춘호가 쳐다보는 걸 보고서 약간 쑥스러운 듯했다.

"그럼 그쪽으로 대학에 가라고 그래."

춘호의 말이었다.

"네? 체대에 가야잖아요?"

"우리도 이젠 체대만 가라고 고집할 수는 없어. 남자 중에도 몸이 약하거나 공부를 더 잘하는 놈이 있으면 다른 대학으로 가도 된다고 그래. 여자도 마찬가지고. 우리 조직도 이젠 머리가 있는 놈이 필요할 때야. 운동에 취미가 있는 놈은 될 수 있으면 체대 쪽으로 가라고 그러겠지만, 여자들이나 몸이 약해서 공부를 잘한다면 굳이 체대만 고집할 이유가 없어. 우리도 머리가 있는 놈이 나와서 경영학과 쪽이나 법대 쪽에 보내서 대학을 졸업하면 배호 사장 밑에 인재로 키울 필요가 있어."

"……."

"앞으로 우리 조직은 다방면으로 진출할지도 모르니까 미리 그런 인재를 키워 놓는 것도 괜찮지. 국제관광단지에 일류대를 나온 애들을 쓰고 있잖아. 우리가 못하는 일을 걔들한테 맡기고 있으니까 그런 일을 우리가 키운 인재로 채우는 것도 필요해. 그건 앞으로 성숙이가 잘 알아서 처리해."

"네, 알겠습니다."

성숙은 춘호의 깊은 생각에 머리를 숙였다.

"그래, 맞다. 우리도 이젠 그런 식으로 애들을 키우는 게 좋겠어. 우리는 돌대가리들이라서 영어나 외국어는 못하지. 하하. 월급을 주고 그런 애들을 써야 하니까 우리가 키운 애들이 고급 인력이 되면 좋지."

배호도 춘호 회장의 생각에 찬성을 표시했다.

"그러네. 걔들이 대학을 졸업하면 쓸 곳이 많아. 우리 방송국에도 쓸 수 있고. 민족교 재단에도 그런 인재가 필요하잖아. 춘호 회장님의 생각이 맞아."

정혜도 선뜻 찬성의 말을 꺼냈다.

"알았어요. 그렇게 하도록 하죠."

성숙이 그렇게 말하자, 하 동우가 안으로 들어와서 절을 한 뒤 말했다.

"회장님, 식사 준비됐습니다."

성숙이 앞장서서 춘호와 그들을 안내했다.

그들이 식당 안으로 들어섰을 때에 식당 안에 자리를 잡고 앉아 있던 훈련원생들 중에서 선임 훈련원생 한 명이 일어나서 힘있게 소리를 질렀다.

"황제그룹의 영원한 형님께 경례!"

그 소리에 앉아 있던 훈련원생들은 일제히 복창을 했다. 안으로 들어서던 춘호는 깜짝 놀랐다. 잠시 주춤했다가 성숙을 돌아보았다.

"쟤들이 마음에서 우러나와서 한 것입니다. 신경 쓰지 마십시오."

성숙이 사과라도 하듯이 말을 꺼냈다.

"이렇게까지 할 필요는 없어. 그냥 있는 그대로 보여주는 게 좋아"

춘호는 그렇게 말하고는 성큼성큼 걸어 훈련원생들이 앉아있는 중앙으로 가서 앉았다. 그 뒤를 따라 배호가 앉았고, 옆에는 정혜가 앉았다.

춘호의 맞은편으로 성숙이가 가자, 앉아 있던 훈련원생들 중에서 두 사람이 일어나서 자리를 비워주었다. 그곳에는 성숙이와 하 동우가 자리를 잡고 앉았다.

그곳에 있는 모든 조직원들이 다 모인 자리였다.

하 동우가 벌떡 일어나서 춘호 회장에게 절을 하고는 다시 배호와 정혜에게 허리를 굽혀 인사를 하고는 말을 꺼냈다.

"오늘 여기 오신 회장님과 국제관광단지의 배호 사장님, 그리고 민족교 방송국 사장님께서 여러분들을 보기 위해 참석하셨다. 우리 황제그룹의 영원한 형님이신 선배님들을 모시고 식사를 하게 되어 영광스럽게 생각해야 한다. 회장님께서 한 말씀 있으실 것이다."

하 동우는 떡 벌어진 어깨를 추스리며 다시 춘호에게 절을 하고는 자리에 앉았다.

"……."

춘호는 즉흥적으로 일어난 하 동우의 격찬에 아무런 표정도 짓지 않은 채, 식당 안에 앉아 있는 훈련원생들을 둘러보다가 천천히 일어나서 입을 열었다.

"여러분들이 고아원을 떠나 이곳에 온 것을 환영한다. 우리황제그룹은 여러분들을 위해 존재한다. 여러분들이 이곳에서 열심히 갈고 닦고 수련하는 것만이 우리 황제파의 영광이 될 줄로 믿는다. 나나, 여기 있는 배호 사장이나 성숙 사장도 여러분들과 마찬가지로 고아원 출신이다. 우리가 고아원을 탈출해서 춥고 배고픈 거리에서 떨면서 눈물에 젖은 빵을 씹을 때에 누구하나 우리를 돌아보지 않았다. 심지어는 교회마저도 우리에게 등을 돌렸다. 우리는 고아라는 것 때문에 믿을 것이라곤 몸뚱이밖에 없었다. 여러분들은 선배들의 뼈아픈 지난 과거를 닮지 않기 위해 이곳에서 피나게 훈련에 임해야 한다. 사회란 냉정한 곳이다. 힘이 없으면 무릎을 꿇게 돼 있다. 앞으로 여러분들은 사회에 나가기 전에 이곳에서 열심히 몸을 단련시켜서 어느 곳에 가더라도 우리 황제파의 일원이라는 것을 잊어버려서는 안 된다. 목숨을 걸고 우리 황제파의 명예를 지키는 것만이 사나이로서의 마지막 자존심이라고 생각해라. 주먹은 결코 배반하지 않는다! 의리는 절대 죽지 않는다! 우리 황제파는 절대 사라지지 않는다! 이상!"

춘호의 말이 끝나자 좌중은 우렁찬 박수소리로 가득 찼다. 다시 하 동우가 일어났다.

"회장님의 간곡한 부탁의 말씀이시다. 이번엔 국제관광단지의 사장님께서 말씀하시겠다. 사장님은 춘호 회장님과 같이 고아원을 탈출해서 광명시에 있는 중국집에서 눈물밥을 먹으며 생사고락을 같이 하셨다. 피를 나눈 형제보다도 더 깊은 의리로 뭉쳐진 분들이시다. 배호 사장님이 말씀하실 때에 잘 듣도록!"

하 동우는 다시 배호에게 절도 있게 절을 했다.

물컵을 마시고서 자리에서 일어난 배호가 입을 열었다.

"먼저 여러분들에게 감사를 표한다. 나는 여기 있는 춘호 회장님과 같이 황제파를 일으킨 사람이다. 이곳에서 열심히 무술 연마를 하고 있는 여러분들은 앞으로 체대를 졸업할 것이고, 어느 근무지로 가더라도 황제파의 신의를 저버리는 것은 곧 죽음과도 같다는 것을 잊지 말기를 바란다. 수원에서 처음 영등포로 들어왔을 때에 우리와 같이 뜻을 같이 했던 상만이라는 친구가 죽었다. 그놈을 바닷가에서 장사를 지냈을 때, 나는 피눈물을 흘렸다. 조직은 영원하리라고. 그리고 나서 우리 황제파는 전국을 휘어잡게 되었다. 나는 오늘도 여러분들을 보면서 상만이라는 동지가 칼에 맞아 죽었던 그때를 생각하고 있다. 조직을 위해 죽은 상만이 동지를 위해서 우리는 영원해야 한다고 생각한다. 이상!"

그 말을 마치자 다시 우뢰와 같은 박수소리가 터졌다. 그리곤 곧 박수소리가 멎었다. 절도 있는 행동이었다.

하 동우는 다시 배호에게 절을 했다.

"식사 시작!"

하 동우는 훈련생들에게 말하고 자리에 앉았다.

식사를 하는 동안, 훈련생들은 소문으로만 들었던 춘호 회장과 배호를 힐끗 쳐다보면서 존경심을 드러내고 있었다. 고아원을 탈출해서 황제콜라텍을 일류 기업으로 키웠다. 그리고 영종도에 있는 신공항 국제관광단지라면 세계적으로 이름이 나 있는 복합 위락단지였다. 황제호텔은 전국에서도 유명한 호텔이었다. 그리고 초호화 골프장을 갖춘 위락단지를 갖고 있는 황제파의 이름만으로도 전국의 젊은이들이라면 모르는 이가 없을 정도였다. 그들은 그러한 황제그룹의 일원이라는 것은 영광 중의 영광일 뿐이었다.

춘호가 먼저 수저를 놓고 일어나자 배호와 정혜도 곧바로 일어났다. 그들이 식당을 나가기 시작했을 때 훈련원생들은 누가 시키지도 않았지만 자리에서 일어나 경의를 표했다.

춘호의 뒤에는 배호와 정혜 그리고 성숙과 동우가 차례로 나왔을 때는 벌써 보디가드들이 차문을 열어놓고 대기하고 있었다. 차에 올라탄 춘호는 밖에 서 있는 성숙과 하 동우에게 손을 내밀었다. 성숙과 악수를 하는 춘호는 입을 열었다.

"성숙아, 니 동생들이라고 생각해라."

"네, 알겠습니다."

성숙은 춘호에게 진심으로 존경하는 마음의 예를 표했다.

"동우라고 했나?"

춘호는 다시 동우에게 손을 내밀었다. 동우는 황송하게 허리를 굽히면서 회장의 악수를 받으면서 씩씩하게 대답했다.

"네!"

하 동우는 힘 있게 대답하고는 춘호를 똑바로 쳐다보았다.

"사장님을 잘 보필해라!"

"네, 알겠습니다."

동우가 허리를 굽혀 인사를 하는 걸 보고선 춘호는 손길을 거두었다. 차는 곧 미끄러지기 시작했다. 그 뒤를 따라 배호가 탄 차가 움직였다. 성숙 사장 옆에는 정혜가 활짝 웃고 서 있다가 손을 흔들었다.

재산

춘호는 영등포를 벗어나서 여의도 쪽으로 달렸다. 마포대교를 건너 문광부가 있는 시내로 달리기 시작했다. 문광부에 도착한 춘호는 곧바로 배호와 같이 문광부 종교과장실로 향했다.

"어서 오십시오. 기다리고 있었습니다. 앉으시죠."

미리 연락을 받은 유 승원 과장은 춘호와 배호를 맞어서는 책상에서 일어나 소파로 와서 앉았다.

"차는 뭘로 드시겠습니까?"

"됐습니다. 오다가 마셨습니다. 춘호라고 합니다. 이쪽은 국제관광단지 배호 사장입니다."

춘호는 명함을 꺼내 유 과장에게 내밀고는 배호를 유 과장에게 인사시켰다.

"아, 네. 제가 직접 찾아가야 마땅하나, 이렇게 오시게 해서 죄송합니다."

"괜찮습니다. 한번쯤은 직접 인사드려야 할거니까요."

춘호는 중앙부처 실무 과장인 유 승원에게 점잖게 나왔다. 다른 직원들의 눈도 있고 해서 여기서 머뭇거릴 필요는 없다고 생각했다.

"무슨 일이지요?"

"아, 네. 국회 문광위원회에서 이번에 울진에 투자한 민족교의 재산실태를 보내달라는 요청을 받았습니다. 그래서⋯⋯."

유 과장도 춘호에게서 어떤 중압감을 받았는지 말을 꺼내는 것을 어색해 했다.

"그렇습니까? 혹시 야당에서 꺼낸 겁니까? 그냥 알고 싶어서 그럽니다."

"네."

"혹시 국고에서 지원금을 받았다는 것 때문에 그렇습니까? 아니면 순전히 민족교의 재산실태를 파악하고자 하는 겁니까?"

"그거야⋯⋯, 국고에서 나간 것은 문제가 되지 않을 겁니다. 민족교 재단의 재산이 얼마인지 알고 싶어하는 것일 겁니다."

유 과장은 춘호에게 솔직하게 말했다.

"좋습니다. 유 과장님께서 그렇게 말씀하시니 우리 민족교의 재산에 대해 말씀드리겠습니다."

춘호가 말하기 시작하자, 유 과장은 볼펜으로 메모지에 적기 시작했다.

"종단의 재산부지가 총 이백오십만 평입니다. 속초와 유성에 종교부지가 있습니다. 그리고 이번에 강원도에 수련원을 마련하기 위해 추진 중에 있습니다. 부지는 아직 확정된 건 없습니다. 지금 진행 중입니다. 그리고 방송국 자산이 일조 육천억 원으로 늘어났습니다. 방송국 자산치고는 아직은 적은 수준입니다. 그리고 종단이 은행과 투자신탁에 예금하고 있는 유동자산이 백사십 억입니다. 그것이 전부입니다."

"또 다른 자산은 없습니까?"

"없지요."

"그럼 울진에 투자한 자산은?"

"지금까지 출자 형태로 이백사십억 원이 들어갔습니다."

"알겠습니다."

유 과장은 메모지를 소중히 접어 와이셔츠 주머니에 집어넣고선 반듯이 앉았다.

"잘 부탁드리겠습니다."

"아이구, 제가 부탁을 드려야지요. 이렇게 직접 오시게 해서 죄송합니다."

"종주니까 유 과장님을 한번 만나봐야겠다고 생각은 했습니다만, 울진에 내려가 있는 동안이라서 찾아뵙지 못했습니다. 너그럽게 봐주십시오."

"별 말씀을요. 이대로 보고서를 작성해서 올리겠습니다."

"그럼."

춘호는 자리에서 일어섰다. 옆에 있던 배호도 자리에서 일어나 뒤를 따라나왔다. 유 과장이 사무실 바깥에까지 나오는 것을 보고는, 춘호가 한마디 던졌다.

"과장님. 내일 사과 한 상자 보내드리도록 하지요."

"아닙니다."

유 과장이 손사래를 쳤다.

"제 성의니까 받아주십시오."

"그런 거 안 보내셔도……."

유 과장이 거절하는 말이 끝나기도 전에 춘호는 얼른 입을 열었다.

"저와의 거래는 뒤탈이 없을 겁니다."

"네?"

"그럼 가보겠습니다."

춘호는 정중하게 인사를 하고는 돌아섰다. 유 과장이 멍하니 서서 그들이 복도를 걸어가는 모습을 지켜보고 있었다. 청사 바깥으로 나온 춘호는 담배를 꺼내 물었다. 그리고는 배호에게 말했다.

"내일 명희더러 유 과장 아파트로 사과 한 상자를 보내."

"알았어. 얼마나?"

"두 장."

"알았어."

"일이 끝났으니까. 시간이 되면 남대문이나 들릴까?"

"희준이 만나게?"

"응."

"좋아. 따라가지."

두 사람의 대화는 간단하게 끝났다. 춘호는 하늘을 올려다보고는 연기를 훅 내뿜고는 휴지통에다 담배꽁초를 집어넣고는 차로 다가갔다. 정만이 차 옆에 서서 춘호가 타는 것을 보고는 운전대로 가서 앉았다.

"남대문으로 가자!"

"네, 알겠습니다."

차는 곧 문광부 청사를 빠져나갔다. 차가 움직이는 동안, 춘호는 핸드폰을 꺼내 박 국장에게로 전화를 걸었다.

"형님, 접니다."

"응? 그래. 서울에 올라왔나?"

"네, 형님. 방금 문광부에 들렀다가 나오는 길입니다."

"어떻게 됐나? 뭐 도울 일이라도 있나?"

박 국장은 반가운 듯이 말했다.

"일은 잘 끝났습니다. 야당에서 물고 늘어질 거 같은데요."

"그래? 그럴 줄 알았어. 송 의원이 그럴 거다 아마. 돈 좀 집어주지 그래? 골치 아프게 하면 서로 피곤하니까. 내가 힌트 하나 줄까?"

"네, 형님."

"송 의원은 지금 엔터테인먼트 회사에 투자자로 있어. 그런 회사 알지?"

"네."

"요즘 한창 뜨는 서 종진이가 바로 송 의원의 새끼 마담이라는 걸 알아둬라. 송 의원은 문광위원이라는 걸로 그쪽으로 발을 뻗치고 있지. 걔가 송 의원 때문에 크고 있다는 거 알면 돼."

박 국장의 정보는 한치의 오차도 없었다. 여야 국회의원들의 동향을 낱낱이 파악하고 있는 그로서는 춘호가 한 방에 날려버릴 고급 정보를 흘려주는 셈이었다.

"알겠습니다. 형님."

"하하. 그건 동생이 직접 처리하게. 딴 애 시키지 말고."

"알겠습니다. 형님. 인사나 드리고 가겠습니다."

"그래. 내려가기 전에 언제 한번 만나자고. 술이나 한잔하지"

"네, 그렇게 하겠습니다."

춘호는 핸드폰을 끄고는 머리를 뒤로 기댔다. 송 의원이 연예기획사에 투자해서 탤런트들을 요리하고 있다는 것을 안 이상, 그보다 더 확실한 정보는 없다고 생각했다. 송 의원의 발목을 잡는 것은 간단한 일이라고 생각했다. 춘호는 울진으로 내려가기 전에 단단히 매듭지어 놓고 내려갈 생각이었다.

차는 어느새 충무로를 지나 남대문 입구로 들어서고 있었다. 정만은 남대문 입구에 들어서서 경비원이 보이자, 클랙슨을 빵빵거리며 눌렀다. 네거리 모퉁이에 있는 경비실에 앉아 있던 붉은 모자를 쓴 젊은 놈 하나가 에쿠스 차를 보고는 가까이 다가왔다.

"뭐야?"

말투부터가 거칠었다.

"희준이 형님 뵈러 왔다고 그래."

정만이 그렇게 말하자, 사내는 금방 표정이 바뀌었다. 차 안에 타고 있는 은수와 영호를 힐끗 쳐다보고는 황급히 경비실로 달려갔다.

잠시 뒤에 젊은 사내가 달려와서 급히 말했다.

"사무실에 계신다고 합니다. 키를 주십시오."

조금 전과는 사뭇 딴판으로 나왔다.

"알았어."

정만은 얼른 내려서 뒷문을 열었다. 춘호가 내리고, 은수와 영호가 뒤이어 내렸다.

"뒤에 차도 같이 온 일행이다."

정만이 차 키를 넘겨주며 붉은 모자에게 말했다.

"알겠습니다."

사내는 허리를 굽혀 정중하게 말을 해왔다. 연락을 받고 나왔는지 또 다른 사내 하나가 와서는 춘호 일행에게 허리를 굽혔다.

"제가 안내하겠습니다. 따라오십시오."

사내는 앞장서서 걷기 시작했다. 사내를 따라서 사무실로 들어선 춘호와 배호는 오랜 동지를 만난 것처럼 반가웠다. 책상에 앉아 있던 희준이 반갑게 맞았다.

"웬일이냐? 회장님하고 배호 형하고, 식구들이 다 오고? 무슨 일이 있냐?"

"일은. 그냥 올라왔으니까 놀러 나온 셈이지."

"앉아. 형님도 앉으쇼. 그리고 동생들도 앉아라. 여기가 내 사무실이다."

희준은 춘호와 배호의 보디가드들에게 웃으면서 말했다.

"형님 사무실에 와보는 것도 영광입니다."

희준에게 정만의 인사였다.

"그래? 울진에는 어때?"

희준은 소파로 와서 앉으면서 물었다.

"아직은 별로야. 여기보다 나가서 술이나 한잔할까?"

춘호가 희준에게 말했다.

"좋지! 야. 니들도 술 먹고 싶냐? 뭐 먹고 싶냐?"

희준은 다시 동생들에게 물어보았다. 희준은 옛날보다 더 다감해진 듯했다. 전에 같았으면 같은 고아원 출신이라도 따뜻하게 대하질 않았는데, 영등포 역전파와 황제파가 싸우면서 상만이가 역전파의 칼에 맞아 죽는 것을 보고 나서부터 희준의 모습은 확연히 달라지고 있었다.

"형님께서 사주시는 겁니까?"

"하하. 그래. 니들이 내 동생들 아냐? 안 그러냐?"

"맞습니다. 점심은 먹고 왔습니다. 술이나 마시죠."

"그래. 좋아! 나가지."

형제

춘호의 말에 그들은 곧 일식집으로 자리를 옮겼다. 희준이 춘호와 배호와 나란히 앞서 걸었고, 그 뒤를 따라 희준의 부하들과 춘호와 배호의 부하들이 어울려 방으로 들어갔다.

희준이 자리에 앉자, 춘호와 배호가 옆으로 가서 앉았다. 희준의 옆으로는 명수, 찬종, 희열, 창경이가 앉았다. 희준의 식구와 춘호의 식구가 서로 마주보고 앉은 셈이었다.

"인사들해라. 춘호 회장이시고, 배호 사장이시다."

희준이 예를 갖추듯이 소개를 했다.

"인사 올리겠습니다. 오 명수입니다."

명수가 먼저 무릎을 꿇고서 머리를 숙였다. 차례대로 찬종이와 희열이, 창경이가 춘호와 배호에게 일일이 머리를 숙여 인사를 표시했다.

"그래. 저번에 부산에 내려갔을 때에 봤을 거다. 편히 앉아라."

그 말에 그들은 정좌를 하며 앉았다. 이미 그들은 서로 구면인 셈이었다. 정만과 은수, 영호, 그리고 배호의 밑에 있는 식구들까지 남대문파의 식구들과는 서로 안면이 있었으므로 그들끼리는 일식집까지 오면서 말을 주고받았던 것이었다.

"술은 뭘로 할까?"

희준이 춘호와 배호를 보며 물었다.

"아무거나. 낮인데 소주가 좋겠지."

희준은 서빙을 하는 아가씨에게 주문을 했다.

"여기 회하고 소주 한 박스 들여보내. 회는 알아서 넣어라."

희준의 주문에 아가씨가 놀라며 되물었다.

"소주 한 박스씩이나요?"

아가씨가 놀라서 희준을 쳐다보았다.

"왜?"

희준이 서빙하는 아가씨에게 씩 웃었다.

"그렇게 하도록 하겠습니다. 박스로 넣어 드릴게요. 다른 거 필요하시면……."

서빙하는 여자는 놀라움이 가시지 않은 표정으로 물었다.

"됐어."

희준은 물수건을 들어 입가를 닦아내면서 정만에게 눈길을 주었다.

"야. 정만아. 회장님 잘 모시냐?"

"네, 형님."

정만은 깍듯이 허리를 굽혔다가 폈다.

"하하. 배호 형님은 신공항에 계신다니 부럽습니다."

"야, 희준아. 이젠 사업가로 변신해야겠다. 돌머리인 내가 춘호 회장이 사장하라고 하니깐 하는 거지. 난 숫자만 보면 머리 아프다."

"형님도. 우리야 다 그렇지요 뭐. 주먹잡이들이 숫자하고 같이 놀 수가 있겠습니까?"

"그러게 말이다. 나야 바지 사장이 아니냐. 하하."

배호는 희준이가 결코 나이 어린 동생이라고는 생각지 않고 있었다. 비록 나이는 자신보다 적어도 춘호와 피를 나눈 형제나 다름없으므로 희준과도 친구처럼 대하는 셈이었다.

"형님. 그래도 늠름한 사장입니다. 한국에서 황제파라면 모르는 놈이 없고, 신공항에 있는 관광단지 사장이라면 호텔하고 골프장만 해도 어딥니까? 나야 시장 바닥에서 큰 놈이라 옷장사하는 놈들만 데리고 있지만 형님이야 틀리지 않습니까."

"하하. 그런가? 희준이 너도 남대문파라면 다 알아주는 놈 아니냐."

"그래. 니는 울진에 내려가서 연락도 없냐? 소식이 없냐?"

"별로……."

춘호가 씨익 웃으면서 말했다.

"정혜 누나는 잘 있냐?"

희준은 정혜 누나의 안부를 물었다.

"그래. 방금 영등포에 들렀다가 오는 길이다. 거기서 헤어졌어."

춘호는 그 말을 하고서 어젯밤에 다같이 술을 마셨다는 일과, 오늘 아침에 영등포에 들러 훈련원을 둘러본 일들을 이야기했다. 그리곤 그곳에서 정혜와 헤어졌다고 말했다.

"훈련원에 애들 많냐?"

"꽉 찼지. 한 달에 백 명 넘게 올라오니까."

"넌 애들 가르치는 데에는 귀신이구나. 매달 그렇게 올라오니까. 그렇게 공을 들여서 키운 뒤에 신공항에 투입하고, 콜라텍에 투입하니 모자랄 정도지."

희준은 그런 춘호가 대견스럽게 여겨졌다.

"그야 그렇지. 밥벌이는 지가 하는 거 아냐? 고아원에서 커봐야 사회에 나와서 비굴하게 살다가 가는 거야. 그럴 바에는 차라리 훈련원으로 입소시켜서 주먹잡이로 만드는 거지. 오늘부터 체대만 가라고 그러지 않기로 했다."

"왜? 체대 말고 다른 데로도 가라고 그런 거라고?"

"그래. 공부 잘하는 놈은 경영학과나 법대 쪽이라도 가라고 그랬어. 나중에 그놈들이 잘 되면 신공항에도 쓰고, 민족교 재단에도 취직을 시키는 거지. 아직 울진에는 뭐라고 말할 수 없지만, 필요한 데가 있으면 그런 머리 쓸 줄 아는 놈들이 필요할 것 같아서."

"하하. 그거 잘했다."

희준이 활짝 웃으며 춘호의 어깨를 탁 쳤다.

"두고 봐라. 공부 잘하는 놈은 고시까지 합격하는 놈도 나올지도 모르지."

춘호도 기분 좋게 웃었다.

"야, 꿈도 야무지군. 하여튼 넌 황제다. 이만하면 된 거다."

"아직 멀었어. 나중에는 남대문파까지도 흡수해야 직성이 풀리겠는데?"

춘호가 다시 웃자, 희준이 말했다.

"야야, 니하고 나하고, 나하고 배호 형하고 이렇게 친한데 흡수가 뭐냐. 그냥 서로 떨어져서 같이 지내면 되는 거지. 난 배운 거 없고, 가방끈이 짧아서 황제파에는 못 들어가겠다, 야."

"하하. 그럼 됐어. 내가 만나보고 싶을 때, 이렇게 찾아와서 술이나 한잔씩 하면 돼."

"좋아!"

그들은 오랜만에 만났어도 오랜 시간 같이 지낸 친구 사이처럼 허물이 없이 말을 주고받았다. 춘호와 희준의 그런 모습을 보며 옆에 앉아 있는 배호도 기분이 좋을 수밖에 없었다.

곧 술상이 차려지기 시작했다. 세 명의 아가씨들이 들어와서 술상을 만들고 있었다. 곧 푸짐한 회 접시와 소주가 박스채로 들어왔다.

"야. 니들이 회장님하고 사장님께 술을 따라드려라."

희준의 명령이었다. 그 명령에 희준의 부하들은 공손히 무릎을 끓고서 술을 따르기 시작했다.

먼저 술잔을 받은 춘호와 배호, 그리고 그의 부하들은 다시 배호와 그의 부하들에게 술잔을 채워주었다.

"우린 한 형제니까 같이 건배하지. 배호 형이 한마디 하쇼."

희준의 제의했다.

"그래."

배호는 술잔을 들고서, 좌중을 보며 말했다.

"우리들의 앞날을 위하여! 건배!"

배호의 선창에 모든 이들이 술잔을 높이 들었다.

"건배!"

"우리들의 앞날을 위하여!"

그들은 단숨에 소주잔을 비워내고는 다시 술을 채웠다. 술잔이 차면 춘호나 희준이, 혹은 배호가 잔을 들면 다들 잔을 들어서 입으로 가져갔다. 그것은 보스에 대한 복종심 같은 것이었다.

"야, 희준아. 너, 혹시 요시이라는 인물 들어본 적 있냐?"

"요시이, 왜?"

"그냥. 이번에 울진에 투자를 하겠다고 해서 만났는데. 일본 긴자파야."

"그래? 요시이라면 알지. 그 자가 한국에 왔어?"

희준은 다소 놀라는 표정이었다.

"너, 아냐?"

"하하. 내가 남대문 바닥에서 주로 상대하는 고객들이 일본

쪽바리들 아니냐. 여기서 옷 사가고, 기념품 사가는데 당연히 우리 애들이 일본애들 모르겠냐?"

"그래? 요시이라는 인물에 대해서 잘 안다는 거냐?"

"동경에서 두 번째쯤 될 걸? 신주쿠파하고 가미카제파도 있어. 그 중에서 두 번째 가는 파니까. 근데 투자를 하겠다고?"

"그래. 천억 정도."

"뭐, 천억?"

희준은 놀란 눈으로 춘호를 쏘아보았다.

"왜? 이유가 안 되냐?"

"그렇다면 요시이라는 자가 뭘 알고 덤비겠다는 거 아냐? 그 자하고 거래가 있었냐?"

"전혀. 처음 만난 셈이지."

"그럼 한국에 대해서 알아보고 덤빈 셈인데? 울진에서 석유가 나온다는 거 아냐?"

"모르지. 아직은 승산이 없으니까. 앞으로 두 개 더 파봐야 알겠지만 말이야. 하나 뚫는데 돈이 많이 든다."

"호오. 요시이가 한국에 나왔다고?"

희준은 고개를 돌려서 명수를 쳐다보았다. 어떻게 된 거냐는 투였다.

"형님. 그런 보고를 못 들었습니다."

명수는 고개를 숙여보이고는 얼른 찬종에게 눈총을 주었다.

"저, 확인해 보겠습니다. 저도 모르는 일입니다."

찬종의 말에, 희준이 버럭 화를 냈다.

"야! 춘호가 만났는데 니들이 모른다면 말이 되냐? 너희들, 뭐하는 거냐?"

그러자 명수가 벌떡 일어나 희준에게 고개를 숙이고는 밖으로 나갔다. 희준은 약간 불쾌한 기색이 역력했다. 그러나 춘호에게는 누그러진 표정으로 되물었다.

"언제냐?"

"열흘 전쯤."

"그럼 요시이가 무얼 알고 덤빈 것 같은데……. 야, 명수 들어오라고 그래."

희준은 찬종에게 그렇게 말하자, 찬종이 얼른 일어나서 밖으로 나갔다가 곧바로 명수를 데리고 들어왔다.

"형님. 열흘 전쯤에 다녀갔다는 겁니다."

명수가 희준에게 조심스럽게 보고했다.

"그걸 왜 이제 아냐? 니들 그것도 몰랐어? 야, 명수!"

희준은 약간 화가 나 있었다.

"네."

"누구누구 들어왔는가 알아보고."

"네."

"저쪽에서 어떻게 움직이는가 자세하게 알아봐. 남대문에서 우리가 모르면 누가 아냐? 바보같은 새끼들!"

"……."

명수는 곧 일어났다. 그리고는 품에서 핸드폰을 꺼내들면서 밖으로 나갔다.

잠시 뒤에 들어온 명수의 입에서 보고가 흘러나왔다.

"요시이하고 히라카이, 다라시가 왔다가 갔다고 합니다."

"……."

희준은 명수의 말을 들으면서 술잔을 입으로 가져갔다. 한 입에 소주잔을 털어 넣고는 자작으로 술을 따랐다. 그는 두 번째 잔도 단숨에 비워냈다.

명수는 자리에 앉지도 못하고 안절부절하고 있었다.

"한국에 투자 건으로 들어왔다가 갔다는 것밖에 모른다고 합니다."

명수가 보고를 마치고는 희준을 바라보았다.

"알았어! 앉어!"

"……."

그제야 명수는 자리에 앉아 동생들을 쏘아보았다. 명수의 부하들은 죄를 지은 사람처럼 표정이 굳어졌다.

"맞네. 투자 때문에 온 거 확실해. 투자하겠다고 온 게 확실해. 너, 대화해봤냐?"

희준이 춘호에게 물었다.

"생각해보고 결정하자고 그랬지. 걔들이 왜 한국에 투자를 하겠다고 하는 건지 모르지."

"춘호야. 지금 일본은 서로 자리를 놓고 싸우고 있지. 근데 요시이가 한국으로 손을 뻗치는 이유를 모르겠네."

"나한테는 자금줄 때문이라는 말을 하던데?"

"그래?"

그제야 희준은 지금 일본에서 세 개의 파가 서로 동경을 잡아 먹으려고 은밀히 움직이고 있다는 것을 확실하게 알아챌 수 있었다. 그 전에는 일본관광객을 통해서 동경에 있는 세 개의 파가 서로 자리다툼을 하고 있다는 것까지는 알고 있었다. 그러나 긴자파의 두목이 심복들을 데리고서 한국으로 나왔다가 들어갔다는 것은 이해할 수가 없었다.

"혹시? 요시이라는 자가 쫓기는 것이 아니냐? 나야 일본 쪽에 대해선 잘 모르니깐."

"그럴지도 모르지. 내 생각에는……."

희준은 심각한 표정으로 명수를 노려볼 뿐이었다. 명수는 희준의 날카로운 시선을 받고서 난감한 표정을 짓고 있었다.

"일본은 지금 최악의 불경기야. 아마 긴자파도 자금줄에 어떤 변화가 오고 있는 게 틀림없어. 그걸로 한 번 튀겨볼 생각인데……."

희준은 춘호를 쳐다보았다.

"그럼 울진에 투자를 하겠다는 의도가 뭐지? 우리도 아직 확실한 승산이 없는데 말이다."

"흠……. 요시이라는 자는 빈틈이 없는 놈이야. 그런 놈이 너한테 찾아왔다는 것은 분명히 뭔가 있어."

"……."

춘호와 배호는 서로 얼굴을 쳐다보았다가 희준에게 시선을
주었다.

"그렇다면……. 넌 요시이가 또 달라붙도록 기다려봐. 그때
도 투자에 대해선 아무런 말도 하지 말고. 그러면 그놈이 먼저
입을 열지도 몰라. 어떤 일로 한국에 투자를 하려고 나왔는지
조금은 밝힐 거다. 그걸 이야기 안 하면 절대로 더 이상 깊은
이야기는 하지 마라."

"그러냐?"

춘호는 자신보다 일본 쪽에 대해서 더 많이 알고 있는 희준의
말을 귀담아 듣기로 했다.

"분명히 어떤 조짐이 있어. 그걸 말할 때까지 애를 태워봐라.
그놈은 할 수 없다 싶으면 나중에는 불겠지. 그때 가서 결정하
는 게 좋을 거다. 그놈이 왜 너한테 투자를 하겠다는 건지."

"알았어. 오늘 오길 잘했네. 야, 희준아. 너 일본말 할 줄 아냐?"

"그럼!"

희준의 얼굴이 펴졌다.

"그래?"

이번에는 춘호가 놀라는 표정이었다.

"이 바닥에서 얼마냐? 어렸을 때부터 여기 있었는데 일본말
못하겠냐? 여긴 주로 일본놈들 상대하는 곳이야. 중국놈들도

많이 들어오지만."

그제야 춘호는 희준이가 일본말과 중국말에 능통할 거라는 생각을 하게 되었다.

"야. 니들 먼저 들어가라."

희준의 명령이었다.

"네. 형님."

명수가 먼저 일어나서 깊숙이 고개를 숙이고는 동생들을 데리고 나가면서 춘호와 배호에게 인사를 했다.

"회장님. 잘 놀다 가십시오. 사장님. 잘 놀다 가십시오."

명수가 대신해서 인사를 하고는 다시 희준에게 고개를 숙여 보이고는 밖으로 나갔다.

분위기가 잠시 어색해졌다.

희준의 앞에 놓인 술잔이 비어있음을 보고는 정만이가 술을 따랐다.

"너, 애들 너무 잡지 마라. 애들이 겁을 먹고 있는 거 같은데?"

"······."

희준은 자존심이 상했다. 춘호에 대해서가 아니라, 그런 보고를 이제야 한 명수와 부하들에게서 속이 상한 것이다.

그런 일이 있을 때는 희준은 절대로 참지 않는 성격이었다. 명수가 동생들을 데리고 들어가면 희준을 대신해서 철저하게 훈련을 시키는 것이었다. 그들이 말하는 훈련이란 잔혹한 형벌이었다.

"이제 일어나자. 난 들어가봐야겠다. 형님. 오늘 죄송합니다."

희준은 자신의 날카로운 성격을 못 참는지 배호에게 고개를 숙였다.

"괜찮다. 오늘 좋은 이야기 많이 들었다. 춘호 회장도 일본에 대해선 모르니까."

"춘호야. 일어나자."

희준은 그 말을 하고서 자리에서 일어났다. 짧은 해는 벌써 어둠이 깔리고 있었다.

밖으로 나온 춘호가 희준에게 물었다.

"요시이가 오면 너한테 연락하지."

"그래. 섣불리 말을 하지 마라. 일이 되는 걸 봐서 연락주라. 나도 더 알아볼 거니까."

"그래. 모레쯤 내려갈 거다."

그들이 남대문 쪽으로 걸어 내려와 춘호가 타고온 차가 있는 곳에 와서 헤어졌다. 낮 동안의 장사를 끝내고 셔터를 내린 남대문 사장의 상가는 조용하기만 했다.

돌아오는 차 안에서 춘호는 요시이의 말을 생각하고 있었다.

'자금력 때문이라고?……. 그렇다면?'

춘호의 머릿속으로 어떤 가능성이 전광석화처럼 스쳐 지나갔다. 그는 옆에 앉은 은수에게 지시를 내렸다.

"울진에 전화해봐라."

"네."

은수는 곧 울진으로 전화를 걸었다. 바닷물 속에 떠 있는 시추선으로 곧바로 전화가 연결이 되었다. 한국인 엔지니어인 강재구의 목소리가 흘러나왔다. 그는 밤낮으로 시추선에 달라붙어 있는 기술자였다.

"은숩니다. 별 일 없습니까?"

"네!"

"회장님이 좀 바꾸랍니다."

은수는 얼른 춘호에게 핸드폰을 건넸다.

"나다."

"네! 회장님."

"별 일 없나? 위렌과 반느는 퇴근했나?"

"아닙니다. 바깥에 있습니다."

강 재구의 목소리는 약간 흥분돼 있었다.

"왜?"

"시추공에서 이상한 기미가 보입니다. 그래서 바깥에서. 아직 퇴근하지 않고 있습니다."

"뭐 때문에? 이상한 기미가 보인다고?"

"네! 가스 밀도가 훨씬 높아졌습니다. 석유도 조금 비치고요. 위렌과 반느가 지금 그걸 조사하고 있습니다."

"그래?!"

춘호는 침을 삼켰다. 갑자기 긴장이 되었다.

"위렌의 표정을 보면 뭔가 터질 것도 같습니다. 회장님! 불꽃이 훨씬 커졌습니다."

강 재구의 목소리는 점점 커져갔다.

"그래? 위렌 좀 바꿔."

"알겠습니다."

강 재구가 위렌을 부르는 소리가 들렸고, 곧바로 위렌의 거친 숨소리부터 들려나왔다.

"위렌이다!"

"무슨 일인가?"

"석유가 나오고 있어! 터진 거다! 가스 밀도도 구십퍼센트로 올라갔다. 석유가 비치는 건 나온다는 증거다! 아까 저녁때부터 그런 기미가 보였다!"

위렌의 목소리가 환희에 차 있었다.

"뭐라고! 위렌! 정말이냐?"

"야스! 빨리 내려와라. 회장이 보면 안다."

"알았다! 기다려라!"

춘호는 핸드폰을 들고 있는 손이 떨리기 시작했다. 위렌이 급한지 먼저 전화를 끊었지만 춘호는 선뜻 휴대폰을 끄지 못하고 창밖의 어둠부터 살펴보았다.

"울진으로 가자!"

춘호의 말에 정만은 강변도로를 달리다 말고 중앙선을 넘어 휙 핸들을 꺾었다. 차는 곧 오던 길을 향해 전속력으로 질주하기 시작했다.

그러자 곧 뒤에서 따라오던 배호 차에서 연락이 왔다.

"네. 사장님. 방금 울진에서 연락이 왔습니다. 석유가 터졌다는 것 같은데 빨리 내려오라는 연락입니다. 회장님 바꿔드리겠습니다."

은수가 전화를 받아 곧바로 춘호에게 핸드폰을 넘겼다.

"형! 터졌다는데."

"정말이야?"

"가스 밀도가 구십 퍼센트로 올라갔다. 석유가 마온다고 그래. 위렌과 직접 통화를 했다."

"좋아! 알았어!"

배호의 목소리도 한층 떨려나왔다.

춘호는 통화를 끝내고 뒤차가 전속력으로 따라오는 것을 보고는 의자 뒤로 머리를 기대고선 바깥을 내다보았다. 무언가 알 수 없는 것들이 가슴 속에 꽉 들어차서 숨을 쉴 때마다 가슴이 벌어지는 듯한 기분이었다.

강변도로에 서 있는 환한 가로등이 마치 네온사인처럼 빛나고 있었다. 그는 조용히 눈을 감았다.

춘호의 그런 모습을 지켜보며 은수는 앞좌석에 앉아 있는 영호의 눈길과 마주쳤다. 은수는 '석유가 터졌어.'라는 표정으로 웃음을 지었고, 영호 역시 고개를 끄덕이고는 운전대를 잡고 있는 정만에게, 혼잣말처럼 중얼거렸다.

"이제 터졌군."

정만은 눈을 감고 있는 춘호를 힐끗 뒤돌아보고는 입가에 미소를 지었다. 차는 최대한 속력을 올리고 있었다. 앞쪽에 차들이 밀려 있으면 정만은 비상등을 켜고서 앞차를 밀어낼 듯이 하면서 달렸다.

고속도로로 접어든 차는 굉음을 내며 달리기 시작했다. 시속 180킬로미터가 넘는 속력이었다. 비상등을 번쩍이며 굉음을 내며 치고나가자 앞서 달리던 차들이 놀라서 휘청거리는 모습을 보이며 뒤로 물러났다.

두 대의 검은 에쿠스는 불과 10여 미터의 간격을 두고 전속으로 남쪽을 향해 달리고 있었다.

밤늦게 울진에 도착한 그들은 곧바로 바닷가로 달렸다. 서울에서 불과 세 시간만에 도착한 셈이었다.

시추선 위에는 대낮처럼 환한 불빛이 켜져 있었고, 멀리서 봐도 시추선 위에서 일하는 사람들의 모습이 보였다.

"회장님. 오십니까!"

바닷가의 컨테이너 박스 사무실에 있던 경비지기들이 우르르 나와서 춘호에게 인사를 해왔다.

"배 준비해."

"네."

그들은 미리 기다리기라도 한 듯이 준비해놓은 선착장으로 다가갔다. 배를 탄 그들은 곧바로 시추선으로 다가갔다.

시추선 위에서는 바닷가의 경비실에서 연락을 받고서 춘호가 울진에 도착했다는 것을 알고는 모두 바깥으로 나와 기다리고 있었다.

사다리를 타고 올라간 춘호에게 위렌이 다가왔다.

"보십시오. 저기 연기가 더 검어지고 많아졌습니다. 안에 들어가면 시료가 채취돼 있습니다."

"알았네. 수고했어!"

춘호는 위렌의 어깨를 탁 치고는 반느에게 웃음을 보였다.

사무실로 들어선 그들은 더듬거리는 위렌의 설명을 듣기 시작했다. 위렌의 분석결과는 놀랄만한 것이었다. 시료 10개의 샘플에서 모두 다 구십 퍼센트의 밀도를 가졌고, 시료로 채워 놓은 가스 밑바닥에는 석유가 흥건히 고여 있었다.

"어때? 성공인가?"

춘호는 마지막 그 말을 묻고 싶었다.

"야스!"

위렌의 말에 반느도 같이 따라서 야스를 외쳤다.

춘호는 위렌과 반느를 포옹하고는 다시 강 재구의 어깨를 감싸주었다. 그리고는 다시 위렌에게 질문을 던졌다.

"얼마나 되나?"

"유징이 북쪽으로 퍼져 있습니다. 울진에서 북방한계선까지가 아닐까 생각됩니다. 내 생각에는 약 이백 억 배럴 정도."

"이백 억 배럴?"

춘호는 가슴이 쿵, 하고 떨리는 걸 느꼈다.

"야스! 마지막으로 북쪽으로 올라가서 두 군데만 더 파봤으면 확실한 것이 나올 거 같습니다."

"어디쯤에?"

춘호의 말에 위렌은 성큼성큼 걸어 사무실 벽면에 붙어 있는 한국지도 앞에 서서 속초 바로 위쪽의 바다를 가리켰다. 울진에서 한참 떨어진 거리였다.

"그곳에 두 군데를 뚫는다는 건가?"

"야스!"

위렌이 자신 있게 대답했다.

"그럼 그쪽은 다시 허가를 받아야겠군. 알았어!"

춘호의 목소리가 힘있게 들려나왔다. 그곳이라면 산업자원부에 다시 석유시추권 허가를 받아야 하는 장소였다. 처음 허가를 낸 곳은 울진의 바다에서 반경 100킬로 내에서 시추권을 따냈었지만 속초 위쪽의 바다라면 다시 산업자원부에 허가 정정서를 내서 속초 위쪽까지 시추할 수 있도록 해야했다.

"오늘 저녁인가?"

"네."

이번에는 강 재구가 대답했다.

"당분간 비밀에 붙여. 아는 사람은?"

"우리들뿐입니다."

"해안 초소에도 입을 다물라고 그래."

춘호는 아까 바닷가에 도착했을 때에 경비 초소에 있던 경비들의 들뜬 표정을 생각하고서는 그렇게 지시를 내려놓았다.

"알겠습니다!"

이번에는 은수가 대답을 하고선 시무실에 있는 전화기를 들었다.

"나다. 내가 그리로 갈 테니까 전부 모이라고 해."

그리고는 은수가 밖으로 나갔다. 영호가 은수를 따라나갔다. 시추선에서 뛰어내린 그들은 곧 모터보트를 움직였다.

백사장에 도착한 은수는 영호와 같이 바닷가의 경비실로 들어갔다. 연락을 맡은 경비조직들은 일렬로 서 있었다.

"다 모인 건가?"

"네."

경비 책임을 맡은 손길이가 부동 자세를 취했다.

"앞으로 바닷가에서 일어나는 일은 절대로 비밀에 붙인다! 앞으로 너희들은 이곳에서 꼼짝도 하지 마라. 알았나!"

"네!"

"외출도 금지다! 필요한 것이 있으면 나한테 말해라. 그리고 손길이는 애들 단속을 잘해라. 혹시라도 신문기자들이 접근하더라도 절대로 들여놓지 마라!"

"넷! 알겠습니다!"

그들에게 엄명을 내려놓은 셈이었다. 그곳을 나와서 다시 보트를 타고 시추선으로 다가갔다.

시추선 안에 있는 사람들은 흥분을 감추지 못하고 있었다. 위렌과 반느, 그리고 기술자인 알렉스와 강 재구 기술과장이 이번 석유탐사에서 가장 큰 공을 세운 인물들이랄 수 있었다.

위렌은 흥분을 감추지 못했다. 두 손을 들었다가 내렸다가를 하면서 흥분에 들뜬 몸짓을 연신 해대고 있었다.

"회장. 내일이라도 북쪽을 뚫을 수 있도록 해야겠소."

위렌의 목소리는 당당함을 넘어서 자만심을 드러낼 정도였다.

"좋다! 내일만 기다려달라. 이번 일은 철저히 비밀에 붙여 이곳에서 유징을 포기하고 다시 북쪽으로 시추를 한다고 발표하는 게 좋겠다. 하여튼 모든 걸 비밀에 붙인다!"

"야스!"

"알겠습니다!"

춘호는 배호를 쳐다보며 주먹을 쥐어보였다. 배호도 주먹을 쥐어 허공을 가르듯이 날려보였다.

흥분은 좀처럼 가라앉지 않았다. 그들은 시추선에서 떠날 줄 몰랐다. 밤이 깊도록 맥주와 소주로 파티를 하고 있었다. 위렌과 반느는 벌써 술이 취해 있었다.

바다 위의 축제가 벌어진 셈이었다. 춘호는 술을 많이 마셨지만 취하지 않았다. 오히려 정신이 더욱 맑아지는 듯했다. 오늘 하룻밤은 마음껏 취하고 싶었다.

"형! 어때? 기분이?"

"하하. 우린 이제 해냈다! 이젠 부러울 것이 없어. 이백 억 배럴이라! 꿈 같군."

배호도 연신 술잔을 마셔댔지만 취한 것 같지는 않았다.

정만과 은수, 영호가 보트를 타고 울진 읍내로 나가서 안주들과 술을 잔뜩 사가지고 왔다.

밤새도록 술을 마신 그들은 새벽 다섯 시쯤에서야 하나 둘씩 나가떨어지기 시작했다. 위렌과 반느는 시추선 안의 사무실 바닥에 드러누워버렸고, 다른 기술자들도 제각기 바닥에 곯아떨어졌다.

정만과 은수가 뒤정리를 하려고 하자, 춘호가 제지했다.

"그냥 둬라. 니들도 일찍 자라."

춘호의 말에 그들은 청소를 하려다 말고 의자로 가서 앉았다. 정만도 약간 술이 취한 상태였다. 다들 술이 취해 있었기 때문에 시추선 안은 불만 환하게 켜져 있었지, 바다는 조용하기만 했다. 파고소리만 사무실 안으로 파고들었다.

"회장님도 주무셔야지요."

영호가 말했다.

"자라. 난 좀 더 있다가 잘 거니까."

바닷바람을 쐬기 위해서 사무실을 나온 춘호는 시추선 앞쪽으로 걸어가고 있었다.

"잠이 안 오냐?"

그러자 배호가 따라오면서 물었다.

"형. 이런 날은 잠이 안 와. 잠이 올 때까지 이러고 있는 게 좋을 거 같네."

춘호는 난간의 쇠파이프를 잡고서 담배를 꺼내 물었다. 배호가 라이터를 꺼내 불을 붙여주었다. 배호도 담배를 피우면서 바다 쪽으로 연기를 내뿜었다.

"춘호야. 이건 꿈이 아니다."

"……."

춘호는 배호에게 웃음을 지었다.

"이건 보통 일이 아니지. 아마 신문에 발표가 나가면 나라가 온통 뒤집어질 거다. 이백 억 배럴이면 몇 십년을 캐내도 못 캐낼 양이겠지."

"……."

춘호는 난간을 붙잡고서 바다 밑을 내려다보면서 묵묵히 담배만 피우고 있었다.

"……."

배호도 한동안 말이 없었다. 두 사람은 말없이 난간에 기대 서 있으면서 바다를 바라보고 있었다. 바닷가의 백사장에는 경비초소에서 환하게 불빛이 뿜어져 나오고 있는 게 보였다. 시추선의 북쪽으로는 먼 곳에 오징어잡이 배들이 켜놓은 불빛이 깜박거리고 있는 게 보였다. 춘호는 아직도 흥분이 가라앉지 않고 있었다.

"들어가자. 눈을 붙여야 일어날 거 아니냐."

벌써 새벽이 가까워 오고 있었다.

"형. 오늘 여기서 자지. 밤하늘이 보이는 곳에 자는 게 좋겠어. 바닷소리도 들리고."

"그럴까?"

그들은 바닥에 그대로 누웠다. 밤하늘에 떠 있는 별들이 보였다. 춘호는 팔베개를 하고는 다시 담배를 꺼내 물었다.

"형. 실감이 나?"

"아니."

"우리가 어렸을 때에…… 고아원에 있을 때에……. 밤하늘만 보면 눈물이 났잖아? 형은 그런 적 없어?"

"……."

"난……. 우리 아부지가 내가 보는 앞에서 목에다가 칼을 꽂아서 죽는 걸 보면서 눈 하나 깜짝하지 않았다."

"……."

"난 그걸 보면서도 울지 않았거든. 눈물이 나지 않았어."

"……."

"그래서 나중에 고아원에 들어가서 밤에 하늘을 쳐다보고 있으면 괜히 눈물이 나는 거야. 왜 그랬는지 모르겠지만……. 고아가 되었다는 사실이 점점 인정이 되더군. 아마 그래서 눈물이 났을 거다."

"고아원에서는 다들 그랬을 거다. 누군가 하늘에서 자신을 내려다보고 있을지 모른다는 생각이 들어서겠지. 얼굴도 모르는 부모가 하늘에 살고 있을 거라는 생각 때문이겠지."

"……그래."

춘호는 한숨을 내쉬었다. 시원한 바닷바람이 몸 속으로 파고들었다. 마치 바다 위에서 고무보트를 타고 있는 것 같은 기분이었다.

"사람이란 어떻게 될지 모르는 게 인생이야. 나를 낳아준 부모가 어떤 이유로 해서 우릴 버렸겠지만……. 우린 태어나면서부터 버려졌던 사람들이다. 가끔 이런 생각이 들지……."

배호는 잠시 말을 멈췄다가 담배에 불을 붙이고선 말을 꺼냈다.

"하필 우리가 그런 고아라는 사실이 비참하게 느껴질 때도 있었어. 어렸지만 그때만 해도 눈치코치 다 알 때여서 앞으로 살아가는 데에 살아서 무엇하나 하는 절망감에 빠질 때도 있었지. 근데……."

배호는 비감한 목소리로 말을 이었다.

"어린 나이에 죽으면 무엇하나 하는 생각도 들었어. 내가 죽으면 누가 알아주겠나 하는 억울함 때문에 그냥 그렇게 살다 보면 죽을 때가 있으면 그때 가서 죽으면 되지, 하는 생각이 들더라."

"……."

춘호는 배호의 옆얼굴을 돌아보았다. 배호는 팔베개를 하고선 하늘을 향해 말을 이어나갔다.

"다른 사람들도 마찬가지일 거다. 죽기 싫어서 그냥그냥 살아가는 사람들이 많아. 그렇게 살다 보면 어떤 일이 일어나겠지, 하고 막연히 기다리면서 사는 거지. 죽을 때까지 아무런 일이 일어나지 않더라도 그냥 현실에 만족하며 살아가는 것일 뿐이다."

"그래……."

"저 봐라. 하늘에 떠 있는 별들을 보면 알잖아."

"……?"

춘호는 밤하늘을 쳐다보았다. 시린 별들이 반짝거리고 있었다. 어렸을 때에 고아원 울타리 안에서 보던 별들과 같다고 생각되었다.

"별은 항상 그 자리에 서 있지만 별을 쳐다보는 우리가 자꾸 위치가 틀릴 뿐이지. 너하고 난 이제 어른이 돼 있는 거다. 아픈 추억은 이제 다 지나갔으니까."

"그래. 형. 우리들의 쓰린 과거는 다 지났어. 앞으로 우리가 해야 할 일들만 남아 있는 거다."

"그래. 오늘같이 이렇게 맨바닥에 누워서 별을 올려다보는 게 좋아. 이게 얼마만이냐. 광명시 중국집에서 나와 여기까지 오게 됐으니……."

배호는 그 말을 하면서 가슴이 벅차올랐다.

"……."

춘호는 밤하늘의 별들을 쳐다보면서 다시 담배를 찾았다. 둘만이 누워 있는 그곳에 새벽 이슬이 내리고 있었다.

다음날부터 울진에서는 조용한 침묵 속에 모든 것들이 진행되고 있었다.

춘호는 먼저 황진모 의원에게 부탁을 해서 산자부의 허가사항을 고칠 수 있도록 선처를 해달라고 부탁을 했고, 그 일은 명희를 통해 처리를 했다. 그 일을 처리하느라 명희는 산자부에 들어가 속초 이북지역의 해상에서 시추할 수 있도록 허가사항을 새로 신청했다.

"회장님. 다 됐어요. 인사도 했고요."

명희는 일을 처리하자마자 곧바로 울진으로 전화를 걸어왔다.

"됐어! 오늘밤에는 퇴근해서 황 의원님에게 인사를 드려라. 한 장이면 돼."

모든 건 춘호의 지시대로 이루어졌다. 배호가 없는 동안에 명희는 사장을 대신해서 이리 뛰고 저리 뛰면서 일을 처리해 나갔다.

"알겠습니다. 사장님은 언제 올라오시죠?"

명희의 질문에 용건을 마친 춘호는 전화기를 배호에게 바꾸어주었다.

"응. 나다. 명희가 수고하네."

"언제쯤 올라오시는데요?"

"왜? 바쁜 일이 있나?"

배호는 울진에서 석유가 뿜어져 나온다는 것에 아직도 흥분이 가시지 않은 상태였다.

"그건 건 없습니다. 모든 건 일단 비서실에서 대충 처리하고 있습니다. 결재할 것들이 많이 밀렸습니다."

"중요한 것만 말해. 난 여기서 못 올라갈 거 같다."

"네?"

명희는 깜짝 놀랐다. 국제관광단지의 사장이라는 사람이 울진에 내려가 한가하게 있을 그런 시간이 아니었다.

"중요한 일이 있으면 즉방으로 보고해. 전화상으로 결재를 할 거니까."

"알겠습니다."

배호는 전화를 끊었다.

"된 거야?"

"응. 빨리 속초로 올라가야 돼. 알렉스! 위렌을 찾아."

"네."

알렉스는 바쁘게 움직였다. 곧바로 위렌과 반느를 데리고 사무실로 들어왔다.

"위렌! 산자부에서 시추 정정신고가 떨어졌다. 빨리 서둘러라!"

"야스!"

울진의 석유탐사팀은 곧바로 행동으로 이어졌다. 거대한 크레인이 바닷가에 도착하고 스무 대의 대형트럭들이 줄지어 백사장을 뒤덮기 시작했다. 울산에서 올라온 3000톤급 장비선이 도착하면서 울진 바닷가에 남겨두었던 시추 장비들을 싣기 시작했다.

갑자기 늘어난 인부들이 개미떼처럼 달라붙어서 장비들을 움직이고 있었다. 벌써 장비를 실은 대형트럭들은 위렌과 반느와 같이 속초로 떠나고, 뒤를 이어서 장비를 실은 트럭들이 속속 속초를 향해 떠나고 있었다.

"회장님. 우리가 올라가기 전에 함 운식이한테 연락을 취해 놓겠습니다. 그러면 그쪽에서 미리 준비를 해놓을 지도 모르잖 습니까?"

"그렇지! 연락해봐."

춘호의 말에 은수는 얼른 속초에 있는 함 운식에게 전화를 걸었다. 함 운식은 속초에 있는 스카이 호텔에서 식사를 하고 있다가 은수에게서 전화를 받았다.

"네. 형님. 웬일이십니까? 여기까지 전화를 다 주시고."

함 운식의 걸걸한 목소리가 흘러나왔다.

"울진에 있다. 회장님하고 우리가 곧 속초로 올라간다. 시추 선을 옮길 거니까 네가 인부들 좀 구해봐라. 알겠냐?"

"인부요? 그럼 시추선이 이쪽으로 올라온다는 겁니까?"

함 운식은 뱃놈 출신이었다. 어렸을 때부터 고깃잡이배부터 탔다가 속초에 있는 대포항을 거점으로 주먹잡이로 행세하고 있는 이였다. 그의 목소리에서는 거친 바다냄새가 나는 듯했다.

"그래. 인부 이백 명 정도는 필요할 거다. 네가 알아서 해라."

"네, 알겠습니다. 그럼 언제 올라오시는 겁니까?"

"곧 출발한다."

은수는 그렇게 말하고는 핸드폰을 끊고선 춘호에게 보고를 했다.

"함 운식이한테 인부를 준비해놓으라고 그랬습니다."

"잘했어. 좋아!"

춘호는 옆에 있는 배호에게 말했다.

"형! 먼저 출발하지. 난 마지막 차가 떠나는 걸 보고서 올라갈 테니까."

"알았어! 넌?"

"난 좀 있다 마지막 차가 떠나는 걸 보고서 출발하지."

춘호의 말에 배호는 트럭이 장비를 실은 모습들을 보고서 춘호에게 씨익 웃어보이고는 휘파람을 불면서 보디가드들과 함께 차에 올랐다.

시추선 위에 남은 춘호와 정만과 영호, 은수는 백사장에서 땀을 흘리고 있는 인부들과 기술 엔지니어 강 재구의 모습을 지켜보는 춘호의 얼굴에 잔잔한 긴장이 감돌고 있어서 입가에 미소를 짓고 서 있었다

바닷물 속에 박힌 파이프에선 아직도 시커먼 연기가 치솟고 있었다.

"자, 우리도 출발하자."

춘호가 발걸음을 떼어놓자, 정만과 은수, 영호는 보트 위로 훌쩍 뛰어내려서 춘호가 뛰어내리는 걸 지켜보고 있었다.

보트는 곧 바닷가로 달리기 시작했다.

마지막 장비를 실은 트럭이 출발하자, 춘호가 탄 차가 트럭의 뒤를 쫓아가고 있었다.

울진에는 알렉스와 강 재구를 남도록 해서 시추를 계속하도

록 했다.

바닷가를 달리면서 춘호는 황 의원과 통화를 했고, 국정원 박 국장과도 통화를 했다.

"왜? 갑자기 무슨 일이 있나?"

황 의원이 목소리였다.

"아닙니다. 울진에서는 아직 징후가 보이지 않아서 시추공을 북쪽으로 옮기는 중입니다."

"그런가? 그럼 어떻게 되나? 돈만 까먹었군 그래."

황 의원의 염려 섞인 걱정이 흘러나왔다.

"아직은 모릅니다. 위렌고 반느가 북쪽에 더 가능성이 많다고 해서 올라가는 중입니다."

춘호는 지금 동해안을 달리고 있는 중이라면서 올라가는대로 찾아뵐 것이라고 말을 했다.

"그러게. 저번에 야당 쪽에서 건드리던 것은 끝났지?"

"네. 염려마십시오. 박 국장 형님의 말을 듣고서 단단히 입을 막아놨습니다."

"핫하. 잘했어."

황 의원은 여러모로 도움을 주는 편이었다. 저번에 국회 문광 위의 야당 의원인 정 숭모가 민족교의 재산실태에 대해서 무언 가 캐보겠다고 나왔을 때에 춘호는 정 의원이 요즘 한창 주가를 올리고 있는 신인탤런트 윤희진과의 깊은 관계를 알고 있으면 서 은근슬쩍 다른 의원을 빗대어서 말하면서 돈으로 입을 막아버린 것이었다.

"고맙습니다. 형님의 은혜는 잊지 않겠습니다."

"알았네. 필요한 게 있으면 또 전화하게. 이번에는 잘 돼야 할 텐데 말이야."

"알겠습니다."

춘호는 통화를 하고 나서 다시 박 국장에게 전화를 걸었다.

박 국장에게도 울진에서 석유가 나왔다는 것을 말하지 않았다. 지금 속초 위쪽으로 이동하고 있는 중이라고 말했다. 오늘 산자부에 시추 정정허가를 받아 속초 위쪽의 고성 앞바다에 다시 시추선을 띄울 거라고만 말했다.

"동생, 알았네."

"올라가서 뵙겠습니다."

춘호는 인사를 깍듯이 하고는 전화를 끊었다.

이제 앞으로 자신에게 남은 일은 언제, 어떠한 방법으로 빅뉴스를 터뜨리느냐는 것이었다.

그의 가슴 속에는 잔잔한 파문이 일고 있었다.

먼저 고성에 도착한 배호는 함 운식과 그의 부하들의 마중을 받았다.

"사장님. 오셨습니까?"

미리 바닷가에 도착해 기다리고 있던 운식과 그의 부하들이 일렬로 서서 배호 일행을 맞이했다. 그들은 검게 탄 얼굴로 깍듯이 허리를 굽히면서 일행을 맞았다.

"그래. 잘 되냐?"

"네. 형님. 춘호 회장님은 언제 오십니까?"

함 운식은 배호의 주위를 둘러보면서 춘호를 찾고 있었다.

"곧 올라올 거다. 내가 먼저 출발했지."

"네. 숙소는 정했습니까? 앞으로 여기 있으려면 한참 있으셔야 될 거 같은데."

"그건 니들이 좀 알아봐라. 호텔 말고 모텔로 정해. 춘호 회장은 호텔 같은 덴 질색이니까."

"네, 알겠습니다."

함 운식은 배호보다 나이가 많았지만 대답을 할 때마다 허리를 굽히면서 깍듯이 예를 표했다.

"니들은 시내에서 인부들이나 책임지고 보내줘라. 여긴 우리가 맡으니까."

"네, 알겠습니다. 형님."

함 운식은 절을 하고는 그곳에서 작업이 하역작업이 이뤄지는 광경을 지켜보다가 돌아갔다.

배호는 위렌과 반느와 함께 울진에서 데리고 온 작업인부들을 지휘하면서 고성 앞바다에 시추선을 먼저 띄우는 것이 급선무라고 생각했다.

"위렌. 좌표가 어딘가?"

시추선의 위치를 묻는 말이었다.

"여기서 오십 마일 앞이다."

위렌이 당당하게 말했다. 반느는 다시 한 번 정확한 지점을 찾기 위해서 측량기사를 데리고서 바다 쪽을 측량하고 있었다.

그러나 울산에서 올라오기로 한 시추선 본체가 도착하지 않고 있었다. 바닷가에는 장비를 실은 트럭들이 줄지어 서 있었다.

"일단 장비부터 내리는 것이 어떤가?"

배호가 위렌에게 말했다.

"알았다!"

위렌은 서툰 한국말로 한국인 작업반장에게 지시를 내렸다.

"하역하라!"

위렌의 말에 작업인부들은 트럭에 달라붙어 굵은 밧줄을 걷어내고서 싣고온 장비들을 끌어내리느라 소란스러워지고 있었다.

배호는 핸드폰을 꺼내 다이얼을 눌렀다.

"나다. 지금 어디 오고 있나?"

"도착했나?"

춘호의 말이었다.

"그래. 지금 하역하고 있다. 근데 울산에서 시추선이 아직 도착 안 했다. 그게 와야 일이 되는데."

"알았어! 내가 다시 전화를 때리지."

"빨리 올라오라고 그래."

배호는 신이 난 목소리였다.

"알았다! 나도 금방 도착할 거다. 지금 양양을 지나고 있어."

춘호는 울산에 있는 해운회사로 전화를 걸어 시추선이 출발했다는 말을 듣고서 배호에게 그 사실을 알려주었다.

춘호가 고성에 도착했을 때까지도 시추선은 도착하지 않았다. 시추선과 몇 번의 통화가 이어졌다.

하역작업이 끝나갈 때쯤에서야 남쪽 바다에서 거대한 시추선이 모습을 드러내었다. 시추선은 물살을 가르며 천천히 다가오고 있었다.

"회장! 여기서 오십 마일 앞에 세우겠다. 거기가 시추할 곳이다."

위렌은 시추선과 연락을 취하기 위해 무전기를 들었다.

"앞으로! 앞으로! 여기서 오십 마일 지점이다. 좌측으로 틀어라."

위렌은 무전기에다 대고 시추선의 방향을 지시하고 있었다. 거대한 시추선은 검은 연기를 내뿜으며 위렌이 지시하는 장소로 이동하고 있었다.

시추선의 위에서는 망원경으로 바닷가에 서 있는 위렌의 수신호를 보면서 무전기에서 나오는 명령에 따라 조금씩 항로를 바꾸며 바닷가로 접근하고 있었다.

시추선에서 흘러나오는 엔진의 굉음이 바닷가에 서 있는 춘호의 귀에까지 들렸다. 시추선은 마치 거대한 군함 같았다. 서서히 바닷가로 다가온 시추선은 위렌의 명령에 따라 정확히 50마일 지점에서 멈췄다.

"됐다! 회장. 저 배에 타."

위렌의 말에 춘호와 배호는 배에 올라탔다.

"출발!"

위렌의 말이 떨어지자, 시추선에 들어갈 장비를 실은 배들이 움직이기 시작했다.

어둠이 깔리기 시작한 고성 앞바다는 수많은 배들로 어지러웠다. 장비를 실은 배들은 시추선 옆에 있는 크레인이 달린 배에 닿아 장비들을 내려놓기 시작했다. 그 작업은 꼬박 이틀이 걸린 셈이었다. 전날 저녁 무렵에 시작한 하역은 다음날까지도 계속되었다.

춘호와 배호는 작업인부들이 육중한 기계에 달라붙어 쇠밧줄을 걸고 대형 크레인을 실은 배가 기계를 들어 시추선으로 내려놓고선 다시 크레인을 들어올려 또 다른 장비들을 옮겨놓기 시작했다.

대형 크레인에 걸려 시추선으로 옮겨지는 육중한 장비들을 보면서 춘호는 뜬 눈으로 밤을 지새웠다.

시추선 위에서 작업하는 인부들은 장비가 옮겨질 때마다 커다란 통나무를 시추선 위에 깔아놓고서 그 위에다가 육중한 장비를 얹어서 이동하곤 했다.

장비 밑에 깔린 아름드리 통나무를 굴리다가 손이라도 끼게 되면 여지없이 손목이 날아갈 판이었다. 그런 위험한 작업을 지켜보면서 춘호는 밤중에라도 잠이 올 턱이 없었다.

시추선 위와 크레인이 달린 배 위에는 대형 등이 배 위를 환하게 비추고 있었지만 장비를 움직일 때마다 인부들은 영차, 소리를 지르면서 조금씩밖에 움직이지 않았으므로 크레인이 다른 장비를 내려놓기 전에 먼저 장비를 제 자리에 갖다놓아야 하는 판국이었다.

"뭐 좀 먹었나?"

배호가 식당에서 야식으로 끓인 라면을 먹고 나오면서 춘호에게 말했다.

"형은 먹었어?"

"응. 배 고프니까 가서 먹어. 라면도 맛있네."

배호는 눈이 벌겋게 충혈되어 있었다. 어젯밤 한 숨도 자지 못했던 탓이었다.

"……"

춘호는 다시 장비를 옮기는 크레인으로 눈길을 주고 있었다. 크레인에 걸려 바닷물 위를 건너온 장비는 시추선 위에 내려져서는 다시 인부들의 작업에 의해서 제 자리로 옮겨 놓았다.

인부들은 교대로 식사를 하면서 작업에 달라붙었고, 그때까지도 춘호는 입에 아무것도 대지 않은 상태였다.

"배 안 고파?"

"회장님. 식사하셔야지요."

배호와 정만이 옆에서 말했지만 춘호는 담배를 꺼내 불을 붙였다. 그의 입에서 하얀 연기가 피어나왔다. 무심코 고개를 돌린 춘호의 눈에 장비 밑에서 인부 한 명이 미끄러지면서 바닥에 넘어지는 모습이 보였다.

"야! 조심해! 거기 사람 있잖아!"

춘호가 버럭 소리를 질렀다. 그 바람에 배호와 정만은 춘호가 소리친 쪽으로 시선을 돌렸다. 무거운 장비가 내려오면서 밑에 있는 인부를 깔아버릴 뻔했다. 크레인의 기사는 장비에 가려 보이지 않는 인부를 보지 못하고서 장비를 내리는 찰나였다.

"스톱!"

위렌이 다시 소리쳤다. 위렌의 손에 들린 경보기에서 싸이렌 소리가 들려나왔다. 그제야 크레인 기사는 밑에 인부가 있다는 것을 알아차리고는 기계를 멈췄다.

벌써 배호와 정만은 재빨리 몸을 날려 인부를 걷어차듯이 옆으로 밀어냈다. 인부는 정만의 발길질에 시추선 위에 나동그라졌다.

"조심해! 사람 깔 뻔했잖아!"

춘호의 입에서 욕설이 튀어나왔다.

위렌은 들고 있던 무전기로 크레인 기사에게 마구 퍼부었다.

"야! 씨파! 좀 잘 봐!"

위렌의 어설픈 욕설이 튀어나갔고, 크레인 기사는 공중에 떠 있는 운전석에 앉아서 얼굴이 새파래지고 있었다.

"다시 내려! 야! 씨파! 슬로우! 슬로우!"

위렌이 다시 소리쳤다.

춘호는 신경이 날카로워져 있었다. 수많은 인부들이 장비 옆에 달라붙어 통나무 위에 올려놓고선 장비를 조심스럽게 밀고 가는 모습을 보면서 위렌이 크레인 기사와 무전기로 대화를 나누는 것을 살피고 있는 중이었다.

조금 전에 장비가 내려올 때에 춘호가 소리치지 않았디라면 위렌이 장비 밑에 인부가 있다는 것을 모르고서 무거운 장비를 내려놓았을지도 모르는 일이었다.

"여긴 내가 보고 있을께. 들어가 뭐 좀 먹지."

"됐어. 아직 배는 안 고픈데 뭘. 이따 나가서 먹지."

춘호는 오전부터 지금까지 아무것도 입에 대지 않고 있었다. 목이 마르면 물로 배를 채우고 있었다.

"장비가 엄청 많네. 이러다간 오늘도 밤중에서야 설치를 마치 겠다. 우선 밥이나 먹으러 갈까?"

배호가 다시 말을 꺼냈다.

"끝나고 먹지."

춘호는 작업이 언제 끝날지도 모르는 판국인데도 먹을 생각 이 없는 듯했다.

"회장님. 초밥 하나 시켜 올까요?"

정만이 나섰다.

"됐어."

춘호는 다시 담배를 피우면서 인부들이 열심히 일을 하고 있 는 모습을 지켜보고 있었다.

작업은 밤 열한 시가 되어서야 겨우 끝이 났다.

위렌과 반느도 녹초가 되어 있었다.

작업하던 인부들은 기름칠로 범벅이 되어서 간판 위에 널브러졌다.

"다들 수고했다. 오늘 나가서 회식이나 하지."

춘호는 주머니에서 수표 한 장을 꺼내 작업반장에게 건네주었다.

"하이구, 고맙습니다."

반장은 고액의 수표 한 장을 보고선 연신 고개를 숙여보였다. 갑판에 널브러져 있던 인부들이 하나 둘씩 일어나 몸을 추스리기 시작했고, 그들은 열심히 일한 대가로 회장으로부터 거액의 회식비를 받았다는 것에 기쁨을 감추지 못했다.

인부들은 회식을 하기 위해 보트를 타고서 바닷가로 나가는 것을 보면서 춘호는 비로소 허기짐을 느꼈다.

"위렌! 반느! 오늘 수고했어! 우리도 나가서 한 잔 하지."

"야스!"

그들도 바닷가로 철수하기 시작했다.

환하게 불이 켜진 시추선은 바다 위에 용맹스럽게 떠 있었다. 바다 밑에 파일을 박아 네 군데의 지지대를 만드느라 시간이 많이 걸렸고, 바다 밑에 파일을 박는 동안 위렌은 하역작업을 했던 것이다.

속초 시내로 나온 그들은 동명항 바닷가의 횟집으로 갔다.

속초관광호텔로 갈까도 생각했지만 춘호는 그런 곳보다는 차라리 바닷가의 운치에 취하고 싶었는지 모른다. 그는 어디를 가더라도 고급스런 데를 선호하지 않았다.

동명항을 끼고 쭉 늘어선 바닷가의 횟집은 허름하기 그지없었다. 뱃사람들과 속초에 사는 사람들이 횟집에 들어차 있었다.

낯선 사내들이 들어가자, 술을 마시던 그들은 이방인이라도 본 듯이 춘호의 일행들을 살피기 시작했다.

"방으로 들어가지."

배호는 주인 여자에게 그렇게 말했다.

"네. 그쪽 방으로 들어가세요."

방으로 들어간 춘호는 상좌석에 앉았고, 그 옆자리에 배호가 앉았다. 그 옆으로 위렌과 반느, 그리고 정만과 은수, 영호와 배호의 보디가드들이 자리를 잡고 앉았다.

"위렌하고 반느! 나는 당신들에게 감사한다! 오늘은 축하하는 의미에서 술을 마음껏 마셔라."

"야스! 고맙다."

곧 술과 안주가 차려졌다. 푸짐한 술상이었다. 소주가 들어옴과 동시에 배호는 소주병을 따서 춘호의 잔과 위렌. 반느의 잔에 술을 따랐다.

그들은 술잔을 다 채운 뒤에 건배를 하고선 술을 마시기 시작했다. 오늘만큼은 춘호도 잔뜩 취하고 싶었다. 위렌과 반느가 따라주는 술잔을 마다하지 않았고, 부하들이 따라주는 술도 그대로 받아마셨다.

그날은 완전히 녹초가 되도록 술을 마신 날이었다. 배호도 정신없이 술을 마셨다. 춘호가 형님이라는 말을 썼기 때문에 춘호를 겁내는 위렌과 반느는 걸핏하면 배호에게 술잔을 권했다. 위렌과 반느도 이미 술이 취한 상태였다.

"위렌! 외박하고 싶나?"

배호가 호기 있게 묻자,

"외박? 여자 말이냐?"

위렌이 정신을 차리면서 말했다.

"그렇다!"

배호가 웃으면서 말하자,

"좋지! 여자 있나?"

위렌과 반느는 호기심을 갖고 대들었다.

"회장. 오늘 위렌과 반느에게 보너스 선물 하나 주는 게 어때? 그동안 열심히 일을 했으니까 한번쯤 외박을 시키는 것도 괜찮지 않나?"

"……."

그 말에 춘호는 웃고 말았다. 그렇지만 횟집에서 나왔을 때는 춘호가 미리 준비시켜놓은 호텔 택시가 대기하고 있었다.

"위렌. 반느. 오늘 푹 쉬어."

춘호는 하얀 봉투를 하나 꺼내 위렌과 반느에게 건네주었다.

"야스! 고맙다!"

위렌은 고맙다는 뜻으로 춘호의 어깨를 끌어안았다가 놓아주었다. 그리고는 반느와 함께 택시를 차고선 가버렸다.

"니들은 먼저 들어가라."

춘호는 부하들에게 지시를 하고는 배호와 함께 바닷가로 걸어 나갔다. 부하들이 숙소로 잡아놓은 모텔로 가고 나서 춘호와 배호는 밤깊은 포구로 가서 걸터앉았다.

두 사람은 말없이 캄캄한 바다를 내려다보면서 앉아 있었다. 담배를 피우는 춘호의 얼굴이 담뱃불에 빛났다가 사그라들곤 했다. 배호는 먼 바다 쪽에 떠 있는 오징어잡이 배들에서 흘러나오는 불빛을 바라보고 있었다. 그 불빛은 바다를 적시며 바닷가에까지 물살로 번져오고 있었다.

"형. 이제 다 끝났어."

춘호는 후련한 마음으로 속마음을 털어냈다.

"그래. 나도 흥분이 된다. 이런 일이 일어나리라곤 짐작도 못했다."

배호 역시 아직도 흥분을 감추지 못하고 있었다. 횟집에서 술을 마실 때에 위렌과 반느에게 오늘밤 외박이라도 시켜줘야 하지 않느냐고 말했던 것도 울진에서 석유가 뿜어져 나온 것에 대한 흥분 때문이었다.

"형. 호사다마라는 말 아나?"

"호사다마? 그게 뭐냐?"

"후우."

춘호는 자신이나 배호 형이나 체대를 졸업했지만 호사다마라는 고사성어의 뜻을 정확히 알고 있지는 못했다.

"호사다마. 나도 뜻은 잘 몰라. 대충 아는 것으로는, 좋은 일에는 나쁜 일이 낀다는 뜻이야. 더 정확한 뜻은 모르겠어.”

“……?”

배호는 춘호의 옆얼굴을 쳐다보았다. 그동안 비정하리만치 단호했던 춘호가 오늘밤 인간적인 모습을 보이는 것이 싫지가 않았다. 배호는 그동안 춘호에게는 형이랄 수 있었지만 춘호의 단호한 행동에서는 형이라는 위치를 내세울 수가 없었다.

“차라리 이쯤에서 덮어버리고 싶네.”

“왜? 무슨 말이야?”

배호가 놀라서 물었다.

“울진에서 석유가 났다는 거……. 우린 그런 일확천금을 노린 건 아니잖아.”

“일확천금? 돈을 번다는 게 안 좋은 거냐?”

배호는 이상하다는 듯이 춘호의 얼굴을 쳐다보았다.

“우린 수원에서 콜라텍으로 컸어. 그리고 영등포로 뚫고 들어와서 조직을 키웠고. 형이 하는 신공항 단지도 우리가 키운 거지.”

“……. 그래.”

“이제 그만큼 키웠으면 더 이상 큰 꿈을 가지고 싶지 않아. 이젠 더 욕심을 부릴 건더기도 없다고 생각해.”

“……?!”

“만약에 이번에 울진에서 석유가 뿜어져 나온다고 하면 난리가 날 거 아냐?”

“그렇지. 석유 한 방울도 안 나는 나라에서 그만한 매장량의 석유가 나온다면 나라가 들썩거리겠지. 그건 일확천금이 아니지."

"……."

춘호는 슬픈 듯한 눈빛으로 배호의 얼굴을 돌아보았다.

"왜?"

배호가 의아한 듯이 물었다.

"우린 해냈다는 거지. 천애고아들이 뭉쳐서 우리가 어떤 일을 해냈다는 것에 형은 어떻게 생각해?"

"나? 나야 널 믿으니까……. 네가 이렇게 크게 키운 것도 다 우리들의 운명이라고 할 수 있지."

배호는 지금 춘호가 어떤 말을 하고 있는지 분간이 안 갔다. 오늘따라 춘호는 많은 술을 마셨고, 지금 바닷가에 앉아 어린 날의 뼈아픈 기억들을 회상하고 있는 건지도 몰랐다.

"……."

춘호는 바다를 보며 깊은 생각에 잠겨 있었다.

"춘호야. 난 네 마음을 안다. 우리가 이렇게 큰 조직을 만들어 나가는 것도 우리 후배들을 위해서, 또 우리들이 고아라는 것을 잊어버리기 위해 남들보다 더 열심히 살아가겠다는 것도 알아. 넌 회장이야. 이젠 옛날 일은 옛날 일로 덮어버리는 것도 괜찮은 일이야. 우리가 애써서 애들을 키워내고 있는 거니까. 그 애들이 커서 멋진 조직원이 돼서 우리 조직을 맡게 되면 우리의 꿈은 다 이뤄지는 거다. 전국에 수많은 고아원들이 있지만 그 애들을 우리가 다 받으려면 우린 아직도 멀었어. 전에 네가 나한테 말했잖아. 형은 고아원에 있을 때의 일을 다 잊어버렸느냐고 했던 말. 난 사실 너한테서 그 말을 듣고 정신이 번쩍 들었다."

"……형은."

춘호는 다 잊어버린 말이었다. 그때에 화가 나서 배호한테 한 말이었지만 배호는 지금도 그때의 일을 잊어버리지 않고 있었다.

"앞으로 우리 조직은 너 말대로 영원히 그런 정신을 이어가야 할 거 같다. 그렇게 되려면 너하고 나하고, 그리고 정혜나 명희도 성숙이도 다 그 정신을 이어받아야 돼. 앞으로 훈련시키는 애들도 그런 정신이 없으면 우린 모래 위에 세운 성과 같은 거야."

"좋아! 형. 난 사실 여당의 황 의원의 힘을 빌려 울진에 석유 탐사를 시작한 것도, 그리고 국정원이나 검찰의 높은 형님들을 알게 돼서 힘을 빌리는 것도 어느 순간에 가면 모래 위의 성처럼 와르르 무너져버릴지도 모른다는 생각을 하곤 해. 정치란 정권이 바뀌지면 모든 게 뒤바뀌지는 거니까."

춘호는 야당 의원인 정 숭모 의원이 민족교 재산실태를 파악하기 위해 국회 문광위를 통해 자료제출을 해달라는 요구를 받고서 정 숭모 의원을 만나 해결하는 과정에서 톱탤런트 윤희진과의 관계를 슬쩍 끄집어내면서 더 이상 민족교 재단의 재산실태에 대해서는 캐묻지 말아달라는 압력을 넣었던 것에 대해서 일종의 비참함을 느끼고 있었다.

정치란 원래 남녀 사이의 아랫도리의 일에 대해선 캐묻지 않는 것이고, 더구나 조직을 이끌고 있는 황제파의 보스로써 정의원의 치부를 고리로 해서 민족교의 일을 무마시킨 것에 대해서 떳떳치 못한 일이라고 생각하고 있었다.

배호는 아직 그런 일에 대해선 아무것도 모르고 있었다.

"울진의 일은 언제 터뜨릴 거냐?"

"여기서 터지는 것을 보고 나서 하지."

"그래. 확실하게 터지는 것을 보고 나서 터뜨리면 나라 전체가 발칵 뒤집힐 거다. 생각 잘했어."

"……."

"나한테 뭐 부탁할 말이 있냐?"

배호는 춘호가 혹시라도 형인 자신에게 말하기 거북한 것이 있는가 해서 물어보는 말이었다.

"없어."

춘호가 머리를 저었다.

"나도 그런 거 없다. 넌 앞으로 우리 조직을 계속 끌고 나갈 놈이 아니냐."

"이젠 형도 앞으로 나설 때가 된 거지."

"나? 난 그냥 관광단지만 맡아도 돼. 앞으로 더 맡는다면 우리 단지 안에 큰 체육관과 오피스텔을 지어서 영등포에서 훈련받는 애들을 받아서 훌륭한 조직원으로 키우고 싶다. 우리 조직 내에서 무술대학을 세워서 우리가 직접 키워도 좋고."

"대학을?"

"왜? 안 되냐?"

배호는 춘호의 지금까지의 능력을 봐서는 충분히 할 수 있는 일이라고 생각하고 있었다. 여권의 실세를 움직이고 있는 춘호가 그만한 일은 식은 죽 먹기라는 식이었다.

"그럴 수도 있지……."

"그렇게 되면 우리는 다 한 거다. 우리가 애들을 데려와서 직접 키우면서, 우리 조직이 필요한 인재들을 또 키우는 셈이지. 네가 말한대로 고아원 출신들은 사회에 나와서 비굴하게 살아가게 하지 않으려면 우리가 끝까지 키우는 수밖에 없어."

"……."

춘호는 바닷물을 내려다보면서 배호가 하는 말을 듣고만 있었다. 그의 손에는 아까부터 지금까지 불이 붙여진 담배가 들려져 있었다.

배호는 담배에 불을 붙이면서 다시 말을 꺼냈다.

"우린 끝까지 하는 거다. 우리가 하면 안 될 일이 없어."

가끔, 춘호가 어린 날의 회상에 빠질 때에 배호가 옆에서 그런 말을 해줄 때가 좋았다. 춘호는 그런 말을 들으면서 새로운 각오를 다지곤 했다.

"이제 일어나자. 너무 늦었다."

"그래."

두 사람은 어느새 술이 깨어 있었다. 모텔로 걸어가면서 배호는 춘호의 어깨에 손을 얹었다.

"짜식! 넌 황제파의 영원한 황제다. 희준이도 그렇고."

"형도 이젠 황제야. 형도 이젠 더 커야 돼."

"알았어!"

두 사람은 주먹을 쥐어 상대방의 주먹을 향해 힘껏 날렸다. 주먹과 주먹끼리 맞부딪쳤다.

다음날 아침 일찍 일어난 춘호는 배호가 자신과 같이 바닥에 자고 있는 것을 보고는 운동복으로 갈아입었다.

"일어났냐? 운동하러 나갈 거야?"

언제 눈을 떴는지 배호가 벌떡 일어났다.

"더 자지 그래."

"됐어. 충분히 잤어."

배호는 얼른 운동복으로 갈아입고선 욕실로 들어갔다.

"회장님. 잘 주무셨습니까?"

밖에서 정만의 목소리가 들렸다.

"그래. 나갈 거다."

춘호는 그렇게 말하고는 배호가 욕실에서 나오는 것을 보고는 밖으로 나갔다. 복도에는 이미 부하들이 기다리고 있었다.

모텔을 나온 그들은 바닷가 쪽으로 조깅하기 시작했다. 바닷가를 따라 고성 쪽으로 달렸다. 모텔에서 4킬로미터쯤 된 바닷가에서 멈췄다.

시원한 바닷바람이 상쾌했다. 막 해가 떠오르면서 붉은 기운이 바다를 온통 뒤덮기 시작하고 있었다. 춘호는 심호흡을 하면서 고성 쪽을 바라보았다. 그곳에 시추선이 있었지만 춘호가 있는 바닷가에서는 시추선을 볼 수가 없었다.

배호가 바닷물에다 얼굴을 씻고는 춘호 옆으로 다가왔다.

"몸은 괜찮냐?"

"응. 그것 마시고 퍼질라고? 형은?"

"하하. 나도 거뜬하지. 어젯밤 술을 많이 마셨지. 너도 어젠 취한 것 같더니만."

"조금."

춘호는 씨익 웃어보이고는 정만이가 은수와 씨름을 하는 것을 보고는 천천히 바닷가를 걸었다. 배호가 곧 뒤를 따라왔다.

천천히 바닷가를 걷고 있었다.

"형은 오늘 올라가지."

"그래. 올라갔다가 시간을 내서 또 내려오겠다."

"여긴 내가 알아서 할 거니까 그쪽 일이나 신경 써. 황 의원님하고 박 국장이 오면 인사치레 두둑히 하고."

"알았다. 또 인사할 데 없나?"

"희준이보고 시간이 있으면 여기 한 번 들르라고 그래. 여긴 속초가 가까운 곳이라 놀다 가도 되고."

"알았어. 또?"

배호는 메모하듯이 대답을 했다.

"됐어. 영등포에 오피스텔이나 하나 더 사지 그래. 애들 숙소도 더 넓히고 훈련장도 더 넓혔으면 좋겠는데."

"차라리 우리 단지 안에 아파트를 짓고, 거기다가 훈련장을 하나 더 짓는 게 낫겠다? 영등포에는 그냥 그대로 쓰고."

"그럴까? 어차피 넓히려면 영등포 부근에는 땅값이 만만치 않으니까."

"그럼! 차라리 아예 넓게 쓰도록 신공항 안에다 그런 시설을 짓는 게 좋을 거 같다. 영등포하고 신공항에서 같이 운영해도 되고 말이야."

"좋았어! 그건 형이 알아서 해."

두 사람의 생각은 곧 일치를 보았다. 춘호는 배호의 생각에 찬성의 뜻을 밝혔다.

다시 모텔로 돌아온 배호는 아침식사를 하고 나서 곧바로 서울로 향했다. 배호를 떠나보내고 난 춘호는 보디가드들을 데리고 고성 쪽으로 달렸다.

아침 일찍 출근한 인부들이 벌써 작업을 하고 있었다.

바닷가의 백사장에는 대형트럭들이 쉴 새 없이 드나들었고, 콘크리트 차와 펌프 카가 접안시설을 만들고 있었다.

"이거 마르려면 얼마나 걸려?"

춘호가 다가가자 공사책임을 맡은 반장이 저만치에서 얼른 다가왔다.

"오일이면 마릅니다."

접안시설이 만들어져야 시추선으로 가는 보트가 마음대로 드나들 수가 있었다. 우선 아쉬운 대로 바닷가의 백사장에서 보트를 밀어 넣어서 시동을 걸어 시추선으로 다가가곤 했지만 접안 시설이 되면 곧바로 보트로 올라탈 수가 있었다.

춘호는 벌써 출근해서 작업을 하고 있는 시추선 쪽을 바라보며 물었다.

"위렌은 출근했나?"

"네. 조금 전에 나왔습니다."

"들어가 보지."

춘호의 말에 반장은 곧 춘호를 안내해서 보트가 있는 곳으로 갔다. 그곳에는 큰 배 두 척이 있었다.

"이건 뭐지?"

"울진에서 올라온 배입니다. 나머지 장비들을 싣고 온 겁니다."

그 말을 듣고서 춘호는 보트에 올라탔다. 정만과 은수, 영호도 보트에 타고선 시추선으로 다가갔다.

위렌은 벌써 출근해서 작업을 지시하다가 시추선 위로 올라온 춘호를 보고는 인사를 보내왔다.

"괜찮나?"

"야스!"

위렌과 반느가 기분 좋게 웃고 있었다. 어젯밤 춘호가 준 돈 봉투가 흡족한 모양이었다.

"언제부터 시추에 들어갈 수 있나?"

"그건 아직……. 지금 상태로는 십일 정도 돼야 들어갈 수 있을 거 같다. 아직 장비도 도착 안 한 것들이 있다."

"울진 쪽은?"

춘호의 말에, 위렌이 대답했다.

"알렉스하고 방금 통화했다. 거기선 계속 석유가 나오고 있다. 가스밀도도 어제 그대로다."

"좋아!"

춘호는 주먹을 탁 치고는 옆에서 일을 하고 있는 반느의 어깨를 툭 쳐주었다. 반느는 그런 춘호를 보고는 씩 웃었다.

춘호가 고성에 있는 동안, 그곳에서는 엄청난 작업들이 이루어지고 있었다.

고성 앞바다는 갑자기 들이닥친 석유탐사팀으로 인해 바닷가가 부산해지기 시작했다. 트럭들이 연신 드나들며 자갈과 모래들을 실어 나르고 있었고, 작업인부들을 실은 차들이 꾸역꾸역 들어오고 있었다. 그들은 속초와 인근 도시인 양양 등지에서 불러 모은 작업인부들이었다.

바닷가는 마치 피난민들의 숙소처럼 변해갔다. 컨테이너 막사가 여러 동 세워지고, 인부들이 사용할 함바 식당의 건물이 생기고, 그 둘레에는 철조망으로 담을 치고 입구에는 경비실의 막사가 세워졌다.

모집된 각 분야마다 책임자가 세워져서 밑의 사람들을 통솔하도록 돼 있었다. 그러한 사람을 뽑는 일은 오로지 은수와 영호의 몫이었다.

속초 콜라텍의 사장으로 있는 대포항파의 함 운식이 속초와 고

성, 양양 등지에 부하들을 풀어서 급히 인부들을 불러 모은 것이
다. 그들은 대개 철근이면 철근, 시멘트 조적이면 조적의 기술
을 가진 이들이거나 그냥 허드렛일을 하는 잡역부들이었다.

함 운식은 원래 속초 출신으로 대포항에서 하역작업을 하던
인물이었다. 고깃배가 들어오면 고기상자를 하역하면서 그곳
장사치들을 상대로 주먹잡이로 행세하면서 대포항을 좌지우지
하기는 했지만 속초 바닥에서 제일 큰 조직인 중앙파의 꼬붕이
노릇을 하다가 황제파에 흡수되면서 중앙파에게 도전장을 낸
것이었다.

속초 시청 앞에 황제콜라텍을 열면서 시내로 입성하자, 당연
히 중앙파와 충돌이 있었다. 그러나 이미 황제파가 되었다는 사
실로 인해서 중앙파는 기세가 꺾인 상태였고, 대포항에서 잔뼈
가 굵은 대포항파의 거친 칼놀림은 곧바로 중앙파를 깨부수고
말았다. 도심에 있으면서 최고의 조직이라고 까불고 있던 중앙
파는 곧 찌그러지고 그 대신에 대포항에서 활동하던 운식의 파
가 속초 시내를 거머쥐게 되었다.

함 운식은 황제파라는 이름을 등에 업고서 중앙파의 조직을
무너뜨리면서 속초에서 제일 큰 조직이 되어 있었다.

바닷가는 사람들의 물결로 뒤덮여지고 있었다.

속초 시내에 사는 사람들도 고성 앞바다에 시추선이 떴다는
말을 듣고선 구경하기 위해 사람들이 몰려들었지만 경비실에서
는 바닷가 근처로는 일반인들이 들어오지 못하도록 철저하게

막았다.

은수는 위렌의 지시를 받아 작업인부들을 조달하는 일을 맡았고, 영호는 경비실의 반장을 데리고서 일반인들의 접근을 막으면서 건장한 경비원들도 하역하는 작업에 투입이 되었다.

시추선 위에서는 장비들을 맞추느라 하루가 짧았다. 거대한 시추선 위에 장비들을 갖다놓고서 시추작업에 들어갈 수 있도록 하는 일은 전적으로 위렌과 반느의 지시로 이루어졌다.

춘호는 시추선 위에서 작업하는 광경을 지켜보다가 바닷가 백사장에서 일어나는 일들을 지켜보고 있었다.

매일같이 반복되는 그러한 작업은 열흘이 지나서야 겨우 끝이 났다. 정상 시험가동으로 들어간 위렌과 반느는 컴퓨터를 통해 시추공 파이프가 바닷물 속으로 들어가는 모습을 보고서야 환한 웃음을 지었다.

"회장! 이제 됐어!"

위렌은 반느에게 컴퓨터를 지켜보라고 하고선 춘호를 데리고 밖으로 나갔다. 스크류 드릴이 20인치 파이프를 물고서 바닷물 속으로 들어가는 광경이 보였다.

쇠파이프는 돌면서 서서히 바닷물 속으로 들어가고 있었다.

"수고했다! 위렌."

"야스! 성공이다!"

위렌은 춘호의 어깨를 툭 치며 득의양양한 얼굴 표정이었다.

"여기서도 석유가 나올까?"

"그건 모른다. 만약 여기서 석유가 나온다면 매장량은 더 늘어날 것이다. 울진에서 이곳까지 석유띠가 있다는 말이나 마찬가지다. 그럴 가능성이 높다."

"……?"

춘호는 위렌의 말을 들으면서 가슴이 벌어지는 것을 느꼈다. 춘호는 심호흡을 한 번 하고는 넓은 바다를 내려다보았다. 태평양과 맞닿은 동해안은 끝이 없어보였다.

고아원에 들어갈 때까지 춘호는 한번도 바다에 가본 적이 없었다. 매일 술로 지새는 아버지와, 새로 들어온 엄마에게서 춘호는 바다에 가볼 꿈조차 꾸질 못했었다. 고아원에 들어가서는 철조망으로 쳐진 울타리 안에서만 생활했기 때문에 바깥 세상에 대해서는 관심조차 없었고, 설사 관심이 있었더라고 한다면 그건 고아원을 탈출하는 것뿐이었다.

바다를 볼 때마다 춘호는 가슴이 벌어지는 듯한 그런 느낌을 받았다. 말없이 출렁이는 파도와 드넓은 수면을 바라보고 있으면 남자로서의 꿈과 용기가 용솟음치는 걸 느끼곤 했다.

"회장. 앞으로 여기하고, 여기서 이십 마일씩 밑으로 내려가서 파보면 안다. 세 개의 구멍을 뚫겠다. 구멍 알지?"

위렌이 의미있는 웃음을 지으면서 농담을 했다.

"……."

춘호가 슬쩍 웃자,

"회장. 구멍 안 좋아하나? 여자 구멍 말이야."

위렌은 다시 활짝 웃었다.

"난 그런 거 안 좋아해. 넌 좋아하냐?"

"야스! 우린 열심히 일하면서 번 돈으로 여자하고 즐기는 걸 원한다. 한국 여자들은 무척 친절하다. 저번에도 즐거웠다. 반느도 나처럼 한국 여자를 좋아한다."

"짜식."

춘호는 푹, 웃었다. 그러면서 위렌의 옆구리를 쿡 찔렀다. 위렌이 아픈지 얼굴을 찡그리면서 뒤로 물러나면서 주먹을 쥐고서 혹을 넣을 듯이 폼을 잡았다.

"회장은 주먹을 잘 쓴다면서? 한국에서는 주먹으로만 싸우나?"

위렌은 여전히 춘호에게 주먹을 날리기라도 하듯이 잽을 넣으면서 권투의 흉내를 냈다.

춘호는 난간을 붙잡고 서서 바다를 응시하며 말했다.

"난 고아야."

"고아? 고아가 뭐지?"

한국말에 서툰 위렌이 생소한 단어에 혹을 하던 동작을 멈추고 서 있었다.

"고아도 모르냐? 부모가 없어서 고아원에 보내진 아이들이라는 뜻이다."

"아……. 그게 고아라는 뜻이야? 그럼 회장은 부모가 없다는 건가?"

"그렇다."

"······?"

위렌은 장난끼가 발동했다가 춘호의 그 말을 듣고서 점잖게 나왔다.

"너희 나라에서는 고아가 어떤 대우를 받는지 모르겠지만, 우리나라에서는 고아라고 하면 아무도 거들떠보지 않는다. 마치 애완용 개보다 못한 인생이지. 니들은 개를 보면 자식처럼 기르지 않나. 그러나 우리는 그렇지 않다. 개보다 못한 대우를 받으면서 살아야 된다. 고아원에 들어가서 살지만 그곳에서는 먹을 것이 없다. 니들 나라처럼 따뜻한 대우를 받으면서 살 가치가 없다는 뜻이지."

"그런 게 어디 있나? 사람은 개보다 나은 거지."

위렌의 말이었다. 위렌은 자기 나라의 고아들을 생각해봤지만 특별히 사회로부터 그러한 대우를 받는다는 것은 있을 수 없는 일이라고 생각하고 있었다.

"이건 우리나라만의 일이다. 고아원에 대해서 이야기해줄까?"

"야스!"

위렌이 고개를 끄덕였다. 위렌은 바다 속에 박힌 파이프가 돌아가는 것을 보면서 춘호의 말을 듣고 있었다.

"고아라는 것은 부모가 버린 자식들이다. 사회에서도 마찬가지다. 버린 고아는 갈 데가 없다. 고아원밖에는 갈 곳이 없어. 우리나라의 고아원이란 돈이 없어. 우리는 매일 사회단체에서 보내오는 라면이나 쓰레기들을 먹고 자랐다."

"쓰레기? 비닐봉지? 종이? 그걸 먹어?"

위렌은 쓰레기라는 단어에 진지한 표정을 지어보였다.

"그런 쓰레기가 아냐. 먹다가 남은 음식이라는 말이지. 아니면, 사회에서는 못 먹을 것들을 말하는 거다. 니들 수준에선 개밥과 같은 것이지."

"아……. 야스! 알겠다!"

그제야 위렌은 알았다는 듯이 고개를 끄덕였다.

"나는……. 그런 고아원에서 탈출하는 것이 꿈이었다. 그런 대우를 받고 사는 게 싫었다. 너 같으면 그런 대우를 받으면서 살 수 있겠나?"

"오우! 노! 노!"

위렌은 손사래를 치며 뒤로 물러섰다.

"겨울에는 불도 들어오지 않는 곳에서 잤다. 거기다가 밤중에 바깥에 불려나와서 발가벗고서 기합도 받고……. 한마디로 춥고 배고픈 곳이었다. 그곳은 사회에서 버림받은 아이들이 있는 곳이어서 누구도 우리를 따뜻하게 봐주지 않는 곳이다. 애들은 그곳에서 도망쳐서 중국집이나 분식집 같은 데서 심부름을 하며 살아야 했다. 나는 앵벌이 조직에 들어가서 껌을 파는 일을 했다."

"앵벌이?"

위렌이 어색한 발음으로 되물었다.

"그건……. 전철 안에서 껌을 파는 일이다. 불쌍한 고아라고 하면서 껌을 손님의 무릎 위에다가 올려놓고서 사달라고 부탁하는 일이다. 하루에 껌을 많이 못 팔면 들어가서 오야붕에게 얻어맞는다. 오야붕이라는 말 아나?"

"모른다. 그게 뭔가? 오야붕?"

위렌은 고개를 갸웃했다.

"왕초라는 뜻이다. 보스라는 뜻이지. 그 보스한테 밤새도록 얻어맞는다. 열한 살 짜리 애들이 보스한테 맞는다는 것이다."

"아……."

위렌이 고개를 끄덕였다.

"난 중국집에 들어가서 자장면을 먹고 싶어서 사먹었다가 얻어맞았다. 그리고 그곳에서 도망치다가 걸려서 손가락 하나를 잘렸지."

춘호는 손을 내밀어 새끼손가락 하나가 없는 것을 보여주었다.

"이걸 자르는가? 뭘로?"

위렌이 얼굴을 찡그리면서 물었다.

"칼로. 손도끼도 있다. 이걸 자르는 건 쉽다. 내려치면 금방 잘려버리니까."

"그렇다면 법에 걸리지 않는가? 경찰에서는 가만 있나?"

"핫하. 그건 니들 나라에서나 통하는 말이다. 거긴 법이 안 통한다. 그런 식으로 애들을 통제한다. 절대로 도망가지 못하도록 하는 방법이다."

"야스! 알겠다."

춘호는 점점 진지해지는 위렌을 바라보며 다시 말을 이었다.

"나하고 배호는 중국집에서 자장면을 배달하는 일을 했다. 앵벌이 조직에서 도망쳐 나와 중국집으로 들어간 거지. 거기서 배호 사장을 만난 거다."

"그럼 배호 사장도 고아인가?"

"그렇다. 우리 조직은 다 고아들뿐이다. 신공항에 근무하는 사무직 외에는 다 고아들이라고 보면 된다."

"오! 원더풀! 유어 넘버 원!"

위렌은 춘호를 가리키며 엄지손가락을 세워보였다. 그때까지 위렌은 춘호가 어떤 인물인지 알지 못했다. 민족교의 종주라는 것과 배호가 사장으로 있는 신공항 국제단지라는 대그룹의 회장이라는 것만 알고 있었던 것이다. 그리고 한국에서 내노라하는 황제파의 보스라는 것만 알고 있을 뿐이었다.

그날부터 위렌은 더욱 고분고분했다. 반느 역시 마찬가지였다. 그들은 춘호에 대해서 이야기를 들어서인지 더욱 열심히 작업에 임하곤 했다.

바닷가에서는 철통같은 경비 속에 검은 복장을 입은 건장한 경비원들이 출입하는 차량과 사람들을 일일이 검문해서 안으로 들여보냈고, 인부들 간에 사소한 다툼이 일어나더라도 경비원들이 끼어들어 삽시간에 해결해버리곤 했다.

마치 거대한 조직이 금광을 캐기 위해서 모여든 것만 같았다.

그런 광경을 지켜보면서 위렌과 반느는 춘호가 묻는 말에는 항상 고분고분하게 나왔다. 옛날처럼 기술자라는 티를 내면서 거만함을 드러내지 않고 있었다.

시추공 하나를 뚫는 데에만 보름이라는 시간이 걸렸다. 사무실 안에서는 컴퓨터 모니터에 나타난 시추공의 현재 깊이와 바다 밑 암반의 성질과 광석의 밀도까지도 체크할 수 있었다.

그걸 보면서 위렌은 하루동안에 파들어 갈 수 있는 시추공의 작업량을 춘호에게 일일이 보고하곤 했다.

"모레쯤이면 석유공에 도착할 것 같다."

석유공이란 석유와 가스가 차 있는 지점을 말하는 곳이었다.

"모레?"

춘호는 약간 흥분이 되었다.

"야스!"

"나올 승산은?"

"그건 모른다. 가스가 나오면 판단해봐야 안다."

춘호의 가슴 속은 갑자기 부르르 떨리는 걸 느꼈다. 사무실에서 나와 바다 쪽을 바라보았다. 쇠파이프가 돌아가면서 아주 천천히 바다 밑으로 기어들어가는 것을 볼 수 있었다.

위렌이 밖으로 따라나왔다.

"여기가 안 나와도 괜찮다. 울진 것만 파도 매장량은 충분하다."

"그러겠지……."

춘호는 담배를 꺼내 위렌에게 권하고는 자신의 담배에 불을 붙였다. 위렌은 지포라이터를 꺼내 자신의 입에 물린 담배에 불을 붙였다.

"나는 춘호 회장을 존경한다. 고아라는 것이 믿기지 않는다. 반느도 그런 말을 했다."

"……."

춘호는 그저 웃기만 했다.

"좀 더 일찍 알았더라면 더 잘할 수도 있었을 것이다. 나는 회장이 보스인 줄로만 알았다."

"하하. 됐어. 위렌! 그건 나의 과거일 뿐이다. 그게 내 운명의 전부는 아니다."

"알아."

위렌도 히죽 웃었다.

위렌은 이제 춘호에게 버릇없이 굴지 않았다. 춘호를 쳐다보는 눈빛이 그러했다. 그는 춘호라는 남자의 어두운 과거를 들여다보면서 경외심을 가지게 되었다.

한편, 남대문에 있는 희준에게 부하로부터 급한 연락이 들어오고 있었다.

"형님. 요시이라는 자가 떴습니다."

"뭐? 어디냐?"

희준은 책상 위에 발을 올려놓고서 막 잠이 들려다가 천천히 일어나 앉았다.

"공항에 내렸다고 합니다. 족제비한테서 방금 연락이 들어왔

습니다."

"그래? 어디로 갈 건지 몰라?"

"그건 모르겠습니다. 공항에서 내려 렌터카 회사로 들어갔다고 합니다. 아마 차를 빌릴 생각인가 봅니다."

"렌터카를? 모두 몇 명이냐?"

"요시이, 히라카이, 다라시, 세 명에다가 아마 밑의 부하들인 거 같습니다. 모두 열 명 정도가 내렸다고 합니다."

저번에 혼이 났던 오 명수의 긴급한 보고였다.

"알았어. 잘 지켜보라고 그래."

희준은 전화를 끊고서 다시 책상 위로 다리를 올렸다가 뭔가 이상한 생각이 들어 춘호에게로 핸드폰을 걸었다.

"응. 나다. 고성에 있다면서?"

"희준이구나. 그래. 배호 형한테 이야기 들었나?"

"그래. 너, 요시이하고 만나기로 했냐?"

희준은 본론부터 꺼냈다.

"왜? 그런 연락 없었는데?"

"지금 공항에 내렸다는 연락이 들어왔다. 열 명 정도가 들어왔다는데?"

"그래? 나 만나러 온 건 아니겠지."

"요시이, 히라카이, 다라시가 다 들어왔다는데? 그 밑의 부하들도 같이 들어왔다는 모양이다."

"모르지. 아직 연락은 없었으니까."

"내 생각에는 그쪽으로 갈 것 같은데?"

"여기 와 있는 걸 모를 텐데?"

"그놈들이 한국에 들어올 때는 벌써 어떤 낌새를 알아채고 오는 건지도 모르지. 네가 울진에 있다는 거나, 고성에 있다는 걸 모르고 한국에 들어왔을라고? 요시이가 니 핸드폰 알고 있지?"

"그래."

"알았어. 그럼 내가 그쪽으로 내려갈게."

"지금?"

"응. 당장 그쪽으로 출발한다. 고성이지?"

"그래. 알았다."

전화를 받은 춘호는 요시이가 한국에 나왔다는 말에 그리 놀라지 않았다. 요시이가 어떤 목적으로 자신에게 접근하는지 알고 싶을 뿐이었다.

"누군데?"

위렌은 춘호의 전화기에서 요시이라는 말과 하라카이, 다라시라는 말이 흘러나오는 것을 듣고서 얼굴 표정이 굳어졌다.

"일본 애들이 들어왔다는 연락이다."

"……."

위렌은 곧 사무실로 들어갔다.

춘호는 정만이를 불러서 희준에게서 온 전화대로 요시이가 한국에 나왔다는 말을 해주었다.

"그럼 다시 협상하자는 겁니까?"

"협상은. 이미 석유가 나오고 있는데 협상을 할 필요가 없지."

이미 춘호의 마음은 굳어져 있었다. 천억이란 돈보다도 울진에서 석유만 터져 나온다면 그까짓 돈이야 물로 보일 정도였다.

"그렇다면 왜 온다는 겁니까?"

정만도 이상하다는 듯이 의문스런 표정을 지어보였다.

"몰라. 그놈들의 속셈은 아무도 모르니까."

춘호는 난간에 기대서서 바다 쪽만 바라보고 있었다. 검게 탄 춘호의 얼굴은 눈동자가 더욱 살아 있는 듯했다. 그는 바다를 바라보면서 야심에 찬 얼굴을 하고 있었다.

위렌에게서 그 소식을 들었는지 배호가 밖으로 걸어나왔다.

"요시이가 나왔다면서?"

"응. 방금 희준이한테서 연락이 왔어. 이쪽으로 올지도 모르겠군."

"이젠 만날 필요 없잖아?"

"하긴……. 만나러 오면 그냥 만나주는 거지 뭐."

"하하. 동해안에서 석유가 뿜어져 나온다면 개들도 미칠 거다."

배호는 통쾌하게 웃었다.

"……."

춘호는 난간에 두 팔을 벌리고선 팔굽혀펴기를 하면서 심호흡을 했다가 숨을 내뱉었다. 가슴 한 곳에서는 뿌듯한 감정이 용솟음쳐 올라오고 있는 중이었다.

요시이 일행이 탄 두 대의 리무진 차는 서울을 빠져나와 고속도로를 달리고 있었다. 한국 지리에 밝은 다라시가 운전대를 잡고 있었고, 뒤차에는 와타나베가 핸들을 잡고 있었다. 와타나베는 앞차의 리무진이 달리는 것을 보면서 뒤쫓아오고 있었다.

"고성이라고 했나?"

요시이의 질문에, 다라시는 자신의 생각을 말했다.

"하이. 울진에서 고성으로 올라갔다고 합니다. 울진에서는 포기한 것 같습니다."

다라시는 자신의 생각을 말했다.

"위렌은 왜 연락이 없지? 그놈이 우리를 배신한 건 아닌가?"

"그건 모르겠습니다. 저번에 위렌이 위험할 뻔했습니다. 그 뒤로 연락이 뜸해졌습니다. 오늘 가서 만나보면 알 것 같습니다."

"……."

요시이는 바깥 풍경을 내다보면서 춘호라는 자에 대해서 생각하고 있었다. 한국의 조직세계에 그런 인물이 있었다는 것이 믿기지가 않았다. 요시이가 보는 한국의 조직세계란 일본과는 달리 오합지졸인 조직으로만 생각했었다가 춘호를 만나본 후로부터 요시이의 생각은 달라지기 시작했다.

춘호가 고아원 출신이라는 것과, 좀 전에 비행기에서 내린 국제공항에 있는 넓은 관광단지와 민족교의 최고 종주라는 자리를 차지하고 있다는 것, 그리고 전국에 퍼져 있는 황제콜라텍의 부하들이 모두 고아원 출신이라는 것이 묘한 흥미를 불러 일으키고 있었다.

고속도로는 일본과 같이 산악지대를 통과하고 있었다. 고속도로 휴게소에 들러 잠시 쉬었다가 그들이 탄 차는 동해 쪽으로 달리고 있었다.

그 시간에 배호 역시 영동고속도로를 달리고 있는 중이었다.

"앞을 잘 봐. 그놈들이 탄 차가 리무진이라고?"

"네. 형님."

"시속 백 킬로미터는 안 넘었을 거다. 쭉 밟아."

배호는 일본놈들이 탄 차가 시속 백 킬로미터를 안 넘었을 거라고 생각하고 있었다. 그렇다면 고속도로 어디쯤에선가 마주칠 공산이 크다고 생각하고 있었다.

배호가 탄 볼보는 시속 백오십 킬로미터로 달렸다.

영동고속도로를 벗어나 고성으로 올라가는 국도를 달리면서도 요시이가 탄 차는 발견할 수가 없었다.

"형님. 혹시 울진으로 내려간 게 아닐까요?"

핸들을 잡은 명수가 뒤를 돌아보며 물었다.

"천만에. 그놈들은 분명히 고성으로 몰았을 거다. 하여튼 우리가 먼저 도착하는 게 낫겠다."

그 말에 명수는 엑셀을 깊게 밟으면서 속력을 냈다. 차는 길바닥에 엎드러지듯이 잔잔하게 속력이 올라갔다.

고성에 도착했을 때, 배호가 짐작했던 대로 요시이 일행이 탄 차는 아직 도착하지 않고 있었다.

바닷가로 차를 몰아 들어갔다.

앞쪽에 있던 경비실에서 건장한 청년들이 뛰어나왔다. 차는 차단기 앞에 가서 섰다.

"어떻게 왔나?"

경비원이 물었다. 말투부터 거칠게 나왔다.

"회장 친구다. 비켜."

명수의 말에 경비는 차 안에 타고 있는 건장한 사내들을 보고는 얼른 무전기를 꺼내들었다. 그리고는 어디론가 연락을 취하더니 차단기를 올렸다.

차는 백사장 안으로 들어가서 멈췄다.

차에서 내린 배호는 작업을 하느라 아수라장이 된 백사장과 수많은 인부들이 작업을 하는 모습을 보고는 바다 위에 떠 있는 시추선으로 눈길을 주었다.

"따라 오십시오."

다른 경비원이 그들 앞에 나타나서 안내를 했다. 그들은 곧 선착장으로 다가갔다. 그곳에는 보트가 기다리고 있었다.

시추선으로 다가간 그들은 밧줄을 타고 위로 올라갔다.

연락을 받은 춘호가 위에서 기다리고 있다가 올라오는 배호의 손을 잡아주었다.

"일찍 왔네. 명수도 왔구나."

춘호 옆에는 배호가 기다리고 있다가 배호와 악수를 나누었다. 배호의 부하들은 춘호와 배호에게 인사를 하고는 뒤로 물러났다.

"야아. 이거 완전히 바다의 사나이들이 다 됐군. 여기서 노다 지가 나와야 할 건데 말이야."

희준은 검게 탄 춘호와 배호를 보고는 시추선 위에서 작업하는 인부들을 둘러보았다.

"그래. 오느라고 수고했다. 그저께부터 시추공을 뚫기 시작했어. 자, 봐라."

춘호는 바다 밑을 뚫고 있는 쇠파이프가 돌아가고 있는 모습을 가리켰다.

"큰 공사구마. 근데 배호 형은 그곳은 놔두고 여기 있는 겁니까?"

"그래. 하하. 그쪽은 명희가 처리하고 있으니까 여기서 좀 쉬고 있는 거다. 급한 건 연락이 오니까 별일 없어."

"형님도 좋으십니다. 이런 데서 휴가를 보내고 말이지요. 야, 춘호야. 요시이가 이쪽으로 출발했다는데 올 때가 됐는데."

배호는 손목시계를 쳐다보고는 백사장 쪽을 쳐다보았다. 그때, 백사장에는 두 대의 검은 승용차가 하얀 먼지를 일으키며 들어서고 있는 게 보였다.

"이제 왔군. 저 차들이 맞을 거다."

희준의 말에 춘호는 쌍안경을 들고서 백사장 쪽을 살폈다. 검은색 리부진 두 대가 경비실의 차단기 앞에 서서는 다라시가 내려서 경비원들과 무슨 말을 주고받는 게 보였다.

"맞아. 다라시가 맞네."

춘호가 쌍안경을 떼지 않고 말했다.

"이제 도착한 거군. 근데, 어떻게 할 건가?"

희준이 쌍안경을 들고 있는 춘호에게 말했다가 다시 배호에게로 눈길을 주었다.

"끝났어."

"형님. 끝나다니요?"

"우리가 파기로 했어. 저 놈들이 와도 별일 없어."

배호가 말했다. 그러자 희준이 웃으면서 말했다.

"아. 그게 낫지요. 저 놈들이 달려드는 이유를 모르겠네."

희준이 웃으면서 말했다.

춘호는 쌍안경을 떼고선 배호에게 넘겨주면서 배호의 어깨를 툭 쳤다.

"다 끝난 일이야. 앞으로 우리가 시추할 거니까."

"그래? 잘됐네. 저 놈들이 온 이유가 뭐지?"

"일단 만나봐야지. 여기까지 온 친구들인데."

춘호의 말이 끝나자마자 정만이 다가오다가 희준을 보고는 넙죽 절을 해왔다.

"고생이 많네."

희준이가 다정하게 말을 건넸다.

"네. 형님. 오시느라 수고가 많았습니다. 회장님. 경비실에서 전화입니다. 일본 친구들이 왔다는 겁니다."

정만이도 요시이라는 걸 알고 있었다.

"그래. 우리가 나가지. 기다리라고 그래."

"알겠습니다."

춘호는 곧 보트로 옮겨 탔다. 배호와 정만이, 희준이 보트를 타고서 백사장으로 다가갔다.

요시이 일행은 경비원들의 제지를 받고서 선착장 옆에 서 있었다.

"어서 오시오. 요시이 선생."

춘호는 인사를 건넸다. 요시이 일행은 검게 탄 춘호에게 일본식으로 인사를 건네왔다.

"춘호 상. 많이 탔습니다."

요시이가 일본말로 인사하자, 다라시가 옆에서 한국말로 다시 인사를 해왔다.

"갑시다. 여긴 작업장이라 먼지가 많이 나니까 식당으로 갑시다."

춘호는 한국말로 말하면서 희준에게 통역을 하라고 눈짓을 보냈다. 희준이 곧 일본말로 통역을 했다.

희준의 유창한 일본말에 요시이는 잠깐 놀라는 표정을 지어 보였다. 요시이가 희준에게 악수를 청하면서 말했다.

"반갑습니다. 요시이라고 합니다."

"반갑습니다. 가시죠."

희준도 일본말로 대답하고선 정만에게 앞장을 서라고 지시했다. 정만이 앞에 나서서 그들을 안내했다.

희준은 춘호 옆에 서서 걸으면서 조금 전에 인사를 나눴던 요시이라는 인물을 찬찬히 살펴보았다. 희준이 자신의 이름을 대지 않은 것은 혹시라도 그가 자신을 알아볼까 싶어 이름을 밝히지 않은 것이었다.

요시이 뒤로 다라시와 히라카이가 따라붙었다.

"오늘은 우리가 모시겠습니다."

춘호의 말에 요시이는, 남자답게 말을 해왔다.

"아, 고맙습니다. 춘호 상."

백사장에 서 있는 에쿠스 두 대에 올라탄 그들은 속초 시내로 향했다.

요시이는 뒷좌석 바로 옆에 탄 춘호를 쳐다보긴 했지만 말은 없었다. 춘호 역시 일본말을 할 줄 몰랐기 때문에 말을 꺼낼 수가 없었다.

속초 관광호텔로 들어간 그들은 차에서 내려 안으로 들어갔다. 그곳에는 이미 속초 황제파의 보스인 함 경식과 그의 부하들이 로비에 서 있다가 들어서는 춘호를 보고는 일제히 고개를 숙여왔다.

"니들 웬일이냐?"

춘호가 의아하게 물었다.

"연락을 받고 왔습니다. 일본에서 손님이 왔다고 해서."

함 경식이 요시이를 쳐다보며 춘호에게 말했다.

"그래? 귀한 손님이다. 일본 긴자파의 요시이 상이시다."

춘호의 말에 함 경식은 얼른 요시이가 보스라는 것을 알아보았다. 맨 앞에 요시이가 서 있었기 때문이었다.

"함 경식입니다. 여기 속초에 삽니다."

함 경식은 예를 갖추어 인사를 했다. 곧 이어서 희준이 일본 말로 통역을 했다.

"하이! 반갑습니다. 요시이라고 합니다."

요시이는 야쿠자 세계의 보스답지 않게 말투가 친절했다. 두 사람은 악수를 나눈 다음에 함 경식이 앞장서서 위층으로 올라 갔다. 그들은 함 경식의 안내를 받아 발걸음을 옮겨놓았다.

미리 예약된 특실은 컨벤션 룸이었다.

일본측의 요시이가 먼저 자리에 앉도록 하고 나서 춘호는 자 리에 앉았다. 일본측과 한국측이 서로 마주보고 앉은 셈이었다.

한국측에는 춘호, 배호, 희준, 성만, 함 경식이 자리를 했고, 일본측에서는 요시이와 다라시, 히라카이가 앉아 있었다.

"한국에 오니 배울 점이 많습니다."

요시이가 먼저 입을 열었다.

"어떤 걸 말입니까?"

춘호가 물었다.

"전국적으로 아주 조직적으로 조직이 만들어져 있는 것 같습 니다."

요시이는 자신들이 갑자기 고성에 찾아왔는데도 불구하고 신 공항 이사장인 배호가 고성에 와 있었고, 속초의 황제파 보스라 는 함 경식이란 자가 자리를 같이 했다는 것에 놀라움을 표시하 고 있었다.

요시이는 배호 옆에 앉아 있는 희준을 바라보면서 궁금해하고 있었다.

"이 친구는 나와 둘도 없는 친굽니다. 희준이라고. 남대문파의 보슙니다."

"희준 상?"

요시이는 희준이라는 이름을 듣고서 얼굴 안색이 변했다.

"그렇습니다."

"아, 네. 알고 있습니다. 여기서 만나 뵙게 돼서 반갑습니다. 저는 아직 몰랐습니다."

요시이는 벌떡 일어나서 희준에게 경의를 표했다. 그러자, 옆에 있던 요시이 부하들도 일어나서 희준에게 경의를 표했다.

그들이 자리에 앉고 나서,

"요시이 상. 희준 상에 대해서 알고 있는 것입니까?"

춘호가 물었다.

"그렇습니다. 우리 일본에서도 희준 상의 조직에 대해서 많이 알고 있습니다. 우리 긴자판뿐만 아니라 신주쿠파와 가미카제파에서도 한국의 희준 상에 대해서는 많이 알고 있는 편입니다."

"그래요?"

춘호는 희준을 쳐다보았다. 희준은 일본에서 자신에 대해 알고 왔다는 말에 스스로 놀라고 있었다.

"한국에서 가장 잔혹한 계보로 알고 있습니다. 그래서……."

요시이가 조심스럽게 말을 했다.

"이 친구는 한이 맺힌 놈입니다. 어린 시절부터 독기를 뿜은 놈이지요. 하하."

춘호가 그렇게 말했지만 희준은 이렇게 통역하고 있었다.

"이 친구는 나와 둘도 없는 친굽니다. 어린 시절부터 같이 생활했지요."

"하이! 알겠습니다!"

요시이는 고개를 숙여보이고는 춘호아 희준을 동시에 쳐다보았다. 요시이의 부하들도 희준의 설명을 듣고선 춘호와 희준을 번갈아 쳐다보았다.

서로 친근한 인사가 오간 뒤에 곧 이어서 만찬이 준비되었다. 잠시 대화가 중단되었다. 서빙을 하는 아가씨들이 들어와 식탁을 차려놓고는 가볍게 인사를 하고는 나가버렸다.

식탁 위에는 소주와 맥주, 양주들이 골고루 놓여 있었다.

춘호는 소주병부터 집어들었다. 그리고는 요시이의 잔에 술을 따르려고 했다. 요시이는 반쯤 일어나 두 손으로 술을 받았다.

그의 부하들에게도 술을 따라준 춘호는 옆에 앉은 배호와 희준, 그리고 함 경식에게 술을 따르고는 자작으로 술을 따르려고 했을 때에 요시이가 벌떡 일어나 술병을 잡았다.

"제가……."

"아닙니다. 이건 제가 따르겠습니다."

춘호가 그렇게 말하면서 술병을 놓아주지 않자,

"요시이 상. 춘호 회장은 그게 습관입니다. 그냥 앉으십시오."

희준이 점잖게 말했다.

"하이!"

요시이는 곧 자리에 앉았다.

그들은 만남의 표시로 서로 상대방의 잔을 부딪치고는 입으로 가져갔다. 요시이는 춘호가 안주를 안 먹는 것을 보고는 안주에 손을 대지 않고 있었다.

"요시이 상. 그냥 안주를 드시면 됩니다. 춘호 상은 원래 안주를 먹지 않습니다."

"아, 그렇습니까?"

그제야 요시이는 젓가락을 집어들었다.

그들의 분위기는 화기애애했다. 일본측의 요시이는 최대한 말을 조심하는 듯했다. 희준은 그러한 요시이의 심경을 읽어내느라 자주 요시이를 쳐다보았다. 요시이는 희준의 시선을 의식해서인지 자주 웃음을 짓곤 했다.

춘호가 양주를 권했지만 요시이는 소주가 낫다고 말을 해왔다. 어느 정도 술잔이 오갔을 때에 요시이가 말을 꺼냈다.

"춘호 상. 저번에 말씀드린 합작투자 건은 어떻게 생각해 보셨습니까?"

요시이는 춘호와 단 둘이 이야기하고 싶었지만 그럴 분위기가 아니라는 것을 알았는지 조심스레 말을 꺼냈다.

"그건 불가하다는 말을 드리고 싶소."

춘호의 단호한 대답이었다.

"……?"

요시이가 춘호를 쳐다보았다.

"그 이유는……. 여긴 한국이오. 만약 한국에서 석유가 난다면 한국이 먼저 석유를 써야 할 것이오. 설사 실패한다고 하더라도 나는 한국에 투자했다고 생각할 것이오."

"그럼 성공할 것이라고 생각하는 것입니까?"

"그건 아직 모릅니다."

"……."

통역을 통해 춘호의 말을 들은 요시이는 얼굴색이 변하고 있었다. 그러나 그는 이내 평정을 되찾으면서 춘호의 눈을 똑바로 쳐다보았다.

"액수가 적다면 더 투자할 용의가 있습니다. 나는 한국의 황제파와 손을 잡고 싶습니다."

"일본은 야쿠자의 세계라고 할 수 있는데, 왜 나와 손을 잡고 싶어하는지 알고 싶소. 그걸 말해줄 수 있겠소?"

춘호는 직선적으로 요시이의 생각을 떠보고자 단도직입적으로 말을 꺼냈다.

"그건……. 저번에도 말씀드렸듯이……. 우리 긴자파의 조직은 동경에서 두 번째 가는 조직입니다. 지금 우리 일본은 경제 위기에 몰려 있어 그동안 평온하던 조직세계가 서로 꿈틀거리면서 다른 조직의 영역을 넘봐야 할 처지에 와 있습니다. 우린 앉아서 다른 조직의 공격을 받기보다는 먼저 선수를 치고 싶은 생각입니다. 지금 우리는 불안한 위치입니다. 동경에서 제일가는 조직인 신주쿠파의 공격을 당할 수도 있고, 제 3세력인 가미카제파의 중간이 끼어 두 군데로부터 공격을 당할 수도 있습니다. 그래서……."

요시이는 조심스럽게 말을 꺼내면서도 춘호의 마음을 읽어내려고 애를 쓰는 게 역력했다.

"그렇다면 한국에 투자를 한다고 해서 이익이 됩니까? 석유가 만약에 나온다면 모르지만."

춘호는 울진에서 가스밀도가 높은 석유가 발견되었다는 것을 숨기고 말했다.

"일단 우리는 한국의 황제파와 손을 잡았다는 기사만 나가도 유리한 고점에 앉게 됩니다. 한국의 조직은 세계에서도 악명이 높다는 평입니다. 우리 일본에서도 그렇습니다. 그런 유리한 점이 있지요."

요시이 역시 위렌이 보고한 울진에서 석유가 날 가능성이 많다는 것을 감추고서 말을 하고 있었다.

요시이는 춘호의 얼굴 표정을 하나도 놓치지 않으려고 했다. 그리고 옆에 앉은 배호의 얼굴도 자주 살폈다.

"한국과 일본은 나라가 다른데, 바다를 끼고 떨어져 있는데 손을 잡는다고 해서 무슨 이익이 됩니까? 좀 더 구체적으로 말해주시오."

"우리 일본의 조직들은 명예를 생명처럼 여깁니다. 비겁한 짓은 안 하지요. 우리 조직이나 다른 조직도 마찬가지로 미국이나 러시아, 영국에서 밀반입한 총들을 다 갖고 있습니다. 그러나 그걸 쓰면 곧바로 죽는 거나 마찬가집니다. 총을 쓰는 것은 곧 조직의 명예를 버리는 것이나 같습니다. 우리 긴자파는 한국의 황제파와 합작투자를 하게 되면 만약에 울진에서 석유가 나온다면 거대한 자금을 벌어들일 수 있고, 석유가 안 나온다고 하더라도 동경에서 세 개의 파들이 싸운다고 하면 황제파와 손을 잡은 우리한테 함부로 덤비지 못한다는 것입니다. 일본에서 황제파의 명성은 대단합니다. 중국의 사왕파나 거미파보다도 더 조직적이고 무섭다는 것을 알고 있기 때문에 긴자파가 동경을 석권하는 데에 유리한 겁니다. 춘호 상!"

"말씀하십시오."

춘호는 소주잔을 들이키며 그를 똑바로 쳐다보았다.

"꼭 합작을 했으면 합니다."

그의 침착한 말이었다.

"요시이 상. 이건 미안한 말이오. 우리는 합작투자는 안 하기로 했소. 이해해 주시오."

"……?!"

요시이의 얼굴이 약간 멈칫거렸다.

요시이도 목이 타는지 소주잔을 단숨에 들이키고는 술잔을 춘호에게 권했다. 그는 정중하게 술을 따라주고는 다시 춘호의 술잔을 받았다.

"춘호 상. 울진은 어떻습니까?"

"아직 모르는 상태요. 여기서 파볼 생각이오. 성공할 확률은 오십 퍼센트요. 우리가 투자해서 안 나온다면 그건 할 수 없는 거지요."

"음⋯⋯."

요시이의 잇몸에서 짧은 신음소리가 흘러나왔다.

한동안 침묵 속에 쌓였다.

요시이는 분위기를 바꿔보기 위해서 춘호 옆에 앉은 배호와 희준에게 술잔을 권했고, 술잔을 받은 요시이는 부드러운 얼굴로 정중하게 나오면서 술을 들이켰다. 요시이는 한동안 술잔만 비워내면서 어떤 말을 꺼낼지 고심하고 있었다.

"배호 상은 공항 국제단지의 사장이시지요?"

요시이는 배호에게로 관심을 두었다. 춘호와의 어색한 대화에서 밀린 듯한 요시이는 그 돌파구를 배호에게서 찾고자 했다.

"네. 그렇습니다."

"그 정도 규모면 정말 어마어마한 것이라고 생각합니다. 우리 일본에서도 그런 규모의 관광단지를 갖고 있질 못합니다. 대단한 일이라고 생각합니다."

"하하. 고맙소. 조직의 힘은 조직력에도 있지만 자본력에도 달려 있지요."

"맞습니다."

요시이는 곧 응답을 해왔다.

"제가 알기론 일본은 모든 곳에 야쿠자들이 파고들어 있다고 들었는데, 자본력에서는 문제가 없을 것 같습니다."

"그렇지 않습니다. 다 같이 자본력을 갖고 있으면 그때는 힘이 우선이지요. 그래서 다른 조직에서도 총기를 갖고는 있습니다만, 일본에서는 총기를 사용할 수가 없도록 돼 있습니다. 그건 조직의 자살을 의미하지요."

요시이는 말을 하고 나서 춘호에게로 시선을 돌렸다.

"춘호 상. 우리와 동맹의 관계를 맺는 건 어떻소?"

요시이의 긴급한 제안이었다.

"동맹? 무슨 말이오?"

"같은 식구가 되자는 겁니다. 울진의 석유 합작 건은 무시하고 우리 조직들이 동맹을 맺자는 겁니다."

"……?"

춘호는 요시이의 말뜻을 이해하지 못하고 희준을 돌라보았다. 희준 역시 예상치 못한 요시이의 발언에 놀라는 듯한 표정이었다.

"그냥 한 식구처럼 지내자는 뜻입니다. 형제의 관계라기보다 차라리 한 식구라는 말을 쓰는 게 좋을 것 같습니다만, 이번 일을 인연으로 해서 우리는 한국의 황제파와 손을 잡은 한 식구로 지냈으면 하는 마음입니다."

"……."

춘호는 얼른 대답하지 않았다. 요시이의 제의가 어떤 의미가 있는지 살펴봐야 했고, 그런 제의에 대해 배호나 희준은 어떻게 생각하는가를 알아봐야만 했다.

"그렇다면 조건은?"

이번에는 배호가 말을 꺼냈다. 춘호가 좀 더 생각할 시간을 벌기 위함이었다.

"조건요?"

요시이는 배호의 질문을 받고선 잠시 난감한 듯이 춘호 쪽을 쳐다보다가 히라카이에게 눈길을 던졌다. 히라카이는 요시이에게 아무런 표정도 짓지 않았다. 그들은 짧은 시간에 의견의 통일을 봤는지 요시이는 천천히 술잔을 들어 입으로 가져갔고, 히라카이 역시 술잔을 들어 입으로 가져가고 있었다.

"……."

춘호는 요시이의 그러한 행동에 마음의 여유를 찾기 위해서 술잔을 거머쥐었다. 소주잔을 털어넣고는 다시 자작으로 술잔을 채웠다.

"좋습니다! 이런 제안을 드리도록 하겠습니다. 이번에 우리 긴자파가 동경을 제압할 수 있도록 황제파가 도와준다면 이백억 엔을 내어놓겠습니다."

"……?!"

희준의 통역을 들은 춘호와 배호는 잠시 놀랐다. 요시이의 제안이란 것이 상상치 못한 것이었다.

옆에 있던 히라카이도 잠시 놀라는 표정이었다.

또 다시 잠시동안의 침묵이 흘렀다.

"……."

요시이가 던진 말은 충격적이었다. 일본측에서도 그랬지만 그 말을 들은 춘호 일행 역시 요시이가 무엇을 바라고서 그 많은 돈을 제시했는지 알 수가 없었다. 긴자파에서 내부적으로 일어나고 있는 일들이 심상치 않다고 생각이 들기도 했다. 그리고 그 많은 액수의 돈을 제시한 이유를 도무지 알 수가 없었다.

춘호는 묵묵히 술잔만 비워냈다.

벌써 세 시간 가까이 대화를 하고 있었다. 창밖에는 어스름이 잦아들고 있는 걸로 봐서 오후 늦은 시간이라는 것을 알 수 있었다.

섣불리 대답할 성질이 아니라는 것을 안 춘호는 요시이의 솔직한 심정을 알아내고 싶은 마음뿐이었다. 단 둘이라면 그 어떤 말도 주고받을 수 있겠지만 부하들이 있는 자리에서, 더구나 일본측과 한국측이 서로 마주보고 있는 장소에서 그러한 말들을 섣불리 꺼낸다는 것도 상대측에 고민을 안겨주는 일이라고 생각했다.

요시이는 물 컵에 얼음을 띄워서 마시고는 가벼운 미소를 지어보였다. 딱딱해진 분위기를 없애기 위해 애를 쓰는 흔적이 역력했다.

춘호는 담배를 꺼내 요시이에게 권하고는 불을 붙여주고는 자신의 담배에도 불을 붙였다. 배호가 자리에서 일어나 밖으로 나갔다.

배호는 화장실로 들어가 잠시 생각하고 나서 곧바로 핸드폰을 꺼내 들었다. 곧 춘호의 핸드폰이 울렸다. 분명히 배호가 한 전화일 거라는 짐작이 갔다. 춘호는 울리는 핸드폰을 꺼내들고서, 요시이를 보며 말했다.

"잠시만."

요시이에게 실례하겠다는 뜻으로 가볍게 고개를 숙여보이고는 핸드폰을 귀에 갖다댔다.

배호의 낮은 목소리가 흘러나왔다.

"어떻게 하겠다는 것만 말하라고 그래. 우리가 어떻게 해야 하는가만 알면 돼. 그만한 돈이라면 괜찮은 장사다. 내 말이 맞냐? 맞으면 기침 한 번 해라."

배호의 말이었다.

"흠! 그래. 알았어."

사인을 보낸 셈이었다.

핸드폰을 덮은 춘호는 술잔을 들어 입으로 가져갔다. 희준 역시 춘호에게서 어떠한 결정이 나올지 궁금하기만 했다. 조금 전에 춘호에게 핸드폰을 걸었던 사람이 바로 배호일 거라는 짐작은 그도 하고 있었다.

춘호는 희준을 바라보면서 의견을 구하는 척하면서 요시이에게 말을 꺼냈다.

"그렇다면 어떤 조건인지 좀 더 구체적으로 말해달라. 이백억 엔을 제공하는 조건이 무엇인지 정확하게 말해달라."

"하이! 그건 간단하다. 춘호 상이 거느린 조직들이 우리 일본에 들어왔으면 좋겠다. 모든 경비는 우리가 책임진다. 일본에 있으면서 우리와 함께 행동하면 된다. 우리는 신주쿠파와 가미카제판을 제거하는 것이다. 이번에 제거하지 못하면 동경은 세개의 파로 인해서 혼란스러워질 것이다. 우리는 그것을 바라고 있다."

"그렇다면 싸우겠다는 뜻인가?"

"그렇다! 우리 긴자파의 조직원들이 이탈하고 있다. 솔직히 말해서, 우리 긴자파는 지금 코너에 몰려 있는 셈이다. 배신한 조직원들을 죽이는 건 간단한 일이다. 그러나 우리 일본은 부하들이라도 다 총을 갖고 있기 때문에 함부로 죽이질 못한다. 복수를 하려면 배신한 놈도 죽지 않기 위해서는 총을 사용할 수 있는 일이기 때문에 배신자를 처리하는 것이 골치 아프다. 신주쿠파와 가미카제파가 우리 조직원들을 빼내가고 있는 중이다. 이런 말은 하고 싶지 않지만 나는 춘호 상을 믿고서 하는 말이다. 내 말을 믿어달라."

요시이는 진지한 표정으로 또박또박 말을 했다.

"그렇다면? 우리가 일본에 싸우러 가야 되는 게 아닌가? 한국에서 일본으로? 긴자파의 조직원은 얼마나 되나? 그리고 신주쿠파와 가미카제파는 조직원이 얼마나 되나?"

춘호의 물음에, 여시이가 말했다.

"그랬으면 좋겠다. 그러면 우리는 최대한 은혜를 갚겠다. 우리는 배신을 모른다. 우리 긴자파는 양쪽에서 협공을 받고 있는 중이다. 한국의 춘호 상이 아니라면 중국에까지라도 가서 힘을 빌려오고 싶다. 우리 긴자파는 이천오백 명이다. 신주쿠파는 사천 명쯤 된다. 그리고 가미카제파는 삼천 명이다."

"중국과 손을 잡는다고 했나?"

"그렇다. 사왕파나 거미파도 염두에 두고 있다. 우리는 한국이나 중국의 조직과 손을 잡아야 한다."

요시이는 조직 내부에서 일어나고 있는 내부의 알력에 대해선 일체 말하지 않았다. 제 3인자라고 할 수 있는 마쓰다가 신주쿠파와 내통하고 있으면서 요시이와 히라카이, 그리고 다라시에 대해서 은근히 반기를 들고 있었다. 조직부장을 맡고 있는 마쓰다의 힘이 갑자기 커져서 다라시와 히라카이의 힘으로는 신주쿠파와 내통하는 것을 막아낼 수가 없는 형편이었다.

요시이가 나서서 해결할 수도 있었지만 만에 하나 마쓰다가 결정적으로 배반의 표시를 들고 나온다면 요시이도 무너질 수 있는 일이었다. 마쓰다는 2인자인 히라카이에게 도전하는 것처럼 매사에 반대하는 입장을 취하면서 실상은 요시이게게 도전을 해오고 있었다.

요시이가 마쓰다를 쉽게 제거하지 못하는 것은 마쓰다가 신주쿠파와 깊숙이 내통이 되어 있어서 요시이가 마쓰다에게 손을 쓰는 그 즉시 신주쿠파는 기다렸다는 듯이 긴자파를 없애버릴 명분을 쌓고 있는 중이라고 생각할 수 있었다.

"흠……."

춘호는 요시이의 복잡한 심경을 알 수가 없었다. 그의 말을 어디까지 믿어야 할지 몰랐다. 요시이의 간절한 눈빛을 바라보며 춘호는 무언가 말못할 사정이 있는 듯해 보였지만 그걸 알아낼 수가 없었다.

"춘호. 이건 섣불리 결정할 성질이 아니다. 우리 조직의 사활도 걸린 문제다."

이번에는 희준이 말을 했다.

"……."

춘호는 난감한 표정을 짓고 있는 요시이 일행을 바라보며 어떠한 결론을 내려야 할지 생각에 잠겼다. 이럴 때는 소주잔을 들어 단숨에 마셔버리는 것이 그의 버릇이었다.

다시 침묵의 시간이 흘렀다.

요시이는 더 이상 재촉하지 않았다. 희준의 날카로운 눈빛을 바라보면서 요시이는 담배만 피우고 있었다.

"오늘은 이쯤에서 그만하자. 나도 생각해볼 시간을 갖겠다. 요시이 상은 언제 올라갈 건가?"

"나는 춘호 상과 배호 상, 그리고 희준 상이 뜻을 합해서 우리를 도와주기를 바라고 있다. 내 뜻이 관철되지 않으면 한국을 떠나지 않을 것이다."

"……?!"

춘호와 배호는 놀라는 표정이었다.

"우리 일본에 진출해달라는 부탁을 드리고 싶다. 힘든 일은 아닐 것이다. 일본은 의외로 약한 면이 있다. 그건 우리가 잘 알고 있다."

"그건 무슨 말인가?"

춘호의 질문이었다.

"한국의 황제파가 일본땅에 발을 들여놓는 순간에 우리 문제는 쉽게 해결될 수도 있다고 생각한다."

"만약 그렇지 않다면 어떻게 할 것인가?"

"그때는 우리 긴자파에 힘을 실어달라. 그러면 우리는 꼭 이긴다."

"이긴다는 보장이 있나?"

배호가 질문했다.

"있다. 우리는 원래 동경 시내에서 정통파 조직이었다. 그 후에 생긴 신주쿠파는 정통적인 방법보다는 외곽을 치는 수법으로 조직을 키워왔다. 예를 들어, 신주쿠파는 우리가 동경 시내를 장악하고 있을 때에 외곽에 있는 술집들과 조직들을 끌어 모아서 조직을 키운 셈이다. 그런 조직은 정통파라고 할 수 없다. 그리고 가미카제파는 고등학생들을 주축으로 커왔기 때문에 아직은 우리 조직에 비해 정통적인 힘이 없다. 일본의 야쿠자는 무사시대로부터 무사의 정신으로 커왔다. 그런 정신이 없는 조직은 사막 위의 콘크리트와 같다. 내 말 이해하겠는가?"

"알고 있다. 그러나 현실은 다르다. 돈을 위해서 칼을 쓰는 자는 물불을 안 가리게 돼 있다. 더구나 일본은 우리와 많이 다르다. 그런 일본에서 우리 황제파가 신주쿠파나 가미카제파를 깨부순다면 다른 조직들이 가만있을 것 같나? 서로 힘을 합칠 수도 있지 않겠나?"

"그건 우리 조직이 충분히 막겠다. 그럴 일은 없을 것이다."

"……?"

배호와 희준은 요시이의 얼굴을 똑바로 쳐다보았다. 어떻게 막을 수 있는지 설명해보라는 식이었다.

"언론 플레이를 하겠다. 한국의 황제파가 일본에 들어와서 손을 잡을 조직을 찾는다는 기사가 나가도록 하겠다. 그러면 신주쿠파나 가미카제파도 황제파와 손을 잡으려 할 것이다. 그러면 나중에 최종적으로 우리 긴자파와 손을 잡았다고 하면 오사카나 후쿠오카, 나고야, 교토, 나고야 등지의 조직들은 서로 힘을 합칠 수가 없다. 그건 우리 일본의 자존심 때문이기도 하다. 한번 패배한 자는 절대로 다시 타협하지 않는다는 불문율이 있다. 내 말을 믿어달라."

"우리와 협상했다가 깨진 조직들은 힘을 합치지 않는다? 그 말인가?"

"그렇다!"

"그렇다면 우리가 긴자파와 손을 잡는다는 것을 나중에 발표한다는 말인가?"

"그렇다. 그래야 한국의 황제파와 손을 잡으려던 다른 조직들

의 힘이 빠진다. 그렇게 해줬으면 좋겠다. 그 전의 모든 일은
다 우리가 책임을 지고 처리하겠다는 말이다."

"흠……."

춘호는 요시이의 철저한 생각에 호기심이 일고 있었다. 배호와
희준도 역시 요시이의 그러한 생각에 믿음을 가지기 시작했다.

"좋다. 우리는 오늘 여기서 이야기를 접도록 하지. 다시 생각
해보고 나서 결정하는 게 어떤가?"

"좋다. 우리는 기다리겠다."

"……."

요시이와의 협상은 그것으로 끝이 났다. 그들은 묵묵히 술잔
을 비우면서 중요한 이야기는 더 이상 하지 않았다. 요시이는
일본 야쿠자의 세계에 대해서 이야기를 했다.

춘호는 요시이한테서 일본 조직세계에 대해서 상세한 것들을
얻어들을 수 있었다.

"숙소는 정했나?"

술자리가 파해갈 즈음 춘호가 물었다.

"아직 안 정했다. 이곳에서 잘 것이다."

"언제 갈 건가?"

"그건 모르겠다."

"그럼 오늘은 우리가 먼저 일어나겠다. 술을 더 마실 텐가?"

춘호의 물음에,

"춘호 상에게 미안하다. 오늘밤 나와 같이 술을 마실 수 없나?"

요시이가 그런 말을 해왔다.

"나하고 같이?"

"그렇다. 배호 상과 희준 상, 그리고 경식 상과 같이 술을 마시고 싶다."

요시이는 무언가 하고 싶은 말이 있는 듯했다.

"좋다! 나가지."

요시이는 히라카이와 다라시를 호텔에 남게 하고선 그들을 따라나왔다. 호텔에서 나온 춘호는 차를 고성으로 돌려보내고 나서 배호와 희준과 경식을 데리고서 동명항 바닷가를 걸어갔다.

함 경식은 속초의 터줏대감이었으므로 춘호의 옆에 서서 걸었다.

동명항은 벌써 밤이 깊어 있었다. 안개가 짙게 끼었는지 동명항의 등대에서는 시간 간격을 두고 안개경보가 울리고 있었다.

"안개가 짙군."

춘호는 왼쪽에 서서 따라 걷는 요시이를 보며 말을 했다.

"무슨 말인가?"

요시이는 춘호가 혼잣말처럼 내뱉은 말에도 신경을 쓰고 있음이 분명했다.

"안개가 많이 끼었다는 말이다."

희준이 일본어로 통역을 했다.

"아. 그렇군. 어디로 가는 건가?"

요시이가 물었다.

"술 한 잔 더 할 텐가?"

춘호의 말에 요시이는 고개를 끄덕였다.

그들은 곧 바닷가의 허름한 횟집으로 들어갔다. 서울로 치면 포장마차나 다름없는 그런 횟집이었다.

안에는 낡은 작업복을 입은 뱃사람들이 벌써 술이 취했는지 흥청망청 떠들어대면서 소란스러웠다.

주인 여자는 낯선 손님들을 맞으면서 함 경식을 알아보고는 잽싸게 인사를 해왔다.

"어쩐 일로 여기까지 오셨습니까?"

주인 여자는 함 경식의 옆에 서 있는 말쑥한 남자들을 보고는 눈이 휘둥그래졌다.

"조용한 자리 하나 줘라. 귀한 손님들이다."

"아이구, 네. 저쪽으로 가시지요."

여자는 약간 겁을 집어먹은 듯이 자리를 마련해 주었다. 그곳으로 가서 앉은 그들은 옆쪽에서 들려오는 시끄러운 소리에 잠시 눈길을 주었지만 곧 그런 분위기에 익숙해졌다.

"여기 좋은 회하고 소주 좀 주지."

"네."

주인 여자는 주방으로 달려가서 순식간에 싱싱한 회와 소주와 다른 안주들을 갖고 왔다.

춘호는 소주를 따서 요시이의 잔에 소주를 부었다. 요시이는 춘호와 배호, 그리고 희준, 함 경식의 술잔에 술을 따라주고는 잔을 들었다.

춘호의 잔이 부딪치고, 배호와 희준, 경식의 잔이 요시이의 잔에 부딪쳤다. 바다에서는 파도소리가 들려왔다.

"난 이런 데를 좋아한다. 요시이 상은 어떤가?"

춘호의 말에, 요시이가 맞장구를 쳤다.

"나도 좋다. 동경에는 이런 분위기가 없다."

요시이가 다소 신기한 듯이 주위를 둘러보았다.

"한국은 못 사는 사람과 잘 사는 사람들의 구분이 심하다. 못 사는 사람들은 이런 데서 술을 한 잔 마시면서 살아가는 데에 대한 어려움을 풀어버린다. 그래서 난 이런 곳이 좋다."

춘호의 말에 요시이는 얼굴에 웃음을 지었다.

요시이는 술을 따라주면 그대로 다 받아서는 한잔씩 마시고는 다시 술을 따라준 이에게 술을 따라주는 예의를 잊지 않았다. 다섯 병의 소주가 순식간에 비워지고 나서 다시 두 병의 소주를 주문했을 때, 요시이는 술잔을 털어 넣고는 회를 집어 입에 넣었다.

그리고는 천천히 말을 꺼냈다.

"춘호 상."

"왜?"

"내가 일본 사람으로 보이나?"

요시이는 약간 술이 취한 듯했다. 그러나 그의 눈빛만은 날카

롭게 빛나고 있었다. 그런 걸로 봐선 절대로 술이 취한 것 같지
는 않았다.

"……?!"

"난 원래 조센징이었다. 내 말을 믿을 수 있겠나?"

"조센징? 그럼 우리나라 사람이라는 뜻이냐?"

춘호가 반문하자,

"하이! 그렇다. 이건 아무도 모르는 일이다. 히라카이도 다라
시도 모른다."

"……?!"

춘호와 그의 조직원들은 귀를 의심했다. 희준은 요시이가 거
짓말을 하고 있지 않나 해서 요시이를 노려보고 있었다.

"이건 정말이다. 내 할아버지는 원래 한국에서 태어났다. 내 본
명은 오만용이라는 이름이다. 그 이름을 한번도 써본 적이 없다."

요시이는 그 말을 하면서 주위를 돌아보았다. 옆좌석에서는
흥청거리며 술을 마시다 말고 일본말을 하는 요시이를 힐끗 쳐
다보고는 다시 떠들기 시작했다.

"정말인가?"

"그렇다! 나는 일본에서 태어났다. 아버지는 시모노세키의
부둣가에서 노동자로 살았다. 아버지의 이름은 오 창용이다. 할
아버지의 이름은 오달세다."

"……?!"

춘호는 놀라지 않을 수 없었다. 술잔을 들어 입으로 가져가고

있는 요시이를 찬찬히 쳐다보았다.

"그렇다면 원래 고향은?"

"할아버지의 고향은 경남 함안이다. 일본에 징용으로 끌려와서 시모노세키에서 살다가 돌아가셨다. 아버지는 일본에서 태어났고, 나도 시모노세키에서 태어났다. 그곳에서 중학교를 졸업하고 나고야로 갔다가, 나고야에서 대학을 마쳤다. 난 원래 나고야에서 야쿠자 생활을 시작했다. 스물한 살 때에 동경에서 긴자파로 들어가서 컸다."

"그렇다면 당신은 한국사람이 아니냐?"

춘호는 술기운이 싹 가시는 듯했다.

"그렇다. 아직도 일본은 한국에 대해 좋지 않은 감정이 있다. 난 태어나서부터 지금까지 일본인으로 행세해 왔다. 내 심복인 히라카이도 다라시도 아직 나를 모른다."

"흐음. 그렇구나……."

춘호와 배호, 희준과 경식은 요시이의 말을 들으며 왜 따로 만나자고 했는가를 알 수 있었다.

"그럼 한국말을 전혀 모르나? 요시이 상?"

희준이 물었다.

"그렇다. 아버지는 내가 어렸을 적부터 한국말을 가르쳐주지 않았다."

"왜?"

배호가 묻자,

"그건 이유가 있다. 아버지는 부둣가에서 싸움꾼이었다. 아버지는 한국말을 할 줄 알았지만 한국인이라는 이유 때문에 일본인들로부터 모진 매를 맞았던 적이 있다. 그 일 때문에 아버지는 그 사람을 칼로 찌르고서 감옥에 들어갔던 적이 있다. 살인미수라는 이름으로. 일본은 한국인에게는 가혹하다. 10년만에 가출옥으로 나온 아버지는 일체 한국말을 쓰지 않았다. 나한테도 한국말을 가르쳐주지 않았던 것이다."

"……"

"춘호 상. 나를 도와달라. 부탁한다."

요시이는 담배를 꺼내 물었다. 희준이 라이터를 켜서 불을 붙여주었다. 그리고는 희준이 입을 열었다.

"긴자파는 조직 내부에서 어떤 일이 일어나고 있는 걸로 알고 있다. 그걸 말해줄 수 있나?"

"……?!"

요시이는 희준을 똑바로 쳐다보다가 담배를 비벼 끄고는 술잔을 입으로 가져갔다. 단숨에 술잔을 비운 그는 희준에게 술잔을 권했다.

"좋다! 우리 긴자파에서 일어난 일에 대해서 말하겠다."

요시이는 믿음을 가진 눈빛으로 그들을 쳐다보고는 입을 열기 시작했다.

"난 철저하게 일본을 속였다. 일본말로 말하고 일본사람으로 살아왔다. 조직을 이끌면서 삿뽀로에 있는 한국인 술집을 하는 친구가 있다. 그 사람은 한국에서 경찰서 서장까지 하다가 일본으로 들어온 사람이다. 한국에서는 어떤 일로 일본에 들어왔는지 모르지만 내가 보기에는 그 사람은 한국에서 완전히 망가진 사람이었다는 것을 알 수 있었다. 그 사람이 운영하는 한국인 술집에 뒤를 봐준 일이 있었다. 일본 야쿠자들에게 뜯기고 있다는 이야기를 듣고서 삿뽀로에 있는 야쿠자들에게 그 사람을 너무 심하게 다루지 말라고 부탁했던 적이 있다. 그 일로 인해서 그 조직은 신주쿠파로 흡수가 되어버렸다."

"⋯⋯?"

"그놈들은 내 조직에 감히 칼을 들 수는 없었다. 그래서 신주쿠파로 들어가서 나한테 좋지 않은 시비를 걸어온 적이 있다. 내가 아차, 싶었지만 그들도 나를 일본인으로 알고 있기 때문에 별 문제가 없을 거라고 생각했다. 그런데 그놈들이 신주쿠파에서 어느 정도 자리를 차지하게 되면서부터 나에게 도전장을 보내오는 것이다. 그래서 우리 긴자파에 대해서 좋지 않은 감정을 갖고 있는 듯하다."

"흠⋯⋯."

"서서히 목을 죄어오는 그놈들에게 본때를 보여주고 싶은 것이 솔직한 심정이다. 이제 일본은 침몰하고 있다. 경제는 말할 수 없이 어려워졌다. 그래서 신주쿠파에서도 우리 긴자파와 가미카제파 중에서 어느 하나를 집어삼켜야만 살아갈 수 있을 것이다. 우리도 역시 마찬가지다. 우리가 힘이 약한 가미카제파를

먹으면 신주쿠파도 힘을 못 쓰겠지만 삿뽀로파에서 신주쿠파로
들어간 다까이란 놈은 가미카제파와 손을 잡으려고 하고 있다."

"그래서 한국으로 나온 건가?"

"그렇다."

"……."

요시이는 할말을 다했는지 연거푸 소주잔을 비워냈다. 그는
빈 잔을 쳐다보면서 혼잣말처럼 뇌까렸다.

"내가 어렸을 때에 소주맛을 본 적이 있지. 아버지는 부닷가
에서 일하면서 한국에서 들어오는 배에서 사온 소주를 마시곤 했
지. 그때, 나는 아버지한테서 술을 배웠다. 바로 이런 맛이다."

"후우. 오늘 정말 묘한 인연이 되는군."

배호가 말했다.

춘호는 담배를 피우면서 창밖을 내다보고 있었다. 창밖에는
짙은 안개 때문인지 회색빛이었다. 유리창에는 젖은 물기가 흘
러내리고 있었다.

그동안 춘호는 요시이의 말을 들으면서 또 다른 야망이 불타
오르고 있었다. 춘호의 그런 속마음을 배호나 희준은 몰랐을 것
이다.

요시이는 더 이상 도와달라는 말을 하지 않았다. 춘호가 건네
는 술잔을 받으면서 쓸쓸하게 웃을 뿐이었다.

"요시이 상."

춘호가 조용히 말했다.

"말하라."

"난 당신을 믿는다. 일본에서 당신이 한국인이었다는 것을 알고 더없이 반갑다."

"……."

요시이는 술잔을 비우고는 배호에게 잔을 권했다.

"난 일본에 대해서 모른다. 여기 있는 희준은 남대문파에서 컸으므로 일본과 중국에 대해서 잘 알고 있을 것이다. 앞으로 우리가 할 일은……."

춘호는 그 말을 하고선 배호를 돌아보았다가 희준에게 시선을 주었다. 춘호는 심호흡을 하고는 아주 느리게 말을 이었다.

"우리 황제파는 요시이 상과 힘을 합했으면 한다."

"……?"

배호와 희준은 춘호의 그 말에 놀란 듯이 쳐다보았다.

"형."

춘호가 배호를 쳐다보자,

"말해."

"이건 운명이라고 생각해. 희준이 너도 힘을 합칠 생각이 없나?"

문제는 희준이었다. 황제파와는 다른 계보를 구축하고 있는 희준이가 자신을 도와준다면 일본으로 진출할 생각도 있다는 생각이었다.

"춘호!"

"……."

춘호가 희준을 바라보자,

"넌 역시 된 놈이다. 그 말만 하겠다."

"희준아!"

춘호는 희준의 주먹을 잡았다가 놓았다.

요시이는 그 장면을 보고 있다가 슬그머니 일어나서 밖으로 나갔다. 밖으로 나온 요시이는 바닷가로 걸어가서 어두운 파도를 내려다보고 있었다.

요시이의 눈에서는 눈물이 흘러내리고 있었다.